Das Buch

»Vic lag mit dem Gesicht im Schlamm. Er schwitzte. Wie benommen war es ihm im Kopf. Das war der Schmerz. Er zog sich hoch, kam mit dem Gesicht dichter zu Digger heran. ›Hör zu, Kumpel, ich bringe dich jetzt wieder hoch, in Ordnung?‹« Vic rettet Digger das Leben. 1942 in einem Kriegsgefangenenlager in Thailand werden sie Freunde. Der eine ist an einer abgelegenen Fährstelle irgendwo im australischen Outback geboren und hat sich als Boxer auf Australiens Rummelplätzen durchs Leben geschlagen. Der andere kommt aus einer Fabrikantenfamilie in Sydney. Beide haben sich anwerben lassen, um für Ehre, Freiheit und Vaterland zu kämpfen. Digger und Vic verkörpern die Prototypen des neuen Australien… Malouf versteht es, den Alltag und die Visionen einfacher Menschen einfühlsam und poetisch zu schildern. So schreibt die ›Neue Osnabrücker Zeitung‹: »David Malouf hat einen tiefschürfenden, sehr lesenswerten Roman geschrieben.«

Der Autor

David Malouf wurde am 20. März 1934 in Brisbane, Australien, geboren, studierte an der University of Queensland, wo er anschließend als Dozent arbeitete. Von 1959 bis 1969 lebte er in England, danach unterrichtete er englische Literatur an der Sydney University. Von 1978 bis 1987 lebte er abwechselnd in Australien und Italien, seither nur noch in Sydney. Malouf veröffentlichte u.a.: ›Johnno‹ (1976), ›Verspieltes Land‹ (1984), Romane.

David Malouf:
Die Große Welt
Roman

Deutsch von Götz Burghardt

Deutscher
Taschenbuch
Verlag

Ungekürzte Ausgabe
August 1994
Deutscher Taschenbuch Verlag GmbH & Co. KG,
München

Titel der englischen Originalausgabe:
›The Great World‹ (Chatto & Windus, London)

ISBN 3-545-36494-1
Umschlagtypographie: Celestino Piatti
Umschlaggestaltung: Dieter Brumshagen
Umschlagfoto: Guido Alberto Rossi / Image Bank
(Mount Olga, Australien)
Satz: IBV Satz- und Datentechnik, Berlin
Druck und Bindung: C. H. Beck'sche Buchdruckerei,
Nördlingen
Printed in Germany · ISBN 3-423-11905-5

I

1

Die Menschen sind nicht immer nett; ein netter Zug aber war es, von Jenny zu sagen, sie sei von kindlichem Gemüt.

Kinder, deren Mütter beim Kochen feststellten, daß ihnen noch etwas fehlte, Semmelbrösel oder eine Tüte Mehl, vollführten ein Theater, wenn sie es bei Keens unten holen sollten. »Ach nein, Mama! Warum gerade ich? Brett ist dran. Schick doch Brett!«

Was ihnen nicht behagte, war nicht etwa der Weg – obgleich es schon ziemlich weit war, den Berg hinunter und von der Hauptstraße ab, hin zum Fluß – oder die Unterbrechung ihrer Lieblingssendung im Fernsehen. Es war das seltsame Gefühl, das einen befiel, wenn man über die Schwelle trat, der Perlenvorhang hinter einem noch klapperte und man die alte Frau sich über den Ladentisch lehnen sah, wobei sie nach Luft schnappte wie ein großer Fisch, der eben aus dem Fluß gezogen worden war. Manchmal schlief sie auch. Dann mußte man seinen Finger in die Wolle ihrer Strickjacke bohren. Sie wachte auf, blickte wild um sich, bis sie einen erkannte; dann lächelte sie ein bißchen einfältig.

»Kindlich« war wohl nicht das richtige Wort für Jenny, so dachten jedenfalls die Kinder, denn in Wirklichkeit sagte sie Sachen, wenn sie mit ihren dicken Armen und ihren ausgelatschten Pantoffeln herumfuchtelte, und tat Dinge, die völlig überraschend waren und aus denen keiner schlau wurde.

Sie spürten auch, daß sie für Ordnung nicht viel übrig hatte. Sie war uralt, über sechzig, aber Erwachsene behandelten sie, als wäre sie sechs. Deutlich wurde das an der Art, wie sie mit ihr sprachen.

Für richtige Kinder war Jenny Keen weder eine nette alte Dame noch ein gestrandeter Fisch, weder eine Erwachsene noch ein größeres Kind. Was also war kindlich an ihr?

Auf einen Ellenbogen gestützt, lehnte sie jetzt auf dem Fensterbrett, von dem die Farbe abblätterte, und schaute hinaus, über den Hof, an der Wäscheleine und dem morschen Pfefferbaum vorbei, zum Fluß, wo ihr Bruder am Ufer saß, dort wo die Böschung sich zur Strömung neigte.

Der Fluß war breit. Diese Seite lag im Sonnenschein, die andere im Schatten. Digger hatte eine Schnur ausgeworfen und zerrte ab und zu daran, doch eigentlich angelte er gar nicht. Wenn Digger etwas tut, dann nimmt ihn das völlig in Anspruch. Unter dem alten Filzhut ist dann alles dermaßen angespannt, daß man es spüren kann, daß *sie* es spüren kann, sogar auf diese Entfernung. Es kann einen erschrecken. Worauf er sich jetzt gerade konzentrierte, war, was der andere Bursche sagte. Die Angel war nur ein Bluff, damit sie leichter miteinander reden konnten.

Jenny verzog das Gesicht. Sie schob die Zunge unter die Lippe und schielte. Sie kratzte sich am Hinterkopf, wo das Haar kurzgeschoren war wie bei einem Mann. »Komm schon, Dig«, sagte sie laut, »mach mal Pause!«

Die beiden Männer saßen nicht nahe beieinander, hatten sich jedoch die Köpfe zugewandt. Das war zu erkennen. Digger in einem alten Pullover, der an den Ellenbogen ausgebeult war und einige ganz schöne Löcher aufwies, die sie zu stopfen beabsichtigte; der andere Bursche, Vic, in einem schick aussehenden Mantel. Er war gleich alt wie Digger, sah aber jünger aus, weil er mehr auf sein Äußeres achtete. Er ging immer sehr gut angezogen. Jetzt hatte er sich sehr vorsichtig auf die Erde gesetzt. Seine Schuhe waren neu und auf Hochglanz poliert. Die Schuhe fielen ihr besonders auf, denn jedesmal, wenn er kam, trug er andere. Er mußte ein ganzes Dutzend Paar haben.

Sie kniff die Augen zusammen in dem Versuch, wenigstens das Wesentlichste von dem mitzubekommen, was sie sprachen – schon das dritte Mal war er diese Woche hier. Eigentlich konnte sie nichts verstehen, nicht auf diese Entfernung, doch wenn sie sich fest darauf konzentrierte, dann gelang es ihr schon, etwas aufzuschnappen. Aber nicht immer. Nach ein, zwei Minuten, wenn sie nichts mitbekam, seufzte sie verärgert, richtete sich auf, ging hinein, durch den Laden in die Küche, und warf einen kurzen Blick auf den Ofen.

Das war schon besser. Butterplätzchen. Butterplätzchen waren ihre Stärke. Sie gerieten ihr ganz gut.

Sie ging zurück, stützte sich mit den Ellenbogen auf das Linoleum des Ladentischs und hatte sich gerade wieder beruhigt, da sah sie, daß zwei Elstern sich ausgerechnet auf ihre Wäscheleine gesetzt hatten, wo sie ständig die Köpfe drehten und Ausschau hielten. Damit war der Trost wieder zunichte, den ihr die Plätzchen gespendet hatten.

Mit den Elstern stand sie auf Kriegsfuß. Sie führte viele Kriege, doch dieser hier war ihr härtester und am längsten andauernder.

Diese großen schwarzweißen Viecher mit den scharfen kleinen Augen und noch schärferen Schnäbeln! Sie haßte sie und fragte sich in der Tat, weshalb sie in die Welt gesetzt worden waren außer als Quälgeister für kleinere Geschöpfe. Sie stolzierten einher, als gehörte ihnen der Hof und als warteten sie nur darauf, ihn auch zu übernehmen. Als sei ihnen die Macht übertragen worden, die Lage zu peilen, auf und ab zu gehen, zu hacken und zu strafen. Schwarz und weiß, wie diese fürchterlichen Nonnen.

Wenn sie zum Beispiel ihre Backschüssel ausschüttete, in der sie die Reste eines Brotauflaufs zusammengekratzt hatte, dann kamen sie alle herbeigeschossen, ein Dutzend oder mehr, und drängelten, und die kleinen Vögel, die Zaunkönige und die Finken zum Beispiel, hatten Angst, näher zu kommen. »Weg da!« schrie sie dann und trat mit den Stiefeln nach ihnen. »Das ist nicht für euch!«

Doch sie konnte nicht die ganze Zeit dabeistehen. Sie hatte im Haushalt zu tun und sich um den Laden zu kümmern. Also stolzierten sie herum, als gehörte der Hof ihnen, jodelten und murmelten ihren Elstern-Rosenkranz. Sie saßen auf einem der Wäschepfähle, drehten den Kopf und verfolgten jede ihrer Bewegungen. Wenn sie mit einem Korb Wäsche herauskam, gingen sie auf ihren Kopf los, so wie sie im Sturzflug kleine Lämmer überfielen und ihnen die Augen aushackten.

Dieser Krieg dauerte bereits Jahre an. Tagtäglich wurde er ausgetragen. Manchmal gewann sie, manchmal siegten die Elstern. Doch sie war allein, und die Elstern waren viele, und es kamen immer neue.

Gelegentlich fiel eine ältere einer wilden Katze zum Opfer, oder es erstickte eine an einem Stück Brot, oder ein Kind traf eine mit der Schleuder. Doch ehe man sich's versah, war es September, und es waren Junge da, nur daß diese Jungen genauso groß waren wie die Alten und genauso widerlich, aber ganz schwarz. Es gab absolut keine Möglichkeit, diesen Krieg zu gewinnen.

Auch mit den Katzen führte sie einen Krieg, mit den wilden, aber den hatte sie geerbt. Das war nicht ihr Krieg. Sie führte ihn ihrer Mutter zuliebe, um die Mistkerle davon abzuhalten, sich in den Blumenbeeten zu sonnen und die Pflanzen niederzudrücken, wenn auch kaum noch Pflanzen da waren, nur noch ein paar vereinzelte Gerbera, ein, zwei Rosensträucher und ein Flecken Minze. Es war wohl eher das schlechte Gewissen ihrer Mutter gegenüber wegen des verwahrlosten Gartens, was sie hinter den Katzen her sein ließ.

Sie waren riesengroß. Wenn sie ausgestreckt dalagen in ihrem verfilzten schwarzen oder grauen Fell, sahen sie aus wie alte Vorleger mit einem roten Auge, die urplötzlich zum Leben erwachen, knurren und die Krallen zeigen konnten. »Laßt den Quatsch!« schrie sie sie in einem solchen Falle an. »Versucht das bloß nicht mit mir!« Und es war ihr zur Gewohnheit geworden, von Zeit zu Zeit einen Eimer Wischwasser nach ihnen zu schwappen.

Dies waren ihre offenen Kriege. Bei den anderen mußte sie mit List vorgehen.

Die jungen Burschen und ihre Mädchen zum Beispiel kamen gewöhnlich nur in den Laden, um Schabernack mit ihr zu treiben. Alles Mögliche nahmen sie in die Hände und stellten es wieder hin, und das nur, um sie zu reizen. Da mußte sie sehr an sich halten, um sie nicht anzuschreien: »Also hört mal, wenn ihr die Marmelade kauf'n wollt, dann kauft sie und schmeißt die Büchse nicht so rum!« Das hätte nämlich Ärger geben können. Zum einen waren sie ja Kunden, zum anderen aber waren sie auch gefährlich. Sie hatten das Haar hochstehen wie lange Stacheln oder Strahlen, manche grün, und die Mädchen gingen alle schwarz, wie Witwen, und trugen Ohrringe. Sogar die Jungen trugen welche und waren auch noch tätowiert. »Was kostet das hier?« fragte dann einer, während ein anderer mit einem Schokoriegel oder einer Packung Kartoffelchips verschwand. »Wiedersehen!« brummten sie dann und ließen die Tür zuknallen. Und sie rief ihnen nach: »Schert euch zum Teufel!« Aber so, daß sie es nicht hören konnten.

Ihren vierten Krieg, den sie ebenfalls in aller Stille führen mußte, hatte sie mit diesem Kerl, diesem Vic. Der reichte auch schon Jahre zurück.

»Was wollte denn der?« fragte sie, als er zum erstenmal aufgekreuzt war. »Wer is *das* überhaupt?«

Das war dumm. Damals wußte sie noch nicht, daß sie auf diese Art nichts herausbekam.

»Ein bißchen plaudern.« Das war alles, was Digger ihr sagte. »Er ist ein Kumpel.«

Ein Kumpel! Männer hatten Kumpel. Sie aber hatte nicht einmal eine Freundin gehabt, noch nie. Alles, was sie je besessen hatte, war Digger. Und genau das war es, was sie gegen *ihn* hatte, diesen Vic. Er platzte herein. Er drängte sich zwischen sie. Er nahm ihr Digger weg.

Als er das erstemal aufgetaucht war, hatte sie ihn für ein Gespenst gehalten, so ausgelaugt sah er aus, blaß wie Kartoffelkeime.

»Wer sind Sie?« wollte sie wissen.

In einem alten Armeemantel, der ihm bis zu den Knöcheln reichte, stand er da, völlig heruntergekommen und unrasiert, mit krummem Rücken und blondem Haar, das spitz vom Kopf abstand. Mit einem schwachen Hauch hätte man ihn umblasen können. Sie war jünger damals. Schade, daß sie es nicht getan und ihn ein für allemal aus dem Wege geschafft hatte, er wäre ihr somit die nächsten vierzig Jahre erspart geblieben! Wie eine Fliege wäre er umgefallen.

»Ich bin Vic«, hatte er gesagt als hätte er erwartet, daß sie ihn kannte.

Wenn er kein Gespenst war, dann hatte sie keinerlei Ahnung, wer er war.

Sie sah ihn scharf an und erkannte, daß er, obwohl er eine so gottsjämmerliche Gestalt abgab, sehr von sich eingenommen war. »Ist Digger da?« fragte er, sah sich nach allen Seiten um und nahm weiter keine Notiz von ihr.

»Natürlich isser da«, gab sie kurz zurück. »Da irgendwo.«

Mit dem Kopf deutete sie zum Fluß, aber nicht zu deutlich (soll er ihn doch selbst finden!). Die Hände hatte sie in den Taschen ihrer Strickjacke vergraben und sah zu, wie er davontrottete, mit seinen abstehenden Ohren und dem Mantel, der ihm lose von den schmächtigen Schultern hing. Sie wußte, wo Digger war, gewiß. Er war da draußen.

»Was will er denn?« drang sie in Digger, als er schließlich wieder auftauchte und sie ihn unter den Kasuarinen herumlungern sah. Mit diesem Geschwätz, von wegen Kumpel und so, wollte sie sich nicht abspeisen lassen. »Hinter was isser her?«

Diggers Gesicht verfinsterte sich, und er ließ sich Zeit mit einer Antwort. »Nicht viel«, sagte er, den Blick abgewandt. Er schien nicht gerade sehr erpicht darauf zu sein, hinüberzugehen und ihn zu treffen.

»Hör zu, Dig«, sagte sie mit gesenkter Stimme. »Ich könnt'n wegjagen.«

»Nein«, sagte Digger nach einer Weile, »er ist schon in Ordnung. Er ist'n Kumpel von mir.«

Er ging über den Hof, mußte sich unter der Leine, die ziemlich locker hing, bücken, wandte sich in die Richtung, in die der Bursche mit dem Mantel gegangen war, und erblickte ihn auch bald. Trotz seiner Größe sah der so einsam und verlassen aus, daß sie Mitleid mit ihm hätte haben können; doch als er an der Tür gestanden hatte, hatte sie etwas in ihm gespürt, das sie mißtrauisch machte. Er war stärker, als er es sich anmerken ließ.

Sie beobachtete, wie die beiden sich ansahen.

Zunächst blieben sie recht weit voneinander entfernt stehen. Digger nickte mit dem Kopf, und an der Haltung seiner Schultern konnte sie ablesen, welchen Ausdruck seine Augen jetzt wohl hatten. Digger war ein offenes Buch. Dann bewegte er sich, klopfte Vic leicht auf die Schulter, und sie begaben sich unter die Kasuarinen.

Auf diese Entfernung hin konnte sie nicht erkennen, ob sie miteinander sprachen oder nur stumm dasaßen.

Wenn es ein Gespräch war, dann war es von der angespannten Art eines langen Schweigens.

Ein Schweigen konnte sie ziemlich gut deuten. Wenn man mit Digger lebte, mußte man das können.

Von diesem Zeitpunkt an war Vic regelmäßig alle drei, vier Monate aufgekreuzt – bis zu diesen letzten Wochen.

Es war immer dasselbe. Digger war hinterher stumm wie ein Grab; mit ihm war nicht zu reden, man kam nicht an ihn heran. Wie ein verwundeter Vogel schwirrte sie dann um ihn herum und wußte nicht, was sie sagen oder tun sollte, um ihn wieder an den Tisch oder wenigstens ins Haus zu bringen, so weit weg war er. Sie gab sich Mühe, keinen Lärm mit dem Geschirr zu machen, doch jedesmal ließen sie ihre Hände im Stich, so daß es schepperte. Wenn er Messer und Gabel weglegte und hinausging, sah sie zu, wie er im Mondschein umherwanderte, unter der Wäscheleine auf und ab ging, in sich gekehrt.

Digger hatte auch noch andere Besucher, ebenfalls Kumpel, aber sie nahmen ihn nicht so mit wie Vic, und sie kamen nicht so oft. Das war es, was sie gegen ihn hatte.

Einen nannten sie Ern. Ein anderer war ein vergnügter, einarmiger Bursche mit Namen Douggy Bramson. Der war ihr der angenehmste. Zunächst einmal scheute er sich nicht vor ein bißchen Unterhaltung, und er erzählte auch gern einen Witz. Und dann hatte er einen Ärmel säuberlich mit einer Nadel hochgesteckt. Das weckte ein zärtliches Gefühl in ihr. Es fehlte etwas. Sie gab sich Mühe, nicht hinzusehen, konnte aber nicht dagegen an. Douggy verstand das, und es machte ihm nichts aus. Einmal, als er sie dabei ertappte, zwinkerte er ihr zu.

Douggy züchtete Geflügel in Regent's Park bei Parramatta. Jedesmal, wenn er kam, brachte er ein gerupftes Huhn mit.

Die Männer waren Diggers Kameraden von früher. Das hatte sie mitbekommen, weil sie stets von alten Zeiten sprachen, wenn sie eine Kanne Tee tranken und Kuchen aßen. Wenn sie um sie herumschwebte und Butter und Erdbeermarmelade holte, schnappte sie jedesmal ein paar Brocken von ihrer Unterhaltung auf: Namen, seltsame Geschichten. Sie versuchte, die Namen im Kopf zu behalten, für den Fall, daß die betreffenden Leute eines Tages auftauchten, doch sie kamen nie.

Mac war ein solcher Name. Jack Gard noch einer. Jack Gard hatte in Tenterfield einmal bei einer Show zweiundvierzig gekochte Eier gegessen, und Ern erzählte diese Geschichte jedesmal, wenn er kam. Er lachte jedesmal, als wäre die Geschichte neu und als hätten sie die anderen noch nie gehört, und sagte: »Stellt euch das mal vor! Zweiundvierzig verdammte hartgekochte Eier auf einmal. Was halten Sie davon, Missis?«

Ern war ein sehr lauter Mensch, Douggy hingegen war einer, der noch um ein Stück Kuchen bat und ihr sagte, wie gut er schmeckte.

Ein-, zweimal sprachen sie über die große Welt.

Gelegentlich tauchte auch der Name Vic auf. Dann spitzte sie die Ohren besonders, begierig darauf, etwas über ihn zu erfahren, das Digger ihr nicht erzählt hatte; aber es kam nichts, nichts, was sie nicht schon wußte: daß er ein großes Tier war.

»Vic mal wieder gesehen?« begannen sie dann, »Vic Curran? – Ach, ist der mal wieder dagewesen? Hm.«

Sie wußten auch nicht mehr als Jenny. Auch sie waren auf Informationen aus. Sie warteten ebenso wie sie darauf, daß Digger mit irgendwas herausrückte, doch der machte keine Anstalten dazu.

Digger konnte einen zur Raserei bringen mit seinen Geheimnissen und seinem Schweigen. Sie hatte gelernt, damit zu leben. Wenn sie so gegen neun schweigend über einer Tasse Tee beisammensaßen, den Tisch abgeräumt, und Digger sich mit der Brille auf der Nasenspitze dicht über etwas beugte, das er gerade reparierte, während sie strickte, dann vernahm sie plötzlich seine Stimme, und zwar so deutlich, daß sie automatisch darauf antwortete. Wenn sie dann aber aufblickte, war er völlig in seine Arbeit vertieft. Er hatte gar nicht gesprochen. Und wenn doch, dann unbewußt.

Es gab jedoch auch immer noch Zeiten, in denen er redete, und das manchmal so unvermittelt, daß sie erschrak. »Du und ich und Billy–«, sagte er dann, mit der Spur eines Lachens in der Stimme, und sie fuhr dann schier zusammen.

»Was?« fragte sie. »Was für ein Billy?«

Es *gab* tatsächlich einen Billy, nur dachte sie, Digger wüßte nichts von ihm. Billy der Takler. Vor Jahren war sie mal mit ihm nach Brisbane gegangen.

»*Du* weißt doch.«

»Ja?«

»Hab ich dir doch erzählt. Unser Bruder Billy.«

»Ach *der!*«

Dann gab er eine Geschichte zum besten, eine kleine Begebenheit aus ihrer Kindheit, an die er sich erinnerte, sie aber nicht, obschon sie drei Jahre älter war. In seiner Geschichte kam sogar ein Reifen vor, den ihr Vater unter dem Pfefferbaum als Schaukel aufgehängt hatte – damals war er zwei Jahre alt gewesen, konnte er sich wirklich an diese Dinge erinnern? –, oder ein Schuhkarton voller Seidenraupen. Und wenn er von ihnen sprach, dann hörte sie tatsächlich das Rascheln, das sie verursachten, und sah die fetten kleinen Dinger vor sich, rundum silbern, doch mit dunkleren Füßen. Sie sah, wie sie die Köpfe hoben, während sie fraßen und zwischen den Blättern herumkrochen. Und dann spürte sie sogar den Atem eines kleineren Kindes im Nacken. War das etwa Billy?

Sie hätte den Kopf wenden und ihn sehen können, doch sie mußte sich schützen; sie wollte ihn nicht zu wirklich werden lassen. Sonst würde sie ihn nur vermissen, wenn er wieder weg wäre, oder er würde wachsen und sich zu einer Plage entwikkeln. Ließ sie das schniefende kleine Kind mit der Rotznase (die sie ihm nicht wischte) wachsen, würde es schließlich sechzig Jahre alt und wäre jetzt mit hier bei ihnen. Und dann säße sie ganz schön in der Tinte. Noch mehr Wäsche waschen, noch mehr Kartoffeln schälen, noch ein übelriechendes Handtuch neben der Wanne, noch mehr Schniefen und Schnarchen! In alles würde er sich einmischen.

»Woran würde *er* sterb'n?« fragte sie sich, um es hinter sich zu bringen. Auf lange Sicht war es so besser. »Starb Billy an Diphtherie?«

Kurz und gut. Sie wünschte, sie wäre mit Vic ebenso verfahren, vor langer, langer Zeit. Mit Billy jedenfalls war es leicht, er war tot.

Das Problem mit Digger war, er erinnerte sich an zu vieles. Gib ihm genügend Zeit, und er erinnert sich an *alles!*

2

Für Neulinge an der Fährstelle, die Digger aufsuchten, um mit ihm eine dringende Arbeit zu besprechen, die Vergrößerung eines Sonnendecks etwa oder die Erneuerung eines Daches, stand es außer Frage, daß sein Name vom Krieg herrührte.* Er hatte ein kantiges, vom Wetter gegerbtes Gesicht, sprach wenig und hatte stets einen Glimmstengel im Mundwinkel und einen zweiten, frisch gedrehten hinterm Ohr.

Digger hieß er im Grunde genommen schon seit seiner Geburt, oder beinahe. Ohne besondere Voraussicht war er so genannt worden, schon lange bevor an einen neuen Krieg überhaupt zu denken war.

Albert war der Name, den ihm seine Mutter ausgesucht hatte, in der Absicht, ihn Bert zu rufen. Für den Vater jedoch war er von Anfang an ein Mann mehr im Hause, ein kleiner Partner und Kamerad.

»Recht so, grabe«, sagte er zu dem Jungen, als der kaum alt genug war, das zu verstehen. »Komm, wir wollen uns mal diesen Fettabscheider ansehen. Gehst du mit? Wie, keine Lust?« Oder: »Na komm schon, Goldgräber**, wir wollen uns lieber auf die Socken machen, sonst setzt es noch was von der alten Dame. Und wir wollen es doch mit ihr nicht verderben!« Digger wurde sein Rufname und blieb an ihm haften. Nach einiger Zeit benutzte ihn sogar die Mutter, weil das Kind nur darauf hörte. Albert aber trauerte sie nach.

All die Monate, die sie ihn unterm Herzen trug, hatte sie ihn sich als Albert, Bert, vorgestellt, hatte mit ihm Gespräche geführt, ihn dabei mit diesem Namen angesprochen und später geglaubt, er sei ein so verständiger kleiner Kerl, daß er sich an all das und an die Geheimnisse, die sie ihm anvertraut hatte, erinnern müßte. Als er jedoch einmal auf der Welt war, setzte sich durch, was der Vater wollte. Er hieß Digger und damit basta.

Ihr erstes Kind, Jenny, war etwas schwerfällig. Das zweite, May, war gestorben, noch ehe Digger geboren war, ebenso das dritte, Pearl, die jedoch lange genug gelebt hatte, daß ihr Verlust der Mutter besonders naheging. Um so mehr Hoffnungen hatte sie auf Bert gesetzt.

Zu Hause in England, in dem Waisenhaus, in dem sie aufgewachsen war, hatte sie einen Bruder namens Bert gehabt. Er war das einzige gewesen, was sie besessen hatte. Ein stämmiger,

* Digger = australischer Soldat, bedeutet aber auch: (Gold-)Gräber
** vgl. Digger

dunkelhäutiger kleiner Kerl, zwei Jahre jünger als sie. Sie hatte ihn bemuttert und geglaubt, er könne ohne sie nicht sein.

Weil er sich nicht an ihr wirkliches Zuhause erinnern konnte oder an ihre Mutter, hatte sie sich vorgenommen, ihm eines zu geben, eines zu vermitteln, indem sie ihm immer wieder alles, woran sie sich erinnerte, von dem kleinen, dunklen Zimmer und dem Leben, das sie darin geführt hatten, erzählte. Das war nicht viel, aber sie hoffte, daß ein paar Einzelheiten, ein gelbes Kleid etwa, das ihre Mutter getragen hatte, oder ein Bild von zwei langhaarigen Kühen im Nebel, an das sie sich entsann, in ihm Gestalt annehmen und zu eigenen Erinnerungen werden würden. Das war sie ihm schuldig. Und ihrer Mutter auch.

Doch wenn sie ihn vor sich hinsetzte, so dicht, daß sich ihre Knie berührten, dann fiel ihr nur sehr wenig ein, und er war zu jung, um zuzuhören. Wobei sie sich jedoch immer wieder ertappte, war, daß sie in seinem Gesicht nach einer Ähnlichkeit forschte, die sie miteinander verband und die ihr ein kompetentes Bild der blassen, verhärmten Züge ihrer Mutter vermittelte, an die sie sich nur noch verschwommen erinnern konnte. Sie tröstete sich damit, daß sie nicht allein auf der Welt war. Ihre Inbrunst in solchen Augenblicken machte ihm angst. Dann versteckte er sich vor ihr.

Zum letztenmal sah sie ihn zusammen mit einer Reihe anderer Jungen, allesamt mit großen Augen und spitzen Knien, die Treppe hinaufschlurfen, die zum Klassenzimmer führte. Sie stand unten, in einem umgeänderten Kleid und mit einem kleinen Bündel, das man ihr gegeben hatte. Sie war elf und ging hinaus in ihr Arbeitsleben. In Stellung.

Sein dunkelhäutiges Gesicht über dem Treppengeländer war das letzte, das sie jemals von ihm sah. Er stand auf den Zehenspitzen und hatte die Stirn gerunzelt. Dann hob er eine Hand und winkte. Als sie drei Jahre später zurückkam, war er nach Liverpool in die Lehre gegangen.

Als sie also, und dessen war sie sich schon vorher sicher gewesen, einen Sohn bekam, forschte sie vom ersten Tage an in seinem Gesicht nach einer Ähnlichkeit mit seinem Namensvetter Albert, Bert, und einem Anzeichen dafür, daß ihre Familie, von der sie nichts wußte, durchkam in seinen Zügen. Doch schließlich gab sie es auf. Ihr Herz gewann die Oberhand über sie. Sie wußte, was Einsamkeit bedeutete und wie dieser Mann, den sie geheiratet hatte, dieser große Junge, sich nach einem Umgang sehnte, den sie ihm nicht bieten, beziehungsweise den er von ihr nicht akzeptieren konnte. Digger, so sagte sie sich, war nicht so sehr ein Name als vielmehr die Zusicherung eines solchen Umgangs. Und den konnte sie ihm nicht verwehren. Doch ehe sie sich's versah, war Digger *doch* zu einem Namen geworden. Das Kind reagierte auf keinen anderen. Albert, Bert – ihre Geste gegenüber der Vergangenheit war unwiederbringlich, war bloß ein Name in einem Register, den er nie benutzen würde.

Er war nicht ihr letztes Kind. Ein Jahr später kam Bill, dann James, dann Leslie, doch da stand ›Albert‹ nicht mehr zur Verfügung. Und sie blieben ohnehin nicht am Leben, diese Jungen, genausowenig wie die Mädchen. Am Ende blieben nur zwei Kinder übrig: Digger und Jenny.

Billy Keen war mit fünfzehn nach Frankreich ausgerissen. Als er wieder nach Hause kam, als Überlebender von Poziàres und Villers Bretonneux, hatte er – kaum achtzehn – bereits das große Abenteuer seines Lebens hinter sich. Obschon verheiratet und mehr oder weniger als Fährmann ansässig geworden, so lebte er, der er ja gerade erst dem Knabenalter entwachsen war, im Geiste doch weiter auf diesem intensiven Feld der Verwegenheit, des Terrors und der reinsten Ausgelassenheit. Und das blieb ihm für immer das Maß für die Intensität des Lebens eines Mannes. Alles andere war Lahmheit, die er nicht ertragen konnte.

Das Schicksal hatte sich gegen ihn verschworen und ihn für eine Zeitlang in eine Welt verschlagen, in der das Risiko – bis an den Rand der Vernichtung – eine Sache der Ehre war und rohe Gewalt freie Hand hatte. Da war er in seinem Element. Danach erschien ihm das Leben an der Fährstelle wie eine tagtägliche Bestrafung. Er haßte die geregelte Ordnung dort, den Fahrplan, nach dem die Fähre verkehrte, die sechs Minuten für die Überfahrt hin und dieselbe Zeit zurück. Er haßte, daß er zu Hause sein mußte und immer gewaschen und gekämmt, für das Mittagessen um zwölf und den Tee um sechs. Und er haßte das Theater mit Messer und Gabel und den Zustand seiner Socken. Es bedeutete ihm nichts, daß die Keens schon hundert Jahre an der

Fährstelle saßen und daß der Ort ihren Namen trug. Er fühlte sich noch zu jung für die Verantwortung, die der Haushalt ihm aufgebürdet hatte, der plötzlich aus dem Nichts hervorgegangen, einfach über ihn gekommen war (so sah er es jedenfalls), während er am Steuerrad geträumt hatte. Das Übel war sie, das Mädchen, das er hatte.

Kennengelernt hatte er sie in der ersten Woche, die er zurück war. Sie bediente in einer Kneipe in der Stadt. Er hatte sie nur einmal angeschaut und sich gesagt: »Die geht.«

Gesagt hatte er das, ohne lange zu überlegen, denn er war achtzehn, wünschte sich ein Mädchen und wußte es nicht besser. Jetzt war er wieder zu Hause, und als nächstes wurde geheiratet. So lief das *im allgemeinen.* Was war da noch? Er wußte nichts von ihr, außer daß sie lebhaft war, noch nicht lange hier wohnte und weiche Lippen hatte mit einem Hauch von Farbe. Von genau dieser Farbe hatte er drei Jahre lang geträumt. Sie hatte die rauhen Gäste der Kneipe – es war eine Hafenkneipe – auf eine sachlich-nüchterne Art im Griff, die ihn beeindruckte. Bis zu einem gewissen Grad ließ sie mit sich flirten, doch sie ließ es einen sofort wissen, wenn man dabei war, diese Grenze zu überschreiten. Das amüsierte ihn.

Sie wußte, worauf er aus war. In der Beziehung unterschied er sich nicht von den anderen, doch hatte er etwas an sich, das ihr gefiel. Er war wie eine Grille, quicklebendig und dreist. Sein militärisches Draufgängertum nahm die zivile Form von Schamlosigkeit an, insbesondere in bezug auf Mädchen. Er blickte ihnen unverblümt in die Augen, und zwar dermaßen von seiner Unwiderstehlichkeit überzeugt, daß sie versucht waren, laut aufzulachen. »Ja, ich bin's«, sagte der Blick. »Ich bin okay, was?« Dann winkte er, und man konnte ihm seine innere Befriedigung anmerken. »Also, so müßte es klappen.«

In Wirklichkeit irrte er. Das war es nicht, weshalb es klappte. Diese Art verfing bei ihr nicht. »Nicht mit mir, mein Herr!« gab sie ihm mit einem Blick zu verstehen.

Doch auch sie war bestrebt, aus ihrem momentanen Leben herauszukommen und sich häuslich niederzulassen. Dazu war sie ja diese vielen Meilen hergekommen. Und er hatte etwas gesagt, ganz beiläufig, das ihre Aufmerksamkeit erregt hatte.

Der Ort, von dem er kam, trug seinen Namen. Zu Hause in England bedeutete das etwas, ein Ahnensitz oder wenigstens ein ansehnlicher Hof. Familiennamen auf der Landkarte waren etwas Solides; sie ließen einen Wurzeln schlagen in Dingen, die meßbar waren, in Hektar. Was also, fragte sie sich, mochte Keen's Crossing* sein? Ein Gutshof bestimmt nicht. Sie wußte, in welchem Lande sie sich befand; eine Närrin war sie wohl kaum. *Etwas* aber mußte es doch wohl sein. Sie war ein praktisches Mädchen und rechnete das zu der unmittelbaren und rührenderen Tatsache seiner Ohren hinzu.

Es hätte Billy Keen überrascht und ihn vielleicht etwas weniger aufschneiden lassen, hätte er erfahren, daß es ganz und gar nicht seine Masche gewesen war, was sie faszinierte, sondern das verräterische Erröten seiner Ohren. Was er in ihr geweckt hatte, war, obgleich sie es selbst noch nicht wußte, die Mutter, die sie in weniger als einem Jahr sein würde, wenn sie ihn nahm. Er hatte ja noch so herrliche Schalen hinter den Ohren!

Im Grunde wurden sie beide betrogen. Was sie an ihm für kindlich hielt, war eine Unbeschwertheit, aus der er niemals herauswuchs. Im Grunde war er sehr eigensinnig. Auf keinen Fall ließ er sich führen. Und was ihn so amüsiert hatte, ihre Tüchtigkeit – die Leichtigkeit, mit der sie mit Männern und Wechselgeld und Gläsern und allerlei frechen Reden fertig wurde –, die mochte er gar nicht, als sie sie *ihm* dann tagtäglich angedeihen ließ. Sie war tüchtig, in Ordnung. Ehrgeizig auch. Und wenn sie etwas zu fassen bekam, dann hielt sie es fest.

An die Reise nach Keen's Crossing erinnerte sie sich ihr ganzes Leben lang, vermutlich, weil sie sie nur das eine Mal machen sollte. Jede Einzelheit blieb in ihr haften, als hätte sie sie gerade eben erst erlebt.

Jahre später, als das Ende nahte, stieg sie an einem windigen Tag im August den steilen Hang hinter der Fährstelle hinauf und war erstaunt zu sehen, daß Sydney, ein Ort, den sie für Welten weit entfernt gehalten hatte, irgendwie sogar weiter weg als England, die ganze Zeit in Sichtweite gewesen war, gerade dreißig Meilen entfernt von dem Ort, wo sie war. An jedem beliebigen

* Fährstelle

Tag in ihrem Leben hätte sie hinfahren können. Die Vororte hatten bereits die gegenüberliegende Seite der Bergkette erreicht.

Doch eigentlich war es nicht mehr dieselbe Stadt, in die sie vor mehr als dreißig Jahren gekommen war. Das damals war eine große Kleinstadt gewesen, mit einem Hafen, der mit zahlreichen Armen weit in die Stadt hineinlangte mit offenen Straßenbahnen, die wild drauflosfuhren, so daß von den Stromabnehmern die Funken sprühten, mit Wagen voller Fässer und schweren Zugpferden davor und mit barfüßigen Zeitungsjungen, die an jeder Ecke die Schlagzeilen hinausschrien; ein schäbiger Ort, steile Berge überall und Schiffe jeglicher Art oder zumindest Masten am Ende jeder Straße. Was sie jetzt sah, aus der Entfernung eines halben Lebens, waren Wolkenkratzer.

Die Reise von dreißig Meilen, das erste Stück mit dem Zug und dann im Sulky, hatte den ganzen Tag gedauert. Zunächst ging es durch Vororte von lauter neu erbauten Bungalows und Gärten voller Kasuarinen und Rhododendren; dann, wo keine Straßenlaternen mehr standen, durch von Chinesen angelegte Gemüsegärten. Schließlich kamen sie auf ein Plateau, treibende Wolkenfetzen über ihnen und weite Flächen niedrigen, blühenden Buschlandes um sie herum, von Felsen unterbrochen. Als sie die kleine, abgelegene Bahnstation verließen und ihren Weg zum Fluß, dem Hawkesbury, hinunter nahmen, bestand die Straße (Highway wurde sie genannt) aus lauter Kurven, und die Bäume, die sowohl über als auch unter ihnen standen, waren von einer Art, die sie noch nie gesehen hatte. Sie waren riesig groß, hatten gefiederte straußartige Kronen und nackte, rosa oder weiße Stämme und Äste, waren unglaublich verdreht und hatten mächtige Furchen und Falten an den Gabelungen, die aussahen wie Fettfalten. Zerklüftete Felsvorsprünge neigten sich herab und brachen an den Rändern aus, und die Luft war erfüllt von dem kräftigen Geruch nach Tierexkrementen und dem Rascheln von Farnkraut. Es dauerte gar nicht lange, bis sie erkannte, wie anders alles war als in England und wie falsch, wie romantisch ihre Erwartungen gewesen waren.

Sie verließen den Highway, bogen in eine weniger befahrene Straße ein, die ebenfalls ein Highway war, und kamen hinunter zu der Stelle, wo der Laden in einer Biegung des Flusses seinen Platz gefunden hatte. Die Fähre lag müßig am Ufer.

»So, da wären wir«, sagte er. »Was hältst du davon?«

Gar nichts. Schon viele Meilen zurück hatte sie das Denken aufgegeben und sich geschworen, diesen Weg nicht noch einmal zu gehen. Was immer sie auch erwartete, sie würde es hinnehmen und das Beste daraus machen. Dreizehntausend Meilen plus dreißig, das war genug!

Die Straße, auf der sie sich befanden, endete an der Fähre, setzte sich auf der anderen Seite des Flusses fort und führte, wie er ihr erzählte, nach Gosford, Woy Woy, Maitland. Er sprach diese Namen aus, als böten sie die Möglichkeit einer Flucht. Sie hatte sie jedoch noch nie gehört und sagte sich, sie könnte auch ohne sie auskommen. Auch ohne Sydney. Sie würde bei dem bleiben, was sie hatte.

Das war nicht viel. Welch bescheidene Herrlichkeit oder Beständigkeit sie sich auch vorgestellt und in ihrer Unwissenheit in einem solide aussehenden Haus und Garten erhofft haben mochte, konnte nur von der Landschaft empfangen werden. Diese war wild, doch als sie erst einmal aufgehört hatte, in den alten Begriffen zu denken, die Augen aufmachte und die Landschaft auf sich einwirken ließ, war sie begeistert von der Stille, von dem Raum zu atmen, den sie einem gab.

Es war nicht das, was sie sich gewünscht hatte – wie konnte es das auch, wenn sie nicht einmal gewußt hatte, daß solch ein Ort überhaupt existierte? –, und sie war sich auch nicht sicher, ob sie die Fähigkeit besaß, damit zu Rande zu kommen, schließlich hatte sie sich ihr ganzes Leben lang auf etwas anderes vorbereitet. Doch *irgend etwas* in ihr wollte es, nun, da sie einmal hier war. Etwas Neues in ihr, mit dem der Ort selbst zu tun hatte.

Umgehend, mochte kommen, was da wollte, legte sie sich *darauf* fest und machte einen Auftrag daraus.

Billy, der selbst erst wieder nach Hause gekommen und gar nicht so glücklich darüber war, beobachtete sie eingehend, während er auf einem Baumstamm saß, schwitzte und Fliegen verjagte. »Du bist nicht enttäuscht?« fragte er.

Sie war ja diejenige gewesen, die hatte herkommen wollen. Und wäre es auch nur gewesen, um es sich anzuschauen. Er hatte sich darauf verlassen, daß sie die Öde des Ortes abstoßen würde. Sie würden ihn sich ansehen und wieder in die Stadt zurückkehren. Sydney war das, was er sich wünschte.

Ihr Ausdruck dumpfer Resignation war das erste Anzeichen für ihn, daß sie doch nicht das sein mochte, für das er sie gehalten hatte. Sie lief herum, sah sich alles an und stellte Fragen. Er blickte immer düsterer drein. Es *gefiel* ihr. Sie machte Pläne.

Der Fluß war breit zwischen Granitfelsen, die in der Abendsonne gelb-orange leuchteten, und von denselben seltsamen fleischigen Bäumen bewachsen, durch die sie gekommen waren. Vor dem Laden jedoch stand ein Pfefferbaum und dahinter schottische Tannen. Sie sahen auch ziemlich düster aus, verglichen mit der Helligkeit und Luftigkeit der Sträucher; vertraut, ja, aber das war es ja gerade, was sie an ihnen nicht mochte. Und doch hatte sie gerade durch sie einen Vergleich mit allem anderen.

Es gab keinerlei Anzeichen für einen Garten. Nicht einmal eine Geranie in einem Topf.

Auch nicht viel von einem Haus. Nur der giebelige Laden, rundum mit Schindeln bedeckt, nach ihrer Meinung seit Ewigkeiten nicht gestrichen und zum größten Teil in sehr schlechtem Zustand. Hinten befanden sich drei winzige Zimmer.

Was Billy, der ihr überallhin folgte und sich immer unbehaglicher fühlte, nicht wissen konnte, war, daß das mehr war, als sie je in ihrem Leben besessen hatte. Es mußte alles *hergerichtet* werden, und was sie herrichtete, würde ihr gehören.

Der Laden war mit Brettern vernagelt. »Nun«, dachte sie, »wir können ihn ja wieder aufmachen.« Das Haus war voller Müll, bis auf ein Zimmer. Billys Bruder Pete wohnte darin oder, besser, kampierte in einem kleinen Stück davon, das er sich frei gemacht hatte, indem er das ganze Gerümpel darin in die Ecken geschoben hatte. Unverzüglich bot er ihnen diesen Platz an und Billy den Job mit der Fähre, falls er ihn haben wollte. Er konnte es kaum erwarten wegzugehen.

Sie hatte sich auf diesen Bruder gefreut, in der Hoffnung, von ihm zu erfahren, was Billy nicht wußte oder kannte oder womit sie ihn nicht behelligen wollte. Sie wollte ihr Bestes tun, damit es zu einem guten Verhältnis kam. Sie hatte sich schon das Essen kochen und sich um seine Sachen kümmern sehen. Und dafür hoffte sie auf gegenseitiges Vertrauen.

Ein Blick auf Pete jedoch genügte. Er und Billy hätten einander völlig Fremde sein müssen, nach allem, was sie sich zu sagen hatten; und als sie ihm zum Holzschuppen folgte und versuchte, ihn aus der Reserve zu locken, erschrak er zu Tode. Er stützte sich auf seine Axt und brummelte vor sich hin, dermaßen verlegen und schüchtern, daß sie meinte, er würde noch ersticken. Er besaß nichts von Billys Leichtigkeit. Billy stand an der Tür des Schuppens und lachte.

Pete hatte in dem Haus gelebt, als wäre er nur zufällig vorbeigekommen, und Billy kam, wie sie sah, in derselben Stimmung hierher zurück. Das Haus und alles bedeutete ihnen nichts. Den Rest der Woche, den es Pete hier nur noch aushielt, um seinen Lohn mitzunehmen, mied er sie, dann war er auf und davon, und sie hörten nie wieder von ihm.

Diese Unbekümmertheit in bezug auf Dinge, die sie für heilig hielt, setzte sie in Erstaunen. Schließlich trug der Ort doch ihren Namen; in diesem Haus waren sie aufgewachsen, selbst wenn jetzt Buschratten darin hausten, die überall ihre Nester hatten, und große Spinnen mit Eiersäcken unter den Bäuchen, Asseln und Tausendfüßler. Sie krempelte die Ärmel hoch und räumte in den drei Zimmern auf, Billy aber sah nur zu, er half nicht. Er war am glücklichsten, wenn er – wie Pete – in einem Zimmer hausen, die ganze Woche ein und dasselbe dreckige Hemd tragen und sich das Gesicht mit zwei Fingern waschen konnte. Er war, wie ihr jetzt klar wurde, ein Halbwilder. Er sträubte sich wie ein Zehnjähriger, wenn der sich den Hals oder zumindest die Füße waschen sollte, ehe er ins Bett ging.

Nur wenige Relikte von den früheren Bewohnern fanden sich in dem Haus, doch als sie eines Tages einen Schrank gründlich durchstöberte, fand sie einen ganzen Stapel Fotos, wischte den Staub ab, stellte sie auf die wackelige Anrichte und verbrachte den Rest des Vormittags damit, sie nach Hinweisen auf die Familie, in die sie eingeheiratet hatte, zu durchforschen – was wohl auf ihre Kinder übertragen würde, wenn sie eines Tages welche hätte – und nach Hinweisen auf *ihn.* Als er hereinkam, fragte sie ihn.

»Oh, das ist Merle«, sagte er in bezug auf ein großes Mädchen, das ziemlich plump und abgerissen aussah und das sie zuerst für die Mutter gehalten hatte.

»Ja, das ist Merle. Sie wohnt in Richtung Lismore. Oder Casino. Ich weiß nicht genau.«

Danach gefragt, nannte er auch die Namen der anderen.

»Das ist Jess. Ach, war die ein Tyrann!«

»Wo ist *sie* jetzt?«

»*Weiß nicht.* Verheiratet. Irgendwo im Westen, ich weiß nicht. Sie ist kein Verlust.«

Eric war zur Eisenbahn gegangen. »Lustiger Bursche, der Eric«, lachte er. »Ein bißchen verdreht.«

Leslie?

»Nach Queensland gegangen. Ach, das ist schon ewig her. Ist einfach abgehauen. Da hättest du Dad schreien hören sollen! Ich war noch ein Dreikäsehoch.«

All das erzählte er auf höchst gleichgültige Art und ohne die kleinen Details, die alles ein bißchen wirklicher hätten erscheinen lassen. Sie waren nicht mehr da. Er nahm nicht an, sie jemals wiederzusehen, und es machte ihm irgendwie nichts aus. Oder sollte es?

Ihre Schwiegereltern, Mutter und Vater dieser verstreuten Nachkommenschaft, waren auf ihrem Hochzeitsbild zu sehen: er in einem engen Anzug und einem steifen Kragen, ein verbissen dreinblickender Mensch, der nicht wußte, wohin mit den Händen; sie vor ihm in einem Sessel, den Rock weit ausgebreitet, daneben eine Säule mit einer Urne darauf.

Sie versuchte, wenn das bei der Bewegungslosigkeit, zu der sie bei der Aufnahme verdammt gewesen waren, überhaupt möglich war, etwas in ihnen zu entdecken, das erklären würde, warum alle ihre Kinder ohne einen Blick zurück fortgegangen waren beziehungsweise, soweit sie das beurteilen konnte, ohne das leiseste Bedauern. Was für eine Brutalität steckte in dem Vater? Was für eine Unwissenheit oder Gleichgültigkeit in der Mutter? Was für ein Unvermögen, an Dingen zu hängen oder überhaupt zu sehen, wenn man Pete und Billy als Beispiele nahm, daß es etwas gab, an dem man hängen konnte.

»Ja«, sagte er, »das ist Dad.«

Er runzelte die Stirn, rieb sich das Kinn mit dem Handrücken und klang verärgert.

Er nahm das Foto in die Hand und starrte darauf. »Ja«, sagte er, »das ist meine *Mutter*«, als hätte sie eher verlangt zu erfahren, wer die Frau an der Seite seines Vaters war und nicht irgendein Detail über sie, »als sie jung war.«

Das war alles, was er zu sagen hatte. Sie sah ihn an und fragte sich, was wohl jegliches Gefühl aus ihm herausgequetscht haben mochte. Oder hat er nie welches besessen?

Anfangs hatte sie ihn einfach für lasch, desinteressiert gehalten und das seiner Jugend zugeschrieben. Die Wahrheit aber war einfach, daß er sich um nichts sorgte und sich wunderte, warum *sie* es tat. Sichtlich bestürzt sah er sie an, war verletzt, dann irritiert, doch einen Augenblick später herrschte wieder eitel Sonnenschein, wirbelte er sie ausgelassen herum und drängte sie, zu Bett zu gehen, obgleich es noch heller Tag war.

»Was hast du denn?« fragte er, als sie beisammen lagen. »Du wolltest doch hierher. Ich dachte, dir gefällt's hier.«

»Das ist die Familie eures Vaters«, erzählte sie Digger und Jenny. In ihrer Stimme klang eine Leidenschaft, die sich noch bis zur Wildheit steigerte, obschon sie das zu verbergen suchte.

»Das hier ist eure Großmutter, und das hier ist der Vater eures Vaters, euer Großvater«, und so weiter, bis alle Onkel und Tanten durch waren. Sie hatte beschlossen, daß sie eine Familie haben sollten, und zeigte und erzählte ihnen alles, was sie hatte und wußte. Es machte sie rasend, daß sie außer Pete niemals jemanden von diesen Leuten zu Gesicht bekommen hatte.

Sie mochten in dem Augenblick aus der Welt verschwunden sein, in dem sie abgelichtet worden waren, den Beweisstücken zufolge, die sie im Haus oder sonst irgendwo zurückgelassen hatten. Keinerlei Spielzeug ließ sich finden. Nicht einmal eine Holzpuppe oder ein selbstgemachter Kreisel. Nicht einmal, als sie den Boden umgrub und einen Garten anlegte. Keiner hatte seinen Namen in ein Möbelstück geritzt oder etwas an die Wand gemalt oder ein Zeichen, wie groß er war, an einer Tür hinterlassen. Und wenn Billy nicht gerade dazu gedrängt wurde, erwähnte er niemals einen von ihnen oder erzählte etwas aus seiner Kindheit. Er schien nie eine gehabt zu haben. Mit dem Krieg war er geboren worden.

Ihre eigene Familie, da war sie überzeugt, hätte sich nicht so leicht auslöschen lassen. Einen Brief nach dem anderen schickte sie an das Waisenhaus, in dem Bemühen, Bert zu finden.

Entgegen der fast kriminellen Gleichgültigkeit in der Familie ihres Mannes begann sie damit, soweit sie dazu in der Lage war, Digger und auch Jenny ihre Sicht der Dinge einzuimpfen, und die war fanatisch. Ihr ganzes Leben lang hatte sie entbehren müssen, was diese Leute, diese Keens – einschließlich Billy – wegwarfen wie bloßen Ramsch. Ihre Kinder wollte sie nicht so aufwachsen lassen.

Zunächst die Fährstelle: *Keen's* Crossing.

Sie gehörten nun schon die ganze Zeit hierher. Der Ort trug ihren Namen. Auf der Karte konnte man ihn sehen, wenn man wollte: eine gepunktete Linie, die vom Highway wegführte, und an deren Ende ein fetterer Punkt, der den Laden darstellte. Daneben stand in Kursivschrift: *Keen's Crossing.* Dem Ort den Rücken zu kehren und wegzugehen war ein Verbrechen. Gegen sich selbst vor allem. Dann gegen das, was einem anvertraut worden war. Dann gegen den Ort selbst; und wer nicht wußte, was das bedeutete, der brauchte nur die Augen zu öffnen und sich umzuschauen.

Als zweites die Familie. Auch das war eine Art Ort, ein Ort in der Zeit. Wende dich ab von ihr und gehe fort, und du verlierst jeglichen Halt, jegliche Verbindung! Die Verbindung war das Blut. Wende dich ab von der Familie, und du ziehst das Blut aus deinem Herzen ab!

Sie malte ein düsteres Bild, und Digger bekam schreckliche Angst vor ihr. Sie predigte eine Religion, ihre eigene, und war selbst deren unerbittliche Verkörperung.

Und noch eins. Im Waisenhaus war ihnen sehr vieles gepredigt worden. Das meiste davon hatte sie nicht beeindruckt, eines aber war haften geblieben, und das hatte sie in ihr eigenes System mit eingebaut. Es lautete folgendermaßen: Was man in seinem nächsten Leben bekam, war nicht mehr und nicht weniger, als was man in diesem erworben beziehungsweise erreicht hatte. Wer es in seinem Leben zu nichts brachte, erhielt auch im nächsten Leben nichts. Das war ein hartes Gesetz, doch es stand mit etwas in ihrer Natur im Einklang, und sie hatte es wörtlich genommen.

In ihrer Vorstellung schwebte ihr ein Zimmer vor mit Gardinen, Möbeln, den lächelnden Gesichtern von Kindern um einen Tisch herum, auf dem sich die Speisen türmten (einschließlich Ananas) und der gedeckt war mit wertvollem Besteck und Gläsern und Platten, wie sie sie in den Häusern gesehen hatte, in denen sie arbeitete. Ein Harzer Roller in einem Käfig würde immerzu trillern oder baden und in seiner putzigen Art das Wasser verspritzen. Die Schubladen, sollten sie geöffnet werden, wären prall gefüllt mit Schürzen, Wischtüchern, Servietten, alle säuberlich zusammengelegt, silbernen Serviettenringen mit Initialen sowie getriebenen Zuckerzangen und Traubenscheren.

Ganz deutlich sah sie das alles, obgleich sie bis dahin noch nicht ein einziges dieser Dinge besaß. Sie besaß überhaupt nichts. Selbst der kleinste Teil von allem war jedoch bereits da und wartete nur darauf, erworben zu werden, und das sollte ihr Lebenswerk ausmachen; und wenn sie dereinst tot sein würde, säße sie höchst zufrieden und selbstgerecht mittendrin, ihre Kinder und Enkel um sie herum, und jetzt endlich wäre jedes Ding an seinem Platz, und selbst das armseligste wäre dann etwas Außergewöhnliches und wieder lebendig in der Ewigkeit und doch erkennbar und greifbar es selbst.

Diese Vision versuchte sie Digger und Jenny weiterzugeben, als eine Art Erklärung, warum sie so an den Dingen hing. Bei Digger hatte sie tatsächlich Erfolg, er übernahm den Gedanken, interpretierte ihn jedoch auf seine Weise. Auch seine Vision war ungeschminkt, und es dauerte eine ganze Weile, bis sie sah, daß das ganz und gar nicht ihre war. Schön, sie hatte einen Priester aus ihm gemacht, doch einen Priester seiner eigenen Religion.

Mit diesem Geist des Aufbauens und Zusammennehmens, dieser Hingabe an die Religion des *Erwerbens*, machte sie sich daran, den Laden wieder in Gang zu bringen.

Sie hatte einen siebten Sinn für Zahlen, Bestellungen, Rechnungen und solche Dinge und nahm von den Reisenden, die mit Mustern kamen, auch nicht mehr sinnloses Zeug als von Trinkern in der Kneipe, in der sie zuvor gearbeitet hatte. Als der Laden fertig war, machte sie sich über das Haus her. Aus einem Katalog wählte sie sich Gardinen und Tapeten aus, später dann Geschirr für alle Tage, aber etwas Ordentliches, nichts billiges Japanisches, und Serviettenringe aus Zelluloid, aber mit Initialen.

Billy verfolgte das alles mit Argwohn. Ihre Ordentlichkeit war ihm unbehaglich, und ihre Neigung, wie er es sah, auf fein zu mimen – ein bißchen Schicklichkeit wahren, so hätte sie es genannt –, machte ihn wütend. Er hatte ein dralles kleines Mädchen mit blonden Locken und etwas Farbe auf den Lippen geheiratet und stand plötzlich mit einer Frau da, die das Leben beherrschte. Womöglich versuchte sie auch, ihn zu beherrschen.

Zunächst gab er nach. Alles für ein ruhiges Leben! Das war sein Motto. Frauen waren unberechenbar, man mußte ihnen ihren Willen lassen. Als sie aber versuchte, ihn zu bevormunden, rebellierte er. Er wollte nicht herausgeputzt und respektierlich gemacht werden, das paßte nicht zu ihm. Er haßte die hübschen kleinen Gardinen, die sie anbrachte, den Berg Wäsche, den sie raushängte, und die neuen Pfähle, die er für ihre Leinen hatte zurechtschneiden müssen, die Fußböden, die er mit seinen Nagelschuhen nicht betreten durfte, und all die anderen Zeugnisse der Einschränkung seiner Freiheit. Und für dieses Domestizieren sollte er ihr auch noch *dankbar* sein!

Schuf sie *ihm* nicht ein Zuhause? Das war die Leier, die sie ihm vorsang. Nun, er konnte ohne auskommen, er wollte es nicht. Er mißgönnte ihr all die kleinen Bedürfnisse, die sie hatte und die in Wirklichkeit eine Kritik der Art zu leben darstellte, die *er* bevorzugte. Er mißgönnte ihr schließlich auch den Erfolg mit dem Laden, weil er ihre Position stärkte und ihn in den Schatten stellte. *Er* konnte für sie beide sorgen. Für ihn war es nicht nötig, daß sie es tat und daß sie ihn mit ihrer Tüchtigkeit bloßstellte und daß sie Manieren an den Tag legte, die sie sich von Leuten abgeguckt hatte, die nicht ihren Kreisen angehörten und die er nicht die Zeit und auch nicht den Wunsch hatte zu imitieren. Und das ganze Theater um sie! Wie Serviettenringe und so! Mit ihrer Art zu leben warf sie einen Schatten auf ihn. Ebenso mit der Fährstelle, die er haßte, wie er es immer getan hatte. Ihre Leidenschaft für sie war übertrieben: Er hielt sie für eine weitere Form von Kritik an ihm. Alles, was er wollte, alles, was ihm Freude bereitet und sein Blut in Wallung gebracht hätte, verbot sie oder tat sie verächtlich ab.

Er stellte sich gegen sie. Von sich aus hätte er das nicht getan; er war von Natur aus unbekümmert, und am Anfang hatte er sie auch wirklich gemocht, hatte gewollt, daß sie alles hatte, was sie glücklich machte. Doch sie selbst hatte sich gegen *ihn* gestellt.

Er saß draußen auf einem Baumstumpf und fluchte vor sich hin, während sie annahm, er hackte Holz für ihren Waschkessel; trödelte absichtlich bei Arbeiten, die er mit einer Hand hätte erledigen können, nur um ihr nicht die Befriedigung zu geben, ihn ständig abrufbereit zu haben. Er blieb bei den Jungen draußen, wenn sie ihn pünktlich zum Tee erwartete, und beklagte sich bitterlich bei seinen Kameraden, wenn er etwas getrunken hatte, über die Eile, mit der er sich unter die Fuchtel begeben hatte. Was für ein Narr er doch gewesen war! Mit einundzwanzig war sein Leben nun zu Ende!

Ja, damals im Schützengraben, selbst angesichts der Gefahr hopszugehen, und die meisten gingen es wohl auch, da lebte man! Da hatte er die ganze Kraft seiner Existenz so richtig gespürt, seinen Atem, die Hände, die Finger und die kleinen Haare im Nacken. Das hatte ihn verdorben, dieser schwache Eindruck dessen, was ein Mann sein könnte. Das Leben, das er jetzt führte, war nichts. Vielleicht wäre es anders gewesen, wenn er jemanden gehabt hätte, der wußte, wovon er redete, wenn er mit ihm sprach.

Dann kam Digger, und er hatte endlich jemanden, bei dem er er selbst sein konnte, einen Kameraden; einen Verbündeten auch gegen die Welt, die sie beherrschte, die die Welt eines Mannes außer Betracht ließ, weil sie keine Verwendung dafür hatte, sondern nur für die dumpfe, animalische Seite des Mannes, die Arbeit, und das bißchen Vergnügen, das ihm beim Zeugen eines Kindes gestattet war. Alles, was die Frauen sonst noch wollten, war, eine willenlose Puppe aus einem zu machen mit lauter solchem Kram wie saubere Kragen und Zehennägel, die die Bettlaken nicht ruinierten, und Serviettenringe und weiß Gott, was für Weiberkram sonst noch.

Das waren so Dinge, über die er faselte, wenn er mit Digger allein war. Doch als sich sein Zorn schließlich gelegt hatte, gab es für ihn andere Dinge an den Jungen weiterzugeben.

Von Anfang an waren sie unzertrennlich. Schon als kleines Kind, noch mit der Windel um und ihrem Hund Ralphie auf den Fersen, trottete Digger hinter dem Vater her oder hockte mit einem Spielzeughammer in der Hand neben ihm und ahmte seine gemurmelten Flüche nach oder seine Art, den Kopf schief zu halten und die Wangen einzuziehen, wenn er sich anschickte, einen Nagel einzuschlagen.

Billy Keen hatte geschickte Hände. Das wußte jedermann. Was man sich wünschte, konnte er zusammenzimmern, einen Tisch oder ein Arzneischränkchen, Schwalbenschwänze und dergleichen; oder eine Tür einhängen, ein Dach ausbessern. Auch mit Maschinen kannte er sich aus. Maschinen, so sagten die Leute, sprachen mit ihm, begannen zu surren und zu singen, sobald seine Hand sie berührte. Das war eine Gabe. Digger besaß sie auch oder hatte sie durch Intuition von ihm erworben.

Maschinen waren für Digger etwas Lebendiges, genauso wie Ralphie; und er war Ralphie so nahe, daß es, als er klein war, Jahre dauerte zu erkennen, daß sie verschiedene Wesen waren. Immerzu mußte ihm die Mutter, die nicht ständig aufpassen konnte – sie hatte sich auch um Jenny, den Laden und das Haus zu kümmern –, Ralphies Futternapf entreißen. »Laß das, du kleines Ferkel!« schimpfte sie dann. »Das gehört Ralphie. Spuck das sofort wieder aus!« Bei einem Gewitter war er einmal in Ralphies Hütte gekrochen, draußen unter dem Pfefferbaum, und drin geblieben, solange es gedonnert und geblitzt hatte und der ganze Hof ein einziger Schlammplatz geworden war. Nie wieder hatte er sich so sicher und so warm gefühlt. In seinen Träumen befand er sich immer mal wieder in der finsteren, nach Hund riechenden Hütte, wo Ralphie ihn wärmte, und da hatte er dann das Gefühl, an einem Ort angekommen zu sein, wo er endlich wußte, wer er wirklich war, und mit jedem Stück Erde, das er in den Mund steckte, wiederentdeckte, was es bedeutete, auf der Welt zu sein. Dasselbe war es mit Maschinen. Er verstand ihre Funktionsweise, als wären sie gewissermaßen eine Fortsetzung seiner eigenen Natur. Sie surrten und sangen für ihn, wie sie es für seinen Vater getan hatten. Dafür gab es keine Worte.

Mit kaum zehn, spindeldürr, zäh und ausdauernd und mit einer so blassen Haut, daß das Sonnenlicht durchzuschimmern schien, half er seinem Vater am Steuer der Fähre. Dabei spürte er die mächtige Kraft des Kahns in seinen Armen, als der sich mit seiner Last von Fahrzeugen in den Strom hinausschwang. Der Vater, der sich rauchend zurückgelehnt hatte, gab ihm die entsprechenden Anweisungen.

»Eines Tages«, sagte er sich, »wird das mein Job sein.« Ihm kam nichts anderes in den Sinn, als dem Vater in seinen Fußstapfen zu folgen.

Er beobachtete seinen Vater und guckte sich von ihm Eigenheiten ab, die er für einen Mann für unbedingt erforderlich hielt, und übernahm so Gesten und Haltungen, die keineswegs nur seinem Vater eigen waren. Billy Keen hatte sie sich als Fünfzehnjähriger, unsicher, wie er gewesen war, und erpicht, als Mann zu gelten, von älteren Kameraden in der französischen Armee angeeignet. Daher beherrschte Digger bereits mit sieben die lasche Haltung und den schlaffen Gang, in die Soldaten verfallen, wenn sie dienstfrei haben. Er konnte auf einer Ferse sitzen, die Augen zusammenkneifen und in die Ferne blicken, ehe überhaupt eine Ferne zu sehen war.

Das alles sah die Mutter und bedauerte den Fehler, den sie begangen hatte, indem sie ihn gewähren ließ. Sie hatte geglaubt, sich das leisten zu können; es kämen ja noch mehr. Doch die anderen starben ihr alle, und obschon Jenny ein sanftes, gutmütiges kleines Ding war, konnte man sich nicht auf sie verlassen. Digger war in der Tat ihre einzige Chance gewesen.

Sie sah es als Wunder an, daß sie ihn trotz seiner Treue zum Vater nicht verloren hatte. Das war eben seine liebe Art. Er hing am Vater, aber er hing auch an ihr. Durch enge Bande waren sie miteinander verknüpft. Sie besaßen eine geheime Zeichensprache, die kein anderer mitbekam, selbst wenn er mit am Tisch saß. Wortlos unterhielten sie sich. Und eines der Dinge, über die sie sprachen, waren die anderen, die, die nicht mehr unter ihnen weilten, doch an deren unsichtbare Gegenwart sie sich immer noch klammerte, weil sie sich an sie klammerten. Sie hingen ihr am Rockzipfel, wenn sie draußen Wäsche aufhängte. Sie wimmerten und stöhnten aus allen Ecken, spuckten ihren Brei aus und kauten auf allem Möglichen herum, sie saßen in der rußigen Herdecke und trommelten mit Löffeln auf den Töpfen herum. Und Digger, der sie, wie man gedacht hätte, kaum kannte, sah sie dort nicht nur, sondern konnte sogar mit ihnen reden und einem Details aus ihrem kurzen Dasein erzählen, die selbst sie vergessen hatte. Digger war ganz außergewöhnlich bei dem, was er sah.

Seine Fähigkeit, diese kleinen Geister heraufzubeschwören, und zwar so klar und deutlich, daß es einem das Herz brechen konnte, bildete das Band zwischen ihnen beiden und ließ sie glauben, seine Erinnerung könnte noch weiter zurück reichen – bis zu der Zeit, da sie ihn noch im Leibe getragen und in ihrer Einsamkeit mit ihm gesprochen hatte.

So hatte auch sie ihren Triumph. Sollten sie doch ruhig Kameraden sein oder was immer es auch sein mochte, weswegen diese Männer zusammen waren! Sollten sie doch! Er war ja auch mit *ihr* eng verbunden!

Sie war streng mit ihm, sie mußte es sein. Sie konnte ja nicht wissen, in welchem Ausmaß er die Schwäche seines Vaters geerbt hatte. Sie glaubte, eines Tages würde er das einsehen und ihr dankbar sein.

Hätte sie die Wahl gehabt (aber wer hat schon eine *Wahl?),* hätte sie ihn vielleicht gewähren lassen. Etwas in ihr hätte sich nichts sehnlicher gewünscht, als eine dieser gelassenen Mütter zu sein, von denen man in Büchern liest. Doch was hätte ihm das gebracht? Oder auch ihr?

Die Wutausbrüche, in die sie bisweilen verfiel, machten ihr angst. Mitunter wußte sie, wenn sie ihn anschrie, an den Ohren zog oder ohrfeigte, gar nicht, was es war, das sie so in Wut brachte. Manchmal allerdings genügte seine bloße Anwesenheit, sein sanfter Blick, seine Unbestimmtheit. Sie hatte Angst, er könnte den Weg seines Vaters einschlagen. Doch sie hatte gleichermaßen Angst vor seiner Intelligenz, seiner Wißbegierde. Sie könnten ihn auch von ihr wegziehen.

Trotz des Geschicks seiner Hände lebte er doch mehr in seinen Gedanken, und es gab keine Möglichkeit, *diese* genauer zu ergründen. Es steckten zu viele Dinge in ihnen, die, selbst wenn sie Tatsachen gewesen wären, kein Gewicht in der Welt gehabt hätten. Sie erkannte das und mußte ihn davor warnen. Wenn er sich an diese Dinge klammerte, würde er den Halt verlieren.

Auch der Vater war nicht blind.

»Du darfst dich nicht von deiner Mutter beirren lassen, Digger. Ich meine, Frauen wissen nicht alles, verstehst du, obgleich sie so tun. Ihre Welt ist eine andere. Eine harte, gebe ich zu. Deine Mutter hat es schwer. Auch mit mir.« Er lachte, als wäre er am Ende sogar stolz darauf. »Wir erzählen ihnen bloß nicht alles, du weißt, was ich meine? Alle kleinen Freuden, die wir haben, oder was wir manchmal denken. Sie würden es nicht verstehen. Nun zu deiner Mutter. Ich möchte ja nicht schlecht von ihr sprechen, sie ist schon in Ordnung, aber sie sieht alles ein bißchen sehr schwarz. Du solltest ihr besser nicht immer alles erzählen, verstehst du? Ich meine, die Frauen leben in *ihrer* Welt, mein Junge, und wir in *unserer,* und diese beiden Welten sind wie Tag und Nacht. Deine Mutter möchte dich behalten. Sie möchte dich vor dem Leben bewahren. Dafür mache ich ihr auch keine Vorwürfe. Das ist ja verständlich. Sie möchte dich nicht verlieren. Nur kannst du nicht für immer ihr Leben leben, Dig, das ist einfach unmöglich. Eines Tages wirst du so oder so in die Welt des Mannes hinaus müssen. Glaub mir, mein Sohn, dann kann dir deine Mutter nicht mehr helfen. Ich hab das alles erlebt. Im Niemandsland schrien junge Burschen nach ihren Müttern. Ihnen war der halbe Kopf weggeschossen worden, oder die Eingeweide quollen ihnen heraus. Sie konnten schreien, solange sie wollten, nicht eine Mutter habe ich kommen sehen. Man war da in einer Männerwelt. Da war man auf andere Männer angewiesen. Bahrenträger, wenn man Glück hatte, oder einfach seine Kameraden. Das ist die Wahrheit, Digger. Deine Mutter wird dir das nicht erzählen.«

Diese Gespräche fanden sonntags morgens statt, wenn Digger mit seinem Vater, und Ralphie hinterdrein, mit einer 202 loszog, um etwas in den Kochtopf zu bringen.

Nicht weit von der Fährstelle lag eine Nebenbahnstrecke, die einst ein Bergarbeiterdorf versorgt hatte. Sie lief zwölf Meilen durch Bergdurchstiche hindurch und um steile Hänge herum und war kaum noch mehr als ein Spielplatz für Kinder, die es liebten, mit ausgestreckten Armen auf den Schienen zu gehen wie auf einem Seil, und ein Abbruchplatz, zu dem die Männer kamen, um sich Schwellen herauszubrechen oder um Kohlen aufzusammeln.

Digger liebte den Schienenstrang, wie sie ihn nannten. Und

so auch Ralphie, der oft davonsprang, den Bahndamm hinunter, einer Fährte nach, vielleicht von einer wilden Katze oder einem Kaninchen, und sie riefen ihm nach: »Faß ihn, Ralphie, faß ihn!« Das Gehen, das Stehenbleiben und wieder Losgehen, die Zeitabschnitte, die das Fangen oder Erlegen eines Vogels beanspruchte, all das verlieh diesen Ausflügen einen Rhythmus, der günstig war, um sich zu unterhalten oder Geschichten zu erzählen. Nicht immer und überall waren sie so gesprächig wie hier draußen. Manchmal konnten sie stundenlang Seite an Seite arbeiten, ohne auch nur ein einziges Wort zu wechseln.

Die Geschichten waren immer wieder dieselben, und Digger wurde ihrer niemals müde. Bei ihren waghalsigen Unternehmungen und kleinen Gaunereien erhielt er Einblick in die andere Natur seines Vaters, die sonst der Zurückhaltung unterlag, der notwendigen Zurückhaltung des Familienvaters. In dieser anderen Dimension war er ebenfalls ein Knabe, kaum älter als Digger, leichtfüßig, begierig, die Welt kennenzulernen, voller Energie und Tatkraft. Und hier erzählte er auch seine Geschichten.

»Es war nicht alles übel, Digger. Man konnte auch seinen Spaß haben, wenn man wollte. Das ist immer so. Die meiste Zeit war es *allerdings* sehr schlecht, mitunter direkt die Hölle. Die Kälte zum Beispiel, die war unerträglich, das kannst du dir nicht vorstellen. Aber du würdest überrascht sein, was man alles so aushält, wenn man wirklich dazu gezwungen ist. Nun, ich hab noch Glück gehabt.« Das sagte er mit heftiger Erregung und verstummte. Er machte ein so grimmiges Gesicht, daß sich Digger, der ihn genau ansah, fragte, ob das wirklich stimmte.

In seinen Geschichten kamen immer dieselben Personen vor, so daß Digger die Namen der Männer bald so vertraut waren, als hätte er *sie* selbst gekannt. Das waren, wie er vermutete, die Männer, die seinem Vater am nächsten standen, selbst jetzt noch, näher gewiß als irgendeiner seiner Zechkumpane in der Kneipe oder der Burschen, mit denen sie hier und da ein Wort wechselten, an der Fähre oder wenn sie in der Stadt waren, um Teile für die Maschinen zu besorgen.

Wally Barnes war so einer. Digger sah ihn, vielleicht zum hundertsten Mal, von den Laufbrettern stürzen. Sah, wie sich seine Augen verdrehten und mit Schlamm füllten; der Mund war schon voll, da ihn das Gewicht seiner Stiefel, seines Gepäcks – auch sein eigenes Gewicht, er war ziemlich schwer – in die Tiefe zog. Spürte am Ende seines Arms ein Zentnergewicht, schloß die Augen und verlor mit einem Ruck, wie sein Vater, zum hundertsten Mal den Halt.

Diese Horrorgeschichten erzählte Billy Keen mit einer Stimme, die selbst ihm Angst einjagte, so als könnte er sich, sooft er sie auch erzählte, nicht an die Tatsache gewöhnen, daß sie tatsächlich einmal passiert waren und er sie sogar selbst miterlebt hatte. Er hob den Kopf und schaute sich um. Es schien eine strahlende Sonne, und es war fast völlig still. Nichts war zu hören außer dem Zirpen einer Grille, und gerade das schien er zu brauchen, um von der Gegenwart überzeugt zu sein.

Auch Digger lief es kalt den Rücken hinab; und dem Vater, der das sah, tat es leid, daß er den Jungen so tief in diese Dinge hineingezogen hatte.

»Na ja«, sagte er dann, »wenigstens wirst du so etwas nicht erleben müssen, Dig. Das passiert nicht wieder. Das kann es nicht. Wir haben ein für allemal damit Schluß gemacht. Es kann nicht zweimal geschehen – nicht so etwas!«

»Wirklich nicht?« fragte sich Digger. »Gibt es ein Gesetz dafür?«

Er besah sich die jugendlichen Schultern seines Vaters, die schwungvolle Art, mit der er über die Schwellen lief, und sagte sich: »Nun, er hat es überstanden. Ich werde es auch!«

Er dachte das nicht auf eine überhebliche Art. Trotz all der Kritik seiner Mutter, die sie nicht zögerte, ihm gegenüber vorzubringen, sooft sie mit ihm allein war, kannte er die Qualitäten seines Vaters und bewunderte sie. An ihrem Krieg beteiligte er sich nicht.

»Wenn ich du wäre, würd ich aufpassen«, warnte sie ihn, wenn sie draußen unter dem Pfefferbaum waren, wo er ihr beim Wäscheaufhängen half, indem er ihr die Klammern reichte; oder freitags abends im hinteren Teil des Ladens, wo sie ihre Lieferungen fertigmachte, Salz, Mehl, Reis und Tee auswog und in Tüten abfüllte, während er ihr die Bestellungen vorlas und das, was sie ihm reichte, in eine Butterkiste packte. »Du wirst dich noch mit *seiner* Krankheit anstecken, wenn du nicht aufpaßt! Du wirst noch zum Träumer wie er!«

»Ist Dad denn ein Träumer?«

Er sah das nicht so. Sein Vater war ein umtriebiger Mensch.

»Wie würdest du es denn nennen?«

Sie stellte eine neue Tüte auf die Waage und wog ein halbes Pfund ab. Es fehlten noch ein paar Körner, und sie tat sie hinein. In diesen Dingen war sie genau.

Er nahm die Tüte, faltete sie zu und verstaute sie in der Kiste.

Wovor sie ihn wirklich warnte, das war der Unterschied zwischen, wie sie es nannte, Wirklichkeit, Pflicht, Schicksal – je nach Gelegenheit hatte sie verschiedene Bezeichnungen dafür – und einem Verlangen, das er hatte, und das auch sein Vater besaß, nach etwas, das da begann, wo ihre Wirklichkeit, wie klar und greifbar sie auch sein mochte, aufhörte. Etwas, wußte er, existierte, denn er hatte bereits einen flüchtigen Eindruck davon erhalten; von seinem Vater, von den Leuten, die während der sechsminütigen Überfahrt durch ihre offenen Wagentüren mit ihm sprachen, aus Büchern, von Filmen, die er gesehen, und auch von einem gewissen Aufruhr, den er in seinem Körper gespürt hatte.

Womit es zu tun hatte, war nichts als die Größe der Welt und die unendliche Zahl von Ereignissen, Fakten und Objekten, mit der sie angefüllt war. Dinge, die man anfassen oder riechen konnte, aber auch Dinge, die nur Gedanken waren, auch wieder real genug, daß man sie in Worte fassen und so und so wenden, aber nicht sehen konnte.

Keine Waage war groß genug, das alles abzuwiegen, und die Anzahl aller Tüten reichte bei weitem nicht, das alles aufzunehmen. Der Kopf aber reichte, das hatte er erkannt. Der Kopf, der dieselbe Gestalt hatte wie die Welt und eigentlich auch die Welt war, nur in einem unendlich verkleinerten Maßstab, eins zu einer Million, wie auf dem Globus, den er so gern ansah, wo man mit der Fingerspitze eine Fläche von Tausenden von Quadratmeilen bedecken konnte und ganze Städte mit Millionen von Einwohnern, aber nur, weil man sich das im Kopf *vorstellen* konnte. Sah sie denn diese Dinge nicht? Wollte sie sie nicht wissen oder wollte sie, daß er sie nicht wußte? Er sah den ängstlichen Blick in ihrem Gesicht.

»Mach dir keine Sorgen, Mum«, hätte er sagen können. »Mit mir ist schon alles in Ordnung.«

Doch das war nicht ganz der Punkt, und das wußte er. So sagte er, indem er den Arm um sie legte und sie drückte: »Mach dir keine Sorgen, Mum, ich verlasse dich nicht.«

»Ich habe nicht an mich gedacht«, sagte sie und schob ihn weg. »Das weißt du.«

»An wen denn?«

»Das weißt du.«

Er wußte es auch. Sie meinte Jenny. Aber auch noch mehr, die Fährstelle. Doch was sie wirklich meinte, konnte man nicht in Worte fassen. Es war so stark, daß er es, als sie es aufbot, nur akzeptieren und sich davor verneigen konnte. Gleichzeitig aber wäre er am liebsten davongelaufen.

Jenny.

Er konnte sich an keinen Augenblick erinnern, in dem seine Schwester, dieses große, zarte Mädchen mit dem weichen Atem und den übersprudelnden Lippen, das drei Jahre älter war, nicht an seiner Seite gewesen wäre.

Als er klein war, paßte sie auf ihn auf.

»Gib auf Digger Obacht«, trug ihr die Mutter auf, »du bist doch ein braves Mädchen!« Und um sicherzugehen, daß sie ihn auch nicht aus den Augen verlor, setzte sie ihn auf ihren Schoß und hielt in so fest, daß er kaum Luft bekam.

»Nein, meine Liebe, ich habe gesagt, *aufpassen* und nicht zerquetschen. Er ist doch noch ein Baby. Er kann doch gar nicht weglaufen.«

Sie hatte jedoch andere gesehen, und *die* waren weggelaufen. Also hielt sie ihn weiter fest, und wenn sie es einmal nicht tat und er fortzukriechen begann, dann nahm sie ihre strammen Beine in die Hand und rannte zur Mutter: »Digger! Digger ist unterm Klo! Digger ißt Dreck! Digger *läuft weg!*«

Als Digger dann sprechen und denken konnte, wußte er, daß er nur an Jahren der Jüngere war. Was immer sie auch vortäuschten, eigentlich hatte immer er auf *sie* aufzupassen, hatte ein Vermittler zwischen ihr und einer Welt zu sein, in der ihr immer alles zu schnell ging oder in Formen auf sie zukam, die sie nicht erfassen konnte.

Die Tatsache, daß es noch andere Kinder gegeben hatte und daß die auf die eine oder andere Weise versagt hatten zu leben, war eine Warnung und der Grund, wie er erkannte, für die Besorgnis, mit der ihre Mutter sie umgab, und für ihren stark ausgeprägten Drang, sie festzuhalten.

Auf die anderen hatte er eine Wut! Sie ließ es nicht zu, daß er sie vergaß. Nicht ein Tag verging, an dem sie nicht eine oder einen von ihnen heraufbeschworen hätte: May oder Pearl, James oder Leslie.

Pearl war für ihn nur ein Name, ein kleiner, unzufriedener Geist, der stets da war, wenn er zu seiner Mutter an die Brust wollte, und ihn verdrängte. May hatte, nur wenige Wochen vor seiner Geburt, eine große Blechbüchse mit kochendem Wasser vom Herd gerissen. Ihre Schreie, vermutete er, klangen der Mutter noch oft in den Ohren, selbst wenn sie sich Mühe gab, sich zu beherrschen und ruhig mit ihm zu reden. Sie war Mamas Liebling gewesen, die Tochter, nach deren Gesellschaft sie sich gesehnt hatte und die Jenny ihr nicht zu bieten vermochte. Sie hatte kein Vertrauen mehr in sich, nachdem das mit May passiert war. Sie war übervorsichtig geworden, hatte schreckliche Angst davor, daß selbst die gewöhnlichsten Dinge sich als mörderisch erwiesen. Und das Haus war voll davon.

Von den anderen, den drei Jungen, war nur Billy lange genug dagewesen, um noch halbwegs wirklich zu sein. Für alle hatte Digger das Kindermädchen gespielt, aber nur Billy war alt genug gewesen, um ihm auf den Hof folgen zu können, und sie hatten zusammen gespielt, alle drei. Billy hatte genug Zeit gehabt, eigene Merkmale zu entwickeln: seinen eigenen Geruch in dem Zimmer, in dem sie schliefen, alle in einem Bett; eine Stimme, Forderungen, kleine Eigenarten, die einem zu Herzen gingen oder eine Feindschaft in einem hervorbrachten, die die Isoliertheit verstärkte und aus diesem Grunde haften blieb.

Billy war in den Fluß gefallen. Seitdem hatte der Fluß eine neue Bedeutung für sie, das Geräusch, das er nachts machte, die Kälte, die man spürte, wenn man mit der Hand hineinlangte. Er war nicht mehr nur eine Grenze, nach der man sagen konnte, auf welcher Seite man sich befand, oder ein breites Band von Sonnenschein in Bewegung, auf das der Vater und später bisweilen auch Digger die Fähre hinaussteuerte. Selbst eine Angelschnur hineinzuhalten wurde etwas anderes.

»Was tust denn da?« hatte Jenny ihn einmal gefragt, als sie die Schnur sah. »Suchst du Billy?«

Sie sagte oft Dinge, die einem selber in den Sinn kamen, die man aber nie ausgesprochen hätte.

Durch diese Todesfälle schien das Haus voller, als es sonst vielleicht der Fall gewesen wäre, aber auch leerer, dadurch, daß sie einen Druck ausübten, der ihn und Jenny, die, wie ihnen ihre Mutter immerzu eintrichterte, nur noch einander hatten, in einen Raum zwang, der ihnen zu eng war und den er bisweilen auch als eine Art Sarg empfand. Daß sie überlebt hatten, legte ihnen eine schwere Verantwortung auf: nicht nur für sich selbst zu leben, sondern auch für die anderen und ihnen auf diese Art und Weise ein zweites Dasein in der Welt zu verschaffen, einen zweiten Atem. Da Jenny gewisse Grenzen gesetzt waren und immer blieben, lag das Hauptgewicht auf ihm.

»Das bin nicht ich, Digger«, beharrte seine Mutter, wenn er sich gegen diese Ungerechtigkeit sträubte. »Wie viele Male muß ich dir das denn noch sagen? Glaubst du etwa, ich würde dir so etwas abverlangen? Das bin nicht ich. Das ist das Leben!«

»Na komm schon, Dig, Digger, erzähl uns was!«

Am Anfang erzählte er ihr alles, was er wußte. Seine Stimme, samten in der Dunkelheit ihres kleinen Zimmers, war, was ihr die Welt wirklich erscheinen ließ. Vieles von dem, was er erzählte, war erfunden. Sie merkte keinen Unterschied.

»Um Himmels willen, Digger!«

Die Mutter, die gehört hatte, wie seine Stimme anschwoll, was oft bis zu einem Punkt gefährlicher Erregung ging, war von ihrer Näharbeit aufgestanden und herübergekommen, war im Schatten der Tür stehengeblieben und hatte ihm zugehört. In dem Augenblick, da er sie sah, wußte er, wie böse sie sein würde. Doch er konnte es nicht ändern. Wenn er an den Rand einer außergewöhnlichen Möglichkeit kam, dann ließ er sich darauf ein, faßte sie in Worte; tat er das nicht, dann mochte die riesige, immer größer werdende Gewalt in seinem Kopf ihn vom Mittelpunkt seiner selbst wegreißen. Was er nun tat, war, verschämt, weil er ertappt worden war, in Gekicher ausbrechen.

»Jenny, Liebes«, sagte sie, »sei ein nettes Mädchen und sieh mal nach, ob der Briefträger dagewesen ist!«

»Er war nicht da«, antwortete Jenny. »Ich hab aufgepaßt.«

»Keine Widerrede, mein Fräulein!« wurde die Mutter heftig. »Wenn ich sage, du gehst, dann hast du zu gehen! Also los!«

»Du kleiner Mistkerl!« sagte sie, als Jenny außer Hörweite war, doch angesichts seines verschämten Blicks verflog ihr Ärger schnell. »Wie kannst du das bloß machen, Digger? Dem armen Kind Angst einzujagen. Was ist nur in dich gefahren? Du weißt doch, was mit ihr los ist. Ich sollte dir eine runterhauen!«

Statt dessen fuhr sie ihm nur mit dem Daumen über den Mundwinkel, als wäre da eine Krume. Beruhigt sah er zu ihr auf. Er wußte nie, worauf sie aus war. Sie war so unberechenbar.

Sie zog ihre Hand zurück. Wieder einmal hatte sie sich davon überzeugen müssen, daß er eben nicht ein Kind nach ihrem Wunsch war. Manchmal konnte sie sich einfach nicht erklären, wo er das her hatte. Er war nicht wie sie und eigentlich auch nicht wie sein Vater. Er sah niemandem ähnlich, den sie kannte. Erzähle ihm etwas, und er behält es für immer. An Dinge konnte er sich erinnern, von denen sie nicht einmal wußte, daß sie sie wußte, bis er sie ihr erzählte. »Das weißt du doch, Mum! Das weißt du doch!« beharrte er, und er hatte recht. Gespräche, Fakten, zurückliegende Ereignisse, Begriffe, ganze Seiten von Büchern, die er gelesen hatte. Wohin das wohl alles ging in den dünnen Armen und Beinen (sie dachte davon, wie andere Mütter vom Essen denken mögen), all das Wissen, das er aufschnappte und verschlang.

Eines Nachts hörte sie ihn seiner Schwester laut vorlesen, lange nachdem sie ins Bett geschickt worden waren, und stürzte wütend ins Zimmer.

»Digger, ich hab dir tausendmal...«

Aber da brannte keine Lampe, da war kein Buch. Auswendig hatte er das alles vorgetragen, Satz für Satz. Voller Unschuld sah er sie an. Damals war er neun Jahre alt.

Da wußte sie, daß es zu spät war, daß sie ihn nicht zu halten vermochte. Sie steckte bereits *in* ihm, die Welt, die sie von ihm fernhalten wollte, und wuchs in einem Maße, daß sie keinerlei Einfluß darauf nehmen konnte. Sie wußte nicht genug, um mit ihm mithalten zu können.

Bisweilen kam er wie ein kleines Kind, herzte sie und hängte sich an sie. »Nicht doch!« sagte sie dann zu ihm. »Du machst mir doch was vor. Hör auf!«

Sie war überzeugt, daß er sie verlassen würde, aber sie sagte es nicht laut. Sie schützte sich selbst gegen den Verlust.

»Nein, das werde ich nicht«, versicherte er ihr. »Wie könnte ich dich jemals verlassen?«

Er meinte es, und er tat es nicht.

»Erzähl uns was, Digger!« flüsterte Jenny in der Dunkelheit ihres kleinen Zimmers. »Sie schlafen, sie hören uns nicht.«

Alles erzählte er ihr nicht mehr, einiges aber schon.

Von Leuten zum Beispiel, die er sah, wenn er ihnen ihre bestellten Waren brachte, wie etwa den Breens: Mrs. Breen in ihren alten Filzlatschen, die ihm immer Gingerale in einem Senfglas gab. Sie ließ ihn sich an den Küchentisch setzen, dann setzte sie sich ebenfalls, genau ihm gegenüber, und schaute zu, wie er trank.

Mrs. Breen hatte Eddie, einen großen Jungen von fast zwanzig. Er war ein Mongoloide. Die ganze Zeit, die Digger dort war, lungerte Eddie im Flur herum. Manchmal streckte er den Kopf um die Ecke und grinste. »Hallo Digger!« rief er dann, viel zu laut. Andere Male zog er ein mürrisches Gesicht, als beneidete er Digger um die Aufmerksamkeit seiner Mutter und um das süße Getränk, das sie ihm gegeben hatte. Einmal hatte er sogar seinen Pimmel draußen und spielte daran herum. Digger sah es und blickte rasch zu Mrs. Breen, die aber tat so, als bemerkte sie es nicht. Vielleicht bemerkte sie es aber auch wirklich nicht, sie war ja so sehr mit *ihm* beschäftigt. Als wäre es ein Wunder, daß er ein Glas Gingerale trinken konnte, ohne etwas zu verschlappern.

Dann waren da Männer, denen er an der Fähre begegnete, Handelsvertreter manche von ihnen, und die Geschichten, die sie zu erzählen hatten, einschließlich Witzen; und Dinge, die er von älteren Burschen von weiter flußabwärts lernte, wo es einen tiefen Teich gab und man sich mit einem Seil über die brodelnde Finsternis schwingen konnte. Später, als er sich ins Kino wagte oder zum Tanz, wo er dann mit den Älteren draußen herumstand, mit ihnen rauchte und »Erfahrungen« austauschte, erfuhr er, daß einige schon in Sydney gewesen waren und zum Obstpflücken in der Riverina.

Zum Tanz oder ins Kino schlich er sich heimlich. Da war er noch nicht ganz vierzehn. Er wartete, bis er glaubte, die anderen schliefen alle, dann zog er sich lautlos die Hosen an und schlich, Hemd und Schuhe in der Hand, hinaus, wo er sich fertig anzog.

»Wo willst du hin, Digger?« fragte sie manchmal leise.

»Psst, erzähl ich dir morgen.«

Im Bett, im Dunkeln, erzählte er ihr dann. Er begann ganz leise, im Flüsterton, doch sehr schnell geriet er in Erregung und fing an zu kichern, oder seine Stimme überschlug sich und gab quiekende Laute von sich.

»Ruhe da drüben! Ihr sollt doch schlafen!« rief dann der Vater durch die Wand. »Sonst komm ich rüber, und dann setzt's was!«

Nach einer Weile dann die Stimme der Mutter:

»Schlaf jetzt, Digger! Das kannst du auch morgen noch erzählen.«

3

»Also«, fragte Digger, »wie steht es um mich? Bin ich noch oben?«

Vic grinste. »Na klar doch! Oder möchtest du's schriftlich?«

»Nein, ich glaub's auch so.«

Solche Wortwechsel zwischen ihnen waren in den letzten Wochen schon zum Ritual geworden. Sie waren Ulk. Es gab immer noch Themen, die sie mieden, bei denen sie verlegen, verkrampft gewesen wären, aber einen Mangel an Vertrauen gab es zwischen ihnen nicht.

Vic, die Ellenbogen auf die Knie gestützt, blickte an Digger vorbei auf den Fluß und den tanzenden Mückenschwarm darüber, Millionen kleinster Lebewesen, deren Körper bisweilen im Licht erstrahlten und so einen zweiten Fluß entstehen ließen, so als hätte der erste eine leichtere Variante von sich ausgestoßen, lauter lebendige Teilchen, mit der Freiheit zu schweben, zu schwirren, auf der Stelle zu tanzen, während der andere, an die Erde gebunden, nur dahinfließen konnte. Bisweilen teilte sich die glatte Wasserfläche. Ein Maul tauchte auf und schnappte sich ein Dutzend dieser Lebewesen, oder hundert – soviel es kriegen konnte. Vic sah zu, wie Digger an der Angelschnur rüttelte.

»Wie steht's mit dir?« fragte Digger.

»Ich weiß nicht. Ich glaube, ich gewinne. Aber sie sind schon clevere Burschen. Ich kann nicht sicher sein.«

»Dann sind sie immer noch hinter dir her?«

»Ja«, antwortete Vic. Er hatte die leichte Skepsis in Diggers Ton bemerkt. »Sie sind immer noch hinter mir her.«

Digger tat so, als wäre er mit der Angel beschäftigt. Nach einer Weile verfiel er wieder in ein altes Spiel zwischen ihnen und sagte: »Ich weiß gar nicht, warum du nicht aussteigst, solange es noch gutgeht. Ich würde es. Ich verstehe nicht, wie du dich damit abfinden kannst.«

Zeitweise, dachte Vic, hatte Digger etwas Zimperliches, etwas Altweiberhaftes an sich. »Das sind genau die Sachen«, sagte er sich, »die Mütter sagen würden. Und genauso gucken. Teils entsetzt und teils fasziniert.« Über diese Seite von Digger mußte er sich amüsieren.

»Und Klein-Alex?«

Klein-Alex, wie sie ihn nannten, war Vics Neffe, obschon er ganz und gar nicht mehr so klein und jung war. Er war dreiundvierzig.

Vic legte die Stirn in Falten. »Ach, der ist gegen mich, glaube ich.« Er ließ es klingen, als wäre es nicht von Belang. »Ich kann mir allerdings auch nicht sicher sein. Er gibt ja nicht viel von sich.«

Nein, dachte Digger, das tut er bestimmt nicht.

»Wenn sie mich diesmal kriegen«, sagte Vic, und Digger sah ihn an, von etwas überrascht, das er zuvor nicht gehört hatte, »werfe ich das Handtuch. Glaubst du mir das?«

Ob das ernst gemeint ist? fragte sich Digger. Aber Vic hatte sich bereits wieder bedeckt.

»Vielleicht sollte ich das ohnehin tun«, sagte er. »Das Handtuch werfen und aussteigen.«

Er lachte darüber und nach einem Augenblick Digger auch. Es war doch so unwahrscheinlich.

Ihr Leben war so verschieden, wie zwei Leben eben sein konnten, die sich einmal berührten und kreuzten und in Augenblikken wie diesen wie eines verlaufen konnten.

»Du hast uns wohl für tot gehalten?« pflegte Digger ihn in den früheren Zeiten zu necken. Der Spott war von der sanftesten Sorte, aber Vic war sehr sensibel in puncto Loyalität und sah gekränkt aus.

»Was soll das heißen? Weil ich ein bißchen Geld verdiene? Das macht keinerlei Unterschied.«

Doch mit der Zeit hörte er auf zu protestieren. Dann machte es schon einen Unterschied; nicht so sehr das Geld als das Niveau, auf dem er sich bewegte, die Reisen, die er hierher unternahm, und das Ausmaß des Interesses, das die Leute an ihm nahmen.

»Wie ich sehe, bist du schon wieder in der Zeitung gewesen«, sagte Digger, und Vic, obschon er sich freute, daß Digger es gesehen hatte – er lechzte immer noch nach Bewunderung, konnte nie genug davon haben –, zog ein Gesicht. »Ach, die Zeitungen!« sagte er. »Man sollte die Zeitungen überhaupt nicht beachten!« Und um die Kluft zwischen ihnen ein bißchen zu verringern, erzählte er Digger Geschichten, ehrliche, vergnügliche, von seinen Erlebnissen da draußen bei den Kannibalen, trug dabei bisweilen recht dick auf, erfreute sich an Diggers Ausdruck des Zweifels, oft genug auch der Mißbilligung und wollte, wenn es ihm gelang, Mitleid erregen.

»Ach, bin ich froh, daß das dir passiert ist und nicht mir!« sagte Digger dann und half damit beiden aus dem Schneider. »Wie du das nur aushalten kannst! Ich könnte es nicht. Nicht für noch so viel Geld!«

In Wirklichkeit war Digger unaufrichtig. Er kannte Vic. Ihm konnte man sein Leben anvertrauen. Andererseits konnte man ihm keinen Pfennig anvertrauen. Zuerst war er überrascht gewesen, daß jemand, den er kannte, den er gut kannte, in der Welt vorankommen sollte. Doch nach einiger Zeit erkannte er, daß das naiv war. Exakt die Eigenschaften, die er an Vic kannte, beide Seiten, nahmen da draußen eine andere Form an und waren genau das, was erforderlich war. Das sagte etwas über die Welt aus, und Digger nahm, auf seine Weise, Notiz davon, ließ Vic aber nicht wissen, was er gesehen hatte.

»Ich halte es aus«, sagte Vic, »denn ich muß es. Ich habe keine andere Möglichkeit.« Was er sagen wollte, war, daß er Abwechslung, Risiko, Action unbedingt brauchte.

Er wollte sich umschauen, wenn er hier heraufkam, und Digger fragen, wie er es aushielt. Es war eine Welt hier oben, die einen nicht benötigte. Alles, was man anschaute oder berührte, die langen Streifen Rinde, die sich abschälten und glänzende Farben freigaben, die Schnörkel an einem Baumstamm, die kleine Lebewesen waren, Vogelrufe, die aus dem Gebüsch kamen, ki-witt, *ki-witt* – all das verkündete dieselbe Botschaft. Na komm, wenn du magst, du brauchst aber auch nicht, eigentlich ist es ja egal.

Für ein, zwei Stunden konnte es ein Trost sein. Es brachte einen auf andere Gedanken. Doch es fehlte nicht viel, und er fühlte sich wie ein Geist.

Was er brauchte, waren Dinge, die ihm sagten, daß er *tatsächlich* hier war. Zu seinem Glück war die Welt voll davon.

Doch vor drei Wochen hatte er das alles verändert. Er war zu Digger gekommen und hatte ihn um einen Gefallen gebeten.

Ein, zwei Tage lang hatte er den Gedanken noch zurückgehalten. Nicht weil er fürchtete, Digger würde ablehnen. Er wußte, daß er das nicht tat. Sondern weil es, wenn er es tat, eine gewisse Balance zwischen ihnen zerstören würde, die, manchmal zwar etwas wackelig, über vierzig Jahre bestanden hatte. Er zögerte. Dann, als er sich schließlich doch dazu durchgerungen hatte, überstürzte er sich fast dabei.

»Hör zu, Kumpel«, begann er, ein bißchen verlegen, daß er zur Sache gekommen war, »du weißt doch, daß ich dich in nichts verwickeln würde, das nicht völlig astrein wäre. Doch die Sache ist die, Digger, ich muß dich um einen Gefallen bitten. Ich täte es nicht, wenn ich mich an jemand anders wenden könnte.«

»Was ist es denn?« fragte Digger geradeheraus. Er war überrascht. Sie baten sich gegenseitig nicht um Gefälligkeiten. Er fragte sich, was es wohl sein könnte, das nicht bereits ihrer Freundschaft unterlag.

Der sorgenvolle Ton in seiner Stimme machte Vic nervös, doch nun hatte er einmal davon angefangen, und was er gesagt hatte, stimmte: Er hatte niemanden anders. Rasch legte er die

Sache dar und hielt sich dabei an die einfachsten Ausdrücke. Digger hörte aufmerksam zu.

»Aber was könnte ich denn dabei nützen?« fragte er schließlich, »ich verstehe doch überhaupt nichts von *Aktien.*«

»Das brauchst du auch nicht. Du bekommst davon auch gar nichts mit. Alles, was wir benötigen, Digger«, und da hielt er einen Moment inne, ehe er es herausbrachte, »ist dein Name.« Dann fuhr er rasch fort, um seine Verlegenheit zu übertünchen. Digger wurde es immer unwohler. Er rang die Hände.

»Verstehst du, wir brauchen jemanden, der noch unbekannt ist, den man nicht ausfindig machen kann – jedenfalls nicht so ohne weiteres. Es ist nur eine Frage des Timings – alles unter Dach und Fach zu bekommen, bevor es registriert wird. Oh, es ist nichts Illegales dabei. Es ist nur ein bißchen *clever,* das ist alles. Du weißt doch, wie diese Geschäftsleute sind. Nach dem Gesetz, verstehst du, kann ich alle sechs Monate höchstens eineinhalb Prozent der Aktien kaufen, selbst wenn es mein eigenes Unternehmen ist. Also brauche ich jemand anders, der das tut. *Ich* stelle das Geld – nun, nicht direkt Geld, Sicherheiten, andere Unternehmen, die ich beleihen kann. Alles, was *du* zu tun hättest, wäre, ein paar Papiere zu unterschreiben. Albert, verstehst du?«

»Ja«, sagte Digger düster, »Albert.« Die Ungewohntheit des Namens war in diesem Augenblick eine Erleichterung.

»Verstehst du, mein Freund, jemand ist hinter mir her. Ich weiß nicht, wer es ist. Jeder könnte es sein. Sogar Alex. Alles, was ich weiß, ist, daß sie in Bewegung geraten sind. Was ich zu tun habe, ist also, vor ihnen dazusein. Das Geld zusammenbringen, auf den rechten Augenblick warten, dann, bevor andere es tun können, zack!, steigen wir ein und versuchen, die ganze Sache an uns zu bringen. Oder eben so viel, daß ich das Heft in die Hand bekomme.«

Er schwitzte. Die Dreistigkeit und die Gefahr dabei versetzten ihn in Erregung, aber es gab auch noch Sachen, die er für sich behalten mußte. Es hätte Digger nur in Angst und Schrecken versetzt, wenn er das volle Ausmaß dessen gewußt hätte, das da geplant war, die Summen zum Beispiel, um die es ging.

»Die Sache ist nur, daß es so bald wie möglich geschehen muß. Vierzig Tage, das ist das Maximum. Du siehst also, Digger, es dauert nicht lange.« Er konnte erkennen, wie bedrängt Digger aussah. Das tat ihm leid. »Ich stecke in der Klemme«, sagte er schlicht und einfach. »Ich würde dich nicht fragen, aber mir bleibt keine andere Wahl. Du bist der einzige.«

Digger würgte es. Das Problem war, daß er nicht wußte, was er davon halten sollte. Er hatte keine Ahnung, keine Erfahrung in solchen Dingen und hatte niemanden, den er hätte fragen können. Steckte da womöglich ein gewisses Maß an Verrücktheit drin, die jeder, der etwas davon *verstand,* sofort erkennen würde?

»Ich rede mir nichts ein«, sagte Vic gekränkt, »wenn es das ist, was du denkst. Ich weiß, es klingt aufregend. Verfolgungswahn, ist es das, was du denkst? Ehrlich, Digger, so werden diese Dinge *gehandhabt.* Es mag dir verrückt vorkommen, aber glaubst du denn nicht, ich weiß, was ich tue? Das ist ein Spiel, das ich jeden Tag spiele. Glaub mir, ich bin gut darin!«

Also war Digger eingestiegen, und in den Wochen, die folgten, liefen ihm etliche lohnenswerte Objekte, das heißt Wirtschaftsunternehmen, die angeschlagen waren, durch die Hände, genau wie Vic es vorausgesagt hatte, ohne jeglichen Ärger für ihn; ohne daß er meist überhaupt wußte, was geschehen war. Er führte bei der ganzen Sache nur eine Scheinexistenz.

Die Unternehmen – Morton Holdings, Cathedral Steel and Concrete, J. & R. Randall waren die größten, aber es waren auch noch kleinere dabei – bestanden aus Lagerhäusern in drei Staaten, Fabriken, Büros mit Schreibtischen, Aktenschränken, Schreibmaschinen und Computern, Selbstbedienungsrestaurants, Fuhrparks, Stapeln von Kartons oder Stahlträgern; doch alles, was Digger zu sehen bekam, waren bloß Papiere. Und selbst die Papiere, schien es, waren nur Versprechen, veräußerlichte Vertrauenssachen, die mit wirklichen Banknoten und Münzen nicht mehr zu tun hatten als der Name Albert Keen mit der Person, für die er unterzeichnete.

Digger war erstaunt von dem, was ihm enthüllt wurde, dem Blick, den er hinter die Kulissen einer Welt werfen konnte, die er bis dahin für felsenfest solide gehalten hatte.

»Aber ich habe dir doch gesagt, es ist ein Kinderspiel«, sagte Vic. »Hast du mir denn nicht geglaubt?«

Der Reiz für ihn lag genau in dem, was Digger so beunruhigend fand, daß das Ausmaß des Gebildes, das er errichtete, obgleich es so real und greifbar war, doch ein Geheimnis blieb, sichtbar nur für ihn, Digger, seine Berater und ein paar Mitarbeiter, die eingeweiht waren. Doch es war recht solide. »Es sind auch Banken beteiligt«, flüsterte er, wenn er merkte, daß Digger Zweifel hegte, und nannte sie auch beim Namen. Doch statt sich zu beruhigen, bekam der schreckliche Angst. Männer bezogen ihre Löhne, ihre Familien hängten sich Kleider auf den Leib und steckten Brot in den Mund, kauften Fernsehapparate und Videorecorder; Gebäude wuchsen in die Höhe; Produktion wurde verlagert; eine ganze Gesellschaft atmete, aß und schlief – und die Grundlage all dessen war weiter nichts als Luft, weiter nichts als Versprechen, Vertrauen.

Vic lachte. »Was sollte es denn sonst sein?« fragte er, als wäre Digger ein Kind. Und Digger machte auch das angst. Im gegenseitigen Einvernehmen verfielen sie in die Gewohnheit, so wenig wie möglich über all das zu reden, und wenn, dann auch nur in den einfachsten Begriffen.

»Ach«, sagte er jetzt und holte seine Angel ein, »das bringt doch nichts. Mal sehen, ob Jenny eine Tasse Tee gekocht hat.« Und er wollte gehen, doch Vic hielt ihn zurück.

»Eh, noch nicht. Warte noch eine Weile. Es ist noch ziemlich früh.«

Digger war überrascht, erhob aber keinen Einwand. Er packte seine Angel ein, lehnte sich zurück, und sie saßen da und schwiegen. Das war nichts Ungewöhnliches – stundenlang konnten sie so dasitzen; doch diesmal fühlte er sich ein wenig unbehaglich. Es war nun schon das dritte Mal in der Woche, daß Vic auf diese Weise aufgekratzt war.

»Ich sitze wie auf glühenden Kohlen«, hatte er zum erstenmal zugegeben, »wegen dieser Sache, auf die wir jetzt gesetzt haben. Die letzte. Du machst dir doch keine Gedanken, oder?« Er machte sich Sorgen wegen des Marktes. »Ich möchte das alles hinter uns bringen«, sagte er, »ein bißchen schneller, als wir gedacht hatten. Der Markt ist mir zu lebhaft. Eigentlich ist das ja gut für uns, das ist das, was wir brauchen. Nur traue ich dem nicht.«

Doch diese Art Gespräch führten sie heute nicht. Es war etwas anderes.

Vic, der mit dem Rücken fest an eine Kasuarine gelehnt saß und sorgsam darauf achtete, wohin er seine Füße tat, damit die Schuhe nicht schmutzig wurden, spürte, wie die Stille anschwoll; sie stieg aus dem dahinströmenden Fluß empor, auf die Lichtung zu, wo der Laden stand, und weiter in den unwegsamen Busch hinein. Doch die eigentliche Weite war in ihm selbst. Still dasitzend, den Kopf zurückgelehnt, sah er wie von ferne diese beiden alten Knaben ungezwungen an einem Fluß sitzen, und er konnte es gar nicht fassen, daß einer von ihnen er selbst sein sollte. Wundersam – es gab kein anderes Wort dafür – war es auch, daß er diesen Atem hier zu fassen bekommen sollte und daß dieser Augenblick, kurz nach vier an einem Nachmittag im Jahr 1987, auf sie gewartet haben sollte, um ihn zu erreichen; wie die Blätter hier, die Schatten auf seine Hände warfen und ebenfalls langsam darauf zugewachsen waren und nun, da sie angekommen waren, mit einem Geräusch umkippten, das gerade noch vernehmlich war, wenn man hinhörte, ein leichtes Kratzen an der Stille.

»Hör zu, Digger«, und Digger wurde zum zweitenmal von etwas Neuem in seiner Stimme beunruhigt, »erinnerst du dich an einen Burschen, der Anson hieß?«

Digger zog die Wangen ein und blickte hinaus auf den Fluß. Nach einer Weile sagte er: »Anson, ja, John Archibald.«

Vic holte tief Luft. »Ja«, sagte er, »der«, obgleich er in Wirklichkeit diese anderen Namen bis dahin noch nie gehört hatte.

Nicht einmal gegenüber Digger hätte er die Erleichterung erklären können, die er darüber empfand, daß sie miteinander sprachen.

Er war ein Jackaroo* aus Singleton, zwanzig, vielleicht auch einundzwanzig, zweiundzwanzig. Behauptete, in einer staatlichen Mannschaft Läufer gespielt zu haben. Das war aber sehr wahrscheinlich gelogen. »In welchem Jahr war denn das?« hatte einer der anderen wissen wollen. Vic erinnerte sich an die Lüge.

Eines Tages hatten sie schon frühzeitig in der Sonne gesessen,

* Landwirtschaftslehrling

nur in ihren kurzen Hosen, und Dame gespielt. Sie saßen sich an einer umgedrehten Trommel gegenüber. Er konnte sich nicht erinnern, wo es gewesen war, aber die Hitze war enorm, und die Sonne blendete. In Changi. Oder vielleicht war es auch schon eher gewesen, auf dem Schiff, das flußaufwärts fuhr.

Blaue Augen. Das Haar gebleicht zu widerspenstigem Stroh. Roh, äußerst großspurig und, als sie sich hinsetzten, todsicher, daß er gewinnen würde.

»Nur, ich war mir sicherer«, dachte Vic und spürte sogar noch auf die Entfernung den kleinen Ausbruch von Triumph, die Freude an seinem Glück und seinem Können, als er einen klugen Zug tat und gewann. »Ha, hab ich dich!«

Auch der Ausdruck totalen Erstaunens auf Ansons Gesicht war ihm ein herrliches Vergnügen gewesen. Der Bursche konnte es kaum glauben. Auch seine Verärgerung konnte er nicht verbergen. So sicher war er sich doch gewesen zu gewinnen.

Sie waren in verschiedenen Einheiten und hatten nichts mehr miteinander zu tun, selbst als sie sich im selben Lager an der Front wiederfanden. Dann hatte er eines Tages, zu einer Zeit, da sie sechzehn Stunden ohne Unterbrechung arbeiteten, die meisten von ihnen wie in Trance, so krank und verroht, daß sie kaum noch wußten, wo sie waren, hatte er über seiner Schale Reis gesessen und, als er aus irgendeinem Grund aufblickte – eigentlich aus gar keinem Grund –, Anson am Wegesrand hocken sehen, nur wenige Meter von sich entfernt.

Es gab kein Schamgefühl mehr zwischen ihnen, das hatten sie hinter sich gelassen. Doch er schaute weg, und dann, einen Augenblick später, sah er wieder hin, gerade als Anson sich besorgt umdrehte und nachschaute (das taten sie alle), was er gemacht hatte. Vic sah es auch, und ihre Augen begegneten sich.

Mittlerweile waren sie alle äußerst gleichgültig zueinander. Viel zu sehr war jeder einzelne mit seinen eigenen Ängsten beschäftigt, als daß er sich noch gesorgt hätte, wie es den anderen ging. Aber sie alle wußten, was weiße Scheiße zu bedeuten hatte. Cholera. Das war ein Todesurteil!

Dieser Bursche bedeutete ihm nichts; aber er dachte, er würde seinen Blick nie vergessen – oder die panische Angst, die ihm selbst durch die Eingeweide gefahren war –, als sich ihre Blicke begegneten.

Mit der Zeit hatte er ihn natürlich vergessen, wie er so vieles vergessen hatte. Bis es ihm diese Woche wieder in den Sinn gekommen war, als wäre inzwischen überhaupt keine Zeit vergangen, Sekunden höchstens. Der Mann kam wieder zu sich, stand auf und zog sich die Hosen hoch.

Der Mann, der *Mann* – wie hieß er bloß? Vic hielt es für eine Schande, daß ihm sein Name nicht einfiel, obgleich sie ja eigentlich nur einmal miteinander gesprochen hatten. Er ging das Alphabet durch und fand andere Namen, die er auch vergessen hatte, diesen aber nicht. Dann lenkte er seine Gedanken auf etwas anderes, und da fiel ihm der Name ein.

Wovon er so berührt gewesen war, nach seinem ersten Schock der Erkenntnis, war die Sanftmütigkeit, mit der Anson dastand und zusah, wie seine Finger an der Hose herumhantierten, beschäftigt mit dem alltäglichen, aber ziemlich kniffligen Geschäft, sie festzuhaken, so daß sie nicht herunterfielen. Er hatte eine Art Ehrfurcht vor der Sinnlosigkeit dessen gefühlt, als ob sich eine kalte Hand auch auf ihn gelegt hätte. Er war verblüfft darüber (und auch Entsetzen war mit dabei), wie weit Anson seit ihrem Damespiel gelangt war. Keine Spur von Roheit war mehr in ihm. Mit einer Art stummer Gelassenheit stand er da, schnürte sein Bündel zusammen, drehte sich um und ging.

Doch was Vic jetzt dachte, war etwas anderes: daß er vierzig Jahre gebraucht hatte, sich mit den Härten des Daseins abzufinden, wohingegen es dieser Anson in nur ein paar Monaten geschafft hatte.

Digger saß ruhig da.

Anson. Der kam ziemlich weit oben auf der Liste. Nach Amos, Reginald James. Er hätte fortfahren können, wenn Vic es verlangt hätte. Mit Aspie, Ball, Barcley, Baynes, Beeston…

Danach kamen noch neun. Dann Curran.

4

Große Ereignisse werfen nicht immer ihre Schatten voraus. In Malaya kam die kaiserliche japanische Armee 1941 auf klapprigen Fahrrädern an. Das sah nicht nach dem Beginn eines Triumphes aus oder gar wie ein historischer Augenblick.

Mit umgehängten Gewehren, glänzenden Brillen und in Gummistiefeln sah man sie den Weg zwischen den Gummibäumen dahergetrampelt kommen. Die Räder machten einen ziemlich mickrigen Eindruck. Die Fahrer schwitzten in ihrer schweren Ausrüstung. Man brauchte bloß zu zielen, abzudrücken, und die ganze Geschichte geriet durcheinander. Die Getroffenen fuchtelten mit den Armen, als glaubten sie, da oben wäre etwas, der Mantelsaum oder die große Zehe eines ihrer Vorfahren etwa, das sie ergreifen und an dem sie sich emporziehen konnten. Die Räder aber rollten weiter, wie es die Schwerkraft verlangte, kippten schließlich um und stürzten in den Graben. Es war schon komisch.

Aber auch die eigenen Leute fielen, und so zog man sich zurück. Schwere Geschütze feuerten, Granaten prasselten herab. Hitze und Lärm wurden unerträglich. Die engen Straßen des Chinesenviertels wurden durcheinandergewirbelt. Mauern wurden zerfetzt, flogen in die Luft und kamen als Gesteinsbrokken und Staub wieder herunter. Einheimische, Chinesen zumeist, stoben nach allen Seiten in die bleihaltige Finsternis, mit Geldkassetten, zusammengerollten Teppichen oder Kindern in den Armen, Hühnern, Nähmaschinen oder kleinen, quiekenden Ferkeln. Oder sie schleppten ihren halben Hausrat auf den Schultern, die Stuhlbeine nach oben gekehrt, warfen sich hin, wenn geschossen wurde, wobei die Ladung in Stücke barst und verstreut wurde, oder sie standen wieder auf und humpelten weiter, zwischen Panzerfahrzeugen, Sanitätswagen und zu Fuß gehenden Verwundeten, die über den Damm kamen und zur Inselfestung wollten.

Das war am Sonntag. Am Sonntagabend konnten sich diejenigen, die am Tag zuvor in den Gummiplantagen auf der Insel oder auf Fabrikgelände Mann gegen Mann schwer gekämpft hatten, Digger war unter ihnen, etwas ausruhen und sich auf die nächste Etappe vorbereiten, indem sie sich die Socken stopften, sie säuberlich zusammenrollten und sie in ihrem Gepäck verstauten. Als alles tipptopp war, zählten sie ihre Münzen, machten sich die Fingernägel sauber und erquickten sich an einer metallenen Brust, indem sie ein Loch in eine Büchse Kondensmilch stachen und sie aussaugten.

Überall ringsum, an Lagerfeuern und abseits im Dunkeln, wurde wieder gehandelt: ein Päckchen Zigarettenpapier und zwei Pariser für einen Füllfederhalter; eine Unze Tabak für eine Schachtel bester Grammophonnadeln aus Stahl und noch eine Schallplatte mit Paderewskis Menuett in G-Dur dazu.

Es machte den Eindruck, als wäre die ganze Division zu keinem anderen Zweck aufgestellt und nach Norden verfrachtet worden, als die Beförderung von Millionen von Artikeln ohne großen Wert und Nutzen von einem Kontinent zu einem anderen zu gewährleisten, die andernfalls in einem Tante-Emma-Laden Staub angesetzt hätten oder in einem Koffer unter einem Bett vermodert wären. Dieser Schwarzmarkt, der in keiner Statistik auftauchte, war hier in jedem Augenblick im Gange, zwischen Gefechten, zwischen zwei Schlucken Kokosmilch oder zwei Happen Corned beef, durch Zäune hindurch, über den Platz zwischen den Feldbetten hinweg. Selbst auf der Latrine ging der Handel weiter, wenn zwei Männer gleichzeitig mit dem anderen inoffiziellen Geschäft zu tun hatten, nämlich sich zu erleichtern.

Transaktionen. Geschäfte. Sie nahmen so viel Energie in Anspruch, erzeugten so viel Gefühl, daß man hätte meinen können, sie wären das einzig wirklich Wesentliche eines Soldatenlebens, eines hartnäckigen, ungebührlichen *zivilen* Lebens innerhalb des offiziellen militärischen, das in Taschenformat die wahren Motive dieser internationalen Veranstaltung offenbarte, mit dem verglichen das ganze Gerede von Freiheit, Ehre, patriotischem Stolz und Rettung der Zivilisation nichts als nebulöses Geschwätz war.

Es war eine heiße, von Wolken und dem Qualm von Gummi-Lagerhallen, die an den Docks brannten, verhangene Nacht. Schatten spielten um das Feuer, als Männer sich ein Lager richteten. Die Stimmen in der Stille kamen von Kameraden, die in Töpfen rührten, Mah-Jongg oder Black Jack spielten oder sich obszöne Witze erzählten.

Andere, Neulinge zumeist, aber auch ein paar alte Hasen faselten immer noch von der großen Schlacht, an der sie teilnehmen würden, morgen oder übermorgen, und die die kleinwüchsigen Scheißkerle erledigen würde.

Solches Gerede war Mist. Diejenigen, die tatsächlich schon im Feuer gestanden hatten – Digger zum Beispiel und Mac und Doug –, wollten nichts mehr davon wissen. Die Schwere, die über der Insel hing, war nicht nur das Wetter oder der Rauch vom Lagerhaus des Empires, das in Flammen aufging. Es ging das Gerücht (bisher nur geflüstert; keiner wollte es herauslassen), daß die Oberbefehlshaber bereits miteinander verhandelten.

Um elf war es amtlich. Bei einem Treffen mit dem japanischen Oberbefehlshaber, General Yamashita, hatte der Oberbefehlshaber der alliierten Streitkräfte, General Percival, eine bedingungslose Kapitulation unterzeichnet, die 22 Uhr japanischer Zeit in Kraft getreten war.

Somit gingen also auch alle ihre Uhren falsch. Für sie galt jetzt die Zeit der Japse, und zwar so lange, wie das Ganze dauern würde. Sie hatten, ohne es zu wissen, ihren Status als Soldaten verloren, und auch noch ein paar andere Qualifikationen, und waren schon zwei Stunden lang Kriegsgefangene.

Am Montag begaben sie sich, fünfzigtausend Mann, wie es hieß, in Gefangenschaft, was im Moment jedoch nichts weiter bedeutete, als die zwölf Meilen zum anderen Ende der Insel zu marschieren; eine so gewaltige Menschenmenge, wie man sich nicht vorstellen konnte, Digger jedenfalls konnte es nicht, bis man auf eine Anhöhe kam, zurückblickte und die dichte Marschkolonne in der Ferne sich im Dunst auflösen sah.

Was sie tragen konnten, nahmen sie mit. Das hatten sie bei der Armee gelernt. Was man besaß, das behielt man: Verpflegung, Ausrüstung, eine alte Tabaksdose, Pullover und Socken zum Wechseln. Aber auch billige Uhren, die man von Chinesen abgeluchst hatte, Drehbleistifte, Fliegenklatschen, Buddhas aus Bronze, Bücher, wie ›Vom Winde verweht‹ und ›Moby Dick‹ und Krimis von Edgar Wallace, Ballen von Schantung- und thailändischer Seide, Tintenfässer, Spielkarten, Flaschen mit Whisky. Zehn bis zwanzig Kilo solchen Zeugs schleppten sie fast alle und wankten; sämtliche Taschen waren vollgestopft, und solche leichteren Dinge wie Flaschenöffner, Taschenmesser, Schraubenzieher, Trinkbecher, Feldflaschen hingen an den Riemen des Marschgepäcks oder an Gürtelschlaufen oder an einer Schnur um den Hals. Sie sahen weniger wie die Überbleibsel eines militärischen Unternehmens aus, selbst eines erfolglosen, als vielmehr wie Medizinmänner eines modernen Warenkults oder eine Horde syrischer Hausierer, die jeden Moment auf die Kleinstädte von Neusüdwales losgelassen werden sollten. Sie schwankten, sie klimperten mit Andenken und Erinnerungsstücken, dem angesammelten Brimborium (allem, was umgestülpt, abgeschraubt oder abgerissen und um die Schultern gehängt werden konnte) einer Welt, die um sie herum in Stücke gerissen worden war und jetzt mit Improvisationstalent irgendwo anders wieder aufgebaut werden mußte – in Bewegung, wenn es sein mußte. Aber sie waren ja Experten darin. Sie waren Australier. Ein ganzer Teil von ihnen hatte sein ganzes Leben lang darauf trainiert.

Dieser bunte Krimskrams, diese abtrennbaren Teile und Symbole kultivierten Lebens waren alles, was sie hatten, um sich dessen zu versichern, woher sie gekommen waren und was sie waren. Was in einem Satz Skalpells oder in einer Kombizange und einer Rolle Draht steckte – und das grenzte schon ans Mystische –, war der garantiert überlegene Status derjenigen, die sie erfunden hatten und ihre Verwendung kannten. Zivilisation? Das sind *wir!* Schaut euch das an!

Doch im Laufe des Tages, als die zwölf Meilen zu einem Martyrium wunder Füße, wunder Schultern und wundgescheuerter Schenkel wurden und die Sonne unbarmherzig herniederbrannte, konnte die Last das nicht mehr aufwiegen, nicht einmal gegen eine ungewisse Zukunft. Bis zum Einbruch der Dunkelheit hatte auch der Beschränkteste und Halsstarrigste unter ihnen etwas gelernt, und was sie gelernt hatten, konnte aufgelesen, gewogen, umgedreht und mit einem Preis versehen werden, von den Tausenden von Aasgeiern, die mit ihnen zogen und alles an sich rissen, was sie wegwarfen oder fallen ließen, und wurde noch am selben Abend in Verkaufsbuden ausgelegt – als Beweis dessen, was bis dahin kaum faßbar gewesen war: eine außerordentliche Kapitulation, einmal auf dem Papier und einmal in einer Form, die man vor sich sehen und mit den Händen berühren konnte; in der Welt der Handelsartikel. Was für ein Verfall! Faulenzern, die dieses unerwartete Geschenk betrachteten, quollen die Augen heraus vor Staunen über dessen unermeßlichen Umfang. Schau, ein Kristalltintenfaß, ohne einen einzigen Kratzer!

Es war ein generelles Abstreifen. Dabei hatten sie, ob sie es wußten oder nicht, Entscheidungen getroffen, von denen ihr Leben abhängen sollte. Alles, was ein Mensch von der menschlichen Natur (einschließlich seiner eigenen) und der Unvorhersehbarkeit der Dinge begriffen hatte, bestand in der Wahl zwischen einem billigen Wecker und einem Paar abgetragener, aber brauchbarer Schuhe.

An einem zurückliegenden Punkt hatten sie, jeder von ihnen, eine Linie überschritten, wo das Gewicht eines jeden Dings in der Welt, selbst des kleinsten, hinzugezählt worden war; aber sie selbst waren leichter.

Unter so vielen anderen saß Digger in der glühendheißen Dunkelheit gegen sein Marschgepäck gelehnt, die Schuhe und die Socken ausgezogen, denn die Füße waren voller Blasen.

Sie befanden sich in einem offenen Lager an der Ostküste der Insel. Changi hieß der Ort.

Die Einheit war zerstreut. In guter Marschordnung waren sie losgegangen, aber dann waren einige zurückgeblieben, manche, um miteinander zu handeln oder mit den Einheimischen, die neben ihnen herliefen, grinsten und auf Dinge zeigten, die ihnen ins Auge gefallen waren, und ihre Angebote machten, andere, weil sie krank geworden waren oder lahmten oder sich von der Sonne wie erschlagen fühlten. Es kamen immer noch viele angetrottet, und überall hatten die Sergeanten zu tun. Ständig riefen sie die Namen ihrer Leute auf.

Zwölf Tage zuvor war Mac verwundet worden, nicht schlimm, am Oberschenkel. Fast die ganze Strecke hatten sie ihn mehr oder weniger geschleppt, Digger auf der einen Seite, Doug auf der anderen. Weiß wie Kreide lag er nun da, einen Arm auf den Augen. Digger war beunruhigt.

Doug, der nie länger als zwei Minuten stillsitzen konnte, war auf Achse, um etwas zu ergattern. Das war jedenfalls seine Ausrede. In Wirklichkeit ging er jubelnd auf und ab.

Er war in seinem Element. Die sanktionierte Regellosigkeit und Unordnung, die Mischung von Australiern, Briten, Holländern und einheimischen Truppen, der tosende Lärm, den sie bis weit in die Nacht hinein machten, das alles tat ihm gut. Zwischen den verschiedenen Gruppen tänzelte er herum – er war zwar groß und schwer, aber leicht auf den Füßen –, ließ da und dort eine Bemerkung fallen, begrüßte Bekannte, wechselte mit diesem oder jenem ein paar Worte und lockte die Quatschköpfe aus der Reserve, die sich bereits eine glorreiche Zukunft unter den Guerillas ausmalten oder prahlten, was sie getan hätten, wenn sie Gelegenheit dazu gehabt hätten. Er kam zurück mit einem Päckchen Ardaths und einer Reihe lustiger Geschichten.

»Ich sag euch«, fing er an, »das wird hier ein Klein-Chicago, denkt an meine Worte! Jetzt werdet ihr die menschliche Natur zu sehen bekommen.«

Das letzte war eine Stichelei gegenüber Mac. Menschliche Natur war ein Begriff, von dem Mac überzeugt war; er und Doug waren darüber, und eigentlich über vieles andere, nicht einer Meinung. Ihre Zuneigung basierte auf leidenschaftlicher Meinungsverschiedenheit. Jetzt äußerte er die Bemerkung in der Hoffnung, sie könnte Mac provozieren.

Wie die meisten Menschen, die nie einen Tag arbeitsfrei haben, fühlte sich Doug unwohl. Er glaubte, wenn er Mac ein bißchen anstachelte und seine Lebensgeister weckte, würde er wieder er selber sein.

»Es heißt«, sagte er, »wir sollen unsere Ausrüstung abgeben. Wißt ihr warum? Damit die Offiziere sich wie feine Herren ausstaffieren und die Japse beeindrucken können. Straßenschuhe für alle Offiziere, zwei Paar pro Mann. Werden requiriert, wenn sie jemand nicht abgeben will. Schuhe sind zur Zeit sehr billig zu haben. Jeder versucht, sie loszuwerden, gegen irgend etwas, das er bekommen kann, Giftnudeln zum Beispiel, Uhren oder Seidenstrümpfe. Seidenstrümpfe sind eine ziemlich sichere Sache.« Er lachte. »Ich wär mit Giftnudeln zufrieden. Ihr werdet's sehen! Giftnudeln, Corned beef, Kondensmilch, das werden die Zahlungsmittel sein. Ein gutes Paar Stiefel. Am Ende läuft es immer auf dasselbe hinaus, Bauch, Pimmel oder Füße. Zu viel Schwanz wird wohl diesmal nicht dabei sein, nehm ich an, eher Bäuche und Füße.«

Er holte seine Ardaths heraus, bot Digger eine an und reichte das Päckchen dann zu Mac hinüber. Er hob den Kopf und warf einen Blick über den großen Haufen von ihnen, der weit zerstreut war. All sein Unsinn hatte ihn verlassen.

»Sind alles Trottel, die meisten jedenfalls«, sagte er nachdenklich. »Könnten ihr Arschloch wohl kaum vom hinteren Ende eines Kaninchenbaus unterscheiden. Es ist erschütternd. Die Hälfte von ihnen ist noch grün hinter den Ohren.«

Mac zündete die Zigarette an, lehnte den Kopf zurück und sog den Rauch ein.

»Wie geht's, Chef?« fragte Doug und setzte sich neben ihn. »Ein bißchen mitgenommen, was?« Rasch blickte er zu Digger und dann weg.

Sie waren über ein flaches Gebiet verteilt, das nicht genau eingegrenzt war, außer daß man irgendwo in der dunklen Ferne das Meer riechen konnte. Keine Zäune, kein Draht, kein Anzeichen von Japsen. Da war Bewegung, eine Art Rastlosigkeit wie von einem riesigen Tier, das sich da auf dem Boden ausstreckte, das Geräusch seines Atmens, ein gedämpftes Brüllen. Aber alles, ihre Bewegungen, ihre Stimmen, wenn sie sprachen, war zurückhaltend und gedämpft, so als würden sie ständig überwacht und die Japse wären anwesend, wenn auch außer Sicht.

Sie befanden sich im Freien, ohne Bewachung, festgehalten nur von dem Gentlemen's Agreement, das ein paar Engländer in ihrem Namen eingegangen waren. Das war schon unheimlich.

»Was ist los, Dig?«

Mac, der oft wußte, was Digger dachte, blickte sich fragend um.

»Nichts«, gab Digger zur Antwort, »bin bloß am Nachdenken.«

»Dem stolzen Federhelm Lebwohl, wie? Und den großen Kriegen, die Ehrgeiz zur Tugend machen.« Macs Stimme klang heiser und müde, doch es steckte etwas von seinem alten Humor darin. Er wußte, daß sie um ihn besorgt waren, und strengte sich an.

Doug, der verlegen wurde, wenn etwas eine literarische Wendung nahm, zog noch einmal an seiner Kippe und schnipste sie in hohem Bogen in die Dunkelheit.

»Lebwohl auch dem Pferdegewieher!« deklamierte Digger, da fortfahrend, wo Mac aufgehört hatte, mit einer Stimme, die nichts von der Grobheit seiner gewöhnlichen Sprache an sich hatte, »und der schrillen Trompete, der aufwühlenden Trommel, der ohrenbetäubenden Querpfeife, dem königlichen Banner, aller Selbstlosigkeit, dem Stolz, dem Pomp und dem Zeremoniell des glorreichen Krieges.«

Er kam zum Ende und schaute auf, ein bißchen befangen, aber keineswegs verlegen. Sie spielten oft dieses Spiel.

Mac strahlte vor Vergnügen.

Er war schon etwas älter, achtunddreißig. Zu Hause war er bei der Straßenbahn. Er wohnte bei seiner Schwägerin, Iris, die in einer Konditorei arbeitete (das hatte er Digger alles erzählt), in Bondi Junction, und war, wie Doug es ausdrückte, ein versonnener Philosoph, mit allen möglichen Thesen, Theorien und verstiegenen Idealen im Kopf, die nicht einmal im Paradies gewirkt hätten, geschweige denn hier, wo sie sich jetzt befanden. Sein Tornister war mit Büchern vollgestopft. Zu Hause kaufte er jede Woche mindestens ein Dutzend davon, bei Straßenhändlern oder in Antiquariaten in der George Street. In seinem Zimmer zu Hause stapelten sie sich bis an die Decke.

»Er scheitert nie, dieser Junge«, sagte er jetzt und forderte Doug auf, dieses Phänomen zu bewundern. »Erstaunlich, was?«

Digger schüttelte den Kopf. Das war gar nichts, ein Trick, das war alles.

Doug wollte gerade seinen eigenen, ironischen Kommentar abgeben, als eine andere Stimme einfiel: »He, das kenne ich.«

Es war Dougs Kumpel, wenn man ihn so nennen konnte, Vic.

»Gut gemacht, mein Sohn!« sagte Doug trocken. Die anderen, Digger und Mac, tauschten Blicke aus.

Vic war ein großer, stämmig gebauter Bursche, noch nicht ganz zwanzig, der sich unlängst an sie angehängt hatte und schwer wieder abzuschütteln war. Daß er wie Doug aus einem Bergarbeiterdorf bei Newcastle stammte, darin sah er ein Band zwischen ihnen und machte ein gutes Geschäft daraus. Er hatte gerade die Schule hinter sich und besaß, soweit Digger sehen konnte, noch keinerlei Erfahrung irgendwelcher Art. Das versuchte er zu verbergen, indem er sich einer derben Ausdrucksweise befleißigte und prahlte, was das Zeug hielt. Digger konnte ihn nicht ausstehen. Auch Mac hielt nicht viel von ihm.

Auf Doug hatte er es abgesehen, aber aus irgendeinem Grund tat er mit den anderen schön, und dafür mochten sie ihn noch weniger. Doch als sie sich über ihn beklagten, zuckte Doug, der immer großmütig war, nur die Achseln und sagte: »Ach, Vic ist schon in Ordnung.« Das hielt ihn allerdings auch nicht davon ab, ihn zu hänseln.

»Na komm!« sagte er mit gespieltem Erstaunen, wenn Vic zu prahlen anfing, womit er hoffte, sie zu beeindrucken.

Regelmäßig zog er sich aber auch zurück.

»Hier«, sagte er jetzt, »ich hab euch was mitgebracht.« Es war eine kleine Büchse Milch.

Doug nahm sie und drehte sie in der Hand. »Wofür ist das?« fragte er. »Hat jemand Geburtstag?«

Vic wurde feuerrot. Das war nicht *für* etwas. Das war etwas, das er für sie mitgebracht hatte, das war alles. Er wartete, daß Doug die Sache annahm und damit Schluß machte.

»Danke!« sagte Doug schließlich und stellte die Büchse ein bißchen zu auffällig auf seinen Tornister. Vic nahm das als Einladung, sich zu ihnen ins Gras zu setzen.

»So«, sagte er, »da hätten sie uns also. Was meint ihr, wie lange das dauern wird?«

»Keine Ahnung.« Doug reichte ihm das Päckchen Ardaths. »Vielleicht so lange, wie der Krieg dauert. Was denkst du?«

»Hm«, erwiderte Vic, »ich hab gehört, sie wollen uns austauschen. Ziemlich bald, wie einer gesagt hat.«

»Ach geh! – Hast du sowas schon gehört, Mac? – Gegen was sollen sie uns denn austauschen?«

»Wolle, hab ich gehört. Sie wollen Wolle.«

Doug lachte laut. »Wo wollen sie denn die vielen Schafe hernehmen?« fragte er mit Blick auf die große Masse, die sie waren. »Wie soll denn der Tausch vor sich gehen – nach Gewicht? Bei mir geht's ja, da machen sie ein gutes Geschäft. Bei dir auch. Aber bei Digger? Der Handel mit so einem mickrigen Burschen lohnt sich kaum. Was wiegst du überhaupt, Digger?«

»Fünfundfünfzig Kilo«, lachte Digger.

»Ich seh's schon kommen«, sagte Doug, »es wird wie beim Jüngsten Gericht. Ich weiß nicht, ob ich *da* mitmachen könnte.«

»Na ja«, erwiderte Vic unbehaglich, »ist ja bloß'n Gerücht. Ihr wißt ja, man hört so vieles. Ich glaub nicht, daß das so kommen wird.«

»Glaub ich auch nicht«, sagte Doug. »Kannst wieder Luft holen, Dig, wir lassen den Plan fallen.«

Vic sah, wie sie sich zulächelten. Er war ja kein Schwachkopf. Er spürte Diggers Blick auf sich. Höhnisch. Digger war derjenige, mit dem er Schwierigkeiten haben würde. Er sah nach nichts aus, er hatte nichts an sich, von dem man Notiz nehmen würde; aber von den dreien war er derjenige, der am längsten überlegte, am wenigsten sagte und am schwierigsten zu gewinnen sein würde.

»Ich wünschte, er würde abhauen!« sagte sich Digger. »Merkt er denn nicht, daß wir nichts mit ihm zu tun haben wollen? Der verdirbt bloß alles!«

Vic war einer von den vielen, die zur Verstärkung gerade erst auf die Insel gekommen waren.

Drei Wochen zuvor waren sie noch seekrank gewesen, auf dem Weg von Perth hierher, oder hatten in zu weiten Shorts und zu großen Schuhen und mit Blasen auf dem Rücken an der Reling gestanden und nach fliegenden Fischen Ausschau gehalten. Sie waren rekrutiert und sofort hierher eingeschifft worden. Ihre Ausbildung sollten sie an Ort und Stelle erhalten. Ihre Montur und eine einwöchige Schießübung auf dem Schießplatz bei Bukit Timar waren das einzige, was sie zu Soldaten gemacht hatte.

Die Seereise, das Abenteuer, von Australien weit weg zu sein, die Geschichten im Kopf, die sie von Altgedienten in der Kneipe oder bei der Arbeit auf dem Holzplatz oder im Laden oder sonntags nach dem Mittagessen von einem Onkel gehört hatten, während die Frauen aufwuschen, hatten in ihnen eine unbezähmbare Ungeduld erzeugt, eine Begeisterung, die durch nichts gedämpft werden konnte, durch keinerlei Bekanntschaft mit militärischen Vorschriften oder noch so hartem Drill. Heiß entflammt und zum Kampf bereit, waren sie das

Fallreep herabmarschiert und direkt hinein in *das hier:* Gefangenschaft.

Diese Wendung des Schicksals hatte Vic als persönlichen Affront genommen. Seit Sonntag 22.00 Uhr waren alle Qualitäten, die er in sich wähnte, außer Mode. Hier war er unter Männern, die bereits von Erfahrung gestählt waren, selbst solche wie Digger, die auch nicht älter waren als er. Womöglich glaubten sie, sie hätten das Recht, ihn zu verachten, nur aus dem Grund, daß er jung und unerfahren war und nicht die Möglichkeit gehabt hatte, sich zu beweisen. Damit konnte er sich jedoch keinesfalls abfinden. Er wußte, was er wert war.

Unbeschwert hockte er da – er war ein nett aussehender Bursche, die Hände hatte er locker auf den Schenkeln liegen, seinen Schlapphut lässig im Nacken. Aber er war nicht unbeschwert. Es gab immer ein kleines bißchen Erregung, die ihm Stiche versetzte. Sich ihrer Geringschätzung wohl bewußt, blieb er ständig auf der Hut.

Doug hatte inzwischen ein neues Thema gefunden, über das man sich auslassen konnte.

»Sie glauben, Gordon Bennett ist verschwunden«, sagte er. »Habt ihr was davon gehört? Soll sich in seinem kleinen Ruderboot nach Hause aus dem Staub gemacht und uns hier in der Scheiße sitzen gelassen haben. Sieht ihm ganz ähnlich, was?«

Auf keinen, der etwas zu sagen hatte, war er gut zu sprechen; Offiziere, Chefs, kleine Emporkömmlinge von Angestellten hinter einem Schreibtisch, die herumdrucksen und dich beschissen fühlen lassen, bevor sie dir etwas abstempeln; alle erpicht darauf, einen Arsch zu lecken oder in einen zu treten, kommt nur darauf an, ob er über oder unter ihnen ist; alle fest entschlossen, wie die verdammten Leutnants hier, die bald in ihren Schuhen herumstolzieren würden, sich auch an das kleinste Anzeichen eines Privilegs zu klammern.

»Typisch!« sagte Doug und spuckte aus.

»Na, ich weiß nicht«, sagte Vic. Er mußte auch immer seinen Senf dazugeben. »Glaubt ihr wirklich, das würde einer tun? Ich mein, ich weiß, er ist ein General und so, aber ob er wirklich...?«

Doug sagte nichts, saß bloß da, zog die Augenbrauen hoch und sah ihn an. Das Schweigen war zu viel für Vic.

»Na, würdest du?«

Doug lachte. »Bist du bekloppt? Natürlich würde ich nicht. Aber ich bin auch bloß ein beschissener Fußlatscher. Ich kann mich nicht einfach verpissen. Mac auch nicht oder Digger. Du auch nicht. Hab ja schließlich kein Ruderboot. Aber wer will schon wissen, was ich tun würde, wenn ich General wäre? Oder du – na, *du* vielleicht nicht, aber ich würde nicht gern beschwören, was ich täte oder nicht, wenn ich eine Chance hätte.«

Vic runzelte die Stirn. Es kümmerte ihn wenig, in welche Richtung die Unterhaltung ging. »Wie dem auch sei«, sagte er, »es ist ja wirklich bloß ein Gerücht. Genauso wie das mit der Wolle. Es wimmelt nur so von Gerüchten.« Kurzes Schweigen. »So«, sagte er, »da hätten sie uns also.«

Doug blickte sich um und seufzte theatralisch. »Ich weiß nicht«, sagte er, »wie bin ich bloß in das Schlamassel geraten? Ich bin doch immer so vorsichtig gewesen. Bin nie danebengetreten – nicht einmal als Erwachsener. Habe zweimal in der Woche die Socken gewechselt, mich nie mit leichten Mädchen eingelassen, bin nie unter einer Leiter durchgegangen, habe nie einen Spiegel zerbrochen oder mir irgendwelche Fahrscheine, Eintrittskarten, Garderobenmarken etc. mit einer Dreizehn darauf andrehen lassen. Noch vorsichtiger kann man gar nicht sein. Sah ich einen Chinesen, bin ich hingerannt und hab ihn berührt, weil das Glück bringen soll. Und nach all dem war ich so blöd, mich anwerben zu lassen. Ich frage euch, was bringt einen dazu? Sind wir nun rationale Wesen oder nicht? Ach Gott, ich dachte, sie würden mich in den *richtigen* Krieg schikken. Griechenland vielleicht oder Ägypten. Doch man hat mich hierher geschickt. Digger und Mac mit. Ich dachte: ›Okay. Tropische Nächte. Taxigirls für zehn Cents pro Tour. Überall Chinesen. Dir wird's schon gutgehen, Douggy. In Ordnung.‹ Und wie ist es nun gekommen? Ich frage euch, ehrlich, steckt da eine Logik drin? Weiß wirklich einer von uns, was wir tun, verdammt nochmal, selbst wenn wir es gerade tun? Legt einer alles auf die Waagschale? – ich mein nicht nur, um uns gegen die verfluchte Wolle einzutauschen.« Er lachte. »Wenn es überhaupt dazu kommt – wir sollten anfangen, dich aufzupäppeln, Digger –.«

»Bin schon in Ordnung«, sagte Digger lachend.

»Hier, Kumpel!« Er schnappte die Büchse Milch und warf sie Digger zu. »Das trinkst du jetzt!« forderte er ihn auf. »Du hast doch nichts dagegen, Vic? Digger ist nämlich unser Fliegengewicht.«

»Feder«, warf Digger ein, um korrekt zu sein.

»Keiner von diesem Haufen hier reicht an ihn heran.«

»Ach?« sagte Vic. Ein leichtes Auflackern von Herausforderung und Interesse war ihm anzumerken. Er war überrascht. Digger war doch so ein sanfter Bursche.

»Und du wärst doch nicht mal einen Ballen Wolle wert, falls es doch zu dem Geschäft käme. Würdest nicht mal einen Überzug für einen Kleiderbügel ergeben oder die linke Seite einer Babystrickjacke. Tut mir leid, Kumpel«, sagte er zu Digger, »aber du steckst in Schwierigkeiten. Hier, gib her!«

Er nahm die Dose, stach zweimal mit seinem Taschenmesser hinein und gab sie zurück. »Danke, Vic!« sagte er für Digger.

Digger tat einen kräftigen Schluck.

5

Diggers Ruf als Boxer war in ihrer ersten Woche im Lager begründet worden. Gegen einen Landesmeister der Amateure hatte er drei Runden mitgehalten, dann bei den Bataillonsmeisterschaften die Einheit vertreten. Doug hatte ihn dazu gebracht. Er verriet ihnen nicht, jedenfalls nicht am Anfang, daß er ein Profi war.

Bevor er Soldat geworden war, war er achtzehn Monate lang mit einer Truppe von Boxern durch die Lande gezogen, die neben anderen Gauklern und Zirkusleuten auf Rummelplätzen auftraten, wie zum Beispiel einem verrückten Chinesen, einem Kraftmenschen, der auch Schwerter schluckte und Feuer spie, einem tollkühnen Motorradfahrerpaar (Mann und Frau, die allabendlich dreimal in den Todesring stiegen), einer Riesendame und dem lebenden Torso, einem Mann, der nur aus Kopf und Schultern auf einem beweglichen Tablett bestand. Diggers Aufgabe war es gewesen, sich unter die Schaulustigen zu mischen und, wenn sich kein anderer Trottel fand, sich zu melden und eine Runde mit einem aus der Truppe zu boxen.

Schon immer hatte ihn der Rummelplatz fasziniert. Das Geräusch eines Karussells und die quietschende Musik, die es von sich gab, der Anblick von einem Dutzend Männern in kurzen Hosen und blauen Trikots mit Vorschlaghämmern und Tauen, die ein Zelt aufstellten. Das Verwandeln von einem Stück Brachland in einen Volksfestplatz genügten, um ihn von jeglicher Tätigkeit wegzulocken, mit der er gerade beschäftigt war. Nicht nur einmal hatte er ein paar hinter die Ohren bekommen, weil er unter der Zeltbahn hindurchgeschlüpft und zu spät zum Tee nach Hause gekommen war oder weil er sich draußen rumgetrieben und den Marktschreiern zugehört hatte und dann den ganzen Unsinn mit nach Hause brachte (die kompliziertesten Sprüche konnte er sich merken) und damit in Jenny den sehnsüchtigen Wunsch erregte, diese Wunder selbst einmal zu erleben.

Er liebte die Lichterketten, die von Mast zu Mast gespannt waren, rot, blau und orange, und seltsame Schatten warfen, wenn der warme Luftzug sie bewegte, den Geruch nach Tierexkrementen, den Satin und die Pailletten, die die Akteure trugen und die ziemlich schmutzig aussehen konnten, wenn man ihnen zu nahe kam, unter den Lichtern aber und in dem Glanz, den die Ansager mit ihren anfeuernden Kommentaren schufen, einen schon aus dem Häuschen geraten ließen.

Kleinkinder, die bei ihren Vätern auf den Schultern saßen, waren entweder eingeschlafen oder krähten vor Vergnügen. Lärmende Jugendliche mit geschniegeltem Haar und einem Glimmstengel im Mund zeigten an der Schießbude, was sie konnten, oder schwangen einen Hammer und hauten auf den Lukas; ihre Mädchen, alle mit Dauerwellen im Haar und die Lippen geschminkt, schauten zu und taten so, als langweilten sie sich nicht. Erst später, mit einer Engelpuppe, einem Wecker oder einer Gipsfigur unterm Arm, fanden diese Mädchen schließlich doch noch etwas, das sie wirklich berührte. Beim Anblick des doofen Chinesen, der aus einer Puppentasse Tee trank, oder dem eines sechsbeinigen Kalbes mit traurigen Augen, das mit der Flasche aufgezogen wurde, durchzuckte sie schon ein heftiger Schauder.

Digger, der von diesen Orten nicht mehr loskam, seit er zehn Jahre alt war, lief vor Begeisterung wie in Trance umher und sog den Lärm, den Schweiß, die Farbigkeit, die Greulichkeiten in sich auf. Und inmitten von all dem, nicht gerade eine Monstrositätenschau, aber doch etwas von den Gemütsregungen auf sich ziehend, die die Monstrositätenschauen erzeugten, befand sich jeweils die Bude mit den Boxern; ein halbes Dutzend Kerle, nicht mehr alle jung, aber alle dunkel – Mischlinge oder Insulaner –, posierten auf einem Podest vor einer bemalten Klappe.

Die Klappe zeigte zwei vielversprechende Boxer, größer als echte. Auf einem separaten Podest an der Seite stand ein Ansager und suchte Gegner aus dem Publikum. Die Boxhandschuhe und Stiefel bereits an, in seidenen Shorts und Bademänteln, die in goldenen Lettern ihre Namen verkündeten, tänzelten die Neger in Kopfhöhe herum, schlugen ein paarmal in die Luft, fauchten durch die Nase und sahen furchterregend aus.

Sie standen dort als Herausforderung. Als zögen sie die Härte und angenommene Männlichkeit der Landarbeiter und Ladenschwengel in Zweifel, die mit einem Mädchen am Arm und einem Stengel Zuckerrohr oder einer Portion Zuckerwatte in der Hand dastanden und sich heimlich fragten, ob sie es mit denen da oben wohl aufnehmen könnten. Diese Trottel!

Als Digger das später Mac und Doug erzählte, lachte er, diesen neuen Freunden gegenüber zunächst ein wenig beschämt ob der Rolle, die er dabei gespielt hatte, doch dann übermannt von dem Heidenspaß, den er dabei gehabt hatte. Er ahmte einen dieser muskulösen Burschen vom Lande nach, die mit entblößten Armen und offenem Mund dastanden und durch die Nase atmeten; oder die anderen, die buhten und pfiffen, selbst zu gerissen, sich in ein Trommelfeuer zu begeben, aber recht bestrebt, ihre Kameraden dazu anzustacheln.

Es steckte immerhin etwas sehr Reines und Schlichtes darin, das den Burschen zusagte, deren Väter und Großväter das Land urbar gemacht, Schwarze abgewehrt und im Krieg ihren Mann gestanden hatten. All das war vorbei. Jetzt war das Leben nur noch eine lahme Sache, bestand nur noch daraus, sich seinen Lebensunterhalt zusammenzukratzen und sich ständig zu sorgen, wie man die Pacht bezahlen und die Kinder satt bekommen sollte, oder schlimmer noch, sich nach Unterstützung anzustellen; und ständig mit dem stillen Verdacht, im Stich gelassen beziehungsweise verraten worden zu sein – nur, von wem? –, und einem nagenden Groll in einem, der etwas brauchte, das man sich schnappen und auf das man einschlagen konnte.

Und hier wurde ein echter Kampf offeriert: Amateur gegen Profi, Weißer gegen Schwarzen, Muskeln und Geschick eines einfachen Mannes, eines Melkers oder Fleischereigehilfen, gegen Kräfte, die immer wieder zurückgedrängt, niedergedrückt und in ihre Schranken gewiesen werden mußten, oder man wußte nicht, was man wert war. Das waren die Bedingungen.

Zu einem Teil wurde ihnen das durch den Ansager mit seinen cleveren Sprüchen in den Kopf gesetzt, die wie aus der Maschinenpistole kamen. In der Hauptsache, und besonders nach einigen Glas Bier, war es der Anblick der Nigger selbst, die so geschniegelt aussahen da oben in ihren Boxhandschuhen und ihren kastanienbraunen oder grünen Bademänteln aus Seide und den aufgestickten Buchstaben. Man konnte sie riechen. Trotz ihres protzigen Aufzugs waren sie doch nichts weiter als Abos*, Nigger.

Es war ein abgekartetes Spiel. Aber die Trottel erkannten das nicht. Wenn der Kampf aber erst einmal im Gange war, dann gab es genügend Heftigkeit auf beiden Seiten, um ihn echt aussehen zu lassen. Blut wollte der Mob sehen. Wollte einen Nigger zu Boden gehen sehen, mit einer aufgeplatzten Lippe, oder wenn ihnen gerade mal danach war, wollten sie sehen, wie ein Großmaul, ein ortsansässiger Rowdy, von einem Schwarzen fertiggemacht wurde. Die Menge war unberechenbar. So mir nichts, dir nichts konnte sie die Seiten wechseln.

Die meisten der Herausforderer waren den schnellfüßigen Mitgliedern der Truppe keinesfalls gewachsen, nicht einmal denen, die schon bessere Tage gesehen hatten und vom Alkohol oder den Schlägen, die sie in echten Kämpfen hatten hinnehmen müssen, leicht bescheuert waren. Sie waren Profis und kannten alle Tricks. Sie waren in diesem Geschäft, jedenfalls die meisten von ihnen, seit sie zum erstenmal gelernt hatten, die Boxstellung einzunehmen, und sie waren gerissen und zäh. Alles, was der Herausforderer besaß, war rohe Kraft, sein Haß

* Aboriginal; abfällige Bezeichnung für einen Ureinwohner Australiens

auf aufgedonnerte Nigger und der Wunsch, dem Mädchen, das er bei sich hatte, oder seinen Kameraden zu imponieren.

Digger stand in Hemdsärmeln in der lauen Abendluft, während die Musik, die vom Karussell kam, auf- und abschwoll und Insekten die Lichter umschwirrten. Seine Aufgabe bestand darin, sich unter die Menge zu mischen, einer vom Lande zu sein wie die anderen (was er ja auch war) und sie anzustacheln.

»Der große Kerl da oben sieht doch gar nicht mal so robust aus«, bemerkte er gegenüber einem seiner Nachbarn. »Was meinst du?« Und dann trieb er diesen oder jenen an. Nur wenn sich kein anderer fand, dann trat er selbst vor.

»Bist du dir auch ganz sicher?« fragte ihn dann der Ansager, wenn er die Stufen zum Podest hinaufstieg. »Deine Mutter weiß Bescheid? Sechzehn bist du? – Nett aussehender Bursche, was, Mädchen? Schade um die Nase! Also dann, mein Sohn, du bist dabei. Der Rest ist *dein* Problem.«

Das erste Mal war er, getragen vom Lärm und der Erregung und der Überzeugung von seinen Fähigkeiten, genauso hinaufgestiegen wie jeder andere Trottel und zu Boden gegangen. Aber er hatte zwei Runden mitgehalten und war ganz gut gewesen. Die Menge mochte sein gutes Aussehen und seinen Eifer, und der Manager, der erkannte, was in ihm steckte – er war zierlich und knabenhaft, aber erstaunlich robust –, war herausgekommen, während er sich wusch, und bot ihm einen Job an. Er brauchte nur zu tun, für drei Pfund die Woche, was er gerade getan hatte, nur daß es von nun an Schauspielerei sein sollte. Er würde bei der Truppe wohnen, mit ihr von Ort zu Ort ziehen und Teil der Show sein. Was er davon hielte? Sofort nahm er an.

Ihn lockten nicht nur die drei Pfund, obgleich auch die eine Rolle spielten, bei so vielen Tausenden von Arbeitslosen, oder die Chance, zu den Jahrmarktskünstlern zu gehören, oder gar die Aussicht, in der Welt herumzukommen. Ihn lockte die Chance, die sich ihm bot (nur ganz leicht befaßte er sich damit, gestand es sich selbst kaum ein), dem zu entgehen, was das Schicksal beziehungsweise seine Mutter, die vorgab, dessen Sachwalter zu sein, für ihn ausersehen hatte. Die Chance *wegzukommen.*

Einige Tage behielt er diese Neuigkeit für sich und machte seine Pläne. Dann erzählte er es seinem Vater.

»Gut so, mein Freund«, sagte der Vater, glücklich darüber, daß Digger ein bißchen Kampfgeist zeigte und daß er selbst einem Komplott angehörte. »Mach dir keine Sorgen, ich werd schon für dich einspringen. Du gehst weg, während der Betrieb gut läuft. Ich wünschte, ich wär an deiner Stelle.«

Digger war jung und nahm das Leben leicht, einschließlich der blauen Flecken. Es war eine Lehre. Und das achtzehn Monate lang. Er sah jede Stadt, von Albury nach Westen und die Küste hinauf bis nach Bundaberg. Kaufte sich Stiefel, einen Gürtel aus Känguruhleder und ein paar glitzernde Hemden und lernte die anderen Gaukler und Artisten recht bald auf einer gutnachbarlichen Basis kennen.

Die Riesendame hatte in einer Tierhandlung in Wien begonnen, wo sie Lerchen verkaufte. Ihnen wurden die Augen geblendet, erzählte sie Digger, um sie zum Singen zu bringen. Der lebende Torso war Buchhalter. Doch da draußen gab es einen Markt, dessen Werte obsiegten, und so hatten sie, ohne langes Drängen eines Managers, beschlossen, aus ihrem Körper Kapital zu schlagen und sich selbst zur Schau zu stellen.

Die Riesendame las billige Romane in Französisch und hatte in ihrem Wagen ein kleines Grammophon, auf dem sie Zigeunermusik spielte. Sehr viel Aufmerksamkeit widmete sie ihren Fingernägeln. Eigentlich hatte sie sehr schöne Hände, und die waren das Winzigste an ihr, außer den Ohren. Auf ihrer Frisiertoilette hatte sie einen schwarzen Handschuh, der fest ausgestopft und voller Ringe war; sie war jedoch viel zu vornehm, mehr als zwei auf einmal zu tragen. Ihr liebster Filmschauspieler war Edward G. Robinson. Sein Konterfei blickte bedrohlich und mit dem Versprechen sanfter Leidenschaft in einem Dutzend Posen von ihrem Frisierspiegel. Die einzige Frau, von der sie ein Bild hatte, war Hedy Lamarr. »Sie ist aus Wien«, erklärte sie Digger, »genau wie ich.«

Der lebende Torso war ein Spieler. Wo sie auch waren, studierte er den ganzen Tag über die Wettlisten und trank Rum. Er hatte ein System. Es ging das Gerücht, er habe unter verschiedenen Namen in Banken überall im Land Tausende von Pfund gehortet. Er war Amerikaner von Geburt und ein ungehobeltes Großmaul. Wenn man ihn jedoch nüchtern antraf, war er ganz anders. Er borgte Digger ein Buch von Theodore Dreiser und sagte ihm, Europa sei am Ende und an allem Ärger in der Welt seien die Juden schuld.

Es waren glückliche Tage, trotz der schlechten Zeit. Es bekümmerte ihn nicht, wie er lebte.

Der Krieg kam, und sein Vater ließ sich anwerben, indem er wiederum sein Alter veränderte, doch diesmal nach unten. In Sydney tranken sie etwas zusammen.

»Du solltest dabeisein, Dig«, sagte der Vater. Er sah schick aus in seiner Uniform der leichten Kavallerie.

Dig dachte jedoch nicht so. Das Leben mit den Schwarzen hatte ihn dazu gebracht, die Dinge anders zu sehen: von der Seite und ein bißchen schief, aber mit einem humorvollen Skeptizismus wie sie. Er war keiner von ihnen, das wußte er; aber nach einiger Zeit waren sie so offen zu ihm, als wäre er es. »Du bist in Ordnung, Digger«, sagte sein Kamerad Slinger zu ihm, doch man konnte bei Slinger nie sicher sein, ob er einen nicht auf den Arm nahm. »Vielleicht ist deine Haut auf der *anderen* Seite schwarz.«

Dann eines Tages in Newcastle, als er gerade so ein bißchen herumbummelte, sich die Schaufenster ansah und über die Bildanzeigen nachdachte, stieß er auf einen Haufen junger Burschen, die angetreten waren, um sich für die Armee einzuschreiben. Mitten auf der Straße war ein Rekrutierungspodium aufgebaut worden, Fahnen und lauter solches Zeug, englisches und australisches. Männer in Hemdsärmeln und auch einige im Anzug bewegten sich, einer nach dem anderen, darauf zu. Am Ende der Schlange gab einer etwas zum besten, um die anderen zu unterhalten, und Digger blieb einen Augenblick stehen, um ihm zuzuhören. Die anderen Männer lachten, jedoch befangen, und sahen sich an, ein bißchen anzüglich ob der Richtung, die er einschlug. Er redete wie ein Kommunist.

Er war ein großer Bursche in einem wollenen Hemd, ein Großmaul, doch trotz allem besaß er eine gewisse Leichtigkeit. Wenn er tanzte, hatte man das Gefühl, als wäre er sehr leicht auf den Füßen, und sein Reden war eine Art Tanz. Er schmierte seinen Zuhörern Honig ums Maul und hielt sie somit ständig im Schlepptau, und nach einer Weile bezog sein Spiel auch Digger mit ein. Als Digger einmal lauthals lachte, wandte sich der Bursche ihm zu und sagte, als hätten sie sich schon ihr ganzes Leben lang gekannt: »Haste mal ne Lulle, Kumpel?« Digger löste sich von der Wand, an der er gelehnt hatte, trat vor und gab ihm die Giftnudel, die er gerade gedreht hatte, und drehte sich eine neue. »Danke«, sagte der Mann und senkte den Kopf, als Digger soweit war, Feuer zu geben. »Bramson ist mein Name. Doug.«

Die anderen standen da und sahen zu, wußten nicht, was sie davon halten sollten, und klammerten sich immer noch an seine Worte. Das wußte er und wartete.

Danach hörte Digger aufmerksam zu. Es war alles Unsinn, wirklich – Digger fühlte sich an Farrah erinnert, den Jahrmarktschreier; genau das Richtige, um die Zeit totzuschlagen, während die Schlange weiterschlurfte. »Dieser Bursche könnte einen Weltkrieg mit Quasseln überbrücken«, dachte Digger. »Die Zeit würde jedenfalls ziemlich leicht vergehen.«

Schließlich wandte er sich Digger zu und fragte: »Stehst du hier in der Reihe, Kumpel?«

»Was?«

»Rückst du ein oder überlegst du bloß?«

Digger war verblüfft. Er tat eigentlich keines von beiden, schlug bloß die Zeit tot. Er schaute auf den Bürgersteig, trat mit dem Absatz die Kippe aus und blickte dann unter den Augenbrauen kurz nach oben, aber Doug hatte sich bereits abgewandt. Die Frage war nur so gestellt, das war alles. Es war kein Test.

Doch als er mit diesen Männern so in einer Reihe stand, fühlte er etwas. Die Wärme, ganz einfach einer von einer Clique zu sein, wie an den Abenden zu Hause, als sie vor der Tanzhalle um einen brennenden Holzklotz standen, rauchten, erzählten, sich Klatsch anhörten oder Witze, die erklärt werden mußten, wenn man das Kauderwelsch nicht kannte. Das war es, was er die letzten Monate vermißt hatte. Plötzlich hatte er Heimweh. Da war etwas los, ganz anders als hier, wo er jetzt lebte.

Die Nigger waren empfindlich. Er befand sich in ihrer Welt, und sie akzeptierten ihn, aber nur vorübergehend; und es gab Zeiten, da hatte er das Gefühl, er würde sie nie völlig verstehen, nicht einmal Slinger. Nie war er solchen Demütigungen ausgesetzt gewesen wie sie, solchen Erniedrigungen. Am Ende hatte er keine Ahnung, was sie weitermachen ließ.

Diese Burschen hier kannte er. Das waren dieselben, unter die er sich jeden Abend mischte und seine Rolle spielte. Ihnen konnte er sich anschließen, und sie würden an ihm keinen Unterschied feststellen – das *hoffte* er jedenfalls; es sei denn, er hätte irgend etwas von Slinger und den anderen angenommen, wovon er keine Ahnung hatte; eine Art, sich zu lümmeln vielleicht oder die Schultern zu halten, einen Geruch, aber das *glaubte* er nicht. Er spürte plötzlich ein Bedürfnis, wieder aufgenommen zu werden, teilzuhaben an dem, was immer es war, in das sich diese Männer einließen, davon befreit zu sein, eine Rolle zu spielen. Er krempelte sich wieder um und ging weiß daraus hervor.

Die anderen hatten nichts bemerkt. Ihre ganze Aufmerksamkeit war auf Doug gerichtet. Er war hier der Star.

Während Doug weitermachte mit seinen Sprüchen, kamen immer neue Jungs und schlossen sich hinten an, bis schließlich Doug an der Reihe war, hinaufzusteigen und zu unterschreiben, und danach Digger.

»Hör zu«, sagte Digger an jenem Abend zu Slinger, »du wirst es nicht glauben. Ich habe mich anwerben lassen.«

Das war nach der Show. In einer improvisierten Duschkabine hinter dem Lager gossen sie sich mit einer großen Schöpfkelle gegenseitig kaltes Wasser über die Schultern.

Slinger war ein Insulaner, ein großer, schüchterner Bursche, über einen Meter achtzig, Schwergewicht. Er hielt inne mit seiner Schöpfkelle, dann ließ er sich sachte das Wasser über den Kopf laufen.

»Heute nachmittag hab ich mich eingeschrieben«, sagte Digger. »Ich bin ein Trottel, was?« Er nahm die Kelle und tauchte sie ein.

»Scheiße, Digger!« Slinger sah echt bestürzt aus. Digger freute sich darüber. »Warum hast du *das* gemacht?«

Etwas in Slingers Stimme ließ ihn an seine Mutter denken, doch erst, als er sich hinsetzte, um ihr ein paar Zeilen zu schreiben, wurde ihm klar, wie sie darüber denken würde: daß er mit dem, was er tat, sich nur noch weiter entfernte.

Er wurde munter. Das Wasser, das ihm über den Brustkasten lief, war kalt.

»Muß die ganze Zeit ein Trottel gewesen sein«, brachte er vor.
»Ja«, erwiderte Slinger, »wahrscheinlich. Und ich dachte, wir hätten dir was beigebracht.«

6

»Frisch, was? Wenn die Sonne erst mal weg ist.«
Erschrocken blickte Digger auf. Meilenweit war er weg gewesen, Jahre; spürte noch den Schock des kalten Wassers, als es ihm über den Kopf lief, die Haare über die Augen klebte, seine weiße Haut zu Gänsehaut machte und Sack und Pimmel einschrumpeln ließ, als er auf den Brettern ihrer provisorischen Waschstelle tanzte und nach einem Zipfel des Handtuchs langte, das sie sich teilten.
Vic richtete seinen Blick auf den Fluß. »Wie steht's denn mit der Tasse Tee, von der du gesprochen hast?«

Jenny, die sie den Pfad zum Laden heraufkommen sah, begann nervös zu werden. Das war das dritte Mal, daß er hier war, in nicht viel mehr als einer Woche. Das hatte er sonst nie getan. Aus irgendeinem Grund hatte er es auf Digger abgesehen, und Digger war beunruhigt. Sie hörte ihn nachts durch die Wand sich im Bett hin und her wälzen, er verriet ihr aber nicht, was es war.
Dieses letzte Mal, Donnerstag, war Vic mit einem Geschenk erschienen. Stets brachte er ihr Geschenke mit. Das war seine Art, sie herumkriegen zu wollen. Jahrelang hatte er es versucht. Er lernte es nie.
Anfangs waren es kleine Dinge gewesen. Eine Haarspange aus Plastik in der Form eines Bogens war es einmal. Rosa. Ein andermal Parfüm: »Abend in Paris«. »Danke«, sagte sie und stellte die Sache beiseite. Sie sah es nicht einmal an. Sie wollte nichts von *ihm*. Er konnte dem Ding einen gewissen Zauber verliehen haben, das war es, was sie dachte, und wenn sie es dann benutzte, anlegte, die Haarspange zum Beispiel, dann würde er sie genau dort haben, wo er sie wollte.
Später wurden die Geschenke größer und kamen in einer

Menge Verpackung. »Hier«, sagte er dann und bot seine Hilfe an. »Das kann ich *selbst*«, sagte sie bissig und stieß ihn beiseite. Nur aus Höflichkeit packte sie die Sachen aus.

Ein Waffeleisen war es einmal. Nutzlos! Dann ein Schnellkochtopf, der sie zu Tode erschreckte und der sie, wie er vermutlich hoffte, in die Luft jagen würde. Dann ein spezieller Topf zum Eierpochieren, die Digger ohnehin nicht aß. Dann ein Büchsenöffner, den man an der Wand befestigte. Er kam schon mit einem Schraubenzieher in der Hand herein, und in glatt zwei Minuten hatte er ihn an die Wand geschraubt, direkt neben ihr Spülbecken. »Hier, ich werde Ihnen zeigen, wie er funktioniert«, sagte er und machte eine Dose Aprikosen auf – was für eine Verschwendung! –, wo sie doch schon einen Brotauflauf gebacken hatte.

Es waren immer Dinge, die vollkommen nutzlos waren beziehungsweise die *sie* ohnehin nicht ohne viel Anstrengung benutzen konnte.

»Ehrlich«, beklagte er sich einmal, »Sie sind eine Frau, der man es nur schwer recht machen kann.«

»Ja, Mister, darauf können Sie wett'n!«

Doch einmal blieb ihr das Herz fast stehen. Er erschien mit einem kleinen Kind, einem kleinen, blonden Burschen von vielleicht fünf oder sechs in Jeans und einem Mantel mit Knöpfen dran in der Form von Holzfässern. Er hatte blaue Augen, und ihm fehlten die vorderen Zähne. Sie hielt den Atem an. Wozu hatte er *ihn* mitgebracht?

Sehr ruhig saß er da und baumelte mit den Beinen, die nicht ganz bis zum Boden reichten, und alle paar Minuten beugte er sich vor und schielte über die Knie nach unten, als hätte er erwartet, daß er, seitdem er das letzte Mal geguckt hatte, ein Stück gewachsen wäre. Oder vielleicht gefielen ihm auch bloß seine Stiefel. Er war sehr mit sich selbst zufrieden.

Und warum sollte er auch nicht? Jemand, seine Mutter vermutlich, hatte ihn für einen richtigen Ausflug zurechtgemacht. Alles an ihm war ordentlich geknöpft oder gebunden, das Haar gekämmt, die Fingernägel sauber. Er war vollkommen, bis auf die Zähne. Sie hätte ihn in die Arme nehmen und ihn ganz fest drücken können. Aber kleine Kinder kriegen leicht Angst, das wußte sie aus Erfahrung. Sie wollte ihm nicht die

Laune verderben. Schließlich gewann sie ihn mit einem Lutscher.

Sie reichte ihn hin, und er blickte seitwärts zu Vic, der eifrig beim Reden war, um zu sehen, ob er ihn nehmen durfte, und als Vic nickte, streckte er die Hand aus, wickelte ihn aus und steckte ihn in den Mund. Dann sah er bestürzt auf seine klebrigen Hände. Er war ein sehr ordentlicher kleiner Bursche.

Sie nahm ihm das Papier ab und eilte ins Haus, um einen Lappen zu holen, doch als sie zurückkam, leckte er die Finger ab wie eine Katze. Was sie in Erstaunen versetzte, war, wie rosa seine Zunge aussah. Sie lachte, nur um sie zu sehen, und dann rückte sie auf der Bank näher an ihn heran und fragte: »He, was ist deine Lieblingsfarbe? Meine ist gelb. Welche Comicfigur magst du am liebsten?«

Darauf sah er sie an, über seiner Augenbraue zeigte sich eine kleine Falte, und er rutschte auf seinem Platz näher zum Vater. Sie hatte ihn verloren.

Die ganzen Jahre, die Vic kam, war es ein bißchen anders, das Geschenk, das er mitbrachte, und auch er war anders. Markiger.

Digger war derjenige, auf den er es abgesehen hatte, aber sie war diejenige, die er herumkriegen wollte. Sie wußte das und paßte auf. Ganz so eine Idiotin war sie ja nun auch wieder nicht!

Und jedesmal war auch das Auto, in dem er kam, ein anderes. Größer, ein neues jedesmal. Er kam heraufgefahren bis dahin, wo der Weg scharf zum Laden hin abbog, parkte dort unter den Tannen und ging dann zu Fuß weiter.

Manchmal, nachdem sie ein bißchen miteinander gesprochen hatten, gingen er und Digger zurück zum Auto und beguckten es sich. Gingen rundherum, öffneten die Motorhaube, steckten die Köpfe hinein. Dann setzte sich Digger hinters Lenkrad, ließ den Motor an, und sie hielt den Atem an, weil sie damit rechnete, daß sie fortfahren würden. Doch alles, was sie taten, war, ihn ein bißchen laufen zu lassen. Nie fuhren sie irgendwohin. Saßen nur im Auto und unterhielten sich.

Wenn sie ausgestiegen und wieder zum Fluß hinuntergegangen waren, ging sie hin und sah es sich ein bißchen an. Die Motorhaube öffnete sie nicht. Steckte nur den Kopf durchs Fenster auf der Fahrerseite und roch das Leder, sah sich die Autonummer an und die Zahlen auf dem Armaturenbrett.

Autos hatten etwas Geheimnisvolles an sich – sie waren Männersache, Autos –, hinter das sie nie gekommen war. Es hatte damit zu tun, beweglich zu sein und herumzukommen.

Männer mochten nicht immer am selben Ort bleiben. Sie kannte das von ihrem Vater. Von Digger auch. Man sah das an der Art, wie sie die Hände um das Lenkrad legten. Eine Kraft kam direkt durch sie herauf, wenn der Motor startete, und mit dem Fuß ließen sie ihn aufheulen. Da waren sie bereits unterwegs.

Darum ließ Vic es Digger tun. Er ließ ihn teilhaben an dem Geheimnis. Wenn sie unter die Motorhaube guckten, erforschten sie dessen Ursprung. Wenn er Digger auf dem Fahrersitz Platz nehmen und den Motor starten ließ, bot er ihm die Chance davonzufahren.

Unglücklich lief sie um das Ding herum, besah sich die Reifen und trat hart gegen einen hinteren. Da war Luft drin, doch wenn zum Beispiel ein Nagel hineinstach, konnte er platt werden. Sie überlegte, ob sie eine Nadel nehmen sollte, nur, sie würden wissen, wer es war.

Die große strahlende Maschine, stets auf Hochglanz poliert und jedesmal größer, die da eingangs des Weges geparkt war, galt als Warnung, die er aufstellte. Sie sollte ihr zeigen, welche Macht er besaß: Was es war da draußen, mit dem er Verbindung hatte und auch Digger haben konnte, wenn er fortging. Groß war es. Ganz aus Metall und glänzte. Mit einem Motor drin, der aufheulte und einen geschwind davontragen konnte. Überallhin.

Einmal kamen sie wieder herauf, als sie noch beim Betrachten war.

»Darf ich Sie zu einer kleinen Spritztour einladen?« bot er ihr an, doch sie war zu gewitzt, um darauf hereinzufallen.

Er grinste sie an. Gerissener Bursche!

»Nein danke«, sagte sie und stapfte davon.

Einmal dachte sie, sie hätte ihn. Nur dieses eine Mal kam er in einem Auto, das von einem Chauffeur gefahren wurde und eine rechte Pracht war – das hatte sie noch nie gesehen. Sie beobachtete, wie er und Digger auf und ab gingen, dann ging sie rasch schauen, was der Chauffeur machte.

Er saß auf dem Fahrersitz, hatte die Mütze abgesetzt und die

Augen geschlossen, ein gutaussehender junger Bursche. Er schlief.

Doch als sie dicht herankam, schlief er keineswegs. Er hatte etwas wie kleine Knöpfe in den Ohren und klopfte mit den Fingern, mit den abgefressenen Nägeln, auf das Lenkrad.

Nun, sie wußte, was das war. Dig hatte so etwas. Vic hatte es ihm gegeben. Nur, Digger seins hatte einen Metallbügel, der auf dem Kopf saß, unterm Hut. Mitunter saß er stundenlang damit draußen auf der Veranda, während sie sauer war und nach Vorwänden suchte, um ihn zu stören.

Er hatte ein Plüschsofa da draußen sowie einen Ständer aus Mulgaholz mit einem Aschenbecher drauf, und er konnte stundenlang dasitzen, mit diesem *Ding,* diesem Walkman auf dem Schoß, eingeschaltet. Man mußte brüllen, wenn man ihn zum Tee hereinrufen wollte, und selbst dann hörte er nicht immer; zu sehr war er gefesselt. Sie mußte hinausgehen und Zeichen geben, hin und her tanzen, und er blickte verdutzt auf, als wäre er so weit weg, daß er nicht erkennen konnte, wer das war, der da am Horizont herumhüpfte und ihm Zeichen gab.

Er trug den Kopfhörer, um ihr das Gejammer zu ersparen, das er sich anhörte, das wußte sie, doch sie ärgerte sich genauso darüber und hatte Vic im Verdacht, Digger das gegeben zu haben als eine weitere Methode, ihn zu entfernen. Digger war leicht zu gewinnen. Nichts Mechanischem konnte er widerstehen.

Sie hätte gern einmal reingehört, nur um festzustellen, ob die Musik einem etwas *sagte,* einem einen Hinweis gab. Es war klassische, natürlich, doch wer weiß? – vielleicht hätte sie etwas herausbekommen können. Doch alles, was sie aufschnappen konnte, wenn sie nahe kam, war ein hohes, blechernes Geräusch, wie wenn ein Tier, ein Kalb oder eine Ziege, das eine Glocke am Hals trug, sich verirrt hatte und an einem Grenzzaun entlanglief und durchzukommen versuchte.

Was sie jedoch genau wußte, war, wenn Digger einmal das Ding aufhatte, daß dann jegliche Kommunikation zwischen ihnen unterbrochen war. Er war dann in seiner eigenen Welt, wie die Jugendlichen, die sonntags nachmittags im Laden auftauchten und nach dem Lärm in ihren Köpfen herumschlurften und, wenn sie mit ihnen sprach, schrien, als wäre *sie* diejenige, die taub war. Somit war ihr der entrückte Blick auf dem Gesicht des Chauffeurs geläufig.

Sie neigte den Kopf und blickte durch die Heckscheibe, und er sah sie nicht einmal. Er lächelte, hatte den Kopf auf der Rücklehne liegen, die Augen geschlossen. Seine Mütze, die schwarz war und einen glänzenden Schirm hatte, lag auf der Ablage über dem Armaturenbrett. Er klopfte mit den Fingern auf das Lenkrad. Sie konnte das Leder da drin riechen.

Mit einem Ruck saß er plötzlich aufrecht, die Augen offen, keinen halben Meter von ihren entfernt. »Herrje!« entfuhr es ihm. Sie hatte ihn zu Tode erschreckt.

Später, vom Haus aus, sah sie ihn aus dem Auto steigen und sein Jackett ausziehen. Alles, was er darunter hatte, waren Hosenträger. Er ging hinunter an den Fluß und setzte sich hin. Kleine Stückchen Rinde hob er auf, warf sie in die Strömung und sah zu, wie sie herumwirbelten und entschwanden. Immer und immer wieder tat er das. Schließlich ging sie zu ihm hin.

»Ich schätze, Sie könnten 'ne Tasse vertragen«, sagte sie so leichthin, wie sie nur konnte. Sie war nicht gewöhnt an junge Burschen. Sie erschreckten sie.

Er blickte zu ihr hoch. Das Warten langweilte ihn so.

»Hätte nichts dagegen«, erwiderte er und lächelte ein wenig.

»Und 'n Stück Kuchen, hm?«

»Hab nichts dagegen«, sagte er.

»Und Marmelade?«

Er sah sie wieder an. In ihm begann sich ein schwacher Zweifel zu regen. Sie ging immer zu weit. »Na, kommen Sie!« sagte sie rasch.

Sie ließ ihn am Küchentisch Platz nehmen und erinnerte sich schwach, daß sie das schon vor langer Zeit hatte tun wollen, nur war es damals ein kleines Kind gewesen. Konnte das wohl er scin, nur erwachsen?

»He«, sagte sie, als sie einen Teller vor ihn hinstellte. »Sie sollt'n Bittermandel draufmach'n!« Sie bezog sich auf seine Fingernägel, die bis zum Fleisch abgekaut waren.

»Was?« fragte er.

»Bittermandel. Das is fürchterlich – aber dann würd'n Se nich dran rumknaupeln.«

Er wurde rot und steckte die Hände unter den Tisch. Er war

ein gutaussehender Bursche, aber mit Augen, die immerzu hin und her wanderten. Bei ihr war er sich nicht sicher, oder vielleicht war er überhaupt unsicher.

Sie versuchte ein paar Fragen. »He«, sagte er, um zu zeigen, wie clever er war, »nicht schlecht!« Er lachte. Doch als er einmal gezeigt hatte, daß er wußte, was sie im Schilde führte, war er ziemlich froh, draufloszuplappern.

Er hieß Brad. Seit zwei Jahren war er Mr. Currans Fahrer. Vorher war er Kurier gewesen, und davor hatte er in einem Motorradladen gearbeitet. Diesmal hatte er es gut getroffen. Vic Curran war ein guter Arbeitgeber, er war sehr streng, aber gerecht, und er hatte Pulver. »Pulver«, wiederholte der Bursche, nahm noch einen Klecks Sahne, und seine Augen strahlten in einer Weise, die sie unangenehm fand. Er war habgierig.

»Hat ein sagenhaftes Haus bei Turramurra«, sagte er. »Ich hätt nichts dagegen, darin zu wohnen. Ich habe jetzt diese hübsche kleine Wohnung im Norden von Sydney, zwei Zimmer. Kostet mich achtundneunzig Dollar die Woche – das ist billig! Aber ich hätt auch nichts dagegen, in so einem Haus zu wohnen. Werd ich auch, eines Tages…

So hätte er noch weiter erzählt, aber sie wurde ungeduldig. Das war nicht das, worauf sie aus war.

»Sie sind ja verrückt«, sagte sie gehässig, und der junge Mann, den Mund halb offen und voller Kuchen, machte ein Gesicht, als hätte sie sich vorgebeugt und ihn in die Nase gebissen. Er war verblüfft. Geschah ihm ganz recht.

»Wie steht es mit Digger?« wollte sie wissen.

Er wich zurück und sah sie an. »Wer ist Digger?« fragte er.

Das reichte ihr. Sie stieß ihn mit dem Handballen an die Schulter, und obwohl er so kräftig gebaut war, fiel er beinahe rückwärts vom Stuhl.

»Na schön!« sagte er und erhob sich. Er war rot angelaufen und sah ganz verdattert aus.

Er wußte nicht, wie er mit ihr umgehen sollte. Hätte es sich um einen Mann gehandelt, dann hätte er dem schon ordentlich Bescheid gestoßen.

»Verdammter Mist!« murmelte er vor sich hin. Er zog seine Uniformjacke an und strich sie glatt. Damit gab er sich ein steifes, korrektes Aussehen. Nun hielt er auf seine Würde. Er ging weg.

»Ich hab's versaut!« jammerte sie vor sich hin. »Das war meine beste Chance, und ich hab sie versaut.«

Diesen Fahrer hat sie nie wieder gesehen, wie sie auch den kleinen Jungen nie wieder gesehen hatte. Als Vic das nächste Mal kam, fuhr er selbst.

Als sie sehr klein war und Digger noch ein Baby, mußte sie manchmal auf ihn aufpassen. »Gib jetzt mal Obacht auf Digger!« hatte ihre Mutter gesagt, »du bist doch ein gutes Kind. Ich verlaß mich auf dich.« Immer hatte sie geglaubt, die Zeit würde kommen, wo sie es wieder tun müßte.

Digger glaubte, er beschützte sie, und das tat er auch, sie war abhängig von ihm. Doch er war zu arglos, Digger. Er wußte viel, er wußte unheimlich viel, und er konnte vieles. Doch er wußte nichts von der Welt, aber sie. Sie wußte, wie unbarmherzig sie war. Es war ganz egal, was man wußte oder wo man gewesen war – Digger war in Übersee gewesen, im Krieg sogar, sie war nie irgendwo gewesen. In Brisbane. Das war nirgends. Aber sie kannte die Welt. Sie konnte auf einen losgehen, mit allem Bösen und aller Grausamkeit, in einem einzigen Schicksalsschlag: Eine große Hand, naß wie ein Fisch, konnte einem einen Schlag an die Schläfe versetzen, einen zur Seite stoßen, und im Bruchteil einer Sekunde hatte man erfahren, wie gemein sie sein konnte. Schwester Francis von der Wäscherei war es in dem Falle. Alle ihre hundertachtzig Zentimeter, die sich in einer Wolke von Dampf abzeichneten, wenn man gerade die Wäsche mit dem Stock aus dem Kessel holte, und die einen ohne ein Wort zur Seite stieß. Wuthering Heights war das. Oder um es beim richtigen Namen zu nennen, das Allerheiligen-Kloster, das Tal, Brisbane, Queensland, Australien, die Welt. Die *Hölle*.

Einige Mädchen, alle angetreten in gelbbrauner Uniform und fahlen Strümpfen, erhielten dort eine gute Erziehung, so hieß es zumindest. Sie bezahlten dafür. Andere, die gefallen waren wie sie und sonst nicht wußten, wo sie hinsollten, arbeiteten in der Wäscherei. Doch sie war ganz und gar nicht gefallen – oder nicht, bis Schwester Francis in Fahrt kam. Alles, was sie getan hatte, ein-, zweimal, war sich hinlegen.

Während sie noch ihr Baby trug, schrubbte sie Fußböden, und nachdem sie es bekommen hatte und sie es ihr wegnahmen, ohne sie es sehen zu lassen, nicht einmal, um zu sehen, ob alles dran war, arbeitete sie in der Wäscherei. Fürchterliche Angst hatte sie die meiste Zeit vor dieser Schwester Francis, aber noch mehr davor, gehen zu müssen.

»Bitte, bitte, Schwester«, plapperte sie und duckte sich vor den fetten Handflächen, »ich war es nicht! Ehrlich, Schwester, ich schwöre es bei Gott!« Doch sie prasselten trotzdem hernieder, alles Seifenlauge, auf dein linkes Ohr und über dein Gesicht, mit dem ganzen Gewicht einer irischen Jungfer von einem Meter achtzig dahinter, ihre Wut steigerte sich durch die Tatsache, daß du gefallen warst und wieder aufgehoben wurdest und *immer noch* nicht gut warst. Und auch das Gewicht der gesamten katholischen Kirche – und sie war nicht einmal katholisch!

Sie war weggelaufen, ach, andauernd, unzählige Male! Mit der Straßenbahn. Aber die brachte einen ja nirgends hin.

»Tut mir leid, Mädchen, hier ist die Endstation.«

Ein Bursche in einer blauen Uniform und einer kleinen, runden, weißen Mütze sagte das zu ihr, ein Schaffner mit einer Ledertasche um und einer Zange zum Lochen der Fahrkarten.

Dieses Mal war es Dutton Park. Sie verließ die Straßenbahn, die an der Wendestelle stehenblieb, und stieg hinauf zu einem Musikpavillon, von dem die Farbe abblätterte. Von dort konnte man die ganze Stadt sehen, nicht zu weit entfernt: die drei Brükken, den Fluß, der sich dahinschlängelte, sogar Wuthering Heights mit seinen steilen, schwarzen Dächern auf einer Klippe über dem Wasser.

Die Straßenbahn, gänzlich silbern, stand immer noch da, und man konnte völlig durch sie hindurchsehen, außer durch den Fahrer und den Schaffner, die die Füße auf den Sitz hochgenommen hatten und rauchten.

Schließlich stieg der Schaffner aus. Einen Moment blieb er stehen und schaute zu ihr hinauf, dann hob er den Stab, und die Bahn fuhr los.

Langsam wurde es dunkel. Es kamen ein paar Matrosen, Amis, mit Mädchen, und sie bekam Angst.

Schließlich ging sie den ganzen Weg zu Fuß zurück. Das dauerte Stunden. In der Verdunkelung, in der Männer und Frauen auf dem Gehsteig miteinander feilschten und Scheinwerfer den Himmel absuchten und Sterne einfingen.

Ein andermal war es eine andere Endstation: New Farm Park. Diesmal saß sie auf einer Bank unter Rosensträuchern, und ein Bursche kam auf sie zu und sprach sie an. Er redete ziemlich schnell und mit sehr viel Speichel, aber wirklich nett. Er legte den Arm um sie. Er roch ein bißchen. Nach Alkohol. Dann legte er ihr seinen feuchten Mund ans Ohr und flüsterte etwas Schmutziges; dann fuhr er ihr mit der Hand unter den Rock. Es hatte keinen Sinn, daß sie etwas sagte. Als aber Leute vorbeikamen, stand sie rasch auf und folgte ihnen, nach einer Weile drehte sie sich jedoch um und schaute zurück.

Er saß noch auf der Bank. Er sah sie an, als würde er jeden Augenblick zu weinen anfangen – so enttäuscht war er –, und sie dachte: »Eigentlich sollte ich ihm geben, was er wollte, der arme Kerl, warum nicht?« Er sah dermaßen hoffnungslos aus. Wollte etwas und mußte zusehen, wie du es ihm wegnahmst.

Sie ging zurück, setzte sich neben ihn, und sie verbrachten einige Zeit miteinander, schliefen in Wartehäuschen und so. Es war nicht schlecht. Doch als er wieder seinem Schnaps zusprach, verdrosch er sie, genau wie Schwester Francis, und nannte sie ein Doofie. Da ging sie wieder zurück.

Es war nicht die Angst, da draußen allein zu sein, was sie jedesmal wieder zurückgehen ließ. Es waren all die Hände, selbst in einer Menge von Fremden, die einen immerzu packten oder quetschten oder sich zu Fäusten ballten und einen schlugen. Einige dieser Hände, das wußte sie, mochten ja zärtlich sein, aber man konnte das Risiko nicht auf sich nehmen. Selbst wenn sie am Anfang zärtlich waren, konnte man nie wissen, wann sie sich ändern würden. So ging sie also zurück.

Mit einer anderen Straßenbahn hätte sie es versuchen können (es gab ja genug), zu einer anderen Endstation. Doch sie hatte bereits zwei gesehen, und zwei waren genug. Sie nahm nicht an, daß Ashgrove oder Enoggera besser sein würden. Oder Kalinga oder die Grange. So blieb sie, und dann tauchte Digger eines Tages auf und sagte: »Ich hab hier mit der

Chefin gesprochen, der Mutter, du kannst heimkommen«, und das war's. Auch Digger war irgendwo eingesperrt gewesen und wieder herausgekommen – sie wußte nicht wo.

So, das war alles, was sie wirklich *gesehen* hatte.

Doch es war erstaunlich, daß es ihr noch jetzt den Atem verschlug, wenn sie nur daran dachte. Die panische Angst vor dem, was da draußen möglich war, die Grausamkeit mancher Leute und wie hilflos man war, wenn sie einen mal so richtig in die Mangel genommen hatten. Dermaßen viel *Erfahrung* brauchte man gar nicht. Zwei Sekunden flach am Boden, und sie war am Ende ihrer Kraft, es zu ertragen, das war der Punkt. Weiter nichts.

Der Unterschied zwischen ihr und Digger bestand darin, daß Digger *nie* soweit gewesen war. Da draußen war er nie auf das gestoßen, was immer es auch sein mochte, das ihn völlig umgehauen hätte.

»Deine Schwester ist eine ziemlich harte Nuß«, hatte Vic einmal gesagt, anfangs, als er noch die Hoffnung gehabt hatte, sie für sich zu gewinnen.

»Ja, nun – sie hat ihren Kopf für sich«, erwiderte Digger. »Ich würde mir wegen Jenny keine Sorgen machen.«

Aber er tat es.

Heute, als sie das Geschirr hinknallte – »Hier, das is Ihr's, Mister!« –, behielt sie ihn fest im Auge. Sie hatte etwas im Sinn.

Sie tranken ihren Tee, und sie guckte immer noch. Schließlich kam sie, in ihrer schroffen Art, raus damit.

»He«, fragte sie und unterbrach damit Digger, der gerade etwas sagte, »was habt ihr mit dem kleinen Kerl gemacht?«

Als sie nicht gleich begriffen, wurde sie wütend und schrie.

»Der, den ihr *mitgebracht* habt!«

Es war Digger, der erkannte, was sie meinte.

»Jenny, Liebste«, sagte er und versuchte, es beiseite zu schieben, »das ist schon eine Ewigkeit her, wie du weißt. Das war Greg.« Er warf Vic einen Blick zu. »Er ist inzwischen erwachsen. Eine Ewigkeit her.«

Der kleine Kerl mit den klebrigen Fingern, dem sie einen Lutscher gegeben hatte? Sie konnte es nicht glauben. Wie war das möglich? Sie kam sich vor wie ein Idiot. Eine Ewigkeit, sagte Digger.

Es stimmte, daß sie ihn eine Weile nicht gesehen, nicht einmal an ihn gedacht hatte. Aber eine Ewigkeit! Und in dieser kurzen Zeit war er erwachsen geworden. »Was er jetzt wohl sein mag?« dachte sie und wollte schon fragen, besann sich aber eines Besseren.

Doch sie war traurig. Irgend etwas in der Nachricht versetzte ihr einen Dämpfer. Etwas, auf das sie sich gefreut hatte, wußte sie jetzt, würde sie niemals haben.

Sie warf einen flüchtigen Blick in die Runde. Und dieser Vic hatte den seltsamsten Ausdruck im Gesicht, als wäre er plötzlich nichts. Als wäre etwas, *jemand*, eine Schwester Francis, aus dem Nichts aufgetaucht und hätte ihn besiegt. Sie blickte durch ihn hindurch und sah den Burschen in dem langen Mantel, den, der das erstemal gekommen war und Digger gesucht hatte, dünn, blaß wie Kartoffelkeime, und sie merkte, wie sie dachte: »Du armer Kerl! Was is nur mit *dir* schiefgelauf'n?«

II

1

Die Bettschüssel war aus Emaille, weiß, am Rand schwarz angeschlagen. In dem Jahr, in dem Vics Mutter starb, brachte er sie ihr drei-, manchmal viermal am Tag. Wenn er in der Schule war oder draußen spielte, übernahm das jemand von den Nachbarn.

Er hielt sie verschlossen und mußte sich die erste Zeit abwenden, um sich nicht übergeben zu müssen. Kein Entrinnen gab es jedoch vor dem Geruch oder den Geräuschen, die die Mutter von sich gab, als die letzte Kraft von ihr gewichen war. »Es tut mir leid, Liebling, es tut mir leid«, murmelte sie immerzu.

Wenn er ordentlich saubergemacht hatte, trug er den Schieber hinaus und leerte ihn an einer Stelle auf dem Hof, wo lauter verrostete Büchsen, Kotelettknochen und ausgebleichte Muschel- und Krabbenschalen lagen, dann tat er Sand darauf, drehte voller Ekel den Kopf zur Seite und holte tief Luft. Die Luft schmeckte irgendwie nach Kohlenstaub.

Der Hof grenzte hinten an karge Dünen. Die Anhöhe war ständig in Bewegung. Es hat eine Zeit gegeben, noch gar nicht so lange her, da hatte er hier draußen einen Kaninchenstall gehabt, doch jetzt war er nicht mehr da, steckte metertief unter den Dünen. Noch weiter hinten hatten sogar ein paar Bäume gestanden. Er erinnerte sich noch, wie er auf sie geklettert war. Manchmal fragte er sich, wie lange es wohl noch dauern würde, bis ihr ganzes Haus begraben war. Nachts lag er da und hörte den Wind und die einzelnen Sandkörnchen rollen. Der große weiße Kamm einer Welle würde aufsteigen und in seinen Schlaf hereinbrechen, zunächst durch die Ritzen in den Wänden sickern, dann fest gegen die Fenster drücken, bis sie zerbarsten, und der Sand würde sich über ihren Tisch und die Stühle ergießen, die Dachsparren würden nachgeben und der ganze Berg über sie hinweggehen.

Die Hütte, in der sie wohnten, bestand nur aus einem einzigen Raum, zusammengezimmert aus Holz, alten Kisten zumeist, und geflickt mit Asbestplatten und Wellblech – was sein Vater eben hatte ergattern können.

Dahinter befand sich ein Plumpsklo und, damit man für sich sein konnte, ein Vorhang, den seine Mutter aus Säcken genäht hatte.

Ihre Nachbarn hier waren allesamt Squatter wie sie, Familien, die auf die eine oder andere Weise in Schwierigkeiten geraten und gewaltsam vertrieben worden waren. Vier Jahre war es mittlerweile her, daß sie in einem richtigen Haus gewohnt hatten, in einer Straße mit Zäunen zwischen den Grundstücken und einer Hausnummer am Tor. Marlin Street 6.

Den Schieber schwenkte er mit Wasser aus ihrem Tank aus, einmal, zweimal, dann ging er wieder hinein und tupfte ihr die Stirn mit einem feuchten Tuch ab; anschließend goß er Wasser ein, so daß sie sich den Mund säubern konnte.

»Du bist ein liebes Kind, Vic«, flüsterte sie, als er ihr das Kopfkissen richtete. Es war grau und steif vor Dreck. »Du bist alles, was eine Mutter sich nur wünschen könnte.«

Er tat für sie, was er konnte. Auf einer Butterkiste neben ihr sitzend, las er ihr die Bücher vor, die eine ihrer Nachbarinnen, Mrs. Webb, aus der Bücherei hinter Williams Laden mitbrachte. Mit neun konnte er ausgezeichnet lesen. Er stolperte kaum jemals über Wörter.

Wenn er sich fortstahl, um mit den anderen Kindern die Stunde vor dem Finsterwerden Kricket zu spielen, blieb er gewöhnlich einen Moment stehen und steckte die Nase in den Ärmel seines Pullovers.

Dieser Geruch – tiefsitzender Schmutz, Kohlenstaub, Salz vom Meer, Hammelfett, saure Milch –, vor dem ekelte er sich! Mit nacktem Oberkörper stand er im Seitengebäude und traktierte sein Fleisch mit Sunlight-Seife und einer Scheuerbürste, bis es wund war, der Geruch aber blieb. Er war ein Zustand, wie eine Krankheit, und saß so tief, daß man nicht an ihn herankam; oder wie eine Wesensart, ein Familienmerkmal. Das war *ihr* Geruch, das waren *sie*. Was die Werbung auch behaupten mochte, es war stärker als die Kraft von Sunlight.

Die anderen Kinder in der Schule hielten sich die Nase zu, wenn er kam. Puh! wendeten sie sich ab. Selbst diejenigen, die seine Kumpel waren. Er brauste auf, doch sein Gemüt wand sich. Er liebte seine Mutter und haßte es, sich ihrer zu schämen. Sein Vater war ein anderer Fall. Es gab nichts, das jemand in bezug auf *ihn* hätte tun können.

All das ertrug er still, er war stolz; und sie waren alle Ausgestoßene, mehr oder weniger, die Kinder wie er, die entlang der Eisenbahnstrecke und an den Dünen wohnten.

Verdrießlich von Natur war er nicht. Das Leuchten seiner blauen Augen und ihr steter Blick, seine schnelle Auffassungsgabe und sein kräftiger Körperbau bildeten eine Veranlagung, die vorteilhaft hätte sein sollen. Mühelos hätte er in der Welt zurechtkommen müssen. Doch die Umstände hatten ihn gelehrt, sich zurückzuhalten. Indirektheit, eine heftige Geheimnistuerei um alles, worauf es am meisten ankam, war ihm zur zweiten Natur geworden, während die erste in einer Selbstsicherheit weiterlebte, die zu seiner physischen Seite gehörte, daß sich die Welt ihm eines Tages selbst zu Füßen legen müßte, obgleich er sich jetzt ziemlich sicher war, daß er sie dazu würde zwingen müssen.

Was das jederzeit parate Lächeln und das freundliche Wesen betrifft, das ihm so leichtfiel, so war man ihnen gegenüber, wie er erkannt hatte, machtlos, wenn man sie nicht wie eine Maske benutzte. Sie entwaffneten die Leute. Das war ihr Zweck.

Er hätte ohne Hoffnung sein sollen. Doch sein Körper war sehr vielversprechend, und er vertraute auf ihn. Auf alles, was er tat, freute er sich mit einer unbändigen Ungeduld. Wenn er als kleiner Junge vom Spielen wieder hereingestürmt kam, blieb er mitunter urplötzlich an der Tür stehen und fragte sich, nun, da er hier war, wieso er es so eilig gehabt hatte zurückzukommen; als hätte er erwartet, daß sich das Haus inzwischen verändert hatte, während er weg gewesen war. Seine Mutter sah den Ausdruck seines Gesichtes und daß sein Blick durch sie hindurchging.

Wenn er die Welt betrachtete, in der er sich befand, dann konnte er nur annehmen, daß dem Gang der Dinge ein Fehler unterlaufen war. Und er war betroffen davon. Das würde ihm das Leben schwermachen. Doch er nahm sich vor, die Situation irgendwie zu korrigieren, und wollte kein Erbarmen gegenüber dem kennen, das in irgendeiner Form danach getrachtet hatte, ihn dessen zu berauben, was ihm zustand.

Immer noch da draußen stehend, in dem immer schwächer werdenden Licht und in dem Bewußtsein, daß seine Augen, in dem Augenblick, da er hineinging, die Fähigkeit verlieren würden, dem Flug eines Balles zu folgen oder eine Bewegung im Gras zu entdecken, versuchte er, mit dem Tierischen in ihm Kontakt zu halten, und spürte, auf dieses Tierische vertrauend, wie sein ganzer Körper an den Rand von etwas gelangte – etwas, das er auch haben konnte, wenn er nur begriff, was es war.

Hier am dunstigen Rand der Finsternis verloren sogar Steine einen Augenblick ihre scharfen Kanten und ihre Schwere und schienen zum Fliegen bereit zu sein. Er hatte das Gefühl, sein Körper hebe vom Boden ab. Das war das Tier in ihm, das sicher auf den Beinen war und perfektes Timing besaß. Es hob ab in einem langen Satz, und er hielt den Atem an.

Der Landwind hatte sich gelegt, direkt beim Umschlagen. Alles befand sich in der Schwebe, hing für einen letzten Augenblick zwischen Tag und Nacht, zwischen seinem Tagesleben und dem anderen, finstereren Leben der Nachtstunden. Auch sein Körper hing in der Schwebe.

Aber nach einem Augenblick beinahe nicht zu fassender Leichtigkeit, in dem er das Gefühl gehabt hatte, es tatsächlich geschafft und die Veränderung vollzogen zu haben, kam er auf die Erde zurück. Das Gewicht seines Körpers, wie leicht er auch war, forderte ihn zurück. Es ließ sich nicht abschütteln.

Der Seewind nahm zu, und in den Küchen entlang der Küste spürte man jetzt seine Kühle. Seine Augen hatten sich angepaßt. Die Lichter waren nüchterne Fenster-Vierecke.

»Vielleicht«, sagte er sich trostlos, »läßt sich doch kein anderes Leben erzielen. Es verläuft alles kontinuierlich, und man wird einfach dicker und dicker und schwerer und schwerer, wie es in einem entsteht, und das *ist* es dann.«

Er dachte das, konnte es aber nicht glauben. Diese Art Unabwendbarkeit gehörte nicht zu seiner Natur. Er seufzte und ging enttäuscht nach Hause, aber nicht ohne Hoffnung, nie gänzlich ohne Hoffnung.

Frühmorgens, beim Milchholen, sah er die Männer aus dem Ort zur Bushaltestelle gehen, von wo sie zur Grube fuhren. Andere, von den Dörfern entlang der Küste, kamen mit Fahrrädern und redeten im Vorbeifahren mit ihnen. Sie machten soweit einen recht glücklichen Eindruck, mit ihren Brotbüchsen. Sie gehörten zu den Glücklichen, die noch Arbeit hatten. Die anderen, unrasiert, einige im Schlafanzug, werkelten hinter ihrem Zaun herum, gruben ein bißchen, beschäftigten sich. Später, immer noch unrasiert, aber jetzt angezogen, kragenloses Hemd und Hosenträger, hingen sie in Gruppen vor der Kneipe herum, recht ruhig, bis sie in Fahrt kamen. Pferde waren es, worüber sie sich erregten, oder Windhundrennen oder Fußballmannschaften.

An den Wochenenden konnte man sie sehen, in denselben Gruppen, zu den Wettkämpfen gehen, die Hände in den Taschen. Jüngere Burschen, geschniegelt und gebügelt, ihre Mädchen in Strümpfen und mit hohen Absätzen an der Seite, riefen gelegentlich zu einem Burschen hinüber, den sie kannten, oder die Mädchen riefen einer Nachbarin zu, die sie erkannten. Gewöhnlich hatten sie ein Fünftel-Los einer Lotterie in der Tasche, diese Jünglinge, vielleicht auch einen Pariser, auf gut Glück.

»Geht's gut soweit?«

Diese Frage von einem älteren Mann mit einem Hauch Neid darin, befriedigte in den meisten von ihnen das Bedürfnis nach Anerkennung.

»Kann nicht klagen«, lautete die übliche, zurückhaltende Erwiderung.

Ein ordentliches, sauberes Aussehen, die Haare kurzgeschnitten um die Ohren und mit Pomade gebändigt, ein Anzug. Kinder wie Vic, noch barfuß, in einem alten selbstgestrickten Pullover mit einem Loch am Ellbogen vom vielen Auflehnen, sollten davon beeindruckt sein und ihm entnehmen, was einmal aus ihnen würde, wenn sie taten, was ihnen gesagt wurde, wenn sie auf der rechten Seite des Gesetzes blieben und die Weltwirtschaftskrise zu Ende ging.

Vic dachte darüber nach und hielt nicht viel davon. Er würde seinen eigenen Weg gehen, nicht einfach das aufnehmen, was die anderen ihm weiterreichten. Er würde es. Das wußte er.

Sein Vater war Bergarbeiter, oder war es gewesen, bis eine alte Kriegsverletzung ihm wieder zu schaffen machte – »kam zur rechten Zeit«, wie Zyniker es sahen. Er bekam eine Rente und verbrachte seine Tage jetzt, Winter wie Sommer, unten am Pier, wo die Kohlenschiffe anlegten und immer eine kleine Gruppe von Männern herumlungerte oder zu angeln versuchte. Dort oder in einer der drei Kneipen des Ortes.

Er war ein wohlgewachsener, dunkler Bursche mit denselben blauen Augen, die Vic hatte (Vic ärgerte sich darüber, von welchem Wert sie auch beim Täuschen der Leute sein mochten), und einer angeborenen Schlampigkeit in allem, was er tat, die den Jungen verletzte. Sich der Unmöglichkeit irgendeiner Verbindung zwischen ihnen zu vergewissern war der Grund dafür, daß Vic seinen Geist zur Härte zwang und seine Haut mit der Scheuerbürste traktierte.

Unbekümmert – das war das Wort für ihn. Sie waren beide unbekümmert gewesen, Dan und Till Curran, in den Tagen, da er noch arbeiten ging und sie eine gewichtige Frau war, die gern ein, zwei Bier trank und eine Partie Poker spielte. Überall hatten sie Freunde. Vic war da noch klein, aber er erinnerte sich an die Marlin Street und die lauten Nächte.

Jetzt war sein Vater ein Gespött der ganzen Stadt. Ein Trinker und Schnorrer, der er war, tänzelte er immerzu um die Gäste im »Pacific« oder im »Prince of Wales« herum, und es gab einen Punkt in seinem alkoholdurchtränkten Tag – Vic war dessen nicht nur einmal Zeuge gewesen und konnte, jung, wie er war, den Horror davor nicht loswerden –, da er, mit einer Darbietung von clownhafter guter Laune, unbekümmert wie immer, tat, was man von ihm verlangte, solange am Ende dabei ein Bier heraussprang: für Leute Botengänge erledigen, Geschichten erzählen, Beschimpfungen runterschlucken – stets mit einem albernen Lächeln im Gesicht und einem kriecherischen Eifer, sich sympathisch zu machen.

Er besaß kein Schamgefühl, und es amüsierte einige der Neunmalklugen der Stadt, eine ganze Reihe von ihnen besaß selbst kein Schamgefühl, zu sehen, wie weit er gehen würde. Mit einer Mischung aus niedrigem Vergnügen und fasziniertem Ekel, auch einem Hauch Angst darüber, was sie wohl mit ihm gemein haben könnten, verhöhnten sie ihn mit Beleidigungen, erstaunt, daß er immer noch dastand und lächelte und blinzelte und keine Anstalten machte, sich zu verteidigen.

Er, Dan Curran, machte alles, wenn sie ihn weit genug hatten. Jemandes Spucke auflecken und sich dafür bedanken und dabei lachen. Dann sein Bier auf einen Zug runterschlukken.

Es gab auch noch andere, anständige Männer, die mit ihm in der Zeche gearbeitet hatten oder in der Schule mit ihm in dieselbe Klasse gegangen waren, die beschämt waren, einen Mann mit so wenig Selbstachtung zu sehen.

»Schon gut, Danno«, sagte einer von ihnen steif, »trink den auf mich!« Ein paar Münzen auf dem Linoleum bewahrten ihn dann vor seiner eigenen Schwäche. Doch nach wenigen Minuten hatte er wiederum ein leeres Glas vor sich, und er machte sich wieder an seine Peiniger heran, denn die waren auf lange Sicht verläßlicher als der gelegentliche Gönner.

Wenn er nach Hause kam, war ihm zum Schreien zumute. Dann plötzlich sank er in sich zusammen und weinte.

Jede Phase dieses täglichen Dramas widerte Vic an und bestätigte ihn in seiner Ansicht, daß diese bösartige Heulsuse, die behauptete, sein Vater zu sein, nichts mit ihm zu tun hatte.

Die Schande daran war, daß sie, in der ersten Zeit, als es noch nicht so schlimm stand, als sein Vater gerade erst arbeitslos geworden war und Zeit hatte, weil er ja den ganzen Tag zu Hause war, mit Vic angeln zu gehen und ihm Geschichten vom Krieg zu erzählen, daß sie da Kameraden gewesen waren und Vic sich mehr als einmal hatte überreden lassen, hintenherum in die Kneipe zu gehen, gerade wenn geschlossen wurde, und ein paar Flaschen zu holen. Jimmy, der Barkeeper vom »Pacific«, schob sie ihm zu und eilte zurück, um noch das Ende dessen mitzubekommen, was sein Vater erzählte. Die Sache war ein Geheimnis zwischen ihnen – Jimmy, seinem Vater und ihm selbst. Die Flaschen kamen in lockere Strohumhüllungen. Zu Hause gingen die beiden dann rasch auf den Hof hinaus und verbrannten sie in einer Ecke, damit die Mutter nichts merkte. Das war ein richtiges Feuer. Die leeren Flaschen warfen sie in die Dünen.

Doch Jim Hardy, der Wirt, bekam es mit und erzählte es

seiner Frau, und als es von ihr Vics Mutter erfuhr, weinte sie und war wütend auf ihn. Wußte er denn nicht, konnte er denn nicht sehen, was los war?

Inzwischen sah er es schon. Vater und Mutter, die immer so fröhlich miteinander gewesen waren, hatten nun auf einmal heftige Streitereien, und im Nu, so schien es jedenfalls, gingen sie aufeinander los.

»Du bist eine verdammte Moralintante«, beklagte er sich, wenn sie sich weigerte, mit ihm zu trinken. »Das hab ich nicht erwartet. Hätte nicht gedacht, daß du dich zu so einer fanatischen Puritanerin entwickeln würdest. Wenn ich eines nicht ausstehen kann, dann ist es ein herumnörgelndes Weib und eine moralinsaure Person!«

Nun kam er stets streitlustig nach Hause, fühlte sich bei jeder Kleinigkeit in seiner Ehre verletzt und schnappte ein.

»Du sollst doch nicht für das dämliche Weib von dem blöden Sam Goddard nähen!« brüllte er. »*Diese* Hexe! Hier, gib das her!« Und er riß ihr die Arbeit, was es auch sein mochte, ein Rock zum Längermachen oder eine neue Bluse, aus den Händen. Wenn sie sich widersetzte, schlug er sie.

Wenn der Vater jetzt versuchte, Vic rumzukriegen, benutzte der die Ellbogen, um ihn wegzustoßen.

»Laß mich in Ruhe«, zischte er und war darauf gefaßt zu kämpfen, wenn es sein mußte. »Ich geh nicht für dich schnorren.«

Er ging hinaus in die Dunkelheit, setzte sich auf den Holzstoß und betrachtete die Axt, die tief in den Hackklotz eingeschlagen war. Vom Meer kam eine frische Brise und kühlte den Schweiß auf seiner Oberlippe. Er blieb eine Weile sitzen und beruhigte sich.

Als er jedoch wieder ins Haus kam, sagte seine Mutter: »Du solltest nicht so mit ihm reden, Vic. Glaube nicht, du tust es für mich.« Sie hatte eine aufgeplatzte Lippe oder ein blaues Auge, und dennoch sagte sie das.

Das haßte er. Die Art und Weise, wie sie Ausreden fand und sich alles gefallen ließ. Er war ein Kämpfer. Er wünschte, sie wäre es auch.

»Vic, Liebster«, sagte sie zu ihm, »du verstehst diese Dinge nicht. Geh nicht zu hart mit mir ins Gericht!«

Später, wenn sie glaubten, er wäre eingeschlafen, hörte er sie im Doppelbett. Wieder und wieder hauchte sie seinen Namen, küßte ihn mit ihrer aufgeplatzten Lippe und liebkoste ihn.

Vic liebte sie, aber ihre Schwäche machte ihn wütend. Wenn sein Vater die Fäuste schwang und sie alle drei in ein gefährliches Gemenge geraten waren, brüllten und mit den Schultern und Ellbogen schoben und stießen, hätte er seinen letzten Atemzug für sie gegeben und befand sich in einem Zustand so wilder Raserei und blinder Impotenz, daß er glaubte, daran sterben zu müssen; in sie verwickelt zu sein – den einen Moment zwischen ihnen, den nächsten außerhalb und mit den Fäusten schlagend, um wieder hineinzugelangen, und vor Scham, so groß zu sein für sein Alter und doch so hilflos, etwas auszurichten.

In der Enge solcher Augenblicke, wenn sie alle drei kämpften und schrien, waren sie wie Kreaturen, die versuchten, etwas zu gebären, ein Monster – das war es, was er dachte, und schließlich sah er, was es war: ein Mord. Das war es. Eines baldigen Tages, sobald er kräftig genug war, eine Axt zu halten, würde er diesen Mann töten.

Dann wurde seine Mutter krank. In wenigen Wochen verfiel sie von einer großen, molligen Frau zu Haut und Knochen. Er brachte ihr die Bettschüssel und sah zu, wie sie sich mit einer Hand die Seite hielt, sich vom Stuhl zum Tisch zur Tür schleppte, dann über den sandigen Hof zu ihrem Klo. Der Vater war nirgends in Sicht. War jetzt nie zu Hause. Ein paar Tage war er nüchtern geblieben, ganz am Anfang, doch jetzt betrank er sich von morgens bis spät in die Nacht, aber wenigstens blieb er einigermaßen ruhig. Es gab kein Geschrei mehr. Nach Mitternacht schlich er nach Hause und legte sich ins Bett, mitsamt den Schuhen.

Zu jung, um hinter die unmittelbaren Schrecken zu sehen, kam es Vic nicht in den Sinn, daß sein Vater ein Mann in Panik war: Das, was ihn überwältigte, ihn immer tiefer in sich hinein trieb, ihn aber auch fernhielt, war eine tierische Angst vor dem, was hier geschah, die Auszehrung des großen Körpers, an dem er gehangen hatte, so daß er ihn kaum noch erkannte, ihre Qual, die wie ein wildes Tier zwischen ihnen im Bett lag, mit scharfen Zähnen und Krallen. Er kam ihr nicht mehr nahe, das war alles, was Vic sah. Und wenn er es tat, konnte er es nicht erwarten, daß er wieder ging.

Seine Mutter wußte, was er dachte. »Du täuschst dich über deinen Vater, Vic«, sagte sie zu ihm, doch ihre Stimme war nur noch ein Wispern. Sie war zu schwach, das näher zu erläutern.

Schließlich starb sie. Vic war zehn. Sein Vater weinte und versuchte, ihn zu liebkosen. »Nun sind nur noch wir zwei übrig, Vic«, sagte er. Doch Vic ließ sich nichts vormachen und zeigte kein Mitgefühl. Als sein Vater ihn eine Weile hielt, riß er sich los.

Seine eigene Traurigkeit war überwältigend. Zwar wurde er damit fertig, doch die Gefühle, die er noch hatte, waren für ihn allein. Er hatte keine für diesen betrunkenen Tyrannen, der jammerte und flennte und auf ihn Anspruch erhob, aber nichts weiter tat, als ihnen Schande zu bringen.

»Du bist ein harter Mensch, Vic«, sagte der Vater bitter. »Ich möchte nicht in der Welt sein, wo du Gott bist. Gott bewahre, wenn ich es wäre! Du besitzt keine Nachsichtigkeit. Nicht wie deine Mutter.«

Er versuchte wieder, ihn rumzukriegen. Vic verschloß die Ohren.

Solange seine Mutter da war und es sehen konnte, ihr zuliebe und um sich von der Schlampigkeit seines Vaters abzusetzen, denn der tat nichts, hatte Vic versucht, ein bißchen Ordnung zu halten, hatte das Wachstuch abgewischt, nachdem sie gegessen hatten, die Zinkschüssel saubergemacht, in der sie sich wuschen, den Boden gewischt.

Das war ganz schön hart. Egal, wie oft man den Besen in die Hand nahm, ständig hatte man Sand unter den Füßen. Er setzte sich unter die Scheuerleisten und unter die Fensterbretter, fuhr zwischen die Betten und kratzte, wenn man hineinging. Stets hatte man ein paar Körner davon in der Tasse, wenn man sie vom Haken nahm.

Er hatte sich Sorgen gemacht in diesen letzten Wochen, als seine Mutter den ganzen Tag im Koma lag und den Mund offen hatte, daß er eines Tages hereinkäme und sie erstickt vorfand, und hatte Alpträume, in denen er ihr mit den Fingern Sand aus dem Schlund puhlte.

Als sie dann von ihnen gegangen war, machte er nichts mehr. Um seinen Vater zu ärgern, ließ er den Schmutz sich ansammeln, als Zeuge all dessen, wofür er verantwortlich war. Essen lag auf dem Tisch herum, ein Durcheinander von Brotkrusten, offenen Marmeladendosen, mit Fett beschmierten Messern. Fliegen kamen zuhauf, und Kakerlaken flitzten umher. Die Betten blieben ungemacht, Laken und Bezüge wurden von Woche zu Woche schmutziger. Milch wurde sauer im Krug. Schmutzige Socken und Hemden türmten sich. Die ganze Stätte stank nach Fisch und saurer Milch und Schweiß, und als die Fensterscheiben Kohlenstaub und Salz ansetzten, wurden sie so gelassen. Er rührte keinen Finger. Auch er stank, das wußte er, schlimmer denn je, und es juckte ihn überall.

Er verabscheute Schmutz jeglicher Art, doch er ließ ihn sich ansammeln und lebte mit ihm aus reiner Boshaftigkeit, um sich zu quälen und als Zeugnis gegen seinen Vater.

Das einzige, was er sauberhielt, war die Schneide der Axt. Ausgezogen stand er vor dem Stück Spiegelscheibe in der Wand im Nebengebäude und preßte die Armmuskeln heraus, die vom rechten. Hundertmal ging er in seiner Phantasie die Sache durch. Ohne diese Selbstbehauptungsakte wäre er wohl niemals in der Lage gewesen, das Ganze hinzunehmen, den Dreck, in dem sie hausten, und den Blick im Gesicht seines Vaters, wenn er im Unterhemd auf dem Bett saß, das eine schmutzige Bein übergeschlagen, mürrisch und sich selbst bemitleidend.

»Hilf mir mal, mein Sohn! Hol mir mal die Schuhe! Bist doch 'n guter Junge!«

»Hol sie selber!« gab Vic zur Antwort, zog sich das Hemd für die Schule an und nahm sich die Hose und fädelte den Gürtel ein.

»Bist ein gefühlloser Knilch«, jammerte der Vater, während Vic am Fenster stand, ein Stück Brot kaute und einen kräftigen Schluck Tee trank. Das Jammern reichte aus, dem Jungen die Ohren zu verschließen, sonst hätte er womöglich reagiert. »Du gibst keinem eine Chance, was?«

Das Dach des Hauses war nicht verschalt. Blickte man hinauf, konnte man unter der Wellblechabdeckung die nackten Sparren und nachts die Mäuse daran entlangjagen sehen. Es war, wie Vic dachte, als er jünger war, wie auf einem riesengroßen Baum zu wohnen, zwischen den Ästen. Auch eine Eule lebte in diesem Baum, und manchmal flog sie, in seinen Kinderträumen, direkt in seinen Kopf hinein, und leise, sehr leise, trotz ihres Gewichts, flatterte sie zwischen den Sparren umher, rief u-huuh und blinzelte mit ihren gelben Augen. Was sie fallen ließ, spürte er herunterkommen. Wenn er aufwachte, fuchtelte er mitunter mit den Armen herum, um den großen Vogel von sich abzuwehren.

Schon eine Ewigkeit hatte er diesen Traum nicht mehr gehabt. Doch jetzt erschien der Vogel wieder. Er flog herum, seine Schwingen schlugen, warme Exkremente ließ er fallen. Doch als er mitten im Traum aufwachte, hatte die Eule eine Maus im Schnabel. Was sie fallen ließ, war Blut. Er erwachte mit warmem Blut im Mund, und es würgte ihn viel zu sehr, als daß er hätte schreien können.

Es kam der Tag, da der Vater eine Frau mit nach Hause brachte, ein großes, kräftiges Mädchen von siebzehn Jahren, mit Namen Josie.

Vic hatte sie schon recht oft gesehen, mit drei, vier Kleinen, ihren Geschwistern, im Schlepptau, und hatte von älteren Burschen Geschichten über sie gehört. *Die läßt sich umlegen.*

Zum Frühstück, das sie schon fertig hatte, wenn er aufstand, sah sie Vic ohne Feindseligkeit an, aber auch ohne den Versuch, ihn zu gewinnen, als ob sie hier bereits alles besaß und er dazugehörte. Sie hatte, wie es aussah, von allem Besitz ergriffen, was sie benötigte, dem richtigen Teekessel, dem einzigen mit einer passablen Schnauze. Seltsam ging sie mit Aufschriften um – Tee kam in die Büchse mit der Aufschrift Sago, Zucker in die, wo Reis draufstand. Sie hatte auch selbst Holz gehackt und deckte einen ordentlichen Tisch. Sie war von der Sorte, die sah, wo es fehlte, und Hand anlegte.

Vic ärgerte sich über die Leichtigkeit, mit der sie die Seltsamkeiten ihrer Männerwirtschaft beseitigt hatte. Er schämte sich – wie gewöhnlich war er mit einer Latte aufgewacht –, sich vor ihr anziehen zu müssen, obgleich sie dem gar keine Beachtung schenkte. Als er zum Mittag heimkam, war sie immer noch da und machte sauber. Er war wütend, erkannte jedoch, als er sah, daß die Fensterscheiben wieder sauber waren und die Dielen gescheuert, wie wichtig es für ihn war, diese Ordentlichkeit und der Geruch nach Seifenlauge.

Sein Vater änderte sich nicht, und Josie verlangte es auch nicht. Sie nahm die Dinge, wie sie kamen. Nachts konnte Vic sie hören, und die Heftigkeit dabei quälte ihn. Er war fast zwölf.

Sie war sanft zu ihm, erwartete aber keine Gegenleistung. Sie war offenbar ein Mensch, der keinerlei Erwartungen hegte, und das berührte ihn, doch hielt er sich zurück. Ihm mißfiel die Art, wie sie Dinge übernahm, die seine Mutter geschätzt hatte, und ihre Verwendung änderte.

Sie hielt das Haus sauber, wusch für sie und sang ein wenig beim Wäscheaufhängen. Wenn er nachmittags nach Hause kam, saß sie da, mit bloßen Füßen, die sie auf einem Stuhl hatte, und las illustrierte Zeitschriften, und er war schließlich froh, jemanden zu haben, mit dem er reden konnte. Sie legte die Magazine beiseite und fragte ihn nach der Schule, und ohne es zu wollen, führte er lange Gespräche mit ihr.

»Nein«, gab sie zu, »ich war nie gut in Grammatik. Algebra ja – das war meine Stärke.«

Gelegentlich las sie ihm etwas vor: »Myrna Loy und William Powell«, las sie, »sieht man häufig zusammen, sowohl während der Dreharbeiten als auch außerhalb. Seit sie zusammen in ›The Thin Man‹ gespielt haben…«

Manchmal spielten sie auch Ludo, das scheinbar das einzige Spiel war, das sie konnte.

Wenn ihn die Jungen in der Schule oder vor dem Kino verspotteten, trat er plötzlich für sie ein. Das war genau das, worauf sie aus waren. »Kriegst wohl einen Steifen, Curran?« höhnten die Älteren. Er wurde rot und ging auf sie los.

Er fuhr fort, seine Kräfte an dem Holzhaufen zu messen. Sie glaubte, er täte es für sie, hielt es für eine pubertäre Galanterie, und seine Phantasien wurden noch komplizierter: Sie stellte sich immer mehr in den Weg dessen, was bis dahin ein einfacher Akt von Gewalt war. Die Phantasie war seine Befriedigung. Er wollte sie nicht aufgeben.

Schließlich wurde es ihm aus den Händen genommen. Eines Abends geriet sein Vater, der in letzter Zeit recht aggressiv geworden war, in eine Schlägerei. Ein Mann kam zu ihrem Haus, um Josie zu rufen, und sie und Vic rannten los. Für einmal, schien es, war er standhaft und verweigerte einen Akt der Selbsterniedrigung, der auch nicht schlimmer war als andere, denen er entsprochen hatte (doch wer weiß, wie er es sah?), holte aus mit einem leeren Glas, und der andere Kerl, einer seiner ständigen Peiniger, wütend darüber, daß er angegriffen werden sollte, noch dazu von einem Kerl, den jeder verachtete, schlug einer Flasche den Hals ab und ging in Verteidigungsstellung.

Keiner vermochte zu sagen, was dann geschah. Nach Darstellung des Mannes, der sich angegriffen geglaubt hatte, war Dan Curran selbst in die abgebrochene Flasche gelaufen und hatte sich dabei in den Hals geschnitten. Als Josie hereinstürzte und Vic hinterher, obgleich rauhe Hände ihn zurückzuhalten versuchten, starb er. Er hatte einen fünfzehn Zentimeter langen Schnitt im Hals und war von Blut überströmt.

Vic war überrascht. In seinem Hals toste das Blut. Er betrachtete seine Hände.

Die Männer standen da in einem Kreis, ihre Stiefel bildeten einen Kordon um den Kopf mit der langen, tiefen Schnittwunde am Hals, die Wangen und die Stirn grau wie Hammelfett, und der Sägemehlfußboden war von Blut überschwemmt wie ein Fleischerladen.

Die Leute waren nett zu Vic. Sie nahmen ihn beiseite und gaben ihm einen kleinen Schluck von etwas, das brannte und ihm Tränen in die Augen trieb. Es war jedoch die unerwartete Freundlichkeit, was ihn weinen ließ, und nicht Gram.

Josie war untröstlich. Sie saßen zusammen am Tisch unter den Dachsparren, und er blickte hinauf nach der Eule. Er hatte keine Trauer gezeigt.

»Du bist ein richtiges Arschloch, Vic – weißt du das?« sagte sie grimmig.

Sie war ganz weiß im Gesicht und sah kindlich aus in ihren Mädchensachen. Das ganze Haus hatten sie für sich.

»Nur keine Sorge, erhabener Mister Tugendhaft – du kommst auch noch dahinter, eines Tages.« Sie sah den Ausdruck auf seinem Gesicht und mußte lachen. »Was heißt denn das?« fragte sie, obgleich er nichts gesagt hatte. »Nun, es gibt vieles, was du nicht weißt.« Sie beugte sich vor, und einen Augenblick glaubte er, wegen ihres verächtlichen Blicks, sie würde ihn schlagen. Wenn sie es tat, würde er sich nicht wehren.

Er zitterte. Ihr Gesicht war jetzt ziemlich nah. Noch fünf Zentimeter, und er hätte sie küssen können.

So saßen sie eine ganze Minute da, dann brach sie in Tränen aus, und er legte den Arm um sie, bis sie sich ausgeweint hatte.

Später, als sie ins Bett gekrochen war, ging er hinaus zu dem Holzhaufen und setzte sich hin. Die Axt war da, wo er sie mit kräftigem Schwung hinbefördert hatte, nachdem er das Holz für ihren Tee gehackt hatte. Im Hackklotz.

Das Blut seines Vaters. Es hatte ihn fassungslos gemacht, seine Dicke, seine Lebendigkeit. Er hatte eine Vision gehabt, wie ihm sein eigenes Blut mit einem Schlag zum Herzen schoß, durch ihn hindurch wirbelte, in die Haarwurzeln strömte und die Pulsadern anschwellen ließ.

Auf geheimnisvolle Weise und nicht zum erstenmal spürte er, daß seiner Phantasie, seinem Verständnis von der Komplexität der Dinge Grenzen gesetzt waren, und das entfachte in ihm eine Welle der Depression. Du könntest ja so unrecht haben! So hatte ihn seine Mutter gewarnt. Er fühlte, wie er gegen etwas stieß, eine Wand, die nicht nachgab. Jetzt mochte er nie mehr herausfinden, was auf der anderen Seite davon war, obgleich er wußte, daß eine Wand existierte und daß sein Versäumnis, sie zu überwinden, von Bedeutung war. Gedankenlos roch er an seiner Hand.

Schweiß. Sein Schweiß, mit dem Schmutz von Dingen vermischt, die er angefaßt hatte. Er wischte ihn an seine Hose. Schuld beschlich ihn, doch er wußte nicht wofür, denn er hatte ja nichts getan.

Vielleicht (und ein Schatten fiel ihm über das Herz) für etwas, das erst noch kommen sollte.

Und die Wut, von der er sich zu erleichtern hoffte? Sie mit einem Axthieb für immer loszuwerden? Nun würde es keine Erleichterung geben, nie. Damit würde er sich abfinden müssen.

Er rieb noch einmal seine Hände an der Hose. So hatte sein Vater schließlich doch das Bessere von ihm bekommen.

Er saß im Schatten des Holzhaufens, hatte die Hauswand im Rücken und die vom Mond beschienenen Dünen vor sich und sah die große Wand, die sie darstellten, sich in Bewegung setzen. Sie kam auf ihn zu. Er rührte sich nicht von der Stelle. Sie bedeckte den Haufen Unrat in der Ecke, wo er so oft die Nachtschüssel ausgeleert hatte, bedeckte den Geruch davon und die alten Lumpen und Zeitungen dort und die Asche von den Strohumhüllungen der Bierflaschen und die verrosteten Dosen und Fischgräten, dann den Holzhaufen, bis nur noch der Axtstiel herausragte; dann bedeckte sie auch ihn und wanderte weiter, drückte gegen die Fenster der Hütte, brach ein und bedeckte die Stühle und den Tisch und die steifen, grauen Laken auf den Betten, stieg bis hinauf in die Teetassen, die an den Haken hingen, bis der ganze Raum gefüllt war bis zur Decke und den Sparren, und das Dach war bedeckt, und es gab kein Anzeichen mehr von ihnen und dem Leben, das sie geführt hatten, außer in seinem Kopf.

2

Sein Leben änderte sich auf einen Schlag, und zwar in einer Art und Weise, die so sehr seinen geheimen Wünschen entsprach, daß er sich später fragte, ob er das, mittels einer Kraft, die er nur schwach erahnte, nicht selber herbeigeführt hatte, und sich sagte, daß *das* die Schuld war.

Sein Vater hatte, obgleich er nichts zu hinterlassen hatte, ein Testament gemacht. Vic war der alleinige Erbe. Doch was noch wichtiger war, er hatte einen Testamentsvollstrecker benannt, einen Captain Warrender aus Strathfield, einem Vorort von Sydney. Im Krieg war Dan Curran drei Jahre lang Captain Warrenders Bursche gewesen, und der Offizier hatte sich bereit erklärt, im Falle von Currans Tod als Vormund der Kinder zu fungieren, die er hinterlassen würde. Jetzt, fast zwanzig Jahre später, kam er, sein Wort einzulösen.

Er war ein großer, zurückhaltender Mann in Anzug und Weste. Er klopfte Vic auf die Schulter, dann schüttelte er ihm die Hand, und augenblicklich erkannte Vic, daß Mr. Warrender derjenige von ihnen beiden war, der sich unbehaglicher fühlte.

Er war mit dem Zug von Sydney gekommen. Die kleine schmutzige Stadt seitab am Meer, ungestrichenes Holz und rostiges Eisen überall, die sandigen Höfe voller Unrat, der Kohlenstaub, der in jenen Tagen von einem steifen Südostwind umhergeblasen wurde und die Seeluft aggressiv machte – das alles war ihm fremd. Ebenso der barfüßige Junge mit dem wüsten Haarschnitt. Zu Hause hatte er nur Mädchen.

Doch trotz all seiner Zurückhaltung hatte er Augen, die einen eindringlich ansahen, nicht unfreundlich, einen aber mit völliger Unverhohlenheit erkennen ließen, worauf sie aus waren, wie auch, was sie sahen.

Vic, der ein sauberes Hemd angezogen und die Haare naß gemacht und gekämmt hatte, blickte fest zurück. Er kannte seine besten Eigenschaften und war zuversichtlich, sie würden sich zeigen. Er vertraute darauf, daß dieser Mann sie sah.

Mr. Warrender sah Vic lange an, dann klopfte er ihm noch einmal auf die Schulter und nickte.

Vics Anspannung ließ noch nicht nach, aber er sah, daß das bei Mr. Warrender der Fall war, und das war ein gutes Zeichen.

Instinktiv erfaßte er, daß Mr. Warrender ahnungslos war und besser auch blieb, von dem, was sich in ihrer Hütte abgespielt hatte, welche Einblicke in die Wahrheit er auch erhalten mochte. Er konnte keine Ahnung haben, wieviel Vic tatsächlich wußte, und Vic erkannte, daß er damit vorsichtig sein, es verstecken, tief in sich vergraben und wieder ein Kind sein mußte. Noch einmal würde er lernen (oder so tun), sich im Leben zurechtzufinden, nach Mr. Warrenders Begriffen. Er konnte erkennen, nur wenn er ihn ansah, daß es das war, was er erwarten würde.

Als Mr. Warrender erklärte, daß er ihn nach Sydney mitnehmen wollte, erwiderte Vic nichts. Er ließ ihn gewähren.

Mrs. Warrender und die Mädchen (es waren zwei) hatten von ihm erfahren und freuten sich auf seine Ankunft, darauf, noch einen Mann im Haus zu haben. Vic sagte immer noch nichts, lächelte nur vor sich hin, als Mr. Warrender, um ihm die Befangenheit zu nehmen – was wirklich nicht nötig war, er war nicht befangen, jetzt war es Mr. Warrender, der nervös war –, diese Bemerkung über ihre gemeinsame Männlichkeit machte.

Er würde natürlich ein eigenes Zimmer bekommen und die Highschool besuchen. Zuerst sollten sie jedoch vielleicht in die Stadt gehen und ihm Schuhe kaufen.

Aus Angst, ihn aufzuregen oder zu verletzen, oder aus Verlegenheit in bezug auf die ganze Angelegenheit »Trauer« verlor Mr. Warrender keinen Ton über seinen Vater, und Vic machte sich Gedanken darüber. Er fragte sich auch, was Mr. Warrender wohl gesucht haben mochte, als er das erste Mal vor ihm gestanden und ihn studiert hatte. Nicht was er gefunden hatte – darüber war er sich im klaren –, sondern was er, da er ja nur seinen Vater kannte, erwartet hatte.

Im Zug neben ihm sitzend, beeindruckt von dem Geruch feuchter Wolle, den er ausströmte, was eigenartig beruhigend war, und die Landschaft betrachtend, die durch sein gespenstisches Gesicht in der Glasscheibe huschte, spürte Vic, der einen neuen Pullover anhatte und Stiefel, die sie eine Nummer zu groß gekauft hatten, wie sein Körper in sich selbst hineinfuhr, kräftig und kompakt, genauso gediegen auf dem Samtsitz wie der des anderen Mannes, und schließlich gingen ihm die Konsequenzen der Sache auf. »Diesen Ort werde ich nie wieder sehen«, sagte er sich, während Strecken des flachen Strandes vorüberhuschten. Das war ein Versprechen. Nur einem trauerte er nach, dem Grab seiner Mutter.

Er blieb still und wollte es bleiben, bis er wußte, wo er stand. Er sah, daß Mr. Warrender, der ihn beobachtete, davon beeindruckt war und von dem Stolz, den er dadurch zum Ausdruck brachte, daß er sich nicht ständig bemüßigt fühlte, »danke« zu sagen, obgleich er sehr höflich war. Er straffte die Schultern, und wenn Mr. Warrender ihm etwas sagte, blickte er sehr offen und fest zu ihm empor, so daß das, was Mr. Warrender sah, eine Reflexion seiner eigenen Arglosigkeit war. Er war dankbar für diese Gelegenheit, sich selbst im besten Licht zu zeigen und angeschaut zu werden, als ob Aufrichtigkeit und Festigkeit bei ihm als Selbstverständlichkeit angesehen wurden. Eine Woge der Zuneigung empfand er für diesen Mann.

»Du solltest mich Pa nennen, Vic«, sagte Mr. Warrender, »wenn du nichts dagegen hast. So nennen mich nämlich die Mädchen.«

Vic wurde gelöster. Auch er hatte bis jetzt Beobachtungen angestellt.

Wenn Mr. Warrender rauchte, hielt er die Zigarette wie einen

Bleistift zwischen Daumen und Zeigefinger und sog daran wie ein Kind, das es zum erstenmal versucht, was bei einer so massigen Figur komisch aussah. Doch er tat es hingebungsvoll. Vic hielt das für sehr seltsam, und nach einer Weile entschied er, daß Mr. Warrender trotz seines sicheren Auftretens seltsam war. Die Unbehaglichkeit, die er in ihm gespürt hatte, hatte nicht nur mit dem unangenehmen Charakter der Situation zu tun gehabt. Sie war ein fester Bestandteil dieses Mannes. Er flößte keine Furcht ein, sagte sich Vic, ganz und gar nicht. Ich hätte mir keine Sorgen zu machen brauchen.

Dann kam ihm der Gedanke, daß es für seinen Vater leicht gewesen sein mußte, Mr. Warrender zum Narren zu halten, und das brachte ihn auf. Noch ein Grund mehr, entschied er, warum ich offen und ehrlich zu ihm sein sollte.

Nun kamen sie nach Sydney hinein, und wie die Straßen so eine nach der anderen vorüberhuschten, kleine Hinterhöfe mit Hühnerställen und Gemüsegärtchen, und in der Ferne Rauch aus riesigen Schloten aufstieg, fühlte er, wie sich auch in ihm der Blick weitete, spürte er eine Ahnung davon, wie groß die Welt war, in die er gebracht wurde, und die Chance der Betätigung, die sie bot.

Strathfield, wohin sie schließlich gelangten, war ein alter Vorort, nicht sehr weit vom Zentrum entfernt, mit seinen Alleen großer Einzelhäuser, die einst modern gewesen waren und sich nun im Zustand eleganter Baufälligkeit befanden. Entlang der Bahnlinie standen noch armseligere Häuser, ziemlich schäbige und verlotterte Reihenhäuser für Arbeiter, die Gassen dahinter voller Schmutz und Unrat. Und immer noch, es war schließlich Sydney, viel Rauch. Noch nie hatte Vic etwas dergleichen gesehen. Mrs. Warrender, Ma, empfing ihn mit offenen Armen.

Die Mädchen, Lucille und Ellie, waren zunächst skeptisch, das erkannte er; doch er wußte, wie er sie behandeln mußte.

Es war da auch noch eine alte Dame im Haus, eine Tante von Mrs. Warrender, die nicht recht bei Sinnen war und ihn für jemand anders hielt.

Mrs. Warrender zeigte ihm sein Zimmer, und einen Augenblick standen die beiden da und wußten nicht, was sie sagen sollten. Mrs. Warrender war eindeutig verlegen.

»Also dann, Vic«, sagte sie schließlich, »ich laß dich jetzt allein, damit du dich eingewöhnen kannst.« Sie glaubte, er wollte mit seiner Trauer allein gelassen werden. »Das Bad, falls du es suchst (vielleicht war es nur das, dachte sie, sie kannte sich ja mit Jungen nicht aus), ist die erste Tür auf dem Flur.«

Sie stand an der Tür und sah ihn an, wie er so mit den Schuhen auf dem Teppich stand, mitten im Zimmer, und sein Blick sagte: Geh nicht, ich möchte nicht allein sein. Sie aber fummelte ein bißchen mit den Händen herum, und dann ging sie.

Er setzte sich auf die Bettkante, die ziemlich hoch war, und betrachtete seine Schuhe. Sie waren schwer. Die Schultern sanken ihm ein, und er hörte, wie er seufzte. Eine Woge durchfuhr ihn. Nicht der Trauer, sondern der Verlassenheit, ein Gefühl totaler Einsamkeit, das ihn überraschte nach der Zuversicht, die er unten verspürt hatte. Vielleicht lag es an der Größe und der Helligkeit des Zimmers, daß er fürchtete, sich zu verraten, indem er es mit dem Schmutz seiner Hände befleckte; vielleicht auch an seiner Leere, denn er glaubte kaum, daß er es bewohnen würde – es war ja so groß.

Er betrachtete den Koffer, den er mitgebracht hatte. Es war ein kleiner Pappkoffer mit einem Lederriemen. Darin hatte seine Mutter, in der Zeit, als sie für die Leute nähte, Knöpfe und Bänder sowie Stoffreste, die sie als Flicken benutzen konnte, aufbewahrt. Jetzt waren die neuen Hemden drin, mit denen Mr. Warrender ihn ausstaffiert hatte, Unterhosen und sogar Socken. Aus seinem alten Leben hatte er nichts mitgebracht, außer dem, was um so schwerer war, da es unsichtbar war, und das er, wenn er gekonnt hätte, auch zurückgelassen oder in das windige Klo im Zug geworfen hätte; es gab jedoch keine Möglichkeit, es zu fassen zu bekommen. Es kam mit in den Haarwurzeln, in den Abdrücken, die seine Finger auf allem hinterließen, was er berührte.

Ein zweiter Junge, mit tief verborgenem bitterem Elend und Zorn, war mit ihm mitgekommen und würde jeden Morgen seine Füße in die neuen Schuhe zwängen, einen schmutzigen Rand an den Kragen seiner Hemden hinterlassen sowie das Bett beschmutzen, diese saubere Wäsche, mit dem Schweiß seiner Träume.

Er fühlte die Verzweiflung dieses Jungen in sein Herz strömen und ihn anwidern. Sogleich stand er auf, trat vor den langen Spiegel an der Kommode und stellte sich, in dem Versuch, ihn zu vertreiben, kerzengerade hin, da er glaubte, Mr. Warrender hätte ihn gesehen, in seinen neuen Sachen.

Soweit er konnte, wand er sich zur Seite, verdrehte die Augen und betrachtete sich auch aus diesem Winkel. Dann ging er mit dem Gesicht ganz nah an das Glas heran, hauchte es an, und seine Züge verschwammen im Dunst.

Als sie nach einer Weile wieder auftauchten, ging er zur Tür, durch den Flur und fand das Bad. Es war grün gefliest. Er knöpfte die Hose auf, hob den Toilettendeckel hoch und pißte, und als er fertig war, blieb er noch eine Weile stehen und spielte mit seinem Ding, bis es steif wurde. Dann zog er an der Kette und sah zu, wie das Wasser das Becken spülte.

In einer Porzellanschale über dem Waschbecken lag ein frisches Stück Seife, sehr glatt und weiß. Er roch daran, und dann wusch er sich sorgfältig die Hände. Die Duftnote war Piment.

Er besah sich die Fingernägel, nahm eine kleine Bürste und schrubbte sie. Sie wurden nicht sauber, nicht ganz, doch mit solcher Seife würden sie es schließlich doch werden, dessen war er sich sicher.

Als er sich die Hände abgetrocknet hatte, haftete der Duft immer noch. Auch noch, als er die Treppe herunterkam. In einem neuen Anflug von Selbstvertrauen überprüfte er es noch einmal, unmittelbar bevor er ins Zimmer trat, wo Mr. Warrender, Pa, darauf wartete, ihn herumzuführen.

Die Familie Warrender besaß ein großes Haus älteren Stils, zum Teil baufällig und zum anderen Teil völlig in Schuß, mit einer gußeisernen Veranda vorn und einer hölzernen hinten, die mit rosa und grünen Glasscheiben versehen war, so daß sie als Schlafraum dienen konnte, und einem gedrungenen Turm mit steilem Dach auf jeder Seite. Es stand in einem Garten mit Tannen und Araukarien, und links davon, ohne einen Zaun dazwischen, befand sich eine Fabrik, ein viereckiges Ziegelgebäude mit Gitterstäben an den Fenstern und einem gepflasterten Hof dahinter, der voller Korbflaschen und Fässer stand. Die Fässer wurden auf Lkws gebracht, die an der Seite den goldenen

Schriftzug »Needham's« trugen. Als Vic und Mr. Warrender auf den Hof kamen, stand einer dieser Lkws auf dem Ladeplatz. Zwei Männer mit Lederschürzen rollten gerade ein Faß auf einer Planke herab.

»Hallo, Alf«, sprach Mr. Warrender den älteren von beiden an. »Wie läuft's?«

Alf preßte ein Bein gegen das Faß, damit es nicht wegrollte, und sagte: »Ganz gut, Mr. Warrender. Haben 'ne schöne Ladung zusammen heute.« Er wischte sich mit dem Handrükken die Nase und wandte den Blick zu Vic.

»Das ist Vic«, sagte Mr. Warrender. »Vic, das ist Alf Lees – und das Felix.«

Felix war ein jugendlicher Schwarzer mit Muskeln und einem Grinsen. Er sagte kein Wort. Er stand da, hatte die Hände unter der Lederschürze und klatschte. Vic dachte erst, das wäre eine Art Beleidigung. Er wurde rot und schaute Mr. Warrender an, um zu sehen, ob der es bemerkt hatte. Felix indessen verdrehte gelangweilt die Augen, behielt seine großen Hände unter der Schürze und klatschte und klatschte.

»Vic bleibt jetzt bei uns«, erklärte Mr. Warrender, als müßten diese Männer das wissen, und Alf, der immer noch das Bein gegen das Faß stemmte, nickte.

»Ich dachte, ich sollte ihn ein bißchen rumführen.«

Es entstand eine lange Pause.

»Wir wollen aber nicht im Weg stehen.«

Plötzlich überkam Mr. Warrender wieder seine Schüchternheit, und Alf, das Bein gegen das Faß gestemmt, machte auch einen unbehaglichen Eindruck.

Jetzt wurde Vic noch eine von Mr. Warrenders Eigenarten gewahr. Er hatte Schwierigkeiten, etwas zu Ende zu bringen. Er begann eine Sache ganz gut, wußte aber nicht, wie er dann weiter damit klarkam. Er stand da, blickte zu Boden und wippte seinen massigen Körper auf den Fußspitzen auf und ab, ganz rhythmisch. Nach einer Weile begann er zu Vics Überraschung, vor sich hin zu summen.

»Also los«, sagte Alf mit einemmal, »weiter geht's. Komm, Felix, steh nicht bloß so rum!« Und ohne auf Mr. Warrender zu achten, nahm er sein Bein von dem Faß weg und ließ dieses weiter die Planke hinunterrollen.

Mr. Warrender, erleichtert, sagte leutselig: »Macht's gut, Jungs!«

Vic, der sich noch einmal umdrehte, sah, daß ihnen Felix unter seinem schwarzen Haarschopf nachgrinste. Alf gab ihm durch eine Geste zu verstehen weiterzumachen.

In dem Augenblick, in dem man die hohe, düstere Fabrikhalle betrat, spürte man eine Aktivität; keine sichtbare Aktivität, davon gab es sehr wenig, sondern ein Blubbern und Brodeln, das die Luft erbeben ließ und eine merkliche Hitze hervorbrachte. Es war, als überquerte man die Grenze zu einem anderen Klima. Die Atmosphäre war dicker. Auf der Stelle begann man zu schwitzen.

Ein großer Bottich war die Quelle von alldem. Mr. Warrender führte Vic zu ihm hin, und eine Zeitlang betrachtete er das Ding mit einer Art Ehrfurcht, die Vic überraschte; das anhaltende leise Summen dieses Dings schien ihn in seinen Bann zu schlagen. Er neigte den Kopf gegen die metallene Oberfläche, als lauschte er nach einer Botschaft, die für etwas die Lösung bieten würde, über das er sich schon lange den Kopf zerbrochen hatte. Nur, so hatte es den Anschein, war die Botschaft in einer Sprache, die er versäumt hatte zu lernen.

Die Größe dieses Dings unter den hohen Dachsparren und Mr. Warrenders respektvolles Schweigen ließen Vic an einen Altar denken. Das wäre, so wenig, wie er über Kirchen wußte, das einzige, das den Sinn dessen erklären würde, den Mr. Warrender der Sache beimaß, in unmittelbarer Nähe von etwas zu sein, das sowohl großartig als auch unsichtbar war.

Zwei Männer in weißen Mänteln tauchten hinter dem Bottich auf und einer von ihnen kehrte nach einem kurzen Nicken wieder zurück. Der andere, der nicht gerade sehr erfreut aussah, wie Vic dachte, kam weiter.

»Was ist das?« fragte Vic. »Was machen sie?«

Der Mann im weißen Kittel war nun unmittelbar bei ihnen, und Mr. Warrender machte ein schwaches Zeichen in seine Richtung, als erteilte er ihm das Recht zu antworten. Doch als der Mann nichts sagte, war er gezwungen, es selbst zu tun.

»Seife, Vic. Es ist Seife. In diesem Bottich hier haben wir Fette, Talg in der Hauptsache – das war es, was Alf und Felix hereinbrachten – und Ätznatron. Das stimmt doch, Hicks, oder?«

»Das stimmt«, sagte der Mann im weißen Kittel.

»Das ist Vic«, sagte Mr. Warrender zu ihm. »Vic, das ist Mr. Hicks. Er ist unser Betriebsleiter. Dann«, fuhr er fort, »wenn mittels des Dampfes, der da eingeleitet wird, alles zum Kochen gebracht wurde – du kannst den Dampf doch spüren, was? –, sondert sich die Seifenlösung vom Glyzerin ab (er klang wie ein Schuljunge, der seine Lektion aufsagt), und wenn wir die Lösung dann noch einmal zum Kochen gebracht haben, nur diesmal mit Salzwasser, erhalten wir Seife.«

»Also«, sagte er nach einer Weile, »das ist eine sehr oberflächliche Darstellung dessen, was da abläuft, was Hicks?«

Vic glaubte zu erkennen, daß Mr. Hicks, in seinem weißen Mantel und mit der Brille mit Goldfassung, sie tatsächlich für sehr oberflächlich hielt und daß Mr. Warrender es wirklich nicht gut erklärt hatte, trotzdem gehörte Vics Sympathie Mr. Warrender.

Mr. Hicks stellte sich jetzt zwischen sie und den Bottich, als müßte er das Ding und das, was auf wundersame Weise in ihm vor sich ging, vor solch oberflächlichem Interesse schützen, sonst könnte es womöglich passieren, daß der Prozeß nicht ablief. Vic spürte die Feindseligkeit, die von ihm ausging. Ungeduld auch. Kein Zweifel, er wollte zu seinem Platz in dem Prozeß zurückkehren. Mr. Warrender mochte der Besitzer sein, hier aber war er in seinem Bereich.

Vic, der ein starkes Gespür für solche Dinge, Territorium und so, besaß, erkannte das und entwickelte ein gewisses Schutzgefühl in bezug auf Mr. Warrender und fühlte sich für ihn ein bißchen verletzt. Er schien hier fehl am Platz zu sein, obschon die Fabrik ihm gehörte.

»Weiter hinten«, sagte er, »haben wir die Stationen Auswaschen und Klarsieden.« Vic erwartete, daß Hicks die Lippen kräuselte. »Eines Tages wird Mr. Hicks dich durch die ganze Anlage führen – nicht wahr, Hicks? –, und du kannst dann alles sehen, von Anfang bis Ende.«

Ihm ging die Puste aus. Gleich verfielen sie wieder in ein so peinliches Schweigen. Doch das war noch nicht ganz das Ende.

»All diese Prozesse«, sagte er, und man spürte, daß es bisher das erste war, was ihn wirklich interessierte, »werden ›die Veränderungen‹ genannt.« Als er das sagte, lief er ein wenig rot an. Das Wort war für ihn emotionsgeladen. »Ziemlich poetisch, was, für nichts weiter als Seife?«

Mr. Hicks war mißmutig, das konnte er nicht verbergen. Er war beleidigt. Vielleicht hatte das Wort für ihn etwas Besitzergreifendes, und da es eine präzise wissenschaftliche Bedeutung besaß, kümmerte es ihn nicht, daß Mr. Warrender es auf seine Weise benutzte; oder vielleicht war er dagegen, daß er es überhaupt benutzte. Mr. Warrender, vermutete er, war aus Hicks Sicht nicht respektvoll genug, oder sein Respekt war von der falschen Sorte. Der Blick war abweisend.

»Also, vielen Dank, Hicks, daß Sie uns in Ihr Heiligtum gelassen haben. In bezug auf Besucher ist Mr. Hicks sehr streng, Vic. Für uns war das jetzt ein großes Privileg.«

Von Hicks sprach Mr. Warrender in der Art, wie man sich über ein Kind unterhält, dem man seinen Willen läßt, aber in einer Weise, die Hicks, wie man sehen konnte, nicht bekümmerte. Er gab Vic die Hand, nickte kurz Mr. Warrender zu und ging wieder hinter den Bottich. Mr. Warrender wurde sichtlich wohler.

»Die Zeiten sind nicht gerade die besten, verstehst du«, erklärte er Vic, als sie sich umdrehten und wieder in das blendende Sonnenlicht auf den Hof hinaustraten. »Die großen Unternehmen haben uns vollkommen im Sack, wenn du den Ausdruck entschuldigst, aber wir sind ja hier unter Männern. Die Hersteller, verstehst du«, und seine Stimme nahm den sonoren Klang eines Werbespots im Rundfunk an, »von Lux Toilettenseife. Wir stehen vor einer schwierigen Situation.« Doch selbst das sagte er, als wiederholte er eine Lektion. »So, mein Junge«, fragte er, »was hältst du davon?«

»Es gefällt mir.«

»Gut«, sagte Mr. Warrender, »mir auch. Aber ich bin nicht damit groß geworden, weißt du. Das war Mrs. Warrender. Ihr Vater. Und Gefallen, alter Junge, genügt nicht.«

Er hielt inne, sah Vic an und beschloß, nachdem er eine Weile überlegt hatte, nicht fortzufahren.

»Nun«, sagte er statt dessen, »wir sollten lieber mal nach den

Mädchen sehen. Sonst fühlen sie sich noch vernachlässigt. Du wirst die Mädchen mögen.«

Einige von den Mädchen waren, wie sich herausstellte, über sechzig. Sie waren Packerinnen und arbeiteten in einem unwiderstehlichen Duft nach Piment, von dem Vic in seinem Zimmer so begeistert gewesen war. Mr. Warrender war sehr galant zu ihnen, und sie machten viel Aufhebens um ihn und auch um Vic.

»So«, sagte Mr. Warrender, »jetzt hast du den ganzen Laden gesehen. Nun werden wir mal bei der Küche vorbeischauen und sehen, ob Meggsie eine hübsche Tasse Tee für uns hat.«

3

Vic hatte die Warrenders gern, besonders Mr. Warrender, Pa. Er war froh, endlich seine sanfteren Triebe entfalten zu können. Stets hatte er sich gewünscht, der perfekte Sohn zu sein, und das war leicht, denn die Warrenders kamen der Vorstellung so nahe, die er sich von perfekten Eltern gemacht hatte. Er ließ die Vergangenheit hinter sich, entdeckte eine Art Unschuld wieder und ließ seinem Geist freien Lauf. In sein schwermütigeres Wesen schlüpfte er nur zurück, wenn er die Tür hinter sich geschlossen hatte. Dann konnte er grimmig aussehen, und Mrs. Warrender wäre verwundert gewesen, wenn sie ihn so gesehen hätte. Eine nervöse Frau, die sie war, stets auf der Hut, daß nichts schiefging, hätte sie sich gefragt, was sie dem Jungen getan haben könnten, daß er sich so elend fühlte.

Die Warrenders waren ihm eine Quelle endloser Überraschungen. Bis jetzt hatte er nur ein Leben gekannt, das zu hart gewesen war, um Ausgelassenheit zu erlauben. Die Pokerpartien, an denen seine Eltern teilgenommen hatten, all der Zigarettenrauch und das Bier, waren rauhe Angelegenheiten gewesen.

Von ausgelassenem Überschwang war das Haus der Warrenders erfüllt. Am liebsten mochten sie Kinderspiele. Gespielt wurde abends, bei ausgeschaltetem Licht und mit sehr viel Lärm. Selbst Ma, die in Strümpfen und mit fliegendem Haar umherhuschte, gab sich gern der Unbekümmertheit hin und quiekte lauter als eines der Mädchen. Die Mädchen waren schon wild – dazu wurden sie ermuntert –, aber Ma übertraf sie noch.

Tante James, die zu alt war für, wie sie es nannte, Highlife, saß im Finstern im Speisezimmer und lachte leise, wenn Ellie oder Lucille oder Ma auf Zehenspitzen hereinkamen und sich hinter ihrem Sessel versteckten und das Licht im Korridor an- und ausging, und dann hörte sie Gedränge, Stolpern, Ausweichen, keiner achtete auf Stühle oder Vasen, dann Ausbrüche kindlichen Gelächters, wenn der Suchende schrie: »Ich habe Pa« – oder Lucille, Ellie oder Vic.

Diese abendlichen Spiele waren nicht die einzigen, denen sie sich hingaben, und Vic, der prüde war, fand, daß er oft geprüft wurde, und zwar nicht gerade in der Art, die er erwartet hatte. Er hatte gedacht, er könnte zu rauh für sie sein, um so mehr war er erstaunt, als Pa, ohne ein Anzeichen von Verlegenheit, über das Furzen sprach, und die Mädchen griffen das Thema auf und vertieften es, und selbst Ma hatte einen Lachanfall.

Die Warrenders waren von einer Sorglosigkeit, einer Gleichgültigkeit gegenüber dem, was er für gutes Benehmen und Anstand hielt, was ihn immer sehr befremdete. Sie hatten alle eine Leidenschaft für praktische Scherze, körperliche, je rauher, desto besser; selbst Tante James wurde nicht geschont. Es war hier eine Prüfung des Charakters, diese derben Händel mit Gelassenheit und einer Demonstration von sportlichem Humor zu ertragen. Er war froh, als er endlich mit einbezogen und zur Zielscheibe gemacht wurde, konnte sich jedoch nicht daran gewöhnen, hereingelegt und verspottet zu werden. Nach einiger Zeit glaubte er auch, daß etwas Falsches daran war. Sie gaben alle vor, ein sehr dickes Fell zu haben und gegenüber Schmerzen unempfindlich zu sein; wohingegen sie sich in Wirklichkeit, wie er bald entdeckte, stets gegenseitig vor Wahrheiten schützten, die wirklich verletzten, und diese Balgerei war eine Art, das zu verschleiern.

Lucille zum Beispiel. Er erkannte nach kurzer Zeit, daß all diese Exzentrizitäten und rohen Späße, an denen ihre Eltern teilnahmen, für sie eine Schmach darstellten. Sie haßte sie. Sie war sehr stolz, und er hatte geglaubt, ihre Feindseligkeit ihm gegenüber hätte damit zu tun. Doch schließlich erkannte er, daß das, was sie tatsächlich gegen ihn hatte, das Ausmaß war, in dem sie sich ihm gegenüber preisgegeben hatten. Sie hatte Angst, er könnte meinen, er müsse Ma und Pa richten und sie verachten. Sie tat das mitunter selbst und schämte sich dafür, aber ihr Stolz würde es nie zulassen, daß er es tat.

Am Anfang fühlte er sich davon sehr geschmeichelt, sah jedoch, daß er seine Eitelkeit opfern mußte, wenn sie erkennen sollte, daß man ihm trauen konnte. Und das konnte man auch. Seine Loyalität gegenüber Pa und Ma stand außer Frage. Das mußte so sein, ganz besonders die Loyalität gegenüber Pa. Der ganze Haushalt basierte darauf. Pas Stimmungen, seine Launen waren zu jedem Zeitpunkt zu respektieren und zu berücksichtigen. Ma sah darauf, und die Mädchen und Tante James, selbst Meggsie, trotz ihres Murrens, fügten sich. Mr. Warrender herrschte über sein Haus von Frauen. Sie verwöhnten ihn und machten eine große Schau daraus; doch das Verwöhnen war ein Ersatz für etwas, das er lieber wollte, von dem sie aber glaubten, daß er es nie bekäme. Das Aufhebens, das sie machten, war, ihm zu verheimlichen, daß er gar keine Autorität besaß. Doch Pa war viel zu intelligent, als daß er sich täuschen ließ. Wenn es im Haushalt drunter und drüber ging, und das tat es mitunter, dann lag das daran.

Pa war ein sonderbarer Kauz. Trotz seiner Fleischmassen war er nicht freundlich. Die Leute, die meinten, alle Dicken müßten fröhliche, lebenslustige Menschen sein, waren von ihm enttäuscht. Er war ganz und gar nicht fröhlich, und die wilden Spiele, die er gern spielte, die Streiche, gehörten, weit davon entfernt, Ausdruck einer derben Vitalität zu sein, zu einer Sicht seiner selbst, die er erstrebte, die er jedoch nie erreichen konnte. Häufig war er bedrückt und bisweilen regelrecht niedergeschlagen. Abends, wenn er nicht zum Herumtollen aufgelegt war, saß er mit geschlossenen Augen und gesenkter Stirn da, und Ma oder eines von den Mädchen rieb ihm die Schultern, um den Schmerz zu lindern, den er darin empfand, in sich selbst verschlossen zu sein.

Er war ein Mensch, der, wenn er einen Tag im heftigen Betrieb mit der Welt hinter sich hatte, stark mitgenommen und erschöpft war. Um wiederhergestellt zu werden, bedurfte er der Fürsorge zarter Hände. Die Tatsache, daß das nur geistiger Verkehr gewesen war, spielte keine Rolle. Das Ergebnis war dasselbe.

Den ganzen Tag hatte er damit zugebracht, jedem im Wege zu stehen, wie Meggsie sich ausdrückte, hatte im Haus herumgestöbert und Sachen gesucht, die er oder andere verlegt hatten, ungehaltene Telefonate mit Rechtsanwälten in der Stadt, mit dem Stadtrat oder mit Zeitungen geführt und sich über Nichtigkeiten dermaßen aufgeregt, daß er dann zu keiner ordentlichen Arbeit mehr in der Lage gewesen war.

Was für Arbeit das hätte sein sollen, wenn er noch dazu gekommen wäre, blieb unklar. Manchmal war es die Regimentsgeschichte, die er schrieb und in der, wie Vic annahm, sein Vater vorkam – was ihn interessieren würde. Häufiger war es »etwas Literarisches«. Er besaß ein Büro, das Mrs. Warrenders Vater gehört hatte, und einen Schreibtisch, alles in Leder; doch kaum daß er drin war, war er auch schon wieder draußen und verlangte nach einem Bleistiftspitzer, seinem Tabaksbeutel, Papier oder nach dem Gibbon-Band, in dem er morgens auf dem Klo gelesen hatte, oder nach seiner Brille oder seinen alten Schuhen.

An dem Tag jeden Monat, an dem er auf der Verwaltungsratssitzung zu erscheinen hatte, »unsere schrecklichen Freitage« nannte sie Ma, war er völlig erschöpft, total ausgelaugt, nur noch ein Schatten seiner selbst. Im Zustand unerträglicher Gereiztheit ließ er diese Sitzungen über sich ergehen, vernahm düstere Berichte von Buchprüfern, mit denen er nichts anzufangen wußte, und aufgebrachte von Vertretern, die er im Kopf neu schrieb, unkultivierte Darstellungen voller irrelevanter Details oder Ablenkungsmanöver, von Begegnungen mit Geschäftsführern von Warenhäusern, Drogerien und Schönheitssalons, und die ganze Zeit über kritzelte er, unter den Augen des Vorsitzenden, Figuren auf die Seitenränder, kleine, zum Teil imaginäre Tiergestalten und spöttische Karikaturen.

Den Tag danach lachte er über diese Sitzungen, indem er in ihnen eine Quelle zügellosen Nachäffens fand, doch die Veranstaltungen selbst waren ihm eine Qual. Er wußte, daß er dort von keinerlei Nutzen war, ein Strohmann, nur eingeladen, um die entsprechenden Zahlen vollzubekommen und jemanden von der Familie dabeizuhaben. Er schämte sich, weil er so tat, als würde es ihm nichts ausmachen, konnte aber nichts dagegen tun. Er fühlte sich erniedrigt.

Vic war überrascht, und manchmal gar auf schmerzliche Art, von dem Unterschied zwischen diesem unsteten Hausväterchen und der Gestalt, neben der er im Zug gesessen und in der er soviel männliche Verläßlichkeit, Wärme und Behaglichkeit gefunden hatte. Doch weiterhin honorierte er ohne Einschränkung das Verständnis, das sich zwischen ihnen entwickelt hatte. Woran er sich immer erinnern würde, war, daß Pa damals, bei ihrem ersten Zusammentreffen, wo doch genügend Zeit zur Beobachtung gewesen war, aus einer angeborenen Großzügigkeit heraus nur seine besten Eigenschaften gesehen und ihm, obgleich er doch nur ein Kind gewesen war, das volle Maß seiner Möglichkeiten gewährt hatte. Für Vic war das eine Sache des Gefühls. Die Zuneigung, die es in ihm hervorrief, und seine Loyalität waren von Dauer.

Natürlich hatte er sich in seinem besten Licht gezeigt. Das war eine Gelegenheit gewesen, und er hatte sie ergriffen. Wenn Pa irgendwie getäuscht worden sein sollte – was er gesehen hatte, war ebenfalls die Wahrheit; es war, was zu sein Vic in seinem tiefsten Innern angestrebt hatte.

Vielleicht hatte auch Pa die Gelegenheit erkannt, seine bessere Seite zu zeigen. Was er gezeigt hatte, waren, wie Vic bald herausfand, die bloßen Äußerlichkeiten seines Wesens, doch Vic verstand das, und es änderte für ihn an der Sache nichts.

Er zog keine Schlüsse daraus. In bezug auf Pa konnte er sich in einen Gefühlszustand zurückziehen, in dem sich jene ersten Augenblicke im Zug ausweiteten und all die kommenden Jahre überdeckten. Das Verständnis zwischen ihnen, einmal erreicht, blieb unbeeinträchtigt.

Und das Ganze besaß noch eine weitere Dimension. Pas Schwierigkeiten boten ihm eine Gelegenheit, so hatte Vic jedenfalls das Gefühl, einzusteigen und zu zeigen, daß die Eigenschaften, die ihm verliehen worden waren, tatsächlich vorhanden waren und eingesetzt werden konnten. Eines Tages würde er für sie tun, was ein Sohn tun mochte, und das war vermutlich das, was er schon immer beabsichtigt hatte.

Unter diesem Aspekt eines größeren und bis dahin noch uneingestandenen Zieles sah er jetzt Tante James' Weigerung, in ihm einen Fremden zu sehen. Vom ersten Tag an hatte sie einfach angenommen, daß er ein Mitglied der Familie war, doch, in der seltsamen Art, wie sie die Dinge sah, ein geheimgehaltenes. Der Umstand, daß sie die Einzelheiten falsch verstand, besagte nichts.

»Ich habe alle deine Briefe aufgehoben«, sagte sie zu ihm im Flüsterton, als sie zum erstenmal allein waren. »Ich wußte, daß du wiederkommst. Man sagte mir, du wärst tot, Stevie, doch ich wußte, das konnte nicht wahr sein. Und das ist es ja auch nicht, nicht wahr, mein Liebling?« Sie lachte und stieß ihm in die Rippen, als wäre es ein guter Scherz zwischen ihnen, daß er kein Gespenst war. »Nun, ich hätte gedacht, deine eigene Schwester müßte dich doch erkannt haben.«

Stevie war Mrs. Warrenders Bruder gewesen. Vor Jahren, zu der Zeit, als Mas und Pas Heirat arrangiert wurde, war er irgendwie in Schwierigkeiten geraten und nach Neuseeland geschickt worden, wo er sich das Leben nahm.

Vic fühlte sich unbehaglich. Es war verrückt und auch gespenstisch. Sie selbst war eine Art Gespenst. Wenn sie ihre Spiele spielten, hielt er sich vom Speisezimmer, wo Tante James mit ihren von der Dunkelheit geschärften Augen und Ohren saß, fern. »Ach, Stevie«, flüsterte sie, wenn er auf Zehenspitzen an der Tür vorbeizugehen versuchte, »bist du's? Komm und versteck dich bei mir! Ich werde ihn dich nicht finden lassen.«

Tagsüber machte es ihm nichts aus. Da konnte er es als Ulk ansehen. Aber jetzt im Finstern, wenn er ihr graues Haar aufleuchten sah, an Stellen, wo das Licht vom Garten darauf fiel, und die Leidenschaft in ihrer Stimme vernahm, die so dünn und heiser klang, spürte er etwas Kaltes im Nacken und blieb mitunter stehen, unfähig sich zu rühren.

Trotz Mr. Warrenders Großmütigkeit ihr gegenüber hielt Tante James immer noch zu dem Tunichtgut Stevie und wartete schon zwanzig Jahre auf seine Rückkehr. Mr. Warrender wußte das. Zweifellos ärgerte es ihn, doch er nahm es als eine weitere beunruhigende Exzentrizität von Tante James hin.

Wenn sie in Vics Erscheinen also die Rückkehr des reuigen Sünders, des verbannten Schwagers sah, dann stiftete sie Unfrieden. Sie rekrutierte ihn für eine Allianz gegen Pa.

Vic beschloß (sie waren in der Beziehung alle so offen), diese

Sache leichtzunehmen und sich als Opfer der verrückten Anwandlungen der alten Dame darzustellen, wie Mr. Warrender selbst eines war. Doch es bekümmerte ihn ein wenig und bestärkte ihn in seinem Entschluß, nichts zu tun, wie auch immer sich die Dinge entwickeln würden, was als Illoyalität gegenüber Pa aufgefaßt werden könnte.

Unterstützt wurde er dabei durch Tante James' Widersprüchlichkeit. Es gab Gelegenheiten, da ihre Gedanken einen Sprung von sechzig Jahren machten statt zwanzig und er plötzlich ihr Bruder Bob war, ein verwöhntes, kränkliches Kind, das bei einem Reitunfall ums Leben gekommen war, und zwar in einem Alter, in dem Vic sich jetzt befand. In einem solchen Augenblick streckte sie die Zunge heraus, riß ihm das Brot vom Teller und schrie: »Laß das ihm, du kleiner Mistkerl!«, wobei sie ziemlich sicher war, daß ihn sonst niemand sehen konnte; oder sie langte nach ihm und kniff ihn sehr, womit sie ihn herausforderte, laut zu schreien und sie zu blamieren.

Er wußte nicht, wie er reagieren sollte. Er kam sich blöd vor, einfach dazusitzen und sich von der alten Dame kneifen zu lassen. Sie seinerseits kneifen konnte er wohl kaum. Doch die Mädchen, die sich mit Tante James' Tricks abgefunden hatten, solange sie denken konnten, freuten sich, sie fanden es komisch. Selbst Pa mußte lachen, aber er warf ihm einen Blick zu, als ob er sagen wollte: »Nun siehst du mal, wie es ist, alter Knabe. Mir geht es genauso. Aber was soll ich tun?«

Klar wurde ihm nun auch, wieso die Mädchen ihre Freundinnen nur einluden, wenn Ma garantierte, daß Tante James nicht im Wege war, und warum sie zunächst auch ihm gegenüber so beklommen gewesen waren.

Ellie war es nicht so sehr – oder nicht so lange. Aber Ellie war auch noch ein kleines Mädchen, ziemlich wild und ausgelassen und froh, jemand Neues zum Spielen und einen Jungen im Haus zu haben. Lucille mußte er erst gewinnen.

Das gelang ihm auch, und zwar indem er es gar nicht zu erzwingen versuchte, sondern sie selbst herausfinden ließ, wie solide, wie vollkommen loyal er war.

Sie hatten beide das gleiche Alter, und auch sie war schließlich froh, wenn auch aus anderen Gründen als Ellie, einen Jungen im Haus zu haben. Mit dreizehn war sie schon ziemlich erwachsen, oder dachte es zumindest, und sich der Macht, die sie über Leute besaß, sehr bewußt, hatte bisher jedoch noch ein wenig Angst vor den Folgen davon.

Es war nicht ihre Absicht, einen Verehrer aus ihm zu machen, doch er wurde einer. Das kleine Spiel, auf das er sich eingelassen hatte, die Schwierigkeiten ihres Charakters herauszubekommen, sie zu beeindrucken und ihr eine Freude zu machen, wurden zur Gewohnheit, dann zu einem Vergnügen und zu Qualen. Bald war er, wie er sich eingestand, in Lucille verliebt, und in seiner üblichen Art begann er sie in die Phantasien, denen er sich darüber hingab, wie sein künftiges Leben wohl aussehen würde, mit einzubeziehen.

Anfangs akzeptierte sie das. Sie war gerade im richtigen Alter dafür, verträumt über die Zukunft zu reden und verliebt zu sein. Doch sie wurde schneller erwachsen als Vic; er konnte mit ihr nicht Schritt halten. Öfter, als er wollte, ertappte er sich dabei, daß er sich wegen der wüsten Balgerei, nach der der Junge in ihm immer noch verlangte, Ellie zuwandte, und verletzt war, wenn Lucille verächtlich den Mund verzog und ihn verspottete.

Als sie fünfzehn war, hatte sich Lucille Warrender zu einer jungen Dame entwickelt, die sehr anspruchsvoll und eigensinnig war und einen ganzen Schwarm von Verehrern hatte. Er gab nicht alle Hoffnung auf, als sie mit älteren Jungen auszugehen begann. Er wußte, daß er noch ein paar Jahre zum Erwachsenwerden hatte. Doch er quälte sich und zog so ein langes Gesicht, daß Ma, die das alles sah und ihn immer mehr mochte, nicht mehr weiter wußte. Trotz seiner Unerschütterlichkeit war er leicht verletzbar. Und er hatte eine romantische Phase. Andere Leute mochten das übersehen, Ma aber nicht. Sie wußte nicht, wie sie ihm helfen konnte.

Die Sache war die, daß sie sich um Lucille Sorgen machte, die ihr ganz und gar zu schnell erwachsen geworden zu sein schien. Sie war zu sehr von sich eingenommen. Tagelang war sie launisch und hatte kleine Ticks und Marotten, für die Ma keine Zeit hatte. Dann plötzlich flossen die Tränen in Strömen, und sie wollte liebkost werden und verziehen bekommen. Sie war weder das eine noch das andere. Sie war stolz und kritisch und undenkbar grausam; nicht so sehr von Natur aus als von Erfahrung. Sie kannte sich selbst nicht und wußte nicht, was sie tun sollte, um ihre Gefühle und die anderer Leute zu schonen. Und Vic war derjenige, der das meiste abbekam.

»Schließlich bist du ja kein Fremder, Vic, nicht wahr? Also macht es auch nichts.« Das waren die Worte, die Ma benutzte, wenn sie in sein Zimmer kam, was sie zu der Zeit recht oft tat, um sich mit ihm zu beraten. »Mit dir kann ich reden, Vic. Weißgott, mit den Mädchen oder mit Pa kann ich nicht reden.« Sie meinte, sie wollte sie nicht mit ihren Ängsten beunruhigen.

Sie glaubte, Vic wäre, jung, wie er war, zäh und praktisch. Praktisch war eines ihrer Lieblingswörter und ein großes Kompliment. Er saß da und fühlte sich mit sich selbst zufrieden, zäh, kompakt und, ja, praktisch, während sie sich Visionen von Katastrophen hingab. Das war das Wort, das sie gern im Munde führte.

Ma war eine Pessimistin. Mit einer Zeitschrift in der einen Hand, *The Bulletin* oder der *London Illustrated News*, die sie sich schnappte, um vorzugeben, sie habe etwas zu tun, und einer Zigarette in der anderen, die sie meist zu rauchen vergaß, schlich sie durchs Haus wie ein unglücklicher Geist und spähte in Zimmer, die ihre Mutter, zu Zeiten, da sie fünf Dienstmädchen hatte, mit allen möglichen Sächelchen und Reiseandenken angefüllt hatte – venezianischem Glas, kleinen Dosen und Figürchen aus Porzellan, Parian oder Bronze. Damals konnten sie es sich leisten, sie ständig abstauben zu lassen, jetzt aber waren sie unpraktisch. Auf Pas Drängen und aus Gründen des gesunden Menschenverstandes hatte sie alles weggeräumt, das düstere Mahagoni, den Samt und die Nippsachen, und modern eingerichtet.

Das Dumme war nur, sie vermißte die alten Sachen. Sie streckte ihre Hand aus nach einem vertrauten Möbelstück und war schockiert, daß es nicht da war. Oder sie verbrachte mit Meggsie den halben Vormittag damit, Schublade für Schublade durchzugehen und einen alten Zeitungsausschnitt zu suchen, den sie noch einmal lesen wollte, oder einen Strauß künstlicher Veilchen, den sie glaubte an ihrem Hut tragen zu können, oder einen Ohrring, der zu dem passen würde, der jetzt nach sieben Jahren wieder aufgetaucht war, bis es ihr schließlich einen Stich versetzte, als ihr klar wurde, daß sie ihn in der Schublade der

Kommode gelassen hatte, als die zu Lawson's gebracht wurde, um verkauft zu werden.

Dies war ihr Elternhaus, das Haus, in dem sie aufgewachsen war. Was sie getan hatte, auch wenn sie es als vernünftig hinstellte, war ein Versuch gewesen, ihren Geist aus dem Haus zu verdrängen. Das spürte sie. Jetzt schämte sie sich dafür. Sie hätte es niemals tun sollen. Und wie dem auch sei, sie hatte versagt.

Wenn sie an dem langen Wohnzimmerfenster stand und zur Fabrik hinüberschaute, spürte sie ihren Vater hinter sich im Zimmer stehen. Mit grimmigem Blick wartete er, nicht sehr geduldig (er war ein rauher, unkultivierter Bursche gewesen), daß sie eine Erklärung abgab. Was hatte sie aus diesem blühenden Unternehmen gemacht?

Sie überlegte die Antwort, die sie ihm geben konnte. »Um Gottes willen, Papa, wir haben jetzt 1936!« (Als ob diese höhere Zahl gegenüber 1919, als er starb, gegen die anderen Zahlen, die sie ihm würde nennen müssen und die jetzt sämtlich niedriger waren, bestehen könnte.) »Ich meine, wir haben eine Wirtschaftskrise.«

Das war natürlich alles Unsinn. »Ich hätte ein Junge sein sollen«, sagte sie sich, und das erzählte sie auch Vic. »Dann hätten sie mich gelehrt, etwas aus der Sache zu machen.« Aber Stevie war der Junge, und ihr Vater hatte, in einem Anfall von Selbstgerechtigkeit, der verhängnisvolle Folgen haben sollte, diese Möglichkeit zerstört, indem er ihn fortgejagt hatte. Wen also traf die Schuld? Und warum fühlte *sie* sich schuldig?

Da sie in Strümpfen durchs Haus schlich, was elegant, aber leichtsinnig war, konnte sie vor einem stehen, wie Meggsie sich beklagte, ehe man es bemerkte – es sei denn, man roch den Zigarettenrauch.

»Der Herr segne die Iren!« rief Meggsie, wenn Mrs. Warrender auftauchte, besorgt, am Küchentisch Platz nehmen und sich ein Problem mit den Mädchen anhören zu müssen. »Sie haben mir einen fürchterlichen Schrecken eingejagt!«

Meggsie hatte selbst Mädchen: zwei von ihnen unglücklich verheiratet und in geregelten Verhältnissen, die andere noch dabei, ihre Aussteuer zusammenzubekommen. Sie kannte Lucille und Ellie, seit sie Babys waren. Sie verwöhnte sie, ergriff immer für sie Partei und hatte mit keiner von beiden jemals Probleme.

Doch Mrs. Warrender war nicht geneigt, sich überzeugen zu lassen. Wie aus Gewohnheit und Meggsies deutliches Mißvergnügen ignorierend, ging sie zur Anrichte, fand ein kleines scharfes Messer und setzte sich hin und half Meggsie Äpfel schälen und ausschneiden und ging die ganze Sache noch einmal durch.

Meggsie war wütend. Sie erledigte ihre Arbeiten nach ihrer Art und Weise, und was Mrs. Warrender da machte, gefiel ihr ganz und gar nicht. Als Ma sich immer mehr aufregte, landete die gute Hälfte des Apfels, mit dem sie gerade beschäftigt war, im Abfall. Wenn sie Erbsen enthülste, steckte sie mindestens eine aus jeder Schote in den Mund. Schließlich hielt es Meggsie nicht mehr aus. Obwohl sie nur zehn Jahre älter war als Ma, vertrat sie den Standpunkt, Ma wäre selbst noch ein halbes Kind. Sie nahm ihr das Messer aus der Hand oder zog den Beutel mit den Schoten auf ihre Seite des Tisches herüber und sagte: »Nun hören Sie mir mal gut zu, meine Liebe! Hören Sie auf, sich so aufzuregen, und lassen sie die Dinge sich nach ihrer Art entwikkeln! Lassen Sie der Natur ihren Lauf!«

Mrs. Warrender schrak zusammen. Sie hatte die Natur ihren Lauf nehmen gesehen. Das war ja gerade das, was ihr solche Angst einjagte.

»Das sind gute Mädchen, beide. Lassen Sie mich Ihnen sagen, was Sie für Glück haben. Nun *vertrauen* Sie mir. Habe ich Ihnen schon jemals etwas vorgemacht?«

Mrs. Warrender saß einen Augenblick still. Sie fühlte sich in der Tat leichter. Vielleicht lag das daran, daß sie ein paar Minuten mit den Händen gearbeitet und tatsächlich etwas gemacht hatte. Wahrscheinlich war es aber auch das Licht in Meggsies Küche, das sie schon als kleines Ding so sehr gemocht hatte, wenn sie Plätzchen backen gekommen war. Oder Meggsie selbst und der Rhythmus, den sie auf einen übertrug. Der war anders als der Rhythmus sonst im Haus, der entweder zu hektisch oder zu lax war – diesbezüglich sollte sie etwas unternehmen, aber was? Schon das bloße Hiersein in diesem kühlen hinteren Teil des Hauses war erfrischend, und sie wünschte, Meggsie, die recht besitzergreifend war, hätte ihn nicht so ausschließlich zu ihrem eigenen gemacht. Sie wäre glücklich, hier zu arbeiten, wenn Meggsie sie ließe: Kartoffeln schälen, Gemüse kleinschneiden, die Hände in das fettige Wasser tauchen, als Dienstmädchen in ihrem eigenen Haus arbeiten. Doch Meggsie, höflich, aber bestimmt, konnte es nicht erwarten, sie loszuwerden.

»Nun gehen Sie, setzen sich auf die Veranda und legen die Füße hoch, meine Liebe, und ich bringe Ihnen eine hübsche Tasse Tee. Ich hab noch zu tun. Muß an den Pudding denken, sonst gibt es bald keinen mehr.«

Mrs. Warrender ging. Sie fühlte sich ruhiger, aber abgewiesen.

»Ich wünschte«, sagte sie gern, »mein Vater hätte mich etwas lernen lassen, Maschineschreiben oder so – oder vielleicht auch in einem Laden arbeiten. Dann würde ich wenigstens etwas können, und die Leute würden nicht mit mir reden, als wäre ich irgend so ein Dummchen. Ich meine, wir sind ja nicht ganz ohne praktische Veranlagung geboren.«

Ziemlich bald nachdem Vic ins Haus gekommen war, fing sie damit an, ihn in der Halle abzufangen, wenn er aus der Schule kam; und später, als sie in seiner kräftigen und inzwischen gesetzten Erscheinung immer stärker eine Art Gleichgewicht zu sehen glaubte, das, wie sie meinte, von »Erfahrung« herrührte (und wie in aller Welt war er in seinem Alter dazu gekommen?), ging sie zu den unmöglichsten Zeiten schnurstracks in sein Zimmer, setzte sich bei ihm auf den Bettrand und legte los mit dem, was sie gerade beschäftigte.

Wenn sie mit ihm sprach, hob sie manchmal zerstreut seine schmutzigen Socken oder ein Hemd oder ein Paar Unterhosen vom Boden auf und rollte sie zusammen. Einmal hielt sie sich eine seiner Socken direkt an die Nase und roch daran und schien ganz und gar nicht Anstoß daran zu nehmen – sah viel eher recht zufrieden aus. Oder sie machte die Schubladen seiner Kommode auf und zu, wühlte in den Sachen herum und sah, daß sie ordentlich zusammengelegt waren. Sie spionierte nicht, das wußte er, denn sie sah sich ja gar nichts richtig an. Sie berührte die Sachen einfach bloß, um sich zu versichern, daß das eine Baumwolle war, das andere Wolle, so viele Paare. Das half ihr, ihre Gedanken zu ordnen, und stellte auf mütterliche Art – Socken, Hemden und Unterhosen waren Sache einer Mutter – ihre Intimität mit ihm wieder her.

»Mr. Warrender, Pa«, erzählte sie ihm, »ist ein wunderbarer Mann. Er ist der netteste, generöseste. Die Leute erkennen das nur nicht. Sieh nur, wie er mit Tante James ist! Doch wie wir alle hat auch er seine Grenzen. Wunder vollbringen kann er keine. Sie verlangen zu viel von ihm.«

Vic saß ruhig da und folgte ihrem rastlosen Aufundabgehen im Zimmer und wunderte sich über diese Art der Verteidigung, als wäre sie ein Anwalt, der zu unsichtbaren Geschworenen spricht, und Pa stets der Angeklagte.

Zuerst war er zu jung und nicht daran gewöhnt, ins Vertrauen gezogen zu werden, als daß er mehr hätte tun können, als sich alles anzuhören und den Mund zu halten. Doch fragte er sich, wer *sie* wohl sein könnten. Mas Eltern? Tante James, Meggsie, Mr. Hicks? Dann kam er zu der Überzeugung, Ma wäre ein bißchen verrückt oder überspannt, hysterisch. Eine Zeitlang fand er das amüsant und betrachtete sie, insgeheim, mit einer Art liebevoller Geringschätzung.

Doch als er den Haushalt etwas besser kennengelernt hatte, erkannte er schließlich, daß sie hier die einzige war, die wirklich über die Dinge nachdachte. Auch er tat das, und das sah sie und war dankbar dafür. Als er älter und verantwortungsbewußter wurde, entwickelten sich ihre »Plaudereien«, wie sie sie nannten, zu ernsthaften Diskussionen über Familienangelegenheiten, die die ganze Angelegenheit der Fabrik und ihrer Führung mit einschlossen, Anleihen, Zinsen, Finanzen. Ma wußte mehr, als man vermutet hätte, über Anleihen und solche Dinge. Was sie wußte, teilte sie ihm mit. Ihnen ging es schlecht: Das war der Kern der Sache. Das war es, womit sie sich abzufinden versuchte.

Die Warrenders zierten sich nicht – dafür besaßen sie zu viel Stil. Sie hätten sich geschämt, als wohlhabend zu gelten, wenn es so vielen anderen um sie herum sehr schlecht ging. Das Auto, das sie fuhren, ein grauer Hup, war dasselbe, in dem sie schon vor fünfzehn Jahren herumkutschiert waren. Es war noch eins zum Ankurbeln. Das Haus war groß genug, doch ein Großteil davon war sanierungsbedürftig, und die Hälfte der Räume betraten sie nie, außer wenn sie sich mit ihren Spielen die Zeit vertrieben. Die einzige, die etwas tat, war Meggsie. Die Mädchen waren dazu erzogen worden, sich für notleidend zu halten, und hätten zerlumpt herumlaufen müssen, wenn Meggsie nicht Hand angelegt hätte.

Das war eine Art Versicherung, ein Beschwichtigungsmittel für das Schicksal. Sie waren *nicht* arm, nicht, verglichen mit den meisten Leuten, aber sie hätten es bald sein können. Armut konnte einen in dieser Zeit aus heiterem Himmel treffen. Ma hatte gesehen, wie es anderen passiert war, und sie hatte Angst. Was ihr angst machte, war, daß sie nicht wußte, was es wäre oder wie, wenn es käme, sie dem begegnen würde.

Vic wußte es und hätte es ihr sagen können, doch was hätte sie daraus gelernt? Und außerdem hätte er dann aufdecken müssen, was er verborgen halten wollte, selbst vor ihr.

Gelegentlich, wenn er von der Schule nach Hause kam, sah er einen Mann auf dem Hof und oft, als er größer wurde, auch einen Jungen, nicht älter als er selbst, der für Meggsies Herd Holz hackte. Normalerweise war das sein Geschäft.

Einen Moment auf die Axt gestützt, fuhr sich der Mann, dessen Hemd unter den Achselhöhlen verfärbt war und am Kreuz anklebte, mit dem Handrücken über die schweißnasse Stirn und nickte unter seinem speckigen Hut. Manche dieser Burschen waren diese Arbeit nicht gewohnt, das konnte man sehen. Die machten vielleicht eine Schweinerei!

Sie waren Arbeitslose, arme Teufel, die an die Hintertür kamen und nach irgendeiner Beschäftigung fragten: Holz hakken, Rinnsteine und Abflußrohre saubermachen. Meggsie war befugt, oder nahm das jedenfalls an, ihnen etwas zu geben, gewöhnlich Brot und Bratenfett oder eine Schüssel Suppe. Die Arbeit war eine Bestätigung dafür, daß sie sich das, was sie bekamen, verdient hatten, eine Geste gegenüber dem männlichen Stolz und der Behauptung, daß sie auf Arbeit aus waren und nicht auf Wohltätigkeit. Meggsie kannte sie ganz genau. Sie hätten ihre Söhne oder Brüder sein können. Trotzdem behielt sie sie im Auge.

Sie verfolgten Vic, diese Männer oder halbwüchsigen jungen Burschen, die ein paar Monate vorher Lagerverwalter oder Angestellte in einem Speditionsbüro oder Hauer im Bergwerk gewesen waren. Bei ihrem Anblick sanken ihm die Schultern ein wenig ein. Wenn er die Schuljacke ausgezogen und die Ärmel hochgerollt hatte, ging er hinaus und unterhielt sich eine Weile mit ihnen – nicht viel, aber er kannte ja ihre Sprache.

Sie waren verlegen. Er redete nicht wie ein Boß, aber er war hier zu Hause. Was war er also? Was wollte er? Nach einer Weile wünschten sie, er würde sie in Ruhe lassen, damit sie weitermachen konnten. Er spürte die Verhärtung von etwas in ihnen, das er berührt und verletzt hatte, und wußte, was es war, konnte aber nichts dagegen tun. Er fand Ausreden dafür, auf dem Fabrikhof herumzuhängen, die Hände in den Taschen, und Steine unter die Tannen zu kicken.

Am schlimmsten war es, wenn er an einen geriet, der sich abseits über die Suppe beugte, die Meggsie ihm gegeben hatte, und aß.

Sie machten ihm angst, diese Männer. Nicht körperlich – diesbezüglich gab es nur sehr wenig, wovor er Angst hatte. Sein Geist war es, der schauderte und ihn in Schweiß versetzte. Sie waren überall, wohin man kam: standen ohne Geld in der Tasche vor dem Kino rum, in Schlangen auf dem Gehsteig, die dreistesten von ihnen immer noch aufgedonnert genug, um nach den Mädchen zu pfeifen. Man hätte sich am Ende einer dieser sich lang hinziehenden, endlos dahinschlurfenden Schlangen anstellen sollen, um herauszufinden, was es war, ganz vorn, das sie angelockt hatte. So richtig wollte er es ja gar nicht wissen, aber er hatte das Gefühl, da stimmte etwas nicht. Er war zu leicht eingeschlafen. Er befand sich im falschen Traum.

Einige Zeit ging er mit einem Mädchen aus, nicht mit einer von Ellies oder Lucilles Freundinnen, sondern mit einem Mädchen, das er beim Tanzen kennengelernt hatte. Sie wohnte in Granville und arbeitete als Verkäuferin in der Stadt. Sie hatte zwei ältere Brüder, die arbeitslos waren, ihr Vater auch. Sie konnte Schreibmaschine schreiben, schaffte sogar hundert Wörter pro Minute, und Steno, doch die einzige Arbeit, die sie finden konnte, war Farbe verkaufen in einem Haushaltswarenladen. Er kam mit ihr überhaupt nicht weiter, aber das machte ihm nichts aus; sie war so lebhaft und sich ihrer Fähigkeiten gewiß und so mit sich zufrieden, weil sie eine Arbeit hatte. Ihre ganze Familie war auf sie angewiesen.

Doch an einem warmen Abend, als er sie von der Straßenbahn abholen ging, wie er es bisweilen tat, war sie ganz in Tränen aufgelöst und sprach kein Wort, eilte nur schluchzend an ihm vorbei, in ihren hübschen Absatzschuhen, und als er sie einholte, stieß sie ihn von sich.

Sie war entlassen worden. Man hatte sie hinausgeworfen, weil sie drei Minuten zu spät vom Lunch zurückgekommen war. Es war so heiß gewesen, daß sie und noch ein Mädchen einen Augenblick im Park verweilt und sich auf den Rand eines Springbrunnens gesetzt hatten, um die Füße ins Wasser zu tauchen beziehungsweise den Sprühregen darauf fallen zu lassen. Drei Minuten! In einer Anwandlung von übersteigertem Selbstvertrauen, das ihr der Augenblick am Springbrunnen, der in ihr immer noch dahinblubberte, verliehen hatte, hatte sie dem Geschäftsführer die Stirn geboten, und der hatte sie entlassen, sie beide – und das andere Mädchen hatte nicht einmal ein Wort gesagt! Sie war untröstlich. Sie sah ihn nur an. Sah er denn nicht, was das bedeutete? War er so dumm, nicht einmal das zu sehen?

Was sie ärgerte, war die Hohlheit seiner Annahme, daß er eine Empörung in ihr beruhigen könnte, die er noch nicht einmal verstanden hatte.

Sie hatte das eine kleine Stück Boden unter den Füßen verloren, das ihr erlaubt hatte, zu tun, was sie wollte. Das und die Schande, was sie mit sich hatte machen lassen, hatte sie in Fahrt gebracht.

Sie lebten in einer Welt, in der Kräfte am Werk waren, die sich keinen Deut um einfache Menschen scherten, und als es überall noch schlimmer wurde, sah er ein, daß Mas Ängste, die er erst für übertrieben gehalten hatte, berechtigt waren. Um sie herum wurden Leute in die Gosse gespült und konnten sich nicht retten.

Von Freunden der Warrenders, einer Familie, die für ziemlich sicher und wohlhabend gegolten hatte, wurde über Nacht offenbar, daß sie von nichts, sondern nur vom schönen Schein gelebt hatten. Der Vater, ein Rechtsanwalt, kam ins Gefängnis. Die Mutter zog mit dem Sohn und der Tochter nach Melbourne.

Nun überstürzten sich die Ereignisse. Ma wie auch Pa zuliebe machte Vic sich an die Arbeit, aber auf praktische Weise, sie zu retten. Pa war zu nervös und sensibel für einen Geschäftsmann. »Nun«, sagte sich Vic, »ich bin nicht sensibel. Das kann ich mir nicht leisten. Arbeit wird mir guttun. Ich bin nicht so wählerisch.«

Zuerst hatte er gedacht, daß er es sein sollte, daß seine Bereitschaft, mit anzupacken und sich die Hände mit Geldverdienen zu beschmutzen, ein Anzeichen dafür wäre, daß selbst seine zartesten Instinkte ungehobelt waren. Doch als er die Dinge schließlich deutlicher sah, begann er sich zu fragen, worin der Wert von so viel Feinheit denn bestand, wenn alles, was sie anrichtete, war, einen für die Tat zu verderben – und gerade in der Tat wollte er sich beweisen.

Er warf einen zweiten Blick auf seine Derbheit. Worauf das hinauslief, war ein Wunsch, in der Welt voranzukommen, und eine Ansicht darüber, eine nüchterne, was man sein müßte, um das zu erreichen.

Zunächst einmal mußte man die Dinge sehen, wie sie waren. Es war nicht gut, Leuten Kredit zu geben aufgrund von Tugenden, die sie nicht besaßen. Die meisten Menschen waren egoistisch. Sie hatten eher niedrige Motive als edle. *Davon* mußte man ausgehen. Selbst sollte man nobel handeln (er würde das stets), aber bei anderen durfte man das nicht voraussetzen.

Damit konnte er leben, er war nicht empfindlich. Die Zeit hatte ziemlich deutlich zu erkennen gegeben, in was für einer Welt sie lebten. Anspruchslosigkeit könnte von Vorteil sein, wenn es hart würde.

Er hielt dem flüchtigen Blick die Treue, den Pa ihm am ersten Tag der »Veränderungen« zugeworfen hatte; von allem war er gerührt gewesen, und wenn das ein Begriff gewesen wäre, für den er irgendeine Verwendung gehabt hätte, dann hätte wohl auch er sie poetisch genannt. Er war nicht ohne Idealismus und auch nicht ohne Phantasie. Doch das hielt ihn nicht davon ab, diese Prozesse, in ihrer wirklichen physikalischen Form, als das anzusehen, was sie waren: natürliche, strengen chemischen Gesetzen und, wenn nötig, auch der Kostenbilanz unterworfene Begebenheiten.

Von dem großen Bottich war er von dem Moment an fasziniert gewesen, da er ihn gesehen hatte, so kalt und geheimnisvoll, von seiner Größe und Form, den Reihen dunklerer Nieten, den Rohren an allen Enden, der Aktivität, mit der er die Luft um einen herum erfüllte, und der zusätzlichen Hitze. Vierundzwanzig Stunden am Tag stand er hier und summte vor sich hin, und es war nicht nur die Seife, die er herstellte, diese reinen weißen Stückchen, die auf Förderbändern hin und her liefen und schließlich von den Mädchen im Arbeitsraum eingewickelt und verpackt wurden und von da auf Lastwagen in die Kaufhäuser, Drogerien und Schönheitssalons gingen, wo sie wiederum von den Verkäuferinnen mehrfach in die Hand genommen wurden, und die schließlich in der Form von Bargeld zurückkehrten, das Pa in seinen Taschen klimpern ließ und samstags morgens als Taschengeld austeilte und mit dem Ma den Haushalt führte. Nein, er machte auch noch etwas anderes, von dem sie ebenfalls lebten. Er war ein Dynamo, der Energie lieferte, die, nachdem sie den Hof überquert hatte, umgesetzt wurde in kleine Aktionen und Reaktionen, die ihr tägliches Leben ausmachten. (Nicht wörtlich natürlich. Er dachte jetzt in Begriffen, die in Pas Sinn »poetisch« gewesen wären.)

An seinem Schlafzimmerfenster stehend, blickte er durch die Dunkelheit des Hofes hinüber und überzeugte sich von seinem schwachen Schein und seinem anhaltenden Summen. Auch im Schlaf sah er ihn. Ehrfurchtgebietend und riesig sah er aus, doch wohlvertraut. Die Energie von ihm beflügelte seine Träume.

Nachmittags, nach der Schule, schlüpfte er häufig in die Fabrik hinüber, um Mr. Hicks zu »behelligen«. Doch als der Betriebsleiter erst einmal seine Ernsthaftigkeit erkannt und gesehen hatte, daß sein Interesse nicht nur knabenhafte Faszination von Nieten, Bolzen und solchen Dingen war, war er glücklich, ihm alles zeigen zu können, was er wußte. Der Junge war helle, das war es, was er sah. Und er besaß auch Phantasie. Er sah die Dinge in ihren Zusammenhängen.

»Das ist eine gute Frage«, sagte er eines Tages zu Vic, wobei er an seinem Schnurrbart kaute. »Wenn wir die Antwort darauf wüßten, mein Junge, könnten wir Millionen machen.«

»Wirklich?«

Hicks hielt einen Moment inne. Er merkte, daß Vic ihn wörtlich genommen hatte. Das Wort Millionen bedeutete für ihn etwas ganz Konkretes.

»Nun, Millionen ist eine Übertreibung«, sagte er. »Sagen wir lieber: Es könnte uns ziemlich fest auf die Beine stellen.«

Doch das war für Vic nicht genug. Für den Anfang mochte es

ja gehen. Dann aber Millionen! Diese Information, die immer noch eine Frage war, prägte er sich in seinem Hinterkopf ein. Er wollte daran arbeiten.

Was Hicks nicht gesehen hatte, war, daß Millionen, selbst wenn man es wörtlich nahm, nicht einfach, wie Vic glaubte, Bargeld waren. Sie waren eher die Beschwörung einer Größenordnung als eine erklärliche Summe. In einer Aktion dieser Größenordnung, dachte Vic, würde Ungeschliffenheit seine Bedeutung verlieren.

Er litt noch immer darunter, daß diese negative Eigenschaft in ihm steckte, war jedoch entschlossen, sie zu negieren und statt dessen eine Möglichkeit zu finden, sich ihrer bei seinen Handlungen zu bedienen, die edel wäre. Seine *Motive* jedenfalls waren edel. Er würde es für *sie* tun; alles, was ihm daraus erwachsen würde, wäre reiner Profit. Seine Schuld würde er tausendfach zurückzahlen. War das nicht recht nobel? In Millionen! Selbst Meggsie würde beeindruckt sein.

Er hatte ein Ärgernis, Vic, ein Körnchen Skepsis gegenüber seinem eigenen Wesen, das ihm keine Ruhe ließ. Er konnte sich nicht davor hüten, bei jeder Gelegenheit nach dem kleinen ungewollten Flackern in den Augen seines Gegenübers zu suchen, das ihn darauf aufmerksam machte, daß er versäumt hatte, sich davon loszumachen; daß er trotz seines großspurigen Auftretens durchschaut worden war. Es bereitete ihm ein geheimes Vergnügen, das er nicht erklären konnte. Es war immer die eine Person in jedem Unternehmen, die sich nicht täuschen ließ, die nicht auf die Tricks hereinfiel, deren er sich bediente, um die Leute, die es ihm angetan hatten, zu gewinnen.

Selbstverständlich versuchte er es weiter, das war nur natürlich. Doch er wünschte fast, daß sie widerstanden.

Er war hinter einer Wahrheit her, über die man sich nicht hinwegsetzen konnte.

Als Mr. Warrender ihn das erste Mal in die Küche geführt hatte, um ihn vorzustellen, hatte er sofort erkannt, daß Meggsie hier diejenige war, vor der er sich in acht nehmen mußte.

»Vic ist das, wie?« sagte sie, wobei sie ihn ansah und abwog. »Gib Obacht auf deine Schuhe, mein Junge, auf meinem Fußboden. Ich hab ihn gerade gewischt.«

Das waren ihre ersten Worte zu ihm. Er sah auf den Boden. Es war Linoleum in großen schwarzen und weißen Rechtecken, wie ein Damebrett.

»Ach, Vic ist schon in Ordnung«, versicherte ihr Pa, wurde unter ihrem stechenden Blick aber unsicher.

Er wußte, was sie wirklich meinte, denn sie sprachen beide dieselbe Sprache.

»Nie so einen Fußboden gesehen, was, Junge?« Das war es, was sie meinte. »Fußboden wie Schuhe, darf ich wohl sagen. Nun, der Fußboden gehört mir, hier bin ich der Boß. Und was die Schuhe anlangt, werde nur nicht größenwahnsinnig, das ist alles! Andere Leute kannst du von mir aus zum Narren halten, mich aber nicht.«

Das war keine Feindseligkeit, aber es war eine Warnung. Der vergnügte Ausdruck ihres Gesichts ließ erkennen, daß sie mit Interesse achtgeben würde, doch konnte er kein Pardon erwarten. Sie hatte ihre Mädchen, an die sie denken mußte. Um Jungen kümmerte sie sich nicht.

Er war nachsichtig mit ihr. Meggsie würde nur schwierig herumzukriegen sein. Sie würde das sofort durchschauen. Sie kannte die Welt, aus der er kam, und sie kannte den Schmutz an den Manschetten und Kragen seiner Hemden, denn sie hatte sie geschrubbt, und den Zustand seiner Bettwäsche. Ein gewisses Spiel entwickelte sich zwischen ihnen. Es war nicht von der Art, wie die Warrenders es verstanden hätten. Es war ein scherzhaftes Spiel, wachsam von ihrer Seite aus und streitlustig, aber nicht ohne Zuneigung. »Ich kenne dich, mein Junge, ich habe schon viele solche Burschen wie dich gekannt. Glaube mir, ich lese in dir wie in einem Buch.«

Soweit es Meggsie betraf, stand er ständig unter Aufsicht. Das war die Crux an der Sache.

Abgesehen von Mr. Warrender, dem sie treu ergeben war, gab es nur einen Mann, für den Meggsie Zeit hatte. Das war der Schauspieler Sessue Hayakawa. Vic kannte ihn, denn er war auch einer der Lieblinge seiner Mutter gewesen.

»Er ist ein Traum«, schwärmte Meggsie Vic und den Mädchen vor, wenn sie in die Küche gesaust kamen, um Schüsseln auszukratzen.

»Ich dachte, er wäre ein Japs«, erwiderte Vic dreist.

»Also er ist ein Gentleman. Und das ist mehr, als man von dir sagen kann, mein Junge, mit diesen *Händen.*« Sie meinte, seine Nägel seien nicht sauber, er aber schämte sich wegen seiner großen Hände und versteckte sie. »Du bist nicht im Rennen.«

»Das Rennen macht bloß der Japs«, sagte er flüsternd (zu den Mädchen gewandt) und kicherte. Die Mädchen jedoch amüsierte das nicht. Ein Jahr vorher wäre das noch der Fall gewesen, aber jetzt lachte nur Ellie, aus Loyalität, und er kam sich tölpelhaft vor.

»Er ist *aalglatt*«, belehrte sie Meggsie, und Vic sah einen der glatten, gefühllosen, übertrieben aufmerksamen Liebhaber vor sich, von denen sie träumen mußte und der das genaue Gegenteil von dem darstellte, was sie in Wirklichkeit erfahren hatte. Von »Kerlen«, wie sie sich wohl ausdrückte, »hier herum«.

»Naja«, dachte er, »sie hat auch nie *seine* Bettwäsche wechseln müssen.«

»Was hält Meggsie jetzt von ihrem Schwarm?« schrieb er nach Hause, nachdem die Japaner Pearl Harbour zerstört hatten. Noch lange danach litt er unter dem Dämpfer, den er verspürt hatte, und der Abfuhr, die sie ihm vor Lucille versetzt hatte. Es sollte jedoch vier Jahre dauern, ehe er seine Antwort erhielt.

III

1

Die ersten Tage in Changi waren die reinste Untätigkeit und Nachlässigkeit. Die Japse, die von der Plötzlichkeit des Zusammenbruchs überrascht waren und davon, daß ihnen so viele Tausende in die Hände fielen, wußten noch nicht, was sie mit ihnen anfangen sollten. Sich selbst überlassen, taten diese gar nichts. Selbst Doug, der das Ganze zunächst als eine Art Picknick ansah, verstummte und war deprimiert.

Für Digger war es schrecklich. Das tägliche Herumhängen in ungeordneten Gruppen, die Zwanglosigkeit, das Durcheinander: plötzliche Ausbrüche rebellischer Wut, dann wieder Perioden, in denen der ganze Ort einen gespenstischen Eindruck machte und sie alle von der Schlafkrankheit befallen waren.

Die Zeit, in der sie sich befanden, war, ebenso wie der nicht umzäunte Raum des Lagers, grenzenlos. Ohne Grenzen hatte sie keine Bedeutung. Junge Burschen, die noch Wochen zuvor voller Kampfgeist gewesen waren und Wettläufe und Boxkämpfe veranstaltet hatten oder mit Fahrrädern in die »Glückliche Welt« gefahren waren, um sich wahrsagen zu lassen, sich zu prügeln und sich mit Mädchen einzulassen, schlurften jetzt herum wie alte Männer auf dem Hof eines Krankenhauses, sogen an ihren Glimmstengeln, erzählten sich Gerüchte, gaben belanglosen Streitigkeiten Nahrung. Sie vernachlässigten alles: ließen von ihrem Reis fallen, damit sich die Fliegen darüber hermachen konnten; auf der Latrine waren sie zu faul, ihre Scheiße abzudecken. Ihr Inneres wurde flüssig. Alles, was sie aßen, wurde zu Schleim.

Das war Mutlosigkeit in ihrer körperlichen Form, so kindisch und schändlich, daß erwachsene Männer darüber weinten. »Ich hasse das«, sagte Digger zu sich. »Es ist schlimmer als alles andere.« Das war die Sonne, die ihnen aufs Hirn brannte. Das war der Mangel an Aktivität. Das waren die Schande und die Verzweiflung, die sie darüber empfanden, von ihren höheren Tieren verraten worden zu sein. Das war das Versagen der Offiziere, Ordnung und Disziplin zu schaffen. Das war ihre angeborene Nachlässigkeit sowie die Weigerung, Autorität anzuerkennen – so jedenfalls lauteten die Theorien.

Allmählich jedoch, so wie die Tage vergingen, begann sich eine Art Ordnung herauszubilden. Sie war noch ziemlich rudimentär, eine einfachere Version der alten, doch sie wuchs ruck- und stückweise, daß man nicht daraus klug werden konnte.

Improvisierte Unterkünfte tauchten allmählich auf, dürftige Gebilde, zusammengezimmert aus allem Möglichen, was die Männer ergattern konnten. Feldküchen wurden eingerichtet. Dreimal am Tag wurde Essen ausgegeben, Reis und etwas Gemüse mit vielleicht einem Stück Fisch darin, und man brachte mitunter eine gute Stunde zu, Schlange zu stehen. Ein paar Offiziere, die den Glauben an die zivilisierende Kraft der Erziehung noch nicht verloren hatten und in der aufgezwungenen Untätigkeit und Langeweile der Mannschaften eine Gelegenheit sahen, die womöglich nicht wiederkehren würde, richteten eine Schule ein. Sie hatten Lehrbücher, eine Wandtafel und Kreide. Sie bezeichneten sich als Universität und hielten Vorlesungen über alle möglichen Dinge. Einmal ging Digger hin und hörte einen Vortrag über das antike Rom – Kaiser Diokletians Neuordnung des Geldwesens. Ein andermal ging es um die Sowjetunion, doch das endete in einer hin und her wogenden Auseinandersetzung über Stalins Pakt mit Hitler, wobei sich die Gemüter auf beiden Seiten mörderisch erhitzten.

Mac versuchte, Digger zu Französisch zu überreden. Sie kämpften sich durch ein paar Lektionen. Eine Sprache zu erlernen, würde jedoch Jahre dauern, selbst Mac sah das, und sie hatten keine Ahnung, was sie die nächste Woche tun würden.

»Ihr solltet lieber das verdammte Japanisch lernen«, empfahl ihnen Doug. »Ich nehm bloß nicht an, daß sie das anbieten. Wär schlecht für die Moral.«

In der Schlange stehend und auf seine Portion Reis wartend, fand sich Digger von einem Burschen angesprochen, den er noch nie gesehen hatte. Er brummelte. Das einzige, was Digger tat, war, ein wenig den Kopf zu drehen, um zu sehen, wer es war.

»Das sind alles verfluchte Diebe in diesem Lager«, sagte der Bursche voller Leidenschaft zu ihm. »Ich hab einen verdammt guten Füller eingebüßt. So ein Bastard hat ihn mir direkt aus dem Gepäck geklaut!«

Ein anderer Bursche, halb hinter dem ersten, halb neben ihm, lachte höhnisch. »Wenn's weiter nichts ist«, sagte er. Und zu Digger gewandt: »Der kann ja nicht mal schreiben.«

»Na und? Was hat denn das damit zu tun?« schrie der erste ihn an. »He? He?« und er stieß ihn mit dem Handballen gegen die Schulter. »Ich hatte den Füller gegen ein verflucht gutes Paar Socken eingetauscht. Ein Mann sollte seine Kameraden nicht beklauen.«

Mit dieser glühend ehrenvollen Aussage konfrontiert, zuckte der andere die Achseln und ging.

»Mein Name ist Harris«, stellte der Bursche sich Digger vor, »Wally« – als hätte er erkannt, daß Digger der eine Mann in diesem Haufen war, der sich ihn für den Rest seines Lebens merken könnte. Er wartete darauf, daß Digger etwas erwiderte, doch der drehte sich weg. Mit diesen Männern hatte er nichts zu tun. Er hatte sich nur spät angestellt, das war alles. Er hatte seine eigene Clique. Doch der Kerl ließ sich nicht beirren.

»Von Rechts wegen sollte ich gar nicht hier sein«, bekannte er. »Bin erst sechzehn. Ich hab sie angelogen. Meine Mum hatte nichts dagegen.«

Mit seinem Eßgeschirr und dem Löffel in der Hand dastehend, den Hut weit zurückgeschoben auf seinen Locken, war sein Ausdruck ein Gemisch von großspuriger Befriedigung ob seiner Cleverneß und Bestürzung darüber, wohin die ihn gebracht hatte. Er versuchte, Diggers Interesse zu wecken. Er war einer von den Burschen, die keiner beachtet, und war erpicht darauf, jemandes, egal wessen, Bekanntschaft zu machen, da er instinktiv erkannt hatte, daß man hier nur bestehen konnte, wenn man Kumpel besaß.

»Mit dem Füller hätte ich einen guten Tausch machen können«, fing er wieder an, »es war wirklich ein gutes Stück. Hör zu«, sagte er, indem er die Stimme senkte, so daß der andere Bursche ihn nicht verstehen konnte, »was meinst du, sollte ich tun? Ich fühl mich nicht sehr wohl. Ich hab die ganze Zeit den Dünnpfiff, ich bin kaputt. Was kann ich bloß machen?«

Inzwischen war Digger jedoch ganz vorn in der Schlange.

Er nahm seinen Reis und ging weg. Er sah den Burschen sich umdrehen und ihm nachschauen, doch es gab Dutzende solcher Burschen, die, als die Formation einmal aufgelöst war, hilflos dahintrieben.

»Das eß ich nicht!« sagte ein anderer zu ihm, auch ein Fremder, als er wieder einmal in der Reihe stand. »Diesen Scheißdreck freß ich nicht!« Digger fragte sich, warum er sich dann überhaupt danach anstellte. Er war ein großer, breitschultriger, blonder Bursche mit einem roten und mit lauter Pusteln bedeckten Gesicht.

»Wenn die uns weiter diesen Dreck vorsetzen und wir ihn auch fressen, dann kriegen wir Schlitzaugen. Weißt du das? Hat mir dieser Professor gesagt. Das wollen die Bastarde ja gerade. Verfluchte Kulis aus uns machen. Die hassen Weiße.«

Digger runzelte die Stirn. War der verrückt? Er tänzelte hinter Digger herum, sein Eßgeschirr hielt er sauber ausgewaschen in der Hand bereit. Halb verrückt vor Hunger sah er aus.

»Nur ich eß es nicht, verstehst du? Die können einen nicht zwingen, stimmt's? Mich kriegen sie nicht! Lieber will ich hungern! Man kriegt sowieso bloß die Scheißerei davon.«

Doch einen Augenblick später sah ihn Digger, mit großen Augen und wild um sich blickend, das Zeug in seinen Mund schaufeln. Ihre Blicke begegneten sich, und Digger sah schnell woanders hin.

Mehr als je zuvor hielt er sich jetzt an Mac und Doug. Nur in denjenigen, mit denen man eng zusammen war, gab es einen Fortbestand von Sauberkeit und Gesundheit. Doch nun hatten sie auch noch Vic und waren ein unruhiges Quartett, unausgeglichen, wie sie es zu dritt nie gewesen waren. Ständig auf der Lauer zu erkennen, was man von ihm denken mochte, hing Vic an einem wie eine Klette und war bedacht, sich in den Vordergrund zu drängen oder einen auszustechen. Digger konnte ihn nicht ausstehen.

»Ach, Vic ist okay«, pflegte Doug zu sagen. »Nimm keine Notiz von ihm.« Das Quartett begann sich jedoch in ungleiche Zweiergruppen zu zersplittern.

Digger vermißte Doug. Er vermißte dessen Sorglosigkeit und Fröhlichkeit. Vic gegenüber war er recht entgegenkommend, ärgerte sich aber darüber, daß der sich zwischen sie drängelte. Er und Mac dachten darüber gleich. Über vieles dachten sie gleich.

Er war ein sonderbarer Kerl, dieser Mac. Wenn er in Stimmung dazu war, konnte er einen dusselig reden. Nicht wie Doug, der gern viele Zuhörer hatte und Witze machte und Leute hochnahm, sondern in einer stilleren, nachdenklicheren Art.

Er war voller Geschichten, kurioser Anekdoten und Theorien, die er bei Versammlungen oder Vorträgen, die er besucht hatte, oder von Burschen aufgeschnappt hatte, die er sonntags in der »Domäne« gehört hatte; oder von Büchern beziehungsweise von Gesprächen, die er im »Kreuz« geführt hatte.

Eine Zeitlang hatte er dort eine Wohnung gehabt und alle Arten von Menschen gekannt: Radikale, Poeten, Burschen, die für den ›Herald‹ und ›Smith's Weekly‹ schrieben. Das war eine Schule gewesen. »Sydney wäre nicht Sydney ohne das ›Kreuz‹«, sagte er zu Digger. »Da solltest du unbedingt mal hingehen, sobald du hier rauskommst. Das ›Kreuz‹. Es gibt keinen Ort wie diesen!«

Digger hatte den Eindruck, als hätte er wirklich noch nichts gesehen, trotz der vielen Orte, wo er schon gewesen war. Nicht nach dem, was man von anderen Männern gehört hatte. Macs Geschichten vom Leben in der Stadt und auf den Straßenbahnen, den verschiedenen Depots und den Fahrten, die er unternahm nach Bondi, Bronte, Clovelly, Watson's Bay, den besten Kneipen und Konditoreien und »Sargents«, wo seine Schwägerin arbeitete und die den besten Kuchen hatten – das alles erweckte Sydney für Digger zum Leben und nährte seinen Hunger nach einer Welt der Gedanken, Reden und Handlungen, von der er glaubte, nicht genug zu bekommen, und wenn er gleich hundertdrei Jahre alt würde. Jedes Detail nahm er in sich auf, und mit jedem einzelnen wurde die Vorstellung in seinem Kopf schärfer.

Der Spaziergang entlang der langen Schlucht im Cooper Park zum Beispiel. Hätte irgendein Ort grüner sein können an einem hübschen Sonntagnachmittag? Mac und Iris und die Jungen fuhren zum Picknick dahin, und nach einer Stunde oder so, wenn alles aufgegessen war, trainierte Mac den kleineren Jungen, Jack, im Hochsprung.

»Es könnte gut sein, daß er nicht mehr zu den Junioren

gehört«, sagte Mac mit einigem Bedauern, »wenn wir wieder heimkommen. Wächst wie eine Bohnenstange, der Kerl. Hört gar nicht wieder auf. Inzwischen wird er wohl über einen Meter sechzig sein, nehme ich an. Du solltest ihn abspringen sehen – die Sprungkraft, die er hat!« Digger konnte es sehen: wie die Beine des Jungen die Schere machten, wenn er über die Latte ging, wie Iris im Gras saß, ein kariertes Tuch vor sich ausgebreitet mit den Überresten von ihrem Tee darauf und vielleicht einem Glas Pickles. Mit der Zeit erstand, aus Macs einzelnen Beschreibungen, Geschichten und Beispielen heraus, der ganze Haushalt vor ihm.

Das Haus selbst, in der Bon Accord Avenue, konnte Digger sehen, als hätte er sein ganzes Leben dort gewohnt.

Mac schlief in einem Zimmer auf der Seitenveranda, das er sich, mit Hilfe eines Kumpels, ebenfalls eines Straßenbahnfahrers, selbst hergerichtet hatte. Vom Boden bis zur Decke war es mit Büchern vollgestopft, und noch mehr Bücher waren um das Bettgestell und auf beiden Seiten entlang des Korridors aufgestapelt. Diese Bücher hatte Mac noch nicht gelesen oder noch nicht alle; sie waren für seine Pensionszeit. In die meisten von ihnen hatte er jedoch schon einen kurzen Blick geworfen. Wie hätte man auch widerstehen können? Auf dem Weg nach Hause, nach seiner letzten Tour freitags abends, warf er, nachdem er gerade wieder einige neue erworben hatte, einen langen Blick in sie hinein und begnügte sich dann, den Rest aufzuheben und auf sich warten zu lassen.

Technische Handbücher über alles Mögliche, vom Buchbinden bis zur Telegraphie, Romane, Tagebücher, Reisebeschreibungen, psychologische und historische Bücher – das war es, was er mochte. Schon seit seiner Kindheit las er, wie Digger – alles, dessen er habhaft werden konnte: Shakespeare, Shaw, Dickens, Jack London, Victor Hugo. Die beiden tauschten sich über ihre Lieblingsgestalten aus, erzählten sich Episoden, lachten, und Digger, ein bißchen schüchtern zunächst, rezitierte auswendig aus ›Hamlet‹ oder ›Heinrich V.‹. Das waren Macs Lieblingsstücke.

»Toll, wirklich«, sagte Mac dann. »Wahnsinnig toll. Ehrlich, Digger, damit solltest du auftreten. Nein, was ich tun würde, mit *deiner* Begabung!«

»Was?« fragte sich Digger.

Ihm war klargeworden, schon bevor *das hier* geschah, daß seine »Begabung«, wie Mac es nannte, selbst wenn sie sich als das eine Besondere an ihm erweisen sollte, nicht zur Quelle von Ruhm und Reichtum werden würde. In dieser Hinsicht würde sie nie von Nutzen sein. Sie hatte eine andere Bedeutung, so dachte er jedenfalls, die mit dem Bild zusammenhing, das ihm seine Mutter in den Kopf gesetzt hatte, dem Zimmer, in dem sich alle Dinge befanden, die das Leben ausmachten. Er war Sammler, wie sie es gewesen war. Alle möglichen Dinge hob er auf. Aber sein Zimmer war von einer anderen Art und so auch die Dinge, die er dort aufbewahrte.

Mac war verheiratet gewesen – war es eigentlich immer noch. Zwei Jahre hatte es gehalten. Das Mädchen hatte ihn verlassen; nicht wegen eines andern, wie es gewöhnlich geschieht, sondern um ihr eigenes Leben zu leben und in den Blue Mountains einen Kindergarten zu führen.

»Sie hatte mich satt«, erzählte ihm Mac und zog ein fröhliches Gesicht; doch Macs Fröhlichkeit, das wußte Digger inzwischen, war eine Art, sich und bisweilen auch die anderen vor schmerzlichen Dingen zu schützen. »Ich hab nie verstanden, was sie wollte, wirklich. Ich nahm an, ich würde es, wie die meisten anderen Kerle, nur ich hatte wirklich keine Ahnung. Sie hat eine schlimme Zeit durchgemacht, das arme Mädchen. Ich auch.« Als sein Bruder bei einem Schiffsunglück auf den Inseln ums Leben kam, war er zu seiner Schwägerin gezogen, die froh war über das zusätzliche Geld und darüber, in bezug auf die Jungen die Unterstützung eines Mannes zu haben. Mac erhielt Briefe von ihr und hatte ein Bündel davon, fünf insgesamt, die er beinahe jeden Abend las.

»Wenn mir etwas zustößt, Digger«, sagte er einmal, »dann möchte ich, daß du sie an dich nimmst!«

Das war ein feierlicher Auftrag, und Digger, der dessen Gewicht spürte, war gerührt. »In Ordnung«, sagte er.

Er selbst besaß nur einen Brief von seiner Mutter, einen bösen. Sein Vater war auf Kreta verwundet worden.

Doch für Digger am Ende noch wichtiger als Macs Erzählungen und die leidenschaftlichen und mitunter pedantischen Fluchten, die ihn ziemlich fest, wie Doug sagte, in »die Scheißigade« drückten, waren die Zeiten, in denen sie einfach saßen, ihre Ausrüstung putzten und flickten; nicht viel , sondern nur still ihr Zusammensein genossen.

Selbstbeherrschung. Das war die Eigenschaft in Mac, die Digger anzog. Sie war selten und schien, je mehr er darüber nachdachte, die eine echte Grundlage der Männlichkeit zu sein. Das war eine Eigenschaft, die er selbst nie erreicht hatte, und er fragte sich bisweilen, ob er es jemals würde. Das ist es, was ihm seine Mutter gesagt hätte. Alles erregte seine Aufmerksamkeit und lenkte ihn von sich selbst ab. Er war stets in Aufruhr, niemals ausgeglichen oder ruhig. Die Welt war zu sehr von Interesse. Er verlor sich darin.

Eins der Dinge, in die Mac ihn einführte, war Musik. Für Mac stand sie irgendwo in der Mitte zwischen Gespräch und Schweigen, mit Ähnlichkeiten – wenn man sich einen solchen Widerspruch vorzustellen vermochte – von beiden, und es war das, wie Digger glaubte, das die Verbindung erklärte, die er zwischen Musik und Macs spezieller Art von Selbstbeherrschung spürte. Wenn man die eine verstand, würde man vielleicht auch Einblick in die andere erhalten.

Er ermutigte Mac, über die Stücke zu sprechen, die er mochte. Mac, der der geborene Lehrer war, machte ihn nur zu gern mit Ausschnitten aus Opern und Musik von Chopin und Fritz Kreisler bekannt.

›Nessun dorma‹, »Keiner soll schlafen«; das war ein schönes Stück. Sie hörten es eines Abends während ihrer ersten Woche in Malaya, in den frühen Tagen, ehe die Japse landeten. Digger war verblüfft. Es war im Freien, unter den Sternen, und beinahe tausend von ihnen hatten sich da im Gras zusammengefunden. Aber auch in Changi war viel Musik zu hören. Burschen, die ihre Schallplatten mit dabei hatten, brachten ihre liebsten davon herbei, und Dutzende von Männern, bisweilen Hunderte, kamen aus der Dunkelheit heran, um zuzuhören. Digger lehnte sich gewöhnlich ein bißchen zurück und ließ sich von Mac das Zeichen zum Anfang geben.

Macs charakteristischer Ausdruck war ein langes Gesicht mit einem halb traurigen, halb komischen Blick, der genau zu ihm, wie Doug sagte, als »versonnenem Philosophen« paßte.

»Das Schlimme mit dir, Kamerad, ist«, sagte Doug zu ihm,

»daß du zuviel zu deinem Besten weißt. Es macht dich nur traurig. Nun, frag ich dich, was ist der Sinn *davon?*«

»Ich bin nicht traurig«, beharrte Mac.

»Aber natürlich! Du bist der traurigste Bursche, den meine Augen je erblickt haben. Ehrlich, Mac, du solltest dich mal selbst sehen. Ich sag dir, Kumpel, du siehst aus, als ob letzten Montag die Welt untergegangen wäre und du hättest es gerade erst erfahren.«

Diese Ausbrüche geschahen aus reiner Zuneigung. Sie erfaßten eine Seite von Mac, die nach Dougs Meinung übertrieben war. Von der mußte er befreit werden. Es war seine exzentrische Seite, die Seite all jener erfolglosen, unvergessenen Utopien, für die Burschen wie Mac, eingefleischte Idealisten, ihr Leben geben würden – und auch die Leben anderer Menschen, wenn sie sie bekämen, und das alles im Namen einer Zukunft, die die meisten nicht wollten, mit der sie nichts anzufangen wußten, für die sie nicht gerüstet waren und für die sie auch nicht gerüstet *werden* konnten, es sei denn, man riß sie hierhin und dorthin, bis nichts Menschliches an ihnen mehr übrig war.

Mac verteidigte sich, verlor die Beherrschung, wurde genau zu der Sorte von englischem Sturmtruppsoldat, der zu sein Doug ihn bezichtigte, lachte dann und setzte seine bescheidene, komisch-leidende Miene auf, weigerte sich jedoch, sich geschlagen zu geben.

Dougs herber Zynismus schlug ihn jedesmal, aber irgendwie, wenn es vorüber war, war er nicht geschlagen. Er war selbstbeherrscht, Mac, aber er war auch leidenschaftlich und zudem widerspruchsvoll. Nur wenn er sich in die Musik vertiefte und völlig in ihr aufging, waren die unterschiedlichen Seiten von ihm aufgelöst. Was man dann sah – was Digger sah –, war die absolute Reinheit von ihm.

»So werde ich niemals sein«, dachte sich Digger. »Nicht in einer Million Jahre.«

Dann ertappte Mac seinen Blick und zwinkerte ihm zu, und was man dann sah, war der seltsame Humor des Mannes.

Als sich die Gelegenheit ergab, das Lager zu verlassen und echte Arbeit zu verrichten, griffen sie sofort zu. Die Arbeit war Kuliarbeit, schwere Arbeit in den Docks, aber sie wollten diese körperliche Übung. Es war nichts Unehrenhaftes dabei, wenn man es auf diese Weise sah. Außerdem gab es eine gute Beute zwischen den aufgestauten Vorräten in den Lagerhallen. Und was das Beste war, sie waren wieder für sich allein, weg von der Krankheit des Geistes und unberechenbarer Gewalt und dem Dreck des Lagers. Nahezu dreihundert Mann stark, sollten sie ihr Lager in den verkommenen Buden und Gartencafes der »Großen Welt« aufschlagen, einem Vergnügungspark, in den sie in früheren Tagen gegangen waren, um chinesisches Bier zu trinken, mit Taxigirls zu tanzen und sich fotografieren zu lassen. Von dort sollten sie dann jeden Morgen gruppenweise zu den Docks marschieren.

»Das ist ja prima, was?« rief Digger aus, als er es sah. Ein Rummelplatz. Es war, wie nach Hause zu kommen.

Den ersten Abend verbrachten sie damit, den Ort ein bißchen sauber zu machen und Duschen anzubringen. Fließendes Wasser gab es haufenweise. Frisch gewaschen und in Schale geworfen, unternahmen sie dann alle einen Spaziergang durch die Wege und Gassen zwischen den Ständen. Ein richtiges Wirrwarr war es von Latten und bröckelndem Putz, mit flüchtigen Malereien, zum Teil verblaßt, von Pferden und in Dunst gehüllten Bergen und Wolken und Stieren mit vorstehenden Augen und von Miniaturpagoden. Ohne eine wimmelnde Menschenmenge kam es einem unecht vor, nichts von dem Lärm und dem Schweiß und den Düften von den Freßbuden oder dem Geruch der Holzkohle von verräucherten Herden.

Sie gingen in Gruppen und trafen immer wieder andere Gruppen am Ende der Wege. Sehr seltsam sahen auch sie aus in ihren hohen Schuhen und Flattershorts und sonst nichts. Wie Kinder, dachte Digger, die eingeschlossen worden waren, nachdem die Ladenbesitzer ihre Geschäfte geschlossen hatten und die Taxigirls, die Schauspieler vom chinesischen Theater und die Verkäufer von Potenzpillen und -balsam alle nach Hause gegangen waren.

Schüchtern grüßten sie einander und mußten sich schlank machen, um in den engen Gäßchen aneinander vorbeizukommen, ihre Blödelei befangen an einem so ruhigen Ort. Da war ein Mond. Alles sah blau aus. Die Wände waren überhaupt meistens blau, »himmel«blau. Der Widerschein davon verlieh den

Gesichtern der Männer von fern ein luminöses, ziemlich gespenstisches Aussehen. Unheimlich war es, wenn auch nicht gruselig.

Es war eine Episode reinen Spiels, doch sie waren so überwältigt von der Leere des Ortes, seinen abblätternden Bildern und heruntergekommenen Plätzen, daß es wie zu einem Traum wurde. Schließlich liefen sie flüsternd durch die Gassen wie leise Betrunkene, immer noch in gehobener Stimmung, aber besorgt, jemanden aufzuwecken.

Das sind wir selbst, dachte Digger, als ihre Stiefel auf dem Kies widerhallten und Lachen durch die Wände drang.

2

Den ganzen Vormittag über hatten sie gearbeitet, eine kleine Gruppe innerhalb eines größeren, gemischten Kontingents von Australiern, Briten und Holländern, in einer der größten Lagerhallen in den Docks. Ein gewaltiges Ding war das, wie eine Kathedrale, einhundertvierzig Meter lang und fünfundfünfzig Meter breit, lauter Lattenwände, wo das Licht, das hereindrang, blendete, und hoch oben im Düstern unter den Dachsparren tanzten Staubkörnchen in den Sonnenstrahlen.

Der Staub stammte von den Abfallsäcken, die sie zu schleppen hatten oder die andere vor ihnen schon geschleppt hatten. Es würgte sie dabei. Ihre Augen waren entzündet, ihr Haar klebte, bis zum Nabel waren sie mit einer feinen Staubschicht überzogen, auf der sich Spuren bildeten, wo der Schweiß rann, der ihnen in die Hosen lief und sie bis zu den Hoden durchnäßte, was dann qualvoll juckte und rieb. Heller Wahnsinn war das, auf was sie sich da eingelassen hatten. Halbnackt und zumeist barfuß stolperten sie durch einen Sturm, in dem sie nur Schatten waren, tiefgebeugt und unter den Zentnersäcken taumelnd.

Auch die Wachen litten. Sie hatten Tücher vor Mund und Nase, doch der Staub kroch ihnen unter die Uniformkragen, verklebte ihnen die Wimpern und hing ihnen mit einer schaurigen Weiße in den Brauen. Sie trugen schwere Stiefel und Überhosen, zum Zeichen, daß sie die Herren hier waren, aber dafür schwitzten sie.

Generationen von Kulis, Chinesen zum größten Teil, aber auch Tamilen, hatten geschuftet, um Schiffe zu entladen und die Lagerhallen mit Ballen von Gummi, Wolle und Baumwolle, mit Säcken von Mehl, Salz, Zucker und Reis und mit Kartons von Pökelfleisch, Kondensmilch, Aprikosenhälften und Ananasstücken in Dosen zu füllen. Eine neue Art von Kuli, räumten sie sie jetzt aus und verschifften die Sachen als Kriegsbeute an die neuen Herren dieser Ecke der Erde.

Vic schleppte seinen Sack wie die übrigen. Die Arbeit war eine Viecherei, wenn sie von einem Mann auch zu schaffen war, und der Staub war eine Tortur, doch nichts von all dem bereitete ihm Probleme. Auch nicht das Gewicht, zweihundert Pfund lasteten auf seinem Rücken, und damit mußte er hundert Meter traben. Er schaffte es. Er war kräftig genug. Und es war etwas in ihm, das diese Dinge nicht berühren konnten. Er war von der Zuversicht erfüllt, unverletzlich zu sein. Das war er den ganzen Vormittag. Und es gab keinen Grund dafür.

Er kannte die Gefahr solcher Stimmungen. Sie hatten ihn sein ganzes Leben verfolgt. In der Trunkenheit seiner Kraft und Jugend verlor er den Überblick, wurde leichtsinnig und sagte aus reinem körperlichem Überschwang heraus früher oder später etwas, was er gar nicht meinte, oder schlug blindlings zu. Darin bestand die Gefahr. Das wußte er. Er beobachtete sich.

Was ihn schmerzte, und zwar in seinem sensibelsten Innern, war, daß irgendwo, gar nicht so weit entfernt, heftige Gefechte toben mußten, geschlagen von Burschen, die auch nicht älter waren als er und auch nicht tapferer – Teil eines Krieges, von dem sein ganzes Leben lang die Rede sein würde und woran er keinerlei Anteil hätte; keine Ordensbänder, keine Medaillen, keine Geschichten zu erzählen außer dieser schmachvollen. Er lebte in einer so historischen Epoche und spielte nicht die geringste Rolle darin.

Seines Mutes war er sich hinlänglich gewiß, zu glauben, daß er unter den normalen Umständen des Soldatenlebens, hätte er die Möglichkeit dazu gehabt, seine Pflicht aufs beste erfüllt hätte. Seine Jugend hatte er damit zugebracht, zu lernen, edelmütig zu sein. Doch die Welt, in der er sich jetzt befand, war ihm ein Rätsel. Man bereitet sich ja nicht auf Schmach vor.

Die Wachen waren gereizt. Der viele Staub und die Hitze machten sie verrückt. Auch sie waren jung. Sie ärgerten sich darüber, Kulis bewachen zu müssen. Um ihr Ehrgefühl wiederherzustellen, schlugen sie bisweilen einfach zu, und keiner konnte ahnen, wann der Hieb kam und woher. Aus dem Sturm von Staub heraus, das war's, wumm! , und man fing eine.

Doch trotz allem konnte er sich nicht überzeugen, daß die Umstände, denen er unterworfen war, ewig andauern würden. Den ganzen Vormittag über blieb er unbeschwert und tat sich groß. Es war völlig unbestritten, daß sein Buckel krumm war und daß er, wie die anderen, in einem dichten Dunst dahintaumelte, fast erstickte, der Schweiß ihm in Strömen rann, er von den zwei Zentnern auf seinem Rücken jedes Gramm spürte, sein Geist aber blieb übermütig. Ihm konnte nichts etwas anhaben.

Nach einiger Zeit begann sich in ihm eine Wut von frustrierter Kraft anzustauen. Wenn es hier ein Mädchen gegeben hätte, wäre seine Energie vielleicht auf andere Weise beansprucht worden; aber hier gab es keins. Jedesmal, wenn er sich aufrichtete, verspürte er einen Jubelschwall und die Bitterkeit, ihn zu zügeln. Das war einer seiner Augenblicke – jeder Nerv seines Körpers sagte ihm das –, und er mußte ihn vorübergehen lassen, aus keinem anderen Grund, als daß das Timing nicht stimmte. Das war es, was ihn schmerzte. Der Augenblick und mit ihm das Ereignis – was immer es war –, das zu ihm gehörte, war verloren und kehrte niemals wieder. Diese Ungerechtigkeit machte ihn verrückt.

Nie konnte er genau wissen, was als nächstes geschah. So im Vorübergehen holte der schlechtestgelaunte der Wachtposten, ein smarter junger Korporal, aus Langeweile vielleicht oder der müßigen Gehässigkeit desjenigen heraus, dem für einen Augenblick Macht gegeben ist, aber keine Möglichkeit, sie auszuüben, oder vielleicht noch eher, weil er, in seiner eigenen Jugendlichkeit, in einem bloßen Blick von Vic den Zustand rebellischer Erregung, in dem er sich befand, erkannt hatte – holte dieser Wachtposten, müßig, beinahe teilnahmslos aus und tippte ihn leicht mit einem Rohrstock an. Es gab kaum eine Berührung.

Doch Vic, die Last immer noch auf dem Rücken, blieb stehen, wandte sich um, und sein Geist funktionierte ihm zum Trotz.

Selbst als er es geschehen sah, war er nicht bestürzt. Ein Teil von ihm war es, und er geriet in Wut ob dieser Ungeheuerlichkeit; doch der andere Teil von ihm war, in einer Art Triumph, in Jubelstimmung. Die Zeit blieb stehen, während er dastand mit dem Zweizentnersack auf dem Rücken und er und der Wachtposten sich auf die Entfernung von vielleicht einem reichlichen halben Meter gegenüberstanden. Er war sich der Haare auf seinem Kopf als eines dichten Waldes bewußt, seines Körpers, wie er von da, wo seine Füße die Erde berührten, aufstieg. Der Augenblick löste sich aus dem Fluß der Dinge, dehnte sich aus und war absolut. Er spuckte dem Wachtposten ins Gesicht.

Dann hätte er ein toter Mann sein sollen. Das war die Logik der Sache. Doch als der Posten sich auf ihn stürzen wollte, stieß Mac, der der nächste in der Reihe war, gegen ihn, verlor das Gleichgewicht, und sein Sack fiel runter. Es gab eine Art leichte Explosion, und im Nu waren sie alle drei in einen weißen Wirbel gehüllt.

Augenblicklich waren aus allen Richtungen Japse herbeigeeilt, und als die anderen in der Gruppe sich umdrehten, um zu sehen, was los war, gingen sie mit den Gewehrkolben und auch mit den Bajonetten los, laut schreiend und völlig außer Rand und Band.

Vic, seinen Sack immer noch schwer im Nacken, stand im Zentrum einer absoluten Raserei, in der Stiefel und Köpfe und Gewehrkolben und Stahl nur so herumsausten. Die Bajonetthiebe waren synchronisiertes Grunzen und Kreischen. Auch er hatte den Mund offen und kreischte, aber es war Mac, auf den sie losgingen.

Für Digger war das ein Augenblick, der zeit seines Lebens etwas Eigenes und Absolutes bleiben sollte, indem seine echten Sekunden anschwollen, bis er das Gefühl hatte, als ob sein Körper über einer Kluft hinge, wo die Sonne abgestellt war und die zeitliche Abfolge aufgehört hatte zu funktionieren. Zeitdauer wurde jetzt nur noch durch die Fähigkeit des Verstandes gemessen, all das zu erfassen, was in ihm ablief.

Beim ersten Anzeichen von Ärger hatte er sich umgewandt

(Vic war das, mußte es sein), indem er sich auf dem Fuße drehte. Hörte Geschrei. Sah das Heranstürmen von Wachtposten und sah dann, in einem Wirbel von Staub, daß jemand zu Boden gegangen war. Er war zehn Meter entfernt und hatte noch den Sack auf den Schultern. Nichts konnte er deutlich erkennen.

Es herrschte heller Wahnsinn, das war alles, was er wußte. Von einer Zeit, nur Sekunden zurück, als sie sich in einer Welt befanden, die, wie hart ihr Los darin auch gewesen sein mochte, vertraut und menschlich war, waren sie an einen Ort geschleudert worden, wo alles getan werden konnte und getan wurde, in tierischer Wut und Finsternis, in Blut, Getöse und einem dickkehligen Brüllen von Wörtern. Sie befanden sich alle darin, alle schrien.

Es würde vorübergehen. Es mußte. Doch bis es das tat, was eine Ewigkeit zu dauern schien, befanden sie sich außerhalb von Recht und Ordnung, an einem Ort ursprünglicher Wildheit.

Digger hatte sich auf einen Fuß erhoben. Er kam nicht auf die Erde. So empfand er es. Er hing da wie an Haken in den Schulterblättern, beschwert von dem Blut, das in seine Hände gepumpt wurde und in die stark geaderten Muskeln in seinem Nacken; auch durch das Gewicht des Sackes, den er immer noch schleppte. Doch seine Gliedmaßen, die nicht mehr der Schwerkraft unterlagen, fuchtelten mit einer Leidenschaft herum wie nichts, das er jemals gekannt hatte, das ihn aus sich selbst herausführte, über Horizonte, von denen er nie eine Ahnung gehabt hatte.

Es war eine Art Tanz, in dem er ekstatische Silben schrie, die direkt durch ihn hindurchgingen, durch Lungen, Mund, Bewußtsein, als ob er nichts weiter wäre als das stumme ausführende Organ des Rhythmus, den er im Staub der Lagerhalle, jenseits zerschmetterter Knochen und dem Hervorquellen von Blut herunterhämmerte. Die Schreie, die aus ihm hervorbrachen, waren in einer Sprache, die er nicht kannte, und trotz aller seiner Begabungen (er, der ganze Theaterstücke auswendig konnte) konnte er sich, als sein Fuß schließlich wieder auf die Erde kam und die Sekunden sich wieder miteinander verbanden, nicht eines einzigen entsinnen. Sie waren in einer Sprache, zu der sein Geist, nachdem der Augenblick entschwunden war, keine Antenne mehr hatte.

Sein Fuß berührte den Boden; er spürte wieder das volle Gewicht des Sackes und rang nach Atem. Wie ein Mann, der meilenweit gerannt ist, um eine Botschaft zu überbringen, war er jetzt zu sehr außer Atem, als daß er sie überbringen konnte – und sie war ihm ohnehin gänzlich aus dem Kopf entschwunden.

Immer noch in Panik, sich jetzt sogar gegenseitig anschreiend und heftig tadelnd bei ihren gegenseitigen Beschuldigungen darüber, was geschehen war, drängten die Wachtposten sie auf einen Haufen, trieben sie mit Rohrstöcken, Latten, einer Wand von Gewehren, bis sie dicht zusammengedrängt auf dem Boden der Lagerhalle hockten, die Hände fest hintern Kopf und die Köpfe tief unten zwischen den Knien.

Sie hielten die Augen gesenkt, wagten es nicht, aufzuschauen. Den Wachtposten so etwas Lebendiges und Geleeartiges wie einen Augapfel zu zeigen, mochte womöglich dazu angetan sein, sie wiederum losgehen zu lassen. Sie schrien und stießen einander immer noch, völlig außer Rand und Band.

Digger preßte seinen Kopf nach unten, die Finger so fest verschränkt, daß er befürchtete, sie überhaupt nicht wieder voneinander lösen zu können. Sein Herz hämmerte wild. Er war steif, zitterte aber. Die Wachtposten standen rings um sie herum, wirbelten Staub auf, tänzelten, wütend aufeinander, umher und stießen kehliges und schrilles Geschrei aus.

Auf der einen Seite unverständlich hektische Aktivität. Auf der anderen diese herzklopfende Bewegungslosigkeit, in der sie zu einer einzigen Masse zusammengepreßt hockten, wo sie sich gerade hatten fallen lassen.

Digger hatte Vics Mund am Ohr. Er konnte die Fäulnis – panische Angst war es – seines Atems riechen. Schweiß quoll aus ihm hervor, aus ihnen allen. Was er zuerst für Vics verdrehten und zwischen ihnen eingeklemmten Arm gehalten hatte, war der eines ganz anderen. Es machte kaum etwas aus.

Dann sah er sehr deutlich, was sie in diesem Augenblick waren. Fleisch, beinahe weiter nichts als Fleisch. Eine aufblitzende Sekunde sah er diese Seite davon.

»Es gibt eine Linie«, dachte er. »Auf der einen Seite davon ist man, was wir sind, ein Nervenbündel und Schweiß. Auf der anderen ist man Fleisch.«

Zusammengepfercht und kaum fähig zu atmen, befanden sie sich genau auf der Linie. Die Dinge konnten sich so oder so entwickeln. Nur wenn die Japse aufhörten, sich gegenseitig anzuschreien und in Panik herumzuhetzen, und anfingen, sich wieder in menschlichem Schrittmaß zu bewegen, und sie sich wieder voneinander lösen und die Köpfe heben durften, wären sie wieder auf der richtigen Seite der Dinge.

Für Mac war es zu spät. Er war bereits hinübergestoßen worden und lag da irgendwo – nicht einmal Digger wagte es, den Kopf zu heben, um zu sehen, wo es sein konnte, aber es war entnervend nah. Da, im Halbdunkel der Lagerhalle, in einem Gekritzel von feuchtem Staub; aber auch noch weiter, in einer Dimension, nahe, wie sie ihr alle waren, die bereits außerhalb der Reichweite lag.

Auch Vic saß zusammengekrümmt und schmerzlich verrenkt da, in einer Stille, die er für eine Art Taubheit hielt – einer der Wachtposten mußte ihn taub gemacht haben –, denn rings um ihn herum konnte er sie schreien sehen. Eine unsichtbare Membran befand sich zwischen ihm und der Welt. Innerhalb deren rang er nach Atem.

Sie waren auf einen Haufen zusammengepfercht, auf engsten Raum zusammengepreßt, keine Nadel konnte zwischen ihnen zu Boden fallen; doch er fühlte sich vollkommen abgeschnitten, ungeheuer weit entfernt von dem Geschrei, der Panik, der heißen Gegenwart der anderen, obgleich sie gegen ihn drückten. Es war, als hätte der Raum jetzt die Fähigkeit entwickelt auszudehnen, was noch einen Augenblick zuvor zur Zeit gehört hatte. Er versuchte, die Gesetze von Raum und Zeit in seinem Körper wieder wirksam werden zu lassen, um sich in die Welt zurückzubringen, in der die anderen sich befanden. Hätte er einen Preis dafür zahlen müssen, er hätte es getan. Er gab sich keiner Illusion darüber hin, was die anderen von ihm dachten.

Alles, was an seine Sinne drang, hatte etwas Gespenstisches, doch war er sich seiner eigenen körperlichen Präsenz noch nie so bewußt gewesen, der Sensibilität seiner Lippen, in denen das Blut pulsierte, wenn er mit der trockenen Zunge darüberstrich, des geringen Gewichts seines Bauches, der fürchterlichen Elastizität seiner Handgelenke.

Immer wenn, für Augenblicke, sein Geist arbeitete, stürmte

alles, was geschehen war, wieder auf ihn ein, und er wurde von Scham überflutet. Doch jedesmal hatte sein Körper das letzte Wort, und sein Körper dachte anders. Er lebte für sich und sorgte sich nicht.

»Wie konnte ich es nur geschehen lassen?« fragte er sich. »Wie konnte ich nur?« Als der Augenblick zum Handeln kam und er in die Lücke hätte aufrücken müssen, die er gelassen hatte, hatte er gezögert und nichts getan. Er hatte dagestanden, zu langsam, um sich zu bewegen, zu erstaunt, daß der Augenblick, auf den er gewartet hatte, tatsächlich gekommen war. Oder dieser Körper, der ihm aufgehalst war, immer langsamer als sein Verstand oder vorsichtiger oder feiger, hatte in seinem eigenen Interesse gehandelt, und während er da schwebte – es konnten nur ein, zwei Sekunden sein –, hatte die Welt sich weitergedreht und ihn zur Seite gestoßen. Die Klingen waren niedergefahren und hatten ihn verfehlt. Sein Körper rettete sich *und* ihn und überließ es, wie schändlich!, ihm, dem Leben ins Auge zu sehen, das er ihm erkauft hat. Und das Schändlichste daran war, daß er damit leben konnte. Er atmete schwer. Sein ganzes Blut war in Wallung. Er war von seinem eigenen Gestank erfüllt.

Sein Körper machte es ihm klar. Du wirst nicht sterben, mein Sohn. Nicht davon.

Die Wachtposten, selber bestürzt über das Geschehene, brachten sie langsam wieder auf die Beine, indem sie sie, wie Kinder, sanft drängten. Keiner unter ihnen, Wächter oder Gefangener, konnte jetzt einem andern in die Augen sehen.

Auch Vic stand auf. Keiner sah ihn an, und er spürte einen Anflug von Trotz ihn überkommen, wie ein Kind, das ungerechterweise beschuldigt wurde. Er begann, nach Argumenten zu seiner Verteidigung zu suchen. Er hatte Mac nicht gebeten dazwischenzutreten, zwischen ihn und das Verhängnis, das er provoziert hatte. »Ich habe ihn nicht darum gebeten!«

Sie bildeten wieder eine Schlange und gingen schweigsam an ihre Arbeit, und als sie mit ihrer Last wieder durch die Lagerhalle zurückkamen, war Macs Leichnam nicht mehr da.

Sie bewegten sich leise, wagten kaum zu atmen. Als ob ein Geräusch, ein ganz beliebiges Geräusch, etwas wieder auslösen würde. Wenn einer an eine Kette stieß und sie runterfiel und rasselte, sprangen sie wie Frösche, sie alle, als ob das Klirren von Eisen gegen Eisen Wellen aussenden und einen Kopf zerschmettern konnte.

Als Vic sein Essen bekam, wußte er nicht, was er tun sollte, ob er sich zu den anderen setzen sollte oder nicht. Immer noch war er angespannt und den Tränen nahe, jetzt aber entschlossen durchzuhalten. Er nahm sein Eßgeschirr und setzte sich ein kleines Stück weg von da, wo Digger und noch einer, Ernie Webber, gerade aßen.

Als Doug jedoch hereinkam, sah er sofort, was los war, und kam ohne Umstände und setzte sich neben Vic, sah ihn aber nicht an.

Digger tat es. Er blickte hoch, nahm zur Kenntnis, was geschehen war, guckte wieder weg und kaute weiter.

Vic sah das, senkte den Kopf wie ein Tier, und tauchte den Löffel in den Brei. Er aß. Er war ausgehungert – das war wieder der Körper. Er schämte sich, aber er konnte nicht genug bekommen von dem klebrigen Zeug, das er in den Mund schaufelte. Pfundweise hätte er das Zeug essen können und hätte das Verlangen, das er verspürte, damit immer noch nicht befriedigt. Er aß schnell, den Kopf gesenkt wie ein Tier, und die Tränen, die ihm in die Augen traten, waren Tränen der Wut.

In den Tagen, die folgten, kehrte allmählich sein Leben zurück und begann, wieder normal und sein eigenes zu sein.

Die Wunde in ihm war immer noch offen, und wenn seine Gedanken zu jenem Bruchteil einer Sekunde zurückkehrten, ehe Mac fiel, strömte sein Blut schneller, er trat vor, und sein jugendlicher Geist tat, was er tun mußte, um seine Ehre zu retten. Er starb glücklich.

Das Erwachen aus diesem Traum sandte eine neue Welle der Scham über ihn hin. Er errötete bis zu den Haarwurzeln und blickte sich rasch um, um zu sehen, ob es einer von den andern gesehen hatte.

Er trat zu dem üblichen Arbeitskommando an und in derselben Gruppe; nahm die Last des Sackes auf den gebeugten Rükken und trottete damit zu der Stelle, wo sie wieder abgeladen werden durfte, wobei ihm die Gelegenheit willkommen war, die es bot, sich in die Erschöpfung zu verlieren, die die Gedanken auslöschte. Der junge Wachsoldat war jeden Tag da und tat so, als wäre nichts gewesen. Sie aßen ihre Mahlzeit in einer Gruppe genau wie zuvor, teilten, was sie ergattert hatten, und Vic erhielt seinen Anteil. Wenn er etwas ergatterte, verteilte er es, und selbst Digger nahm es. Der Kloß in seinem Hals begann zu schwinden.

»Ich bin neunzehn«, sagte er sich. Als Entschuldigung brachte er das nicht vor. Seine Jugend bereitete ihm eher Sorgen. Sie machte für ihn alles nur schwerer. Was er meinte, war: »Neunzehn ist alles, was ich habe.« Es schien, als Summe dessen, was er erlebt hatte, allerhand zu sein. Doch woran er dachte, war die Zukunft. »Das alles«, dachte er, »kann einmal wiedergutgemacht werden, wenn ich nur dazu komme. Was ich brauche, ist Zeit.« Den Kopf wie ein Tier zu senken und weiterzumachen war der erste Schritt.

Es ging nicht einfach darum, von seiner Schande und dem Blut an seinen Händen frei zu werden; sondern ihnen zu beweisen, wer immer *sie* auch sein mochten, daß dieses, sein Leben, das gerettet worden war, wodurch auch immer, es wert war, gerettet zu werden.

Inzwischen verkehrte er mit den anderen genauso, wie sie mit ihm verkehrten. Auf die Feindseligkeit, die Digger ihm entgegenbrachte, war er gefaßt.

Miteinander vertraut waren sie nie sehr gewesen, doch daß Digger ihn mied, hatte jetzt eine andere Qualität angenommen, eine gewisse Verachtung. Was sie ausdrückte, war: Für mich bist du nicht mehr da, du bist tot; du bist dort gestorben, wo du es hättest sollen, statt *seiner*. Und in seiner alten Art akzeptierte er, während er es tief bedauerte, das mit einem anderen Teil seines Wesens auch. Digger wurde unter ihnen zu demjenigen, um dessen gute Meinung er sich am meisten bemühte – denn er wußte, Digger würde sie ihm nicht schenken.

Bewußt verdrängte er die Warrenders und sein früheres Leben aus dem Kopf, denn er fühlte, wenn er sich selbst enttäuschte, enttäuschte er sie auch. Es tat ihm weh, was er getan hatte, mit ihren Augen zu betrachten und noch mehr mit denen von Lucille. Er beschloß, nur in der Gegenwart zu leben. Hier wollte er sein Leben neu gestalten. Einmal jedoch, in einem

Traum, erschien ihm sein Vater. Das war etwas, wovor er sich gefürchtet hatte.

Natürlich war er betrunken, und ein Grinsen lag auf seinem Gesicht. »Na sowas«, sagte er, »dich hier zu treffen! Nicht zu fassen, du und ich im selben Boot, was? « Er freute sich, daß Vic so tief gesunken war. »Wir sind ja schließlich aus demselben Holz.«

»Nein, sind wir nicht!« protestierte Vic. »Das denkst *du* bloß!«

»Oh, fragen wir doch deine Kumpel!«

Darüber lachte er, ein sabberndes Lachen, und Vic dachte wieder an all jene Stunden, die er im Finstern draußen am Holzhaufen gesessen hatte, in einem Blutrausch.

»So, wie fühlt man sich, heh? Immer noch was Besseres als wir andern alle? Nehme an, du wirst nun um eine zweite Chance bitten.« Er hielt inne, und Vic bebte. »Na dann, viel Glück! – Aber hast du je mir eine gegeben?«

Das quälte ihn, doch er verdrängte es aus seinen Gedanken, zusammen mit all den anderen Dingen, denen er beschlossen hatte, den Rücken zu kehren. Er mußte sein Leben retten.

3

Auch Digger war völlig durcheinander. Es schockierte ihn, daß er derart feindselige Gefühle hegen konnte, noch dazu gegenüber einem von ihnen, nicht etwa gegenüber einem Japs. Die Gedanken, die ihm kamen, der Wunsch, Vic zahlen zu sehen oder daß die Sache in der Lagerhalle anders ausgegangen und *er* derjenige gewesen wäre, erschreckten Digger. Er hätte nicht geglaubt, daß er zu solcher Rachsucht fähig wäre. Doch der Verlust, den er erlitten hatte, steckte zu tief in ihm, als daß er der Vernunft hätte weichen können. Es gab Dinge, sagte er sich, die man nicht mit dem Verstand erfassen konnte – und auch nicht sollte. Dann aber dachte er: »Wo bin ich gewesen, als Mac mich brauchte? Was habe *ich* getan?«

Er und Mac waren sich zum letztenmal an der Ladestelle begegnet. Mac kam in der Schlange als nächster hinter Vic, und als er sich die Last auf den Rücken lud und vorbeiwankte, war er dem Blick gerade noch knapp begegnet, den Mac ihm durch den Schweiß und sein strähniges Haar, das im Luftzug flatterte, zugeworfen hatte.

Es war nichts Besonderes. Eine jener kleinen Gesten ungezwungenen, liebevollen Kontakts, die einen am Leben erhalten, das war alles: die den Boden fester machen, das war alles. Doch in dem Augenblick waren sie gerade zwanzig, dreißig Sekunden davon entfernt. Hätte er etwas gesehen, wenn er aufmerksamer gewesen wäre? Das war es, was ihn beschäftigte. Mac war gerade dreißig Sekunden vom Tod entfernt gewesen. Sie hatten sich direkt in die Augen geschaut.

Fünfzehn Meter weiter hatte er, mit vom Gewicht des Sackes gebeugtem Rücken dahinzockelnd, einen Krawall gehört und sich linkisch auf einem Fuß gedreht, um zu sehen, was los war.

Es war Vic. Das war ihm sofort klar. Wer sonst hätte es sein sollen? Ein Sack war geplatzt, und Gestalten kämpften sich durch einen Sturm von Weiß, einer von ihnen, an seiner massigen Gestalt zu erkennen, war ein Wachtposten.

Konnte er in der Verwirrung des Augenblicks, durch die Wolke mehligen Staubs hindurch kurz Macs Gesicht gesehen haben? Er glaubte, er hätte es; so deutlich war das Abbild davon in seinem Kopf.

Ein Gesicht, von dem jeglicher Ausdruck gewichen ist, das war es, was er sah. Oder vielleicht lag das auch nur an dem Mehl, mit dem Mac beim Platzen des Sackes überschüttet worden war. Doch was Digger zu sehen *glaubte,* war der Ausdruck eines Menschen, der am Rand der Vernichtung steht und es weiß und das Wissen darum bereits von sich Besitz ergreifen und ihn verändern lassen hat. Ein unbestimmter Ausdruck weder von Panik noch Verzweiflung; das war die Gewißheit seines Todes, die ihn, in Form von Blässe, körperlich von Kopf bis Fuß durchlief und ihn veränderte, je weiter sie kam.

Es war Macs betrübter, trauervoller Blick, wie Doug sich ausgedrückt hätte, den sie ihn bei tausend Gelegenheiten hatten aufsetzen sehen, nur daß er jetzt seinen höchsten Grad erreicht hatte, so daß alles Persönliche darin verschwunden war, und doch war es ausgesprochen sein Blick, den man überall herausgekannt hätte.

Hatte er das wirklich gesehen, oder hatte nur sein Geist sich ein Bild davon gemacht, um sich ein Bedürfnis zu erfüllen? Er konnte es nicht mit Sicherheit sagen. Und wie die Zeit auch verstrich, das Bild blieb klar, wenn es nicht gar noch schärfer wurde. So war es am Ende etwas, was er niemals wirklich gesehen haben mochte, das ihm am meisten bedeutete.

Er besaß auch das Bündel Briefe, das Mac ihm anvertraut hatte. Als sie Monate später zu Arbeitstrupps zusammengestellt und nach Thailand geschickt wurden, gingen die Briefe mit ihm mit.

4

Sie befanden sich an einem Ort namens Hintock River Camp, einem von Dutzenden solcher Arbeitslager, die sich auf fünfhundert Kilometern zwischen der malaiischen und der burmesischen Grenze erstreckten. Die Karte davon war ihnen nicht klar, weil ihre Kenntnis dieser Länder sich auf das Stück Dschungel beschränkte, das sie umschloß, und weil die Bahnlinie, an der sie sich befanden, noch imaginär war.

Sie verlief in provisorischer Form von Bangkok nach Rangun, und ihre Aufgabe war es, sie unter Anleitung eines japanischen Ingenieurs und mehrerer tausend japanischer und koreanischer Wachtposten Wirklichkeit werden zu lassen; sie in Wirklichkeit umzusetzen, indem sie sie anlegten, in Form von Schienen und Schwellen, durch Gebirgspässe, über Flüsse und, wenn nötig, sogar durch Felsen hindurch. Zum Schluß sollten alle Teilstrecken miteinander verbunden werden. Bis dahin ging es für sie nur um ihr eigenes Teilstück, um Bambus, Felsen, Regen und die Flüsse von Schlamm, die er hervorrief, um das individuelle Temperament ihrer Wachtposten, die Arbeitsstunden, die die Japaner von ihnen verlangten (es wurden immer mehr), um die Länge der Strecke, die täglich gelegt, und das Stück Tunnel, das täglich fertig werden sollte, und um ihre dahinschwindende Kraft. Ihre Welt beschränkte sich auf die etwa zwanzig Hütten aus Palmenblättern, die jedes Lager ausmachten – eine davon stellte ein Lazarett, oder eher einen

Platz zum Sterben, dar –, und die Stelle im Dschungel, wo ihre tägliche Pein stattfand.

Hierher gekommen waren sie vom vorläufigen Ende der Bahnstrecke an der malaiischen Grenze in einer Reihe von Nachtmärschen, da es tagsüber zum Marschieren zu heiß war, und sie waren an zahlreichen solcher Lager vorbeigekommen, manche besser als das ihre, ein paar noch viel schlechter. Diese Lager hatten entweder einheimische Namen wie Nakam Patam, Kanburi, Nan Tok, oder man hatte ihnen Namen solcher Art gegeben, wie man sie zu Hause für Campingplätze benutzt hätte: Rin Tin Tin Camp, Whalemeat Camp. Eines hieß sogar Cholera Camp.

Die Arbeit war mörderisch. So auch die Hitze. So auch, wenn er einmal eingesetzt hatte, der Regen.

Da, woher sie kamen, hatten sie sich, selbst der schwerfälligste Bursche vom Lande, in einer Welt von Maschinen zu Hause gefühlt. Den Führerschein zu machen galt als zweitwichtigster Beweis der Männlichkeit – für manche sogar als wichtigster. Unter Lkws und Pkws herumzuliegen, an Motorrädern und Bootsmotoren herumzubasteln, Detektorenempfänger zu bauen – all das war für sie zur zweiten Natur geworden, eine Form von Traumarbeit, in der sie (oder vielmehr ihre Hände) eine Erweiterung ihres Verstandes sahen. So war zwischen ihnen und den Maschinen, mit denen sie sich beschäftigten, eine Art Gemeinschaft entstanden, die sich von der unterschied, die sie mit Rindern und Pferden verband, aber nicht wesentlich. Für die meisten von ihnen gehörten Maschinen genauso zu der Welt, in der sie sich bewegten, wie Steine oder Bäume. Traktoren, Mähdrescher, Dampfwalzen, Kräne – selbst der lahmste Bürohengst unter ihnen war an einer Straßenecke stehengeblieben und hatte über den Zaun einer Baustelle geguckt, um den großen Dampfhämmern bei der Arbeit zuzusehen. Es hatte ihre Sicht von sich selbst verändert. Wenn man einmal gewisse Fertigkeiten erlernt und Fähigkeiten erworben hat, ist man ein neues Wesen. Da gibt es keinen Weg zurück.

Nun, das war die Theorie.

Jetzt befanden sie sich nämlich an einem Ort und mußten eine Arbeit verrichten, wo damit nichts anzufangen war. Aus jener Welt waren sie herausgestürzt. Muskeln und Knochen, das war alles, was sie jetzt zum Arbeiten brauchten. Einen Achtpfundhammer, ein Stück Stahl und was für innovative Technologie sie sich am Ort ausdenken mochten, um Steine zu brechen.

Einige dieser Männer waren Lagerverwalter und Buchhalter gewesen. Andere waren Schafscherer, Anwaltsgehilfen, Weinprüfer, Schuhmacher, Klempnergesellen oder Reisende in Küchengeräten beziehungsweise Damenunterwäsche. Man hatte ihnen die Rechtschreibung eingetrichtert, das Einmaleins, Avoirdupois und Troygewicht. »Das wirst du eines Tages gebrauchen, mein Junge. Dafür bekommst du Prügel«, hat mehr als einer von ihnen von der Lehrerin zu hören bekommen, wenn sie, nachdem sie früh um halb fünf aufgestanden waren, um das Vieh zu melken, in ihrer Bank vor sich hin dösten. Jetzt waren sie alle Hilfsarbeiter. Die Berechnungen machte jemand anders. Soviel für den Geist! Wie viele Zentimeter zwei gut aufeinander eingespielte Männer in zwölf Stunden pro Tag mit Hammer und Stahl aus nacktem Felsen herausschlagen konnten. Die Menge Schutt, soundso viele Kubikdezimeter, die einem Mann aufgeladen, von ihm gehoben und getragen werden konnten, der einstmals über achtzig Kilogramm gewogen hatte, nun nur noch fünfzig Kilo wog und erst zwei Tage einen Malariaanfall hinter sich hatte. All das genau ausgewogen gegen die geringste Menge Reis, aufgrund deren ein Mensch arbeiten konnte, bevor es sich gar nicht mehr lohnte, ihn zu ernähren, und er zum alten Eisen geworfen werden konnte.

Die Arbeit war mörderisch. So auch die Hitze. So auch, wenn er einmal eingesetzt hatte, der Regen. Außerdem litten sie aber noch an Amöbenruhr, Malaria, einschließlich der Kardioabart, Typhus, Beriberi, Pellagra und Cholera.

Die Krankheiten diagnostizierten die Ärzte unter ihnen, doch das half nichts, denn sie hatten keine der Medikamente, die sie benötigten, um sie zu heilen, und es half einem Mann auch nichts, zu wissen, daß die Krankheit, an der er starb, Pellagra war, genausowenig, wie es ihm half zu wissen, daß der Ort, an dem er starb, Sonkurai hieß. Der Name, wie exotisch er auch sein mochte, paßte in keiner Weise zu der außergewöhnlichen Welt, in die sein Körper jetzt eingetreten war, oder zu den Dingen, die er erreichte, als wäre das, was *er* hier entdeckt hatte, eine Freiheit, nach seiner eigenen Fasson verrückt zu werden.

Nur eines unterschied sie von den anderen Kulis, die jahrhundertelang diese Art Arbeit für ein Reich und dann das nächste verrichtet hatten. Sie wußten, was es war, was sie bauten, denn es gehörte zu der Welt, aus der sie kamen: die Zukunft.

Es war, als hätte jemand in einem visionären Augenblick aus einer fernen Zeit eine Maschine kommen sehen, eine Dampfmaschine, und hätte sich mit nur den primitivsten Werkzeugen und hunderttausend Sklaven daran gemacht, die Linie zu bauen, die sie benötigen würde, wenn sie erscheinen sollte, um darauf zu fahren. Wenn man nur erst einmal die Strecke gebaut hätte, würde die Maschine schon folgen – das war die Logik. Und es war ja auch wahr. In diesem Fall würde es so geschehen.

Wenn es ihnen also gelang, die Strecke fertigzustellen und alle Teilabschnitte miteinander zu verbinden, dann hätten sie einen Weg von hier dahin zurück geschaffen, woher sie gekommen waren: der Zukunft. Wenn die Maschine um die Biegung gedampft kam, ihre schweren Räder exakt auf das Gleis paßten, die Schwellen das Gewicht aufnahmen, ihr Schornstein Qualm ausstieß, dann wüßten sie, daß auch die Zeit wieder zusammenpaßte und wieder eine war und daß die Welt, in der sie sich zu Hause gefühlt hatten, Wirklichkeit war und kein unerreichbarer Traum.

5

Das Fieber kam alle zehn Tage.

Als Digger das erstemal davon befallen war, guckte er aus seinem Delirium hoch und sah, daß Vic da war; er kauerte da wie ein Kind und hatte einen unsteten, tierischen Blick in den Augen. Er löffelte Reis aus einem Eßgeschirr, schaufelte ihn sehr schnell in seinen feuchten Mund. Zwischen seinen Füßen stand ein zweites Eßgeschirr. Leer. Als er sah, daß Digger zuschaute, hörte er einen Moment auf zu essen und setzte sich einfach hin, die Augen weit offen in seinem breiten Gesicht. Dann begann er, ohne wegzuschauen, wieder zu essen, nur noch schneller.

»Das ist mein Reis, den er da ißt«, dachte Digger. »Der

Bastard ißt *meinen Reis.«* Aber sein Magen revoltierte bei diesem Gedanken. »Na, laß ihn!«

Als er wieder aufwachte, betupfte Vic ihn, eine kleine Falte zwischen den Augenbrauen, gerade mit einem übelriechenden Lappen. Einen Ausdruck kindlicher Anteilnahme hatte er im Gesicht, und Digger dachte: »Das sieht ihm ähnlich. Stiehlt einem das Essen vom Munde weg, und im nächsten Augenblick versucht er sich bei einem einzuschmeicheln, indem er den Pfleger spielt. Typisch!« Doch die Feuchtigkeit war so gut, so kühlend und die Hände so sanft, daß Digger wieder die Augen schloß und entschwebte.

Was ihn verblüffte, war die völlige Offenheit von Vics Gesichtsausdruck, als er ihn ertappte wie eben mit dem zweiten Eßgeschirr. Er machte gar nicht den Versuch, ihn zu verdecken. Er schämte sich gar nicht. Es war etwas in diesem Ausdruck, das Digger nicht loslassen wollte. Eine Wahrheit, an die er sich klammern konnte. Er machte sich Gedanken darüber.

Er war so anders als der Ausdruck, den er aufsetzte, wenn er einem etwas als Geschenk darreichte. Dann sah er verschlagen aus, berechnend; aber wenn er einem das Essen vom Munde wegstahl, konnte man direkt in ihn hineinschauen. Das war eine Unschuld rein tierischer Art. Das Tier nahm sich, was es brauchte, und entschuldigte sich nicht, indem es *einfach so* handelte und nicht nach Grundsätzen.

Digger erkannte, daß daraus etwas zu lernen war: eine nüchterne Einsicht, die Vic retten würde und, wenn die Zeit kam, auch ihn retten könnte.

Die Zeit kam beinahe genauso schnell, wie Digger wieder auf den Beinen war und zur Arbeit gehen konnte. Jetzt ergriff das Fieber Vic, und nun war Digger an der Reihe, das zweite Eßgeschirr zu essen, Vic zu halten, wenn er phantasierte, und mit dem Lappen zu betupfen.

Zwischen ihnen bestand eine Verbundenheit, die beinahe komisch war. Wenn der eine krank wurde, ging es dem anderen wieder besser, und das wechselte so alle zehn Tage. Vic nahm das als natürliches Faktum hin, ein zweckmäßiges Arrangement, das für sie beide gut war. Digger widerstrebte es zunächst – er hatte etwas gegen diesen Burschen, das grundsätzlicher Natur war –, doch wenn das Fieber ihn niederstreckte, blieb ihm keine andere Wahl.

Ihre Wesensarten paßten, obgleich sie in anderer Hinsicht völlig entgegengesetzt waren, hier gut zusammen. Sie waren wie füreinander geschaffen. Digger war von der Ironie, die darin lag, beeindruckt, doch sie befanden sich jetzt an einem Ort, wo Ironie etwas Alltägliches war.

Unter dem Einfluß dieses Arrangements – der engen körperlichen Einheit, die sie bildeten, dem Recht, bei entsprechender Gelegenheit den Reis des andern zu essen, den unangenehmen und bisweilen widerwärtigen Pflichten, die sie sich gegenseitig leisten mußten und die besonders Vic mit ausgesprochen praktischem Feingefühl und einer Anteilnahme ausführte, die man nicht in ihm vermutet hätte –, unter dem Einfluß von all dem entwickelte sich zwischen ihnen eine Beziehung, die so voller vertrauter und nicht länger schändlicher Offenbarungen war, daß sie jeglichen Unterschiedssinn verloren.

Eine Freundschaft war es genaugenommen nicht – seine Freunde sucht man sich ja aus. Das hier war anders; mehr oder weniger, wer konnte es sagen? Es gab keine Bezeichnung dafür.

Die alte Bitterkeit erstarb nur langsam in Digger. Vic wußte das und akzeptierte es. Für Digger hatte es bisweilen den Anschein, als nehme Vic ihn gerade deswegen aufs Korn. Aber das war *seine* Sache.

Es gab Tage, da konnten sie den gegenseitigen Anblick nicht ertragen. Das war hier unvermeidlich. Sie waren ständig nervös. Die kleinlichen Irritationen und Verdächtigungen, denen sie in ihrer intensiven Beschäftigung mit sich selbst unterworfen waren, machten sie boshaft, und sie verfielen in gehässige Streitereien. Digger war entsetzt über die Unausstehlichkeit, deren er fähig war. Und zwar nicht nur gegenüber Vic, sondern auch gegenüber dem armen Doug. Der schlich sich dann fort, gedemütigt und beschämt.

Es hatte jedoch auch etwas Reinigendes. Was bei diesen sinnlosen gegenseitigen Beschimpfungen herauskam, war die Verachtung, die sie für sich und den Dreck, in dem sie lebten, hegten; die Erniedrigung, die sie seitens der Wachtposten hinnahmen. Und was besonders schändlich für Männer war, die die Großmütigkeit in sich für unerschütterlich gehalten hatten, die üble Mißgunst, die sie für jedes Reiskorn empfanden, das in den Mund eines andern wanderte. Es war schließlich eine Hilfe, sich des Giftes in einem zu entledigen.

»Es ist erstaunlich«, dachte Digger nach einiger Zeit. »Ich habe es nie gewollt, und doch steht mir dieser Bursche näher, als mir sonst jemals einer gestanden hat. Selbst als Slinger. Selbst als Doug.«

Dann kam ihm noch ein Gedanke: selbst als Mac. Mac wäre nicht so praktisch gewesen, wie dieser Bursche es ist.

Er haßte sich dafür, diesen Gedanken durchgelassen zu haben. Er war einfach da, ein Gedanke wie dieser, denn Digger befand sich an seinem Tiefpunkt. Sein Groll gegenüber Vic war dann wieder stark, genährt durch Schuld. In Abscheu zog er sich dann von ihm zurück, was in Wirklichkeit Abscheu vor sich selber war, und er war jedesmal überrascht darüber, wie Vic es trug und sich mit ihm abfand.

Es ging zurück auf jenen tierisch-unschuldigen, unverblümt schuldbewußten Ausdruck, den er in seinem Gesicht gesehen hatte, als er das zweite Eßgeschirr leer aß. Das war ein Ausdruck, der ein Urteil riskierte, ja dazu einlud, dann durch seine völlige Durchschaubarkeit zu erkennen gab, daß das gar nicht nötig war.

6

In seinen Fieberanfällen sah Digger seine Lebensstationen an sich vorüberziehen.

Da waren, um damit zu beginnen, die Gespräche mit seiner Mutter. Sie fanden außerhalb der Zeit statt, wie sie Uhren oder Kalender messen, weder vorher noch nachher.

Er schwebte. Er hatte einen Mund und Ohren. Er hatte sein Geschlecht. Aber sie waren weit weg; weiter weg jedenfalls, als seine Fäuste, wenn er sie öffnete, hätten reichen können. Sie sprach mit ihm auf ihre alte Art und Weise, ohne Worte.

Digger? fragte sie, Digger? Komm schon! Ich werde dich *nicht* wegen mir sterben lassen! Hörst du mich, mein Junge? Du wirst jetzt atmen, essen! Ich habe dir das gegeben, Digger, und ich bin fest entschlossen, du wirst es haben. Du weißt, wie ich bin, wenn ich mein Herz an eine Sache gehängt habe. Da sind Sterne, Digger, da sind Gerberas, ich habe sie gepflanzt. Da ist auch noch vieles mehr, mit dem ich nicht die Zeit habe, mich zu befassen. Also reiß dich zusammen und mach schon!

Siehst du das? Diese Erde, mein Junge, Dreck. Du wirst noch eine ganze Menge davon essen, bis du durch bist, bevor du stirbst, meine ich, und du hast bisher noch nicht mehr als ein paar Körner davon gehabt, du mußt noch sehr viel mehr essen. Du hast also gerade erst damit angefangen, es zu essen, hörst du mich, Digger?

Hier spricht deine Mutter. Ach, du kennst mich, mein Junge, tu nicht so, als stimmte das nicht! Tu nicht so, als wärst du nicht wach, *so* leicht lasse ich dich nicht davonkommen, du hältst mich nicht zum Narren. Ich habe noch viel mehr zu sagen, Digger, und ich werde nicht zulassen, daß du mir gegenüber taub bist. Ich kann ein Schrecken sein, das weißt du. Du rennst immer vor mir weg, oder versuchst es jedenfalls – du, genau wie dein Vater! Aber glaube mir, Digger, ich komme dir nach, dem Schicksal kann man nicht davonlaufen. Das weißt du. Ich habe bereits genügend Geister an der Hand, ohne daß du versuchst, auch einer zu werden. Ich will das nicht, hörst du? Nun wirst du atmen, mein Junge, *atme!* Geh zurück in die wirkliche Welt, und gib dieses Träumen auf! Hier, nimm das!

Sie reichte ihm etwas. Es war ein Faden, und jetzt sah er, daß sie den Ärmel eines alten grauen Pullovers auftroddelte, den er zerschlissen hatte. Beginnend an der Schulter, sah er die Maschen über unsichtbare Nadeln zurückspringen und sich Reihe um Reihe von der Schulter bis zum Bündchen zurückziehen, und der Ärmel verschwand durch eine unsichtbare Wand im Nichts. Immer schneller mußte er wickeln, um die Wolle über seine Faust laufen zu lassen.

Das war eine andere Form ihrer Unterhaltung, und er konnte ihr nicht widerstehen. Der Faden lief zwischen ihnen, dunkel und schnell, bis der ganze Pullover, den er vier Winter lang getragen und in dem er geschlafen hatte und der seinen Geruch an sich hatte – Ärmel, Vorderteil, Rücken –, verschwunden war, und sie hatte neun Knäuel sauberer Strickwolle auf dem Schoß.

Beinahe mehr als vor der körperlichen Qual begann er sich

davor zu fürchten, ihr gegenübertreten zu müssen, jedesmal, wenn das Fieber ihn wieder packte.

Sie ließ nicht locker. Er schlug um sich, in Schweiß gebadet, aber sie ließ ihn nicht von der Angel. Er machte sich zum Aal, Aale sind schlüpfrig. Er reduzierte sich auf bloß noch Mund und Augen – keine Ohren, kein Geschlecht, keine Finger; aber sie wurde wütend, knöpfte ihn sich vor und klopfte ihn wieder in seine alte Form.

Er versuchte, auf allen vieren zu gehen. Digger, schrie sie, bist du da draußen, du kleiner Schmutzfink? Das gehört Ralphie. Nun komm schon rein!

Er blieb draußen. Da waren die Sterne, da waren Gerberas. Es donnerte, und Ralphie leckte ihn im Genick, er spürte, wie rauh Ralphies Zunge war und kratzte.

Er wußte, daß er sich außerhalb seines Körpers befand. Nun gut, dachte er, das war *eine* Möglichkeit! Es war die Leichtheit seines Kopfes und sein Geschlecht, die ihm das sagten.

Er beugte sich nieder in den Dreck. Er schluckte ihn, aß seine Portion. Als er Ralphies Wassernapf fand, war das Wasser, das er aufleckte, das Wasser des Lebens – kühl, süß, den Durst löschend, der ihn gequält hatte, der nicht der Durst seines Körpers war, sondern dessen, was sein Körper zurückgelassen hatte, als es ihn schüttelte.

Er schleckte und schleckte – Ralphie hatte nichts dagegen, mißgönnte ihm das Wasser nicht, das er aus dem ausgetrockneten Napf bekam; oder den Knochen, der von Maden wimmelte. Er schlug die Zähne hinein, die Fliegen mißachtend. Es stopfte den Hunger in ihm, nährte einen früheren Körper als den, den er jetzt angenommen hatte, und tat ihm gut. Ein tierischer Teil von ihm, den er liebte, wie er Ralphie liebte, und der Ralphie *war*, schlang es hinunter, Maden und alles, nahm die Kraft davon auf und war erleuchtet. Er spürte die Kraft sich in ihm sammeln; und leise begann er, auf allen vieren, über die Erde zu rennen. Unter dem Mond, an Büschen vorbei, die flach vor ihm lagen, so daß er darüberspringen konnte, über Ebenen, die brannten, aber keine Blasen machten. Er rannte und rannte und hatte genügend Atem dafür und kam am frühen Morgen den Weg herunter nach Keen's Crossing.

Er wachte auf, fühlte sich erfrischt und satt. Sein träumender

Körper hatte sein dünnes, gequältes Gerippe gefüttert, seinen Durst gestillt, ihn zurück ins Leben gelenkt.

»Ich werde leben«, dachte er, »diesmal. Ich werde leben.«

7

Wenn sie von der Arbeit an der Bahnlinie hereinkamen, waren sie mitunter so ausgepumpt, daß ein Mann mit der Schüssel in der Hand einnicken konnte, noch ehe er einen einzigen Bissen in den Mund bekommen hatte.

»Dieses Pferd ist erledigt«, schrie er dann, mitten aus dem Schlaf. »Besser erschießt das arme Vieh.« Oder: »Rühr dich nicht, Marge. Ich hole es.«

Die anderen starrten ihn voller Staunen darüber an, daß er so schnell weg sein konnte, und es widerstrebte ihnen, ihn wieder zurückzurufen.

Das war eines von den Dingen, zu denen der Körper imstande war.

Einmal saßen sie gerade über ihrem Häppchen Essen, als Ernie Webber, einer von den Burschen, die schon seit der »Großen Welt« mit ihnen zusammenwaren, eine seiner »Bemerkungen« machte.

Ern war ein sympathischer Bursche, aber von sehr dürftiger Bildung, ein Plappermaul, stets dazu geneigt, mit größter Zuversicht, und ob man wollte oder nicht, einen an seinen Gedanken teilhaben zu lassen. »Ich habe einmal die Zeitungen gelesen«, sagte er – das war eine seiner typischen Einleitungen – und fuhr dann fort mit einem Gelaber über eine Sache, die er nur halb gehört und gründlich mißverstanden hatte. Das war derart albern, daß es einem sehr schwer fiel, ein ernstes Gesicht zu bewahren. Neulinge hielten das für eine besonders sinnige Art von Humor und konnten Ern ziemlich verletzen, indem sie aus ganzem Herzen lachten. Was er bei dieser Gelegenheit sagte, war auch nicht törichter als sonst. »Ich hab ja gewußt, daß es Ärger geben würde«, sagte er. »Ich hab ja gesagt, wir kriegen noch Ärger mit diesem Burschen Musso. Gleich als ich gesehen habe, daß er sich mit den Niggern zusammentut, diesen Abessiniern.« »Diesen was?« Das war Clem Carwardine, ein Bursche, der im allgemeinen sehr wenig sagte. Sein Ton war so scharf, daß sie sich schockiert aufrichteten. Ernie genoß Narrenfreiheit, seine Unwissenheit stand unter Schutz. Jetzt saß er da und blinzelte.

»Mein Gott«, sagte Clem mit einer Roheit, die er bis dahin noch nie hatte erkennen lassen, »ich habe immer geglaubt, ein Huhn wäre das hirnloseste Ding im ganzen Universum, aber verglichen mit solchen Kerlen wie dir, ist ein Huhn direkt ein Einstein.«

»Das ist deine neueste Erkenntnis über Relativität, stimmt's Clem?« warf Doug ein. Er wollte die Sache noch ins Lächerliche ziehen, aber Clems Blick war mörderisch.

»Ein schwachsinniger Sechsjähriger weiß mehr als du«, sagte er zu Ern. »Du hirnloser Knilch!«

Ern war zu verwirrt, um sich zu entrüsten. Er konnte nicht glauben, daß Clem Carwardine, der so ein netter Bursche war, ihn so anfahren konnte, so brutal. Älter als die anderen von ihnen und sehr redegewandt, hatte er nie überlegen gehandelt. Aber jetzt sah er sie mit solcher Geringschätzung und Wut an, daß es ihnen peinlich war für ihn; es steckte aber auch eine Art Verwunderung in seinem Ausdruck, als ob er genauso überrascht wäre wie sie, über das, was da gerade aus seinem Mund gefahren war. Die Verwunderung verstärkte sich dann noch, ohne ein weiteres Wort. Clem warf den Kopf zurück, streckte blitzschnell die Beine und kippte nach hinten um.

Er war tot. Kardio-Malaria. Ganz einfach so. Digger, der diesen Mann gemocht hatte, erschien es gemein, daß seine letzten Augenblicke so uncharakteristisch für ihn hatten sein müssen und daß sie ihn so in Erinnerung behalten würden. Besonders bestürzt war Ernie. Er kam immer wieder darauf zurück, als ob etwas an der Sache wäre, das er nicht verstanden hatte und für das er die Schuld trug.

Auch der Körper konnte das.

Viele Gedanken hatten sie nie an sie verschwendet, diese grobschlächtigen Körper von ihnen. Frühzeitig bekam man das eingetrichtert: ihn nicht zu begucken, nicht anzurühren. Ein halbes Dutzend Biere gingen noch rein, bevor geschlossen wurde, und wenn das zu schnell war, dann kotzte man. Ein Footballspiel am Sonnabend nachmittag. Ein bißchen Sex, leichte körperliche Betätigung. Nichts übertrieben oder zu leidenschaftlich. Nichts Außergewöhnliches. Bekam man einen Kratzer, machte man einen Tropfen Solyptol drauf, wenn man heikel war, und wartete, daß sich ein Grind bildete. Warzen vielleicht, Nagelgeschwüre. Frostbeulen im Winter, wenn es entsprechend kalt war. Masern, Ziegenpeter, Windpocken. Das war ungefähr alles. Der Körper ging seinen eigenen Weg. Er war strapazierfähig. Man konnte vergessen, daß es ihn gab.

Hier draußen herrschte der Körper. Man beobachtete ihn Tag und Nacht, man wurde von ihm besessen, wenn man sah, wie er vom Fleische fiel und die Rippen und die Gelenke durchkamen.

Sie hätten es nicht geglaubt, wenn ihnen jemand gesagt hätte, wie schnell das gehen konnte, das Fleisch, das sie an sich hatten, alles, was ihre Großväter und Urgroßväter sich in den Mund geschoben hatten, um die großen Körper aufzubauen, die sie hierhergebracht hatten, und die Muskeln, mit denen sie ausstaffiert waren. Sie hätten sich keine Gedanken zu machen brauchen, diese Blutwurst- und Grützeesser, diese Kinder, die kräftig reinhauten und noch das Bratenfett mit einer Brotrinde aus der Schüssel wischten. Unter den richtigen Umständen konnte es über Nacht von einem fallen, bis man aussah wie jemand, der in der ganzen zurückliegenden Zeit nie mehr als diese paar Happen Brei gekannt hatte, die sie jetzt bekamen und die so dünn waren wie Schleim und gleich durch einen durch gingen und, wenn man sich hinhockte, wie Schleim wieder rauskamen.

Sie hatten keine Ahnung gehabt, daß die Gleichheit, die sie gefordert und erreicht zu haben geglaubt hatten, so aussah. Für jeden Mann die gleiche Kelle voll dünne Schleimsuppe, morgens und abends.

Die Dicken waren als erste dran und trugen am schwersten an der Erniedrigung, die ihnen ihre Körper aufbürdeten, indem sie mehr benötigten als ihr fairer Anteil war und die darum um so schwächer waren. Sie gingen rasch dahin, einige von ihnen. Es war ein Jammer. Sie hatten nicht gewußt (und wohl auch nicht erwartet, im normalen Gang der Dinge, daß sie sich jemals so etwas klarmachen müßten), wieviel von dem, was sie waren, nur vom Fleisch abhing.

Es war alles, was man hatte, alles, was sie einem gelassen hatten. Man versorgte es ständig mit Nahrung, und es verfiel ständig. Hier draußen besaßen nur die Geräte, die man schleppte, die Hacken und Schaufeln, die Kraft, ihr wirkliches Gewicht in der Welt zu halten. Einfach nur die Hand um sie zu legen und die Festigkeit von Holz und Stahl zu spüren war eine Garantie für etwas, wenn man in weit auseinandergezogenen Linien seinen Weg zum Anfang eines Pfades fand, vorsichtig ging, ständig auf der Hut, wie hart die Füße auch geworden waren, vor einem verborgenen Stumpf oder Dorn, denn der winzigste Kratzer konnte einen ein Bein kosten, wenn das Fleisch verletzt wurde und sich ein Geschwür bildete. Ein Geschwür konnte sich über das halbe Bein eines Menschen erstrecken, es auffressen, bis mehr Knochen zu sehen war als Fleisch. Die Ärzte benutzten dann einen heißen Löffel, um es auszubrennen. Wenn man Glück hatte, konnte man das Bein behalten. Hatte man weniger Glück, verlor man es. Unglück zu haben bedeutete, es verlor einen.

Man wurde schließlich zum Experten in bezug auf die Streiche, die er einem spielen konnte, dieser Körper, der so ein ordinäres und dreckiges Ding war, aber auch kostbar war und jetzt mit soviel Feingefühl behandelt werden mußte. Man achtete auf die geringste Veränderung in ihm, richtete seine Aufmerksamkeit auf jeden Quadratzentimeter von sich, sogar auf die Haut am Sack, und welcher normale Mann unter ihnen hatte *das* jemals getan? Es entwickelte eine eigene Phantasie, und Burschen, die ganz und gar keine besaßen oder keine von der Art, sahen verwundert auf die Schrecken, die es hervorrufen konnte, rissen erstaunt die Augen weit auf, wenn der erste braune Fleck auftauchte, sich dann vergrößerte und sie schwarz zu werden begannen.

Digger erinnerte sich an einen Scherz, den Slinger mal gemacht hatte. »Vielleicht bist du doch ein Schwarzer, Digger, auf der *Innenseite.*«

Er sah jetzt Burschen das Innere nach außen kehren. Sah die Gesichtshaut eines Mannes dick werden wie Elefantenhaut. Sah dann schmächtige Jungen sich aufblähen, bis sie den Umfang einer Riesendame hatten, mit dem Unterschied, daß niemand etwas dafür bezahlte, sie anzusehen – es war kein

Markt dafür da, nicht hier. Sie wurden schließlich so dick, daß sie sich nicht mehr bewegen, sich nicht einmal auf ihrer Pritsche drehen konnten. Zwei ihrer Kumpels mußten sie rollen; aber vorsichtig, wie eine Zweihundert-Pfund-Trommel, gefüllt mit einer gefährlichen Flüssigkeit. Ihre Hoden hatten die Größe von Fußbällen, ihr Penis hatte einen Umfang von zwanzig Zentimetern; aber es lachte niemand, das war kein Witz. Allein der Schädel mit seinen vertrauten Zügen blieb normal; nur daß sie jetzt verrückt waren, und die Augen in dem winzigen Kopf waren vom Schrecken erfüllt über das Ausmaß dessen, was da um sie herum vor sich ging – Knöchel dick wie Baumstämme, Füße wie Ballons, aber *schwer,* Gewichte, die zu heben sie nicht einmal denken konnten.

»Wenn die uns weiterhin diesen Reis zu fressen geben, kriegen wir noch Schlitzaugen.«

Digger lachte den Mann aus, der ihm das gesagt hatte – oder hätte es getan, wenn er nicht die Wut in den Augen des Burschen gesehen hätte. Er hatte sich über diese Art niederträchtiger Ignoranz erhaben gefühlt.

Doch gegenüber dem, was jetzt geschah, wären Schlitzaugen noch die leichteste Veränderung gewesen. Ihre Körper waren übergeschnappt und zerrten sie zurück in eine Zeit, bevor sie sich zu einer menschlichen Form organisiert hatten und aus dem Chaos gekommen waren.

Zu gewissen Anlässen kam ihm jetzt der Gedanke, Mac mochte wohl doch das bessere Los gezogen haben. Diese Gedanken, die ihm unabhängig von seinem Willen kamen, machten ihm angst. Sie waren gefährlich. Wenn man sich auch nur dem geringsten Stück Verzweiflung hingab, kriegte es der Körper spitz; jeden Augenblick lag er diesbezüglich auf der Lauer, und man mußte *ihn* beobachten. Sie beobachteten sich gegenseitig. Er bemerkte, wie Dougs Auge auf ihm ruhte oder Vics oder das eines anderen und dachte, mein Gott, was ist denn? Was sieht er denn? Hat es schon angefangen?

Als es dann anfing, in Dougs Fall, taten sie so, als bemerkten sie es nicht, als sähen sie auch die panische Angst nicht, in der er sich befand, denn er hatte es natürlich noch eher gemerkt, hatte die kleine Beunruhigung stärker werden gespürt, als er sich aufzublähen begann.

Sie rollten ihn wie eine Trommel, als es soweit war, und trugen ihn mit zur Arbeit, um die Zahl, die die Japse verlangten, vollzumachen. Es war, immerzu, eine Frage der Zahl. In dieser Beziehung waren die Japse fanatisch.

»Paßt auf Jungs«, scherzte er, als sie ihn neben die Gleisanlage legten, »ich laufe ganz leicht aus.«

Den ganzen Tag lag er da, geduldig und ohne zu jammern, dann und wann rief er zu ihnen hinüber, um mit den Dingen vertraut zu bleiben und weiterhin zu ihrer Zahl zu gehören – der Zahl der Lebenden. Bei Einbruch der Dunkelheit trugen sie ihn dann wieder zurück.

Es waren die Scherze, dachte Digger später, was Doug am Leben erhielt. Jenes kleine bißchen Gesundheit in ihm, eine beharrliche Weigerung, dem bloßen Gewicht der Dinge zu erliegen, ein Glaube an Leichtheit. Er kam aus der massigen Gestalt in seine alte Form zurück, schlank, robust und mit der stärkeren Gewißheit denn je, alles überleben zu können, was auch kommen mochte.

Auch Vic hatte das Gefühl, dieses abscheuliche Stadium durchgemacht zu haben und wieder ungefähr in seine alte Gestalt zurückgelangt zu sein; in seinem Fall jedoch war das eher eine geistige Angelegenheit. Die Arbeit war es, was ihn gerettet hatte, so dachte er jedenfalls. Selbst das Gewicht eines Korbes voll Schutt, das in die wunden Schultern schnitt, konnte eine Erinnerung an den Körper sein, daß er noch bei einem war, immer noch genauso der Schwerkraft unterlag wie Steine.

Wenn man das akzeptierte, konnte man zu leben beginnen. Wenn nicht, war man hin.

Es gab einen Weg, in dem absoluter Entzug ihn in einer Sache bestätigte, die er von Anfang an gewußt hatte. Wer sich im Grunde genommen völlig darauf beschränkt, kriegt nichts.

Er dachte, und es steckte ein bitterer Humor darin, an die Zeiten zurück, da Tante James ihm das Brot vom Teller geschnappt und geschrien hatte: »Laß das ihm!« Es hatte soviel Bosheit in dem alten Mädchen gesteckt. Oder vielleicht in ihrer verrückten Art, durch die hindurch sie in die Zukunft geschaut hatte und ihn warnen wollte.

Er dachte an jene Burschen unter dem Baum vor Meggsies Küche, die gierig ihre Suppe löffelten, und daran, wie er sich dann gefühlt hatte, daß er sich auf der falschen Seite der Dinge befand, daß er aus der Schmach und Erniedrigung herausgekommen war, die auch für ihn bestimmt gewesen war. Nun, jetzt hatte er es. Glich das die Dinge wieder aus?

»Ich bin auf dem Nullpunkt«, sagte er sich. »Ich kann das verkraften. Ich bin nicht aufgrund der Verheißung von drei Mahlzeiten pro Tag und einem silbernen Löffel zum Essen auf die Welt gekommen. Es hat überhaupt keine Verheißung gegeben – nicht für mein Los. Wenn ich so wie jetzt leben muß bis zum bitteren Ende, von nichts außer meinem Willen, dann kann ich das. Ich weiß, was *wirklich* ist. Ich bin nicht wie Digger. Ich brauche keine Träume.«

Es gab Zeiten, in denen Diggers Art, die Dinge zu betrachten, ihn verrückt machte. »Nächsten Monat um diese Zeit«, erklärte Digger oder nächstes Jahr oder zu Weihnachten – »sind wir hier raus. Wenn die Strecke fertig ist, bringen sie uns zurück.«

Es gab sehr viele, die so dachten. Sie waren Träumer. Ständig mit der Zukunft beschäftigt.

Vic versagte sich diesen Luxus, wie er sich den Luxus der Vergangenheit versagte. Es gab nur einen Ort, wo man mit Sicherheit existierte. Das war hier. Die einzige *Strecke* war diejenige, die nach unten führte, direkt durch einen hindurch in die Erde. Mit stummer Beharrlichkeit klammerte er sich daran.

Er sah das auf diese Art, weil er sich alles gründlich durchdachte, an Schwierigkeiten Vergnügen fand, sich von allen Illusionen freimachte.

Doch obgleich er sich einzig auf den Körper verließ, rechnete er nicht mit dessen Kraft, die er unter anderen Umständen schon einmal gesehen hatte, seinen eigenen Weg zu gehen und für sich selbst zu denken. Eines Tages, in einem jener Augenblicke, da er aus dem Raum in bloße Zeit gestürzt war, da sein Verstand in ihm erstarb und der Augenblick, in dem er sich befand, dem Lauf der Dinge offenstand, hob er den Kopf und sah direkt vor sich, aus der entgegengesetzten Richtung, aber auf derselben Strecke kommend, so daß sie unausweichlich kollidieren würden, wenn nicht der eine oder der andere zur Seite sprang, eine Gestalt, die er erkannte beziehungsweise zu erkennen glaubte – einen breitschultrigen, weißhaarigen Burschen, für den er ein Aufflackern von unerklärlicher Wärme und

Interesse verspürte. Das Gefühl überraschte ihn, und zwar weil es ihn ablenkte, so daß er zunächst nicht erkennen konnte, wer es war.

Er selbst war es: weit entfernt in einem Augenblick, der Jahre voraus lag und auf den er, wie es schien, unvermeidlich zusteuerte. Das hatte er erst erkannt, als die Gestalt unmittelbar vor ihm war, und er spürte, wie sich sein Körper öffnete und sie hindurch ließ.

Er blickte nicht zurück. Das war verboten, das wußte er. Wenn er zurückblickte, wären sie beide verloren.

Immer noch im Zustand des Erstaunens hielt er die Augen völlig geradeaus gerichtet, und als der nächste Atemzug kam, sog er ihn ein. Und ein wenig von der Wärme und Zuneigung, die er gespürt hatte, glühte immer noch in ihm.

»Nun also«, sagte er sich, »wenn es das ist, wie es sein soll, habe ich ja doch keine andere Wahl, als durchzuhalten.«

8

Diggers kostbarster Besitz waren, da er von sich selbst nur eine kurze Notiz aufbewahrt hatte, die Briefe, die er von Mac geerbt hatte. Klein gefaltet hatte er sie von Lager zu Lager mitgenommen und sie alle Durchsuchungen hindurch sicher bewahrt.

Er kannte sie natürlich auswendig. Das war nichts Besonderes für ihn, der ganze Theaterstücke auswendig kannte und die Namen und Nummern der ganzen Einheit im Kopf hatte. Die Briefe bestanden ja nur aus ein paar hundert Wörtern. Aber die Wörter selbst waren nur ein Teil davon.

Beim Lesen verging Zeit. Das war das Wichtige. Das ständige Auseinander- und Zusammenfalten hatte die Seiten brüchig gemacht, und in der hohen Luftfeuchtigkeit hier hatte sich die Tinte verwischt und war schwierig zu lesen. Jedesmal, wenn er sie herausnahm, insbesondere wenn ihm die Hände zitterten und feucht waren, lief er Gefahr, sie zu beschädigen. Doch er liebte den Anblick der auseinandergefalteten Blätter, ihr Gewicht – sehr leicht waren sie – auf der Handfläche. Selbst die Flecken waren wichtig. So auch die Farbe der Tinte, die von

Brief zu Brief differierte, selbst von Seite zu Seite desselben Briefes, so daß man sehen konnte oder zumindest vermuten, wo Iris mitten im Satz die Feder aus der Hand gelegt hatte, um wegzugehen und etwas zu tun. Was man also las, waren nicht nur Worte.

Digger schloß die Augen und stellte sich vor, wie sie zur Tür gerufen wurde. Der Bäckerbursche wäre das wohl, mit einem Korb auf dem Arm und warmen, mit einem Tuch zugedeckten Broten drin. (Von einem Laib würde er sich einen Bissen abbrechen, wenn niemand hinsah, und ihn, noch warm, in den Mund stecken. Köstlich wäre das.) Oder einer der Jungen würde sie rufen. Ewen, der seine Fußballsocken suchte – waren sie denn immer noch nicht trocken? –, oder Jack, der um ein Kokoseis bettelte. Digger ließ seine Gedanken schweifen. Von dem, was Mac ihm das eine oder andere Mal erzählt hatte, wußte er genug, um sich im Haus zurechtzufinden. Das war eine Möglichkeit, nur eine, zurückzuschweifen.

Er stopfte sich nicht voll. Er las einen Brief nur, damit die Zeit verging. Aber es gab auch Tage, da *mußte* er sich vollstopfen, und dann las er alle fünf auf einmal und dann gleich noch einmal.

Das war ein seltsames Geschäft. Da die Briefe bereits in seinem Kopf existierten, ehe er zu lesen begann, mußte es ein Prozeß sein, beinahe simultan, aber nicht ganz, jedes Wort aus der Erinnerung aufzusagen, unmittelbar bevor es zu ihm kam, so daß er es aufs neue entdecken konnte.

Musizieren muß ähnlich sein. Selbst wenn man ein Stück schon tausendmal gespielt hat und die Finger es von allein können, muß man den Kopf von der Kenntnis der nächsten Note befreien, so daß sich die Finger, wenn sie sie finden, selbst überraschen können.

»Ich habe Wicken gesät«, schrieb sie am St.-Patricks-Tag.

Das war vor über zwei Jahren gewesen. Die Wicken werden gekeimt haben, das Spalier emporgeklettert sein, geblüht und den Hof mit ihrem süßen Duft erfüllt haben, dann wieder abgestorben sein; aber er konnte sie immer noch riechen, wo sie wieder in die Erde zurückgegangen waren, und sie auch noch in den Farben sehen, die sie nannte: rosa, hellviolett, weiß. Er konnte die ganze Wand von ihnen sehen, blaßgrün, mit Blättern, die an den Fingerspitzen kratzten wie die Beine der Gottesanbeterin, und das hindurchscheinende Licht; das Spalier, das sich als Schatten auf der von der Sonne verblichenen Holzverschalung des Hauses wiederholte; die Stangen, groß wie eine Reihe von Männern, aber süß duftend öffneten sich ihre Blüten, die wie eine Flagge im rechten Winkel vom Zweig abstanden, weiß, hellviolett, rosa.

Abgeschnitten und zu einem kleinen Strauß gebunden, standen sie in einem Glas im Wohnzimmer. Er sah das Zimmer leer, die Vorhänge zugezogen gegen die Sonne, die sehr kräftig sein konnte, selbst im Winter, das Glas mit seinen zwei Arten von Licht, einmal Luft, einmal Wasser, und die blassen Zweige und noch blasseren Blüten auf einem Tisch in seiner Mitte. Er stand im Flur und atmete den Duft der Wicken ein, und das belebte ihn.

Als die Sonne unterging und es im Zimmer finster wurde, war das Glas immer noch dort, das Wasser immer noch zentral und eine Quelle von Licht. Er ließ sich zu dessen Kühle und Klarheit im Zentrum des finsteren, stillen Zimmers herab. In den Zimmern auf der anderen Seite des Flurs der Atem von Schlafenden: in einem Zimmer Iris, in dem anderen die Jungen, Ewen und Jack, immer noch sicher in ihren jungenhaften Träumen, und hinten, draußen in einem dritten Zimmer, dem mit Wänden versehenen Stück Veranda, Macs Schallplatten und die Stapel seiner Bücher.

Immer und immer wieder kehrte er zu dem Haus zurück, in dem er nie gewesen war. Er ließ Mac es ihm noch einmal zeigen, Zimmer für Zimmer. Sie glänzten, beide; sie waren vollkommen sauber, hatten ihre Haare naß gekämmt, die Füße gewaschen.

Über dem Abwaschbecken befand sich ein hölzernes Regal mit Tellern drin, dicken weißen. Sie lehnten da zum Trocknen und mußten tausendmal mit einem Stück Sunlight-Seife in einem kleinen, käfigartigen Apparat aufgewaschen und gespült und dann aus dem Wasser herausgenommen und stehengelassen werden. Hübsch waren sie. Er hätte sich an den Tisch setzen und sie für immer anschauen mögen, immer und immer wieder. Denn so geschah es, immer und immer wieder.

Regelmäßig, dreimal am Tag, wurden die Teller heruntergenommen, aufs Tischtuch gestellt, benutzt und wieder aufgewaschen. Das war das Schöne daran. Ordnung, Wiederholung.

Aber wie langweilig! Dieselbe Sache, tagein, tagaus, wieder und wieder. Für ihn war das gerade das Schöne daran. Das Tischtuch ausgeschüttelt auf dem Hof, und die Sperlinge kamen geflogen. Licht auf der liebenswert glasierten und rissig gewordenen Glätte der Teller im Regal. Der Kalender an der Wand wechselte zum richtigen Monat und den Tagen, schwarzen und roten, die als Zahlen erschienen, Werktagen, Wochenenden, das nächste Blatt immer schon da und das nächste und das nächste, immer so weiter, bis Weihnachten.

Im Finstern wartete er, während das Haus schlief, still in der Küche, sein Innerstes berührt von dem Licht, das von den Tellern ausging, in seinen Händen die Trockenheit von einem Stück altbackenem Brot. Eine ganze Schüssel davon stand da, hingestellt für den Morgen, zum Füttern der Hühner. Im Geist brach er ein Stück ab und schluckte es hinunter – die Hühner würden nichts dagegen haben, dachte er, obgleich er hören konnte, wie sie im Finstern die Klauen auf der Stange bewegten.

So dastehend, hörte er einmal sich etwas hinter ihm bewegen, und Iris kam im Nachthemd herein. Sie sah ihn natürlich nicht. Sie ging direkt an ihm vorbei zum Abwaschbecken, nahm sich ein Glas, füllte es mit Wasser aus dem Hahn und trank, sehr langsam, und starrte dabei auf den finsteren Hof hinaus.

Er sah ihr zu, als wäre diese ganz normale Handlung etwas Wundersames.

Es *war* wundersam. Es löschte seinen Durst.

9

Erinnerung war eine Gabe, wenn man sich ihr wirklich unterzog.

Listen. Man fing eine an, und dann konnte sie ständig erweitert, zurück und zurück, und immer wieder durchgegangen werden, und was man aufrief, wurde zur magischen Formel, um einen in der Welt zu halten oder um einen, zeitweilig, auszulöschen.

Für manche war es ein Zahlenspiel. Worauf sie zurückkamen, waren die Nummernschilder der verschiedenen Autos, die sie besessen beziehungsweise für die Firmen gefahren hatten, in denen sie beschäftigt gewesen waren. Diese Zahlen waren *es.* In die richtige Reihenfolge gebracht, wie die Kombination eines Safes, waren sie ein Schlüssel, der das Universum öffnete. Man mußte nur die Reihenfolge richtig hinbekommen, und das war gar nicht so einfach, denn die richtige Reihenfolge hatte nichts mit derjenigen zu tun, in der sie einem zum erstenmal im Leben begegnet waren. Die richtige Reihenfolge war die *richtige Reihenfolge,* die, die *funktionierte.* Wenn man sie schließlich gefunden hatte, sprang der Motor an und, angetrieben von den sechs oder acht Zylindern all jener Buicks und Chevies und de Sotos und Fords, fuhr einen davon.

Für andere waren es Bahnhöfe. Zum Beispiel die Stationen von Redfern aus an der Western Line. Langsam fuhren sie ab, in der morgendlichen Hitze manchmal, ein andermal aber auch in der Kälte eines dunstigen Winters, auf ihrem Weg zur Arbeit. Die Bahnlinie verlief hoch über der Straße. Unten konnte man barfüßige Männer sehen, die Windhunde in Parks ausführten, Kinder auf dem Weg zur Schule, mit kleinen Ranzen auf den Rücken, kleine Mädchen, die älteren in kariertem Gingan. Dann, nach einem Stück, machte man dieselbe Reise zurück. Nur diesmal in der Abenddämmerung und mit den Namen in umgedrehter Reihenfolge. Fabriksirenen heulten über das flache Sumpfland. Man hatte einen Fettfleck am Daumen. Die Gesichter entlang des Bahnsteigs verschwammen, und der Zug fuhr jetzt zu schnell, als daß man die Schlagzeilen auf den Anschlagtafeln hätte mitbekommen können, während man in Schlaf versank.

Für wieder andere waren es die Namen all der Mädchen, mit denen sie es getan hatten. Selbst wenn es nur mit einem Finger war, zählte es. Die Muriels und Glorias und Pearls und Isobels, zurückgehend bis zu dem Zeitpunkt, da man in der sechsten Klasse war und zum erstenmal konnte.

Die Namen zuerst, dann die Einzelheiten. Wo es jedesmal gewesen war: hinter der Badeanstalt, auf einer Schulbank oder auf der Ladefläche eines geparkten Lasters. Und wann: während der Weihnachtsfeiertage, an einem langen Wochenende oder am Geburtstag der Königin, zusammen mit dem Wetter, wenn man sich noch daran erinnern konnte, und was sie anhatte – Schuhe, wenn überhaupt, BH und Höschen und das Muster ihres Kleides, der Schweißgeruch oder der Duft nach der Seife, in der es gewaschen worden war. Oder das Gefühl von Leder (glatt oder mit Nähten), wo man es mit dem nackten Arsch auf dem Rücksitz eines Vaux berührte, oder der splitterige Boden unter den Leinensitzen im Kino und der Geschmack von Vanillemalz oder Popcorn in ihrem Mund oder von Wrigley's Spearmint oder dem Bratenfett von Pommes frites. Ach, Pommes! Das wär jetzt was!

Auf dem Speiseplan von Mahers Männerpension, derselbe Speiseplan jede Woche über sieben Tage, Rinderschmorbraten, Schäferpastete etc. Die Soßen – herrlich! Und das Bild über der Anrichte, ein Pear-Druck von einem kleinen Mädchen von etwa zwei Jahren mit einem Sonnenhut, das nackt in einer Zinkwanne steht...

Oder die Wörter all der Lieder im ›Bumerang-Liederbuch‹ für März 1941: »Ich sah einem Mann beim Zaunstreichen zu.« Oder die Reime ihrer Schwestern und anderer kleiner Mädchen, nach denen sie nach der Schule auf dem heißen Beton vor der Veranda hüpften, während sie selbst ihre Hausaufgaben in Geschichte (Oliver Cromwell und der Bürgerkrieg) machten oder den Flügel von einer Balsaholzplatane mit einem Tropfen Leim auf ein Streichholz klebten und vielleicht einen Augenblick unterbrachen, um rasch einen Zug auf dem Bett zu nehmen und hinterher mit einem steifen Taschentuch rasch sauber zu machen, den Geruch davon und von dem Leim.

Für andere waren es die Versager von Pferden, auf die sie gutes Geld setzten, das nie wieder reinkam, und sämtliche Sieger des Cups von Melbourne bis zurück zu Archer im Jahr 1870.

Für wieder andere ihre Milchkühe: Myrte, Klee, Zigeunerprinzessin, Engel, Zuckerpastete, Königin, Minnie die Stromerin.

Woran Digger sich erinnerte, und nach einer gewissen Zeit in offizieller Eigenschaft, waren Name und Nummer eines jeden Mannes in der Einheit; einschließlich derer, die ums Leben gekommen waren oder vermißt wurden und ersetzt worden waren, dann die Ersatzleute; und wohin jeder einzelne nach der Kapitulation gekommen war; nach Sandakan auf Borneo, auf die Insel Blakang Mati, dem berüchtigtsten Gefangenenlager von ganz Malaya, wie man sagte, oder wer das große Los zog und in Changi blieb oder wer nach Thailand ging und in welches Arbeitskommando und welches Lager. Offiziell. All diese Informationen sicher und dauerhaft aufbewahrt an einem letzten Ort, an dem nachzusehen die Japse als letztes kommen würden.

Er war so unscheinbar, Digger, sah ganz und gar genauso aus wie die anderen, barfuß, dreckig, mit einem Lendenschurz, nur Haut und Knochen, so daß keiner erraten hätte, was er mit sich umhertrug mit der Hacke auf der Schulter oder dem Korb mit seiner Last von Schutt und Steinen.

Einmal darauf festgelegt, sich diese Namen zu merken, blieben sie da für immer. Die ganze Einheit konnte in seinem Kopf aufgerufen werden und zur Parade antreten, die Toten zusammen mit den Lebenden, alle wieder sauber und in guter Verfassung, ob sie nun ein gutes oder ein schlechtes Los gezogen hatten und wo sie sich befanden.

Digger merkte sie sich *alle* sowie ihre Namen und Nummern. Und sie, jeder einzelne, merkten sich, was immer sie brauchten, um halbwegs in der Welt und halbwegs außerhalb zu bleiben: Zahlen von Nummernschildern, Mädchen, Lieder, Bahnhöfe, den Geschmack der Milchshakes, die sie im Café Meerjungfrau servierten, sämtliche Läden auf der Elizabeth, der Queen, der George oder der Swanston Street, zu beiden Seiten, die Namen von Pferden oder Kühen. Nahm man das alles zusammen, und es blieb etwas, insgeheim, lebendig, gegen das eine Armee anmarschiert, wenn sie nicht mehr marschiert.

Es gab aber auch noch andere, Vic war so einer, die keine Zeit für Erinnerungen hatten, nicht einmal für süße. Woran sie festhielten, waren Dinge, die man anfassen konnte, ein paar Kleinigkeiten, die zu behalten ihnen gelungen war, einige stammten noch von vor der Zeit in Changi, die übrigen hatten sie unterwegs ergattert, auf diesem oder jenem Halteplatz, und jetzt bewahrten sie sie auf für den Tag, da sie ihnen von Nutzen sein konnten: Nähmaschinennadeln, Nägel, Schrauben, Strick- oder Bindfadenstückchen, Schlüssel, Batterien, Karten aus einem unvollständigen Spiel, einzelne Seiten von Zeitungen – Dinge, die sonstwo Ramsch oder Abfall gewesen wären, es kaum wert, dafür stehenzubleiben, waren hier kostbare Reliquien, und nützlich waren sie außerdem, denn man konnte sie gegen andere eintauschen und hätte dann etwas Neues in der Hand.

Vic hatte mit einem ziemlichen Vorrat angefangen. Kleine Dinge zumeist, die sämtlich in eine einzige Hosentasche paßten, wo er sie umdrehen und wenden konnte, nicht einfach so, sondern mit schweifenden Gedanken dabei. Seine Fingerspitzen kannten jedes einzelne Stück.

Über die Monate hin hatte er jedoch einige eingetauscht, für eine Zigarettenkippe oder etwas, das er dringend benötigte und nicht besaß; oder für Dinge, ein–, zweimal, die es ihm auf kindische Art und Weise angetan hatten, obgleich sie sinnlos waren. Oder Dinge waren, ärgerlicherweise, verlorengegangen. Gestohlen vielleicht – er hatte seinen Verdacht; bezüglich einiger Dinge und einiger Leute. Oder sie waren durch ein Loch in seiner Hosentasche gerutscht, das er zu spät entdeckt hatte. Am Ende war ihm nur noch eines übriggeblieben: ein zweieinhalb Meter langer Baumwollfaden, zu einer Schleife zusammengebunden. Er hatte ihn in der linken Hosentasche, ziemlich sicher, und behielt ihn, komme, was da wollte.

Ein Dutzend Mal hätte er ihn eintauschen können, hatte das aber immer abgelehnt. Ein Faden wie dieser würde früher oder später gut zu gebrauchen sein, das stand fest. Vielleicht würde er ihn einmal benötigen, um seine Shorts damit zusammenzuhalten oder für etwas anderes, und wenn er ihn dann nicht hätte, was dann? Außerdem mochte er es, wie er sich anfühlte. Stundenlang rieb er ihn zwischen Daumen und Zeigefinger. Dafür wurde er sogar gehänselt: »Was machst denn du, Vic? Spielst wohl Taschenbillard?« Schließlich hing er an ihm auch um seiner selbst willen, ob er nun von Nutzen sein mochte oder nicht. Denn er was das letzte, was er besaß.

Anfangs war er weiß gewesen. Nun war er bräunlich. Was ihm Sorgen bereitete, war, daß er verlorengehen konnte. Alle fünf Minuten etwa überprüfte er, ob er noch da war. Er unternahm Sicherheitsvorkehrungen. Wenn er ihn verlor, wäre er erledigt.

10

»Kulis«, flüsterte der Mann hinter ihm, und Digger hatte Zeit, rasch hinzuschauen. Nur einen flüchtigen Blick, denn einer von den Koreanern war ganz in der Nähe, die einen genauso schnell niederschlugen, wie sie einen ansahen.

Sie arbeiteten jetzt nachts, eine echte *Schufterei;* an der ganzen Strecke loderten Bambusfeuer. Sie röteten die Wände des Durchstichs und warfen seltsame Schatten. Andere, wesenhaftere Schatten blieben stehen, schaufelten, taumelten unter Korbladungen von Schutt in einem Getöse von brüllenden und heiseren Schreien und Schlägen, als die Wachtposten auf und ab gingen. Da war ein Schleier von Dunst und Staub, den die Feuer in Rauchschwaden verwandelten. Ihre Körper darin brannten vor Schweiß, aber hoch droben im Dunkeln, wo der Qualm dünner wurde, war die Luft bläulich gefärbt, blaß-gelb, dann schwarz.

Durch den Schweiß in seinen Augen und den schwebenden Staub sah Digger sie am Bahndamm: Inder, Tamilen vermutlich, halbnackt mit Lendenschurz (wie wir, dachte er), sie hatten kleine Bündel von so gut wie nichts bei sich, eine Wasserflasche, manchmal einen Ofen oder eine Lampe. Nahezu eine Stunde lang zogen sie vorüber, und alle zwei, drei Minuten sich aufrichtend und ein Auge auf den Wachtposten habend, wischte er sich mit dem Handgelenk den Schweiß von der Stirn und warf einen kurzen Blick zu ihnen hin.

Hier und da kamen ganze Familien, Frauen mit Babys an den Hüften, doch in der Hauptsache waren es Männer, junge zumeist, aber auch ein paar alte.

Er hatte sie entlang der Bahnstrecke landeinwärts und in Straßenbautrupps in den Städten arbeiten sehen. Sie kampierten unmittelbar neben der Straße in orangeroten Zelten oder rollten ihr Bettzeug auf der Erde aus und legten sich drauf. Nun waren sie hier. Sie hatten ihre Herren gewechselt, das war alles. Es galt, ein neues Reich zu errichten.

Er dachte an den Ausdruck im Gesicht jenes Burschen, der ihm einmal gesagt hatte: »Die wollen Kulis aus uns machen.« Die maßlose Empörung darin, gegenüber der Vergewaltigung von allem, was natürlich war in der Welt, ihrer unbestrittenen

Überlegenheit als Weiße; es steckte aber auch die uralte Furcht darin, wieder zurückzufallen und wieder Leibeigene zu werden.

Was für Erniedrigungen das Volk dieses Burschen auch erlitten haben mochte – meines auch, dachte Digger – von seiten von Bossen, Lehrern, Bankdirektoren oder Herrinnen, all jenen, in deren Macht es stand, sich zu demütigen oder sich zu verweigern, blieb immer noch dieses letzte Stückchen Würde, auf dem sie herumkauen konnten: Ich bin kein Kuli, ich hab die Wahl. Was immer man entbehren mußte, durch Unglück oder Ungerechtigkeit oder die rauhe Widrigkeit von Dingen, es gab dieses eine letzte, das einem nicht genommen werden konnte. Das jedenfalls hatten sie geglaubt. Nur, jetzt wußten sie es besser. Es konnte ihnen ganz genauso genommen werden. Mit Leichtigkeit.

Dieser Bursche war bestimmt hier irgendwo, in dem einen oder anderen Lager, die Strecke auf oder ab; wenn er nicht von einem der Koreaner zu Tode geprügelt oder getreten worden oder auf einem der mörderischen Nachtmärsche, die sie von der Endstation der Bahn an der thailändischen Grenze hierhergebracht hatten, umgekommen oder der Beriberi, der Ruhr oder der Hirnmalaria erlegen oder an Blutvergiftung oder Gewebsnekrose von einem Geschwür her gestorben war; oder, wie so viele der jüngsten unter ihnen, einfach an Erschöpfung und Verzweiflung. Einen Lendenschurz und dreckige Shorts tragend, barfuß, überall wund, bückte er sich bestimmt, um den Korb auf den Rücken zu nehmen, floß ihm der Schweiß in Strömen und kaute er auf der Bitterkeit von all dem herum.

»Das ist es«, sagte Digger, zu niemand Bestimmtes, zu dem Teil von ihm selbst, der ein bißchen abseits stand und immer noch mit einem gewissen Abstand beobachtete, »was uns in der Welt passieren kann. Vielleicht war es nicht so bestimmt. Es war für jene anderen bestimmt, jene Kulis. Es geschah auch mit ihnen, und nun geschieht es mit uns. So, was machst du nun daraus?«

Das war Teil einer Auseinandersetzung, die er nun schon seit Wochen mit Doug hatte; abgesehen davon, daß es selten mehr als nur ein paar Worte wurden. Sie waren zu erschöpft, um zu streiten. Doch die Worte stritten in ihren Köpfen weiter, und einige davon gingen hinüber; sie wurden verstanden. Das war eigentlich eine Auseinandersetzung, die Mac hätte führen sollen. Er hätte es besser gemacht. Digger tat es für ihn, so gut er konnte.

Es gab Burschen, die jetzt begonnen hatten, einen religiösen Standpunkt einzunehmen – das war verständlich, Digger konnte das einsehen –, und einer von ihnen war erstaunlicherweise, nachdem er die Beriberi überstanden hatte, Doug.

Anfangs konnten sie es kaum glauben. Sie dachten, er nehme es an, um es ad absurdum zu führen. Aber er war todernst. In dem Schrecken dessen, was mit ihnen geschah, waren ihm einige Lehren aus seiner höllischen Jugend wiedergekommen. Einige verbissene presbyterianische Ansichten, die ihm in den Tagen in den Kopf gesetzt worden waren, bevor er sich durchgesetzt, »Haltet's Maul!« gesagt und sich geweigert hatte, in die Kirche zu gehen, erschienen ihm – nur halb gehört an heißen Sonntagvormittagen, während er aus einem Fenster starrte, sein Geist ein Katapult, das nach einem Sperling schoß oder nach seinem eigenen Pimmel, der, hart wie Eisen, einem Mädchen den Schenkel hinauffuhr –, erschienen ihm jetzt, zehn Jahre später, als unwiderlegbare Wahrheit. »Sieh dich doch um, Junge, und spotte, wenn du kannst! Ist das denn nicht das, was sie versuchten dich erkennen zu lassen? Ist es das nicht?«

»Ist es nicht *was?*« wollte Digger wissen. »Die Hölle? Ist es das, was du meinst?«

Er dachte an seinen Vater und jene Sonntage, die sie draußen an der Bahnstrecke waren. Hölle war einfach ein Wort, mit dem die Leute das Schlimmste bezeichneten, das sie sich denken konnten, das Schlimmste, das ihnen je widerfahren konnte. Nun, es geschieht, das ist alles. Keiner verdient, was er bekommt. Du solltest lieber das glauben, mein Junge, weil jede andere Form von Glaube Dummheit ist. Das hier *verdienen* wir nicht. Niemand tut das. Wir haben nichts *so* Böses getan, nicht einmal der Schlimmste von uns, nicht einmal du, Douggy, du alter Bastard! Aber das ist es, was wir bekommen haben. Thailand ist ein Ort wie andere auch. Manche Menschen verbringen ihr ganzes Leben hier. Das ist normal. Diese Kulis zum Beispiel. Für sie ist es normal, es ist alles, was sie je haben werden – und nicht etwa für irgendeine *Sünde,* die sie begangen haben. Es regnet viel, das ist alles. Der Dschungel ist dicht wie eine Mauer.

Alles verrottet. In alles setzen die Fliegen Maden hinein. Auch in uns, wenn wir irgendwo einen Kratzer abbekommen. Wir hätten nicht hier sein sollen, aber wir sind es. Acht Stunden am Tag und Zeit für Zigarettenpausen – das ist eine Art Gerechtigkeit, eine ziemlich harte; aber es ist nicht für alle, und es ist auch für uns, vielleicht, nicht für immer. O ja, es ist unfair. Aber wer hat je behauptet, es sei fair? Und bei wem kannst du dich überhaupt beschweren?

»Ich beschwere mich ja gar nicht«, erklärte Doug.

»Du solltest es aber!« redete Digger ihm heftig zu. Er haßte es, ausgerechnet Doug so duldsam zu sehen.

Doug sah ihn an und lächelte ein wenig. Digger hatte ihn tatsächlich mit seinem eigenen Argument festgenagelt.

Aber genauso blieb er dabei. Er mußte es.

Es war so schwer, bei all dem einen kühlen Kopf zu bewahren. Es war eine Art von Verrücktheit, aber es war auch ein leichter Schimmer von Vernunft drin, das mußte es; in allen Windungen und Wendungen eine klare, gerade Linie ins Leben. Er war entschlossen, sich daran festzuhalten. Manchmal konnte er es.

Später saß er, halb eingeschlafen, in seinem eigenen Gestank da und löffelte Schleimsuppe. Er hatte etwas Frisches, über das er nachgrübeln konnte. Auf dem Rückweg vom Bahndamm war er in einen Dorn getreten. Es begann zu eitern, wurde größer und entwickelte sich zu einem Geschwür. Sicherlich. Das war genug, um jemanden zu beunruhigen.

Draußen am Bahndamm kam eine neue Gruppe vorbei. Man konnte ihre Füße in den Blättern rascheln hören; und ein neues Gerücht machte die Runde. »Cholera. Das sind Tamilen. Die haben die Cholera!« Das wurde am Bahndamm geflüstert.

»Als ob wir nicht schon genug am Halse hätten«, dachte Digger bitter und benutzte dabei eine Redewendung, die hier jegliche Bedeutung verloren hatte.

Doch was ihm echt Sorgen bereitete, gerade im Augenblick, war sein Fuß. Jedesmal, wenn er im Finstern aufstand und zur Latrine ging (vier–, fünfmal war das in weniger als einer Stunde), konnte er sie hören, wie sie immer noch vorbeizogen. Tausende mußten das sein.

Cholera war nicht nur schlimm, es war das Schlimmste. Ein

bißchen davon hatten sie in einem der Lager auf dem Weg hierher gesehen und waren sehr erpicht darauf gewesen, dort wegzukommen. Als hätten sie nicht –

Doch sofort, wenn sein Fuß den Boden berührte, schossen seine Gedanken *dorthin,* unmittelbar zu der wunden Stelle, wo der Dorn eingedrungen war, und er sorgte sich und sorgte sich.

Es war ein neues Auge, diese Öffnung in seinem Fleisch, und hatte seinen eigenen Standpunkt. Finsternis war es, wovon es besessen war. Es liebte das Finstere. Wenn er sich hinlegte und wieder zu schlafen versuchte, sah er nichts, außer was *es* sah: die Straße, die es gehen würde, den Rest von ihm (was von ihm übrig war) schleppend in blaue Schwärze, bis sein ganzer Körper Finsternis zu trinken begann von dem hungrigen Mund, der sich dort aufgetan hatte – ein Mund oder Augen, je nachdem, wie man es sah, beides hungrig nach etwas anderem als dem Fleisch, aber auch nach Fleisch.

Das Blöde ist, dachte er, daß sie einem nie etwas sagen, was wirklich von Nutzen wäre. Nicht einmal die Bücher. Nicht einmal die Großen. Man muß es für sich selbst lernen, wie es gerade kommt.

Nun, er lernte ganz gut; so wie sie alle. Einiges davon lehrte sie ihr Bauch; zum Beispiel von wie wenig ein Mensch leben und sich immer noch von einem Tag zum anderen schleppen kann. Die Geschichte von Weltreichen war diese Lektion, und was es kostete, sie zu errichten. Beste Noten erzielte er. Jetzt war es sein Fuß, der ihn zu unterrichten begann. Weiß Gott, was für eine Lektion das sein würde.

Er schwoll an mit der illuminierenden Dunkelheit einer letzten *Weisheit.* Erste Prinzipien. Die ursprüngliche Chemie der Dinge. Mit jedem Pulsschlag sendet man sie in ferne Galaxien, an die Grenzen seines Systems. »So also fängt es an«, dachte er, »das ist die Genese. Das ist jetzt die Wahrheit, die sich rasch ausbreitet, begonnen gerade mal als Nadelstich, frißt sie sich ihren Weg durchs Fleisch bis auf den Knochen. Nichts Abstraktes dabei. Man kann es sehen, wenn man will, man kann es mit einem heißen Löffel ausbrennen. Das ist sicherlich für jeden wirklich genug.«

Um das Maß voll zu machen, unterzog man sie dem Glasstabtest, und Digger wurde, wie etwa noch achtzig andere, als Choleraträger erkannt. Zur Isolierstation auf der anderen Seite des Lagers geschickt, entdeckte er eine kleine, noch tiefere Hölle innerhalb der größeren. Die ganze Zeit war sie schon da gewesen, doch er hatte nichts davon gewußt. Jeden Tag wurden neue Fälle hereingebracht, und morgens waren zwei oder drei von ihnen, manchmal noch mehr, tot. Burschen, die noch ein paar Stunden zuvor zumindest in der Lage gewesen waren zu flüstern, mit einer fleischigen Zunge und ebensolchen Lippen, waren zu Mumien geworden, ihre Haut so trocken und gelb auf den Knochen, als ob sie so schon jahrhundertelang dagelegen hätten. Ihre Finger waren vertrocknete Zweige. Ihre Füße waren Holz. Auseinanderhalten konnte man sie nur anhand der Blechmarken, die sie umhatten.

Ein Stück vom Lager entfernt hatten sie, auf einer Lichtung im Dschungel, ihren Verbrennungsplatz. Jeden Tag gab es neue Tote, die eingeäschert werden mußten, und weil Digger in annehmbarer Verfassung war, von seinem Geschwür abgesehen, tat er das. Das Holz mußte am Tag zuvor geschlagen werden. Die Leichen wurden auf Reissäcken auf Bambusstäben transportiert.

Beim Betreten dieses Ortes spürte Digger eine Schläfrigkeit ihn überkommen. Es begann in dem Augenblick, in dem man den üblichen Weg, den die Arbeitstrupps benutzten, verließ und diesen einschlug, der im steilen Winkel davon wegführte und dann hundert Meter oder mehr, in undurchdringlicher Düsterkeit, in den Urwald hinein. Nur die Toten gingen diesen Weg, außer denjenigen, die sie trugen. Hier hereinzukommen, mußte man einer von den Toten werden, zumindest im Geist – der Ort verlangte das. Eine Schläfrigkeit überkam einen, eine Erstarrung des Geistes, obgleich die Gliedmaßen ganz gut funktionierten.

Hier befand man sich im Vorzimmer der nächsten Welt – das teilten einem die immerwährende blaugraue Düsternis und die Luftfeuchtigkeit dieses Ortes mit; und die Stille, die

Einstellung jeglicher Aktivität, einschließlich der ständig fallenden Bambusblätter.

Man befand sich jetzt am entferntesten Punkt, von wo man gekommen war, wo immer das sein mochte, und konnte keine menschlichen Eigenschaften mitbringen. Dieser Ort erkannte sie nicht, hatte sie vom Anbeginn der Zeit an nie gekannt. Es war ein urzeitlicher Ort einer vegetabilischen Feuchtigkeit, wo bisher nichts Menschliches vorstellbar gewesen war.

Die Luft war bläulich und so kalt, daß einem ständig sein Hauch voranschwebte, als ob Geist hier mehr Substanz hätte als Fleisch.

Von den Blättern hörte es nicht auf, sacht zu tröpfeln, und lange Dunstschleier schwebten in der Luft, gerade in Kopfhöhe. Noch mehr Hauch.

Die Langsamkeit des Blutes, die einen überkam, gehörte zu einem Echsenleben, einem Reptilienleben. Aufrecht zu stehen und das Empfindungsvermögen eines Menschen aufzunehmen, mochte hier fatal sein; kein Raum war dafür vorbereitet. Man erhielt sich, indem man einen eine reptilienartige Schläfrigkeit überkommen und seinen Geist zur Erde sinken ließ.

Es gab keine Zeremonien. Die Worte hätten einem nur wieder Feuchtigkeit gegen den Mund geblasen.

Noch viel entsetzlicher war dann, daß die Toten, die nach vierundzwanzig Stunden nichts weiter mehr waren als die trokkensten Stöcke, plötzlich, wenn die Holzstämme unter ihnen in tosende Flammen aufgingen, seufzten und sich inmitten der Flammen kerzengerade aufrichteten. Dieses Wiederzusichkommen und die Hitze, die davon kam, das war zuviel. Man besann sich seiner Knochen und humpelte davon, so schnell einen sein Atem trug. Man floh.

12

»Hör zu, Kumpel«, flüsterte Vic. Was machte er überhaupt hier? »Ich habe von etwas gehört. Einer von den anderen Burschen hat es probiert, und es hat bei ihm funktioniert. Kannst du mich hören, Digger? Ich wecke dich auf. Tut mir leid.«

Der Ort war voll von Stimmen. In dem Palmenblätterdach, von dem es ständig runtertropfte, waren kleine Lebewesen in Bewegung, Eidechsen, Mäuse, Skorpione, Kakerlaken – gelegentlich fiel eines davon herab, und dann hörte man einen Mann erschrocken aufschreien und sich festkrallen, um es wegzujagen.

Die anderen Lazarettinsassen standen oder saßen, soweit sie selber auf die Füße kamen, niemals still – so schien es zumindest Digger. Immerzu trotteten sie zur Latrine, manche von ihnen fünf–, sechsmal pro Nacht, oder wanderten ruhelos zwischen den Pritschen auf und ab, in leidenschaftliche Selbstgespräche vertieft.

Wanzen klapperten in den Falten seiner Lumpen, er konnte sie hören. Sie prasselten gegeneinander in den Fugen des Gestells. Seufzer, Stöhnen, ein Aufschrei eines Mannes aus einem Alptraum heraus.

Aufstehen? Er würde nie wieder aufstehen, das hatte man ihm gesagt. Jedenfalls nicht auf zwei Beine; auf eines vielleicht. Er hatte einen wirren Abstieg zu einem Ort des Lichts begonnen und hatte beschlossen mitzugehen. Seinem Körper ließ er jetzt seinen eigenen Lauf. Das war das Beste.

»Digger? Na komm schon! Ich werde dir aufhelfen, in Ordnung? Es wird weh tun, ich weiß. Es tut mir leid. Aber es ist unsere einzige Rettung. Du willst doch kein Bein einbüßen, oder?«

Es war Vics Stimme, aber ihr Klang war der seiner Mutter. Er fragte sich, in was Vic hineintönte, daß er so perfekt wieder herausklang, aber überrascht war er nicht. Die Wände zwischen den Dingen waren jetzt für eine Weile eingestürzt.

»Digger?«

Er war aus dem Licht gerückt worden. Als er die Augen öffnete, war es finster. Die Lazaretthütte war voller Schatten von Männern, die sich gegen das Licht draußen bewegten.

»Was *machst* du denn?« jammerte er, als er Vics Arm, unter seinen gehakt, ihn hochziehen spürte. Er war recht leicht, aber dennoch gleichermaßen überrascht, daß Vic es schaffte. »Ich kann nicht *gehen.*«

Vic ignorierte das. Er hatte ihn hoch und an sich hängen. Digger konnte Vic keuchen hören und seinen Atem riechen. Er zog ihn langsam unter die Überlappung des Palmenblätterdaches und hinaus ins Sternenlicht. Andere Männer wanderten hier draußen wie Gespenster umher, nahmen aber keine Notiz von ihnen.

»Wohin gehen wir?« fragte er, als sie den offenen Platz vor den Hütten überquert hatten und ins Dickicht kamen.

Vic ächzte. Er erwiderte nichts. »Das ist jetzt der schwere Teil«, sagte er schließlich, nachdem sie ein Stück in den dichter werdenden Wald hineingekommen waren. »Halt dich fest, ja Dig? Digger? Dig?«

Sie befanden sich am Rand eines schlammigen Ufers, das steil abfiel zu einem Blinken von Wasser, wo Schwärze wirbelte. Digger sah hinaus über die weite Fläche davon. Der Fluß.

»Hör zu«, sagte Vic zu ihm. »Ich leg dich jetzt auf den Rükken, klar? Dann rutschst du runter. Es wird weh tun, Dig, das weiß ich. Tut mir leid. Aber es ist die einzige Möglichkeit. Bist du bereit?«

Er hatte keine Kraft, sich zu widersetzen. Er spürte, wie er hingesetzt wurde, die Füße über den Rand der Böschung, dann rutschte er hinunter. Seine Knochen verrenkten sich, sie würden brechen, zweifellos; er wartete darauf zu hören, was er in der Lazaretthütte oft genug gehört hatte, das unbeschreibliche Geräusch, wenn ein Knochen brach, krach!, wo sich einer im Finstern drehte. Doch es gab nur einen kurzen Schmerz, der ihm die Sinne nahm, und er befand sich in dickem Schlamm. Er umspülte ihn vollkommen. Er stank und drang in Mund und Augen. Aber Digger war nicht schwer genug, um unterzugehen. Kein Gepäck, keine Stiefel, und nicht einmal Fleisch war an ihm dran. In seinem Falle zeigte also die Schwerkraft keine Wirkung. Er schwamm oben und strampelte. Der Schlamm war grauschwarzer Flußschlick mit Wurzeln drin.

»Digger? Bist du okay, Dig?«

Das war wieder Vic. »Um Himmels willen«, dachte Digger, »kennt er denn weiter keinen Namen? Warum traktiert er denn nicht irgendeinen anderen Bastard?«

»In Ordnung«, sagte Vic, »alles in Ordnung, wir können uns ein bißchen ausruhen, nur keine Eile, Dig. Du kannst dich ausruhen.«

Vic lag mit dem Gesicht im Schlamm. Er stank, dachte er, wie ein alter Tafellappen in der Schule. Er schwitzte. »Nein, sie hatten keine Eile«, dachte er.

Wie benommen war es ihm im Kopf. Das war der Schmerz. Doch noch mehr als das war es der Ekel, den er darüber empfand, daß er teilweise noch übler stank als dieser Flußschlamm und daß das der Gestank einer Leiche war. Er schleppte die Anfänge eines toten Körpers zusammen mit seinem lebenden herum.

Es war keine Eile geboten, aber er konnte genausowenig warten. Noch einen Augenblick dieses Todeshauches auf ihm, und er würde verrückt, jetzt, wo die Heilung so nah war. Doch Digger konnte sich nicht mehr bewegen. Noch nicht.

»Ich kann warten«, sagte er sich. »Es hat keine Eile. Die Fische werden warten. Wenn ich nur mein Ohr aus dem Schlamm rausbekomme«, (er hob den Kopf) »werde ich sie hören können.« Die Winzlinge in den Schwärmen am Rand des Flusses meinte er; sah sie mit den Schwänzen schlagen, mit den Kiemen fächeln und so atmen, und er roch sie: Fleisch. Er streckte die Hand aus und berührte die Oberfläche des Wassers. Sehr sanft lief es ihm über die Finger. Irgendwo floß es hin. Es würde sie reinigen, wenn es auch selbst voller Schlamm war.

»Digger?«

Er zog sich hoch, kam mit dem Gesicht dicht zu Digger heran, der voller Schlamm war, und, als ob er ihm durch bloße Willenskraft Leben einhauchen könnte, sagte er: »Hör zu, Kumpel, ich bringe dich jetzt wieder hoch, in Ordnung, Digger? Dig?«

Digger drehte den Kopf ein wenig. Da waren Sterne, große, sehr nah und so hell, daß es schmerzte. Sie waren schwer, das wußte er. Tonnen über Tonnen von Gas und leuchtenden Mineralien, die brannten, rollten, sich schnell bewegten und es dennoch schafften, oben zu bleiben. Ihr Gewicht, dieser leichte Balanceakt, war eine Ermutigung.

»Gut? *Also*«, sagte die Stimme, »das wär's. In Ordnung, Kumpel? Ich bring dich jetzt *hoch.* Hoppla! In Ordnung?«

Vic war erstaunt. Digger war bloß Haut und Knochen, aber er hatte ein enormes Gewicht. Das mußte der Schlamm sein, in den er gehüllt war. Nein, dachte er, es ist etwas anderes. Das ist das Gewicht des Todes, schwer wie Blei in ihm. So schwer, daß ich es vielleicht gar nicht schaffe. Er plagte sich ab, und der Schweiß begann ihm wieder stärker zu laufen.

»Das war *gut*, das war gut, Digger. Da wären wir. Wir ham's geschafft.« Er blieb stehen, Digger stützend, der seinerseits ihn stützte. Er vermochte die verrückte Aktivität da auf der Oberfläche des Wassers hören, wo die Sterne es berührten und man sehen konnte, wie sie zu schwärmen begannen.

»Keine Angst, Fische«, sagte er, mit einer Stimme, die er als seine eigene erkannte aus der Zeit, als er vielleicht drei Jahre alt war, »wir kommen. Nur noch eine kleine Weile.«

»Jetzt«, sagte die Stimme und führte ihn, ein bißchen stützend, ein bißchen schleppend, wo er unter den Sternen hing (was stützte *sie?*), vorwärts.

Es war der Fluß. Digger sah seine schimmernde Oberfläche, kohlschwarz und strudelnd. »Was *ist* das?« dachte er. »Was glaubt er denn zu tun? Das hilft doch nicht.« Das Wort, das ihm in den Sinn kam – es war ein Wort, das er nie benutzt hatte, solange er sich erinnern konnte –, war ›Taufe‹. Aber alles, was Vic tat, war, ihn ein kleines Stück hineinzuführen: einen Schritt, noch einen. Er spürte die Wärme davon aufsteigen bis knapp unter die Knie. Er lebte. Er spürte das Leben.

»Was ist das?« fragte er auf kindliche Weise. »Was geht hier vor?«

»Das sind die Fische«, antwortete Vic. »Keine Sorge, die tun dir nicht weh.«

»Was?«

»Schhh, erschrick sie nicht, du wirst sie erschrecken! Das sind bloß ganz winzige Dinger. Sie tun dir nicht weh.«

Auch Vic wunderte sich irgendwie darüber. Der Gedanke daran hatte ihn schon angeekelt, der bloße Gedanke: von den gierigen Mäulern aufgefressen zu werden. Doch in Wirklichkeit war es wohltuend. Die Sterne hoch droben so still; und da unter Wasser, scheinbar still, ganz dicht die Kiefer, die um ihren Anteil an der Beute kämpften. Und alles, was man von hier oben, aus dieser Entfernung, spürte, war ein angenehmer *Kontakt.* Die Berührung ihrer Wildheit war sanft.

»Es kitzelt«, sagte Digger närrisch.

»Ja, es sind eben bloß Winzlinge«, erwiderte ihm Vic und lachte jetzt. Es war so unheimlich, und er war so sehr davon überzeugt, daß sie ihm etwas Gutes taten. »Gleich wird es vorüber sein.«

Es war vorüber, als sie Blut saugten.

Digger verstand schließlich, glaubte aber, es müsse ein Traum sein. Er konnte hören, wie es am Uferrand, wo sie standen und sich darboten, in einer lichten Welle von Fischen wimmelte.

Einen Geruch hatte es in diesen letzten Tagen gegeben, der ihm tief in den Kopf gefahren war. Er wußte, was es war. Es war die Nachricht von seiner eigenen Fäulnis, der Geruch, wenn auch noch ein klein wenig entfernt, seines eigenen Todes. Er hatte ihn angeekelt. Jetzt langsam, spürte er, wie der Geruch nachließ. Der ganze Gestank und Morast wurde in die Welt zurückgebracht, weg von ihm, in die Mäuler der Lebenden, und dort in Leben zurückverwandelt. Er spürte das Bums, Bums von Knorpel, als die kleinen Fische heranschnellten und ihre Schnauzen an den Knochen abprallten. Sie fraßen an ihm herum, schonungslos, zerrten gierig an dem Fleisch, und was sie ihm wiedergaben, war Sauberkeit.

Als er wieder zu sich kam und um sich blickte, stand er knietief in öligem Wasser, Sterne über ihm, so nah, daß er sie mahlen hören konnte, und er konnte auch die winzigen Kiefer der Fische mahlen hören, während das Sternenlicht auf ihre Rükken fiel, und sie schwärmten und kämpften und wirbelten die Schwärze auf zu einer Raserei um seine Schienbeine herum.

»Ist etwas davon geschehen?« fragte er Vic später, als sie erschöpft im Dunkeln lagen.

»Ja, es ist geschehen, und es wird uns retten. Das habe ich dir ja gesagt. *Es funktioniert.*«

13

Auf die methodische Art und Weise, die er gewohnt war, hielt sich Digger über jeden einzelnen Tag, der verging, auf dem laufenden. Er konnte einem sagen, wenn es einem keine Ruhe ließ, so etwas zu wissen, welcher Tag der Woche es war, in welchem Monat; wie lange es noch war bis Weihnachten (wie viele Wochen und Tage), wie lange es schon her war, daß sie Changi verlassen hatten, wie viele Tage und Nächte sie bis hierher gebraucht hatten, wie viele sie bei der Arbeit an der Strecke gewesen waren. Es kam Digger sehr darauf an, dieses Stück Ordnung in seinem Leben zu bewahren. An einem Ort, wo ihnen so vieles genommen worden war, möglicherweise für immer, stellte ihm diese Angelegenheit der Zeitmessung, was schließlich etwas war, über das die Japse nicht die Kontrolle hatten (es war eine Angelegenheit zwischen einem selbst und der Sonne), ein letztes Stück Freiheit dar, auch eine letzte Erinnerung daran, wie sie zu Hause gelebt hatten.

Es war keine Kleinigkeit, diese Fähigkeit, exakt seinen Platz in der Zeit zu bestimmen, dieses Stück Wissenschaft, das so viele Jahrhunderte gedauert hatte, bis man es richtig beherrschte. Es war es wert, daran festzuhalten, verlieh etwas eine Form, was einem sonst leicht durch die Finger hätte gleiten können.

Somit konnte man sich darauf verlassen, daß Digger, wenn irgendwelche Fragen nach Zeiten oder Daten aufkamen, in seiner pastorenhaften Art, derentwegen Doug ihn hänselte, auf der Stelle eine Antwort parat hatte.

Die Kapitulation? Das war am Sonntag, dem 15. Februar 1942. Nicht lange danach, in der dritten Aprilwoche, verließen sie Changi in Richtung »Große Welt« – Mac war am 7. Juni umgekommen. (Das war eine Eintragung in Diggers persönlichem Kalender. Er erwähnte es nicht; aber schon dreimal hatte er jetzt diesen Todestag verzeichnet.) Im Oktober, am 4., um genau zu sein, waren sie nach Changi zurückgekehrt, und am 22. April des nächsten Jahres, 1943, hatte ihre lange Reise nach Thailand begonnen: fünf Tage und Nächte im Zug, zusammengepfercht in Viehwaggons, dann eine Reihe von nächtlichen Märschen durch den Dschungel, durch Lager, wo die Cholera wütete, zwanzig Nächte insgesamt. Von da an bis zu dem Tag, da sie sich die Bahnlinie entlang auf den Rückweg machten und wieder die Grenze nach Malaya überquerten, waren es hundertneunundachtzig Tage. Achtzehn Monate waren es seitdem. Einfach dahin.

Andere Dinge, große und kleine, waren in der Welt vor sich gegangen. Von den meisten wußten sie nichts. Die Daten, die Digger festhielt, die Zeitabschnitte – Changi, die »Große Welt«, Thailand, wieder Changi –, das war *ihr* Krieg. Drei Jahre und sechs Monate war es her, daß sie in Gefangenschaft geraten waren.

Er wußte sehr wohl, wie wenig diese Messungen besagten. Die Tage waren einander nicht gleich. Auch nicht die Stunden. Nicht einmal die Minuten.

Die anderthalb Minuten in der Lagerhalle zum Beispiel, in denen Mac getötet worden war – es gab keine Möglichkeit, sie in ein System einzupassen, in dem eine Stunde sechzig Minuten betrug und eine einzelne Erdumdrehung vierundzwanzig Stunden dauerte. Einige von jenen Tagen, die sie dort gearbeitet, *geschuftet,* hatten, waren, wie der Körper sie registrierte, Jahrhunderte gewesen, verteilt auf eine Qual, für die es überhaupt keine Maßeinheiten gab. Das alles wußte er.

Ihre Geschichte fand in ihrer eigenen Zeit statt. Aber sie mußte an die Zeit angepaßt werden, in der sich die übrige Welt bewegte, oder man wußte nicht, wo man sich befand, außerhalb seiner eigenen Nervenhülle. Die beiden Zeiten paßten nicht zusammen. Das würden sie nie. Digger wußte das genausogut wie der nächste Mensch. Aber man bewahrte beide gleichermaßen und machte daraus, was man konnte.

So waren es dreieinhalb Jahre, einfach dahin, wie der Kalender zeigte. August 1945.

14

Alle Anzeichen deuteten jetzt darauf hin, daß es zu einem Ende kam, daß es vielleicht sogar schon vorüber war, seit Tagen oder Wochen, so daß sie *eigentlich* (nach einer Version davon) schon frei wären. Wenn das wahr wäre, zeigten ihre Uhren die falsche Zeit an. Sie besaßen keine gesicherten Nachrichten, aber *etwas* war geschehen. Das konnte man fühlen.

Die vergangenen sechs Monate hatten sie an einer Reihe von Tunnels gearbeitet, die die Japaner unter der Straße von Johore Baharu hindurch gruben, zum Schutz ihrer Truppen für den Fall der Invasion. Vic war mit Digger zusammen, und Doug war auch bei ihnen gewesen, bis es ihn bei einem Einsturz erwischt hatte und er einen Arm verlor. Die Arbeit war gefährlich. Nur mit Hacken und Schaufeln gruben sie sich von der Seite in einen Hügel und stützten die Wände ab, so wie sie vorankamen; doch nach den Regenfällen war die Erde völlig durchnäßt, und es ereigneten sich viele Unfälle. Die Luft in den Tunnels war stikkig und die Hitze so mörderisch, daß sie kaum ein paar Minuten arbeiten konnten, ohne nicht nach Atem zu ringen. Wenn ein Tunnel einstürzte, machten sie sich nur wenige Meter daneben an einen anderen. Nun ging dieses Gerücht, daß alles ohnehin vorüber war.

Einige sagten nein, das könne nicht sein. Es werde nicht zu Ende gehen. Wenn es so wäre, hätten die Japse Befehl, sie alle umzubringen. Sie wüßten zu viel von dem, was losgewesen war. Sie würden in die Tunnel getrieben und dort mit Maschinengewehren erschossen oder eingemauert. Dieses Gerede war, wie Digger behauptete, Dummheit. Sie konnten nicht so weit gekommen sein, so vieles überstanden haben, jene hundertneunundachtzig Tage zum Beispiel, um wie räudige Hunde erschossen zu werden.

Er war an die wilden Spekulationen, die sie unter sich verbreiteten, gewöhnt. Seit Jahren hatten sie nun schon von ihnen gelebt. Wie die große Seeschlacht, wegen der sie sich so ereifert hatten, unmittelbar nachdem sie in Thailand eingetroffen waren, und die Tage um Tage getobt hatte, mit schrecklichen Verlusten, und die nun gewiß einen Waffenstillstand bringen würde. Vor der Nordküste von Westaustralien, nicht weit von

Broome, mußte es vermutlich gewesen sein; die gesamte japanische Marine vernichtet. Möglicherweise hatte sie überhaupt nirgendwo stattgefunden, oder nur im Kopf von einem von ihnen, denn man hörte nichts mehr davon.

Sydney wurde durch Brandbomben völlig ausgelöscht. Die Japse befanden sich in Coff's Harbour, und Menzies, Roheisen-Bob, war nach Manila geflohen, um um Frieden zu bitten. Das war eine weitere Nachricht. Wozu hatte das geführt?

In Townsville hatten die Japse eine Marionettenregierung etabliert. Artie Fadden stand an ihrer Spitze. Artie Fadden!

Die Russen waren in der Mandschurei einmarschiert. Die Amis waren von China aus in Japan eingedrungen und hatten bereits die Vororte von Tokio erreicht. Nun war es nur noch eine Frage von Tagen – zwei Wochen höchstens.

Dieser eingebildete Krieg, an dessen Siege sie sich klammerten, weil ihr Leben davon abhing, blieb ihnen irgendwie lebendiger in Erinnerung als der wirkliche, von dem sie schließlich erfuhren; oder sie brachten diese beiden durcheinander, unsicher, was wozu gehörte.

Es war schon eine eigenartige Sache, ein bißchen gelebt zu haben und ein bißchen gestorben zu sein in einer Geschichte, die sich in Wirklichkeit nie ereignet hat; überlebt zu haben, wie einige von ihnen, aufgrund des Stückchens Hoffnung, das ihnen der Fall von Yokohama zu Weihnachten 1943 verliehen hatte, oder in der gedrückten Stimmung gestorben zu sein, die sich auf sie gelegt hatte, als später Roosevelt starb und Neuseeland kapitulierte, beides am gleichen Tag.

Bisweilen drang durch Zufall ein Faktum aus einer ganz anderen Ereigniswelt zu ihnen durch, und dann waren sie völlig verwirrt. Was machten die Japse in Neuguinea, wenn die Amerikaner bereits über ihre Inseln zu Hause schwärmten?

Sie lebten von Gerüchten, und häufig genug entsprangen die Gerüchte dem Schlaf eines Mannes. Was also konnte man glauben?

Dieses letzte Ding zum Beispiel, daß es bereits vorüber wäre. Am besten, man genoß es mit Vorsicht – das war Diggers Ansicht. Laß es dir die Hoffnungen stärken, wenn du das brauchst, aber nimm es nicht für bare Münze!

Und doch hatte es, wie alles, seine Auswirkung auf sie, und zwar in verschiedener Weise.

Einige, die bis jetzt durchgehalten hatten, schwere Fälle von Unterernährung oder Beriberi, gaben einfach auf und starben. Oftmals waren es gute Nachrichten, die einen Menschen erledigten.

Andere waren wie benommen. Die Aussicht, wieder nach Hause zu kommen, machte ihnen angst. Sie konnten sich nicht vorstellen, wie sie jemals damit fertig werden könnten. Wie sie einfach so durch die Straßen gehen und so tun könnten, als wären sie normal, wie sie nach allem, was sie erlebt und getan hatten, wieder Frauen in die Augen sehen, Straßenbahn fahren, an einem Tisch mit einem weißen Tischtuch sitzen, ihre Hände unter Kontrolle halten und langsam essen könnten. Es waren die kleinen Dinge, die ihnen angst machten. In den großen Dingen konnte man sich verstecken. Die kleinen waren es, die einen Menschen verrieten.

Vic war einer, der so dachte. Je mehr die Gerüchte sich verbreiteten und je näher die Sache kam, desto heftiger wies er sie von sich.

»Die machen sich doch bloß was vor«, sagte er zu Digger. »Das sind doch Trottel.« Er geriet darüber in Rage. Der Optimismus anderer machte ihn rasend.

»Das haben wir alles schon mal gehört. Es nimmt kein *Ende.* Nicht so. Es kann nicht zu Ende gehen.«

Die Wahrheit war, daß er es nicht wollte, so dachte Digger. Er ist ein schwieriger Fall. Man wußte nie, wie er reagieren würde – zur Hälfte wußte er es selber nicht.

Sie begannen sich zu meiden, jetzt, da sie sich nicht mehr brauchten. Digger zuckte die Achseln: »Meinetwegen, wenn er es so will.«

Auch Vic zog sich von Doug zurück und von all ihren früheren Kumpeln; wurde trübsinnig, verschlossen.

»Er ist ein Scheißkerl. Das hab ich die ganze Zeit gewußt«, sagte sich Digger, gleichzeitig tat es ihm aber auch weh. Diesem Typ verdankte er sehr viel. Vielleicht sogar sein Leben. Mit Gewißheit ein Bein. Das waren Dinge, die Digger nicht so schnell vergessen konnte. Es gab Zeiten hier draußen, da sie wohl alles voneinander gewußt hatten, was es zu wissen gab,

Sachen über einen, die man im normalen Lauf der Dinge nie erfahren würde, nie zu wissen brauchte. Das bedeutete schon etwas. Aber hier, am Rande der Normalität, waren das Angelegenheiten, auf die man nicht anspielen konnte.

»Er schämt sich für das alles«, dachte Digger. »Das ist etwas, von dem er nichts wissen möchte.«

Was ihn überraschte, war, daß Vic jetzt scheinbar dem Zusammenbruch näher war als in ihren schlimmsten Augenblicken in Thailand.

Es war die Zeit, die Vic Kummer bereitete. Die Eröffnung einer Linie in die Zukunft würde ihn jetzt in das Leben zurückbringen, das er vier Jahre zuvor verlassen hatte.

So lange, wie er sich eine Sicht der Dinge hatte bewahren können, in der die Zeit aus Augenblicken bestand, dann Tagen, wobei jeder sich im nächsten tilgte; das heißt, so lange, wie es ein Prozeß ohne Reihenfolge war, konnte er sich ins Gesicht sehen und durchhalten. Das Leben verlief vertikal. In jedem Augenblick davon stand man neu auf, und wenn man stark war und das Glück mit einem, gelangte man von einem Augenblick zum anderen. Es bestand nur aus Augenblicken und Sprüngen. Aber jetzt mußte er sich wieder an die Vorstellung eines Selbst gewöhnen, das stetig war, das der Vergangenheit angehörte und ebenso in der Zukunft leben würde. Das war es, was ihm angst machte – die Notwendigkeit, in der Alltäglichkeit, die kommen würde, eine Sicht von Zeit fortzusetzen sowie seines ganzen Lebens in ihr, die er in sich hatte unterdrücken müssen, einfach um am Leben zu bleiben.

Er war gerade zweiundzwanzig geworden. Jahre würde er haben, wenn die Vision, die er da draußen gehabt hatte, wahr war, und sein Körper sagte ihm, daß sie es war.

Ihm war es besser ergangen als manchen anderen. Digger hatte alle seine Zähne verloren. Er war zahnlos. Doug hatte einen Arm eingebüßt. Er seinerseits *sah* ganz aus, fühlte sich aber, als hätte er alles verloren.

Seit mehr als zwei Jahren hatte er nichts mehr von den Warrenders gehört. Anfangs hatten sie häufig geschrieben, Pa jedenfalls, und es waren stets ein paar Worte von den Mädchen oder von Ma hinzugefügt gewesen, doch in Thailand hatten sie keinerlei Post bekommen, und er hatte auch nichts erhalten, seit sie wieder in Malaya waren.

In den Jahren bei den Warrenders hatte er nie über das Leben gesprochen, das er gekannt hatte, bevor er zu ihnen kam, über seine Eltern und die ganze Welt an der Küste. Das hatte er begraben, für sich behalten.

Natürlich hatte Pa einen kleinen Einblick bekommen. Doch dann hatte Pa, erstaunlicherweise, seinen Vater gekannt, wenngleich er sich wohl nicht vorstellen konnte, *was* er da gekannt hatte. Pa, der instinktiv begriffen hatte, wie ihm darüber zumute gewesen sein mußte, und gemäß seinen männlichen Prinzipien, hatte nie darauf angespielt. So hatte er das alles für sich behalten, es in seinem geheimsten Innern als etwas verstaut, über das er niemals sprechen beziehungsweise jemanden etwas davon sehen lassen würde.

Er würde auch über das hier jetzt nicht sprechen, wenn es einmal vorüber wäre; denn jetzt war es ziemlich gewiß, daß es bald vorüber sein würde. Er würde es tief in sich hineinschieben, sich nur selbst damit konfrontieren und leugnen, wenn er gefragt würde, jemals hier gewesen zu sein: »Nein Kumpel – *ich* nicht.«

So sollte es für ihn sein, und so mußte es sein. Seltsam? Ist das seltsam? So *bin* ich eben.

Vielleicht würde er überhaupt nicht zurückkehren, daran hatte er bereits zu denken begonnen. Zu sehr hatte er sich verändert. Er wollte nicht, daß sie (*sie* am allerwenigsten) sahen, was mit ihm geschehen war, und er wußte nur zu genau, was das war, denn er konnte es bei anderen sehen. Es würde ihn umbringen, wenn er sich mit *ihren* Augen sehen müßte. Mit Lucilles zum Beispiel.

Er hegte (und konnte nichts dagegen tun) eine Art Verachtung für das, was aus ihm geworden war, was der letzte Ausweg für seinen verletzten Stolz war. Der bloße Anblick anderer Männer machte ihn krank. Ihre Hälse nur Adern und Knorpel, der schwankende Gang, den sie hatten, wie alte Kerle, die man zur Sperrstunde nach Hause gehen sah mit einer Flasche billigen Gesöffs in einer braunen Papiertüte; das törichte, hoffnungsvolle Geschwätz, an dem sie sich beteiligten, die Gerüchte, die Pläne – Hühnerfarmen wollten sie alle aufmachen, wenn sie nach Hause kamen; am schlimmsten der

Geruch, den sie an sich hatten, der nicht nur von Schweiß, Scheiße oder grünem Erbrochenem herrührte, sondern von dem, was vier Jahre Sklaverei aus einem gemacht hatten, Krankheit des Geistes. Das kennzeichnete einen für immer. Es gab keine Möglichkeit, das loszuwerden.

Doch als die Zeit näher kam und die Gerüchte wilder wurden und sich vielleicht der Wirklichkeit näherten, tauchten alte Bedürfnisse und Wünsche wieder auf und das aus keinem anderen Grund, als daß sie möglicherweise wieder erfüllbar sein könnten; er war auf die Folter gespannt. Und mit ihnen, gänzlich unaufgefordert, kamen Visionen, bisweilen so wirklich, daß sein ganzer Körper erfüllt war von so sinnlicher Wärme und Verlangen, nacktem Bedürfnis, Glückseligkeit und plötzlicher erstickender Leere, daß er glaubte, er würde in Ohnmacht fallen. Sollte es so sein?

Die Visionen kamen aus ihrem eigenen Antrieb und in keiner speziellen Reihenfolge: ein Fuß in Strümpfen, eine Haarnadel, die abgeknöpfte Lasche eines Strumpfhalters. Sie waren Bestandteile von Zauberkunststücken, sein Körper praktizierte seine eigene Art von Zauberei, oder sie waren Symptome von Verrücktheit – das war es, wofür er es hielt. Doch ihre Kraft war überwältigend. Sein Blut raste, er wagte es kaum, die Augen zu schließen. Und sie kamen auch, wenn er die Augen offen hatte. Sein Geist, oder sein Körper, war eine unendliche Fundgrube solcher Visionen, von Handlungen und Dingen, die er tief ins Dunkle gestoßen hatte und die nun wieder auftauchten, um Anschluß zu beanspruchen. War das Verrücktheit oder ein tiefgründiger Heilprozeß? Einerlei, es war ihm eine Qual.

Ein Gesicht kam ihm immer wieder, es war eine Art Tagtraum. Es war das Haus in Strathfield, der Korridor unmittelbar hinter der Haustür mit seiner hohen, weißen Decke und dem mit blauen, weißen und braunen Kacheln gefliesten Fußboden.

Ein Strahlen wie von der Westsonne erfüllte es – doch das, sagte ihm sein Verstand, war unmöglich: Das Haus war nach Süden gerichtet. Dennoch, da war es, und da war er.

Als das Licht zur Ruhe kam und sein Herz, das sich als eigentliche Quelle dessen erwies, schließlich zu normalem Rhythmus zurückfand und, da es frei geschwebt hatte, wieder unter seine

Rippen zu liegen kam, sah er, daß Lucille da war, gerade im Begriff den zweiten Schritt zu tun.

Irgend etwas hatte ihre Aufmerksamkeit erregt. Mit einer kleinen Falte der Verwirrung zwischen den Augenbrauen blickte sie in seine Richtung, als ob sie wüßte, daß jemand da war, von dem ungewohnten Licht aber zu geblendet war, als daß sie hätte sehen können, wer es war. Er wußte, daß er sie nicht rufen konnte. Doch sein Herz schlug so laut, daß er meinte, sie müßte es hören können.

Immer noch verwirrt, drehte sie sich nach einem Augenblick um und ging, und er blieb allein zurück, ruhig jetzt und voller Zufriedenheit, als wäre ihm irgendeine Versicherung gegeben worden.

Das war natürlich nicht der Fall, und der Teil von ihm, der die Dinge rational betrachtete und einen klaren Kopf hatte, wußte das auch. Was also tat er?

Das Gesicht jedoch, oder der Traum oder was immer es war, war noch warm in ihm und kam immer wieder.

15

Vic, frisch gewaschen und gekämmt, in einem sauberen Hemd, sauberen Shorts und einem neuen Paar Schuhe, ging, in dem Wissen ein bißchen auf Wolken schwebend, daß er hingehen konnte, wohin es ihm gefiel, in der befreiten Stadt spazieren. Sie waren alle irgendwohin ausgegangen, eilten hierhin und dahin, wie Kinder auf dem Rummelplatz, die nicht wußten, was sie zuerst probieren sollten.

Er war allein herausgekommen und befand sich in einem Teil der Stadt, den er nicht kannte, an einem stinkigen Kanal. Er kannte sich nirgends aus in Singapur, nicht richtig. Hatte nie eine Gelegenheit dazu gehabt.

Es war eine dürftige Gegend, überall fiel der Putz von den Wänden, alles war verrußt von Petroleumkochern, und die Bürgersteige waren verdreckt von vergammeltem Obst und Hundescheiße und Asche und blutig aussehender Spucke. Hierher gelangt, war er auf der Suche nach etwas, wußte aber nicht was.

Nichts. Irgend etwas. Es war kein Ort, an dem er beabsichtigt hatte zu sein.

Radfahrer fuhren in Scharen vorüber, alle klingelten. Kinder saßen halbnackt auf dem Boden. Händler, die da kauerten, hatten auf umgedrehten Butterkisten oder niedrigen, mit einem Tuch bedeckten Tischen alle möglichen Sachen ausgelegt, die sie zu verkaufen hatten. Plötzlich blieb er stehen und starrte wie betäubt.

Was ihm ins Auge gefallen war, war eine Pyramide von sechs Rollen Baumwollgarn auf einem Auslagekästchen, eine von einem widerlichen Grün, eine andere königsblau, die übrigen weiß, aber alle staubig und schmutzig aussehend. Das einzige, was sonst noch auf dem Kästchen lag, war ein Päckchen Nadeln.

Die alte Frau, die daneben kauerte, blickte unter einem mächtigen Fleischpolster empor, froh, seine Aufmerksamkeit erregt zu haben. Doch der Ausdruck in seinem Gesicht oder seine bedrohliche Körpergröße muß sie vor etwas gewarnt haben. Sie streckte die Hand aus, um sie über die einzelne Rolle an der Spitze der Pyramide, die sie gemacht hatte, zu halten. Um sie zu schützen. Sie saß da und starrte ihn an.

Er war wütend, irgendwie verrückt und den Tränen nahe.

In der linken Hosentasche seiner neuen Shorts hatte er das Stück Faden, das er immer noch besaß. Seine Finger fuhren zu ihm hin. Er hatte ihn nicht weggeworfen – man wußte ja nie. Er war für ihn irgendwie von absolutem Wert. Und jetzt hier an diesem dreckigen Ort hatte dieses alte Weib von einer Chinesin sechs Rollen davon auf ihrer armseligen kleinen Auslage, sechs ganze Rollen – und darüber hinaus, in den Regalen irgendwo in einem Lagerhaus, womöglich ganze Kartons voll. Sie waren etwas ganz Gewöhnliches, wie Schmutz. Plötzlich hatte er eine Vorstellung davon, wie klein das alles war, was mit ihm geschehen war.

Die Hand der alten Frau, die gelb war und runzlig wie ein Entenfuß, hielt die Rolle immer noch fest, in der Erwartung, dieser verrückte Bursche könnte mit dem Fuß gegen das Auslagekästchen treten, so daß alles fortflog. Die waren so, diese Blonden. Statt dessen jedoch ließ er einen Wutschrei los, warf etwas aus seiner Hosentasche heraus und rannte fort.

Sie sah ihm nach, mit der Hand immer noch ihre Ware schützend. Dann beugte sie sich ein wenig über den Rand ihrer Auslage vor, um zu sehen, was es war. Ein Stück dreckiger Faden. Nichts weiter.

Minuten später war er zurück. Den Blick wie verrückt auf sie gerichtet, bückte er sich, schnappte sich das Stück Baumwolle, als könnte sie beabsichtigen, es ihm zu rauben, und fort war er.

IV

1

An warmen Abenden spät in der Darlinghurst Road fand Digger, wonach er ständig gesucht hatte, einen belebten Ort mit der Atmosphäre eines Rummelplatzes, aber einen, der nicht Abend für Abend ab- und wieder aufgebaut werden mußte. Er war einfach da, ein Teil der Stadt.

Es war ein verruchter Ort, das »Kreuz«. Dort konnte es gewalttätig, bisweilen sogar völlig gemein zugehen, aber er hatte Digger in seinen Bann gezogen, so wie es Mac ihm vorausgesagt hatte.

Mädchen, manche von ihnen zahnlos und fast sechzig, führten ihre Freier die Treppe hinauf in armselige kleine Zimmer, wo es nach ausgelassenem Schmalz oder scharf nach Desinfektionsmitteln roch. Die Kneipen waren Bluteimer.

Man sah ein paar Burschen durch die Tür herausstürzen, und innerhalb weniger Sekunden war die schönste Schlägerei im Gange, direkt auf dem Bürgersteig. Passanten verdünnisierten sich oder blieben als unbeteiligte Zuschauer stehen.

Oft waren es Seeleute; meistens aber einfach junge Burschen, Halbstarke, die auf ihren Motorrädern gekommen waren, um umherzudonnern und zu sehen, was abging, erpicht darauf, sich einen Namen zu machen und herauszufinden, wie knallhart sie waren.

Sie trugen gebrauchte Fliegerjacken, hatten eine Entenarsch-Frisur und wollten Blut sehen.

Sie zogen umher, mischten sich unter die Menge und warteten mit einer Freitagabend-Grimmigkeit in sich, die den aufgestauten Frust von einer Woche Arbeit hinter sich hatte, darauf daß sie herausgefordert wurden, und waren erst dann zufrieden, wenn der, den sie bearbeiteten, im Rinnstein lag und sie seine Rippen krachen hörten – »Ah, ja das sind die richtigen Klänge« – oder wenn sie selbst zu Boden gegangen waren und nun dasaßen und den Kopf in den Händen hielten, wobei sie eine ganze Menge neuer Töne hörten, die dauerhaft sein mochten, und die Hände waren blutbeschmiert.

Gelegentlich sah man auch, wie eine Frau, immer noch ihre Handtasche fest umklammernd, am Mund blutete und einen Arm hielt wie einen gebrochenen Flügel, und der Mann, der das getan hatte, ihr mitten ins Gesicht schrie, ordinäre Reden führte, bisweilen aber auch weinte und sich rechtfertigte. Damit war wieder Frieden.

Und zwischen diesen brutalen Einlagen waren Botenjungen unterwegs und gingen alte Leute oder Frauen, die mit einer Hand einen Koffer zerrten und mit der anderen ein widerstrebendes Kind, ihren täglichen Geschäften nach. Gut gekleidete Damen führten Möpse spazieren. Kinder, die Brausestangen lutschten, trödelten zur Schule und zurück. Penner schliefen auf einer Bank ihren Rausch aus oder wühlten, die Ärmel bis zu den Ellbogen aufgekrempelt, in Mülltonnen herum.

Es gab Cafés mit Pseudocremetorten im Fenster und anderen, dunkleren im Keller, wo angeblich satanische Rituale praktiziert wurden. Die Gemälde an den Wänden, die ziemlich gewagt waren, deuteten an, was da vor sich gehen mochte: eine Frau, die ihre Beine um eine zottige männliche Gestalt mit Hörnern über den Ohren geschlungen hatte, auf einem anderen paarte sich ein Mädchen mit einem riesigen Kater.

Dann gab es da Milchbars, voller fächerförmiger Spiegel und Chrome, Spaghettibuden, wo sich Männer in Arbeitsanzügen zur Mittagspause anstellten, Frisiersalons, manche mit einem Dutzend Stühle; stets waren zwei, drei Burschen zum Rasieren eingeseift, während der Friseur, das Rasiermesser in der Hand, ihnen eine Predigt hielt und andere, weiter hinten im Zimmer, mit den Scheren klapperten und schwatzten oder einem Kunden im Spiegel seinen Hinterkopf zeigten und im Eingang ein Lehrling müßig an einem Besen hing.

Frisiersalons, Billardsäle, finstere Ecken in Kneipen – da gingen Letztkurs-Buchmacher ihren Geschäften nach, wobei sie ihre Laufburschen hatten und einen, der Schmiere stand. Und jeder hatte hier etwas zu verkaufen: Benzin, Sachen ohne Bezugsscheine, die von Lkws heruntergefallen waren, Nylonstrümpfe, gebrauchte Autos, Vorkriegsmodelle natürlich, und Mädchen.

Gegen fünf, wenn die Zeitungsjungen die Schlagzeilen ausriefen und barfuß auf Autos zurannten, schlenderten Arbeiter, immer noch in ihren ärmellosen Trikothemden und den ›Mirror‹ im Arm, nach Hause, entspannten sich dabei und aßen einen Apfel; sie kehrten zurück zu einem Zimmer in einer Pension oder drei Treppen hinauf, wo ein Mädchen Würstchen heiß machte in einer Zweizimmer-Maisonnette, das einzige, was sie bei dieser Wohnungsnot bekommen konnten.

Das war die Hauptverkehrszeit, die Stunde vor Ladenschluß. In Scharen kamen Matrosen von den Schiffen, die man in Woolloomooloo liegen sehen konnte, und mit ihnen kamen Burschen, die frisch entlassen worden waren und Anzüge trugen, denen man es kilometerweit ansah (Digger hatte so einen), daß sie sie für den Anfang in der Civvy Street bekommen hatten, doch immer noch mit ihrem alten Armeehaarschnitt und mit dem halb erwartungsfrohen, halb verlorenen Ausdruck von Menschen, die darauf warteten, daß ihnen das Leben eine Richtung wies, nun, da es ihnen freistand hinzugehen, wo immer sie mochten.

Von diesen Burschen hielt Digger sich fern. Sie bedrückten ihn. Er kannte ihre Geschichte. Es war seine eigene. Sie waren Männer, die aus dem einen oder anderen Grund nie nach Hause zurückgekehrt waren – oder es getan hatten, aber schleunigst zurückgekommen waren, einer oder zwei von ihnen am ersten Tag. Sie lungerten herum, bemitleideten sich selbst und blieben dicht beisammen, Zuschauer einer Show, an der sie nicht teilhatten, noch nicht, und sich fragten, ob sie es jemals haben würden.

Digger fühlte sich genauso, gelegentlich. Auch er war noch nicht zu Hause gewesen, aber nicht, weil er sich vor dem fürchtete, was ihn erwarten mochte. Er schob es nur hinaus, das war alles; er genoß es, in den Gang der Dinge zurückzukehren. Im Ausland hatte man einen solchen Sinn für Straßen, die für einen neuen Tag gefegt wurden, für abgebundene Krawatten, hochgekrempelte Ärmel, Mädchen mit einem neuen Schwung in den Füßen und die Handtaschen schlenkernd, war man erfüllt von dem, was die Welt einem jetzt bieten mochte und was man damit anfangen könnte. »Ich auch«, dachte sich Digger. »Der Krieg ist vorbei, und wir haben gewonnen!« – Außer, daß es nicht ganz so war.

»Wir haben unseren Krieg nicht gewonnen, weil es gar kein

Krieg war, wohin wir gekommen waren. Es war etwas anderes. Seine Siege sind jetzt der große Hit. Dies ist eine Siegesparade. Keiner will etwas von *uns* wissen.«

Es gab Menschen, die verbittert darüber waren, und nicht allein in bezug auf sich selbst. Digger teilte das Gefühl, gab sich ihm aber nicht hin.

Seiner Mutter schrieb er nahezu jede Woche, und sie schickte bissige Antwortbriefe. Sein Vater befand sich jetzt in Japan, ein Held der Besatzungsarmee. Jenny war weggelaufen, wohin, wußte sie nicht. Ja, versicherte er ihr, er *würde* nach Hause kommen, das wüßte sie doch. Aber von einer Woche zur anderen schob er es hinaus, immer noch benommen von all dem, was hier los war, allem, was er sah und mit dem er vertraut war. Wenn er erst einmal zurückgekehrt wäre, wäre er wieder gefangen. Noch eine kleine Weile wollte er frei sein.

Die Leute vertrauten ihm. Er wußte nicht, warum.

Ein Mann, den er kaum kannte, obschon sie ein paarmal miteinander gesprochen hatten, drückte ihm einen Briefumschlag in die Hand. »Hier, Kumpel, hebst du das mal für mich auf? Keine Sorge, ich finde dich schon wieder. Nächste Woche oder übernächste. Irgendwo. Steck das einfach unter dein Kopfkissen. Machst du's?«

Digger steckte es hinter den Spiegel in dem kleinen Zimmer, das er im »Pomeroy« hatte, und dachte nicht mehr dran. Eine Woche später kam der Mann in einer Kneipe auf ihn zu, machte erst ein paar Witze und fragte dann beiläufig: »Was macht denn überhaupt der Banktresor? – Der Umschlag, den ich dir gegeben habe, nehme doch an, daß du ihn noch hast.« Als er den Umschlag dann sicher in seiner Jackentasche hatte, reichte er Digger einen Zwanziger. »Danke, Kumpel. Ich tu dir auch mal einen Gefallen.«

Wobei hatte er denn hier mitgemacht? Er fragte nicht. Darum vertraute man ihm.

Jemand, der gehört hatte, daß er auf sich selbst aufpassen konnte und seine Fäuste zu gebrauchen wußte, empfahl ihm einen der Klubs. Er bekam einen Job als Rausschmeißer für dreißig Pfund pro Woche und arbeitete von abends um sieben bis früh um fünf in einem Etablissement, wo illegaler Schnaps ausgeschenkt und in einem Hinterzimmer Poker und Black Jack gespielt wurden. Hinterher half er saubermachen, ging dann und trank irgendwo, wo die ganze Nacht geöffnet war, eine Tasse Tee und ging schließlich in der Morgenfrische nach Hause.

Er liebte das »Kreuz« zu dieser Stunde. Griechen bauten da Obststände auf, Äpfel und Orangen in prächtigen Pyramiden. Männer in kurzen Hosen luden frische Blumen aus, breiteten sie in Eimern auf dem Bürgersteig aus und besprenkelten sie mit einer Kanne gegen die kommende Hitze. Er kaufte sich eine Zeitung und überflog die Morgennachrichten.

»Weißt du denn keinen bessern Ort als diesen hier, Mann? Du wirst hier doch wohl nicht rumlungern!«

Der Mann, der ihm diesen Rat erteilte, war ein Bulle, ein gedrungener Bursche mit kurzgeschnittenem, glattem, schwarzem Haar und Sommersprossen. Mitte Dreißig, ein bißchen protzig, mit einem guten Mantel, einem weichen, grauen Hut und Augen, die Digger recht sympathisch waren. Sie waren sehr sicher und blau. Es war ein Scherz zwischen ihnen. Sein Name war Frank McGowan.

Digger war ihm schon recht oft begegnet, und sie hatten sich unterhalten. Er hatte nichts dagegen, mit Digger etwas zu trinken, obgleich er wußte, daß das gegen die Regel war.

»Hab dich mit dem Dingo McGowan trink'n sehn«, bemerkte einer seiner Bekannten. »Nehme an, du weißt, was das für einer is.« Einen Augenblick herrschte Schweigen. »Ja, nun, der is'n Arsch. Un krumm is der wie Scheiße, da kannst du jeden frag'n! Illegales Wetten – die steck'n alle mit drin, da kannst du jeden frag'n!«

Digger hörte zu, erwiderte aber nichts. Solches Gerede gab es hier ständig. Das »Kreuz« war ein regelrechtes Dorf, voller verschlungener Interessenverbindungen und abgesteckter Grenzen. Kaum war eine Sache geschehen, die Leiche war noch nicht ganz vom Bürgersteig weggeräumt, da war sie schon in aller Munde, vom Friseurlehrling an bis hin zum Salonlöwen. McGowan gehörte zum Zweiten Dezernat. Das war genug. Es brachte Digger schon manchmal in Verlegenheit, daß McGowan ein Interesse an ihm haben sollte, er glaubte aber nicht, daß es ein Trick war. Für McGowan war er nicht von Nutzen.

»So«, sagte McGowan jedesmal, wenn sie sich begegneten, »Du bist also immer noch da. Warum gehst du denn nicht und verschwindest?«

Doch einmal, als sie in gedrückter Stimmung ziemlich still beisammensaßen, sagte er: »Ich versteh dich nicht, Digger, ein Kerl wie du. Was hast du nur davon, wenn du dir hier mit dieser Sorte Müll die Zeit verplemperst?«

Digger sah auf, den Schatten eines Zweifels in den Augen. Seine Erfahrung in den Lagern hatte ihm ein Ohr verliehen für die verschiedenen Formen von Selbsthaß, in die Menschen verfallen konnten, und er dachte jetzt, daß etwas von dem Gift in seiner Stimme auf ihn gerichtet war.

McGowan sah den Blick. »Ja, nun«, sagte er und fuhr sich brüsk mit dem Daumen über die Nasenspitze. Es steckte eine Grobheit darin, die bedacht war. Er hatte sich verplappert und zog sich wieder zurück. Auch Digger zog sich zurück. Es war das Wort, das er benutzt hatte, Müll, auf das Digger zurückkommen wollte. Woran er sich manchmal erinnerte, und das beinahe allzu deutlich, war jene Lichtung im Wald und die Feuer, um die er sich da gekümmert hatte. Das hatte ihm ein solches Bewußtsein gerade dessen verliehen, was das Leben alles hervorbringt und, wenn es keine Verwendung mehr dafür hat, wieder wegwirft. Nicht nur Asche und Knochen, sondern den immensen Haufen Schutt, den jedes einzelne Leben hinterlassen mag, wenn man es zusammentragen und es als Ganzes betrachten sollte: alles, was es kaputt gemacht, verbraucht, verlegt, versetzt, vergessen und jeden Morgen hinausgetragen und in eine Tonne geworfen hatte. Man stelle sich das vor. Und dann stelle man es sich mit Millionen multipliziert vor.

Was er gewollt hätte, hätte er die Macht dazu gehabt, wäre, alles zurückzugeben, bis hin zur letzten Rasierklinge oder dem Knopf eines Babyschuhs, und es wiederverwendet zu sehen. Unmöglich, gewiß.

Er wollte, daß nichts vergessen und den Flammen preisgegeben wurde. Nicht eine Seele. Nicht eine Stecknadel.

Nichts davon erzählte er McGowan, wünschte sich aber später, er wäre dieses Risiko eingegangen.

»Ich bin wie einer von den alten Kerlen, die in den Müllkübeln herumstochern«, hätte er sagen müssen und es ins Lächerliche ziehen. Aber er war ernst.

»Nicht eine Seele«, hätte er gesagt. »Nicht eine Stecknadel.«

2

Eines Sonnabends gegen drei unternahm Dig etwas, das er schon seit Wochen hatte tun wollen. Er machte sich bereit und nahm eine Straßenbahn hinaus nach Bondi Junction, um Macs Schwägerin Iris zu suchen. Bei sich hatte er die Briefe, die ihm Mac anvertraut hatte. Das war alles, was er ihr zu überbringen hatte.

Von den Beschreibungen her, die Mac ihm gegeben hatte, erkannte er das Haus ziemlich leicht, aber die Frau, die die Tür öffnete, war ganz und gar nicht das, was er erwartet hatte.

Oft genug hatte er sie gesehen. In der Küche hinter der Tür hatte er gestanden und sie hereinkommen, den Wasserhahn aufdrehen, sich ein Glas Wasser einlassen und es dann, herrlich langsam, trinken und die ganze Zeit auf verträumte Art durch das Fenster hinaus zu den Sternen schauen sehen.

Diese Frau hatte das Haar in einer Frisur getragen, an die er sich von vor dem Krieg erinnerte. Sehr beherrscht und groß war sie gewesen. Die hier, das Licht vom Korridor im Rücken, war kleiner, auch kräftiger, und sie war aus einem Augenblick übermütiger Ausgelassenheit herausgekommen, die mit etwas zu tun hatte, das im Innern des Hauses immer noch andauerte. Ein Radio spielte. Im Hintergrund hörte er etwas krachen und sah das Aufblitzen eines blauen Hemds – einer von den Jungen mußte das sein – zwischen dem Korridor und der Hintertreppe.

»Oh, entschuldigen Sie«, sagte sie mitten in ihrem Lachen. »Kommen Sie doch rein!«

Dig trat in den engen Flur. Er war sauber, hatte das Haar gekämmt und die Füße gewaschen – das war jetzt normal. Auch einen Schlips hatte er um, wodurch er sich eingeengt fühlte, und die Briefe hatte er in einem sauberen Umschlag in seiner rechten Brusttasche.

»Hier«, sagte sie, »geben Sie mir Ihren Hut!«

»Oh – gut«, erwiderte er. Er hatte einfach dagestanden und umhergestarrt.

Er hatte geglaubt, den Ort zu kennen, und er tat es auch irgendwie; Macs Schlafzimmer draußen mußte am Ende des Korridors rechts sein. Aber das ganze Haus war heller, als er es sich vorgestellt hatte, luftiger. Auch heiterer. Mac hatte nur die Dinge geschildert, die sein eigener schlichter Geschmack dahin getan hatte; das übrige hatte er ausgelassen. Vieles von dem, was Digger jetzt zu sehen bekam, war phantasievoll: eine große chinesische Vase mit Schirmen drauf und eine kleine Gebirgshütte mit einem Mann und einer Frau in bäuerlicher Kleidung, die herauskamen, der eine oder die andere, je nachdem, ob das Wetter schön war oder ob es regnete.

Sie führte ihn ins Wohnzimmer, verließ ihn dann, um das Radio leiser zu drehen, setzte den Kessel auf und rief etwas durch ein Fenster auf den Hof hinaus. Digger bot sich die Gelegenheit, sich umzuschauen.

Über dem Klavier, das mit einem grünen Samttuch abgedeckt war, hing eine Urkunde, die besagte, daß Elizabeth Iris Ruddick 1921 ihr Studium am Trinity College of Music erfolgreich abgeschlossen hatte – dem Jahr, wie es der Zufall wollte, seiner Geburt. Da war ein Metronom, eine Beethovenbüste, ein bronzener Rosenpokal mit einem Drahtgeflechtdeckel. Ein anderes Objekt, das seinen Blick auf sich zog, war ein dekoratives Tablett aus Perlmutt. Darauf war ein junger Bursche in Kleidern vergangener Tage, einem Satinmantel und Breecheshosen, der mit zwei Schäferinnen in einer vom Mondlicht erhellten Ruine saß. In einer Ecke auf einem kleinen lackierten Ständer befand sich ein Korb von einer Art, die er zuvor nur in den Foyers von Lichtspieltheatern gesehen hatte, wo er jeweils mit Gladiolensprossen gefüllt war. In diesem hier befand sich ein halbes Dutzend Puppen, deren mit Pailletten besetzte Kleider an Bugholzhäkchen festgemacht waren.

Nichts in ihren Briefen hatte auf irgend etwas davon hingedeutet. In ihnen hatte sie ihre Lebendigkeit unterdrückt, sich vielleicht darauf beschränkt zu sein, wie Mac sie sah. Wie auch immer, sie hatten ihm ein falsches Bild vermittelt, und als sie jetzt wieder hereinkam, mit Tee und einer Cremeschnitte, sah er sie mit anderen Augen an. Sie entschuldigte sich für die Cremeschnitte. Sie sei aus einem Café.

»Ach«, sagte er, »von Sargents.«

Sie war überrascht davon und auch davon, daß er bereits wußte, daß sie dort arbeitete, und er hielt sich zurück, ihr frei heraus zu erzählen, wie vieles mehr er noch wußte: von den Wicken, dem Tomatenpüree, das sie machte und von dem er und Mac so oft gesprochen und sich dabei die Lippen geleckt hatten, dem neunundvierzigteiligen Speiseservice, das Mac ihr und Don zur Hochzeit geschenkt hatte, und davon, wie sie sich geärgert hatte, als sie den Deckel einer Suppenterrine zerbrochen hatte, als sie sie zum erstenmal aufwusch. Das alles schien jetzt belanglos. Er hatte viel zu viel Wesens darum gemacht.

Während sie ihren Tee tranken, bemerkte er mehrmals, daß sie ihn betrachtete, und zwar mit einem unverhohlen verdutzten Blick, und es dauerte eine Weile, bis er hinter den Grund dafür kam. Sie hatte keinerlei Ahnung, wer er eigentlich war. Mac, erkannte er, hatte ihn nie erwähnt, und wenn, dann hatte sie es vergessen.

Sie stellte ihm Fragen über sich: woher er kam – er gab ihr eine kurze Schilderung von Keen's Crossing –, was er in Sydney machte, wo er wohnte. Sie selbst stammte aus Queensland. Ob er schon mal dort gewesen sei? Er erzählte ihr von seiner Boxerei. Noch nie war es ihm so leichtgefallen, über sich zu reden.

Als das Eis erst einmal gebrochen war, erwähnten sie Mac kaum noch. Sie betrachtete es einfach als selbstverständlich, daß das, weswegen er gekommen war, nun da er hier war, mit ihr zu tun haben mußte.

Zunächst beunruhigte ihn dieser Gedanke. Es dauerte eine Weile, bis er sich an ihn gewöhnte. Doch als das geschehen war, mußte er zugeben, daß es stimmte, eigentlich schon von Anfang an. Wie schnell sie das doch erkannt hatte! Das wäre eine Frau für dich. Sie war über vierzig, schätzte er, vom Datum ihrer Urkunde ausgehend, hatte aber nichts von ihrer Gewißheit verloren, daß sie attraktiv war.

Sie rief die Jungen, sich ein Stück von der Cremeschnitte zu holen. Sie kamen herein, barfuß und in ihren Räubersachen, kurzen Hosen und abgerissenen Hemden, und schwiegen zunächst betreten, fanden unter ihren bedeutungsvollen Blikken aber schließlich ihre Sprache wieder. Er kannte sie natürlich. Der Älteste war Ewen. Er mußte sechzehn sein. Der Jüngere war Jack, der Hochspringer. Draußen auf dem Hof hatten sie etwas zu tun und konnten gar nicht schnell genug wieder hinauskommen. Sie traten von einem Fuß auf den anderen, und nach einer angemessenen Zeit gab sie nach und ließ sie gehen.

Schließlich kamen sie also zu den Briefen.

Er hatte angenommen, sie würden den Höhepunkt seines Besuchs darstellen, und hatte eine Rede vorbereitet. Doch inzwischen war so viel passiert, daß sie ihm jetzt nur wie ein nachträglicher Einfall vorkamen, und als er sagte, was er zu sagen hatte, war es so durcheinander und gefühlsbetont, daß es falsch klang.

»Ach Gott!« sagte sie, als er ihr erklärte, was der Umschlag enthielt. Sie sah ihn einen Augenblick an, drehte ihn in den Händen um und legte ihn dann ungeöffnet auf den Klavierhokker; und da blieb er, sehr weiß und sauber, für den Rest seines Besuchs liegen.

Er hatte erwartet, daß sie ihn öffnen und sehen würde, wie schmutzig die Briefe waren, und daran ermessen könnte, wie oft sie aufgeschlagen und gelesen worden sein mußten. Als sie das nicht tat, war er enttäuscht. Sie würde es später tun, nahm er an, allein, wenn er gegangen war. Oder etwa nicht? Während sie weiterredeten, schien sie einfach vergessen zu haben, daß sie da waren.

»Ich mache viel zu viel Aufhebens um eine Sache«, sagte er sich. Er wußte, wie sehr sie Mac gemocht hatte, denn er kannte ja die Briefe. »Es gibt einen leichteren Weg, mit all dem fertig zu werden.« Das ging sicher, dachte er, mit dem lärmenden Frohsinn zusammen, von dem das Haus erfüllt war – bis er eintrat und ihm einen Dämpfer aufsetzte.

»Vielen Dank fürs Kommen!« sagte sie, als er wieder in der Haustür stand. »Wirklich. Es hat mich gefreut.«

Er schluckte kräftig. Er wollte ihr etwas sagen. »Hören Sie zu«, wollte er sagen, »das wissen Sie nicht – wie könnten Sie auch? –, aber ich habe Sie einmal ein Glas Wasser trinken sehen, und das war verblüffend. Es waren gar nicht Sie, das sehe ich jetzt. Das waren Sie, so wie ich Sie mir vorgestellt habe. Aber es war trotzdem verblüffend. Ein gewöhnliches Glas Wasser, können Sie sich das vorstellen?«

Was er tatsächlich sagte, und später war er verblüfft über seine Kühnheit, war: »Wäre es recht, wenn ich mal wieder anriefe?«

Wenn sie überrascht gewesen war, dann ließ sie es sich jedenfalls nicht anmerken. »Selbstverständlich«, sagte sie. »Jederzeit. Nur nicht an Werktagen. Sie wissen, wegen des Ladens. Diesmal wäre Sonnabend gut.«

»Ach, ich hab dich kommen sehen«, lachte sie. »Kilometerweit.«

Sie lagen zusammen auf dem schmalen Bett in seinem Zimmer im dritten Stock des »Pomeroy«.

»Was meinst du damit?« fragte er und drehte den Kopf, so daß sie sein Lächeln nicht sehen konnte. Vor dem hatte er noch keine Gelegenheit gehabt, so zu schwelgen.

»Überall standen dir Botschaften geschrieben«, sagte sie ihm. »In neun Sprachen.«

»Tatsächlich?«

All das bereitete ihm Vergnügen.

Doch nach einer Weile sagte er feierlich: »Es war Mac, weswegen ich das erste Mal gekommen bin.«

Das hatte sie wohl bezweifelt. Sie nahm es nicht an. Und das zweite Mal? Doch Digger war in dem Punkt sehr sensibel. Er wollte nicht, daß es so aussah, als hätte er sich Mac und der Briefe bedient, um zu ihr zu gelangen. Er hatte zu viele Skrupel, ihr hätte es nichts ausgemacht; es ging ihm jedoch um seine Integrität. Als sie das erkannte, ließ sie ihn die Sache so sehen und hielt sich an das, was sie wußte.

Zum zweiten Mal war er zu Fuß ausgegangen. Es waren kaum zwei Kilometer, und er wollte die Sache langsam angehen, kein Grund zur Eile.

Diesmal ging er auf seine eigene Rechnung. Die andere Angelegenheit, Macs, war beim ersten Mal erledigt worden; soweit das möglich gewesen war. Er fühlte sich unbeschwert, jugendlich. Es bekümmerte ihn nicht, daß er die richtigen Formen für diese Dinge nicht kannte. Das würde sie schon verstehen und Zugeständnisse machen. Sie hatte unendliches Verständnis (diesen Eindruck hatte er erhalten) für alle möglichen Dinge; Dinge, von denen er keine Ahnung hatte.

Er war sich der Tatsache sehr bewußt, daß er mit fünfundzwanzig in manchen Dingen überhaupt keine Erfahrung besaß. Liebeswerben und so – die Art von Galanterie, die manche Burschen instinktmäßig beherrschen, er besaß nichts davon. Doch er hatte eine große Zärtlichkeit in sich. Gewiß wäre das, wenn er es sprechen ließe, genug.

Dennoch hatte er sich für alle Fälle mit einem Blumenstrauß bewaffnet, violetten und roten Anemonen, in fahles Seidenpapier eingewickelt. Das alte Mädchen, bei dem er sie gekauft hatte und das sechs oder sieben Eimer voll davon hatte und den ganzen Tag damit in einer Gasse auf einem Klappstuhl saß und die Bibel las, hatte sie als die frischesten zu dieser Zeit der Woche empfohlen, und als sie sah, wie nervös er war, hatte sie sich große Mühe mit dem Einwickeln gegeben. Die Blütenköpfe mit ihren kräftigen Farben und schwarzen, pelzartigen Mittelteilen, als ob fette Hummeln darauf säßen, lugten gerade noch aus dem himmelblauen Seidenpapier heraus, und es war noch ein Band darum, in einem dunkleren Blau.

Ihm war es peinlich, Blumen zu tragen. Er hielt sie weit nach unten, wo sie nicht so leicht zu sehen waren; er war keiner von den Typen, die man in hellen Anzügen und polierten Schuhen an Wohnhäusern klingeln und vor der Bronzetür ungeduldig von einem Bein auf das andere treten und in ihren rautenförmigen Fensterscheiben ihr Aussehen kontrollieren sah, den Scheitel, die Krawatte. Dennoch machte es ihm nichts aus, wenn er närrisch aussah. Wer sah denn schon hin?

Er hatte eine solche Lebenswärme in ihr gespürt. Trotz der kräftigen Sonne hier fror er mitunter bis auf die Knochen.

Sie schneiderte gerade, als er ankam. In Strümpfen und in einem Kleid aus durchsichtigem Material, grün und noch mit Nadeln drin, kam sie an die Tür; er folgte ihr ins Wohnzimmer, in dem eine Nachbarin saß, eine junge, frisch verheiratete Frau. Sie hatten Bier getrunken. Stoffschnipsel waren wie lauter große, spitze Blätter auf dem ganzen Boden verstreut, und die Nachbarin, die blond war, hatte eine Menge Nadeln im Mund. Durch sie hindurch sagte sie hallo und kicherte.

Sich für die Unordnung entschuldigend, legte Iris die Blumen für einen Moment auf den Klavierhocker, genauso, wie sie es mit den Briefen gemacht hatte, und stieg, ihm ein Bier versprechend, wenn er sich noch einen Augenblick gedulden wollte, bis sie das letzte Stück Saum abgesteckt hätten, auf einen Stuhl. Dann sah er, daß der Saum noch nicht ganz festgesteckt war.

Das blonde Mädchen, das Amy hieß, kniete sich mit den Nadeln im Mund hin und fuhr fort damit. Hin und wieder sah sie hoch, um ihn anzuschauen. Daraus folgerte er, daß sie bereits von ihm wußte. Iris hatte ihn also erwähnt! Ihre kurzen Blicke waren abschätzende Blicke; sie war eine Art zweite Meinung. Er lachte darüber und fühlte sich nicht eingeschüchtert. Eigentlich ganz im Gegenteil. Er genoß es.

Iris drehte sich langsam über ihnen – Amy kniete, er saß in einem der samtenen Sessel –, wobei sie die Füße sehr anmutig hob, kaum höher als einen Zentimeter jedesmal, die Arme zur Seite und den Kopf ein wenig gesenkt hielt, um dem Fortgang der Arbeit zu folgen.

Das war ein ganz stilles Geschäft und dauerte seine Zeit; die Stille wurde hervorgerufen durch die Tatsache, daß eine der beiden Parteien (sich selbst betrachtete er als bloßen Zuschauer) wegen der Nadeln nicht sprechen konnte.

Für Digger war das ein herrlicher Augenblick, er hatte noch nichts dergleichen gekannt. Er war glücklich, einfach so dazusitzen. Doch schließlich war der Saum fertig, wurde für annehmbar befunden, und sie stieg vom Stuhl, sagte ihm, wie geduldig er gewesen sei, nahm die Blumen, um sie ins Wasser zu stellen, holte ihm ein Bier, brachte die Blumen in einer Glasvase wieder herein, und sie setzten sich hin und unterhielten sich.

Amy war ein aufgewecktes Mädchen. Ständig brachte sie ihn zum Lachen mit Geschichten über ihre drei Schwägerinnen, die – sollte man das glauben? – Faith, Hope und Charity hießen, so daß sie kaum miteinander sprachen. Saßen bloß da, tranken das kalte Bier und sahen sich an. Ein-, zweimal drehte sich Iris zur Seite, und er sah, daß die Haare im Nacken, wo sie sie aufgesteckt hatte, so daß Amy den Kragen an dem neuen Kleid anbringen konnte, dunkler waren und feucht von Schweiß.

»Tanzt du, Digger?« fragte Amy in ihrer ungehemmten Art. »Ben und ich gehen jeden Freitagabend. Magst du Perry Como? Hast du ›Das Zeichen des Kreuzes‹ gesehen?«

Während sie ihre Fragen abfeuerte und er sie beantwortete, warf Iris ihm ein wenig amüsierte, entschuldigende Blicke zu, die ihm versicherten, daß sie für dieses Verhör nicht verantwortlich war, und er glaubte ihr; sie war gewiß in der Lage, ihm ihre Fragen selbst zu stellen. Sie schnitt Amy aber auch nicht das Wort ab.

Das einzige, was ihn bedrückte, war, daß er für die beiden, für *sie* zu altmodisch sein könnte; zu sehr hinterm Mond. Immer noch brachten ihn die zahlreichen Dinge in Verlegenheit, die die Leute hier als selbstverständlich ansahen, er aber noch gar nicht kannte. Amy war voll davon. Er wollte sich nicht blamieren. Er bluffte, notierte sich die Rätsel im Geiste und überlegte, zu wem er später gehen und ihn fragen konnte.

Als die Jungen nach Hause kamen, kamen sie hereingestürmt, krakeelten und warfen ihre Schuhe in den Flur. Ewens Mannschaft hatte gewonnen, sechs zu drei. Das war ein Grund zum Feiern. Mit einem raschen, kurzen Blick, der ihren Protest riskierte, nahm er einen kräftigen Zug von dem Bier seiner Mutter. Seine Augen waren auf Digger gerichtet und schätzten ihn ab, was Digger spürte, ließen aber nicht erkennen, was sie sahen.

Jack, der Jüngere, war bereits hinausgegangen und rief auch bald.

»Ich muß sausen«, sagte Amy und sammelte ihre Sachen ein. »Hier«, sagte sie zu Ewen, »laß deiner Mutter ihr Bier und trink meines aus. Es sind bloß noch ein paar Tropfen«, sagte sie zu Iris. »Ben bringt mich um, wenn er seinen Tee nicht rechtzeitig bekommt.«

Einen letzten Blick warf sie auf das Kleid, das jetzt an der Bilderleiste hing, und war mit ihrer Arbeit zufrieden, sah auch noch einmal zu Digger, *zwinkerte* ihm eigentlich sogar zu und ging.

Eine Minute später ging auch er; um sechs mußte er im Klub sein. Das war also alles gewesen. Aber es wurde vereinbart, daß er sie am Montag nach der Arbeit abholte und sie ausgehen würden.

Still an seiner Seite liegend, brachte sie ihn dazu, ihr Geschichten zu erzählen, und was er zu erzählen hatte – von seiner Mutter und seinem Vater, von Jenny, alles über Keen's Crossing –, erschien ihm seltsamer, als es in Wirklichkeit gewesen war. Warum war das so? Weil er es mit *ihren* Augen sah.

Eine Sache, die er ihr erzählte, erschütterte ihn. Schon fast zwanzig Jahre hatte er nicht mehr daran gedacht. Wenn sein Gedächtnis nicht so gut gewesen wäre, hätte er gesagt, er hätte es vergessen. Es war das Grausamste, was er je getan hatte.

Als Jenny ungefähr acht Jahre alt war, war sie einmal zu der Fernverkehrsstraße oberhalb des Hauses gegangen und war irgendwie auf die andere Seite gelangt. Das war verboten, und sie wußte das. Warum hatte sie es dieses Mal getan? Wie dem auch sei, als sie einmal drüben war, verließ sie ihr ganzer Mut, und sie traute sich nicht zurück.

Es wurde allmählich finster, und sie, verlassen da draußen, fing an zu wimmern und zu rufen. Er hörte sie, kroch im Schutz der Büsche hinauf und setzte sich wohlversteckt auf der anderen Seite hin, um zu sehen, was sie tun würde. Sie kam auf ihren kurzen Beinen bis an den Straßenrand, nahm ihren ganzen Mut zusammen, um hinüberzugehen, setzte sich dann wieder hin und weinte; kam dann wieder an die Straße, ging am Rand auf und ab, als ob sie gerade vor wenigen Minuten aufgehört hätte, Erde und Schotter zu sein, und ein tiefer Fluß geworden wäre. Er beobachtete sie eine lange Zeit, von ihrer Hilflosigkeit entsetzt, gleichzeitig aber auch fasziniert. Schließlich versank sie in der zunehmenden Dunkelheit, und in einer hoffnungslosen Art und Weise rief sie schluchzend seinen Namen. Immer und immer wieder: »Digger, Digger« – ihn überlief eine Gänsehaut. So tuend, als wäre er gerade erst gekommen, schritt er schließlich mitten auf die Straße, blieb einen Augenblick stehen, ging dann rasch weiter und ergriff ihre Hand.

Nachdem er das erzählt hatte, schwieg er eine ganze Weile.

»Wo ist sie jetzt?« fragte Iris.

»Das ist es ja gerade«, antwortete er und erkannte, warum ihm das jetzt wieder eingefallen war. »Sie ist fortgelaufen, irgendwohin. Meine Mutter glaubt, nach Brisbane. Sie hat schreckliche Angst – Mum meine ich. Sie hat Angst, daß wir es alle tun, einer nach dem anderen fortlaufen. Dad hat es schon getan. Nun Jenny.«

»Wie ist es mit dir?«

»Oh, ich bin nicht weggegangen. Das weiß sie. Ich bin anders.«

Er erzählte ihr auch Geschichten über seine Mutter und war überrascht, an ihrer Reaktion zu erkennen, daß er seine Mutter furchterregend dargestellt hatte, wohingegen er doch beabsichtigt hatte, daß sie sah, wie fest sie das Leben im Griff gehabt hatte – wie sie das auch ihm vermittelt hatte in der Zeit da oben, als es ihre Gegenwart war, ihre Forderungen an ihn, was ihn durchgebracht hatte. Sie klang hart, aber sie war es nicht, nicht von Natur. Es waren die Umstände, die sie hart gemacht hatten.

»Wir denken in der gleichen Art«, erklärte er, halb zu sich selbst. »Nur sieht sie das nicht. Weil die Dinge, an die ich mich zu halten habe, nicht die gleichen sind wie ihre. Einige sind es schon. Die meisten aber nicht. Und das kann sie nicht sehen.«

Er schilderte die Dinge, an die sich seine Mutter klammerte, und erzählte Iris von dem Zimmer, in dem sie eines Tages zu sitzen glaubte, umgeben von all ihren weltlichen Besitztümern; nur daß sie dann *unirdisch* sein würden. Immer noch wirklich und anfaßbar, auch zu benutzen, aber, wie auch sie dann sein würde, jenseits jeder Möglichkeit, verlorenzugehen.

»Ganz gewöhnliche Dinge«, erklärte er, für den Fall, daß ihr das Bild nicht klar war. »Sie ist nicht habgierig, das ist es nicht. Sie begehrt die Dinge tatsächlich als das, was sie jetzt sind, als was sie sie aber in Wirklichkeit begehrt, ist, was sie dann sein werden. Was sie von ihr zeigen werden. Ihrem Leben.«

Iris sah ihn ziemlich streng an. »Und wie steht's mit dir?« fragte sie. Daran, was er über seine Mutter zu sagen hatte, war sie nur indirekt interessiert. »Was sind die Dinge, an die du dich klammern mußt?«

Er nannte ihr ein paar. Schließlich erzählte er ihr, wie die beiden Offiziere gekommen waren und ihn gebeten hatten, eine Liste von Namen zu bewahren – die Namen und was in jedem einzelnen Fall – soweit bekannt – mit den Männern geschehen war: eine Akte, eine Art Geschichtsschreibung. Das war eines.

Billy, James, Leslie, May, Pearl – das war ein anderes.

Dann erzählte er ihr, so gut er konnte, was er McGowan nicht erzählt hatte, und sagte tatsächlich die Worte: »Nicht eine Seele. Nicht eine Stecknadel.«

Die Flammen, an die er dachte, waren diejenigen, die in der

Lichtung am Hintock-Paß um die Teakholzstämme hochgeschlagen hatten, was lediglich ein Feuer von den vielen gewesen war, in die alles Abgelegte, der ganze Müll und alles Kaputte und Abgetragene der Welt geht, wenn seine Neuheit dahin ist und diejenigen, die gewühlt hatten, um es zu bekommen und zu behalten, sich nicht mehr darum scherten, ob es in Flammen aufging oder die Gosse hinab oder einfach in die Erde zurückgestampft wurde.

Vor der Zerstörung konnte man es nicht bewahren. Und man konnte es auch nicht wieder ganz machen. Nicht in Wirklichkeit. In seinen Gedanken aber schon.

Sie hörte zu. Sie berührte seine Wange und legte ihre Fingerspitzen an die Stelle, unmittelbar über seinem Haaransatz, wo eine Ader schlug, und fühlte deren stetiges Pochen.

Er erzählte ihr schließlich auch, wie Mac gestorben war. Sie hörte zu, ohne ihn anzusehen, und hielt seinen Kopf an sich, so daß sein Atem, während er sprach, ihr Fleisch berührte. Nach geraumer Zeit fragte sie leise: »Wurde er begraben?«

»Was?«

Die Frage überraschte ihn.

»Nein«, sagte er schließlich. »Wir haben ihn nicht wieder gesehen, den Leichnam oder so. Die Japse werden ihn begraben haben.«

»Die Nachricht, die man geschickt hat«, erzählte sie ihm, »lautete, er würde vermißt. Das ist alles, was wir je erfahren haben.«

»Nein«, sagte Digger, »ich habe gesehen, was mit ihm geschehen ist.«

Sie schwieg eine Weile, richtete sich dann ein wenig auf und erzählte ihm eine Geschichte von ihr.

»Hör zu!« sagte sie. »Als ich klein war, zehn oder vielleicht elf, wohnten wir in der Nähe von Gympie in Queensland. Mein Dad hatte eine Farm. Wir waren vier Kinder, vier Mädchen, ich war die Zweitälteste, und die Mutter meiner Mutter, unsere Großmutter, wohnte bei uns. Sie war sehr schwierig. Sie und meine Mutter sind nie gut miteinander ausgekommen. Sie hatte Asthma und war zu schwach, sich zu bewegen. Den ganzen Tag saß sie draußen auf der Veranda, und an was ich mich am besten erinnere, ist die wollene Decke, die sie hatte. Damals hatte ich das Meer noch nie gesehen, aber es waren Meeresfarben, alle Blaus und Grüns und Lilas in Wellen. Sie hatte sie selbst gehäkelt, somit mußten es ihre Lieblingsfarben gewesen sein.

Man hat mir immer wieder gesagt, ich sei wie sie. Ich meine, ich wurde auch für schwierig gehalten. Meine Mutter sagte immerzu: ›Du bist genau wie Großmama‹, aber in Wirklichkeit habe ich sie gar nicht sehr gemocht, und wenn meine Schwestern das sagten, verstehst du, indem sie sie nachahmten, zog ich sie an den Haaren. Kannst du dir mich dabei vorstellen?

Wie dem auch sei, es gab eine Überschwemmung. Jemand kam zu uns heraus, um uns zu warnen. Wir wohnten außerhalb der Stadt, wir hatten also Zeit, einige Dinge zu retten. Ich erinnere mich noch, daß sie eine ganze Menge Möbel, Betten und Stühle, eine Anrichte, unser Sofa mit einem Vogelbauer darauf, vor dem Haus ins Gras stellten und auf einen Wagen warteten, auf den alles aufgeladen werden sollte. Ich erinnere mich, wie komisch das aussah. Doch der Fluß kam schneller, als erwartet, und am Ende gab es eine regelrechte Panik. In der Nacht mußten wir sehen, daß wir wegkamen, und all die Stühle und das Sofa und so wurden weggeschwemmt. Ich sah das Wasser alles mitnehmen, es war unglaublich.

Die Sache ist, Großmutter wollte nicht weg. Oder es gab einen Streit oder so etwas in der letzten Minute, und sie ging einfach nicht in das Boot. Genau kann ich mich nicht mehr erinnern, und die Geschichte, die meine Mutter später erzählte, war irgendwie anders. Als wir wieder zurückkehrten, war von ihr keine Spur zu sehen. Doch aus irgendeinem Grund hab ich immer erwartet, daß sie wieder auftauchen würde. Mitten in der Nacht hörte ich sie keuchen, stand auf und ging zum Verandageländer und erwartete, sie dort zu sehen.

Meine Mutter wurde wütend auf mich. Ich war gerade, weißt du, im schwierigsten Entwicklungsstadium, und wir kamen auch nicht gut miteinander aus, was ihr natürlich ziemlich naheging. Vielleicht war ich auch absichtlich schwierig, ich weiß es nicht. Aber ich akzeptierte einfach nicht, daß sie wirklich tot war.

Alle unsere anderen Verwandten waren direkt da auf dem Grundstück begraben. Wir gingen oft hinaus und spielten Begräbnis, pflückten Blumen und legten sie auf die Gräber.

Man konnte die Steine lesen. Tot sein hieß begraben sein, und Großmutter hatten wir nie begraben. Nicht einmal die Leiche haben wir je gesehen. Man kann keinen Menschen im Wasser begraben, und Wasser geht zurück, diese Überschwemmung tat es. Die Überreste davon sah man in den Bäumen. Häufig ging ich im Mondschein hinaus und sah in dem Licht dort auf den Koppeln unter die Bäume, und das Seltsame daran hatte, für mich, irgendwie mit meiner Großmutter zu tun.«

Das war die Geschichte. Sie fügte nichts weiter hinzu, und er erkannte nach einer Weile, daß es ihr Mann war, von dem sie sprach, obgleich sie ihn nicht erwähnte.

Was sie damit taten, daß sie sich all die Dinge erzählten, war, daß sie einander alles, was sie am meisten bewegte, auf die ihnen einzig mögliche Art offenbarten, aber gleichzeitig auch die Grenzen ihrer Freiheit absteckten.

Die ein, zwei Abende pro Woche, die sie auf sein Zimmer kam, waren, wenn sie zu einer Show ausgegangen waren und den Jungen etwas Kaltes zu essen hingestellt werden konnte. Digger fand stets jemanden, der für ihn einsprang. Sie blieb nie bis spät in die Nacht, auch lud sie ihn nie ein, in Bondi Junction zu bleiben; und selbst später, als alles auf einer geregelten Basis verlief und er von Keen's Crossing kam und über Nacht blieb, bewahrte sie die Fiktion, nicht mehr als gute Freunde zu sein. Sie richtete ihm ein Bett in dem Verandazimmer und kam zu ihm dahin.

Es waren die Jungen, an die sie dabei dachte. »Ich bin eine Frau mittleren Alters«, sagte sie leichthin zu Digger. »Dreiundvierzig«, und sie schüttelte den Kopf auf mädchenhafte Art, als ob sie es in ihrem wahren Ich nicht glauben konnte. »Ach, du magst dir nichts dabei denken, aber *sie* tun es. Für mich ist das angeblich alles schon vorbei. So denken junge Leute.«

Den Jungen hätte es nichts ausgemacht, nicht einmal am Anfang und später gewiß nicht; so etwa dachte Digger. Was sie beachtete, waren ihre eigenen Sittenregeln.

Er lag da in seinem Unterhemd und sah zu, wie sie sich auszog, wobei ihm der Augenblick am besten gefiel, wenn sie, schließlich nur noch im Unterrock, den Kopf zuerst nach der einen Seite und dann nach der anderen Seite neigte und sich die Ohrringe abnahm; dann die Ringe; den mit Perle und Diamant besetzten Verlobungsring zuerst, dann den Trauring, und sie sorgfältig auf die Marmorplatte über dem Waschbecken legte. Das war das wirkliche Zeichen ihrer Nacktheit. Daß sie ihren Unterrock anbehielt und er sein Unterhemd, hatte nichts damit zu tun.

Später, wenn sie aufstand, blieb er wieder liegen und sah ihr zu, wie sie das Ganze in umgedrehter Reihenfolge machte.

Erst wenn sie zu den Ohrringen, dann zum Verlobungs- und zum Ehering kam, war sie für ihn nicht mehr nackt.

3

Nachmittags saß er gern eine Stunde oder so still in der Bar des »Waratah«. Gegen fünf füllte sie sich, und um halb sechs bestellten die Burschen dort halbdutzendweise und reihten ihre Gläser den Sims entlang auf. Dann stahl er sich fort, ging etwas essen und schlenderte gemütlich zum Klub.

Eines Nachmittags hatte er sich in eine Ecke verkrochen und genoß das sanfte Licht und den angenehmen Geruch der Kühle, als er aus keinem bestimmten Grund aufsah und Vic erblickte. Auf einem Stuhl am anderen Ende der Bar saß er und hatte ihn beobachtet; weiß Gott wie lange.

Digger fuhr ein Schreck in die Glieder. Es war unheimlich, welche Fähigkeit dieser Kerl besaß, ihn aus der Fassung zu bringen. Die ein-, zweimal, die sie sich dort zufällig begegnet waren, waren von einer Zurückhaltung gewesen, die sich im Nu zu offener Feindseligkeit entwickelt hatte.

Vic erhob sich von seinem Platz, und als er herüberkam, war es mit einem Ausdruck der Überraschung und vorgetäuschter Gleichgültigkeit, der Digger rasend machte. Warum konnte er nie offen zu einem sein? Das war keine zufällige Begegnung. Schon die ganze Woche hatte er von diesem Typen gehört, der sich nach ihm erkundigte.

»Also, worauf bist du aus?« fragte Digger, nachdem sie sich ein Bier hatten kommen lassen.

Vic sah ihn an, und das Licht spielte ein wenig in seinen Augen. Er würde ein Lügenmärchen darbieten wollen, vielleicht gar eine komplette Lüge, von der er doch nicht etwa erwartete, daß man sie glaubte. Geringschätzig würde er sie einfach so hinwerfen und es einem überlassen, an ihrer Unverschämtheit Anstoß zu nehmen. »Hol ihn der Teufel!« dachte Digger. Doch als er sprach, klang es wie die Wahrheit.

»Bin im Westen gewesen«, sagte er. »Moree.«

»Ach, du kommst doch nicht von da draußen, oder?«

Digger hielt an sich, blieb ruhig und auf Distanz. Ihm fiel ein, wie wenig er doch davon wußte, wie Vic seinen Lebensunterhalt bestritt. Und was er wußte, wollte er fernhalten. Es war zu vertraut für hier. Ihm wurde flau im Magen. Er bebte innerlich. Beim bloßen Anblick von Vic hatte ihn ein Fieberhauch durchzuckt, und sein Körper reagierte nun darauf mit Schauern.

»Ach woher«, antwortete Vic. »Dachte, ich sollte einfach mal hingehen und einen Blick draufwerfen, wofür wir angeblich gekämpft haben.«

Digger sah fragend auf.

»Wir sollten das auch die Bastards tun lassen«, sagte er, »wenn du meine Meinung hören willst.« Er lachte, neigte den Kopf nach hinten, öffnete den Schlund und kippte den Rest seines Bieres hinunter.

»Der säuft«, dachte Digger. »Oder ihm ist irgendwie unwohl. Krank.« Er spürte, daß es nun an ihm war, etwas zu sagen, so als ob es, an was Vic, trotz all seiner Lässigkeit, wirklich appellierte, eine Vereinbarung zwischen ihnen war, die immer noch galt, weil es nicht anging, daß das nicht der Fall war. Digger war erschüttert. Er hatte geglaubt, daß er hier mit all dem fertig wäre, daß dieser Ort ein neuer Anfang wäre. Doch einmal davon gepackt, gab es kein Zurück. Das hatten ihnen die Medikusse gesagt.

»Wie steht's mit dir?« fragte Vic. »Wie behandeln sie dich?«

»Ach, gut«, erwiderte Digger und schluckte. »Ganz gut.«

Er konnte kaum reden. Plötzlich erkannte er, was es an Vic war, das ihn berührte, und das war etwas, von dem er nicht wollte, daß es ihn berührte.

Sie waren Kriegsgefangene der Japaner gewesen, er war es gewesen; ebenso Ern und Doug und die übrigen. Das war eine von den Sachen, die einem einfach passierten, wenn man das Pech hatte, am falschen Ort zu sein. Vic sah das aber nicht so.

Für ihn waren die Japaner nur ein Teil der Sache, die für ihn also noch nicht zu Ende war. Sie dauerte immer noch an. »Darüber hinaus«, dachte Digger, »will er mich da mit hineinziehen.« Er hatte sogar das Aussehen eines Gefangenen bewahrt. Und das auch noch freiwillig, so dachte Digger.

Das war eine Krankheit, der er nicht zu nahe kommen wollte. Möglicherweise konnte man sich damit anstecken, bloß indem man sie bei jemandem sah, mit dem man zu eng befreundet war; oder einfach, indem man erkannte, daß sie existierte.

»Dachte, ich sollte es nochmal mit dem großen Rauch versuchen«, sagte ihm Vic. »Ihm noch einen Schuß geben.«

Er sah auf. Es gab nur eines, was Digger sagen konnte. »Einen Ort gefunden?« fragte er und blickte rasch weg.

»Ja«, sagte Vic nach einem Augenblick, und Digger spürte, wie die Spannung zwischen ihnen nachließ. »Ja, ich bin soweit in Ordnung. Danke, Kumpel!«

Geraume Zeit saßen sie schweigend da, Digger sehr erregt, Vic jetzt ruhiger. Sie unterhielten sich. Diggers Gedanken begannen zu wandern. Dauernd fiel er durch Löcher in der Unterhaltung, die nicht größer waren als einzelne Wörter, aber er fiel jedesmal Hunderte von Kilometern. Er begann zu schwitzen. Die Verrohung da draußen hatte eine Schwachstelle in ihm zurückgelassen, ein Teil seines Verstandes stand auf einer Seite der absoluten Finsternis offen, und der Gestank, der aus dieser Richtung kam, war bisweilen so stark, daß er daran zu ersticken drohte und nicht wagte, den Kopf zu wenden, nicht einmal im klarsten Sonnenschein, aus Angst, noch einmal die zerlumpten Marschsäulen von ihnen, grobknochig, dreckig, mit trüben Augen und übergroßen Händen und Füßen, ansehen zu müssen.

Zusammen traten sie hinaus auf die Straße, blieben an einem Kuchenstand stehen und setzten sich Seite an Seite auf den Rinnstein, um ein Stück Kuchen zu essen.

Digger kostete seines kaum. Vic bot sich an, es aufzuessen. Als sie sich auf dem Bürgersteig vor dem Klub trennten, schüttelte es ihn immer noch, und jetzt war er sich ganz sicher. Es war die Malaria. Ein Rückfall.

Er traf ihn schwerer als erwartet. Digger wurde zurückgeworfen, und zwar nicht nur um Monate, sondern auch fünf- bis sechseinhalbtausend Kilometer, an einen Ort mit der Hitze und Feuchtigkeit des Dschungels, der nichts mit Geographie zu tun hatte – in der Geographie kannte er sich aus –, sondern ein Zustand war, dem sich sein Körper einmal ausgeliefert hatte und von dem er sich nun nie wieder befreien konnte. Mit den körperlichen Symptomen kam die ganze Schar von Ereignissen, Visionen und Geistern, die er hier los zu sein geglaubt hatte. Er hatte geglaubt, *sie* könnte ihn von ihnen befreien, aber das vermochte keine Macht auf Erden.

Er war wieder einer unter anderen und konnte sich kaum selbst unter ihnen ausmachen, alle waren sie so abgerissen und dünn. Auf den Leib rückten sie ihm, seinen Atem erstickend, und als er versuchte, sich in den Reihen zu bewegen, um durch das Gedränge hindurch einen Blick von ihr zu erhaschen, von ihrer sonnenbeschienenen Gestalt, waren sie zu viele; dünn, wie sie waren, manche von ihnen weiter nichts als Knochen, als ob sie sich gerade erst aus dem Schlamm heraus aufgerichtet hätten, standen sie zwischen ihm und selbst dem dünnsten Sonnenstrahl und hielten ihre Hände hoch wie Bettelschalen mit nichts drin, und ein jeder sagte im Flüsterton immer und immer wieder die Silben seines Namens auf, als ob er nur auf diese Weise im Gedächtnis behalten werden konnte, in ihrem eigenen oder in irgend jemandes. Irgend jemandes.

Gegen das große zischende Geräusch, das sie machten, versuchte Digger seinen eigenen Namen zu sprechen, doch sein Mund war trocken, und er hatte keinen Atem. Er versuchte, ihn zu denken, doch sein Kopf war jetzt mit *ihren* Namen angefüllt, und er hatte offiziell sein Wort gegeben und fürchtete jetzt, er könnte in seiner Schwäche einen von ihnen vergessen, seinem Gedächtnis entschlüpfen lassen. Wie würde er jemals diesem Mann gegenübertreten können, wissend, ihn losgelassen zu haben, so daß er nicht mehr anwesend war und geführt wurde?

Sein eigener Name aber war ziemlich sicher. Er war irgendwo vergraben. Später würde er ihn wieder ausgraben.

Er mußte durchkommen. Tat er es nicht, wie sollten sie es dann, da ja viele von ihnen überhaupt bloß Namen waren, mit keiner weiteren Existenz als Silben im Kopf eines anderen? In *seinem* Kopf.

Seine Gedanken schweiften zurück zu dem Schwarm winziger Fische im Fluß. Er spürte die Berührung der Strömung, dann das ungestüme dauernde Schlagen der Fische, als sie an seinem Fleisch zerrten; aber mit einer Berührung, die, obgleich sie einerseits aus reinster Selbstsucht und Grausamkeit geschah, andererseits die sanfteste Heilung war. So konnte es auch sein.

Er schlug die Augen auf. Jetzt dröhnten die Stimmen von der Straße herauf. Es mußte eine riesige Menge da unten sein, alle schrien ihre Namen und hielten ihre Gesichter empor wie leere Schalen.

Ein Gesicht neigte sich ihm zu. Hände brachten eine Kühle an seine Stirn. *Sie* war hier. Nein, es waren die Hände eines Mannes. Vics. Die flüsternde Rose in einer großen bebenden Welle, und er wurde wieder untergetaucht, und er rang mit ihr, in brühend Heißem fast ertrinkend.

Er blinzelte, öffnete die Augen wieder, diesmal war es still, glitt dann wieder einen Moment ab, rollte um Monate zurück in feuchte Hitze; blinzelte sich dann wieder zurück in das Zimmer.

»So. Sie haben also beschlossen, wieder ins Leben zurückzukehren.«

Es war Frank McGowan. Er blickte über eine Zeitung, die Brille auf der Nasenmitte. Er legte die Zeitung weg und nahm die Brille ganz ab.

»Wie fühlen Sie sich?«

»Ich bin in Ordnung«, sagte Digger schwach. »Was machen Sie überhaupt hier?«

»Spiele Krankenschwester. Irgendwelche Beschwerden?«

»Waren Sie das?« fragte Digger.

»Ja. Wollen Sie versuchen, etwas zu essen?«

Er erhob sich von dem Rohrstuhl und machte sich mit einem kleinen Topf und einer Büchse Suppe am Gaskocher zu schaffen. Er war in Hemdsärmeln und Hosenträgern.

Er brachte eine Schüssel und einen Löffel und setzte sich auf den Bettrand und machte sich daran, Digger zu füttern, doch Digger hob seine Hand hoch. Er tauchte den Löffel wieder in die Schüssel.

»Wie lange sind Sie schon hier?«

»Nicht zu lange. Sie sind seit drei Tagen krank.«

Er öffnete den Mund und ließ sich von McGowan mit warmer Erbsensuppe füttern.

»Ich nehme an, daß ich gesprochen habe«, sagte er nach einer Weile.

»Nicht viel. Hier, Sie sollten versuchen, etwas mehr davon runterzubringen.«

»Woher wußten Sie es?« fragte Digger. »Daß ich krank war. Das Zimmer und so.«

»Ach, ich bin Polizist, erinnern Sie sich?« Er begegnete Diggers Augen mit den seinen, und es war ein Schimmer von Humor darin.

»Ich muß zur Arbeit – es muß fast sechs sein.«

McGowan stellte die Schüssel weg. »Es ist«, sagte er, »sechs Uhr *morgens.* Außerdem«, fügte er hinzu, »sind Sie arbeitslos.« Er fummelte an dem Gaskocher herum. Dann drehte er sich um und sah Digger ins Gesicht.

»Im Klub hat es eine Razzia gegeben«, erklärte er. »Mittwoch abend. Glücksfall, wirklich – für Sie, daß Sie krank waren, als es passierte.« Er schien mit sich zufrieden.

Digger runzelte die Stirn. Er brauchte niemanden, der die Verantwortung für sein Leben übernahm.

»Nein, das war einfach Glück«, sagte McGowan, als hätte er erkannt, was Digger dachte. »Oder vielleicht zögen Sie es vor, eingesperrt zu werden.«

»Ich wäre schon sicher genug«, sagte Digger scharf. »Ich habe Freunde in der Armee.«

McGowan sah ihn an und lachte. Doch Diggers Zustand verschlechterte sich wieder. Innerhalb von Sekunden war er wieder im Delirium. Doch jetzt sah er, was McGowan war. Er war ein Agent seiner Mutter. Wie in aller Welt hatte sie ihn rekrutiert?

4

Als Digger in die dritte Klasse der Grundschule ging und der Lehrer ihnen zum erstenmal erlaubte, Bücher mit nach Hause zu nehmen, war er monatelang von Atlanten und Karten aller Art besessen. Auf dem Küchentisch kniend, um näher an der Lampe zu sein, kniff er die Augen zusammen, so daß er auch noch das ganz klein Gedruckte lesen konnte, und machte sich selbst klein, da ganze Städte in dieser Dimension nicht größer waren als Fliegendreck, versuchte, sich zu merken, was es war, mit dem er sich hier beschäftigte, die Unermeßlichkeit der Welt, in die er geboren worden war, aber auch die Beziehung zwischen den Namen von Dingen, die ihm etwas Magisches waren, und wofür sie standen, Städte, Länder, Inseln, Seen, Berge.

Länder zum Beispiel, ihre Gestalt.

Jedes einzelne hatte völlig seine eigene Gestalt, aus dem Ganzen herausgeschnitten, aus Erde und Wasser, und glich nichts in der Natur außer sich selbst. Die Gestalt entstand willkürlich, wurde nur davon bestimmt, wie ein Stück Küstenlinie verlief, oder nach dem Verlauf eines Flusses oder von der Sprache, die ein Volk sprach, oder von Schlachten, die vor Jahrhunderten geschlagen worden waren; wenn man jedoch einmal damit vertraut war, konnte man sich gar nicht vorstellen, wie es anders sein könnte – Spanien etwa oder Italien oder Australien –, genauso wenig, wie man sich eine andere Form für eine Sache vorstellen konnte, die die Natur hervorgebracht oder die der Mensch entworfen hatte, um einem Zweck zu entsprechen. Eine Motte zum Beispiel, ein Ärmel. Auch die Namen paßten. »Motte« war genau richtig für die pelzige Dicke und die wie gepuderten Flügel dieses Geschöpfes, wie »Ärmel« genau auf das paßte, wo man mit dem Arm hindurchschlüpfte. Aber »Italien«? »Australien«? Doch wenn man es einmal im Kopf hatte, beschwor der Name genau die Form des Landes herauf und bewahrte sie; sie paßten perfekt zusammen.

Patagonien, Pamirplateau, Großer Bärensee. Man ließ sich diese Namen einfallen, und durch eine Art Zauberei entstanden wirkliche Orte, klein genug, um bei einem Ort noch andere Namen und Orte zu finden, die ebenfalls auf eine Seite des Atlasses paßten, aber auch auf einem Breitengrad auf dem Globus existierten, wo man tatsächlich hinfahren konnte, wo es unermeßlich viel Wasser und Gestein und Himmel gab.

Die Welt war so riesig, daß man seinen Verstand kaum so weit ausdehnen konnte, um sie sich richtig vorzustellen. Es würde Tage und Nächte, ja Monate dauern, bis man mit seinem Körper die wirkliche Strecke dessen zurückgelegt hätte, über das man auf einer Seite seine Finger ausstrecken konnte; das war das, was Magellan, Vasco da Gama und Abel Tasman zu beweisen hatten. Und genauso konnten ganze Flächen in zwei, drei Silben enthalten sein. Man sprach sie aus – es mußte gar nicht einmal laut sein –, und schon waren sie da: *Plattensee, Valparaiso, Sansibar, Walfischbai.* Und unter diesen magischen Formulierungen und nicht weniger wirklich, weil es vertraut war und er genau wußte, was es darstellte, *Keen's Crossing.*

In keinem Atlas war es zu finden. Das konnte man auch kaum erwarten. Wie konnte man sich selbst klein genug machen, um es auch nur in Erwägung zu ziehen, wenn schon eine Millionenstadt wie Sydney nur ein Punkt war? Aber es war da, in Ordnung, auch wenn sie es nicht eingezeichnet hatten. Er saß da. Auf dem Tisch, unter einer Lampe, den Atlas geöffnet vor sich.

Er sank in einen Traum. Seinen Geist sich weiten lassend, bis er ebenso ausgebreitet war und frei schwebte wie eine Galaxis im Weltall, schweifte er forschend umher, bis er die Erde ausfindig gemacht hatte, ein Lichtpunkt, weit entfernt und sich drehend. Dann steuerte er auf sie zu, bis er den genauen Punkt auf ihrer Oberfläche, in New South Wales, wo *er* sich befand, sehen konnte: Keen's Crossing. Zuerst fand er Broken Bay, die Flußmündung; dann, hoch oben über dem Fluß im Dunkeln dahingleitend, folgte er dessen Windungen und Wendungen, bis er die Anlegestelle sah, den Laden, das erleuchtete Fenster, seinen Kopf, der wie ein zweiter Globus über den Atlas gebeugt war, und wieder in ihn hineinschlüpfen konnte.

Sein Geist war geblendet, wie eine Motte, die aus dem Finstern ins Licht gelockt worden war und sich nun in dessen Mittelpunkt befand, benommen war, aber aufgeregt flatterte. Um ihn herum, in pechschwarzer Finsternis, ragten die Kiefern zwanzig Meter zu den Sternen empor, der Pfefferbaum, die Wäscheleinen vom Mondschein berührt, die Anfänge einer Unendlichkeit von Büschen.

Wie vieles von all dem von dem Namen umfaßt wurde, konnte er nicht ermitteln. Nicht genug jedenfalls, um es im Atlas zu verzeichnen, doch eine ganze Menge wiederum, wenn man den vielen Staub in Betracht zog, durch den man waten mußte, um von der Fähre dahin zu gelangen, wo die Fernverkehrsstraße den Kamm erklomm; oder wenn man an die Millionen von Ameisen dachte, die über die vertrockneten Blätter und Zweige hasteten.

Schließlich sah er doch eine Karte, auf der Keen's Crossing verzeichnet war. Auf der Fähre zeigte sie ihm jemand, ein staatlicher Landvermesser, der das große Blatt während der Überfahrt auf der Motorhaube seines Autos ausbreitete. Eine gepunktete Linie markierte die Überfahrtsstelle, und dann war da noch ein Punkt, ein roter, der den Laden darstellte. Daneben stand, kursiv: *Keen's Crossing.*

Da war er also: sein eigener Name, Keen, erschien in der großen Welt. Auf einer Karte, zusammen mit all diesen anderen magischen Formulierungen, *Maracaibo, Surabaya, Archangelsk.*

Es bestand ein Band, ein tiefes, zwischen dem Namen, wie er ihn trug und wie der Ort es tat; sie waren miteinander verbunden. Und nicht nur dadurch, daß er dort war. Er konnte weggehen – das würde er auch, eines Tages, dazu war er fest entschlossen –, doch die Verbindung würde bestehen bleiben. Der Name umfaßte ihn, von den Fußsohlen bis zu dem Schopf struppig geschnittenen Haares, wohin immer er gehen, was immer mit ihm geschehen mochte, wie er ebenso diesen einen speziellen Flecken auf dem Globus umfaßte, die Fährstelle, den Laden, jedes einzelne Staubkorn und die Zweige und toten Blätter, die den Grund und Boden des Ortes darstellten, sowie die vielen Arten von Ameisen, anderen Insekten und Spinnen und die Vögel, die ein und aus flogen; er umfaßte alles. Ein Mysterium steckte darin, über das er vielleicht sein ganzes Leben lang nachdenken würde, und hier auf dem Küchentisch begann er damit; abgesehen davon, daß das nur eines der Mysterien war, und er wußte bereits, daß es noch andere gab, gleichermaßen bedeutungsvolle, die er ebenfalls erforschen müßte. Dieses eine war jedoch für den Augenblick genug, und er sah mit Bedauern, daß er auf all die anderen Orte verzichten müßte, Mont-Saint-

Michel und Trincomalee, wie anziehend sie auch sein mochten, wenn er an diesem festhalten sollte, mit dem er verbunden war, weil er hier geboren worden war und weil der Ort seinen Namen trug beziehungsweise *er* den Namen des Ortes.

Was mochte Keen's Crossing gewesen sein, fragte er sich, bevor sein Großvater hierher gekommen war, Anspruch auf den Ort erhoben und den Laden gebaut hatte? Hatte er wohl überhaupt einen Namen gehabt? Und wenn nicht, wie hatte dann jemand wissen können, was er war oder daß er überhaupt hier war?

Er *war* hier gewesen, und ziemlich so, wie er es immer noch war, wenn man sich die Bäume wieder hindachte, die geschlagen worden waren, um den Laden und die Anlegestelle für die Fähre zu bauen und um für die Straße Platz zu machen, und wenn man sich die Wäscheleine, die drei Kiefern und die Rosenbüsche und Gerberas wegdachte, die seine Mutter gepflanzt hatte: dieselbe hohe Sandsteinkette mit ihren Wäldern fleischfarbener Angophoras.

Namenlos würde er sein; allzeit unberührt vom Fuß womöglich gar eines einzigen Schwarzen. Aber dennoch da. Und nicht einmal im Finstern. Das konnte man nicht sagen, einfach nur weil die *Leute* keine Kenntnis davon hatten.

Derselbe starke Sonnenschein hätte auf ihn herniedergebrannt, dieselben Stürme und sanften Winterregen. Dieselben Würgerkrähen und Elstern wären hier, Blaufinken, Regenwürmer, Baumschlangen, Frösche. Aber er wäre nicht Keen's Crossing. Er hätte nicht gewußt, daß es irgendwelche Keens *gab*, die ihre Pferde über den Fluß trieben und den ersten Baum fällten, um ein Lager aufzuschlagen. Er hätte nicht gewartet. Doch dann begegneten sich die beiden Dinge: seines Großvaters Axt und der harte Stamm eines seiner Bäume, und der erste Buchstabe einer Silbe schnitt hinein. Keen bedeutet scharf. Die Schneide der Axt war keen. So erhielt der Ort einen Namen und auch er selbst, und es war eine Verbindung entstanden, die einzigartig war in der Welt. Der gemeinsame Name bewies es.

Jahre später, in einigen ihrer schlimmsten Zeiten in Thailand, gab diese Verbindung Digger Kraft und half ihm, nicht verrückt zu werden, mit der Erde verbunden zu bleiben; mit dem kleinen Stück davon, das mit seinem Namen fortbestand und damit mit seiner Vorstellung von sich selbst. Nach Belieben konnte er dort sein. Er hatte nur in sich zu tauchen und sich umzuschauen. Von Zeit zu Zeit begann er, in seiner eigenen Gestalt oder indem er die geheime Gestalt eines vierbeinigen Geschöpfes annahm, das ungehindert die Wachen passieren konnte, zu rennen und sprang, wobei die Luft hinter ihm wehte, über Büsche, Flüsse, schließlich über Meere und kam durch die mondbeschienenen Bäume dahin, wo der Laden stand, abseits vom Ufer des Flusses und mit der großen Sandsteinkette dahinter, und auf dem anderen Ufer ein bewaldetes Kliff steil zu den Sternen aufragte.

Jetzt war er da, schwitzte ein wenig vom Rennen; war wieder herabgekommen von da, wo das Fieber ihn hingezogen hatte. Er stand in den Bäumen am Rand der Lichtung und sah zu, wie seine Mutter die Wäsche aufhängte. Sie erwartete ihn nicht, abgesehen davon, daß er stets in ihren Gedanken war; so wie sie in seinen. Wenn er zwischen den Stämmen hervortrat, würde er sie nicht erschrecken.

In einem Augenblick würde er es tun. Er stand nur noch eine Weile da und keuchte, ließ die großen Tropfen Schweiß von ihm abrollen und sah zu, wie sie das eine Ende eines Lakens hochnahm und anklammerte, dann das andere.

V

1

Von seinem Mittagsschlaf immer noch etwas benommen, stand Vic in Unterhosen da, einen bloßen Fuß auf dem anderen, den Ellbogen gegen die staubige Wand gestützt. Der Telefonhörer lag locker in seiner Hand. Er hielt den Kopf gesenkt und schüttelte ihn hoffnungslos hin und her. Um das altmodische Sprechrohr herum war mit Tintenstift an die Wand gekritzelt worden, und zwar Zahlen, Namen (darunter welche von Pferden), ein ungleichmäßiges Herz, tiefrot an der Spitze. Am Ende des Korridors wurde gerade ein Rennen aufgerufen.

Es war ein Männerwohnheim in Surry Hills. Unmittelbar vor dem Tee war er ans Telefon gerufen worden.

In der Hitze, in der kein Lüftchen ging, auf dem Rücken ausgestreckt, die Beine gespreizt, die Sinne leer, der Körper flach wie ein Brett – wie einer aus einer Figurenkette, die man aus einem mehrfach gefalteten Bogen Papier ausgeschnitten hat –, hatte er erst »Nicht da!« hinausrufen wollen, hatte sich dann aber doch erhoben, noch halb im Schlaf, am Kopf gekratzt und den Hörer ans Ohr genommen. Es war Ma. Jeden Freitagnachmittag rief sie an, und sie führten stets denselben dreiminütigen Wortwechsel.

Sie wollte natürlich, daß er nach Hause kam; doch nach dem erstenmal hatte sie nie wieder versucht, ihn zu überreden oder unter Druck zu setzen. Doch rief sie ihn jeden Freitag zur selben Zeit an, und obschon er häufig versucht war, das Gespräch nicht anzunehmen, tat er es doch immer wieder. Ma war clever und hatte unendliche Geduld. Schließlich einmal würde er das hier aufgeben und nach Hause kommen. Das wußte sie, und er tat es auch. In der Zwischenzeit klammerte sie sich, so leicht wie möglich, daran fest.

Sonntag zum Dinner – das war eine offene Einladung, als Überraschung für Pa; kein Druck, aber die Einladung bestand dauernd. Eines Sonntags, ja, das versprach er, vertröstete sie aber immer wieder.

Zurück in seinem Zimmer, legte er sich wieder aufs Bett, dachte an nichts, starrte nur an die gewalzte Decke mit ihrem Muster von Kreisen in Quadraten und bourbonischen Lilien in den Kreisen.

In diesen letzten Jahren, in denen sich die Einwohnerzahl der Stadt nahezu verdoppelt hatte, war der Salon des Etablissements mit seinen langen Schiebefenstern und viereinhalb Meter hohen Wänden mit Spanplatten geteilt worden, um kleinere Zimmer zu schaffen. Er hatte keine Ahnung, wie viele; jedes aber hatte seine nackte Birne an der Decke hängen, seine Garderobe, Waschbecken und Bett. Die große Lücke zwischen den Trennwänden und der Decke bedeutete, daß es hier keine Privatsphäre gab. Die ganze Nacht konnte man hören, wie die anderen Männer husteten, sich räusperten, den Western, den sie gerade lasen, umblätterten, sich auf den rostigen Drahtgestellen umdrehten oder im Schlaf stöhnten. Man nahm, ob man wollte oder nicht, teil an ihren Träumen.

Er verdiente jetzt gutes Geld und hätte sich ein eigenes Zimmer leisten können. Doch konnte er in einem Zimmer für sich nicht schlafen. Er hätte es nicht zugegeben, nicht einmal gegenüber Digger, aber er konnte die Nacht nicht allein durchstehen. Das eine Mal, das er sich in einem Hotel ein Zimmer genommen und es versucht hatte, war er in kalten Schweiß gebadet aufgewacht, in panischer Angst, die er nicht ertragen konnte. Er mußte hinausgehen und saß dann mit Stadtstreichern an einem die ganze Nacht geöffneten Imbißstand.

Die Enge dieses Ortes, die Gleichgültigkeit, die gelassene Verzweiflung der anderen Männer, die zumeist älter waren, waren das, was er sich wünschte; sie gefielen ihm. So auch sein Job.

Sechs Monate war er im Westen gewesen, von einem Ort zum anderen gezogen und hatte jegliche Arbeit, die er bekommen konnte, angenommen, war da Golfplatzwart gewesen, hatte dort Zäune gebaut. War über Bathurst nach Orange gelangt, dann nach Moree und Walgett und über die Grenze nach Queensland. Getan hatte er das, um sich für eine Weile selbst zu verlieren, doch am Ende hatte er wieder den Weg zurück gefunden. Jetzt war er von der Stadt als Vorarbeiter im Straßenbau angestellt und mußte den ganzen Tag in der Hitze und dem Teergestank Splitt vor einer Dampfwalze ausbreiten. In der

Dezembersonne war das eine fürchterliche Arbeit. Seine Hände waren voller Schwielen und schwarz. Er hatte Brandflecke, wo heißer Teer draufgespritzt war. Manche Nacht hatte er das Gefühl, als hätte man ihm die Arme ausgerissen. Aber das wollte er ja.

Er war zu Hause, das akzeptierte er. Es war eine Tatsache. Doch eine gewisse Widerspenstigkeit in ihm, ein gewisser Protest, den er nicht aufgab, hielt ihn immer noch gefangen, nicht an einem Ort, sondern in einem Zustand. Er *wollte nicht* frei sein. Es zu sein würde bedeuten, doch zu akzeptieren, daß das, was ihm angetan worden war, zu Ende sein und überwunden werden konnte, und das konnte er keinesfalls akzeptieren.

Er war zurück und konnte jetzt haben, was er wollte, ein eigenes Zimmer, ein Mädchen, das, was Ma als normales Leben bezeichnete. Er aber entschied sich dagegen. Das Recht zu entscheiden, selbst wenn seine Entscheidung gegen seine eigenen Interessen gerichtet war, war wichtig für ihn. Indem er jetzt so lebte, wie er es eben tat, machte er, was »da draußen« mit ihm geschehen war – die Entbehrungen und die Schande, die er gelitten hatte, den Mißbrauch, dem er unterworfen gewesen war –, zu einer viel geringeren Vergewaltigung. »Siehst du, womöglich hatte ich mich dafür selbst entschieden. So wie jetzt auch.« Er entschied sich aber auch aus Stolz, die Warrenders ihn nicht so sehen zu lassen; wie gern sie ihn auch haben mochten und welche finanzielle Unterstützung sie ihm auch angedeihen lassen würden. Er wollte keine Unterstützung. Wenn er sie wiedersehen sollte, dann mußte er wieder der sein, der er gewesen war, bevor er wegging. Das waren die Bedingungen, die er sich stellte.

In seinen letzten Tagen im Lager hatte er unter den anderen Briefen von Pa und Ma und Ellie auch einen von Lucille bekommen. Er war in einem Stil geschrieben gewesen, der ihn auf der Stelle wütend machte, weil er vorgab, dic Fakten, die er zu vermelden hatte, auf die leichte Schulter zu nehmen, und völlig falsch war. Sie war verheiratet, das hatte sie ihm mitzuteilen. Mit einem Ami. Und hatte ein Kind.

Er akzeptierte diese Tatsachen. Tatsachen achtete er sehr. Was er aber nicht akzeptierte, war ihre Endgültigkeit. Wie die Dinge, die mit ihm geschehen waren, waren sie ein Resultat der außergewöhnlichen Bedingungen des Krieges, und sie waren in diesem Ausmaß zufälliger Natur. Er wollte kein Opfer eines Zufalls sein, weder in diesem noch in einem anderen Fall. Rechtzeitig würde er diese Fakten umkehren, aber nur, wenn er stark genug wäre, mit etwas wie seiner alten Kraft an den Dingen festzuhalten. Bis dahin würde er warten müssen.

Die anderen Männer in dem Haus waren zum größten Teil Penner. Er begegnete ihnen im dunklen Korridor oder auf der Treppe draußen, wenn sie mit einer Flasche Portwein in einer Papiertüte nach Hause schwankten oder auf halber Treppe stehenblieben und sich räkelten. »Tag, Junge«, sagten sie immer. Doch ein paar von ihnen waren recht ehrenwerte alte Knaben, die sonst nicht wußten, wohin. Hatten keine Frau mehr, irgendwo vielleicht einen Sohn oder eine Tochter, die aber keinen Platz für sie hatten; oder sie hatten nie eine Familie gehabt. Sie lasen die Zeitungen, interessierten sich für die Rennen, tauschten billige Krimis aus. Für diese Männer war das alles normal. Sie sahen ihn nicht an und fragten sich, was er wohl hier tat. Sie nahmen an, er wäre wie sie – nur ein paar Jahre eher auf der Straße.

Von Leuten, die er kannte, hielt er sich fern, versuchte es zumindest; doch gelegentlich, wenn er in Panik war, bedurfte er des Trostes einer vertrauten Stimme. Zittrig ging er dann aus und rief jemanden an. Douggy zumeist, da Douggy seßhaft war; seltener, hatte es aber auch schon ein paarmal getan, die Warrenders, und zwar in der Hoffnung, er könnte Lucille erwischen. In den meisten Fällen genügte es schon, die Nummer zu wählen und das Telefon läuten zu hören. Dann konnte er wieder schlafen gehen. Oder er wartete auf die sich meldende Stimme und hörte sie sich einen Moment an, zu beschämt, selber zu sprechen.

Es gab aber auch Zeiten, da half nur eine Person, und das war Digger.

Er zögerte es hinaus, solange er konnte. Er haßte diese Abhängigkeit und verstand sie nicht. Früher oder später jedoch mußte er den Kampf aufgeben und Digger ausfindig machen. Einmal war es im »Kreuz«. Das nächste Mal mußte er den ganzen Weg per Anhalter bis nach Hawkesbury, bis Keen's Crossing fahren.

Digger gegenüberzutreten brachte ihn wieder ganz zurück. Bisweilen schüttelte es ihn so sehr, daß er dachte, es wäre wieder ein Malariaanfall; es wäre *körperlich.* Es war aber nicht Malaria, und nach einer Weile wurde er ruhiger, dann breitete sich eine große Ruhe über ihn aus; sein Geist wurde schläfrig davon, und es dauerte mitunter Tage, wie das Auflegen von Händen.

Er wußte nicht, warum das so war. Er war bewegt und dankbar und wünschte sich, er könnte es irgendwie zeigen, aber Digger brauchte nichts von ihm, wußte kaum, wie er glaubte, was vor sich gegangen war. Digger war geduldig mit ihm, hielt ihn sich aber auch fern. Er war verletzt. Bisweilen war er von einem Geist der Großmut und der Zuneigung für die Welt erfaßt, der etwas in ihm zerbrach, von dem er wußte, daß es zerbrochen werden mußte. Dann tappte er mit leeren Händen umher, sah andere an, als wäre er betrunken, wieder andere, als wäre er verrückt, mit dem benommenen, aufgeblasenen Gefühl, ein Überbringer von Gaben zu sein, die selbst erscheinen und sich erklären würden, *müßten,* sobald er jemanden gefunden hätte, der sie von ihm annahm.

2

»Also, er kommt«, sagte Ma, indem sie sich von ihren Büchern abwandte. »Diesmal hat er es versprochen. Aber Pa sage ich nichts, bis er nicht tatsächlich hier ist. Er wäre sonst zu enttäuscht. Ach«, fügte sie noch hinzu, »ich glaube, es wäre überhaupt besser, wenn wir gar nichts sagten, keiner von uns – versteht ihr, darüber, wo er gewesen ist.«

Ellie blickte nur mal ganz kurz hoch von ihrem Buch. Lucille aber sagte scharf: »Ja um Gottes willen, warum denn nicht?«

Sie fütterte gerade Klein Alexander pürierte Birnen. Das Kind, verärgert wegen der Unterbrechung, wegen allem, das zwischen ihn und die große Wärme kam, die so beständig auf ihn gerichtet war, hob den Blick zu seiner Großmutter und ließ die Lippe hängen. Seine Mutter hatte sich von ihm abgewandt.

Der Löffel hing in der Luft, Zentimeter von seinem Mund entfernt.

Mrs. Warrender erwiderte nicht sofort etwas. Sie verstand Lucilles Lage. Es war schwierig, eine verheiratete Frau und Mutter zu sein, mit einem Mann, der Tausende Kilometer weit weg war, und keinen eigenen Haushalt beziehungsweise kein eigenes Heim zu besitzen. Sie wußte auch, daß Lucille, wo es um Vic ging, sehr eigen war. Sie hatte nicht das Recht dazu, doch all das machte sie nur noch gereizter.

»Nun«, sagte Ma schließlich, »ich kenne Vic und weiß, daß er nicht darüber sprechen möchte. Wenn er selbst davon anfängt, ist es etwas anderes. Aber das wird er nicht, ich weiß, das wird er nicht.«

Lucille machte ein finsteres Gesicht. In diesen letzten Monaten war sie immer ungeduldiger mit Ma geworden, und jetzt, da sie dabei war, sich selbständig zu machen, äußerte sie sich immer kritischer, höhnisch sogar über die Art, wie sie lebten, die Ausflüchte und Halbwahrheiten, zu denen sie gedrängt wurden, indem sie sich gegenseitig fernhielten, was weh tun könnte. Sie wünschte sich jetzt ein Leben, das kernig war und offen und ehrlich, auch wenn es einmal weh tat, und so etwas war hier unmöglich. Sie war es leid, eine verheiratete Frau zu sein und im Hause ihrer Eltern immer noch ein Kind.

Die ganzen Monate, die sie schwanger gewesen war, hatte sie sich wunderbar abgeschieden und unabhängig gefühlt. Sie hatte gegessen, was sie mochte, bis Mittag geschlafen, die Nachmittage ausgestreckt in der Sonne; ohne ihre sonst übliche Ruhelosigkeit und auch ohne die Bedrückungen, die mit ihrer »schwierigen« Natur einhergingen. Und es steckte auch kein Egoismus drin, denn sie dachte ja nicht mehr nur an sich selbst.

Abgeschieden, aber gleichzeitig verbunden und mit etwas in einer Linie: wirkliche *Mächte,* wobei sie Mächte meinte, die außerhalb ihres Willens standen.

Die Zeit zum Beispiel.

Die Uhr, die in ihr zu ticken begonnen hatte und die exakt mit der Sonne synchron ging, war echte Zeit, nicht nur Uhrzeit, und sie synchronisierte auch sie. Sie konnte nicht angehalten, verlangsamt oder beschleunigt werden. Sie unterwarf sich ihr und fühlte sich nicht vergewaltigt, sondern im Gegenteil sogar irgendwie erleichtert.

Auch die Schwerkraft.

Eines Nachmittags sah sie sich, in dem Dämmerzustand, in den sie unter der brennenden Sonne gefallen war, als Wolke, so leicht und transparent, daß sie sich jeden Moment hätte auflösen oder erheben und davonschweben können. Doch im Innern der Wolke, weit weg, genau in der Mitte, führte im Scheinwerferlicht ein kleines Wesen etwas vor, keinem Publikum, nein, ganz und gar nicht, sondern sich selbst. Im Zustand vollkommener Selbstversunkenheit schlug es Saltos, und sie sah es ziemlich deutlich, obgleich es in Wirklichkeit sehr weit weg war. Es war nicht schwerelos, schien aber von den Geheimnissen der Schwerkraft genügend zu wissen, um die erstaunlichsten Dinge mit ihr anzustellen. Lucille behielt es im Auge; sie wollte die Geheimnisse von all dem erfahren – von der Leichtigkeit, aber auch von ihrem wirklichen Gewicht in der Welt.

Monatelang hatte sie, die Augen gegen die Sonne zugekniffen, die Füße auf den Lehnen eines Sessels und ein Glas von Meggsies Limonade vor sich, dem Wesen zugesehen. Zunächst war es sehr klein und weit weg gewesen, doch die Entfernung hatte nichts zu tun mit dem Raum, sondern mit der Zeit. Es wurde größer, je näher es kam; bis es so nahe war, daß sie nicht mehr zu blinzeln brauchte, um es zu erkennen.

Nicht einen einzigen Augenblick während der ganzen Zeit war ihr bange um es gewesen, auch nicht um sich selbst. Sie würde nicht davonschweben, und es würde nicht abstürzen. Beide wurden sie gehalten.

Und sie brauchte auch keine Ungeduld zu empfinden. Das Wesen bewegte sich in seiner eigenen Zeit und ließ sich nicht antreiben. *Es* war die Uhr. Irgendwo droben, an einem Punkt, den sie noch nicht erreicht hatten, saß es bereits auf seinem Hochstuhl und klopfte mit einem Löffel. Alles, was sie zu tun hatte, war, die Tage abzuwarten, bis sie dort waren.

»Nun«, sagte sie jetzt, »ich kenne Vic auch.« Sie drängte das Kind jetzt, den Mund für den letzten Löffel aufzumachen. »Du machst genau das, was er möchte. Dieses ganze Theater! Damit wir sehen, was für eine sensible Seele er ist und wie sorgsam wir mit ihm umgehen sollten, das ist alles! Und um sich zum Mittelpunkt von allem zu machen.«

Ellie sah wieder auf. Es war die Heftigkeit in Lucilles Stimme und nicht die Worte selbst, was sie bestürzte.

»Das hat damit gar nichts zu tun!« sagte Ma, auch sie war jetzt böse. »Ehrlich, Lucille, es gibt Zeiten, da denke ich, ich kenne dich überhaupt nicht.«

Lucille lief rot an. Es war demütigend für sie, von ihrer Mutter kritisiert und getadelt zu werden. Sie nahm ihre Sachen und Alexander und verließ das Zimmer.

»Warum bist du denn so schlecht auf Vic zu sprechen?« fragte Ellie später, als sie beide allein waren in Lucilles Zimmer, das Kind auf dem Bett zwischen ihnen. Lucille saß aufrecht da, die Beine übereinandergeschlagen, und fädelte eine Nadel ein.

»Bin ich das?« fragte sie.

»Ja, allerdings. Und du hast ihn noch nicht einmal *gesehen.* Und du tust auch Ma weh. Du weißt, wie gern sie ihn hat. Was ist nur los mit dir?«

Lucille war immer noch mit ihrer Nadel beschäftigt. Nach einem Augenblick legte sie sie hin und sagte bissig: »Er denkt, er ist der einzige in der Welt, dem etwas *zugestoßen* ist. Ich kenne Vic. Da muß ich ihn nicht erst *sehen.*«

Ellie zog sich zurück. Sie kannte diese heftigen, teils aufgelösten, teils herausfordernden Stimmungen an ihrer Schwester. Sie standen sich sehr nahe und waren sich in diesen letzten Monaten, seit Lucille allein war, noch nähergekommen.

Die drei Jahre zwischen ihnen machten etwas aus.

Ellie war noch zu jung gewesen, um mit Amerikanern auszugehen – Pa erlaubte es nicht; aber sie hatte sich immer da mit herumgedrückt, wenn sie aufkreuzten (genau wie im Kino) mit einer Orchidee in einer Zellophanschachtel oder Pralinen oder Nylonstrümpfen, hatte sie auf ihre nüchterne Art abgeschätzt und konnte hinterher, wenn sie und Lucille sich, immer noch in ihren Tanzkleidern, auf einem ihrer Betten wälzten, miteinander flüsterten, lachten, Vergleiche anstellten und Kritik übten, genau den Dialekt nachahmten, in dem dieser oder jener sagte: »Gewiß, Ma'am«, oder die lässige Art oder das wenig militärische Trampeln oder das zackige Auftreten anderer oder den stinkbesoffenen Ausdruck von einem oder die muskelprotzende, trottelhafte Schüchternheit eines anderen, eines gewissen Virgil Farson Jr aus Greenwood, Mississippi, der nicht von Anfang an Lucilles Spitzenkandidat gewesen war, nicht im geringsten, dann aber doch. Als Anstandswauwau hatte sie zu jedem Zeitpunkt gewußt, worauf Lucille aus war. In einem Ausmaß, daß Ma ihr tatsächlich vorwarf, nichts gesagt zu haben, und eine Woche lang nicht mit ihr sprach.

Als Vic wegging, war Ellie fünfzehn. Sie waren Freunde gewesen, und sie hielt sehr zu ihm. Für sie hatte es festgestanden, daß Lucille *ihn* nehmen würde – es bestand ja eine so innige Beziehung zwischen ihnen – und daß ihre anderen kleinen Affären und Flirts nichts weiter waren als eine Art Neckerei, um die Unausweichlichkeit des Ganzen zu verbergen.

»Nein«, erklärte ihr Lucille feierlich, »das war doch bloß Kinderquatsch. Kennst du denn den Unterschied nicht?« Sie war sich ihrer so sicher, daß Ellie sich fragte, was sie versäumt hatte.

Und dennoch hatte man, als sie schwanger wurde, allgemein das Gefühl, ganz besonders Ma, daß es ein Fehler war.

Lucille dachte nicht so. Sie verkündete Ellie die Neuigkeit als verschworenes Geheimnis, und zwar mit so viel ehrfürchtiger Erregung und Triumph (Ellie hatte sie noch nie so begeistert und nüchtern und überreizt auf einmal erlebt), daß Ellie in ihrem eigenen Körper einen kleinen Schlag verspürte, ob dessen Unermeßlichkeit, dessen ernsthaftem Erwachsensein.

Lucille, sagte sie sich, hatte recht. Sie war noch ein Schulkind und begriff nichts. Selbst mitten im Krieg, als so viel Schreckliches geschah, hatte sie einfach in ihrem alten Trott weitergemacht, hatte geglaubt, daß das Leben, ihr Leben, eine Geschichte war, die nur auf die eine Art und Weise ausgehen konnte, nämlich wie in den Filmen, in die sie ging, und den Romanen, die sie las. Lucille hatte das alles durchbrochen, und trotz der Innigkeit der beiden hatte sie nichts davon gemerkt.

Die zwei Wochen, die sie Lucilles Geheimnis zu wahren hatte, sah sie ihre Schwester als ein sich verwandelndes Wesen an, plötzlich ausgestattet mit Dringlichkeit und Zweck.

Der Keim des Lichts, der mit jeder verstreichenden Sekunde in Lucille anschwoll und sich rundete, hatte sie in die Linie des Lebens gezogen; und dahin gebracht worden war er erstaunlicherweise auf so präzise und effektive Weise, wenn auch zweifellos auf dessen gewöhnlich holprige Art und ohne klare Absicht, von Virgil Farson, einem großen, langsamen Burschen von noch nicht ganz zwanzig. In jenem Augenblick trödelte er in fünftausend Kilometer Entfernung auf einem Luftwaffenstützpunkt auf den Inseln herum, las seine Kater-Felix-Comics und wußte noch nicht, was er angerichtet hatte.

Diese Tatsachen setzten Ellie in Erstaunen. Sie war wie benommen in dem Haus herumgelaufen und war sich plötzlich bewußt, wie zerbrechlich und wichtig Dinge sein konnten, und spürte, wie sich ihre Bindung mit Lucille unermeßlich vertiefte. Lucille hatte eine Grenze überschritten. Ellie spürte, daß auch sie sie fast erreicht hatte, und strahlte und schwoll aus Sympathie an.

Das war natürlich eine Übertreibung. Sie war von ihren eigenen Möglichkeiten aufgerührt worden, das war alles, hatte das Ziehen in ihrem eigenen Wesen verspürt und den Wandel in Lucilles. Bald kam sie wieder auf die Erde zurück.

Doch das kleine Leben, dessen sie sich damals als eine bloße schwebende Präsenz bewußt war, ein neues, namenloses, das sich ihnen zugewandt hatte und auf einen Punkt zu startete, der vielleicht sechzehn, siebzehn Jahre entfernt lag, war nicht mehr namenlos. Es war der sonderbare kleine Alexander; er erfüllte das Haus mit seinen Schreien und seinem Hunger, seinen Gerüchen auch, und lag in diesem Augenblick auf dem Bett zwischen ihnen, sang vor sich hin, strampelte mit den Füßen in der Luft und quiekte vor Extase, wenn sie ihm ihr Gesicht auf den nackten Bauch drückte.

»Glaubst du, daß er so anders werden wird?« fragte sie und hob dabei den Kopf. Mehr sich selbst stellte sie die Frage, ziemlich darauf bedacht, was es sein könnte, das sie nicht verstanden hatte.

Lucille war aufgeregter, als sie zugab. Sie zog ein Gesicht und wendete sich ab. Es war zu schwierig. Sie konnte es nicht in Worte fassen.

Er würde es, natürlich würde er es. Er mußte es. Waren sie es nicht alle? So vieles war in diesen letzten Jahren geschehen. Doch Vic, das wußte sie, hatte eine Art, sich von bloßen Ereignissen abzuriegeln. Das war eine Stärke; es war aber auch, von einem anderen Standpunkt aus betrachtet, eine Schwäche. Je mehr ihn eine Sache berührte, desto mehr tat er es.

Er würde sich verändert haben, gewiß, vielleicht sogar schrecklich, und die Möglichkeit dessen, wie gering ihr Anteil daran auch sein mochte, schmerzte sie. Er würde jedoch vorgeben, es sei nicht der Fall, und sich gleichzeitig wünschen, er würde durchschaut und er würde bedauert.

Als also der Sonntag kam und er, wie versprochen, erschien – sie hörte die Klingel, dann den Lärm, den sie in der Halle machten, sogar Meggsie und Tante James –, ging sie nicht sogleich hinunter. Sie benötigte ein bißchen mehr Zeit, nicht für sich, für sich verwendete sie überhaupt keine Zeit, sondern für das Kind. Als sie zur Wohnzimmertür kam, waren sie alle um ihn versammelt, Ma, Pa, Meggsie, Tante James (Ellie war noch nicht zu Hause, sie war noch Tennis spielen), eine enge Familiengruppe. Er war der verlorene Sohn, der wieder heimgekehrt war; mächtigen Wirbel machten sie um ihn. Sie fühlte sich ausgeschlossen. Hatte sie ihm, insgeheim, stets seinen Platz unter ihnen mißgönnt? Hatte Ellie das? Doch als er sich umdrehte und sie seinen raschen, festen Blick sah, schämte sie sich. Geschwind ging sie auf ihn zu, wobei sie den Jungen hielt und sich darauf verließ, daß seine Wärme und sein Gewicht ihr Halt gaben, und küßte ihn auf die Wange. Sie war schockiert. Er war nicht schmaler als in alten Zeiten, aber er hatte einen geschundenen Blick, der ihr direkt ins Herz fuhr.

Die anderen, Ma, Pa, Tante James, sahen zu. Sie sagte sich, sie müßte auf ihre Gefühle achtgeben. Der Augenblick war kritisch.

Sein Haar, das brutal kurz war, bis über die Ohren abrasiert, verlieh ihm das Aussehen eines Sträflings. War das Absicht? Sie war gerührt davon, riet sich jedoch selbst, ihm nicht zu trauen. Sie standen dicht beieinander, das Kind zwischen sich, das jauchzte und mit den Fingern in der Luft herumfuhr.

»Wie alt ist er denn?« fragte Vic.

Verdutzt starrte er das Kind an, als ob er nicht erwartet hätte, daß es ganz real existierte, oder als ob er unterschätzt hätte, wieviel unschuldige Energie und Selbstgefälligkeit es besitzen würde. Das Kind lachte und blickte von einem zum andern, ohne überhaupt einen Zweifel aufkommen zu lassen, daß es hier die wichtigste Person war.

»Hallo, Kumpel«, sagte Vic, als das Kind nach seinem Hemd langte.

»Alexander«, sagte sie ihm.

»Siehst du«, wollte sie noch hinzufügen, »wir sind nicht mehr die Jüngsten – nicht mehr.« Sie dachte, das würde ihn ein bißchen versöhnen, ihn die Dinge sehen lassen, wie sie sie sah, auf längere Sicht.

Dann streckte er die Hände aus und nahm ihr Alexander ab. Sie spürte ihre Arme leichter werden, sah, wie rauh und voller Narben seine Hände waren, und war von seiner Sanftmut überrascht, blieb jedoch auf der Hut. Das Kind hatte ihn aus dem Gleichgewicht gebracht, das war alles. Jetzt würde er vermutlich nach einer Möglichkeit suchen, seine Position wieder zu stärken. Vic hatte das Kind auf dem Arm und wiegte es auf und nieder, so als wollte er sein Gewicht abschätzen.

Das brachte sie fast zum Lachen. Zu einem vierzehn Monate alten Kind konnte er nicht in Rivalität verfallen. Das wäre zu würdelos, und die Chancen standen zu sehr zu Gunsten des Kindes. Er suchte nach einem Umweg. »Was für komische Geschöpfe wir doch sind!« dachte sie und entspannte sich ein wenig. »So durchschaubar.«

»Er ist ganz schön schwer«, sagte Vic, und die ganze Zeit schwiegen die andern und sahen zu.

»O ja, er ist schwer«, dachte sie, »das hätte *ich* dir sagen können.«

Dann lachte sie. Sie war von einer solchen Welle der Freude erfüllt über das Gewicht, um das er die Welt schwerer machte und das sie, selbst wenn sie ihn gar nicht selber hielt, spürte, und in ihrem Ansturm fühlte sie auch eine Zuneigung für *ihn,* für seine Hände, die so grindig und geschwollen waren, und für die Sicherheit, mit der sie das Kind hielten.

»Hör zu«, wollte sie sagen, »können wir die Sache nicht nehmen, wie sie ist? Es war Krieg. Außergewöhnliche Dinge sind geschehen. Ein Junge von Mississippi, einberufen vom Verteidigungsministerium in Washington, kam daher und hat mit mir geschlafen. Er war neunzehn. War noch nie von zu Hause weg gewesen. Nun ist er wieder fort, und es mag noch Monate dauern, bis ich zu ihm kann, und Alexander ist da, und die ganze Welt hat sich verändert. Doch es ist in Ordnung. Uns geht es allen gut – wir *leben* noch, nicht wahr? Du brauchst ihn nur anzusehen, dann siehst du, wie leicht diese Dinge sein können.«

Er war sehr schnell. Sie sah an seinen Augen, daß er ihren Augenblick der Schwäche ihm gegenüber erkannt hatte. Er reichte das Kind zurück, und als er dann die Hände in die Taschen steckte, spielte ein leichtes Lächeln um seine Mundwinkel, obgleich er versuchte, es zu verbergen. Er hatte seine Kraft wieder gespürt und schickte sich an, schwierig zu sein. Es war etwas Unbeschwertes in ihm, und ein leichtes Summen, sie konnte es hören, kam von der Oberfläche seiner Haut. Sie zog sich zurück.

Nichts von dem, was ihr noch einen Augenblick zuvor auf den Lippen lag, konnte sie sagen.

Vic hatte sich wie ein Geist gefühlt, als er hierher zurückgekommen war.

Nachdem er aus dem Zug gestiegen war, war er eine Zeitlang auf dem Bahnsteig auf und ab gegangen, hatte die Fahrpläne und Anzeigen studiert und die Graffiti im verglasten Warteraum zu entziffern versucht; er gab eine gute Imitation eines Mannes ab, der auf einen Anschlußzug wartete.

Was er tat, war, sich an seine letzten Augenblicke zu klammern, die er im ungewissen war.

Auf einem Bahnsteig kann man warten, ohne gefragt zu werden. Die Hände in der Tasche, geht man auf und ab; bleibt stehen, um sich eine Zigarette anzuzünden oder ein neues Stück Kaugummi auszuwickeln, und das ist die einzige Beschränkung; keine Verpflichtung, sich zu rechtfertigen oder andere zu grüßen oder einfach ihre Anwesenheit zur Kenntnis zu nehmen. Man steht da, wippt auf den Zehenspitzen auf und ab und pfeift vor sich hin. Man schlendert bis zum Ende des Bahnsteigs und sieht den halben Kilometer aufgeschütteten Schotter entlang, der eine Rangierstrecke darstellt. Dann macht man kehrt und schlendert zurück. Erst wenn man an dem Jungen mit der Mütze und der Weste vorbei ist, der müßig am Tor steht, seine Fahrkarte abgegeben hat, die Treppe zu den wartenden Taxis hinuntergegangen ist, ist man angekommen. »Hier könnte ich den ganzen Tag bleiben«, dachte er, als er den Fahrplan zweimal gelesen hatte sowie die Bibelbotschaft und die Anzeigen für Vincents APC-Puder und Bushells Tee, »oder ich könnte mit dem nächsten Zug zurückfahren.« Doch plötzlich, ohne zu überlegen, ging er bis zum Bahnsteigende, nahm die Treppe, und ehe er es noch richtig gewahr wurde, stand er auf der Straße.

Bis zu dem Haus war es ein ganz schönes Stück zu gehen, doch er kannte jeden Schritt. Noch vier Jahre zuvor war er hier zur Schule gegangen.

Einmal blieb er stehen und blickte durch den Zaun einer Konservenfabrik, wohin er mit anderen Kindern Schrott sammeln gegangen war.

Unmittelbar dahinter befand sich das Hexenhaus, eine Ruine mit Veranda, die weit hinter Hanfbeeten und rostig aussehenden Palmen stand. Bewohnt wurde sie damals von einer verrückten Alten, die einen Kinderwagen mit einem Spitz drin durch die Straßen schob. Jetzt stand das Haus leer und war zugenagelt.

An der Ecke zur Crane Street war eine Stelle, wo er acht oder neun Jahre zuvor, als er dreizehn war, mit dem Hausschlüssel seine Initialen, V.C.C., in den feuchten Zement geritzt hatte. Sie waren immer noch dort, unter den Abdrücken von Hundepfoten.

Es war aber auch etwas in ihm, das ihn zur Eile antrieb, das Wiederauftauchen eines Gefühls, das von dem Moment an da war, als er Ma zum erstenmal gesagt hatte, daß er kommen würde.

Die Vertrautheit des Weges selbst begann in ihm zu arbeiten, als sein Körper, der ein eigenes Gedächtnis besaß, unbemerkt zurückkam in das leichte Wissen davon, wie viele Schritte es waren vom Bahnhof bis an ihre Haustür. Als er dort angekommen war, ertappte er sich, wie er gewohnheitsmäßig nach dem Schlüssel in die Tasche griff.

Zwei überraschende Dinge ereigneten sich, als die Tür schließlich aufging. Meggsie drückte ihn und brach in Tränen aus, und Tante James erkannte ihn zum erstenmal als ihn selbst. »Es ist Vic!« rief sie unmittelbar hinter Meggsie in den Korridor.

»Mein Gott!« dachte er und spürte ein Gelächter in sich aufsteigen. »Wenn *sie* mich erkennt, muß ich wirklich ein Geist sein.«

Es gab noch andere Veränderungen. Pa gab sie bekannt, ein bißchen zu schnell, wie Vic meinte, ehe er sie selbst herausfinden konnte, und schlug dabei einen humorvollen Ton an, der nicht erkennen ließ, was er tatsächlich fühlen mochte.

»Ich bin im Ruhestand«, erzählte er Vic. »Aus dem Verkehr gezogen, nehme ich an. Obgleich es offiziell heißt, damit ich an meinem Buch weitermachen kann.« Ma gab ein paar schwache dementierende Laute von sich und folgte damit dem Spiel, das Pa daraus machte. »Darf ich dir den neuen Chef vorstellen?«

»Es stimmt«, sagte sie, ein bißchen verlegen deswegen. »Vor drei Jahren habe ich die Leitung übernommen. Na, das ist eine Überraschung für dich!«

»Sich *meiner* entledigt, das war das erste, was sie gemacht hat«, sagte Pa. »Wegen Inkompetenz entlassen. Wegen Bummelns bei der Arbeit.«

»Quatsch!« erklärte sie. »Er konnte sich nicht damit abfinden, eine Frau als Vorgesetzte zu haben, das war der wirkliche Verdruß. Hielt das für unter seiner Würde.«

»Ach?« sagte Pa. »Ich dachte, du wärst schon immer der Boß. Dachte, ich wäre dran gewöhnt.«

»Na, jedenfalls«, sagte Ma, »sind wir wieder oben, das ist die Hauptsache.«

»Die ganzen Jahre«, erklärte Pa, »hatten wir diese geheime Waffe und wußten es nicht einmal. Wir ließen Ma freie Hand, und die Mistkerle hauten ab.«

Hinter all diesen Spötteleien, hatte Vic das Gefühl, verbargen sich Spannungen, mit denen nur Humor, ihr alter grob-herzlicher Humor, fertig werden konnte.

Doch es hatte Ma vollkommen verändert, daß sie nun in den Mittelpunkt ihrer aller Leben gerückt war. Alles, was vorher lasch in ihr gewesen war, fand jetzt Beachtung. Die Unbestimmtheit und Schlaffheit, die bei ihr scheinbar anlagebedingt waren, diese ruhelose Angst, hatten nur, wie sich jetzt herausstellte, zu den Lebensbedingungen gehört, die sie sich selbst auferlegt hatte – gegen ihre Natur; zuerst, um ihrem Bruder Stevie Platz zu machen, dann Pa. Als der Krieg die Spielregeln änderte, hatte sie sich einfach ins Mittel gelegt und getan, was sie die ganze Zeit über schon hätte tun sollen; für einige Zeit zunächst, solange Pa mit Denguefieber daniederlag, dann, mit kaum einem Protest von seiner Seite, für ganz.

Die Kriegswirtschaft legte sehr großen Wert auf heimische Produkte. Ma, die die Gelegenheit erkannte, die sich bot, hatte gehandelt und einen Riesengewinn gemacht.

Es versetzte Pa in Erstaunen, daß diese Frau, mit der er fünfundzwanzig Jahre zusammengelebt und die er über vierzig Jahre gekannt hatte, sich plötzlich als »Freibeuterin« entpuppte. Sie war eine Needham und die Tochter ihres Vaters, das war's. Pa, der den alten Herrn als einschüchternd empfunden hatte, eigentlich sogar ein bißchen als einen Grobian, war amüsiert, zugleich aber auch beängstigt von dem Ausmaß, in dem er jetzt in weiblicher Gestalt wieder erschien. Er neckte Ma und zog es ins Lächerliche – das war sein Stil –, war jedoch beunruhigt.

Auch Ma fand es einfacher, das, was geschehen war, als eine ausgefallene Sache, eine Laune ihrer Zeit zu bezeichnen. Sie war Pragmatikerin. Das war eine der Eigenschaften, die sie bis jetzt keine Gelegenheit gehabt hatte hervorzukehren, als sie jedoch einmal befreit war, ließ sie ihr freien Lauf, wie auch dem recht gewürzten Humor, der mit ihr verbunden war. Urheber ihrer Befreiung war ausgerechnet die Kaiserliche Japanische Armee gewesen, wenngleich, wie bei so vielem anderen, was geschehen war, nur rein zufällig. Sie war kein Bestandteil von deren Plan der gemeinsamen Prosperität gewesen.

Dies war eine zu witzige, zu seltsame, zu weit hergeholte Ansicht, um anerkannt zu werden. Sie behielt sie für sich. Die Leute, so hatte sie herausgefunden, waren ungewöhnlichen Ansichten gegenüber nicht sehr aufgeschlossen, wie witzig sie auch sein mochten, oder gegenüber jenen, die sie zum Ausdruck brachten.

Schon am Telefon hatte Vic den neuen Klang ihrer Stimme bemerkt. Zum Teil war es das gewesen, das spürte er jetzt, was ihn bewogen hatte zu kommen. Zwischen ihnen bestand ein Komplott. Es brauchte nicht beschworen zu werden. All das war schon Jahre zuvor in ihren besorgten Aussprachen geregelt worden, als sie seine Bindung an sie gespürt und bereits erkannt hatte, wie er noch nicht, daß sie eines Tages ein Team abgeben würden.

Jetzt wollte sie ihm zeigen, was sie *da draußen* – in der Fabrik, meinte sie – gemacht hatte, und ohne Worte und das alte Verhältnis zwischen ihnen als ziemlich selbstverständlich betrachtend, setzte sie es ihm vor: Wir sind doch Partner, was?

Es steckte keine Koketterie darin. Sie biederte sich nicht bei dem Mann in ihm an, indem sie vorgab, schwach zu sein und ihn zu brauchen. Es war ein Angebot unter Ebenbürtigen. Auf beiden Seiten eine Gelegenheit, die zu gut war, um sie zu versäumen.

Sie standen, zwergenhaft, wie man sich hier stets vorkam, unter der großen mit Querbalken versehenen Decke der Fabrikhalle, einem Ort, der eine beklemmende Ähnlichkeit, wie Vic dachte, mit einer Lagerhalle hatte – doch den Schatten, den das über seine Seele warf, schob er rasch wieder beiseite.

Aus einem kräftigen Sonnenschein kam man in eine Kühle. Doch das war eine Kühle ganz besonderer Art, ein eigenes Klima, und bei seiner Berührung spürte er, wie etwas in ihm wiederhergestellt wurde. Es war wie das erste Erwachen in die richtige Körpertemperatur nach Tagen des Fiebers, das Überqueren einer Linie zwischen Zonen. Er spürte, wie ihn eine Gänsehaut überkam, und dabei kam ihm die Erinnerung, und das mit einer Unmittelbarkeit, auf die er ziemlich unvorbereitet war, an das letzte Mal, als er hierher gekommen war, am Abend seiner Abreise.

Ein selbstbewußter, aufgeblasener Achtzehnjähriger, so hatte er hier gestanden, um für einige Zeit von seinem Leben Abschied zu nehmen, nichts von dem wissend, was vor ihm lag. Jetzt, vier Jahre später, und das Wissen von all dem, das immer noch bitter in ihm steckte, voll in Betracht ziehend, fand er, er könne sein früheres Selbst ohne die böse Enttäuschung betrachten, die er in den Monaten, seit er zurückgekommen war, erfahren hatte. Er konnte dem humorlosen Schuljungen, der so von sich selbst erfüllt dastand und der Welt so viele Versprechen machte, mit Distanz und einer vorsichtigen Toleranz gegenübertreten. Es war keine Schande – oder jedenfalls keine so tiefe, daß sie die Todesstrafe erforderte –, achtzehn gewesen zu sein und so unwissend in bezug auf das, was die Welt mit einem tun konnte.

Es war der Ort selbst, der ihm das klarmachte, und er erinnerte sich an etwas, das er gehört hatte, als er nach Keen's Crossing gefahren war, bis jetzt jedoch als eine von Diggers Mystifikationen abgetan hatte.

»Für *dich* ist das in Ordnung«, hatte er gedacht, als er sich auf der Lichtung umgesehen und erkannt hatte, wie vollkommen Digger dahin paßte; so sehr, daß er ihn sich schwierig an einem anderen Ort vorstellen konnte – war er wirklich *dort* gewesen? Doch jetzt spürte er es auch. Ein Gefühl seiner Gegenwart war hier bewahrt geblieben und wartete darauf, erfüllt zu werden. Ganz und gar ohne Schwierigkeiten konnte er jetzt in sie hineinsteigen, als wäre er nie weggegangen.

3

Schließlich traf Ellie ein, wurde von einer lärmenden Gruppe in einem roten Kabriolett abgesetzt. Sie blieb einen Augenblick in der Tür stehen, um sich für ihr Zuspätkommen zu entschuldigen. »Nein, sieh mich nicht an!« sagte sie zu Vic, als er auf sie zuging. »Ich sehe fürchterlich aus.« Und damit rannte sie weg, sich umziehen. Als sie wieder herunterkam, trug sie ein baumwollenes Kleid mit schmalen Trägern und keine Strümpfe. »Ah«, rief Pa, »da kommt unser Mädchen.«

Als er fortgegangen war, war sie in der Schule gewesen; sie waren gute Kameraden gewesen und hatten sich gegenseitig alles erzählt. Jetzt schlang sie die Arme um ihn, als ob sich zwischen ihnen nichts geändert hätte.

Er warf einen Blick zu Lucille hinüber, um zu sehen, ob sie hersah, doch sie war ganz und gar mit dem Kind beschäftigt und weigerte sich, für seine Begriffe ein bißchen zu offensichtlich, ihn zur Kenntnis zu nehmen.

Ellie hatte Arbeit. Zuerst war sie in eine Rüstungsfabrik einberufen worden, arbeitete jetzt jedoch bei einem Fuhrunternehmen, wo sie einen Sechstonner fuhr und sämtliche Wartungsarbeiten selbst vornahm. Sie zeigte ihm ihre Hände. Sie fuhr gern in der Stadt herum und liebte auch die langen Fahrten nach Lithgow oder die Küste lang nach Wollongong. Das merkte man daran, wie sie darüber sprach, und die anderen, die ihre Geschichten schon dutzendmal gehört haben mußten, schienen sie doch gern wieder zu hören.

Jetzt erhob sie sich und holte, während sie weiterredete, eine Schale ungeschälter Erdnüsse, die Meggsie rausgestellt hatte. Sie nahm eine, knackte die eine Hälfte auf und steckte die Nuß in den Mund, knackte dann die andere Hälfte und reichte, genau, wie sie es in alten Zeiten getan hatte, ihm die Nuß, wobei sie die ganze Zeit fortfuhr, ihre Geschichte zu erzählen.

Es war, als wäre er nie weggewesen. Sie hatte für ihn nie einen so einschüchternden Zauber besessen wie Lucille, somit konnten sie jetzt auch, scheinbar ohne viel nachzudenken, zu kleinen unbefangenen Gewohnheiten zurückkehren wie die mit den Erdnüssen.

Die Geschichte war zu Ende, er lachte, und sie sah auf und sagte: »Iß deine Nuß!« Er hatte dagesessen und sie in der Hand gehabt.

Nahrung hatte für ihn eine beinahe mystische Bedeutung; jegliche Nahrung, selbst eine Rinde Brot. Er hamsterte Nahrungsmittel, sogar die sinnlosesten Häppchen und Reste, wußte allerdings genau, wie alt sie waren, und versteckte sie.

Jetzt betrachtete er die Erdnuß in seiner Hand. Ganz langsam steckte er sie in den Mund und begann zu kauen.

Während des langen sonntäglichen Mittagessens, das Meggsie gekocht hatte, sah er Lucille nicht ein einziges Mal an. Im Wohnzimmer danach lehnte er, die Hände in den Taschen, im Fenster und sah zu, wie sie mit dem Kind spielte.

Nur sie drei befanden sich in dem Zimmer. Ellie war am Telefon im Hausflur. Er konnte sie lachen hören. Die anderen waren nach oben gegangen und hielten Mittagsschlaf. Lucille behagte es nicht, mit ihm allein zu sein, das wußte er, wollte die Sache aber auch nicht dramatisieren.

Es war ein typischer Sommernachmittag in Sydney, schwül, der Himmel von einem drohenden Gewitter verhangen. Draußen hatte er sich nach der eigenartigen Schläfrigkeit dieser langen Sonntagnachmittage gesehnt, mit dem Luxus von unendlich viel Zeit, die sie vor dem Fünfuhrtee boten, um über den Golfplatz zu trotten, dann über die feuchte Wiese nach Hen und Chicken Bay, anschließend Abendessen und hinterher, im Finstern, ihre sonntäglichen Spiele. Da war es nun wieder.

Lucille hatte einen Stoß Bauklötze. Damit baute sie eine Pyramide, und das Kind stieß unter heftigem Lachen mit seiner kleinen Faust dagegen, so daß sie einstürzte. Dasselbe Spiel immer wieder.

Sie hatten nicht miteinander gesprochen, doch ihre Augen ließen, selbst während sie sich mit dem Kind beschäftigte, nicht von ihm ab. Das konnte er spüren. Er lächelte innerlich und begann, ganz leise, zu pfeifen.

Lucille war beunruhigt. Das Essen hatten sie ganz gut überstanden, doch sie erkannte, daß er nichts akzeptiert hatte. Sie spürte den leichten Druck, den er auf sie ausübte, um eine Szene zu machen. Das konnte sie jedoch nicht erlauben.

Es stimmte nicht, daß sie kein Gefühl für das besaß, was er durchgemacht hatte. Doch er war zu sehr mit seiner eigenen Erfahrung beschäftigt, um der ihrigen irgendwelches Gewicht beizumessen; das erkannte sie, und es ärgerte sie. Er glaubte tatsächlich, daß allein er etwas durchgemacht hatte. Es war eine Art, sich selbst einzureden, daß sich, wenn er es nicht wollte, zwischen ihnen nichts zu ändern brauchte. Und dagegen hatte sie etwas. Doch sie wollte keine Szene.

Er pfiff weiterhin, sehr leise und unmelodisch, und hielt weiter die Augen offen. Sie tat so, als wäre sie ganz und gar mit dem Kind beschäftigt, doch das war ein Bluff; das echte Spiel, das wußte sie, war das mit ihm. »So«, sagte er sich, »*diese* Runde habe ich gewonnen!«

Doch der Vorteil war nur ein schwacher. Um sich und das Kind wob sie einen magischen Abwehrkreis und blickte immer wieder auf, um zu sehen, ob er es sah und verstand, was es bedeutete.

Sie war Mutter. Das heißt, sie war zur Frau geworden – unter Garantie. Es bestand aber keine Garantie dafür, daß das, was er durchgemacht, ihn auch zum Mann geformt hatte. Es war eine Möglichkeit, sich außer Reichweite zu bringen, ihn zu behandeln, als wäre er noch ein Junge – derselbe, der fortgegangen war.

Dies verletzte ihn. Seiner Meinung nach hatte er es verdient, wie ein Mann behandelt zu werden, konnte es jedoch nicht verlangen. So war er in jeder Hinsicht gefangen.

In diesem Spiel, mit dem sie jetzt beschäftigt waren, hatte er, trotz all seiner Angeberei, keine Erfahrung. Das wußte er. Doch wie sollte er auch? Er hatte fünf Jahre verloren. Diese Unfairneß würgte ihn, doch er pfiff weiterhin.

Sie sah die Widerspenstigkeit in ihm. Sie wußte auch, was es war. Er redete sich ein, wie schwer das Leben für ihn gewesen war, und drängte sie beide so zu einer Szene. Sie seufzte. Dann sah sie plötzlich ihre Situation von außerhalb all dessen, aus langer Sicht, und was sie ihm zu sagen hatte, war klar. Das Ganze ist ja so lächerlich. Daß wir so sauer aufeinander sind. Siehst du denn nicht, daß deine Unzufriedenheit nicht von mir abhängig ist. Ebensowenig wie deine Zufriedenheit. Siehst du das denn nicht?

Sie richtete sich auf, stemmte die Hände in die Seiten und sah ihn an.

Er hörte auf zu pfeifen, hatte die Hände aber immer noch in den Taschen. Einen Augenblick hatte er keine Ahnung, was sie vorhatte, erkannte aber, daß in ihr eine Wandlung vorgegangen war. Auch das Kind spürte es. Mit erhobenem Gesicht saß es auf dem Boden, verwundert darüber, daß sie so plötzlich aufgestanden war und ihm ihre Aufmerksamkeit entzogen hatte.

Sie kam näher. Sein Mund war ein wenig geöffnet. Geschwind beugte sie sich vor und küßte ihn darauf. Sie dazu zu bringen, das zu tun, dafür hatte er alle seine Kräfte aufgeboten; doch jetzt, da ihre Lippen die seinen berührten, hatte sein Wollen nichts damit zu tun. Er konnte keinen Triumph beanspruchen und verspürte auch keinen. Sie hatte ihn ihm entzogen, indem sie völlig unerwartet und aus eigenem freiem Willen heraus gehandelt hatte; auf zärtliche Weise, aber auf eine solche, die die Möglichkeit jeglicher Leidenschaft zwischen ihnen ausschloß.

Sanft berührte sie seine Wange mit der Hand, dann wandte sie sich gelassen ab, dahin, wo das Kind die Hände emporgestreckt hatte, um genommen zu werden.

»Das ist der Junge, Alex«, sagte sie leichthin, hob ihn hoch und trug ihn fort zum Schlafen.

Vic sah sich um. Er war enttäuscht. Etwas Kritisches war geschehen, doch seine Auffassungsgabe hatte damit nicht Schritt gehalten. Er steckte die Hände noch tiefer in die Taschen und begann wieder zu pfeifen, doch ihn verließ der Mut, und er hörte nach einer Weile wieder auf. Er trat vom Fenster weg und ging in den Flur hinaus.

Niemand ließ sich sehen. Ihn wieder als Mitglied der Familie behandelnd, hatten sie ihn ohne viel Aufhebens allein gelassen.

Auf den bunten Fliesen ging er auf und ab und spürte die Zuversicht, die er sich aufgebaut hatte, schwächer werden und ihn verlassen.

Er setzte sich auf einen der Stühle, die an der Wand standen. Sie waren aus Kirschholz, hatten eine niedrige Lehne und waren eigentlich nur zur Zierde da. Nie setzte sich jemand darauf.

Rasch stand er wieder auf und ging durch das Haus zur Küche, um zu sehen, ob Meggsie da war. Der große, geflieste Raum war untadelig wie immer, aber leer, alles war aufgewaschen und weggeräumt.

Er kam zurück in den Korridor, sah sich ein bißchen um, ging dann die Treppe hinauf und öffnete die Tür zu seinem Zimmer.

Es war genauso, wie er es in Erinnerung hatte. Nichts hatte sich verändert. Es jagte ihm einen seltsamen kleinen Schrekken ein, daran zu denken, daß das alles hiergewesen war, sauber, kühl und bereit, die ganze Zeit, die er *da draußen* war, ständig im Dreck, und nichts hatte, worauf er den Kopf legen konnte. Ihn überkam ein Gefühl von Zorn und Selbstmitleid. Er lehnte die Stirn an die geschlossene Tür und ballte die Fäuste.

Als dieser Gefühlsausbruch vorüber war, wandte er sich wieder dem Zimmer zu, zog von der Frisierkommode eine Schublade auf und erblickte darin Socken und auch Unterhosen, alles fein säuberlich zusammengelegt.

Er stellte sich vor den Spiegel und betrachtete sich einige Zeit, dann legte er sich in voller Länge aufs Bett.

Schlafen tat er nicht, sah sich aber, wie er es gerade einen Augenblick zuvor getan hatte, in der offenen Tür stehen, und das Zimmer, in das er blickte, war wieder leer.

Nach dem Supper, zu dem es kaltes Fleisch und Salat sowie seine geliebten Birnen und Quarkspeise gegeben hatte, bestand Ma auf einem Versteckspiel. Sie rechtfertigte es damit, Tante James glücklich zu machen, die so gern im Finstern saß und sie umherhuschen hörte; doch in Wirklichkeit war es, wie Vic erriet, seinetwegen. Es war eine hektische Angelegenheit. Sie taten nur so, als ob sie es richtig spielten, und um ihr mangelndes Engagement zu vertuschen, polterten sie mehr umher, als sie es sonst taten.

Im oberen Stockwerk schlief unter einem Netz der kleine Alexander, und Lucille, die fürchtete, er könnte von dem Radau, den sie machten, gestört werden, lauschte mit einem Ohr gespannt, ob er schrie. Sie war barfuß, ihr Haar feucht von Schweiß. Auch Vic war nur halb bei der Sache.

Zuerst mußte Pa suchen, und er fand Ma; dann fand Ma Vic. Während die anderen sich verstecken gingen, stand er mit dem Gesicht zur Wand, wie man es zur Strafe in der Schule tun mußte, und zählte bis hundert, bevor er sich auf die Socken machen und sie suchen konnte. Vorher war er, als sie umherhuschten und sich jeder ein Versteck suchte, ein paarmal mit Lucille zusammengestoßen, doch hatte er jetzt ihr gegenüber Hemmungen. Er machte sich auf, um die Stellen zu überprüfen, wo sich bestimmt der eine oder andere hineingequetscht hatte und den Atem anhielt. Er kannte sämtliche Verstecke.

Diese Zimmer und die darin angehäuften vertrauten Gegenstände hatte er aus seinem Leben schwinden lassen. Doch jetzt, da er sich im Finstern darin bewegte, erinnerten sich seine Füße an jede lose Diele; ohne sich zu irren, konnte er die genaue Entfernung von der Tischkante bis zur Kredenz abschätzen. Nie stieß er sich an etwas. Wonach er tastete, das war da.

Er durchsuchte den Korridor, sämtliche Zimmer auf der einen Seite, einschließlich des Speisezimmers, in dem Tante James saß und lachte, dann die auf der anderen Seite. Ein Südwind kam auf. Jede Tür, die er öffnete, ließ die Gardinen wehen, und von draußen vor den Fenstern hörte er die Bäume rauschen. Der Mond stand am Himmel, doch diese ganze Seite vom Haus lag im Dunkeln.

Hinter einer Gardine im, wie sie es nannten, Klavierzimmer

versteckt, sah Ellie die Tür einen Spalt aufgehen und eine Gestalt erscheinen. »Verdammt!« dachte sie.

Es hatte eine Zeit gegeben, vor Jahren, da hatte sie atemlos an dieser Stelle gestanden und sich gewünscht, jedem, wer es auch sei, vortäuschen zu können, daß niemand hier wäre. Alles, was sie jetzt dachte, war, daß, falls sie gefunden würde, *sie* dran wäre und das Spiel wieder von vorn begänne.

Der Spalt Dämmerlicht wurde breiter. Es war Vic. Sie konnte seine Gestalt da an der Schwelle stehen sehen, sein Körper so auf dem Posten, daß man seine Energie wie eine neue Art Wärme in dem Zimmer spüren konnte. Sie drückte sich gegen die Wand. Er sah sich gar nicht so sehr um, sondern versuchte vielmehr, wie ein Tier, einen Geruch wahrzunehmen. Sein Körper war hartkantig, abgesondert, entschlossen.

Diese Eigenschaft hatte sie vom ersten Tag an, als Pa ihn vorstellte, in ihm gesehen oder glaubte sie gesehen zu haben; und er war sehr entschlossen und feierlich auf sie zugegangen und hatte ihnen die Hand gereicht; ausgesehen hatte er, mit seinem kurzgeschnittenen Haar, wie er es jetzt wieder hatte, und seinen abstehenden Ohren, sehr robust und wie ein kleiner Mann, aber auch wachsam, als könnte er trotz seiner Vierschrötigkeit und Stabilität verletzt werden. Selbst damals war er hartkantig gewesen, sich des genauen Punktes bewußt, wo *er* aufhörte und eine Welt anfing, die ihm nicht gänzlich wohlgesonnen war und vor der er aus diesem Grund ständig auf der Hut sein mußte.

Er stand genau in der Tür, kompakt, fest, angespannt in dem Bemühen, in diesem Zimmer jemanden aufzuspüren, seine Augen nahmen in der Dunkelheit das Licht auf, das da war, schmutzig-hell.

»Wie eine Katze«, dachte sie.

So gefangen und mit klopfendem Herzen fühlte auch sie sich wie eine Kreatur, ein Kaninchen vielleicht, war jedoch entschlossen, sich nicht hypnotisieren zu lassen.

Dann geschah etwas. Er gab das Spiel auf, das war es; und nachdem er entschieden hatte, daß da niemand war, stand er einfach, mit entspanntem Körper, in dem Glauben da, er wäre allein und unbeobachtet.

Er stand genau dort, wohin das Licht fiel. Es war nicht viel, aber Ellie hatte sich inzwischen an die Dunkelheit gewöhnt. Er blickte genau in die Richtung, wo sie stand, konnte sie aber nicht sehen. Die Gardine hob und senkte sich wie ein Schleier und strich ihr übers Gesicht. Und etwas in dem Weg, den der Wind kam, und das Rascheln der Blätter in den Bäumen gaben ihr das Gefühl, sie wären nicht drinnen, nicht mehr, sondern draußen im Finstern, irgendwo auf einer unbeleuchteten Straße, und sie wäre ihm rein zufällig begegnet, beim Schlafwandeln. An seinem bekannten Gesicht schaute sie vorbei auf eines, das sie noch nie gesehen hatte. Es war dasjenige, das er trug, wenn er zu tief in sich selbst war, um sich noch dessen bewußt zu sein, was er zu verbergen haben mochte; das Gesicht, das er niemandem zeigte und das selbst er nicht gesehen hatte.

Sie hörte ihn seufzen. Er war sehr nahe. Dann steckte er die Hände tief in die Taschen und drehte sich auf einer Ferse, so daß sie ihn nun im Profil sah. Er mochte sich ihr absichtlich zeigen; zuerst mit zugewandtem Gesicht, nun so. Sie war angespannt, aber der schwache Hauch von Panik, den sie zu Beginn gespürt hatte, war jetzt weg. Sie hatte sich völlig dem Schauen hingegeben.

Sie mußte irgendeinen Laut von sich gegeben haben, den eines Atemzugs vielleicht. Er drehte den Kopf abrupt, so daß wieder sein ganzes Gesicht zu sehen war. Er wandte sich in ihre Richtung.

»Wer ist da?« fragte er mit sehr leiser Stimme. »Ellie? Bist du's?«

Seine Stirn runzelte sich, aber er war nicht beunruhigt, schien es jedenfalls nicht, daß sie ihn gesehen hatte. Er streckte die Hand aus. Sie erstarrte.

Das war wieder das Spiel. Es gab Regeln, und sie galten wieder. Seine Fingerspitzen kamen dicht an ihr Gesicht. Er berührte sie nicht, sie hatte aber das Gefühl, daß er es tat. Es prickelte ihr auf der Haut.

Auf seinem Mund lag ein Lächeln. Was an Licht da war, es war wirklich nicht mehr als eine Transparenz der Dunkelheit, lag voll auf ihm. Doch was sie immer noch sah, hinter dem Lächeln und der klaren Rundung seiner Pupillen, war der Anblick, den sie kurz zuvor gesehen hatte, ein Nachleuchten, wie wenn sich einem ein helles Licht im Auge eingeprägt hat und noch einige Sekunden dableibt, nachdem man schon weggeschaut hat.

»Ellie?«

Es war eine Spur Amüsement in seiner Stimme.

In nur einem Augenblick, so erforderte es das Spiel, würde er sie am Handgelenk fassen und ausrufen »Ich habe Ellie gefunden!« und damit die andern in das Zimmer zurückbringen; doch das wollte er nicht, noch nicht.

Mit den Fingerspitzen berührte er ihre Wange, durch die leichte Gaze der Gardine hindurch, und sie zuckte zurück. »Nicht!« sagte er. »Hab keine Angst!«

Sie standen noch einen Augenblick, weder im Spiel noch ganz draußen, ganz still, und der Wind wehte, und die Gardine hob und senkte sich mit ihrem Atem. Sie hatte ihn gesehen, das wußte er, und aus irgendeinem Grund machte es ihm nichts aus. Wenn er etwas fühlte, dann Erleichterung, als ob eine Last von ihm genommen sei. Nur noch eine Person hatte ihn je so gesehen, und das war etwas anderes. Das war ein Mann. Es war natürlich ein Risiko, aber Digger hatte ihn nicht enttäuscht.

Er faßte Ellie am Handgelenk, sehr sanft zunächst, und sie blieben noch eine Weile unbeweglich da stehen. Dann wurde sein Griff fester, und er rief.

VI

1

Wieder zu Hause an der Fährstelle, brachte Digger seine ersten Tage damit zu, den Ort von einem Brombeerdickicht zu befreien, das von dem offenen Gelände zwischen Laden und Fluß Besitz ergriffen und alles überwuchert hatte, was von der Fähranlage noch übrig war, das alte Ruderhaus mit seiner Maschinerie und den hölzernen Steg zur Anlegestelle. Mit freiem Oberkörper in der Novemberhitze und einer Machete bewaffnet, ging er auf das verschlungene Durcheinander los. Mit der einen, von einem Handschuh geschützten Hand schob er das dornige Gestrüpp beiseite, hackte mit der anderen die Ranken durch, die stellenweise so dick waren wie sein Handgelenk, und grub Ranke für Ranke die faserigen Wurzeln aus.

Es war ein einziges dichtes Gewucher, unter der Erde – das Wurzelsystem – genauso umfangreich und verzweigt wie darüber. Irgendwo mitten drin steckte die Pfahlwurzel, die aber fand er nicht. Immer und immer wieder glaubte er, sie zu haben; er hieb die Machete in die Erde und grub eine fleischige Knolle aus. Doch weiter drin war immer wieder ein noch festerer Stock. Als der Tag zu Ende ging, war er an Armen, Brust und Rücken völlig zerkratzt, und trotz der Handschuhe, die er trug, waren seine Hände zerschunden, doch die Arbeit war ihm ein Vergnügen. Sie war für ihn eine Art, den Dingen auf den Grund zu kommen. Im Schlaf in jener ersten Nacht fuhr er mit dieser Arbeit fort, bewegte sich fast ohne Anstrengung und spürte kaum die Stiche und Kratzer des dornigen Gestrüpps, wenn es zurückschnellte und an ihm hängenblieb. Er sah die Knochen von kleinem Getier, das sich in dem Dickicht verfangen hatte, Beutelmäuse, Buschratten, eine Wildkatze; brachte Dinge zum Vorschein, von denen er geglaubt hatte, sie niemals wieder zu sehen, die mit einer unnatürlichen Leuchtkraft aus dem alles überwuchernden Gewächs hervorstrahlten, als ob es ihnen irgendwie gelungen sei, das letzte Sonnenlicht, von dem sie berührt worden waren, einzufangen oder das letzte Mondlicht, ehe ein neuer Trieb hervorsproß, sich in das Dickicht verstrickte und sie einschloß.

Da war ein Sonnenhut von seiner Mutter, der einst blau gewesen und jetzt durchnäßt war und eine Farbe angenommen hatte, die er nicht bezeichnen konnte. Er warf ihn auf den Haufen, den er errichtete, zusammen mit einer zerschlagenen Sturmlaterne, einem zerbröckelnden Spatenblatt, einigen abgewetzten Tennisbällen und, von tief unten, wo so wenig Licht hinkam, daß das Gebüsch hohl war, der verbeulten Puddingschüssel, die Ralphies Wassernapf gewesen war. Wie einen Vollmond im Halbdunkel sah er sie leuchten, langte hinein, zog sie heraus und beförderte sie scheppernd auf den Haufen.

Seine Mutter kam ab und zu heraus und brachte ihm eine Tasse heißen Tee oder einen Becher eiskaltes Wasser und blieb da stehen, solange er trank.

Am Fortgang der Arbeit nahm sie keinen Anteil. Sie hätte es lieber gesehen, wenn er mit dem Dach angefangen hätte, das an verschiedenen Stellen undicht war, oder neue Pfähle für ihre Leinen eingeschlagen und sich auch um diese gekümmert hätte; für ihn jedoch besaßen die Brombeeren Vorrang. Es war also, wenn sie dastand und wartete, bis er ausgetrunken hatte, nicht die Arbeit, was sie hielt, sondern er: die Tatsache, daß sie ihn hier hatte. Während er das kalte Wasser runterstürzte, sah er über den Rand des Glases zu, wie sie ihn gierig in sich aufnahm.

Am Ende des Tages zog er die Handschuhe aus und brannte an, was er abgehackt, ausgerissen und ans Flußufer geschleppt hatte. Die dornigen Ranken loderten und verbrannten schnell. Allmählich sah der Ort wieder der Keen's Crossing ähnlich, die er verlassen hatte, obgleich es vieles gab, das nicht wiederhergestellt werden konnte. Der Fährbetrieb war eingestellt. Die Straße war um mehr als einen Kilometer flußabwärts verlegt worden, wo jetzt eine Brücke, in drei mächtigen Bogen, den Fluß überspannte.

Es überraschte ihn, daß seine Mutter, nach diesem und dem Krieg und allem, so lange durchgehalten hatte; wenn es überhaupt jemand gekonnt hatte, dann sie. Angetan war er auch von ihrer Hartnäckigkeit, jener Kraft in ihr, auf die auch er sich »da draußen« gestützt hatte, um durchzuhalten, und wieder war er sich bewußt, wie ähnlich sie sich waren und wie verschieden.

Am Tisch, in der Hitze immer noch ohne Hemd, Ruß und Asche aber abgewaschen und Peroxid auf den Wunden, hörte er dem, was sie sagte, wie betäubt zu, denn es war eine endlose Auflistung von Klagen: dieselben bitteren Anekdoten und Schilderungen der Beschwernisse, mit denen sie hatte fertig werden müssen, und die vielen Unterlassungen seines Vaters. Ihr Kampf mit ihm war schlimmer geworden. Jetzt, da er fort war, war er viel stärker gegenwärtig, als er es je gewesen war, wenn er schmollend und fluchend irgendwo draußen im Finstern auf einem Baumstumpf gesessen hatte oder wenn er mit den Schuhen Schlamm hereinschleppte und auf ihrem Fußboden breitlatschte.

Was sie ihm nicht verzeihen konnte, war seine Weigerung, sich hinter die harte Wirklichkeit zu klemmen, die für sie Heirat, Heim, Familie bedeutete, alles, was zusammenzutragen und zu bewahren sie all die Jahre bestrebt gewesen war und wovon sie erwartet hatte, daß sie sich gemeinsam daran erfreuen würden.

»Jetzt ist er ein siegreicher Held«, erzählte sie Digger. »Kommandiert die Japaner herum. Ich *bitte* dich!«

Sie tat Digger leid. Die Ungerechtigkeit, die sie fühlte, hatte kein Ende, und da keine Geschichte, die sie zur Veranschaulichung erzählte, sie gänzlich umfassen konnte, wurde auch keine Geschichte je beendet. An der einen oder anderen Stelle öffnete sie sich in eine neue, sprach eine weitere und tiefere Kränkung an, und die wiederum führte zur nächsten. Das Schlimmste daran war, daß er nicht einmal hier war, um sich damit zu konfrontieren. Selbst dem war er entwichen. Digger lernte zuzuhören und zu überhören.

Sie erzählte ihm auch, was sie von Jenny wußte. Viel war es nicht. Sie steckte irgendwo in Brisbane.

Am Ende der Woche, als der Hof aufgeräumt war und Digger sich auch mit dem Dach befaßt hatte, stellte er seine eigenen Nachforschungen an, nahm den Zug nach Brisbane und brachte sie nach Hause.

Da waren sie also, alle drei, wieder vereint. Zurück, dachte Digger, trotz der sieben Jahre und allem, was sich ereignet hatte, in einem Leben, das sich im wesentlichen kaum von dem unterschied, das er verlassen hatte.

Immer noch machte seine Mutter jeden Freitagabend in dem Raum hinterm Laden Bestellungen fertig und packte sie ein, und ein Junge namens Cliff Poster kam jeden Sonnabend morgens um acht Uhr auf seinem Fahrrad daher und lieferte, wie er es einst getan hatte, diese Dinge aus.

Immer noch hatte sie ihren Garten und einen Krieg, jetzt mit den Katzen. Sie beauftragte Jenny, sie im Auge zu behalten, wenn sie es nicht selbst tun konnte. Ein Eimer Wasser wurde unter der Wäscheleine bereitgehalten, um sie damit vollzuschwappen.

Immer noch wusch sie draußen auf dem Hof, in einer Zinkwanne und mit einem Waschbrett, und bügelte spätabends in der Küche.

Sie und Jenny teilten sich jetzt ein Zimmer, und Digger schlief in seinem alten Bett auf der anderen Seite der Wand. Durch die hindurch konnten sie sich unterhalten, wenn sie wollten.

Wenn er auf der schmalen Pritsche lag und an der Fensterbank vorbei auf dieselbe vom Mond beschienene Aussicht blickte, war er überrascht, sich daran zu erinnern, wie leichtfertig und ruhelos er in den alten Tagen gewesen war; als er, völlig wach, wartete und die Sekunden zählte, bis die anderen alle eingeschlafen waren, dann so sacht aus dem Bett stieg, daß die Federn nicht quietschten, die Hosen anzog und auf Zehenspitzen, die Schuhe in der einen Hand und das Hemd in der anderen, hinausging und sich im Finstern fertig anzog.

Der Unterschied zu damals, dachte er, lag in der Menge Ballast, die er aufgenommen hatte; nichts davon meßbar in *echten* Maßen. Immer noch würde er als Federgewicht gelten, und nichts von dem, was er mit sich herumschleppte, würde auf der Waage seiner Mutter, drüben im Laden, etwas anzeigen. Aber dennoch bewirkte es einen Unterschied.

Er betätigte sich als Gelegenheitsarbeiter, und da hier alles nach Mundpropaganda verlief, galt er bald als derjenige, zu dem man ging: »Hol Digger! Der bringt das in Ordnung.«

Er verstand sich auf Generatoren, alte Kühlschränke, jede Art von Maschine, und seit dem Tag, da ihm sein Vater den ersten Hammer und Nagel in die Hand und eine Holzplatte zum Üben gegeben hatte, besaß er eine geschickte Hand für jede Art von Zimmermannsarbeit.

In der ersten Zeit gab es noch Baubeschränkungen, und so waren es meist Reparaturarbeiten, und das blieb so, selbst als die Verbote gelockert wurden und sie in einen Boom verfielen. Leute, die sich ein neues Heim wünschten, beauftragten ein Bauunternehmen aus Gosford oder holten sich ihren Architekten und Baumeister von Sydney. Er brachte mit Flicken und Reparieren die Fehler anderer in Ordnung; oder das, was das Wetter ruiniert hatte – sie bekamen zu viel Regen ab hier draußen, zu viel Sonne auch: Er wechselte Dielen aus, versah Veranden mit Wänden, hängte Türen ein. Er übernahm das Werkzeug, das sein Vater zurückgelassen hatte – wie sorglos der auch in anderer Hinsicht gewesen sein mochte, als Handwerker war er gewissenhaft, und somit befand sich das Werkzeug auch in ausgezeichnetem Zustand. Am glücklichsten war er, wenn er breitbeinig auf einem Dach stand und der ganze Fluß unter ihm lag; im Sommer breit und glitzernd, an frühen Wintermorgen eine Linie von Dunstwolken zwischen seine bewaldeten Ufer ziehend, während ihn da oben, wo er war, auf der Seite eines Daches hockend und hämmernd, die Sonne auf den Schultern schwitzen ließ.

Donnerstags fuhr er in die Stadt und blieb über Nacht in Bondi Junction. Das tat er ohne Versäumnis, nicht einen einzigen Donnerstag ließ er aus in sechsundzwanzig Jahren.

Er ging Iris von ihrer Konditorei abholen, miteinander schlenderten sie dann nach Hause, tranken mit den Jungen Tee und gingen hin und wieder aus. Meistens aber saßen sie wie ein lange verheiratetes Paar einfach da und hörten Radio, wobei Iris Socken stopfte oder ein Puzzle zusammensetzte und Digger einen Toaster auseinandernahm und wieder zusammenbaute. Gegen acht kamen Ben und Amy, und sie spielten Karten oder sangen ein paar Lieder, wobei Iris zur Begleitung Klavier spielte.

Er begann, sich durch Macs Bibliothek hindurchzuarbeiten. Es waren, wie er schätzte, ungefähr siebenhundert Bände. Mac hatte sie für seinen Ruhestand gedacht gehabt, und es gefiel Digger sehr, daß für den Rest seines Lebens, auch wenn er selbst nicht ein einziges Buch hinzufügte, in den vollgepfropften Regalen und in den unsortierten Büchern, die sich unter dem Bett, auf der Garderobe und an den Wänden rings um das Stück zugebaute Veranda stapelten, genug zu lesen da war.

Er drängte sich nicht, dazu hatte er keine Veranlassung. Hintereinanderweg las er sich durch Biographien, Reisebeschreibungen, historische Bücher; die gesammelten Schriften von Wilhelm Stekel, Adler und Freud; den gesamten Havelock Ellis; die Romane von H.G. Wells, Arnold Bennett, Joseph Conrad und Theodore Dreiser, einschließlich des Buches, das ihm einst der lebende Torso gegeben hatte, Romane von Balzac, Stendhal, Tolstoi und Dostojewski, und er fragte sich dabei, wenn er ging, wie oft er wohl Wege beschritt, die Mac bereits gegangen war, und wenn er auf etwas stieß, das ihn besonders forderte oder aufregte, was Mac wohl darüber gedacht hatte.

Gelegentlich stieß er beim Umblättern auf einen Zettel, den Mac eingelegt hatte, um zu markieren, bis wohin er gekommen war – oder war es, damit *er* darauf stieß, fünf, zehn, fünfzehn Jahre nach seinem Tod?

Einmal war es eine Liste von Vögeln.

Was hatte das zu bedeuten, fragte sich Digger, in einer Szene von ›Krieg und Frieden‹, wo der junge Petja Rostow mit seiner Neigung für süße Sachen und seinen zehn Pfund kernlosen Rosinen schließlich doch, trotz der Verlegenheit vor den älteren Männern, nach dem kleinen französischen Trommler fragt und ihn mit schlammigen Füßen ins Zelt bringen läßt.

Macs Gegenwart drängte sich, als Digger die Seite umblätterte und im Lesen innehielt, selbst in die Szene. So daß er von da an jedesmal, wenn er sich daran erinnerte, an Mac dachte, als wäre er tatsächlich mit Denisow und Dolgow zusammengewesen und als wären die wirklichen Vögel, merkwürdige antipodische Engel – der Weißkinn-Honigschmecker, ein Schwarm Prachtfinken, ein Gelbnacken-Laubenvogel unter anderen –, ebenfalls dagewesen und auf dem Hof herumgeflattert, wo der junge Petja vom Sattel herunterhängt und Denisow sich am Zaun festhält und seinen Schmerz hinausschreit.

Andere Male waren es Straßenbahnfahrkarten, und Digger besah sich die Nummern, um zu sehen, ob sie irgendwie von Bedeutung wären.

Einmal, mit einem Schmutzstreifen entlang eines Knicks, wo Mac mit einem von der Tinte von den Fahrkarten gefärbten Daumen entlanggefahren war, war es ein offizieller Brief von der Straßenbahnverwaltung, ein Antwortschreiben auf eine Beschwerde, die er eingereicht hatte.

Diese Überbleibsel rührten Digger und erinnerten ihn, wenn er je versucht gewesen war zu vergessen, an die Kontinuität zwischen Macs Leben und seinem eigenen, die an jenem Morgen in der Lagerhalle keineswegs unterbrochen worden war. Er besah sich einen dieser schmutzigen Papierfetzen, der aus einer Gesäßtasche oder Macs Brieftasche genommen worden war, wenn er auf einer spätabendlichen Fahrt hinaus nach Clovelly das Fahrgeld zu kassieren hatte, und spürte die Gegenwart des anderen Mannes als etwas Körperliches, eine Hitze in ihm, die sich von seiner eigenen unterschied, etwas Zusätzliches. Bis es in ihm schwand, hatten die Seiten, die er las, eine schärfere Bedeutung. Das war eine private Sache. Kein Geheimnis, aber er fand keinen Grund, darüber zu reden.

Er und Iris sprachen selten von Mac. Nur leicht verband er sie miteinander. Ihr Zusammenleben bestand aus Dingen, die sie in einander entdeckt hatten, jeder für sich und auf seine eigene Weise. Die Briefe, die Digger ihr gebracht hatte, sah er nie wieder und fragte auch nicht danach. Das, wofür sie einst in seinem Leben gestanden hatten, war ersetzt und mehr als hundertmal ausgefüllt worden durch die Frau selbst, die ganz anders war, wie er jetzt erkannte, als die Frau, die sie geschrieben hatte. In dieser Hinsicht war er nicht der Vergangenheit ergeben.

Die verschiedenen Teile seines Lebens hielt er voneinander getrennt, wenn es auch keine Spaltung in ihm selbst gab; auch keinen Konflikt.

Seiner Mutter erzählte er nichts von Bondi Junction, doch wußte sie es natürlich. Völlig erstaunt war er darüber, in welchem Ausmaß sie immer noch Zugang zu seinem Kopf hatte und wußte, auf eine Weise, die ihn bisweilen störte, was er dachte.

Jeden Donnerstagmorgen legte sie ihm frische Sachen raus, Hemd, Socken, Unterhosen. Das tat sie, um ihm zu zeigen, daß er, wie verschlossen er auch geworden sein mochte – und er war einmal so ein offenherziger kleiner Kerl gewesen –, nichts vor ihr verbergen konnte.

Sie hätte es natürlich lieber gesehen, wenn er ein Mädchen aus dem Ort gehabt hätte, und versuchte weiterhin, ihn mit einer zu versorgen. Sie wünschte sich Enkel. Doch sie kannte nur zu gut seine Fähigkeit zur Treue, an Dingen festzuhalten, als daß sie ihn herausfordern konnte. Das Herauslegen der Sachen jeden Donnerstag wurde zum Ritual, und als sie starb, übernahm es Jenny, ohne eigentlich zu wissen, was das Ritual bedeutete, außer, daß es eins war.

2

»Ich verstehe«, sagte Ern Webber, »daß du und Douggy eine Einladung zur Hochzeit bekommen habt.« In seiner Stimme schwang allerhand Verachtung mit.

»Das stimmt«, erklärte ihm Digger.

»Ich dachte, du wärst einer der Besten gewesen«, sagte Ern. Das war es, was ihm wie ein Geistesblitz durch den Kopf ging. »Im Nachdenken.« Als Digger darauf nicht einging, kehrte er wieder zu seinem Groll zurück. »Na ja, ich hab ja nie viel von ihm gehalten. Und ich weiß auch, warum. Weil ich ihn durchschaut hatte, darum. Mich hat er nie zum Narren gehalten. Nicht nach der Sache mit Mac. Ich stelle auch fest, daß er nie bei Zusammenkünften auftaucht.«

»Nein«, sagte Digger, »und ich auch nicht. Was soll das also beweisen?«

Diese Art von Unterhaltung tat ihm weh. Zu viele Geister beschwor sie herauf, legte den Finger in Wunden, die in ihm immer noch offen waren. Es war allerdings nicht gut, Ern etwas davon zu sagen. Er war ein taktloser Bursche mit starren und rechthaberischen Ansichten, zudem war er jetzt wegen der Brüskierung, die er erfahren hatte, verbittert.

»Ach, Vic ist schon in Ordnung«, sagte Digger schließlich, um das Thema zu beenden.

In Wirklichkeit war Digger nicht restlos glücklich über die Hochzeit, die eine große Sache gewesen war, hatte jedoch nicht die Absicht, das Ern auf die Nase zu binden.

Nie hatte Vic ihm etwas von den Warrenders erzählt, nicht ein einziges Mal. So war er völlig unvorbereitet gewesen auf das Haus in Strathfield, mit seinen Türmen und dem großen Flur, der mit blauen, weißen und braunen Terrakottaplatten gekachelt war und über ein Oberlicht beleuchtet wurde, sowie den bunten Glaspaneelen zu beiden Seiten der Tür. Aus gegebenem Anlaß war sehr vieles renoviert worden. Das gesamte Mauerwerk an der Fassade war neu verputzt, und die Eisenkonstruktion der oberen Veranda hatte einen frischen Anstrich erhalten. Der Anblick, den es Digger bot, war von einer Opulenz, wie er sie noch nicht erlebt hatte, außerhalb von Büchern.

Er wurde still und fühlte sich miserabel in seinem alten Anzug. Für ihn war es selbstverständlich gewesen, daß Vics Leute genau solche wären wie seine oder wie Macs oder Dougs. Diesen Eindruck hatte Vic jedenfalls gemacht. Nun das! »Die ganze Zeit«, dachte er, »hat er uns für blöd gehalten!« Er spürte, wie er vor Entrüstung rot wurde, und natürlich war auch Scham mit dabei.

Er versuchte, es zu verbergen. Iris hatte er allerhand von Vic und von dem Band zwischen ihnen erzählt. Und jetzt wollte er nicht, daß sie sah, wie mitgenommen er war. Als Douggy die Stirn runzelte und sich in dem Zimmer umsah, wo sie ihre Sachen lassen sollten, was soviel hieß wie: »Nun denn, was hältst du davon?«, stellte er sich taub, und nur Douggys äußerste Gutmütigkeit hielt ihn davon ab, beleidigt zu sein.

Hinter dem Haus war ein Festzelt aufgestellt worden. Es war aus transparentem blauem Stoff sehr leicht und luftig, und rings an den Wänden waren Nischen eingerichtet worden, wie auf einem richtigen Ball, und alle mit Kränzen aus Kornblumen und rosa Rosen und einem Medaillon geschmückt, in das die Initialen des Paares, V und E, wunderschön eingestickt worden waren. Iris, die schon auf etlichen Hochzeiten gewesen war, hatte so etwas noch nicht gesehen.

Kellner in Eton-Jacketts und weinroten Kummerbunden waren da, jede Menge Champagner in Trockeneis, Whisky, Bier und alkoholfreie Getränke für die Kinder. Dielen waren zu einem Tanzboden zusammengezimmert und gebohnert worden, und eine Dreimannkapelle spielte Foxtrotts, Quicksteps, langsame Walzer und Gypsys. Ihre Nische teilten sie mit Doug und seiner neuen Frau Janet und einigen jüngeren Freundinnen der Braut.

Inzwischen bewegte sich Vic, bisweilen mit Ellie an der Seite, bisweilen allein, durch all das hindurch, als hätte er nie etwas anderes gekannt. Nicht das geringste Anzeichen jetzt, dachte Digger, der kurzgeschorenen, halb verrückten Gestalt, die zu ihm an die Fährstelle gekommen war. Wann war das gewesen – vor zwei Monaten? In der Tat keinerlei Anzeichen von dem, was Digger an ihm gekannt hatte, oder von irgendeinem von den Dingen, die sie durchgemacht hatten. Das Behagen, mit dem er den Hochzeitsanzug trug, der ihm sehr glatt und ordentlich auf den Schultern saß, die große Nelke an seinem Revers, die Frische und Jugend, die er suggerierte, wenn er älteren Männern auf die Schultern klopfte und sie Gus oder Jack oder Horrie nannte und sich bei ihren Frauen einschmeichelte – all das ließ nichts von dem erkennen, was er gewesen war, was sie *beide* gewesen waren, kaum ein Jahr davor. Es leugnete das, als ob es nie gewesen wäre.

Digger fühlte sich verletzt, und nicht nur um seinetwillen, sondern, seltsamerweise, auch um Vics, jenes Vics, dem er einst so nahe gewesen war. Und um Douggys und Macs. Er wußte nicht, wohin er schauen sollte.

Die Warrenders liebten ihn, wie man sehen konnte, abgöttisch, daran bestand kein Zweifel, und er weidete sich daran; auch das konnte man sehen. Er strahlte. Und das Vertrauen darauf gab ihm die Kraft, andere seinem Charme zu unterwerfen, die ganze Welt vielleicht.

»Was hat das zu bedeuten?« fragte sich Digger unglücklich. »Ist er so seicht? Oder ist das nur, daß er sich unter dieser Menge zu verbergen weiß, wie er es bei uns getan hatte?« So oder so, er wollte nichts damit zu tun haben. Er fühlte sich leer und verletzt, aber auch traurig, und wenn es nicht wegen Iris gewesen wäre, die sich auf all das gefreut hatte, wäre er auf der Stelle wieder zum Bahnhof gegangen.

Sie spürte die Enge in ihm. »Was hast du, Liebling?« flüsterte sie. »Macht es dir keinen Spaß?«

Ihr machte es welchen. Die Warrenders waren großmütige Leute, da gab es gar keinen Zweifel, und etwas von der Herzlichkeit des Ereignisses und auch einige Aspekte der Feier nahm sie auch für sich und Digger in Anspruch: die Gelöbnisse, von denen sie stets gerührt wurde, das Konfetti, die dreistöckige Hochzeitstorte mit dem kleinen Säulentabernakel obenauf und einer Braut und einem Bräutigam darin, die sehr bald aufgeschnitten, in kleinen Stücken ausgeteilt und von den Gästen aufgegessen beziehungsweise in flachen Dosen, mit aufgestempelten Hochzeitsglocken, in andere Landesteile oder gar nach Übersee verschickt wurde. Als sich Mr. Warrender erhob und, statt eine Rede zu halten, ein Gedicht vortrug, das er selbst geschrieben hatte, ergriff sie Diggers Hand, weil sie spürte, daß die Worte, auf eine Weise, die sie nicht erwartet hätte, auch ihre Gefühle zum Ausdruck brachten, die so voll waren, daß vermutlich nur Poesie – und sie verstand eigentlich gar nichts von Poesie – sie völlig umfassen konnte.

Einige Leute, merkte sie, hielten es für ziemlich eigenartig, daß das, worauf dieser große Mann, der aussah wie ein Ratsherr oder ein Rotarier, sich da eingelassen hatte, ein Gedicht war.

Bis dahin war das festliche Ereignis eine Mischung aus Förmlichkeit und einer unterdrückten, aber zunehmenden Flegelhaftigkeit gewesen. Einige der männlichen Gäste, herumblödelnd in ihren bezähmenden Kragen und selbst bezähmt, aber nur durch die Blicke ihrer Frauen, hatten schmutzige Witze erzählt und damit deutlich auf die unfeinere Seite der Dinge angespielt. Der Bräutigam hatte das von der humorvollen Seite genommen, wie es seine Pflicht war, und unverheiratete Mädchen, die in einer Position waren, daß sie gar nicht anders konnten, als die Zoten hören zu müssen (was in den meisten Fällen sogar beabsichtigt war), taten so, als hätten sie sie nicht kapiert; oder sie verzogen mißbilligend, doch auch ein wenig amüsiert und nachsichtig den Mund und wandten sich ab. Selbst ein paar der förmlichen Reden hatten sich zunutze gemacht, was erlaubt war, und einen deftigen Ton angeschlagen.

Als dann also Mr. Warrender begann, hielten es einige der lärmenden Burschen für eine Parodie. Erst nach zahlreichen mißbilligenden Blicken schwiegen sie beschämt. Sie setzten einen Ausdruck ehrlicher Nachdenklichkeit auf und ließen sich besänftigen. Andere jedoch waren, wie Iris sah, bewegt wie sie selbst.

Was Mr. Warrender betraf, so ließ er mit keiner Silbe erkennen, daß das, was er tat, irgendwie abwegig sein könnte. Er sprach, als wäre Poesie seine normale Art zu reden, und nach wenigen Augenblicken wurde das auch so akzeptiert.

Er war nicht ernst. Häufig steckte auch eine kleine Anspielung in dem, was er zu sagen hatte, die ziemlich humorvoll war, und das überraschte Iris; das verstand sie nicht. Später mußte sie Digger, der in dieser Richtung eine besondere Begabung besaß, bitten, ihr einige von Mr. Warrenders Zeilen zu wiederholen (was er auch konnte, Wort für Wort), bis sie herausfand, was sie so bewegt hatte:

»Ewig.« Auf unseren Lippen das großzügige Versprechen
Das der Verstand gibt. Das Tier in uns kennt
Die Wahrheit, neigt jedoch sein stummes Haupt
und erlaubt sich dafür
Eines Tages bekränzt und geführt zu werden
Über den Nie-Tod hinaus in ständiges
Verliebtsein in das, was stets unerreichbar ist:
Das absolute, das ewig-unvergängliche und unsterbliche
Wort jenseits aller Worte, das durch die sterbliche Rede
atmet.

Das war ein Stück davon.

Als Digger diese Zeilen sprach, mangelte es ihnen an der Alltäglichkeit, die Mr. Warrender ihnen verliehen hatte. Selbst unter den Gegebenheiten des Zeltes und seiner Dekoration, die schon recht außergewöhnlich war, und den Gästen, die gebannt waren und ihre Hände einen Moment vom Klappern mit den Messern und Gabeln abhielten und auch von den Gläsern und ernst oder aus Höflichkeit zuhörten, hatten sie etwas sehr Natürliches und Aufrichtiges an sich gehabt; als ob ihm, in dem Augenblick, da er sich erhob und sie alle ansah, die Worte, die dem Anlaß angemessen waren, einfach so zugeströmt wären.

Iris fand das alles so passend und auch so einfach, denn die Worte, die Mr. Warrender hervorbrachte, hätten ihre eigenen sein können, wenn ihr auch einige ein Rätsel blieben.

Als aber Digger diese Verse wiederholte, kamen sie ihr starr und formal vor. Er hätte sie von einem gedruckten Blatt ablesen können. Und jetzt, da das Ereignis längst vorbei war, war es nicht einfach bloß der eine Anlaß, auf den sie sich bezogen, sondern alle solche Anlässe, und auch das, glaubte Iris verstanden zu haben, wenn auch nur vage, in dem Augenblick selbst. Als ob mehr von ihnen anwesend gewesen wären, viel mehr, als auf der Gästeliste verzeichnet waren:

Mittag hier in diesem Garten, und das Tagesgestirn
Schüttelt unmittelbares Feuer aus,
um Erde, Wasser, Luft zu mobilisieren,
Gras, Blumen, Gliedmaßen und die noch unsichtbaren
  Präsenzen,
Die den Atem anhalten und in Ehrfurcht vor uns stehen.
Wir alle sind Gäste auf einem einzigartigen, dereinst einzigen
Fest – *diesem* hier, *diesem,* dem unsicheren Geschenk
Wieder lebendig in unseren Händen, der vermischte Segen
Angeboten und angenommen...

»Der vermischte Segen.« Das war eines der Dinge, die ihr ein Rätsel waren. Es war ihr fehl am Platze erschienen, indem es eher eine Art Zweifel als eine einfache Überzeugung darstellte, die bei solchen Anlässen sonst üblich sind. Doch sie war noch rechtzeitig dahinter gekommen, daß es verschiedene Dinge auf einmal zum Ausdruck brachte und das war ja gerade der Punkt, und dann erkannte sie, was an Mr. Warrender es gewesen war, das sie gefesselt hatte. Er nahm die Dinge nicht als selbstverständlich hin oder einfach so, wie sie erschienen. Was er sagte, war: »Ja – aber?« und ließ somit sowohl gelten, wie das Leben war, als auch, wie man es sich gewünscht hätte.

Vic hatte die ganze Zeit sehr aufmerksam dagesessen, mit einer einzelnen tiefen Falte zwischen den Augenbrauen, entweder, weil er dachte, er müsse an einem gewissen Punkt Mr. Warrender gegen das rowdyhafte Element verteidigen, oder weil das, was sein Schwiegervater sagte, für ihn wichtig war und auch er sich bemühte, es zu behalten.

Ellie hingegen folgte dem Gedicht mit den Lippen, als ob sie es bereits gekannt hätte, Wort für Wort.

Später, als sie die Ereignisse des Tages noch einmal durchgingen, die Frühjahrshitze, die ihre Haut prickeln lassen und allem einen frischen Glanz verliehen hatte, dann die Kühle, als die Schatten sich zu neigen begannen, die Musik, Mr. Warrenders Gedicht, selbst die Elstern, die bucklig und geduldig dasaßen und darauf warteten, daß die Menge sich lichtete, so daß sie sich auf die aufgeweichten Krumen stürzen konnten – das alles noch einmal durchgehend, kam ihnen das Gefühl, daß dieses Ereignis auch für sie ein besonderes gewesen war und daß es Mr. Warrender war, der den verschiedenen Stimmungen davon Ausdruck verliehen hatte, und seine Worte, während Digger sie wiederholte, wodurch sie am besten wiederentdecken konnten, was sie gefühlt hatten.

Es hatte aber auch etwas Peinliches gegeben. Zu vorgerückter Stunde war Digger zu Mr. Warrender hingegangen, um ein paar Worte zu sagen und zu sehen, ob er in dem Mann selbst einen Hinweis darauf würde finden können, woher es kam, das Gedicht, aber auch seine Kühnheit, so vor das Publikum hinzutreten und es zum besten zu geben.

Nichts ergab sich aus der Begegnung. Mr. Warrender war zuerst lauter Lärm, rauhe Herzlichkeit und Kumpelhaftigkeit. Digger war es peinlich. Dann war es das Mr. Warrender auch, und er ignorierte Digger ganz und gar, indem er auf den Zehenspitzen auf und ab wippte, intensiv zu Boden blickte und vor sich hin summte. Digger hatte die größte Schwierigkeit, da wieder wegzukommen.

Außer einen Augenblick vor der Kirche, als er und Iris und Doug und Janet hingegangen waren, um ihm die Hand zu drükken, hatte Digger nicht mit Vic gesprochen, und Vic, glaubte er, war ihm dann aus dem Weg gegangen, um das zu vermeiden. Nach dem, was er gesehen hatte, war Digger davon nicht überrascht, fand es aber dennoch unbehaglich. Warum hatte er sich die Umstände gemacht, sie einzuladen? Um zu prahlen? War es bloß das?

Gegen Ende des Tages, während Iris die Gelegenheit nutzte, die Badezimmer und so boten, sich im Haus umzusehen, strich Digger, immer noch an seinem Groll nagend, ein bißchen unter ein paar Tannen umher. Und zwar vor einer hohen Ziegelmauer, wo sie bis vor kurzem, wie er vermutete, einen Hühnerhof gehabt hatten; möglicherweise hatten sie ihn wegen der Hochzeit weggemacht. Es lagen immer noch Federn herum, sie hingen in den Tannenzweigen, wurden von den Nadeln am Boden festgehalten und klebten in einer Ecke, wo Bretter und die ehemahligen Hühnerstangen, sämtlich in Faserrichtung gespalten, lagen, mit Hühnerdreck verkrustet, und Moos anzusetzen begannen. Hier drin war man ziemlich abgeschieden. Er ging auf und ab und war zu sehr mit sich beschäftigt, um zu bemerken, daß neben ihm jemand aufgetaucht war und, er hatte keine Ahnung, seit wie lange, nur wenige Meter von ihm entfernt war.

»Hallo, Digger«, sagte der leichthin. »Was machst du hier?«

Er sprach so, als gäbe es keine Befangenheit zwischen ihnen – nicht von seiner Seite. Er hatte nichts gemerkt, erkannte Digger, von dem, was *er* fühlte. Seine Stimmung war völlig gelassen, freudig sogar – nun, warum auch nicht? –, und Digger schämte sich, als wäre er derjenige, der im Unrecht war.

»Kümmert man sich um dich?« erkundigte er sich. »Hast du ein Stück Hochzeitstorte probiert?«

Er hatte selbst ein Stück davon und hielt es angebissen in der Hand.

»Genug zu trinken?«

Es bereitete ihm Vergnügen, wie man sehen konnte, den Gastgeber spielen zu können. Er tat es auf sehr würdevolle Weise, doch auch mit einer Art Bedenken, man könnte ihn für selbstgefällig halten; das teilte sich auf der Stelle Digger mit und weckte in ihm erneut das Gefühl, er habe sich geirrt und ihm Unrecht getan. Er murmelte etwas, brachte aber nicht die einfache Antwort hervor, die die Angelegenheiten zwischen ihnen bereinigt hätte.

Vic stand da, schwankte ein bißchen und sah über seine Schulter zu den anderen. In der einen Hand hatte er ein leeres Glas und in der anderen die Reste von seinem Stück Torte. Einen Augenblick rührten sie sich nicht. Dann, mit einer Geste, die Digger ihn tausendmal hatte machen sehen, allerdings unter ganz anderen Umständen, neigte er den Kopf nach hinten, machte die Hand hohl und ließ sich, sehr vorsichtig, um nichts zu verlieren, die Krumen und Früchte in den Mund rutschen.

Das war äußerst charakteristisch. Diese seine Sorge, nicht eine einzige Krume verlorengehen zu lassen, und auch die Art, wie er den Kopf nach hinten neigte, daß sein ganzer Hals entblößt war, verriet jemandem, der es spüren konnte, so vieles, daß Digger kein Wort herausbrachte. Der ganze Groll, den er gehegt hatte, verflog.

Vic suchte inzwischen seine Krawatte und den vorderen Teil

seines Anzugs nach Krümeln ab. Er fand einen, nahm ihn und steckte ihn in den Mund; dann sah er auf, ein bißchen verschüchtert, als wäre er bei etwas ertappt worden, und auf der Stelle hatten sie wieder ihre Vertrautheit zurück, die so stark war und etwas so tief in ihnen beiden ansprach, daß sie sich davon zurückziehen mußten.

»Was für ein verrückter Kerl er doch ist!« dachte Digger. »Ehrlich, bei dem komme ich nie so richtig mit.« Einen Augenblick war er die glatte Unergründlichkeit, und im nächsten öffnete er sich und gab sich völlig hin – aber nur, dachte Digger, wenn er einen zu verlieren fürchtete. Wie brachte er das fertig? War das Berechnung, oder waren sie so unschuldsvoll, wie er sie erscheinen ließ, diese Augenblicke, wenn er sich einem völlig in die Hände gab? Digger war geneigt, sich gegen seine eigene Schwäche zu schützen. »Ein Mann muß ein Narr sein«, sagte er sich, »so etwas zu tun. Schließlich wird er mich doch fallenlassen. Er ist auf dem besten Weg dazu.« Nach dem, was er gesehen hatte, stand es für ihn fest, daß er an Vics Leben keinen Anteil haben würde. Im normalen Lauf der Dinge wären sie sich nie begegnet, und sie befanden sich nun wieder im normalen Lauf der Dinge. Dennoch war etwas zwischen ihnen wiederhergestellt, und für den Augenblick war er erleichtert.

Als Vic bald darauf von einer Frau vereinnahmt wurde, die wünschte, daß er ihren Mann kennenlernte, entschuldigte sich Digger. Er wollte die Dinge überdenken. Durch einen offenen Bogen betrat er den Fabrikhof. Der lag zum größten Teil im Schatten, aber der Torbogen, wo die Sonne durchbrach, warf ein schiefes, verkürztes Abbild seiner selbst über die Steinplatten. Er zog eine Kiste aus einem Haufen Müll, stellte sie in die Sonne und drehte sich eine Zigarette.

Hier fand ihn Ellie, die auf der Suche nach Vic durch den Torbogen gekommen war, sitzend, den Kopf gesenkt, die Krawatte offen, die neuen Schuhe neben sich gestellt. Sie wußte, wer er war. Auf seiner Kiste in der Sonne sitzend, sah er recht alltäglich aus, hatte aber auch etwas an sich, das sie ansprach.

Erschrocken blickte er hoch. Er hatte ein seltsames, schmalgesichtiges, recht hölzernes Aussehen und sehr tiefsitzende Augen.

»Entschuldigung!« sagte sie. »Ich wollte Sie nicht hochjagen.« Verlegen erhob er sich. »Sie sind Digger, nicht wahr?«

»Nun«, fügte sie hinzu, lachte und hob die Arme, die in einem schimmernden weißen Material steckten, »wer ich bin, können Sie ja sehen«, und damit war eine mögliche Verlegenheit zwischen ihnen im Nu verflogen. Digger ließ seine Kippe fallen und trat sie aus. Damit hatte er für einen Augenblick die Möglichkeit, sie nicht ansehen zu müssen.

»Das hätte ich jedenfalls wissen müssen«, hörte er sich sagen und errötete, weil er sich nicht denken konnte, als es einmal raus war, warum er das gesagt hatte oder was es bedeutete.

Sie lächelte. »Jedenfalls«, sagte sie, »bin ich froh, daß wir uns schließlich kennengelernt haben. Ich habe mich schon gefragt, wie Sie sein würden.«

»Ich?«

»Vic hat viel von Ihnen gesprochen – na, nicht viel, sondern – na, Sie wissen schon.«

Sie standen direkt unter dem Bogen. Hinter Digger lag der leere Hof. Wenn er sie ansah, schien ihm die Sonne in die Augen, so daß er ein bißchen blinzelte, er spürte jedoch, wie sich der Rand des Torbogenschattens langsam auf seiner Schulter vorschob.

Draußen auf dem Rasen war die Gesellschaft im Aufbruch begriffen. Viele Gäste waren bereits gegangen. Die, die noch da waren, standen grüppchenweise zusammen, die Männer führten noch die letzten heftigen Diskussionen des Tages: Sport, Politik, Geschäfte; von den Frauen hatten sich einige ihrer Absatzschuhe entledigt und machten es ihren Füßen in Strümpfen auf dem Rasen bequem. Die Kapelle spielte noch, aber die Tanzfläche war jetzt ganz von den Kindern in Beschlag genommen, kleinen Jungen in langen Hosen, langärmeligen Hemden und einige von ihnen mit Fliege und Mädchen in Partykleidern mit Bändern. Auf den gebohnerten Dielen schoben sie einander umher wie perfekte kleine Erwachsene, während ein paar echte Erwachsene zusahen. Einer von ihnen war, wie Digger erkannte, Ellies Vater, Mr. Warrender. Er sah ziemlich angesäuselt aus, und Digger sah, über Ellies Schulter, wie er in einer kopflastigen, bedächtigen Art, als fürchtete er, es nicht zu schaffen, auf die Tanzfläche trat und zwischen den Pärchen herumtorkelte, die ihn, verlegen ob seines derartigen Tanzens, von der Seite ansahen und von ihm weg in die Ecken der Tanzfläche steuerten.

Ellie, die Diggers forschenden Blick sah, fragte sich, was es wohl sein mochte, das sein Auge bannte, und drehte den Kopf; doch was sie erblickte, war nicht ihr Vater, der zwischen den tanzenden Kindern langsame Kreise mit den Armen beschrieb, sondern Vic. Er stand unmittelbar neben einer Gruppe älterer Männer, die die Köpfe zusammengesteckt hatten. Er hatte sich von dem, was immer es war, das sie diskutierten, abgewandt. Die Hände in den Taschen, beobachtete er Digger und sie.

Als ihr Blick ihn erfaßte, schaute er nach unten und tat so, als lachte er über etwas, das gerade gesagt worden war. Doch einen Augenblick später, als sie wieder zu ihm hinsah, beobachtete er sie wieder. Diesmal sah es Digger auch. Und auf der Stelle löste er sich von der Gruppe, einige von ihnen drehten den Kopf und sahen ihm nach, und kam über den Rasen auf sie zu.

Ellie sah Digger an, verzog das Gesicht und lächelte.

»Also«, sagte ihr Blick, »das wär's. Dies ist der einzige Augenblick, den wir haben werden. Aber das geht doch in Ordnung, nicht wahr?«

Digger merkte, daß auch er grinste.

»Er hat Angst. Wissen Sie – wir könnten uns zu gut verstehen. Ich meine, darüber, was wir über ihn herausfinden könnten – Sie verstehen, über *ihn,* nicht über uns –, wenn er uns zu lange allein läßt. So ist er nun mal.«

»Ich weiß«, stimmte Digger zu.

»Er kann nichts dafür.«

»Er ist ein schwieriger Fall.«

»Oh, *mir* brauchen Sie das nicht zu sagen.«

Das waren die Gedanken, die zwischen ihnen hin und her sausten.

Er fragte sich, was es genau gewesen sein mochte, das Vic ihr erzählt hatte; nicht über ihn, sondern über das übrige. Wohl nicht viel, dachte er. Da gab es Dinge, die sie nie erfahren würde. Nachts würde sie aufwachen und ihn auf dem Bettrand sitzen sehen (Digger kannte diese Vorkommnisse selbst), in Schweiß gebadet; gefangen in der echten Hitze des Ortes, von dem er geträumt hatte, abgesehen davon, daß es nie bloß ein Traum war und keinen Weg gab, davon loszukommen.

»Hast du also Digger gefunden!« sagte er strahlend, während er kam und ihren Arm nahm. »Das ist gut.«

Sich der Herzlichkeit zwischen ihnen bewußt, blickte er vom einen zum andern. Sie waren ziemlich gelöst, boten keinerlei Anzeichen, daß das, wovon sie gesprochen hatten, bei seinem Erscheinen hatte abgebrochen werden müssen. Doch das Lächeln, das sie beide aufsetzten, war verschwörerisch, und Digger errötete und sah zu Boden. Vic kannte ihn zu gut, als daß es ihm entging. Ellie ließ sich jedoch nicht einschüchtern.

»Ich habe Digger gerade gebeten, mich ab und zu zu besuchen«, sagte sie, ganz das Gegenteil zu dem, dachte Digger, was sie eben vereinbart hatten.

»Sie kommen doch, Digger?«

Er sah kurz zu Vic. Auch er lächelte, recht freundlich, wie man gemeint hätte, sagte aber nichts, und er wollte es auch nicht; Digger sah das ziemlich deutlich. Warum hatte sie das vorgeschlagen?

»Ich sollte mich jetzt mal um Iris kümmern!« sagte er rasch. »Sie wird sich bestimmt wundern, wo ich stecke.«

3

Ein stürmischer Tag, Ende August. Flache Wolken schwebten am Himmel, jagten um die Welt, doch die Luft war klar, und hier oben auf dem Berg über dem Fährplatz hatte sie schließlich Sicht in alle Richtungen, Norden, Süden, ostwärts in Richtung Flußmündung und Ozean. Die ganze Landschaft lag für sie ausgebreitet da.

Flußabwärts steckten in einem Dutzend kleiner Buchten und Zuläufe Boote wie Papierschnipsel, Weiß auf Blau, unbeweglich auf diese Entfernung. Stromaufwärts die Brücke, der Verkehr darauf übertönt von dem Geräusch, das der Wind machte, dem Ächzen von Ästen, dem Rascheln von Blättern an den Zweigen und dem Schreien der Möwen.

Auf einer Seite unterhalb befand sich der Laden in seinem

Knie von flachem Land, hoch und nüchtern und isoliert: der First von seinem Blechdach, die vier Pfähle für ihre Wäscheleinen, alte Fässer und Petroleumbüchsen mit ihren Sträuchern drin, Diggers Werkbank unter dem Pfefferbaum. Jenny war dort, geisterte in einem Baumwollkleid umher und jagte Vögel.

»Sie weiß es noch nicht«, dachte sie. »Sie hat es noch nicht bemerkt, daß ich aus dem Haus bin.« Die Aufregung würde erst losgehen, wenn sie in ihr Zimmer ging und das leere Bett vorfand! Das Gestöhne und Gerenne! Das tat ihr leid.

Auf dem hohen Ufer gegenüber, auf dem Dach von einem der Wochenendhäuser, die über den Hang verstreut waren und zwischen den Bäumen hervorblinkten, arbeitete Digger, einen Hammer im Gürtel, einen Bleistiftstummel hinterm Ohr.

Sie wußte alles; wo alles war. Nur hier oben war es ihr neu.

Und warum hatte sie es dreiunddreißig Jahre versäumt, hier heraufzukommen und es zu sehen?

Weil sie die Dinge nicht zu deutlich sehen wollte, darum.

Und warum tat sie es jetzt?

Weil sie es tat.

Fast bis zuletzt hatte sie es sich aufgehoben, um sich nicht selbst zu enttäuschen. Jetzt konnte sie ihm entgegentreten. Für sie gab es keine Enttäuschung mehr.

Weit entfernt, in fünfundsechzig Kilometer Luftlinie, in einem schwachen Dunst, in dem Häuser, ganze Straßenzüge und Bäume sowie das Hafenwasser zu einem einzigen Pastellblau verschwammen, als wäre es ein See und nicht eine Stadt, und die höchsten Türme waren über der Oberfläche davon sichtbar, lag Sydney.

Das zu sehen, war sie nicht heraufgekommen. Sie hatte nicht einmal gewußt, daß man es von hier aus sehen konnte. In ihrem Kopf war es viel weiter weg. Praktisch auf halbem Wege nach England. Dreiunddreißig Jahre weit. Sie hatte klein beigegeben und war hier geblieben – jemand mußte es ja; hatte die Sachen zusammengehalten, der übrigen Welt den Rücken gekehrt, den Namen des Ortes, Keen, angenommen und würde nun auch hier begraben werden.

Doch plötzlich, just an diesem Nachmittag, hielt sie es in dem Haus nicht länger aus, in dem stickigen kleinen hinteren Schlafzimmer, an einem Tag, an dem der Wind wehte. Alles, jedes

Möbelstück, jeder Zentimeter Gardine, den sie bestellt und genäht und in ihren drei Zimmern aufgehängt hatte, jeder Teelöffel und das Hochzeitsbild der Eltern ihres Mannes auf der Kredenz und die Säcke mit Zucker, Reis, Salz und die Waage im hinteren Raum, auf der sie sie dreiunddreißig Jahre lang pfund- und halbpfundweise ausgewogen hatte – all das und ihre Küchenstühle und Kochtöpfe und der Eimer und der Mop hinter der Tür und Jenny, die auf dem Ladentisch zappelte, und all die Geister der anderen, die sich in eine Ecke am Ofen quetschten und an einem Zwieback nuckelten oder sich Asche in den Mund stießen, Leslie und James und May und Billy – all das und noch mehr lastete ihr auf der Seele und erdrückte sie. Bei diesem heftigen Wind hätte sie das alles anzünden und zusehen können, wie es in einem Getose von Qualm aufloderte.

Also, was für eine Art von Frau war da letztlich aus ihr geworden?

Genau die Art, die sie *nicht* hatte werden wollen.

Die Bettdecke wegstoßend, war sie barfuß in die Küche geeilt, hatte sich eine Schachtel Streichhölzer geschnappt, eines angezündet und hingeworfen, dann noch eines, und wild um sich blickend sagte sie: »Das ist die Art von Frau, die ich bin!«

Die Schachtel fiel ihr jedoch aus der Hand und die Streichhölzer heraus. Ohne sich umzudrehen, war sie aus dem Haus gestürmt und begann, sich völlig gedankenlos in die Büsche stürzend, nur dem Wind und den Wolken am Himmel folgend, emporzusteigen.

Als sie erst einmal tatsächlich dabei war emporzusteigen, war sie völlig aufgeregt und in Eile, als hätte sie das jeden Tag ihres Lebens tun wollen und als sollte sie schließlich sehen, wovon sie seit Jahren abgehalten worden war. Sie drängte an den Felsvorsprüngen vorbei, wo sie beide Hände benutzen mußte, um sich hochzuziehen, und den großen Angophoras, die mit ihrer fleischfarbenen Rinde und ihren fetten Wülsten wie nackte Engel aussahen, bis sie hoch genug war, um einen Eindruck von der Dimension der Dinge zu erhalten. Sie war kein Feigling. Niemand hätte das von ihr sagen können. Allem konnte sie gegenübertreten.

Als sie den Gipfel erreichte, sah sie sich um, nahm alles in sich auf und grübelte dann, auf einer Felsnase zwischen kratzendem, hüfthohem Gras hockend und die Arme über der Brust verschränkt, über ihre Verbitterung nach.

Nun, da sie bald geschehen sollte, die Sache, die sie sich erträumt hatte, die Ausgießung des Friedens und die Versammlung aller Dinge ihres Lebens um sie herum, wollte sie sie nicht, nichts davon. Sie wollte nicht, daß ihr Leben – die fünfundfünfzig Jahre, so viele Tage und Tage und die Enttäuschungen und Niederlagen und die kleinen stillen Triumphe – schließlich sichtbar gemacht und um sie herum aufgehäuft würde, so daß sie sagen müßte: »So, das ist es, wozu es kommt.«

Das war es, wovon sie hatte wegkommen wollen, und sie hatte, in ihrem Kopf, bereits den Beweis davon verbrannt. Um nicht für immer im Mittelpunkt davon sitzen zu müssen.

Gibbons. Das war der Name, unter dem sie geboren worden war.

»Mein Gott«, dachte sie und sah sich um, an den stachligen Köpfen der Grasbäume, »wo ist sie hin? Wo ist Marge Gibbons? Und Bert. Marge und Bert.« Es brachte sie durcheinander, daß sie sie nicht mehr wirklich sehen konnte: zwei hoffnungslose kleine Kinder, die sie weggehen und sich verlieren lassen hatte. Sie waren so wirklich in der Welt gewesen und waren es in ihren Gedanken irgendwo noch, als ob sie nur an all den Dingen vorbei, die sie angehäuft hatte und die sie aussperrten, zu ihnen zurückkehren könnte.

Sie fing an, an der Wolle ihres Bettjäckchens zu zupfen. Kleiner rosa Flaum flog in der Luft herum und gesellte sich zu den leichten kleinen Samen und Pollen, die herumwehten und -tollten. Der Wind konnte sie nicht auseinanderhalten.

Keen. Diesen Namen hatte sie angenommen, und das Ergebnis davon war, daß sie darunter begraben würde.

Und er? Billy? Er war fort, auf der Suche nach einem weiteren Krieg, und er hatte auch einen gefunden, diesmal in Korea. Er würde so lange weitermachen, bis er denjenigen fand, der ihn erledigte. Seit Jahren wußte sie es nun, daß er nicht zurückkommen würde.

Sie zupfte an dem Bettjäckchen, pickte mit ihren harten Fingerspitzen regelrecht daran herum. Das rosa Zeug ging aus und flog davon. Doch plötzlich war in den Büschen dicht in der Nähe ein Trampeln zu vernehmen, dann ein Geschrei, und sie war gefunden, genauso, wie es das erstemal gewesen war. Das große flennende Mädchen fand sie und klammerte sich fest an sie und ließ sie nicht wieder los.

»Sie will nicht reinkomm'n«, sagte Jenny zu Digger. »Sie sagt, sie will es nich mehr. Nie wieder.«

Sie fuhr auf dem Hof unter der Wäscheleine herum und rang die Hände. Ihre Mutter saß, in ein Federbett gepackt, auf einem alten Rohrstuhl, der auf den Müll geworfen worden war, mit dem Rücken zum Haus und zitterte.

Digger stellte seine Werkzeugkiste hin. »Mach dir keine Sorgen!« sagte er, doch seine Ruhe war nur vorgetäuscht. »Du gehst rein und machst uns eine Tasse Tee. Ich rede mit ihr.«

Das tat er, doch sie schwieg borniert, als ob sie nicht mehr hören konnte.

Jenny brachte den Tee. Sie nahm eine Tasse, hielt sie jedoch bloß, während er trank, und Jenny, die schreckliche Angst hatte, blieb sicher in einiger Entfernung, auf der Küchenstufe.

Sie aber ging nicht ins Haus, und obgleich er ihr zuredete und sie mit Dingen lockte, die ihr einst viel bedeutet hatten, hörte sie nichts oder wollte nichts hören. Als es finster wurde, brachte er noch mehr Decken, packte sie ein, zog selbst noch einen Pullover an, und so blieben sie sitzen, während es Nacht wurde und die Sterne rauskamen, und Jenny, hinter einem erleuchteten Fenster im Haus, sah zu.

Jenny brachte ihm etwas zu essen. Viel war es allerdings nicht. Sie war zu aufgeregt, um etwas ordentlich zu machen. Digger saß auf einem umgedrehten Kanister und aß mit einer Gabel Kartoffeln, ein Stück Brot und etwas Soße, und ihre Mutter saß weiterhin da, mit dem Rücken zum Haus. Im Kopf hatte sie Asche. Das Haus, den Laden und alles, was darin war. Sie hatte es angezündet, ob es nun in Flammen aufgegangen war oder nicht. Für Digger war mit ihr nichts zu machen.

Mit so etwas war er schon einmal konfrontiert gewesen, hätte aber nie erwartet, es noch einmal in seinem Leben zu erleben, noch dazu hier. Sie war gewillt, aus der Welt zu gehen, und sie würde es auch tun.

Es war eine komische Sache, das Haus war hell erleuchtet, und sie saß in einem kaputten Sessel draußen im Staub und das Gebüsch mit all seinen nächtlichen Geräuschen um sie herum.

Gegen Tagesanbruch nickte er ein, und sie begann schließlich zu reden. Was sie ihm erzählte, war fürchterlich. Daß sie so verzweifelt war, hatte er nicht gewußt. Bert, nannte sie ihn. »Nein«, wollte er sagen, »so heiße ich nicht. Ich bin Digger. Erinnerst du dich?«, doch er fürchtete sich, sie zu unterbrechen.

Aber er hatte unrecht, oder sie erinnerte sich nicht oder wollte es nicht. »Bert!« rief sie, und er wachte auf, und die Unterhaltung, die sie geführt hatten, fuhr tief in ihn hinein und war vorbei.

»Digger«, sagte sie, »macht es dir etwas aus, wenn ich dich etwas frage?«

Jenny war zu ihm auf den Hof herausgekommen, wo er in alten kurzen Hosen und ohne Hemd an seiner Werkbank stand. Es roch nach frisch gesägtem Holz.

»Schieß los!« forderte er sie auf, ohne hochzusehen. Er hatte sich in Arbeit gestürzt, um für einige Zeit an nichts denken zu müssen. Stets brauchte er ein bißchen Zeit, um sich zu erholen, und gab sich jetzt damit zufrieden, mit einer Säge in weiches Holz einzudringen, mit dem Geruch davon, sehr süß und würzig, und der Wärme der Sonne auf dem Rücken.

»Was geschieht denn«, brachte sie schließlich heraus, wobei sie schmerzlich die Stirn zusammenzog, »mit Mummas *Sachen?*«

»Ihren Kleidern, meinst du?« Er arbeitete weiter, nahm den Bleistift, den er hinterm Ohr hatte, in die Hand.

»Nein. Ihren *Sachen.* Das sind *ihre* Sachen.«

Jetzt sah er sie an.

»Die Einrichtung und so«, sagte sie hoffnungslos. »Töpfe. Weißt du?«

»Nichts geschieht damit«, erwiderte er sanft. »Was hast denn du gedacht? Die gehören jetzt dir. Uns.«

»Wirklich? Hat sie sie dagelassen?«

Was hatte sie denn erwartet, fragte er sich. Er hatte keine Ahnung, selbst nach so langer Zeit, wie ihr Verstand arbeitete. Vielleicht hatte sie auch die Ansicht ihrer Mutter wörtlich genommen, und zwar die, auf die sie selbst sich zuletzt versteift hatte, und hatte damit gerechnet, daß alle Einrichtungsgegenstände des Hauses bis hin zu den Serviettenringen und dem Teesieb irgendwie *beansprucht* würden. Vielleicht wörtlich. Wenn nicht ganz, so doch im wesentlichen. War es das? So daß sie nicht länger, so wie bisher, zu gebrauchen waren.

Oder vielleicht glaubte sie, der Geist ihrer Mutter hätte sie mit Beschlag belegt und es gefährlich gemacht, sie zu berühren.

Der Sessel, in dem sie die ganze Nacht gesessen hatte, stand immer noch an dem peinlichen Ort unter der Wäscheleine, aber keiner von ihnen hatte daran gedacht, ihn wegzuräumen. Er war kaputt, das Rohr gebrochen und vom Wetter ausgebleicht; so viel mehr wie ein natürliches Ding als ein ausrangiertes Möbelstück, von dem sie nach einiger Zeit, da es auf einem Bein niedriger wurde, kaum noch Notiz nahmen.

»Ja«, sagte er sehr gelassen, »sie hat sie dir überlassen. Sie gehören jetzt dir. Du kannst damit machen, was du willst.«

»Oh«, sagte sie. »In Ordnung.«

Einen Augenblick stand sie noch, wobei sie ganz ernst aussah, dann ging sie, und er hörte sie in der Küche wirtschaften, Regale aufräumen und Dinge spülen, kleine Veränderungen vornehmen, die sie vielleicht schon jahrelang vorgehabt hatte – wer konnte schon wissen, welchem System ihr Verstand folgte? – und es nicht gewagt hatte, solange ihre Mutter lebte.

4

Digger sollte noch dahinterkommen, daß er sich an jenem Hochzeitstag in zweierlei Hinsicht geirrt hatte. Wider Erwarten sah er Ellie wieder, wenn auch erst nach sechs Jahren und auch dann nur durch Zufall, und Vic ließ ihn nicht, wie er es nannte, fallen. Zwei, drei Mal im Jahr, manchmal öfter, tauchte er unangekündigt an der Fährstelle auf, und sie verbrachten eine Stunde miteinander. Dann saß er unter dem Pfefferbaum und sah Digger bei seiner Arbeit an der Werkbank, die er dort stehen hatte, zu, stand auf, um das andere Ende eines Brettes zu halten, das Digger gerade sägte; oder Digger holte eine Reserverute, und sie gingen angeln.

Nicht immer ging es ungezwungen zu. Es gab auch Zeiten, da war er in einer dieser Stimmungen, wo ihm alles ein Ärgernis war. Er war aus keinem anderen Grund gekommen, dachte Digger, als irgendeinen alten Ärger oder eine Kränkung wieder aufzunehmen und ihn zu provozieren, ihn zu verletzen. Manchmal hatte er Erfolg, und dann ärgerte sich Digger, wenn er Vics Genugtuung sah, ihn so weit gebracht zu haben, daß er auf ihn losging, dieses seltsame schwache Lächeln, das er aufsetzte, wenn er den Kopf abwendete. Doch bei anderen Gelegenheiten, mochte Vic auch noch so sticheln, widerstand er. Plötzlich, ohne Vorwarnung, konnte Vic ganz und gar auf Besänftigung aus sein und Minuten später in so ausgezeichneter Stimmung, daß Digger ihm den Wandel in ihm schwerlich abnehmen konnte. Es war, als ob Digger in seiner Weigerung, mit ihm auf gespanntem Fuß zu stehen, die Kraft gefunden hätte, mit sich selbst wieder auf guten Fuß zu kommen.

Es gab aber auch viele Gelegenheiten, da kam er nur, weil er etwas aufgetrieben hatte, ein neues Gerät zum Beispiel, von dem er meinte, Digger könnte sich dafür interessieren und sollte es sehen, oder weil er in der Stimmung war, ein bißchen zu angeln, oder einfach, weil zwei, drei Monate verstrichen waren und sie sich nicht gesehen hatten. Nie diskutierten sie über die Geschäfte, in die er verwickelt war. Erst als Doug es erwähnte, begann es Digger zu dämmern, welche Rolle er dabei spielte.

»Dem alten Vic geht's ganz gut, was?«

»So?« fragte Digger. »Was meinst du damit?«

Douggy lachte. »Liest du denn keine Zeitung? Needham – das ist er. Er ist praktisch Millionär. Scheffelt das Geld nur so.«

In Douggys Stimme steckte keine Ironie. Er war, wie er immer gewesen war, skeptisch in bezug auf, wie er sich ausdrückte, Bosse, aber er sah Vics Aufstieg in der Welt auch auf sich selbst zurückstrahlen, auf sie alle: Er mißgönnte ihn ihm nicht. Aber wer hätte das wohl gedacht? Wer hätte denn gedacht, daß sie einen Kumpel hatten, der auf dem besten Weg war – wie alt war er? achtundzwanzig, neunundzwanzig? – Millionär zu werden. Nicht daß er und Vic so vertraut miteinander waren. Aber dennoch war es ein Wunder.

»Spricht er denn nicht mit dir darüber?« fragte er Digger.

»Nein. Warum sollte er? Ich versteh nichts von Geschäften.«

»Nun, er war doch sonst immer rasch dabei, sein eigenes Lob zu singen – jedenfalls in den alten Zeiten. Was also ist mit ihm geschehen?«

»Nichts«, erwiderte Digger. »Ich weiß nicht.«

»So, worüber *redet* ihr denn dann?« fragte Doug nach einer Weile mit einem humorvollen Gesichtsausdruck.

»Nichts weiter«, erklärte Digger. Und das war die Wahrheit. Er mußte nachdenken. »Autos und so«, fügte er schließlich hinzu.

»Ach? Welche Marke fährt er denn?«

»Humber Hawk. Und davor einen Pontiac.«

Douggy sah beeindruckt aus. »Ist es dir da nicht in den Sinn gekommen«, fragte er, »daß es ihm gutgehen müßte?«

Digger wußte nicht, was er sagen sollte. Auf der Hochzeit hatte er diese Art Leute gesehen, zu denen Vic gehörte, und das Leben, das sie führten, und er war zu sehr mit den Autos selbst beschäftigt gewesen, mit dem Öffnen der Motorhauben und dem Betrachten der Innenleben, um sich zu fragen, wie viel sie wohl in der Art der »Fortbewegung« darstellten.

Vic führte sie gern vor, und es war keinerlei Prahlerei oder besitzerstolzes Benehmen dabei. Sie hätten ebenso Kinder sein können, die auf den Pontiac gestoßen waren oder den Riley, den Austin Healey oder den Ford Customline, der irgendwo in einer Straße geparkt war, nicht so sehr daran interessiert, wem er gehörte, als vielmehr an der vollen Palette seiner Metallkraft und der wunderbaren Eleganz und Leistung dieses Dings; wenn es Digger auch bisweilen recht mysteriös vorkam (ihn fröstelte und schauderte), daß sie es sein sollten, die hier den von der Sonne erwärmten Lack mit ihren Händen berührten und, wenn sie den Fuß niederdrückten, die volle Kraft dieser Modelle aus den Jahren 1949, 1952, 1954 spürten.

»Ich nehm an, dir geht es ganz gut«, sagte er schließlich, als es ihre Ungezwungenheit eines Tages zuließ. »Doug sagt das jedenfalls.«

»Ich kann nicht klagen«, gab er zu.

Digger hobelte einen Stoß Bretter, drei oder vier standen aufrecht an den Stamm des Pfefferbaums gelehnt. Bleiche Späne, die fast transparent waren und die honiggelben Fasern erkennen ließen, kräuselten sich vor dem Hobelblatt, lösten sich, fielen herab und rollten im Wind davon. Vic saß auf einem umgedrehten Petroleumkanister.

»Ich hatte keine Ahnung davon«, sagte Digger.

»Ach«, erklärte Vic leichthin, »ich hab etwas Glück gehabt, das ist alles.«

Das stimmte: Ihm fielen die Dinge zu und multiplizierten sich. Doch das war nicht alles. Er war clever, er arbeitete viel, hörte eigentlich nie auf, dafür war er bekannt; er hatte einen Blick dafür, wie sich die Dinge entwickelten, und war zur Stelle und bereit loszulegen, noch bevor andere, selbst erfahrenere, überhaupt die Chance erkannt hatten; und er war rücksichtslos – nichts und niemanden ließ er sich in die Quere kommen. Aber er hatte auch Glück. Das beunruhigte ihn.

Glück, so glaubte er, war eine Sache, auf die man sich nicht verlassen konnte. Es konnte einen wieder verlassen. Er war der Meinung, daß ein Mensch, der auf sein Glück baute, in der Welt kaum mehr war als ein Nichtstuer und sich keineswegs bewiesen hatte. Woran er glaubte, war Charakter. Seine Errungenschaften, so wie sie waren, alle klar und deutlich sichtbar, mußten dem gegenübergestellt werden, was *nicht* sichtbar war, weil es innerlich war, was aber existieren mußte, denn *sie* taten es und konnten darum einfach geglaubt werden.

Da draußen im Wind auf einem umgedrehten Kanister unter dem Pfefferbaum sitzend, war er keine Millionen wert, sondern nur das, was Digger sehen und auf ihn zurückstrahlen mochte, ohne die Notwendigkeit der Erklärung oder des Beweises.

Offenen Herzens blickte er zu Digger auf, der, den Hobel in der Hand, innehielt und ihn ansah, und da war es.

Es war ein Augenblick, an den Digger sich erinnern würde; als er deutlich sah, und zwar zum erstenmal, was Vic von ihm wollte. Er sollte einer der Zeugen seines Lebens sein. Nicht seiner Errungenschaften, die konnte jeder sehen, darum hatte er sich auch nicht bemüht, Diggers Aufmerksamkeit auf sie zu lenken; sondern jener Eigenschaften in ihm, die der anderen, der unsichtbaren Seite den Ausschlag gaben.

Das zu erkennen, hatte Digger so lange gebraucht, weil der Gedanke, daß ein Mensch *Zeugen* für sein Leben brauchen könnte, ihm so fremd war. Aber als er es einmal erkannt hatte, hielt er durch, obgleich ihm die Rolle nicht behagte. Es war noch eine Verpflichtung mehr, die ihm auferlegt war. Er hätte sie sich nicht ausgewählt, genauso wenig, wie er sich eine von den anderen ausgesucht hätte, aber sie war nun einmal da. Der Zufall, das Leben, das Schicksal – was immer es war – traf für einen die Wahl und verband und verknüpfte einen mit den Lebensmaschen anderer Menschen und bildete so schließlich sein eigenes Lebensmuster.

Jenny war diejenige, die Widerstand leistete, und dies hatte seine komische Seite. Keiner von Vics Besuchen im Laufe der Jahre, oder die kleinen Geschenke, die er mitbrachte, versöhnten sie mit ihm.

Eines Abends wandte sie sich beim Fernsehen plötzlich Digger zu und fragte erstaunt:

»Is das der, für den ich ihn *halte?*«

»Ja«, sagte Digger. »Vic.«

»Was hat *er* denn getan?«

Ihrer Erfahrung gemäß mußte jeder, der ins Fernsehen kam und kein Popstar oder Nachrichtensprecher war, ein Gauner sein.

»Nichts. Hat ein bißchen Geld gemacht, das ist alles, indem er jemanden übernommen hat – verstehst du, hat sie aufgekauft. Nun gibt es Ärger mit den Gewerkschaften.«

Sie kniff die Augen zusammen und konzentrierte sich. Das sagte ihr nichts. Das war es nicht, worum es ging.

Er wurde von einer Journalistin interviewt, und nachdem er sehr nett zu ihr war, jedenfalls so tat, und sie beim Namen nannte, Jane, aber auch durchblicken ließ, daß er keine ihrer Fragen ernst nahm, wurde er plötzlich kühl und verlor dann sogar die Beherrschung. Jenny kicherte. Das war es, worum es ging.

»*Sie* hält nich viel von ihm«, erklärte sie. »Recht so, Mädel!« rief sie. »*Sie hält ihn für einen Gauner. Stimmt's?*«

»Nein«, erwiderte Digger. Es amüsierte ihn. »Und das Mädchen denkt auch nicht so.«

»Warum belegt sie ihn denn dann so?«

»Das ist ihr Job. Das gehört zu ihrem Job, das ist alles. Aggressiv sein.«

»Herr Klugscheißer!« rief Jenny, »Herr Klugscheißer!«

5

Vic, immer noch in Hemdsärmeln, schob die Frühstücksteller zurück, rückte den Pfeffer- und den Salzstreuer sowie den Toastständer beiseite, goß sich noch etwas Tee ein, zündete sich eine Zigarette an und lehnte sich in seinem Sessel zurück. Er hatte die Angewohnheit, wenn er dabei war, eine neue Idee vorzuschlagen, den Platz vor sich leerzuräumen. Wie umfangreich oder riskant die Idee war, konnte man, das wußte Ma, nach dem Ausmaß des Stücks Tischtuch, das blank vor ihm lag, beurteilen.

Ihre Besprechungen fanden häufig über den Überresten vom Frühstück statt. Während Pa bereits in seinem Büro war und Ellie den Jungen in den Kindergarten brachte, hatten sie eine gute halbe Stunde für sich. Der häusliche Rahmen, die Überbleibsel vom Frühstück (»Der frisch geröstete Toast«, dachte Ma, »hat etwas sehr Beruhigendes an sich.«), verliehen ihrem Gespräch eine gelöste Atmosphäre; der feste Bezug zu den Dingen, der von Teetassenhenkeln und Löffeln vermittelt wurde, begründete, was normalerweise sonst unwahrscheinlich erschienen wäre.

Immer wieder versetzte es Vic in Erstaunen, wenn er sich an die Sorgen erinnerte, von denen sie geplagt worden war, daß Ma sich so hatte verändern können. Nie hatte sie ihn im Stich gelassen, nicht ein einziges Mal. Wenn er sich bisweilen zurückzog und sogar seine Augenblicke des Zweifels hatte, sah sie es, obgleich er sein Bestes tat, es nicht zu zeigen, und war da, um ihn anzuspornen.

Ihr Verstand war schärfer als seiner. Er kam mit einem Plan heraus, stellte ihn ihr vor und ließ sie ihn zunichte machen, wenn sie konnte. Wenn *sie* keine Schwachstelle finden konnte, dann war die Sache narrensicher.

Auf sie war er angewiesen. Sie waren ein Team. Mit ihr etwas durchzusprechen war, wie mit seinem anderen Ich zu diskutieren, dem skeptischen, mit dem er sonst nicht Bekanntschaft gemacht hätte, zumindest nicht so schnell. Von ihr nahm er Kritik an, die er, wenn sie von einem Mann gekommen wäre, zurückzuweisen sich verpflichtet gefühlt hätte. Um sanft miteinander umzugehen, dafür kannten sie einander zu sehr und sorgten sich, beide, zu sehr darum, was sie taten.

An diesem Morgen zögerte er, hielt sich bewußt zurück. Eine Unbestimmtheit steckte in ihm – nicht gerade Schwäche, die war es nie –, die sie in einem Augenblick zu erkennen und sich mit ihr zu beschäftigen hatte. Sie kannte ihn mittlerweile sehr genau. Da war aber auch dieser neue Raum, den er geöffnet hatte. »Eins nach dem anderen«, dachte sie.

»So«, sagte sie forsch, »das wär's, nicht?«

»Ja«, erwiderte er. »Zehn-dreißig.«

Er sah, wie sie ihn ansah, und schob seinen Teller noch ein Stück weiter weg.

»Ich finde das alles ein bißchen schwierig«, sagte er. »Ich meine, er kann doch nicht *so* gutgläubig sein. Ich habe ihn für härter gehalten, einen Kerl wie den.«

»Er *ist* hart«, erklärte Ma ihm. »Laß dich nicht von der schmeichlerischen Redeweise täuschen! Er ist hart in der alten Art und Weise, wie mein Vater. Ihr Burschen seid von einem anderen Schlag.«

Sie bemerkte ein schwaches Zucken auf seiner Stirn. Als Kritik hatte sie es nicht gemeint.

»Er scheint nicht zu erkennen, daß er keinen Einfluß mehr hat. Wofür hält er uns denn? Für ein Wohlfahrtsinstitut?«

Er sprach von Jack Creely, einem alten Schulfreund von Pa, der eine Maschinenfabrik mit Staatsaufträgen hatte. Needham's übernahm ihn.

»Er ist so von sich eingenommen! Hält sich für besonders clever, denkt, er könnte uns hinters Licht führen.« Sein Stolz war angegriffen.

Was ihn störte, wußte sie, war das Gerede, das aufkommen würde. In diesen letzten Jahren hatte er sich allerhand Feinde geschaffen. Die Leute glaubten, er würde langsam größenwahnsinnig; er war sich zu sicher, hatte zu viel Erfolg. Sie waren jetzt nur zu erpicht darauf, Jack Creely als weiteren Beweis gegen ihn zu benutzen.

»Schau«, sagte sie, »wir sind bei sechsundvierzigtausend, nicht wahr? Das sieht mir nicht gerade nach Wohltätigkeit aus. Jack kennt die Rechnung.«

Die Schärfe, mit der sie sich das sagen hörte, erschreckte sie.

Auch sie hatte in diesen letzten Jahren einen langen Weg zurückgelegt.

Was die Sechsundvierzigtausend betraf, verschlug es ihr, geradeheraus gesagt, den Atem. Als ob das nichts wäre!

Sie dachte an ihren Vater und sah ihn die Stirn runzeln, teils schockiert, teils aber auch bewundernd über die knappe Art, mit der sie mit Jack Creely verfahren war. Was ihn jedoch tatsächlich schockiert hätte, wie es auch sie ein wenig schockierte, waren die Sechsundvierzigtausend. Ihr Vater hielt sich an eine strikte Regel. Man blieb in gewissen Grenzen, vermied Schulden. »Dieser Bursche ist verrückt«, hätte ihr Vater zu ihr gesagt, auch ein wenig bewundernd, aber mit dem strengen Hinweis, daß sie selbst aufpassen sollte. »Siehst du das denn nicht?« Sie hörte das so deutlich in dem Zimmer, daß sie überrascht war, daß Vic nicht den Kopf hochriß, in der aggressiven Art, die er an sich hatte, und ihm antwortete.

Er war ein Freibeuter gewesen, ihr Vater, aber in seichtem Gewässer. Und sie befinden sich jetzt auf offener See.

Seit mehr als drei Jahren war die Fabrik verlassen und zugenagelt. Das Backsteinmauerwerk zerbröckelte, und Unkraut war gewachsen, nicht nur zwischen den Steinplatten im Hof, sondern auch auf den steinernen Fensterbänken und stellenweise sogar auf dem Dach. Der kleine Junge, Greg, fürchtete sich, dorthin zu gehen. Mehr als einmal hatte sie ihn im Torbogen stehen, in den Hof schauen und sich dann doch nicht weiterwagen sehen.

Das Haus und die Fabrik hatten, als ihr Vater sie bauen ließ, eine Einheit dargestellt, waren, als sie heranwuchs, zwei Hälften einer einzigen Welt. Die Mädchen, die im Packraum arbeiteten, hatten mit zur Familie gehört. Sie kamen sogar in die Küche herüber, wenn ihnen der Zucker für den morgendlichen Tee ausgegangen war, und wenn eine von ihnen sich krank fühlte, wurde sie in eines der Zimmer entlang der Veranda gelegt. Als kleines Mädchen hatte Ma häufig ihre Puppen oder ihr Puzzlespiel weggelegt oder aufgehört, auf der langen Veranda Rollschuh zu laufen, um zu den Packerinnen hinüberzugehen und mit denen, die sie am liebsten hatte, Alice Green oder Mrs. Danby, zu plaudern oder um zuzusehen, wie auf dem Hof ein Lieferwagen entladen wurde. Oder sie hockte auf einem Stuhl im Büro ihres Vaters und schnitt aus den Needham-Etiketten und -Werbeplakaten Blumenmuster aus und klebte sie in ein Rechnungsbuch.

All das hatte die Welt der Arbeit und des Geschäfts in ihr tägliches Leben gebracht, so daß für sie keine Kluft zwischen ihnen bestand, diese beiden Welten durchdrangen einander. Diese Sicht der Dinge wollte sie wiederherstellen, indem sie den Frühstückstisch zum Schauplatz ihrer Unterredungen mit Vic machte, und das um so mehr, weil das, womit sie sich jetzt beschäftigten, nichts mehr war, das man auf die andere Seite des Gartens tragen und *sehen* konnte.

Margarine. Das war ihr erster Schritt gewesen. Es war schon erstaunlich, wie leicht man, mit etwas Kapital, von einem Erzeugnis auf ein anderes überwechseln konnte. Seife, Margarine – das war ganz gleich, wie es schien, wenn auch ihr Vater nicht so gedacht haben mochte. Sein Wissen über die Seifenherstellung hatte er aus England mitgebracht und vom Lake District, wo er aufgewachsen war, die Rezepte für die Duftstoffe, die er benutzte. Für ihn, für alle von ihnen, war alles sehr persönlich gewesen. Die verschiedenen Seifen hatte er nach englischen Blumen benannt: Flieder, Veilchen, Moschusrose, und die feinste und teuerste unter ihnen nach ihrer Mutter, Mary Louise. Zu Weihnachten wurden Spezialpackungen als Geschenke für Kunden und Freunde angefertigt.

Doch in diesen Tagen bestand keine Nachfrage nach Dingen, die von Hand gefertigt waren. Rechtzeitig hatte Hicks begriffen, worauf die Entwicklung hinauslief, und freute sich darüber, in bezug auf ein neues Produkt, mit neuen Produktionsanlagen und einer effektiven Belegschaft, einschließlich eines Dutzends ausgebildeter Techniker, freie Hand zu haben.

Die Summe, die sie als Kredit aufnehmen mußten, war horrend. Hatte sie sie denn nicht gerade erst aus den roten Zahlen herausgebracht? Doch Vic sah die Dinge anders.

»Hör zu«, sagte er zu ihr, »die Dinge haben sich verändert. Es ist nichts damit zu gewinnen, auf Nummer Sicher zu gehen und keine Schulden zu machen. Ein Millionär ist nicht ein Mann, der eine Million *hat.* Er ist ein Mann, der eine Million *schuldet,* und wenn er zehn Millionen schuldig ist, um so besser. So müssen wir denken. Wenn dir das Sorgen bereitet, Ma, dann überlaß das mir!«

»Mein Gott!« hatte sie gedacht. Doch als sie sich erst einmal mit dem Gedanken vertraut gemacht hatte, fand sie, sie könnte ganz gut damit leben. So war *er*. Er war ein einziges Energiebündel und unbändiges Vertrauen. Und noch mehr, das System funktionierte.

Seine andere Idee war, was er *Ausbreitung* nannte. Das hatte nichts mit Margarine zu tun – eigentlich ganz im Gegenteil. Statt sich auf ein Erzeugnis zu beschränken, auf eine Art Risiko, griffen sie in einer opportunistischen Art und Weise auf, was immer sich bot, indem sie ein Unternehmen benutzten, um einen Kredit für ein anderes aufnehmen zu können, oder sie ließen Dinge einfach ruhen und im Wert steigen.

So lancierte er sie ins Immobiliengeschäft, kaufte überall in den Vororten Eckgrundstücke auf, einzelne Ladenreihen, die an die Mineralölgesellschaften zum Einrichten von Tankstellen verkauft werden konnten. Sie stiegen ins Baugewerbe ein, finanzierten Einheiten im neuen Stil und besaßen auch recht bald ein Abbruchunternehmen. Aus keinem anderen Grund, als daß sie billig war, erwarb er eine Fabrik für Fahrradteile, stieg jedoch, diese Möglichkeiten erkennend, auf Spezialteile für die Kraftfahrzeugindustrie um. Gewinne, Einfluß auf wenigstens einen dieser Teile, einen Ruf, verläßlich zu sein – keine Streiks, keine Verzögerungen –, ein gutes Transportwesen, mach dich unentbehrlich für ein Montageband irgendwo, und du bist ein gemachter Mann. In letzter Zeit hatte er ein Interesse am Bergbau entwickelt –, Sandgruben an der Küste von Queensland, Bauxitabbau auf der Halbinsel Cape York – und hatte jetzt ein Auge auf verschiedene Ölbohrgesellschaften, eine in Neuguinea und eine andere im Nordwesten von West-Australien. Früher oder später würden sie irgendwo auf dem Kontinent auf Öl stoßen. Es hieß nur, gleich zu Anfang einzusteigen. Das alles bedeutete *Ausbreitung*.

Für sie war es ein weiter Schritt, von einem Ort von der anderen Seite des Hofs zu den Standorten, an denen sie beteiligt waren, in fünftausend Kilometer Entfernung. Aber das war genau das, wovon *er* so begeistert war, dieses Gefühl, weitgespannte Räume zu öffnen: eine Karte an der Wand und die Geographie des ganzen Kontinents zum Einsteigen, und nicht nur, was über dem Boden war, sondern auch darunter; und jenseits bloß geographischen Raumes all jene bevorstehenden Jahrzehnte, wenn sich diese einstweiligen Risiken und weitsichtigen Wagnisse und Ahnungen auszahlen würden.

Er war erstaunlich. Sie wartete immer noch auf den Augenblick, da sich die Stimme ihres Vaters durchsetzen mochte und sie nicht länger mit ihm gehen konnte; doch er wagte große Sprünge, und jedesmal holte sie tief Luft und ging mit.

Den Raum betrachtend, den er sich jetzt zwischen seinen Frühstücksutensilien geschaffen hatte, war ihr nicht bange. Was sie teils stärkte, aber auch überwältigte, war die Notwendigkeit, daß er sie mitnehmen mußte. Woran sie sich wieder erinnerte, waren die Zeiten, als sie voller Sorgen in seinem Zimmer auf und ab gegangen war, und er hatte so gleichmütig auf seinem Bett gesessen – wie alt war er damals gewesen? dreizehn? vierzehn? –, und sie hatte sich auf ihn verlassen. Was sie damals in ihm gesehen hatte, hatte sich nun hundertfach verstärkt.

Sie hatte es ihm nie erzählt, aber viele Jahre zuvor, als sie noch nicht lange verheiratet gewesen war, hatte sie seinen Vater kennengelernt. Damals hatte sie keine Ahnung gehabt, daß sie mal miteinander verbunden sein würden.

Ein gutaussehender irischer Bursche, ein Bergmann, der rauh sein sollte und es zweifelsohne auch war, aber auch sanft sein konnte, wenn es darauf ankam. Das alles, hatte sie gedacht, mußte auf Mädchen wirken, und er hatte es auch bei ihr ein bißchen ausprobiert – nachdem er erkannt hatte, daß es, um zu bekommen, was er von Pa wollte, am besten wäre, sie zu beeindrucken. Er kannte Pa sehr gut, nahm sie an. Das heißt, er wußte, wie er ihn rumkriegte.

Damals war er ziemlich genau das gewesen, was Vic jetzt war; auch dasselbe Alter, knapp dreißig. Zwölf Jahre später, als Vic auftauchte, war ihr das Bild dieses Mannes wieder in Erinnerung gekommen, und sie sah, wozu er sich entwickeln würde.

Das war ein Typ gewesen, der ihr zusagte. Jetzt konnte sie es zugeben. Der Vater hatte das erkannt und ihr schöne Augen gemacht, aber auf humorvolle Weise, die besagte: »Nur keine Angst, ich bin keine Gefahr. Sie werden mich nie wiedersehen. Ich habe bekommen, was ich hier wollte.«

Wovon sie beeindruckt gewesen war, war, wie schnell er sie beide taxiert hatte. Er hatte sie sich angeschaut, um zu sehen, ob es mit ihnen klappen würde. Diese Unverschämtheit! Wenn sie sich jetzt daran erinnerte, konnte sie herzlich darüber lachen. »Bei euch klappt's, nehme ich an«, besagte der Blick. Diese Unverschämtheit!

Doch besser als sie hatte er gewußt (*etwas* hatte er gewußt), was gut für sie war, für sie alle.

Vic sah auf die Uhr. Rasch legte er ihr jetzt die Sache dar. Zuerst hatte er in bezug auf das andere Geschäft, Jack Creely, die Luft reinigen müssen. Zunächst wollte er alles zwischen ihnen klären. Hier war es also.

Vor einiger Zeit hatte er Aktien einer Margarinefirma aufgekauft, die einem ihrer Konkurrenten gehörte. Jetzt wollte er ein Angebot für das Ganze unterbreiten. Natürlich würden sie ein paar Sachen verkaufen müssen. Er breitete sie vor ihr aus. Nach sehr viel sah es nicht aus: ein Eierbecher mit einem Kaninchen drauf, und das ausgegessene Ei verkehrtherum hineingesteckt, um jemandem weiszumachen, es sei noch ganz, zwei Scheiben trockenes Toastbrot, ein Honigtopf in der Form eines Bienenkorbs mit einer angeschlagenen Biene auf dem Deckel.

Kredite? Ja, ein paar tausend. Aber die Zinsen waren niedrig und würden, nach den Worten seines Bankdirektors, noch weiter sinken. Dreihunderttausend, höchstens. Sehr geringes Risiko. Ja, ein bißchen, damit mußte man rechnen, aber nicht so viel, daß man nicht ruhig schlafen konnte. Seinen Schlaf würde es auf keinen Fall stören.

So sprach er.

Sie gingen die Sache durch. Die Fragen, die sie stellte, waren gut, und er hatte die Antworten. Im nächsten Augenblick war er auf den Beinen, wischte sich mit einer Serviette den Mund ab, während er mit der anderen Hand nach seinem Jackett langte.

Sie blieb noch einen Moment sitzen, nachdem er gegangen war, stellte dann alles, was er verrückt hatte, den Honigtopf, den Eierbecher, die zwei Scheiben Toast, wieder an ihren Platz zurück und drehte das Ei in dem Becher um, mit der gekappten Seite nach oben. Dann stellte sie alles wieder dahin, wo es gewesen war, als er ging.

In ihrer eigenen komischen Art gewöhnte sie sich an die

Sache, sich einig zu werden; wie als sie, vor Jahren, seine Socken vom Boden aufzuheben, daran zu riechen und sie zusammenzurollen pflegte. Es war eine Form zu denken, ihre ganz eigene, doch in ihren täglichen Sitzungen war sie auch zu seiner geworden; oder vielleicht war sie es auch schon immer gewesen, darum verstanden sie sich so gut.

Ein Eierbecher war natürlich nur ein Eierbecher; doch nimm ihn in die Hand, stelle ihn woanders hin, und man bekam die andere, abstraktere Sache zu fassen, für die er stand und die nicht so leicht faßbar war. Man machte es sichtbar, legte seine Hand daran in seiner augenblicklichen Erscheinungsform als Eierbecher, und in seinem Kopf klickte etwas. Wenn das erst einmal geschah, dann beschäftigte man sich mit zwei Sachen gleichzeitig.

Die Männer, mit denen er arbeitete, die alle sehr clevere, ehrgeizige Burschen waren, beeindruckt von seiner Energie und ihm gegenüber völlig loyal (wenn das auch nicht bedeutete, daß er ihnen traute, bei allem, was er dachte), nahmen an, daß seine Besprechungen mit Ma eine Farce waren, ein Schauspiel, um das alte Mädchen glauben zu machen, sie hätte immer noch ihre Hände mit im Spiel. Nachsichtig hätten sie über die Sachen mit Eierbechern und Toastscheiben gelächelt. Doch sie irrten sich. Etwas in der Anwesenheit dieser häuslichen Dinge, auch etwas in Ma, war notwendig, um in ihm nicht nur die Einsichten selbst freizusetzen, sondern auch seine Kraft, an sie zu glauben, und seine Kraft, sie zu verwirklichen.

Für ihn gab es zwei Arten zu arbeiten. Die öffentliche, diejenige, die er zeigte und wollte, daß die Leute sie sahen, war scharfsinnig, sicher bis an den Rand der Arroganz. Sein Ruf gründete sich darauf, und wenn die Leute annahmen, das wäre alles, dann um so besser. Dann blieb seine andere Natur unerkannt. Er schämte sich ihrer nicht, doch es hätte ihn beunruhigt, zu deutlich zu erkennen zu geben, was er selbst nicht völlig verstand.

Diese Seite von ihm war träumerische Unbestimmtheit, eine Trägheit, in der er den Kontakt zur wirklichen Welt verlor und in der ihm die Art von Aktivität, in der er für einen Meister gehalten wurde, undenkbar schien. Und doch war es gerade in diesem Zustand, den er, hätte er ihn an einem anderen bemerkt, verachtet hätte, daß er die Schemen zuerst zu fassen bekam, bloße kindische Tagträume waren sie an dieser Stelle noch, nebulöses Zeug, das er später entwirrte und seinem aktiveren Ich als Vorschläge präsentierte, dann feste Pläne.

Er vertraute auf diese Begabung in sich, denn sie hatte sich schon so oft bewiesen; doch er hielt sie für eine Form von kindischem Wesen, und vor allem, das mit dem Kind in ihm zu tun hatte, fürchtete er sich.

Diese Stimmungen in ihm gehörten zum frühen Morgen und waren in ihm, wenn er aufwachte. Eine Fortsetzung, dachte er manchmal, seines Schlafes, sie erwuchsen aus dem, was er geträumt hatte, obgleich der Traum selbst sich ihm entzog.

Vorsichtig, um Ellie nicht aufzuwecken, tappte er dann durchs Zimmer und ging barfuß und im Schlafanzug hinunter und fühlte sich dabei seltsam weich und verletzlich. Die Hitze des Tages stand bevor. Wenn er durch das finstere Haus ging, nahmen die Dinge eine neue Gestalt an, selbst die vertrautesten unter ihnen. Sie schienen von ihrem Gewicht befreit. Oder vielleicht war auch das ein Teil seiner Stimmung. Still setzte er sich in einen Schaukelstuhl auf der Veranda, und so, wie sich die Bäume und der Rasen langsam aus der Dunkelheit heraus abzeichneten, ordneten sich auch seine Gedanken, wurden ihm klar, und Vögel sangen durch sie hindurch, die vertrauten Töne dieses oder jenes Vogels, sehr vernünftig und beruhigend. So funktionierte sein Denken.

Aber manchmal, nach nur wenigen Minuten, ging er durchs Haus in Meggsies Küche.

Meggsie, bereits auf und angezogen, saß da, mit ihren kräftigen Armen auf dem Tisch, die Hände um eine große Tasse. Wortlos zu dieser Stunde, schwenkte sie herum zum Herd, wo die Teekanne stand, nahm sie und goß ihm eine dampfende Tasse ein. Die Kanne war so schwer, daß sie sie kaum mit zwei Händen halten konnte. Er saß dann da, den Rücken ein bißchen krumm, die Haare zerwühlt, und trank.

Sie standen sich nahe. Wie um all die Jahre auszugleichen, in denen sie ihn aus Treue zu ihren Mädchen etwas vernachlässigt hatte, verwöhnte sie ihn jetzt, wie sie einst Ellie und Lucille verwöhnt hatte.

Sie zog ihn immer noch auf. Er mochte diese derbe Form, die

ihre Zuneigung annahm, und hätte sich betrogen gefühlt, wenn sie sanft mit ihm umgegangen wäre. Doch das Frotzeln war jetzt nichts weiter als die alte Form eines Spiels, durch das sie, ohne Verlegenheit, ihre Zuneigung zueinander ergründen konnten.

Es war eine andere Welt hier draußen.

Die Tassen zum Beispiel. Sie waren so dick, daß man kaum daraus trinken konnte. Die Griffe auch.

Wenn es Winter war, dann war es in der Küche muffig warm, die Fenster immer noch finster. Sie saßen da und sahen zu, wie sie allmählich blau wurden, und nach einer Weile stand sie auf und brachte ihm eine Schüssel Haferbrei und sah zu, wie er aß.

Im Sommer hatte sie bereits das Fliegenfenster mit einem Plätteisen hochgestützt, und Elstern flatterten auf dem taufeuchten Gras umher. Kleine Punkte Licht an Grashalmspitzen fingen die Sonne einen Augenblick ein, ehe sie sie auslöschte und auftrocknete.

Sie sprachen kaum miteinander. Wenn sie es doch taten, dann in einsilbigen Worten und unvollständigen Sätzen, die jemand anders gegenüber keinen Sinn ergeben hätten.

Sie mochten ein ziemlich unterschiedliches Paar abgegeben haben: sie die Mutter, die ihn, verschlafen und widerwillig, zur Frühschicht in der Fabrik oder in der Grube geweckt hatte; er ein großer, barfüßiger Kerl mit hängenden Schultern, ziemlich träge und dem Trinken zugetan, den Mädchen auch, ihr aber immer noch, nur zum Schein rebellierend, ein Muttersöhnchen.

Oftmals war es Greg, der ihn dann schließlich suchen kam. Er stand dann da in der Tür, sein Haar ein einziges Vogelnest, seine Haltung genau wie die seines Vaters, den er in allem imitierte. Er war ein scheuer kleiner Junge, und Meggsie machte ihm angst. Herein kam er nicht.

»Mummy fragt«, sagte er, »wo du bist.«

6

Mit den Jahren überraschte es Vic, daß er sich, wenn er den schlimmsten Abschnitt seines Lebens übersprang, jedesmal in dem Jahr wiederfand, bevor seine Mutter starb, und der Zeit danach, als er mit seinem Vater gelebt hatte. Dann juckte es ihn in seinen Sachen – dem hervorragend geschnittenen Anzug, dem Hemd, das Meggsie gestärkt hatte –, und er fand sich hoch oben auf den Dünen stehend, unter einem Himmel, der sich gerade an der Wende zwischen Tag und Nacht befand, und wartete darauf, daß ihn sein Körper in die Zukunft entließ und ihn eilig aus sich heraus in ein neues Leben schickte. Eine Art Verzweiflung überkam ihn dann. Die Zukunft, nach der er sich sehnte, kam nicht – und doch war er hier mitten in ihr drin, gesichert und stark, jenseits von allem, was er erträumt haben könnte.

Er stand da und sah zu, wie sich die Wand von Sandkörnchen bewegte, den Mund offen, doch unfähig zu schreien, als sie sich in einer riesigen Welle erhob und ihn bedeckte.

Er trank nicht oder nur sehr wenig. Nur zu deutlich sah er die Verbindung zwischen ihm und einer Gewalttätigkeit, die er in seiner Natur befürchtete und die durchs Trinken würde ausbrechen können. Es war sein Sohn, der ihn das erkennen ließ. Eines Tages, als Vic besonders böse mit ihm war, zuckte das Kind plötzlich zusammen und wich zurück, als hätte es den Schatten von Vics Hand gesehen, noch ehe er sie erhoben hatte.

»Was machst du denn?« Seine Stimme klang schockiert, doch alles, was der Junge hörte, war Zorn. »Ich hau dich nicht. Das weißt du doch. Warum weinst du? Niemand tut dir was.«

Dieser Auftritt, den Vic so erschreckend fand, ereignete sich genau zu der Zeit, da Greg alt genug war, ein wichtiger Faktor im Haus zu sein, ein neuer Brennpunkt von Energie und Willen, der allmählich ihrer aller Leben veränderte, indem er auf diese und jene Weise Druck ausübte, um Raum für sich selbst zu schaffen. Er war sehr verwöhnt, und wenn er gefordert wurde, dann heulte er. Seine Mutter, seine Großmutter, selbst Meggsie fanden Entschuldigungen für ihn, und je mehr sie das taten, fand Vic, um so mehr heulte das Kind und um so einfallsreicher wurde er, zu bekommen, was er wollte.

Je älter er wurde, desto mehr erschien er wie eine kleinere Ausgabe seines Vaters, hatte Vics Haltung und vierschrötigen Körperbau, auch seine Gebärden – jeder bemerkte das. Doch die Eigenschaften des Vaters hatten bei ihm ihre eigene Richtung eingeschlagen, so daß das, was bei Vic sich als unerschütterliches Selbstvertrauen äußerte, bei dem Jungen zu Bockigkeit geworden war.

Ihm tat das Kind leid, denn er fühlte, er wußte nur zu gut, woran er litt. Er hatte Angst um ihn. Doch die Ähnlichkeit war entnervend. Sie brachte auf nackte, geradezu schamlose Weise alles zum Vorschein – wenn auch vielleicht nur, weil der Junge noch zu jung war, um gelernt zu haben, wie man es verschleierte –, was zu verheimlichen Vic sich die größte Mühe gegeben hatte.

Als Greg noch ziemlich jung war, noch nicht einmal sieben, entwickelte er die Gewohnheit zu lügen. Seine Lügen waren plump, jeder durchschaute sie, aber das war vielleicht gerade das, was er beabsichtigte. Es waren Lügen, deren einziger Zweck darin bestand, ihn in den Mittelpunkt der Aufmerksamkeit zu rücken. Doch welcher Sinn lag *darin,* wollte Vic wissen, wenn das einzige, das es erkennen ließ, war, daß er ein Lügner war. Leise diskutierte er im Bett mit Ellie darüber.

»Sei doch nicht albern«, sagte sie zu ihm. »Du machst viel zu viel daraus. Kinder vergessen sowas bald wieder.«

Er versuchte, mit dem Jungen wie von Mann zu Mann zu reden. Unwahrheit haßte er. Er fand ihn mit seinem Meccano-Set beschäftigt und forderte ihn auf stehenzubleiben und zuzuhören, doch seine Aufmerksamkeit war ganz woanders, und Vic wurde böse und wußte nicht, was er tun sollte. Es machte ihn rasend, im Mundwinkel des Jungen ein schwaches Lächeln zu erblicken, als ob er sich überhaupt nicht fürchtete, obwohl er immer so scheu und ängstlich erschien, und bekam genau das, was er aus ihm heraushaben wollte.

Mit zwölf hatte er eine Art Stärke erlangt, doch die war versteckt und indirekt. Bei der einen Gelegenheit, als Vic schließlich die Hand erhob, war der Blick des Jungen von solcher Verachtung und derartigem Triumph gewesen, wiederum mit jenem Anflug eines Lächelns im Mundwinkel, und Vic sah sich selbst so deutlich in ihm widergespiegelt, daß er entsetzt war.

Er versuchte, die Sache dadurch zu übergehen, daß er sie als Fehler auf beiden Seiten anerkannte, doch der Junge wußte, daß er gewonnen hatte, und war herausfordernd. Vic war machtlos.

Alles in ihm, auch in seinem Erbe, das er sich ständig zu unterdrücken und unter Kontrolle zu halten bemüht hatte, war in dem Jungen zu unabhängiger Existenz gekommen und handelte gegen ihn. Das war es, was er sah, und er sah es um so deutlicher, da Greg genau das Alter hatte, in dem er gewesen war, als er das letzte Jahr mit seinem Vater zusammenlebte.

Er schaute den Jungen an, sah dessen verächtliches Lächeln und die Ähnlichkeit zwischen ihnen beiden und sah andererseits auch seinen Vater; und auch da gab es eine Ähnlichkeit. Das war es, was Ellie und die anderen nicht wissen konnten. Er fühlte sich machtlos, und das zu einer Zeit, da ihm Macht anderswo und sogar in der Öffentlichkeit so leicht zufiel.

7

An einem seiner üblichen Donnerstage, einem strahlenden Wintertag, an dem es ein bißchen frisch war, die ganze George Street jedoch, bis hin zum Hafen, in klaren, wärmenden Sonnenschein getaucht war, wollte Digger gerade an der Ampel zur Market Street die Straße überqueren, als ihn eine Frau ansprach. Auf der Stelle erkannte er sie.

»Hallo«, sagte sie. »Das ist doch Digger!«

Sie lächelten sich an.

»Ach«, erwiderte er, »Sie sind's!«

Er traute sich nicht, sie mit Namen anzureden; doch ob es das Unverhoffte war, so an der Ampel zusammenzutreffen und von etwas außerhalb von einem selbst zum Stehenbleiben gezwungen zu sein, oder der milde Tag oder einfach das Vergnügen, das er jedesmal empfand, wenn er für kurze Zeit in der Stadt war, unter so vielen Menschen, Digger fühlte eine Welle von Ausgelassenheit ihn überkommen – wie damals, erinnerte er sich, als sie das letztemal miteinander gesprochen hatten, so als ob sie jedesmal, wenn sie sich begegneten, an einen besonderen Ort versetzt würden, wo ihn seine Verlegenheit verließ und er sich völlig ungezwungen fühlte.

Sie mochten hier zu einer Beziehung zurückfinden, die eine Ewigkeit zurücklag, in der all die üblichen Schwierigkeiten durch lange Bekanntschaft und Gewohnheit ihre Kanten abgeschliffen hatten. Schüchternheit gab es keine zwischen ihnen.

»Ich dachte, Sie wohnten – wo war es gleich?«

»Keen's Crossing.«

»Ja. Stimmt das nicht mehr?«

»Ich komme manchmal in die Stadt. Jeden Donnerstag, genaugenommen.«

Ihre Augen begegneten einander, und er dachte, sie mochte sich wundern, in diesem Fall, warum er nie ihre Einladung angenommen und von sich hatte hören lassen. Aber sie wußte, warum.

»Ich habe ein paar Sachen eingekauft«, sagte er zur Erklärung der Pakete, die er bei sich trug. Sie befanden sich vor einer Eisenwarenhandlung, wo er gern nach Dingen herumstöberte, die er zu Hause nicht so leicht bekam, die neuen Produkte, die sie damals hatten, die magischen Klebstoffe und Elektrowerkzeuge.

»Vic hat am Sonnabend Geburtstag«, sagte sie ihm, als es grün wurde und sie auf die Fahrbahn traten. Das hatte er nicht gewußt. »Ich will gerade einkaufen gehen. Kommen Sie doch mit, wenn Sie schon fertig sind!« Jetzt hatten sie die andere Seite erreicht. »Wir könnten zusammen Tee trinken. Ich brauche nicht lange.«

»In Ordnung«, sagte er.

Bei Farmer's sah sich Ellie Krawatten an, hielt die eine oder andere Digger ans Hemd, während sie miteinander redeten. Es waren ziemlich breite, ihm zu bunt – Vic auch, hätte er gedacht, obschon sie es zweifellos besser wußte als er. Als sie sich schließlich für eine entschieden hatte, kaufte sie zwei baumwollene Hemden, dann seidene Socken, dann Taschentücher.

Digger hielt sich zurück. Es war eine langsame Sache und hätte wohl auch langweilig sein können, machte jedoch die Unterhaltung zwischen ihnen so leicht und enthielt für ihn so viele Neuigkeiten, daß er nicht länger ungeduldig war und sogar fand, daß er sich amüsierte. Als sämtliche Einkäufe getätigt waren, hatten sie sich sehr viele Dinge erzählt, die zu enthüllen viel länger gedauert hätte, wenn sie nicht ständig in Bewegung gewesen wären und wenn die Pausen zwischen einer Frage und der nächsten für ihn nicht ausgefüllt worden wären mit den Zerstreuungen, die der Laden selber zu bieten hatte, den Lampenaggregaten in der Decke, den Rolltreppen, so vielen Frauen, einige von ihnen mit Kindern, einige mit ihrem Mann im Schlepptau, alle freudig Geld ausgebend und auf dem Ladentisch Sachen um und um wendend, während sie darauf warteten, daß ihre Pakete geschnürt wurden; das alles nahm er in sich auf – auch die Schaufensterpuppen, die so wirklich aussahen mit ihrem echten Haar und den Wimpern und Puppenaugen –, während Ellie sich mit einer Verkäuferin unterhielt oder die Regale mit den handgenähten Taschentüchern durchging. Schließlich gingen sie hinauf in einen großen Raum mit Blick auf die Straße, fanden einen Tisch, abseits von Müttern und Kindern, und bestellten Tee. Jetzt konnten sie sich entspannen. Ein Schweigen entstand, und sie waren gezwungen, sich anzuschauen; doch damit wurden sie fertig, denn sie waren ja bereits, in der halben Stunde Bewegung und Unterhaltung, so weit miteinander gekommen.

Ellie sah ihn in einer freimütigen, scharfblickenden Art und Weise an, die darauf aus war zu erkennen, wie Digger meinte, was hinter seiner Schüchternheit stecken mochte; etwas, nach dem sie auch gesucht hatte, wie er jetzt glaubte, als sie ihm einen der teuren Schlipse an den Hemdkragen gehalten hatte.

Sie schaute ihm auf die Hände, und er sah sie etwas registrieren – daß er mit ihnen arbeitete? Wieder in die Augen – was sah sie dort? (Er fand, daß ihm ihre Musterung nichts ausmachte.) Sicher nichts, was wirklich für ihn zählte. Darum war es, als er sie anschaute und die Art sah, wie sich ihr Haar genau in Schulterhöhe nach innen rollte, die Eleganz ihrer Augenbrauen, die Farbe auf ihren Lippen, für ihn selbstverständlich, daß das, worauf es für sie am meisten ankam, ebenfalls unsichtbar war und bleiben würde, wenn sie nicht die Worte fand, es ihm mitzuteilen.

Sie überraschte ihn damit, daß sie beinahe umgehend von ihrem Vater sprach.

»Ich erinnere mich an das Gedicht, das er vorgetragen hat«, erklärte Digger, »auf Ihrer Hochzeit. ›Das unsichere Geschenk wieder lebendig in unseren Händen, der vermischte Segen‹.« Er sagte nicht, obschon sie es von der Art seiner Stimme erraten mochte, daß diese Zeilen ihm etwas Besonderes bedeuteten.

»Na sowas, daß Sie sich daran erinnern!« sagte sie.

»Ach, ich kenne es ganz auswendig«, sagte er. Prahlen hatte er nicht wollen und errötete, für den Fall, daß sie das vermutete.

»Das ganze Gedicht?«

»Es ist ein Trick«, sagte er, bedauernd, überhaupt davon angefangen zu haben. »Es ist weiter nichts.«

Sie erzählte ihm von der Arbeit, die sie machte. Ihr Vater hatte in den letzten fünf Jahren zwei Bücher veröffentlicht, einen Band Gedichte – die Hochzeitsode hätte Digger darin finden können, wenn er hineinschaute – und eine Sammlung von Essays. In der kleinen Welt der Schriftsteller, Kritiker, Dozenten und anderer Leute, die sich für diese Dinge interessierten, war er so langsam bekannt geworden, aber das war natürlich eine sehr kleine Welt; die meisten Leute wußten gar nicht, daß es sie überhaupt gab. Sie erledigte ihm seine Büroarbeit. Zusammen mit dem Haus und ihrem kleinen Jungen reichte das aus, sie in Trab zu halten. Wenn sie sich das nächste Mal treffen würden, wollte sie Exemplare seiner Bücher mitbringen, nun, da sie wußte, daß er ein begeisterter Leser war.

Digger sagte nichts, bemerkte jedoch ihre Annahme, daß diese Begegnung nicht ihre letzte sein sollte. Seinerseits hätte er den Vorschlag nicht gemacht, freute sich jedoch, daß sie es tat. Dann sprachen sie weiter, hatten jedoch keine Eile, unbedingt alles zu sagen. Das nächste Mal wäre auch noch Zeit dazu.

Er erzählte ihr von seiner Mutter, die nun vor fast einem Jahr gestorben war, deren Ende, all ihr Mut und Trotz war der Verzweiflung gewichen, ihn jedoch immer noch bedrückte. Auch von Jenny. Schließlich von Iris. Sie erzählte ihm von ihrem kleinen Jungen, Greg. Irgendwann, versprach sie, wenn Vic wieder mal zur Fährstelle ging, würde sie ihn mitschicken.

»Jetzt«, sagte sie, »sollte ich lieber gehen. Das nächste Mal, verspreche ich, die Bücher.«

Sie war stolz auf das, was ihr Vater vollbracht hatte. Ihm gefiel das, und er fragte sich, wie Vic wohl darüber dachte.

Es war seltsam, daß sie bei allem, was sie berührt hatten, nicht ein einziges Mal direkt auf *ihn* zu sprechen gekommen waren. Nicht absichtlich – jedenfalls nicht von seiner Seite aus, und er glaubte, auch nicht von ihrer, sondern um sich einen Bereich zu bewahren, der ausschließlich ihnen allein gehörte. Wenn sie versucht hätten, Vic mit einzubeziehen, hätte er alles verschluckt, was sie sich zu sagen hatten, ganz besonders am Anfang, als er ihnen als das einzige hätte erscheinen können, das sie miteinander gemein hatten.

Sie hatte einen ganz besonderen Gesichtsausdruck, meinte er, in Augenblicken, wenn es die natürlichste Sache gewesen wäre, zu sagen »Vic und ich« oder »wir«, oder in Augenblicken, wenn sie, obgleich sie nicht direkt von ihm sprach, eindeutig an ihn dachte. Dann ging eine kleine Veränderung in ihr vor, als ob etwas in ihr an die Oberfläche gekommen wäre, das ein Geheimnis war, von dem nicht gesprochen wurde, das ihr jedoch ganz auf der Zunge lag. Es war, hatte er das Gefühl, die Sache, über die er sich Gedanken gemacht hatte, die ihr das Wichtigste war. Als es angeschnitten wurde, konnte er die Hitze davon spüren, wie sie in seinem Fall dagewesen war (hatte sie es gespürt?), als er die Verse des Gedichts ihres Vater vortrug, ganz besonders jedoch hinterher, als er seinen Trick sich zu erinnern zugab, der stets wachrief, was am tiefsten in ihm steckte.

Die Begegnung war, als er später darüber nachdachte, eine recht freudige gewesen. Sie wiederholten sie im Laufe der Jahre, mitunter sogar wöchentlich. Dann wieder, das hing davon ab, was sich sonst noch in ihrem Leben ereignete, vergingen ganze Monate, ehe sie es wieder einrichten konnten.

Mit der Straßenbahn fuhren sie bis zur Watson's Bay, spazierten dann unter den Korallenbäumen von Camp Cove bis dahin, wo das Meer gegen South Head toste. Sie unternahmen Ausflüge mit der Fähre nach Cremorne und Mosman, gingen einkaufen, besuchten Kunstgalerien oder die Stadtbibliothek oder saßen in den Gärten und betrachteten die Leute. Jedesmal, wenn ihr Vater ein neues Buch veröffentlichte, brachte sie ihm eins mit.

Vic gegenüber erwähnte er diese Begegnungen nicht, wenn sie auch nichts Geheimes an sich hatten. Er war der Meinung, es wäre Ellies Recht, davon zu erzählen. Ob sie es tat, darüber ließ Vic nichts erkennen.

Iris zog ihn ob seiner »Freundin« auf. Sie tat gern so, als sei sie eifersüchtig. War sie es? fragte er sich. Ein kleines bißchen? Sie brauchte es nicht zu sein.

8

Es schien Ellie, als sie darüber nachdachte, daß sich nichts hätte anders abspielen können, als es tatsächlich der Fall war; und das war seltsam, denn wenn sie zehn Jahre zurückblickte und sie alle sah, wie sie damals waren, konnte sie kein Anzeichen dessen finden, was kommen würde – nicht im geringsten.

Ziemlich viel davon hatte mit Lucille zu tun.

Vor sieben Jahren war Lucille aus dem Haus gegangen. Ihre Ehe mit Virge war, kurz nachdem sie zu ihm gezogen war, in die Brüche gegangen. Jetzt war sie mit einem älteren Mann verheiratet, der selber Kinder hatte, einem Unternehmeranwalt in Denver, Colorado, wo auch sie ein Geschäft hatte, in Immobilien.

Diese Veränderungen bestürzten Ellie. Sie hatten sich ziemlich nahegestanden in der Sache mit Virge, die damals als Höhepunkt erschienen war und sich dann, trotz ihrer Intensität und der Bedeutung, die sie ihr beigemessen hatten, als nichts weiter als nur eine Episode auf dem Weg zu etwas anderem erwies. Zweimal im Monat schrieb sie an Lucille, und die Briefe, die zurückkamen, waren ausgelassen und voller Neuigkeiten, doch sie konnte sie nicht mehr mit dem Mädchen in Verbindung bringen, mit dem sie aufgewachsen war.

Als kleine Dinger hatten sie wie die Tiger gekämpft. Ellie erinnerte sich an Fälle, wo sie sich geschlagen und gekratzt hatten, rot im Gesicht und verschwitzt in ihren Hemdchen und Höschen, wo beide sich tränenüberströmt vor Wut an den Haaren gezerrt und angespuckt hatten.

Meggsies Art, damit fertig zu werden, war, die Tür zu schließen und sie allein zu lassen. Wenn sie dann herauskamen, immer noch erhitzt und voller Wut, aber auch beschämt, sagte sie: »So, ihr kleinen Teufel, nun geht und wascht euch das Gesicht und zieht die dreckigen Sachen aus« (sie hatten sich auf dem Boden gewälzt), »und ich werde eurer Ma nichts davon erzählen, was hier los war. Nun beeilt euch! Ich habe schöne kalte Limonade gemacht.«

Für Ellie war es schwer gewesen. Lucille war um so vieles älter. Sie hatte ihre Rechte in der Welt bereits etabliert und einige Dinge im Haus so sehr zu ihren gemacht, daß Ellie sie nicht aufgreifen konnte, ohne, wie es so oft der Fall war, als Nachahmerin zu erscheinen.

Auch in den Herzen der Leute war sie ein Spätling, sie mußten für sie Platz machen. Lucille wollte nicht aufdringlich sein, konnte aber nicht anders. Die Leute nahmen sie zur Kenntnis und bemerkten erst später, so hatte Ellie das Gefühl, daß auch sie da war, hinterhertrottend und sich wundernd, was sie an sich haben mochte, das etwas mehr als nur der Widerschein ihrer großartigeren Schwester sein mochte.

Was sie verwunderte, war, daß scheinbar nichts von alledem Lucille glücklich machte. Lucille war von Natur aus ruhelos, schwierig, unzufrieden. *Sie* war die Unkomplizierte.

Dann, gerade zu der Zeit, da Vic zu ihnen ins Haus kam, hatten sie herausgefunden, wie vertraut sie miteinander waren, wie selbst die Feindseligkeit, die sie verspürten, die Art, wie sie sich gegenseitig betrogen, ein Band war. Das war die Grundlage, fügte Vic hinzu, die sie das sehen ließ.

Er war ein Junge, und sie waren erstaunt, auch verärgert, zu sehen, wie diese einfache Tatsache jeden beeindruckte – Pa, Ma, selbst Meggsie, wenn die sich ihm auch nicht *ganz* ergab.

Zunächst hatte Ellie sich gefreut, Lucille verdrängt zu sehen, verstand aber bald, daß, wenn Lucille verletzt war, sie es auch war.

Sie hänselten ihn. Das war leicht. Er war ein unbeholfener Junge, wenn man erst einmal hinter seine Keckheit gekommen war. Aber er war auch etwas Neues; darum konnten sie nicht widerstehen. Recht bald begannen sich neue Neigungen herauszubilden. Zuerst eine heimliche zwischen Lucille und ihm, und Ellie fand sich wiederum am Spielfeldrand, eine Beobachterin des kleinen Dramas, das sich zu entwickeln begonnen hatte. Vic stand der Sache ratlos gegenüber, weil er, obschon er und Lucille gleichen Alters waren, immer noch ein Knabe war. So hatten sich Vic und Ellie gegen Lucille verbündet. Lucille hielt sich für so fabelhaft, so erwachsen. Ellie gehörte noch, wie auch er noch halbwegs, der Welt der Lebensgeister und des Spaßes an.

Doch in all dem hatte sie im Grunde auch etwas vermißt, ein anderes, wichtigeres Element; einen Eigensinn oder eine Marotte an Lucille, die sich zu allem in schreienden Widerspruch stellen ließ, das für sie vorbestimmt zu sein schien, vielleicht genau deshalb, daß es so feststand und so leicht eingetroffen war. Sie wurde schwanger, heiratete Virge. Nichts von dem, wußte Ellie, war *ihr* bestimmt gewesen, doch auch ihr Leben war davon verändert worden.

Der Punkt, an dem es sich wendete, war jener Augenblick im Halbdunkel des Klavierzimmers gewesen, während ihres Spieles, das das letzte werden sollte. Alles war ihr in jenem Augenblick klargewesen, Vic auch. In einem Aufblitzen sahen sie all das, was dazu hingeführt hatte, sowie all das, was davon wieder wegführen würde. Doch Lucille, glaubte sie, hatte es schon vor ihnen gesehen.

Somit gehörte der Haushalt ihr. Ma, deren ganze Kraft das Geschäft erforderte, war recht froh, ihn übergeben zu können. Es bestand keine Frage, daß sie in einen Raum für sich zogen. Es war, als ob das Haus bereits die Formen, die ihr Leben benötigen würde, enthielt. Sie und Vic hatten ihr separates Leben darin, doch der Haushalt lief genauso weiter wie immer.

Aus diesem Grunde, weil es so wenige sichtbare Veränderungen gab, brauchte sie so lange, um zu verstehen, was er und Ma taten.

Ihr Lebensstil änderte sich nicht. Sie und Meggsie beglichen die wöchentlichen Rechnungen, und sie blieben so ziemlich dasselbe, was sie immer gewesen waren. Sie nahmen dieselbe Menge Brot und Milch, und diese Dinge kosten dasselbe, ob man selbst nun Tausende wert ist oder nur einen Sechser. Man benutzt dieselbe Zahl Handtücher, schläft in derselben Bettwäsche.

Vic redete zunächst ziemlich viel von den Summen, mit denen sie handelten. Die Zahlen verdoppelten und verdreifachten sich, das konnte man begreifen. Es war es wert, darauf stolz zu sein. Es deutete auf eine persönliche Kraft hin, mit der man sich identifizieren konnte, auf Weitblick, Kühnheit, Vorstellungskraft. Doch als der Schwung immer mehr zunahm, als ob er jetzt einem eigenen Gesetz folgte, das rein mathematisch war, verschwand das persönliche Element daran. Es hatte jetzt einen Umfang, der über das Maß, das der Verstand fassen konnte, hinausging. Füge ständig Nullen hinzu, und obgleich die Sache immer noch da ist und eigentlich immer mehr Platz einnimmt, entwickelt sie in sich eine Art Vakuum, als ob die Nullen, die Nichtse, dominierten. Da kommt der Verstand nicht mehr mit.

Ellie war begeistert von ihm. Pa auch. Mit Staunen sahen sie diesen Kräften zu, die er besaß und die sich, genau wie das Unternehmen selbst, zu verdoppeln, zu verdreifachen und dann in eine Progression zu kommen schienen, die übermenschlich war, magisch; wenn das auch nur daran lag, daß ihre Vorstellungskraft ihn nicht mehr fassen konnte, ebensowenig wie die Zahlen.

Woher das wohl kam, fragte sie sich, diese Energie und Lebendigkeit, die sie als so körperliche Sache erlebte. Er war so voll davon, daß man sich fragte, wie so viel Kraft sich beschränken konnte, wenn es nötig war, auf so alltägliche Dinge, wie ein Messer zu handhaben oder Erbsen auf eine Gabel zu bekommen, oder wie sie es sah, auf Augenblicke, die sie miteinander teilten, wenn sie zusah, wie er ein sauberes Hemd über den Kopf zog oder in Socken und mit Sockenhaltern im Zimmer rumlief oder, wie er manchmal, sehr still und abwesend, mit einem Handtuch in der Hand, das Haar noch naß vom Duschen, auf dem Rand ihres Bettes saß.

Es schmerzte sie, wenn sie ausging und über ihn in einer gemeinen und abschätzigen Art reden hörte, von Leuten, die ihn nicht so kannten wie sie, von innen. Er hatte so viel Erfolg, daß er, wie sie erkannte, zu einer Gestalt geworden war, die Feindseligkeit erregte, Neid, sogar Angst, und das häufig auch bei Männern und Frauen, für die er nichts weiter war als ein Name, die ihn noch nie zu Gesicht bekommen hatten.

Wenn sie dieser unpersönlichen Darstellung von ihm begegnete, selbst wenn es nur in den Augen der Leute an einem Dinner-Tisch oder im Theaterfoyer war, überlief es sie kalt. Die Sicherheit, mit der sie zu verurteilen bereit waren! Um so mehr, wenn sie sie gedruckt fand.

Wenn er sich jedoch selbst für mißverstanden hielt, und sie wußte, daß er es tat, dann trug er es mit stoischem Gleichmut, indem er seine verletzten Gefühle hinter einer Zurschaustellung von Überheblichkeit verbarg. Er verbarg einiges. Je besser sie ihn kannte, um so deutlicher sah sie das und verstand, wie außergewöhnlich jener Einblick in ihn in der Dunkelheit des

Klavierzimmers gewesen war, wie vollständig sie damals erfaßt hatte, was es an ihm war, mit dem sie sich für den Rest ihres Lebens herumschlagen würde.

Die Zeitungen las er mit einem Gesichtsausdruck, hinter den selbst sie nicht kam. Es war Schmerz. Das konnte sie erkennen, wenn andere es auch nicht konnten. Sie entdeckte aber auch eine Art Befriedigung darin. Der Anflug eines Lächelns spielte um seine Mundwinkel. Möglicherweise fühlte er sich geschmeichelt, daß man so viel Wind um ihn machte.

Für sie waren diese Angriffe nur schmerzlich. Wie hätte sie sie auch nicht persönlich nehmen sollen, wo sie doch so vieles von sich ihm hingegeben und so vieles in ihre Obhut genommen hatte, das an ihm verletzbar war?

Sie redete mit niemandem darüber, und doch war es recht häufig, wenn auch unausgesprochen, zwischen ihr und Pa, der, die Dinge aus seiner Distanz und von einem ganz anderen Kraftzentrum aus betrachtend, genau wie sie von der unmittelbaren Nähe von so viel Energie hingerissen war. Etwas von der Fähigkeit, die Pa seinerseits in diesen letzten Jahren entwickelt hatte, so dachte sie jedenfalls, war ein Versuch, Vics Art von Kraft zu verstehen und auszugleichen.

Auch Pa hatte sie alle überrascht. Wer hätte voraussagen können, daß seine seltsame Nervosität, die den gesamten Haushalt in Mitleidenschaft gezogen hatte und so ziellos und aufreibend gewesen war, sich schließlich darauf konzentrieren würde, sich täglich mit den einzelnen Worten und Zeilen zu beschäftigen, die, wenn sie sie tippte, so klar auf dem Papier standen und von so viel Sachverstand zeugten und ein solches Gewicht in der Welt hatten?

Die eine Sache, die sie beunruhigte, und das im Laufe der Jahre immer mehr, war Vics Haltung gegenüber dem Jungen. Nichts anderes verursachte ihr solchen Kummer und führte zu so vielen Auseinandersetzungen zwischen ihnen.

Sie war von Natur aus optimistisch. Hielt die Leute für vernünftig. Mit der Zeit lösten sich die Probleme schon selbst; man mußte nur Geduld haben. Doch in diesem Falle wurde es immer schlimmer, nicht besser. Als Greg zwölf war, hatte sich mittlerweile eine Kälte zwischen Vic und dem Jungen herausgebildet, eine Art Verachtung auf beiden Seiten, von der sie nicht wußte, wie sie damit klarkommen sollte.

Greg war ein gutmütiger Junge, voller Herzlichkeit und darum bemüht, alles richtig zu machen, vielleicht sogar zu sehr; seinem Vater aber konnte er nichts recht machen und wollte es aus lauter Enttäuschung nach einer gewissen Zeit auch nicht mehr oder tat jedenfalls so.

Was Vic betraf, so beunruhigte und irritierte ihn alles, was der Junge tat, und das um so mehr, je mehr er der Kindheit entwuchs und ein junger Mann wurde.

Je mehr sie mit Vic diskutierte, desto unvernünftiger wurde er, und schließlich gab sie auf. Sie hatte begonnen, die Dinge zu fürchten, die zwischen ihnen gesagt wurden. Solange sie unausgesprochen blieben, hatten sie keine Gewalt. Wenn sie erst einmal in die Welt gesetzt waren und man auf sie zurückkommen und über ihnen brüten konnte, waren sie Wirklichkeit.

»Vic«, sagte sie erschöpft zu ihm, »sie sind alle so, alle diese *jungen* Leute. Er ist auch nicht anders als die andern.« Sie nannte die Namen von Gregs Freunden, einige von ihnen waren die Söhne und Töchter von Leuten, die Vic kannte und auf die er vieles hielt. »Was ist denn schon dabei, wie er sein Haar trägt?«

Doch er preßte den Mund zusammen und sagte nichts. Er war wütend auf sie, das wußte sie, weil sie für den Jungen Partei ergriff.

»Ich hätte gehofft«, sagte er schließlich, wie jemand, der etwas aufsagt, das er schon längst vorbereitet hatte, »daß ein Sohn von mir für sich selber denken kann und sich nicht einfach danach richtet, was andere tun.«

»Ach«, sagte sie, aber behutsam, »ein Sohn von dir.«

»Er besitzt keinen Charakter. Keinen Charakter, keine Interessen, keinen Ehrgeiz. Was soll ich denn sonst davon halten?«

Das gehörte zu der Sicht, die er von der Unerbittlichkeit der Dinge hatte, basierend auf seinem eigenen Leben und auf den Eigenschaften, die man benötigte, um nicht unterzugehen. Sie hatte keine Ahnung davon, wie sehr er jede Art von Schwäche fürchtete, wie überaus nervös er war und, wenn er seinen Sohn betrachtete, welche wunde Stelle sich dann ihm auftat.

Ellie wußte das, und es machte ihr angst. Sie sah aber auch

etwas anderes: daß das Leben nicht mehr schwer war, es war leicht, und er war einer von denen, die es so gemacht hatten. Die jungen Leute hatten jetzt Zeit zum Spielen. Und das war doch kein Verbrechen?

Die Probleme, um die sie stritten, waren kleine: die Haarlänge des Jungen, die Sachen, die er trug. Ellie hielt sie jedenfalls für klein. Vic aber machte es rasend, seinen Sohn und alle diese nichtsnutzigen Kinder, mit denen er rumrannte, in Lumpen zu sehen. In alten Westen und kragenlosen Hemden, die höchstens sein Vater angezogen hätte. Schmutzige, altmodische Anzüge, wie sie sie nach dem Krieg bekommen hatten, immer noch mit den Schweißrändern drin (das machte ihnen nichts aus), und auf beiden Revers die Abzeichen eines Krieges, den sie zu führen glaubten, auffällige Parolen und Verkündungen von Empörung. Verschwitzte Filz-Akubras (außer diesen Clowns trug in dieser Zeit nur noch Digger so einen Hut), schmierige Schlipse und Halstücher, alles auf Straßenmärkten oder bei Tempe Tip aufgelesen oder aus den Regalen von St. Vincent de Paul; das modische Maskenkostüm einer Misere, von der sie nichts wußten und um die sie sich auch nicht scherten, trotz all ihrer großspurigen Sprüche und den Gossenprinzipien einer Revolution, die sie nie zu organisieren hätten.

Bitter dachte er an einen regnerischen Tag, als er vielleicht neun Jahre alt war und mit einer Gruppe anderer Kinder in ein Zimmer der Schule für Kunst mitgenommen worden war. Sie waren die ärmsten Kinder des Distrikts gewesen, wie der Direktor versicherte; obgleich man das an den abgetragenen Sachen, die sie anhatten, selbst hätte sehen können, den Pullovern, die an den Ellbogen hochgeschoben werden mußten, den zu weiten Hosen, die mit einem Strick zusammengezogen waren, den Kleidern der kleinen Mädchen, die bis weit unter die Knie reichten.

In einen schäbigen Saal gepfercht, wurde ihnen eine Reihc lächelnder, wohlwollender Damen präsentiert sowie ein Haufen Kleider, die aus Säcken auf den Boden geschüttet worden waren.

Rot im Gesicht und voller Scham wurden sie wie Lumpensammler darauf losgelassen. Bedacht darauf, zu tun, was man von ihnen erwartete, hatte er sich das erste geschnappt, was er sah; hatte sich etwas genommen, war gegangen und hatte es, ohne sich überhaupt anzusehen, wie gut es war, in einem Buswartehäuschen am Ufer hinter einen Sitz gestopft. Die rauhe Wolle davon kratzte immer noch und scheuerte sein Fleisch, als hätte er sie jahrelang auf der bloßen Haut getragen.

Lumpen, abgetragene Sachen, der Gestank vom Schweiß anderer Leute – all das war ihm etwas Fürchterliches. Es ließ sein Fleisch jucken. Denn für ihn und so viele andere auch war es eine Notwendigkeit gewesen. Für diese jungen Leute aber war es nichts als Theater, in Uniformen, die man in dem Augenblick wechseln konnte, in dem man sie satt hatte. Armut war für sie einfach so ein Fetzen, den man anziehen konnte, wenn man reich genug war, um sich interessant zu machen oder anders oder um zu zeigen, wie sie einen kleidete.

Greg war neuerdings dazu übergegangen, ohne Schuhe rumzulaufen; in einem Anzug, mit einem Filzhut und ohne Schuhe. Vic schnürte das die Kehle zusammen. Er dachte an die Reihen von Männern, die er im Nieselregen hatte antreten sehen und für die das Fehlen von einem Paar Schuhe da draußen den Tod bedeutet hätte. Er dachte nicht an sich selbst. Er wollte sich nicht auf seine eigenen Leiden beziehen, obgleich er sie wieder verspürte, und zwar mit einem Gefühl der Ungerechtigkeit und des Zorns sowie einem bißchen Selbstmitleid, das ihn krank machte, sondern darauf, was andere durchgemacht hatten.

Es hätte ihn mit Scham erfüllt, von diesen Dingen zu sprechen. Daß ein Mensch, selbst ein Knabe, sie nicht bereits wissen sollte, war ihm unbegreiflich.

Wenn er und Greg miteinander stritten, gab es keinerlei Berührungspunkte zwischen ihnen. Ellie fühlte sich hilflos. Was der Junge zu seiner Verteidigung schrie, war nutzlos, das wußte sie, und er tat ihr leid, und Vic machte den Mund zu und sagte nichts.

9

Meggsie, die schon über siebzig war, setzte sich eines Tages auf einen Stuhl an ihren Küchentisch und stellte fest, daß sie nicht wieder aufstehen konnte. Die Beine ließen sie im Stich.

Sie war sehr bestürzt und beängstigt, schrie aber nicht auf. Daran gedacht, es zu tun, hatte sie, doch es kam ihr so närrisch vor, daß sie den Mund, als sie ihn aufgemacht hatte, gleich wieder zusammenkniff, düster dreinschauend dasaß und sie eine Finsternis überkommen spürte. So ein Gefühl hatte sie noch nie gehabt. Ihre Stimmungen hatte sie schon, doch das hier kam von außerhalb, wie das Wetter, ließ die Fenster voller hellem Sonnenschein, verfinsterte jedoch ihren Verstand. Sie fühlte sich schwach und zunehmend hilflos und bekam es mit der Angst zu tun, konnte sich jedoch nicht dazu durchringen, mit den Gewohnheiten eines Lebens zu brechen und laut zu rufen. Daß man sie schließlich fand, lag daran, daß es angebrannt roch.

Während sie so dagesessen hatte, war Vanillesoße übergekocht und auf der Herdplatte angebrannt, sie aber hatte das nicht bemerkt. Es war eine fürchterliche Schweinerei. Sie hörte gar nicht wieder auf, sich dafür zu entschuldigen, als sie sie hochhoben, und für den Ärger, den sie ihnen bereitete, und mehr als alles andere war es das, was Pa so aufregte. Sie, Meggsie, gehörte zu der Sorte Frauen, die sich nie entschuldigte.

Ihre Töchter wohnten weit verstreut. Eine bei Rockhampton in Queensland, die zweite weit im Westen. Die dritte, Vera-meine-Jüngste, wie Meggsie sie nannte und als was sie sie immer gekannt hatten, war mit einem Anwalt am Nordufer verheiratet. Sie riefen sie an, und zwei Stunden später kam sie in einem Mazda vorgefahren.

Ma hatte sie schon als kleines Mädchen gekannt und sie damals sehr raffiniert und unverschämt gefunden. Jetzt war sie eine gutaussehende Frau in den Fünfzigern, sehr geschmackvoll gekleidet. Ma, der ihre eigene Schäbigkeit peinlich war, dachte an sie immer noch als Vera-meine-Jüngste, sie jedoch stellte sich als Mrs. Moreton vor.

Zunächst war sie ziemlich kühl. Seit etlichen Jahren hatte sie darauf gedrungen, daß Meggsie ihre Arbeit aufgab und zu ihr zog. Meggsie war hin und her gerissen gewesen, hatte dann aber beschlossen, daß sie zu sehr eingewöhnt war, um die Warrenders zu verlassen. Mrs. Moreton glaubte, sie hätten sie beeinflußt, und sah sich jetzt nach etwas um, das ihr erlauben würde, sich überlegen zu fühlen.

Schließlich fand sie es.

Die Autos in der Einfahrt – es waren drei – entsprachen den Erwartungen. Aber das Haus! Die Möbel zum Beispiel. Sie wußte, was diese Leute wert waren – wer hätte es nicht gewußt? –, aber es gab keinerlei anständige Möbel hier, nicht ein ansehnliches Stück. Keine Antiquitäten. Minderwertiges Furnier der dreißiger Jahre, altmodisch und häßlich. Keinerlei Veränderungen hatten sie vorgenommen. Sie erinnerte sich, daß sie mit sechzehn, siebzehn einmal in der Woche hierhergekommen war, um ihr Taschengeld abzuholen und von Mrs. Warrender eine Schachtel Taschentücher oder ein Paar Handschuhe geschenkt zu bekommen, wenn sie Geburtstag hatte. Damals hatte sie hier alles für unerreichbar vornehm gehalten. Jetzt ärgerte sie sich über sich selbst, so naiv gewesen zu sein. Ihr eigenes Haus war ein Dutzend Mal beeindruckender.

Sie ließen sie mit Meggsie allein und hörten nicht, was gesprochen wurde.

Sie wollte, daß Meggsie ins Krankenhaus ging. Meggsie weigerte sich. Sie war glücklich, wo sie war: Sie hatten eine Nachtschwester für sie. Mrs. Moreton war verärgert. Sie war dankbar dafür, was sie taten, fühlte sich jedoch brüskiert. »Sei doch nicht albern!« forderte Meggsie sie auf.

Danach rief sie jeden Tag an, kam aber bis zum Ende nicht wieder.

Neun Wochen war sie krank. Sie hatten die Nachtschwester. Sonst waren es Ma und Ellie, die sich um sie kümmerten und sich ihre Klagen anhörten, daß sie alles, was sie machten, schlecht machten, daß das Haus langsam verlotterte, daß das neue Mädchen, das sie hatten, sich zwar sehr gut auf *ausländische* Kochkunst verstand, aber nicht die geringste Ahnung von gutbürgerlicher Küche hatte.

Nachmittags, wenn Ellie ruhte, schaute Pa für ein, zwei Stunden herein, um sie zu necken, ihre Medizin zu kosten und ihr Witze zu erzählen. »Hören Sie auf!« brüllte sie dann. »Sie bringen mich ja um.« Auch Vic saß gern bei ihr.

Frühmorgens ging er im Morgenrock hinaus, schickte die Schwester Tee kochen, und wenn sie zurückkam, winkte er sie fort. Ellie fand sie dann eingeschlafen unter einer Leselampe im Vorzimmer.

In diesen Stunden verrichtete er alle diese Dinge, die die Schwester hätte tun sollen. »Vic«, sagte Ellie zu ihm, »das brauchst du doch nicht zu machen. Dafür haben wir doch die Schwester.« Sie wollte ihm etwas ersparen, vor dem sie glaubte, Männer scheuten sich, die intimen Dinge, die mit dem Körper zu tun haben. »Mach dir keine Sorgen«, erklärte er ihr, »es macht mir nichts aus. Das gibt uns Gelegenheit, verstehst du, ein bißchen miteinander zu reden.«

»Hast du gewußt«, fragte er eines Tages, »daß Meggsie ein Zwilling war? Kannst du dir das vorstellen, *zwei* Meggsies? Die andere ist an spanischer Grippe gestorben. Sie ist in Chillagoe aufgewachsen, hast du das gewußt? Als es siebentausend Einwohner hatte. Jetzt ist es eine Geisterstadt.«

Bei diesen Gelegenheiten schlief er halb, war sehr liebevoll und redete mehr mit sich selbst. Worüber er sprach, wußte sie, war das Mysterium des Lebens anderer Leute, darüber, wie wenig wir voneinander wissen; sehr eng bei ihr liegend, unmittelbar am Rande des Einschlafens und beinah bereit, dachte sie, wegen seines sanften Gemüts, die Ereignisse und Umstände seines eigenen Lebens schließlich in Worte zu fassen, all jene Dinge, die immer noch sein Geheimnis waren.

Eines Nachts, während er so vor sich hindämmernd an der Wand saß, rief Meggsie ihm zu.

»Vic, mein Lieber, sind Sie da? Ich möchte Ihnen etwas geben – ein Geschenk.« Manchmal wanderte sie zu dieser Stunde umher, aber jetzt schien sie nicht zu wandern. »Ziehen Sie die unterste Schublade meiner Frisiertoilette auf.«

Er erhob sich und ging zu ihrer Zedernholzkommode, auf der ihre Fotos in Zelluloidrahmen steckten. Eines zeigte die Mädchen, als sie klein waren, das andere war eine Montage von einem halben Dutzend verblaßter Schnappschüsse ihres Mannes Len, irgendwo draußen im Westen mit einer ganzen Menge anderer Burschen, die alle Hüte trugen und in einer Reihe aufgestellt waren.

Die Schublade klemmte. Er mußte sich hinknien, um sie aufzuziehen. Sie ruckelte, ging auf, und in dem schwachen Licht vom Korridor her sah er, daß sie voller Blätter war. Träumte er?

»Nehmen Sie eins«, sagte sie hinter ihm.

Vorsichtig fuhr er mit der Hand in die Schublade, aus irgendeinem Grund fürchtete er Schlangen und raschelte zwischen den trockenen Blättern. Doch nein, es waren keine Blätter. Es waren Lotterielose, Hunderte, Tausende – jedes fünfte Los hatte sie gekauft, regelmäßig an ihren freien Nachmittagen, von Mr. McCann, dem Zeitungshändler, über vierzig Jahre lang. Er tastete in ihnen herum.

Es waren doch Blätter. Er hatte sie nur für Lotterielose gehalten, auf die Art, wie der Verstand beim Träumen arbeitet, obgleich er nicht sagen konnte, ob es sein Traum war oder ihrer. Es war gerade die Zeit, als darüber abgestimmt wurde, junge Männer nach Vietnam zu schicken. Greg war achtzehn, und er dachte, es könnte Gregs Name sein, den er zog. Oder war es sein eigener? Wieder? Konnten sie einen wieder schicken?

»Was machen Sie denn?« wollte sie wissen. »Haben Sie eins?«

Er nahm eines der Lose, ging zum Bett und zeigte es ihr.

»Nein«, sagte sie, ohne es überhaupt anzusehen. »Das ist es nicht.«

Er brachte ihr ein anderes.

»Nein.« Sie wurde ziemlich ungehalten, als stellte er sich absichtlich so dumm an. Wie ein kleines Kind kam er sich vor, das die Antwort auf ein ganz simples arithmetisches Problem nicht fand.

»Meggsie –,« fing er an.

»Weiter«, sagte sie, »Sie vergeuden Zeit.«

Wieder fuhr er hinein.

»Ja, das ist es«, sagte sie mit einem Seufzer. »Guter Junge! Sie waren immer ein guter Junge, wirklich!« Sie lächelte. »Nun, zeigen Sie es niemandem. Erzählen Sie es nicht, oder Sie verlieren Ihr Glück! Zeigen Sie es auch *mir* nicht! Stecken Sie es in Ihre Brieftasche!«

Er gehorchte. Er steckte das Los, das immerhin beim erstenmal nichts gewonnen hatte, in seine Brieftasche.

»Nein«, sagte sie, als sie das Gefühl der Verzweiflung, das ihn überkommen hatte, spürte, »machen Sie sich keine Sorgen! Es ist ein gutes. Ich würde Ihnen doch nichts geben, das kein Glück hat, mein Lieber, das wissen Sie doch. Wissen Sie das denn nicht, nach all dieser Zeit? Vertrauen Sie mir!«

Er dachte nicht wieder daran bis zum nächsten Tag, als er in seinem Büro war, in einer Besprechung. Er unterbrach für einen Augenblick, um in seine Brieftasche zu sehen, und da war das Los. Er erzählte es Ellie, fragte sich jedoch später, ob er es ihr richtig verständlich gemacht hatte, denn womit es zu tun hatte, war, was er *gefühlt* hatte; die seltsame Empfindung, als er mit der Hand in die Schublade fuhr, daß er sie zwischen getrockneten Blättern bewegte, die Jahre zurückführten, jedes mit einer Zahl. Der Stimmzettel mit Gregs Namen war auch dabeigewesen.

Mit Meggsies Tod fiel eine Stütze des Hauses. Alle spürten sie es und waren überrascht, wie ihre verschiedenen Formen der Tyrannei, über die sie zu lachen geneigt gewesen waren, ihre Art zu leben bestimmt hatte. Unmöglich, die Küche zu modernisieren – das war Meggsies Bereich. Ihre Macht lag zum Teil in der Tatsache, daß nur sie in der Lage war, mit ihren vielen Unbequemlichkeiten fertig zu werden. Unmöglich anzudeuten, daß niemand heutzutage Pudding aß, jeden Abend einen anderen.

Doch als sie nicht mehr da war und sie all die Veränderungen hätten vornehmen können, die sie wollten, wußten sie nicht, wo sie beginnen sollten. Zum erstenmal sprach Vic ernsthaft mit Ma darüber, das Haus und das angrenzende Fabrikgelände zu verkaufen und wegzuziehen. Er tat es, dachte Ma, nicht, weil das ein notwendiger Schritt gewesen wäre oder einer, den jeder von ihnen wollte, sondern aus seinen eigenen Gründen, nach denen sie ihn trotz ihrer Vertrautheit nicht fragen konnte.

Seit einer langen Zeit spürte er jetzt eine Leere in sich, die, wie er dachte, damit zu tun hatte, wie er in den letzten Tagen vor dem Tod seiner Mutter sein Herz verschlossen, den Schmerz und den Verlust, den er fühlte, so vollständig ausgesperrt hatte, daß es hinterher nichts mehr gab, zu dem er zurückkehren konnte. Nun, in der Trauer um Meggsie, trauerte er schließlich um seine Mutter, in der Art des Verbindens hinüber und zurück (er dachte daran, wie seine Mutter ein Hemd säumte), die die seltsame Kreuzlinie ergab, der er folgte.

Doch da war auch noch etwas anderes. Eine Zeitlang, zwischen achtzehn und einundzwanzig, war der Tod für ihn die vertrauteste aller Wirklichkeiten gewesen, eine alltägliche Sache, etwas Normaleres an jenem Ort als der Klang einer Frauenstimme oder das Einlassen eines Bades oder ein sauberes Hemd. Er hatte geglaubt, sich nie wieder an andere Lebensbedingungen gewöhnen zu können; daß diese ganz alltäglichen Dinge – saubere Hemden, ein heißes Bad, die Hand einer Frau – weiterhin so wundersam und daher kaum greifbar sein würden und nur die Nähe des Todes recht wirklich.

Seine ganze Energie war damals damit beschäftigt gewesen, ihn von sich zu stoßen; sich an seinen eigenen Körper zu klammern und das kleine bißchen Leben in sich von einem Tag zum nächsten zu schleppen. Das war riesig, aber auch einfach. Auch rein. Das Vorhaben war so rein. Man wußte, was das andere war, denn von Zeit zu Zeit, wenn es erforderlich war, hielt man einen Mann, dessen Tod nahte, so dicht an seinen Rippen, daß dessen Herz nur so weit, wie ein Blatt Papier stark ist, von dem eigenen entfernt war, und sein Schlagen war wie das Fallen und Versagen des eigenen Herzens.

Seit Jahren hatte ihn kein Todesfall mehr so unmittelbar betroffen, daß er ihm nahegegangen wäre. Nun tat es der Tod Meggsies und nach so langer Zeit auch der seiner Mutter. (Noch war er nicht bereit, an seinen Vater zu denken.) Vor allem fing er wieder an, mit seinem eigenen zu leben, doch erschien er ihm jetzt mysteriös, denn er war von so vielem umgeben, das selbst die Möglichkeit dessen verbarg, und weil er, wenn er ihm, wider Erwarten, hier begegnete, von einer Art sein würde, mit der er noch nicht konfrontiert gewesen war, einer natürlichen.

10

Seit mehr als zwanzig Jahren waren Diggers Besuche in der Stadt nach demselben Muster verlaufen. Donnerstag war der betreffende Tag, weil Iris in den ersten Jahren an diesem Tag frei hatte. Später, als die Konditorei schloß und sie zu arbeiten aufhörte, hielten sie aus Gewohnheit an dem Donnerstag fest. Digger kam mit dem Morgenzug, blieb über Nacht und fuhr am Freitag früh mit dem Milchzug zurück.

Wenn es einer der Tage war, an denen er sich mit Ellie traf, kam er erst nach dem Lunch zur Bondi Junction. Sonst begab er sich nach ein paar Einkäufen sofort dorthin. Gewöhnlich gingen sie zum Picknick in den Cooper Park oder aßen gemütlich zu Hause, und nachmittags las er ein bißchen oder verrichtete ein paar notwendige Arbeiten. Nun, da die Jungen aus dem Haus waren, gab es für ihn immer eine Kleinigkeit zu richten. Abends besuchten sie eine Veranstaltung oder gingen zu Ewen oder Jack, die verheiratet waren und selbst Familie hatten, zum Tee.

Mit ihren Frauen verstand er sich gut. Nie gab es irgendwelche Verlegenheiten darum, daß er zwischen ihnen stand. Die Kinder nannten Iris Oma, und Digger war »Omas Freund«. Sie nannten ihn Digger, weil ihre Väter ihn so nannten – gegen »Onkel« hatte er sich gesträubt.

Ihm gegenüber waren sie ungezwungener als gegenüber irgendeinem Onkel. In dem Augenblick, in dem er erschien, mußten ihre Mütter einschreiten und sie davon abhalten, auf ihm herumzuklettern wie auf einer Art Naturwunder, einem besonders kooperativen Baum oder Felsen. Er mochte Kinder. Er zeigte ihnen veraltete Tricks, die nicht einmal ihre Väter kannten, zum Beispiel mit Kugeln aus Silberpapier von Zigarettenschachteln, die man, wenn man sie an einem Ende beschwerte, tanzen lassen konnte, oder wie man an Baumwollspulen Pyjamakordeln flocht. Er brachte ihnen hölzernes Spielzeug mit, das er selbst angefertigt hatte, und erzählte ihnen Geschichten, ernsthafte, die sie begeisterten und von denen sie aus irgendeinem Grund nicht genug bekommen konnten. Donnerstags war er Familienvater. Die Woche über brachte er viel Zeit damit zu, sich neue Tricks auszudenken, um »die Kinder« zu amüsieren.

Sein ganzer Lebensstil war an diesem einen Tag in der Woche anders und war es, angesichts der kleinen Veränderungen, die an ihm stattgefunden hatten, so lange Zeit gewesen, daß er sich, wenn er sich zum Beispiel an einem Montagmorgen auf dem

Zentralbahnhof befand, zur gleichen Stunde, aber an einem anderen Wochentag, nicht so richtig zurechtfand.

Das lag nicht bloß daran, daß sein üblicher Trott durchbrochen war. Die ganze Atmosphäre des Ortes war anders. Die Leute montags morgens hatten andere Gesichter. Auf den Straßen herrschte ein anderer Rhythmus. Man hatte nicht das Gefühl, es sei ein anderer Wochentag, sondern eine andere Stadt.

Er war zum Begräbnis des Dichters Hugh Warrender gekommen, und zwar aus Zuneigung zu Ellie, aber auch aus Achtung vor einem Mann, mit dem er zwar nur einmal gesprochen hatte und auch da auf unbefriedigende Weise, den er jedoch im Laufe der Jahre glaubte kennengelernt zu haben und ihm nahegekommen zu sein. Iris ging mit ihm mit.

Es war eine seltsame Versammlung. Ältere Leute waren da, die Digger für Freunde der Familie oder Geschäftspartner Vics hielt; aber auch andere, und deren Anwesenheit war so merkwürdig, daß er glaubte, sie müßten sich in der Zeit geirrt haben und auf der falschen Trauerfeier sein. Von den Männern waren viele in Jeans und Inderhemden mit hohen Kragen, und einige trugen sogar verwaschene Feldjacken und Mao-Mützen. Auch die meisten Mädchen trugen Jeans, einige aber waren wie Inderinnen in lange Baumwolltücher gehüllt und hatten Kinder in demselben ausländischen Gewand bei sich. Auch eine Schar Schulmädchen war da, alle in Gingan und Strohhüten.

Die Anwesenheit von so vielen Hippies, dachte er, war bedauerlich. Erst später, als er sah, wie ernst und aufmerksam sie waren, kam es ihm in den Sinn, daß einige dieser Leute wohl dasselbe distanzierte, aber persönliche Verhältnis zu Hugh Warrender haben mochten wie er und in derselben Stimmung gekommen sein konnten. Dann sah er sie mit anderen Augen.

Es war Februar und heiß. Draußen im vertieft angelegten Rosengarten, wo sie wartend umherliefen, sangen die Vögel, auf gleichmäßige, wiederholende Weise, aber in seltsamen Intervallen, gerade, wenn es ihnen gefiel, und unterbrachen die Orgelmusik. Sie waren eine Zerstreuung. Sehr streitsüchtig und verwegen klangen sie, fuhren mit ihrem lärmenden Dasein fort, während die Leute sich sammelten und bezwangen.

Die Abfolge war beeindruckend. Ellie las ein Gedicht ihres

Vaters, ein ziemlich kurzes, das Digger unbekannt vorkam, obgleich er sämtliche Bücher kannte. Es handelte vom Tod, und er war sich dessen durchaus nicht sicher, es tat es nämlich auf eine unbekümmerte Weise, dem Tumult, den die Vögel veranstalteten, ähnlicher als der ernsten Musik. Da war ein Bild von nächtlich duftendem Jasmin – die Blüte selbst irgendwo außer Sicht, ihre unsichtbare Gegenwart in dem Zimmer, und von einem Haushalt, ebenfalls unsichtbar, alle eifrigen Stimmen. Ein Wort wurde wiederholt, und Digger war davon bewegt. Das Wort war »Wiederkehr«.

Als das Gedicht zu Ende war, hallten noch ein paar Untertöne in ihm nach und auch in anderen, wie er glaubte. Wie bei jener anderen Gelegenheit berührte Iris leicht seine Hand, und wiederum verband sie, was Mr. Warrender zu sagen hatte.

Es war keine Traurigkeit darin, nicht im geringsten. Eigentlich ganz im Gegenteil. Es sprach von Gegenwart und Vollkommenheit, von »Wiederkehr«. Viel später mußte Digger wieder an das Gedicht denken und war froh, daß er und Iris es gemeinsam gehört hatten. Das tröstete ihn für seinen Verlust. Doch im Augenblick war es seine Mutter, an die er dachte. Es erfüllte ihn mit Schrecken, dieses Bild, wie sie in dem kaputten Sessel auf dem Hof saß, hinter ihr das Haus mit allem, was darin war, woran sie sich geklammert und das sie in Gedanken in Asche gelegt hatte.

Darüber nachdenkend, hatte er so viele Stunden zugebracht, weil das Gesetz, nach dem sie gelebt hatte, so sehr seinem eigenen glich. Worüber er sich immer noch Gedanken machte, war, wie er, wenn die Zeit kam, sich von den Dingen würde trennen können, ohne zu glauben, wie sie es tat, daß er sie nicht nur verlor, sondern sie im eigentlichen Sinne nie besessen hatte.

Mr. Warrenders Enkel, Greg und noch ein älterer Junge, Alex, der mit seiner Mutter aus Amerika herübergekommen war, sollten die Lesung halten; und komischerweise war es genau das, was Digger sich durch den Kopf hatte gehen lassen, von dem Greg jetzt sprach.

Es war viele Jahre her, seit Digger ihn zum letztenmal gesehen hatte. Damals war er noch ein kleiner Junge gewesen, ein hübscher kleiner Kerl in einem Dufflecoat und neuen Schuhen. Jetzt war er ziemlich hoch aufgeschossen (durch Ellie, auch ein-

oder zweimal durch Vic, hatte er etwas von ihm gehört) und war soweit das, wie Digger meinte, was Vic gewesen war, als er ihn zum erstenmal kennengelernt hatte, daß er zu dem Schluß kam, die Unterschiede, die er feststellte, müßten mit seinem Sehvermögen zu tun haben. Er holte seine Brille aus seiner rechten Brusttasche, als der Junge las, sah jedoch, als er sie auf der Nase hatte, daß der Mangel an Schärfe, den er bemerkt hatte, in dem Jungen selber war.

Er war weniger gedrungen, als es Vic gewesen war. Doch das war es nicht. Was ihm fehlte, und das machte den ganzen Unterschied aus, war Großspurigkeit. Es erinnerte Digger, und zwar sehr lebhaft, wenn man die Jahre bedenkt, an genau das, was er in jenen frühen Tagen gegenüber Vic empfunden hatte, seine heftige Antipathie – und was war *damit* geschehen?

»Wenn die Wächter des Hauses zittern«, las er, »und die starken Männer sich krümmen; wenn die Müllerinnen feiern, weil ihrer wenig geworden sind; wenn dunkel werden, die durch die Fenster sehen... wenn man sich auch vor der Anhöhe fürchtet und Schrecknisse auf dem Weg sind; wenn der Mandelbaum blüht und die Heuschrecke sich mühsam hebt und wenn die Kaper versagt... Denn der Mensch geht in sein ewiges Haus, und die um ihn klagen, ziehen auf der Gasse umher...

Von seinem Platz in der ersten Reihe sah Vic auf. Der Junge las nicht sicher. Stellenweise stockte er und schien unsicher in bezug darauf, wie die Worte zu verbinden waren. Vics Gesicht im Profil hatte, wie Digger es sah, einen besorgten Ausdruck, entweder, weil er wegen seines öffentlichen Auftretens um den Jungen besorgt war, wie Ellie auch – was Digger sehen konnte –, oder wegen etwas in den Worten selbst.

Iris hatte schon früher, als sie ankamen, bemerkt, wie wenig er sich verändert hatte. Es war über zwanzig Jahre her, daß sie ihn gesehen hatte. Digger war überrascht. Wenn er an der Fährstelle auftauchte, hielt Digger sofort Ausschau nach kleinen Anzeichen, die er zu erkennen gelernt hatte und die andeuteten, daß sie diesmal gut miteinander auskommen würden, und andere, die, wie sehr er sie auch zu verbergen versuchte, das Gegenteil anzeigten. Bis Iris es erwähnte, hatte er ihn nie im Lichte der Veränderung betrachtet.

»Sie gehen schnell«, dachte Iris, »wenn sie einmal gehen.

Diese Sorte.« Digger war von der anderen Art. Er war hager und zäh, und unterm Hut war er fast kahl. Es war ihr nicht mehr peinlich, wenn sie zusammen aus waren. Er mochte sechzig sein wie sie. (Siebenundsechzig genau.)

Der andere Junge, der mit amerikanischem Akzent sprach, war, wie Digger meinte, *zu* sicher. Er las wie im Theater. Es klang schauerlich.

Da war noch ein dritter Sprecher, ein Mann von der Universität, der über Hugh Warrender geschrieben hatte und hierhergekommen war, wie etliche der Trauernden, als Beteiligter an seinem *öffentlichen* Leben, obgleich öffentlich, wie er zum Ausdruck brachte, das falsche Wort war für etwas, das, im Falle jedes einzelnen von ihnen, und auch im Falle des Dichters, so verborgen war, daß man sich in Wirklichkeit eigentlich nur in Begriffen, die unverbindlich und indirekt waren, darauf beziehen konnte.

Er sprach von der Poesie selbst, von der verborgenen Rolle, die sie in ihrem Leben spielte, besonders hier in Australien, obgleich sie doch recht verbreitet war – das war der Kern seiner Aussage –, und von der Verlegenheit, wenn sie, wie jetzt, ans Licht gebracht werden mußte. Wie sie ihre Meinung äußerte, nicht immer in den einfachsten Ausdrücken, weil das nicht immer möglich war, sondern in ganz präzisen für das, was zutiefst gefühlt wird und sonst nicht festgehalten würde: all jene einzigartigen und wiederholbaren Ereignisse, die kleinen Sakramente des täglichen Daseins, Bewegungen des Herzens und Andeutungen der engen, aber unaussprechlichen Erhabenheit und des Schreckens von Dingen, die unsere *andere* Geschichte ausmachen, diejenige, die auf ruhige Weise verläuft, unter dem Lärm und dem Geschwätz der Ereignisse, und der hauptsächliche Teil dessen ist, was im Leben des Planeten jeden Tag geschieht, und das von allem Anfang an. Um *dafür* Worte zu finden; um bedeutungsvoll aufleuchten zu lassen, was gewöhnlich unsichtbar ist und auch unaussprechlich – das ist es, wenn es geschieht, was uns alle bindet, denn es spricht unmittelbar aus dem Innersten von jedem von uns; verleiht dem Gestalt, was auch wir erfahren haben und für das bis dahin keine Worte hatten, obgleich wir sie, sobald sie einmal ausgesprochen sind, als unsere eigenen erkennen.

Diese Rede beeindruckte Digger. Jene »andere Geschichte« bedeutete ihm etwas. Als sie in den kräftigen Sonnenschein hinaustraten, in dem es von Bienen wimmelte, sah er einige Leute zu dem jungen Mann hingehen, der so vieles gesagt hatte, ihm die Hand schütteln und ihm gratulieren; er sah verlegen, aber auch mit sich zufrieden aus.

Digger beging diesmal nicht den Fehler, sich ihm zu nähern. Er gab sich mit den Worten selbst zufrieden. Sie hatten etwas in ihm zum Schwingen gebracht und genau das berührt, wie er spürte, woran er früher gedacht hatte: was es ist, das nicht festgehalten werden kann, aber trotzdem nicht verloren ist.

11

Es war der Abend nach Pas Begräbnis, und immer noch war es heiß. Mächtige Gewitterwolken brauten sich über dem flachen Land nach Hen und Chicken Bay zu zusammen, und an ihren Rändern zuckten nervöse Blitze. Vic erhob sich vom Tisch, verärgert über jedermann und auch über sich selbst.

Pas Tod, der ohne Vorankündigung gekommen war, hatte ihn schwer getroffen, und Lucilles Ankunft mit Alex und die damit verbundenen Umstände, die die Anpassungen und Veränderungen, die im Haushalt zu treffen waren, noch erschwerten, hatten diese letzten Tage für ihn zur Qual werden lassen.

Die beiden Jungen stritten, trotz allem, was geschehen war, bei jedem Essen beharrlich miteinander, und das in einer Art und Weise, die völlig unangebracht war und sie alle nervös machte.

Gregs Theorien waren, wie selbst Ellie zugeben mußte, verschroben und einseitig. Er war Idealist, voller jugendlicher Leidenschaft und der Gewißheit, immer recht zu haben, doch alles, was er zu sagen hatte, war irgendwie nachgeplappert und trotz aller Vorhersagbarkeit so wirr und zusammenhanglos, daß es nahezu unverständlich war.

Der andere, Alex, vierundzwanzig und bereits Absolvent der Harvard-Universität, war ein steifer Bursche, gleichermaßen einäugig wie rechthaberisch, doch der tat das mit einer vorgetäuschten Unverfrorenheit, die Greg empörte und ihn noch leidenschaftlicher als sonst werden ließ.

Auf diesen Cousin hatte Greg große Hoffnungen gesetzt. Einen Amerikaner! In seiner naiven und offenherzigen Art war er erpicht darauf gewesen, beeindruckt zu sein und all das aus erster Hand zu hören, was im Mittelpunkt der Dinge vor sich ging.

Er war bitter enttäuscht, was er zunächst verbarg; Alex war ja zu Gast. Dann, als er sah, daß er herablassend behandelt wurde, schlug er einen offen feindseligen Ton an, aber in einer solch verletzenden, unzusammenhängenden und kindischen Art und Weise, daß sich Vic das schwerlich mit ansehen konnte. An diesem Abend warf er Ellie einen hilflosen Blick zu und ging. Er mußte sich entfernen.

Zunächst ging er für eine Weile zu Ma, die sich gleich nach dem Begräbnis zurückgezogen und hingelegt hatte. Auch sie fand diese Mahlzeiten zum Auf-die-Palme-Gehen.

Er setzte sich in dem finsteren Zimmer neben sie, und sie unterhielten sich ein bißchen. Worüber sie sprachen, war ein Ereignis, das Jahre zurücklag, als Pa einem Dinner-Gast, einem sehr aufgeblasenen Kerl, der darauf wartete, Richter zu werden, einen Streich gespielt hatte, einen besonders albernen. Ma fing an zu lachen, dann er, dann hörten beide wieder auf, nicht aus einem Schuldgefühl heraus, sondern weil sie daran dachten, wie schwierig das zu erklären wäre, wenn ihnen ein Fremder zuhörte. Als er sie verließ und hinunterging, tat er etwas, wovon er noch eine Woche vorher nicht geträumt hätte. Er ging in Pas Arbeitszimmer. Er setzte sich an den altmodischen Schreibtisch, der mit Schnitzereien im Renaissance-Stil versehen war, blieb eine Weile im Dunkeln sitzen und sah zu, wie es blitzte, dann streckte er die Hand aus und knipste eine Lampe an.

Die Verärgerung, die er am Tisch empfunden hatte, war immer noch nicht ganz gewichen. Irgendwie war sie verbunden mit dem gräßlichen Zucken der Blitze. Das machte ihn angespannt, und zwar ohne Hoffnung auf Erlösung.

Es war die Feindseligkeit zwischen den beiden jungen Männern, auf die er sich konzentrierte, ihr albernes Hin-und-her-Zerren einer toten Katze, doch schob er das, das wußte er, nur in den Vordergrund, weil es noch etwas anderes gab, das ihn noch mehr störte, und das war es, worüber er nachdenken mußte.

Lucille war mit sechsundvierzig ganz und gar nicht das Mädchen, das sie vor mehr als zwanzig Jahren verlassen hatte. Er hätte sie kaum erkannt. Sie war sehr lebhaft und sachlich und in Gedanken verloren, was nur mit der Familie zusammenhängen konnte, die sie in den Staaten zurückgelassen hatte. Sie interessierte sich für alles, an das heranzukommen war, doch was sie hier sah, blieb, wie er vermutete, dahinter zurück, wie sie es in Erinnerung gehabt hatte – das Haus, sie alle –, und als er die Dinge durch ihre Augen betrachtete, sah er das auch.

Er hatte geglaubt, was er getan – alles, was er erreicht hatte –, wäre eine große Sache. Doch wessen er sich hauptsächlich bewußt war, als sie sich zusammen an den Tisch setzten, war, wie *wenig* doch geschehen war und wie wenig sich am Ende verändert hatte. Pa war von ihnen gegangen. Sie waren älter. Jetzt waren die beiden Jungen da, die aufeinander losgingen. Der einzige Unterschied jedoch war, wie er fühlte, daß etwas, an dem er gehangen hatte, ein Gefühl süßer Desillusionierung, das mit Lucille zu tun gehabt, und alles, was er für sie empfunden hatte, nicht mehr süß war – aber auch nicht bitter –, sondern langsam schwächer geworden und jetzt so gut wie ganz verschwunden war.

Seine Desillusionierung hatte er gern gehabt. Sie gab ihm solch ein Gefühl der eigenen Jugend. In ihrem Dahinschwinden sah er jetzt den Anfang, das erste Nahen des mittleren Lebensalters.

Und Pa?

Wie lange war es her, daß sie auf eine Art miteinander gesprochen hatten, die berührte, was ihnen am wichtigsten war? Sie hatten sich immer sehr nahe gestanden. Einen Mangel an Herzlichkeit gab es zwischen ihnen nicht. Doch in diesen letzten Jahren hatten sie einander nur wenig zu sagen, das neu war. Das bestürzte Vic, und das um so mehr, weil es ihm plötzlich schien, nun, da er nicht mehr da war, als wäre ihm alles, was er über Pa wußte, ein Rätsel. Vom Augenblick ihrer ersten Begegnung an – und auch schon vorher, in der Zeit, da sein Vater Pas Bursche gewesen war und ihm das Versprechen abverlangt hatte –, war ihm alles, Pas Ausgelassensein, seine Bedrücktheit, das Leben, das er im Kopf gehabt hatte, die Gedichte, die er geschrieben hatte, ein Geheimnis gewesen. Was ihn jedoch wirklich störte, war, was er heute beim Begräbnis gesehen hatte: daß es Leute gab, die Pa nie persönlich begegnet waren, die ihn aber vielleicht besser kannten als er. Er hatte das panikartige Gefühl, den Mann völlig versäumt zu haben, doch die Quelle seiner Panik war das gespenstische Bild, das ihm das von sich selbst gab.

»Was bedeutet es zu *sein*«, sinnierte er, »außer *gekannt zu werden?*«

Wie sie alle hatte er sich über Pas Erfolg gefreut, hatte sich aber nie mit seinen Büchern beschäftigt. Jetzt erkannte er, daß er es hätte tun sollen. Er hatte etwas, das Pa zu sagen hatte, verpaßt, etwas, dem andere Aufmerksamkeit geschenkt hatten und er nicht, vielleicht gar etwas, das Pa für ihn bestimmt hatte. Jetzt nahm er die vier Bände aus dem Regal. Er schlug einen auf, den letzten, wie sich herausstellte, setzte sich hin und ging ihn von Anfang bis Ende durch. Er las fast eine ganze Stunde.

Das war wie eine schwierige Lektion in der Schule. Er hatte vergessen, was es bedeutete, einen Sachverhalt immer wieder zu durchdenken und festzustellen, daß er nicht in den Kopf hineinging, weil irgendein Widerstand in ihm oder in einem selbst es nicht zuließ.

Auf diese unerfreuliche Tatsache war er schon früher gestoßen und hatte sie jedesmal unterdrückt. Jetzt beim Lesen dessen, was Pa geschrieben hatte, stieß er auf Dinge, die gerade jenseits seines Auffassungsvermögens lagen und sich ihm genau in dem Moment entzogen, in dem er nach ihnen griff, aber es waren Dinge, und das wußte er auch, die ihm nicht fremd waren. Das war das Unangenehme daran. Sie waren ganz und gar nicht von einer anderen Welt, sondern von der, in der er sich befand, und dennoch konnte er sie nicht fassen.

Was er auf recht körperliche Art spürte, war die Rotation der Erde unter sich, genau in dem Augenblick, in dem er sich auch sagen konnte: »Aber das Zimmer ist in Ruhe.« Und dann: »Wenn die Welt so ist und ich sie nie so richtig beherrscht habe, was *habe* ich dann eigentlich beherrscht?«

Er saß da, das Buch aufgeschlagen auf dem Tisch, hatte aber

aufgehört zu lesen. Was die Gedichte, die er nur vage verstand, in ihm ausgelöst hatten, ging nun von selbst weiter.

Es ist schon ernüchternd, sogar wenn man selbst Vater ist und in der Welt etwas zu sagen hat, zu erkennen, mit dem kindlichen Teil seines Wesens, das trotz der Jahre in einem weiterexistiert, daß keine Hand da ist, nach der man greifen kann.

Beinahe unmittelbar nachdem seine Eltern gestorben waren, war Pa aufgetaucht. Von da an war es Pa gewesen, der, trotz all seiner Schwäche, zwischen ihm und dem Wissen, daß er auf der Welt allein war, gestanden hatte. Als er zwanzig war, hatte sich diese Erkenntnis ihm eine Zeitlang aufgedrängt, doch das war voreilig gewesen und hielt nicht an. Sobald er zurückgekehrt war, erlosch sie in ihm, er hatte sich wieder unter Pas Schutz begeben, hatte ihm wieder die Rolle des Vaters übertragen und wurde beschirmt. Jetzt fühlte er sich zum erstenmal verwaist.

Als Ellie einen Lichtspalt unter der Tür sah, hatte sie das seltsame Gefühl, was sie sehen würde, wenn sie die Tür öffnete, wäre Pa. Darum näherte sie sich ganz leise, drehte den Knopf und hielt inne, aus Angst zu erschrecken.

Einen Augenblick lang sah er sie nicht. Mit dem Lichtschein einer Lampe vor sich auf dem Tisch saß er da, das Gesicht im Halbdunkel. Rund um die Regale flackerte das ferne Blitzen. Er sah nicht auf, er war ihrer nicht gewahr. In dem Augenblick, bevor er sich umdrehte, bestätigte sich ihr alles, was sie von ihm wußte.

12

Durch Ellie erfuhr Digger von dem Bruch mit Greg. Vic hätte es ihm nicht erzählt. In früheren Zeiten war er ganz erpicht darauf gewesen, über den Jungen zu reden. Stets hatte er Neuigkeiten davon zu erzählen gehabt, was für ein vielversprechender kleiner Bursche er war, schüchtern, ein bißchen sehr anhänglich vielleicht – das lag womöglich daran, daß so viele Frauen im Haus waren –, aber voll von Fragen und seinen eigenen, seltsam klaren kleinen Ansichten über die Welt. Vic war damals selbst noch jung. Sein Stolz auf den Jungen ging mit ihm durch. Dann zügelte er sich selber, plötzlich verlegen, und tat es mit einem Lachen ab. Doch die Dinge änderten sich, und nach einiger Zeit sprach er von dem Jungen nur noch mit Bitterkeit. In diesen letzten Jahren hatte er ihn kaum noch erwähnt. Digger wußte, als er diese Neuigkeit hörte, diese scheußliche Sache, nicht, was er sagen sollte. Ellie jammerte nicht, doch er sah den Schmerz, den es ihr bereitete.

»Er tut sich diese Dinge selber an. Warum? Warum *ist* das so? Genau das, was er nicht möchte, daß es ihm zustößt, tut er sich selber an. Es ist geradezu, als wollte er sich davor bewahren, verstehen Sie, daß es ihm geschieht. Ist es nicht so? Sie kennen ihn, Digger – ist es das? Darum tut er es selbst. ›Ich habe es getan‹ – das ist es, was er sich einredet –, ›es ist nicht einfach mit mir geschehen.‹ Dann beißt er die Zähne auf diese schreckliche Weise zusammen, die er an sich hat. ›Das Leben ist eben *so*. Damit müssen wir uns abfinden. Dafür hat man Charakter.‹ Und er hat sich das alles selbst zuzuschreiben.«

In einer holzgetäfelten Nische eines ruhigen kleinen Lokals in einer Passage tranken sie eine Tasse Tee miteinander. Das war, dachte Digger, eine der seltenen Gelegenheiten, bei denen sie offen über Vic sprachen, wenn sich auch vieles, was sie sich zu sagen hatten, auf ihn bezog, oder er unsichtbar mit anwesend war. Diesmal war es schmerzlich.

»Sie kennen ihn, Digger – erzählen Sie *mir*!« bat sie. Sie schien verzweifelt.

»Ich kenne ihn nicht«, hörte Digger sich sagen, und schon tat es ihm leid. Es stimmte, das war es, was er in dem Augenblick fühlte, doch es sah wie Verrat aus. An ihrem Gesichtsausdruck sah er, wie überrascht sie war. Er war selber überrascht.

Vic konnte Digger nichts von dem Auftritt mit Greg erzählt haben, denn da gab es nichts zu erzählen. Es war eine Auseinandersetzung wie jede andere.

Vic gab Greg die Schuld für die Form, die ihre Auseinandersetzungen annahmen. Alles, was er konnte, war, jedesmal die Parolen nachzuplappern, die er von seinen Freunden aufgeschnappt hatte, kein Wort davon war persönlich oder eins von ihm, und alles, was Vic als Erwiderung darauf sagen konnte, war nach seinem Gefühl davon bestimmt und gleichermaßen unpersönlich und abwegig.

Nie hatten sie die passende Art gefunden, miteinander zu reden, in der die Wahrheit gesagt oder ihre wirklichen Gefühle gezeigt werden konnten. So griffen sie jedesmal auf das zurück, was sie zuvor gesagt hatten. Lautstark tat Greg seine Verachtung für ihre ganze Lebensweise kund, all die Dinge, für die sie standen, die er völlig ablehnte und mit denen er nichts zu tun haben wollte. Vic hielt ihm das alles vor, und auch er brüllte, nur halb überzeugt von dem, was herauskam. Nur zu gut kannte er die aalglatte Art solcher Begriffe wie Selbstachtung und Disziplin, um sie so plump zu verwenden, wie er es tat, aber genauso benutzte er sie. Er sprach von dem mangelnden Charakter des Jungen, seiner Bereitwilligkeit, von dem zu leben, was er zu verachten vorgab, der Geringschätzung, die sogar seine eigenen Freunde für sein willensschwaches Nachplappern ihrer jeweiligen Ansichten und die Art hegten, wie er ihnen nachlief und in allem, was er tat, den einen oder anderen von ihnen nachäffte, ohne eigenen Willen und Charakter. Der Ärger in all dem war echt, doch die Streitigkeiten waren dieselben, die sie schon bei anderen Gelegenheiten durch hatten. Es gab keinen Grund, keinen ersichtlichen Grund, warum diese die letzte sein sollte.

Was Greg hatte sagen wollen, war etwas ganz anderes, doch er brachte es nicht fertig, aus Verstocktheit, auch aus der Art Stolz heraus, die sein Vater ihm nicht zutraute, es in Worte zu fassen. Es hätte nur die Verachtung seines Vaters für ihn verstärkt, glaubte er, wenn er um Liebe gebeten hätte.

Auch Vic hatte eigentlich etwas ganz anderes sagen wollen. Wovon er hatte sprechen wollen, waren Dinge in seinem Leben, die, wenn er innehielt und sie genauer betrachtete, schreckliche Angst in ihm hervorriefen.

Das in Worte zu fassen hätte eine Erleichterung sein können, es hätte ihn aber auch entblößt, und er war der Meinung, daß er in den Augen seines Sohnes nicht als schwach dastehen durfte.

Außerdem hätte er seiner Befürchtung womöglich, wenn er sie in Worte faßte, auf magische Weise einen Platz in der Welt verschaffen können, wo sie wachsen, ihre Macht vergrößern und gegen ihn arbeiten könnte. Das Verlangen, sie in sich zu behalten, wo allein er wußte, was sie war, und sie unter Kontrolle halten konnte, reichte schon, ihn schweigen zu lassen, selbst auf die Gefahr hin, wie er jetzt erkannte, die Kontrolle über genau das zu verlieren, was im Kern seiner Angst lag – seine Verwundbarkeit durch Greg.

Somit wurde nichts Neues gesagt. Sie machten sich dieselben Vorwürfe und Gegenvorwürfe, die sie sich stets an den Kopf warfen, und am Ende kam nichts dabei heraus. Nur daß Greg ihn diesmal beim Wort nahm oder beschloß, aus Stolz, an seinem eigenen festzuhalten. Er verließ das Haus.

Eines Donnerstags, als Iris im Wohnzimmer bügelte und dabei den Fernsehapparat laufen hatte, »nur zur Unterhaltung«, klingelte es an der Tür. Es war bereits nach neun, also zu spät, als daß es ein Nachbar hätte sein können.

Digger, der in dem Schlafraum auf der Veranda las, schaute auf und blickte über den Rand seiner Brille. Er sah Iris in den Korridor gehen; einen Augenblick später stand sie mit Vic in der Tür. Sie hatte die Augenbrauen hochgezogen. Diesen Ausdruck kannte er gut.

Auch Digger war überrascht. Er glaubte, es müßte irgendwelchen Ärger gegeben haben. Doch Vic hatte keine Erklärung zu bieten. Er befand sich in recht gehobener Stimmung, war ein bißchen angetrunken, um genau zu sein, und hatte drei Flaschen Bier mitgebracht. Als Iris sie entgegennahm und mit einem weiteren Blick in Diggers Richtung Gläser holen ging, trat er in das Schlafzimmer, als wäre es die natürlichste Sache der Welt, zu solcher Stunde bei ihnen vorbeizuschauen. Digger brauchte jedoch eine Weile, sich daran zu gewöhnen.

Bis jetzt hatte er nicht mehr daran gedacht, daß er damals, als Vic das erste Mal an der Fährstelle aufgetaucht und Jenny gekommen war und auf ihn, der unter den Kasuarinen wartete, gezeigt hatte, dasselbe Gefühl von Zudringlichkeit verspürt hatte.

Mit der Zeit war es verblaßt. Vic war zu einem Teil seines Lebens an der Fährstelle geworden, wie alles andere auch. Erst jetzt kam der Widerhall davon zurück. Warum hatte er es nach all dieser Zeit auf sich genommen, so bei ihnen hereinzuplatzen?

Falls Vic von Diggers Seite aus eine gewisse Kühle verspürte, dann ließ er es sich jedoch nicht anmerken. Als Iris die beiden, mit der Entschuldigung, bügeln zu müssen, und dem Glauben, es müsse etwas Besonderes sein, weswegen er gekommen war, verlassen hatte, sah er sich in dem Zimmer um und sagte: »Hübsch ist es hier. Alles deine Bücher?«

»Nein«, erwiderte Digger und klappte seine Brille zusammen, »nicht alle.« Und dann, immer noch irritiert, sagte er: »Die meisten haben Mac gehört.«

War das das erste Mal, daß Macs Name zwischen ihnen fiel? Digger war sich nicht sicher. Andere Namen waren von Zeit zu Zeit erwähnt worden. Es wäre ungewöhnlich gewesen, wenn sie diesen vermieden hätten. Aber sie hatten es natürlich getan.

Einen Augenblick herrschte Schweigen. Draußen im Loquatbaum konnte es Digger rascheln hören. Possums. Sie hatten Possums, die bisweilen bis ins Haus kamen und das Obst in der Schale auf dem Küchentisch anknabberten und dabei überall auf dem Boden Tapser hinterließen.

Jetzt tat es Digger leid, daß er etwas gesagt hatte. In einem boshaften Augenblick hatte er es getan. Er beobachtete, wie Vic ein Buch aus dem Regal nahm, es aufschlug und einen Blick auf das Vorsatzblatt warf, als hätte er dort den Namen finden müssen: als Beweis. Oder vielleicht, um noch einmal die alte Wunde zu spüren. Aber er konnte Macs Namen nicht finden. In kaum einem dieser Bücher stand er drin. Andere Namen, ja, und Digger hätte sie, indem er eben Digger war, alle runterrasseln können. ›Der Nigger von der »Narcissus«‹ zum Beispiel, das Buch, das er gerade wieder las, hatte einer Janet Dawkins, zwölfte Klasse der Mädchenschule in Randwick, gehört, und zwar 1936. Mac hatte es bei Tyrrell's bekommen. Noch Dutzende, gar Hunderte hätte er auflisten können.

Was Vic in der Hand hatte, war eine punzierte Lederausgabe von Tennyson. Auf dem Vorsatzblatt, das wußte Digger, stand:

Für Mr. John Darnell
von
B. J. Checkley
10. Mai 1889

ganz in Sepia-Kupfer, und darunter:

Liebe Herzen sind mehr denn Kronen
Und schlichter Glaube denn normannisches Blut.

Er sah, wie tiefernst Vic das las, das Buch dann zuklappte und wieder zurückstellte.

Ein bißchen stirnrunzelnd sah er sich im Zimmer um. Vielleicht spürte er die bedrückende Atmosphäre von so vielen Bänden, die so dicht in den Regalen standen, oder fragte sich, wie viele er wohl würde aufschlagen müssen, bis er an eines kam (er mochte eins finden, ein altes Algebra-Lehrbuch vielleicht), in dem I. R. McAlister stand.

Im Wohnzimmer dann machte er es sich in einem Sessel bequem, schlug ein Bein übers andere, ein bißchen zurückhaltend zunächst, dann aber rasch wieder zu seiner Stimmung zurückfindend. Iris schaltete den Fernsehapparat aus und wollte auch das Bügeleisen beiseitestellen, doch er beteuerte, daß ihm das Bügeln nichts ausmachte, es ihm eigentlich sogar gefiel. So fuhr sie also, etwas verlegen, da sie ihn ja kaum kannte, fort, Kopfkissenbezüge, Taschentücher, eine Schürze, eines von Diggers Hemden zu plätten, und der Geruch von Hitze und Dampf erfüllte den Raum.

Sie nahm sich vor ihm in acht, er wollte sie bezirzen, und andauernd warf sie Digger Seitenblicke zu, um zu sehen, ob er es bemerkte. Doch schließlich ließ ihre Anspannung nach, und sie begann sich zu amüsieren. Er war voller leichter Töne und seltsamer, altmodischer Redensarten, die sie überraschten. Nichts, was sie von Digger wußte, hätte das vermuten lassen. Digger war selbst überrascht. Jetzt war nichts mehr von dem Augenblick in dem Schlafraum auf der Veranda zu spüren oder von irgend etwas von dieser Seite von ihm; und Digger, der nur wenig zu sagen hatte, wurde immer schweigsamer.

Was er tat, dachte Digger, war, eine Art von Ordnung in sich selbst wiederherzustellen, diese kleine Umkehrung da draußen, als für einen Augenblick sein Bild von sich selbst gestört war, auszugleichen, indem er ihre Zustimmung erlangte.

Digger hatte ihn noch nie mit einer Frau schöntun sehen. Das war neu für ihn, diese Art, wie er seinen ganzen Charme spielen ließ; diese Konzentration von Energie, von Interesse in ihm, die eine Frau sich selbst bewußt werden läßt. Er war ganz Ohr, das spürte man. Digger, der ihn so gut kannte, war verärgert, daß Iris so leicht einzunehmen sein sollte.

Sie hörte auf zu bügeln. Er sprang auf und half ihr, das Bügelbrett zusammenzuklappen. Was er jetzt wünschte, war, daß sie Klavier spielte.

In letzter Zeit fiel ihr das schwer. Sie hatte Arthritis, sämtliche Gelenke ihrer Finger waren geschwollen; aber dennoch setzte sie sich hin. Es war eine Ewigkeit her, dachte Digger, seit er sie so leicht und mit soviel Hingabe hatte spielen sehen.

Sie spielte Schubert, den Digger sehr verehrte, und während sie spielte, blickte sie ein paarmal zu ihm hin und lächelte; aber sie spielte, das sah er, für Vic, und wieder einmal verspürte er plötzlich aufkeimende Eifersucht. Was töricht war, das wußte er, doch er konnte sich nicht helfen.

Vic saß sehr still da, den Kopf gesenkt, und Digger dachte aus irgendeinem Grund wieder an Mac und wiederum, wie dumm es war, sich verletzt zu fühlen oder überhaupt etwas zu fühlen, außer dem, wovon die Musik sprach – Vereinigung und Frieden. Fern, mysteriös, doch so voller stillem Optimismus, führte sie einen direkt auf den Grund der Dinge.

»Ehrlich, Digger«, sagte Iris später, als sie aus ihm herausgebracht hatte, was es war, das ihn so schweigsam hatte sein lassen. Sie mußte ein bißchen schmunzeln. Es mißfiel ihr ganz und gar nicht, daß er eifersüchtig sein konnte. »Die ganzen Schmeicheleien, die er von sich gibt, haben doch nichts zu bedeuten. Weißt du das denn nicht? Er ist doch ein Charmeur. Zeige ihm eine Frau, und er kann nicht umhin, als mit ihr zu flirten. Selbst mit einer alten Frau wie mir. Das ist doch nicht böse gemeint.«

Digger schwieg. »Nun, es hat mich geärgert«, sagte er schließlich, »daß er sich einfach selbst eingeladen hat. Das hat er völlig von sich aus getan. Ich habe nichts damit zu tun.«

Er wartete. Er wartete auf eine Bemerkung von ihr, dahingehend, was sie gespürt oder gesehen hatte, das es erklären würde, denn er konnte es nicht; aber sie lag nur da, das Gesicht abgewendet, und sagte nichts.

Ihr Haar, das so prächtig gewesen war, als er sie kennengelernt hatte, wurde langsam schütter und grau, und er hatte eine besondere Schwäche für die Sommersprossen auf ihrer Stirn und den Bereich unmittelbar am Haaransatz, wo ihre Haut beinahe transparent war und die Adern durchschienen. Er berührte sie mit den Fingerspitzen, und sie drehte den Kopf beiseite und lächelte. Es bedrückte sie, das wußte er, daß sie nicht mehr hübsch war. *Sie* glaubte, daß sie es nicht mehr wäre.

»Er kam doch nicht, weil er etwas mitzuteilen hatte, weißt du? Was meinst du, warum er gekommen *ist?*«

Sie sah ihn an. »Weil er allein war«, sagte sie einen Augenblick später. »Er wußte nicht wohin.« Digger starrte sie an. »Vielleicht«, sagte sie so dahin, »hat er sich mit seiner Freundin zerstritten.« Ohne sich dabei etwas zu denken, hatte sie das gesagt und erkannte sogleich, daß sie es nicht hätte tun sollen.

»Was? Mit welcher Freundin?«

»Ach – es heißt, er ginge mit Susie Stone.«

»Wer sagt das?«

»Ach – weißt du, die Zeitungen.«

Er schwieg. Nahm es in sich auf.

»Wer ist Susie Stone?« fragte er schließlich. Das Ganze setzte ihn in Erstaunen und am meisten sie. Woher wußte sie das alles? Bisweilen verwunderte ihn, daß Dinge in der Welt vor sich gingen, die für andere selbstverständlich waren, von denen er jedoch keine Ahnung hatte. Außerdem überraschte es ihn, wie sie jetzt so manches hinnahm, was sie einst schockiert hätte. Drei Jahre lang hatten Ewen und seine Frau Jane zusammengelebt, ehe sie dazu gekommen waren zu heiraten – sie hatten sogar schon einen kleinen Jungen gehabt. Auf ihrer Hochzeit war er Trauzeuge gewesen.

»Susie Stone entwirft Mode«, erzählte sie ihm. »Sportbekleidung. Sie ist ziemlich bekannt – unter *jungen* Leuten.«

»Glaubst du, daß Ellie das weiß?« fragte er.

»Das nehme ich an, ja. Und sie wird wohl nicht die erste sein. Es ist so, wie ich gesagt habe. So etwas spürt man. Jedenfalls als *Frau.*«

Danach tauchte er donnerstags immer mal wieder auf, und Digger sah ihn bald öfter in Bondi Junction als in Keen's Crossing. Er fing an, Iris kleine Geschenke mitzubringen, wie er es bei Jenny getan hatte, und Iris, die ihm gegenüber nicht so argwöhnisch war wie Jenny, nahm diese Geste für das, als was sie gedacht war, und machte viel Aufhebens um seine Geschenke wie auch um ihn.

Digger konnte sich nie so recht daran gewöhnen, ihn dort zu haben, sah aber schließlich ein, daß die Flirts, die er unternahm, harmlos waren, zumindest von Iris' Seite, und daß der wirkliche Grund für sein Kommen der war, den sie schon beim erstenmal erkannt hatte: Es gab Zeiten, da er nicht wußte, wohin sonst er gehen sollte.

13

Digger machte die Welt konfus. Ihm war klar, daß er sie nie mit der nötigen Gelassenheit oder aus der erforderlichen Distanz würde betrachten können, um richtig zu erfassen, was sie war, geschweige denn, auf sie einzuwirken. Das war ein Nachteil; doch er war schon lange zu dem Schluß gekommen, daß seine Ratlosigkeit über das Leben, die ihn nicht davon abhielt, es zu führen, eine wesentliche Eigenschaft von ihm war.

Ein Nagelkopf. Das war etwas Verständliches. Rund, geflanscht, gerippt, damit die Bahn des Hammers Halt fand. Auch das Gewicht des Hammers. Einen Nagel einschlagen, spüren, wie die Spitze durch das weiche Gefüge dringt und mit den letzten beiden Schlägen festsitzt – das war die einzige Tätigkeit, die für seine Begriffe einfach war. Alles andere ließ, sobald man es näher betrachtete, Schwierigkeiten erkennen.

Selbst das unbedeutendste Ereignis besaß Verbindungen, völlig verschlungene, die in die Vergangenheit zurückreichten und darüberhinaus in die *unbekannte* Vergangenheit, und andere, die, ebenfalls verschlungen, in die Zukunft reichten. Jeder Augenblick steckte voller Möglichkeiten, Konsequenzen; zu vieler, selbst im einfachsten Fall, um sie erfassen zu können. Jeder einzelne Augenblick steckte auch voller lebender Wesen, die sich alle begegneten, miteinander verflochten und aufeinander Druck ausübten, und zwar nicht allein die Leben von Menschen; der kleinste Flecken Erde an der Fährstelle wimmelte, wie er wußte, seit er zwei Jahre alt war, so von kleinen geschäftigen Wesen, sichtbar oder unsichtbar, die ein Gespinst so kompliziert machten, daß einem der Verstand, wenn man sich näher damit beschäftigte, auf der Stelle stehenblieb – grimmige kannibalische Angelegenheiten ohne Zahl, von denen einen jede einzelne betäuben könnte, wenn man Ohren hätte, zu hören, was da vor sich ging. Und jenseits davon war das, was man nicht einmal als Leben oder Existenz bezeichnen konnte: Das waren bloße Prozesse – das langsame Verbrennen von Gasen zum Beispiel in den Gefäßen der Blätter –, die unsichtbar vor sich gingen und laufend den Zustand der Dinge veränderten; Wärme, Sonnenlicht, elektrische Ladungen, auf die alles einigermaßen Lebendige reagierte und sich aufrecht hielt, Haare und Fasern, die beinahe unsichtbar waren, aber auf raffinierte Weise vibrierten, Nervenenden berührten und reizten. So sah er die Dinge, wenn er sich nicht absichtlich zurückhielt und verschloß.

Was ihn bei anderen, und besonders bei Vic, verblüffte, war die Sicherheit, mit der sie die ganze Welt als einen Nagel ansahen, den es galt, genau auf den Kopf zu treffen. Doch bisweilen hegte er den Verdacht, daß Vic nicht gänzlich an die Welt *glaubte.* Seine Fähigkeit, mit ihr umzugehen, hatte mit seiner Überzeugung zu tun, daß sie nur soweit existierte, wie er auf sie Einfluß hatte.

Drei, vier Mal im Jahr ging Vic jetzt nach Übersee, nach Japan, Hongkong, London. Der Boom bei den Bodenschätzen und die Notierung australischer Aktien an den internationalen Märkten ließen ihn seine Interessen nach außerhalb des Landes verlegen. Seinen Neffen Alex hatte er beteiligt, um den australischen Bereich zu leiten. Er war ein frostiger Bursche, dieser Alex. Das hörte Digger von Ellie. Er lebte für sich in einer großen alten Wohnung in Elizabeth Bay, und Ellie wurde, obgleich sie sich Mühe gab, nie so richtig warm mit ihm.

Vic kam jetzt weniger häufig zur Fährstelle, und wenn er dann kam, waren ihre Gespräche von einer anderen Art. In den letzten Jahren waren die Zeiten ihres Zusammenseins sehr ungezwungen und gesellig geworden, zu sehr vielleicht. Sie wußten gar nicht mehr, was sie gegeneinander gehabt hatten. Doch jetzt verlagerte sich ein Teil ihrer Geselligkeit nach Bondi Junction, und das führte dazu, daß die Zeiten, die sie allein waren, sich veränderten. Das spürten sie beide, doch war es Vic, der es zuwege gebracht hatte, und Digger war wiederum erstaunt von dem Talent, das er besaß – instinktiv steckte es in ihm –, zu bekommen, was er brauchte.

Er hatte begonnen, sich von Dingen zu lösen. Das war es, was Digger sah. Oder nicht direkt von Dingen, sondern von sich selbst. Und was das zur Folge hatte, war eine tiefere Einkehr in sich selbst. Wenn sie also jetzt miteinander sprachen, dann mit viel mehr Gelassenheit. Was sie herausfinden wollten, war nicht das Interesse an Unterschieden, die es ihnen erlaubt hatten, sich mit dem, was sie voneinander wußten, gegenseitig in Erstaunen zu versetzen, sondern was sie gemeinsam hatten.

Vieles von dieser neuen Art der Unterhaltung bezog sich auf die Jahre, die sie *da draußen* zugebracht hatten. Dreieinhalb Jahre, um genau zu sein. Vor dreißig Jahren.

Vic quoll über von Fragen; zurückhaltenden bisweilen, als ob es ihm ein bißchen peinlich war, sie stellen zu müssen. Schließlich handelte es sich ja um sein Leben.

Diggers Gedächtnis war außergewöhnlich, das wußte er; aber gleichermaßen war er erstaunt, in welch gewaltigem Ausmaß Vic die Erinnerung an jenen Zeitabschnitt verloren beziehungsweise unterdrückt oder sausen lassen hatte.

Die Erregung dabei war immer noch stark. Es war eine Bitterkeit in ihm, an der er immer noch zu kauen hatte, was bei Digger nicht der Fall war. Für Digger war es eine Zeit seines Lebens unter anderen gewesen; eine Zeit einfach, die schwere Pflichten auf ihn geladen hatte, aber solche, die jetzt zu tief in seiner Natur verwurzelt waren, um sie zu bedauern. Er nahm sie an. Er beklagte sich nicht.

Für Vic war die Ungerechtigkeit, die ihm angetan worden war, absolut, eine Sache, die er nicht verwinden konnte. Eine Möglichkeit war da in ihm getötet worden, und obschon er andere gefunden und aus ihnen gemacht hatte, was er konnte – so war er nun eben; das war seine Natur, sein Charakter –, jene andere Möglichkeit, die, die ihm ausgehungert und ausgetrieben worden war, erschien ihm besonders kostbar. Sie gehörte zu seiner Jugend, zu einem besseren und unschuldigeren Selbst als demjenigen, das ihm geblieben war, als er zurückkam.

Verzeihen konnte er das nicht. Immer noch steckte der Schmerz davon in ihm. Nur hatte er jede Erinnerung an *Details* absichtlich getilgt, und nun wollte er sie wiederfinden: einzelne, kurze Augenblicke seines Lebens, zu denen ihn nur Digger führen konnte. Gegebenheiten, Ereignisse, Männer – ihre Namen, wie sie ausgesehen hatten, was mit ihnen geschehen war.

Digger hielt diese Gespräche teilweise für gefährlich. Nicht für sich – er hatte dreißig Jahre lang täglich mit ihnen gelebt; in jede Faser seiner Existenz waren sie gewoben, in die verworrenen Linien dessen, was ihn hier band und in die Zukunft hinausführte. Aber für Vic waren sie etwas anderes, diese Details. Sie stellten das dar, womit er den Kontakt abgebrochen hatte. Und womöglich hatte die Fähigkeit zu überleben, in seinem Falle, davon abgehangen – diese Art Unterschied zwischen ihnen kalkulierte Digger ein. Sich jetzt zum Führer zu machen, der ihn in die unmittelbare Gegenwart dessen zurückführte, war keine Angelegenheit, bei der Digger sich wohl fühlte.

Was ihn störte, war die Art und Weise, wie es auch ihn zurückbrachte. Es war ein ganz schöner Unterschied, eine Sache aus einem anderen und um so alltäglicheren Grund durchzugehen als bloß so in den eigenen Gedanken.

Kurz aufschauend, eine Art Schmerz hinter den Augen, der ihn etwas benommen machte, würde er hinter das Gesicht dieses Mannes von fünfzig, einundfünfzig, dreiundfünfzig, das er so gut kannte, sehen – hinter die Linien, die wie ein Netz über seine Züge geworfen waren und die Haut aufbrachen, und hinter die gegerbte Haut mit ihrem Adernetz –, ein Blick, der, vor all diesen Jahren, sein erster echter Einblick in diesen Mann gewesen war, in den, der, ob er es wollte oder nicht, für ihn die gegenseitige Zuneigung begründet hatte und den Beginn einer Verantwortung, die er bereits damals weit in die Zukunft hatte reichen sehen, bis zu dem Augenblick, in dem sie sich jetzt befanden: dieser offene, schuldig-unschuldige, animalische Blick eines Zwanzigjährigen, den er beim Essen seines Reises ertappt und der ihm damit eine Art Klugheit vorgeführt hatte, auf die er selbst nicht gekommen wäre. »Vertraue mir!« hatte dieser Blick bedeutet, genau zu dem Zeitpunkt, als er ihm das Essen vom Munde wegstahl.

Es hatte immer noch die Kraft, ihn zu erschüttern. Er spürte ein Zittern in sich, das, nach so langer Zeit, die letzte Spur von Fieber sein mochte – ob man wohl jemals, wenn man einmal davon betroffen ist, wieder davon loskommen mag? –, was aber in Wirklichkeit, das wußte er, ganz und gar nichts Körperliches war, sondern eine andere Form von Emotion. Er war nie sehr gut darin gewesen (das war noch eines seiner Defizite), das eine und das andere auseinanderzuhalten.

14

Digger fuhr nicht mehr in die Stadt. Er brachte es nicht fertig. Die Stadt, das waren seine Donnerstage mit Iris gewesen. Hinzufahren, am Zentralbahnhof auszusteigen und zu wissen, daß er sich in einer Stadt mit drei Millionen Einwohnern befand, zu denen sie nicht mehr gehörte, machte Sydney für ihn zu einem fremden Ort. Dort konnte er nicht atmen, jedenfalls hatte er dieses Gefühl.

So war es am Anfang. Später, als sein Schmerz nachließ, wie das im Laufe der Zeit geschah, und er die Sache mehr verstandesmäßig betrachtete, wie war es dann? Er hätte bei einem der Jungen übernachten können, willkommen wäre er auf jeden Fall gewesen. Auch um Ellies willen hätte er gehen können. Aber er tat es nicht. Erst nachdem Iris nicht mehr da war, hatte er erkannt, daß seine kleinen morgendlichen Vergnügen nur solche gewesen waren, weil er an ihrem Ende die Straßenbahn (später war es der Bus) nach Bondi Junction nahm. Ihre Gegenwart hatte für alles andere garantiert, sogar für die Stadt selbst, alle diese Millionen; auch für seine eigene Gegenwart, zumindest an diesem Ort. Erst viel später, als die Kinder schrieben und anfragten, warum er sie nicht mehr besuchte, begann er wieder, ab und zu hinzufahren, »um zu sehen, wie sie heranwuchsen«, und um mit ihnen in den Cooper-Park zu gehen.

Bei der Trauerfeier in der kleinen Kapelle sprach der Prediger, der Iris nicht persönlich gekannt hatte, von ihrem einfachen Tod (mitten im Schlaf hatte er sie überrascht), von ihrer langen Witwenschaft, von ihrem Mann, dem Vater der Jungen, dessen Name sie immer noch trug und der vor so vielen Jahren auf den Inseln verschollen war.

Digger mußte es hinnehmen, daß alle ihre Jahre miteinander, ihre ganze Zuneigung und so viele Ereignisse übergangen wurden; aber der Tod, das wußte er, ist eine offizielle Angelegenheit, und so auch die Trauerfeierlichkeiten, und daher gab es keine öffentliche Dokumentierung ihrer Jahre zusammen.

Begraben wurde sie unter dem Namen des Mannes, dem sie in einem Bereich ihres Lebens treu geblieben war, und obgleich es ihn ein wenig schmerzte, respektierte Digger das. Es gehörte zu den zwischen ihnen vereinbarten Dingen, und er hielt sich daran. Ein großer Teil seiner Zuneigung zu ihr, auch seiner Bewunderung, lag in ihrem Festhalten daran.

Neun Jahre war sie mit ihrem Mann zusammengewesen. Das war offiziell. Vierunddreißig ohne ihn. Zusammen waren das, wenn man sie überhaupt zusammenzählen konnte, dreiundvierzig. Und sechsundzwanzig war sie mit *ihm* zusammengewesen. Und wenn man die Jahre zählte, die er mit ihr geteilt hatte, bevor sie sich begegnet waren – nicht mit ihr direkt, sondern mit dem Schatten von ihr, in den sie gestiegen war –, neunundzwanzig.

Was hatten diese Rechnereien zu bedeuten? Digger kam sich seltsam vor, als einer der Hauptleidtragenden, aber anonym und inoffiziell, da in der Kirchenbank zu sitzen und mit Zahlen zu jonglieren, die eben nur Zahlen waren, wenn die Ereignisse jedes beliebigen Tages oder Augenblicks einmal entflammt und in nichts aufgelöst worden waren.

Die Jungen waren sehr nett zu ihm. Das war während der inoffiziellen Augenblicke, vorher und danach. Ellie und Vic waren auch da.

Er fuhr also nicht mehr in die Stadt, und es war inzwischen Jahre her, daß er Ellie gesehen hatte. Statt dessen hatten sie eine Korrespondenz aufgenommen.

Zunächst waren das bloß ein paar Zeilen gewesen – ein paar Postkarten von ihren Geschäftsreisen mit Vic, dann schließlich ganze Briefe.

Das waren, was Digger betraf, längere, als er je zuvor geschrieben hatte. Alles, was er fühlte, packte er hinein, und Ellie schrieb Dinge, die sie ihm, wie er glaubte, von Angesicht zu

Angesicht wahrscheinlich nie anvertraut hätte. Er war überrascht davon, was allein Worte vollbringen konnten, wenn man sich ihnen hingab; als ob sie, indem sie den Ausdruck dessen enthielten, was man fühlte, wüßten, was man sagen wollte, noch ehe man es tat, und die Struktur eines Satzes enthielt in sich, schon wenn man ihn begann, genau die Struktur dessen, was man zum Ausdruck bringen mußte; so wurde es ohne Verlegenheit gesagt und ohne die Angst, etwas Falsches oder zu viel zu sagen und mißverstanden zu werden.

Nach einiger Zeit hatten sie beide den Eindruck, daß ihre Korrespondenz schon ausreichend an sich war. Sich wieder zu begegnen würde sie von Intimität zu einer Höflichkeit zurückdrängen, die sie bedauern würden. Er hätte sie jedoch ganz gern wiedergesehen; hätte ihr ganz gern, wie sie es getan hatten, am Tisch gegenübergesessen und zugeschaut, wie sie mit den Händen agierte.

Einmal in der Woche setzte er sich hin und schrieb Ellie, wie er einmal in der Woche zu Iris nach Bondi Junction gefahren war, und wenn es auch nicht ganz dasselbe war, so steckte doch eine gewisse Fortsetzung in seiner Regelmäßigkeit.

Er schrieb von Iris. Schreiben bedeutete eine Möglichkeit, diesen Teil seines Lebens in sich lebendig zu erhalten – der in meister Hinsicht der glücklichste gewesen war; oder zumindest darin, indem die Worte alles wieder in Erinnerung brachten, Dimensionen zu entdecken, deren er sich im täglichen Geschehen nur schwach bewußt gewesen war. Er schrieb in leichter Stimmung. Sie besaßen kleine Schlüsselwörter und Beziehungspunkte, die aus der einen Sache stammten, die ihnen beiden vertraut war und auf die sie sich beziehen konnten, die Gedichte ihres Vaters. So traten in ihren Briefen auch die Gedichte ein neues Leben an. Einzelne Verse und Wendungen wirkten in das hinein, was sie zu sagen hatten, behielten ihre alten Bedeutungen bei, nahmen jedoch, während sie benutzt wurden, neue an, modifiziert und erhellt durch *ihre* jetzigen Gefühle.

Eines, worüber Ellie schrieb, war Greg. Er war mit dem Geld, das Pa ihm hinterlassen hatte, nach Europa gefahren, auf dem Landweg, über Indien und Afghanistan. Er war in Amsterdam gewesen, dann in Griechenland und schließlich wieder zu

Hause, allerdings in Melbourne. Sie wußte, wo er war, und blieb mit ihm in Kontakt.

So vergingen sechs, sieben Jahre, und Digger besaß einen ganz schönen Stoß Briefe. Er bewahrte sie in einer Schublade auf, und manchmal nahm er sie, wie er es seinerzeit mit Iris' Briefen an Mac getan hatte, heraus und las sie wieder. Das war recht unterhaltsam. Wenn er sie wieder weglegte, voll von Erinnerungen, die sie waren, an Iris und so vieles andere mehr, kleinen Sachen, die er Ellie mitzuteilen hatte, Wendungen aus den Gedichten, dachte er daran, wie angefüllt sein Leben doch gewesen war, und daß er ihr schrieb, weil sie und die ganze Angelegenheit des Schreibens an sie dazugehörte.

So viele Briefe. Sieben Jahre lang.

Er wußte nicht, als er das dachte, daß es noch so viele mehr werden würden. Bis es elf Jahre waren. Dann zwölf, dann dreizehn.

15

Zu seinem Fahrer, Brad, war Vic auf ungewöhnliche Weise gekommen.

Gelegentlich kehrte er, wenn er sein Büro für einen Spaziergang verließ, in ein kleines Café unter einer Arkade ein, wo er still und in seine Gedanken versunken dasitzen konnte.

Es war ein lebendiger Ort. Er war genauso belassen worden, wie er in den fünfziger Jahren war, als Espresso-Kaffee zum erstenmal aufgetaucht war und eine Gaggia-Maschine, die Dampf ausstieß, eine Ansicht der Bucht von Neapel und laminierte, nierenförmige Theken mit hohen Hockern das Versprechen boten, daß es zumindest irgendwo das *dolce vita* gab. Er mochte das Café, denn die einzigen Leute, die jetzt hierherkamen, waren müde aussehende Frauen nach dem Einkauf und ein paar ältere Männer mit trübem Blick, die lieber an solchen Orten waren, wo sie nicht von zu viel Stil eingeschüchtert wurden.

Die Hälfte von ihnen sah wie Tramps aus oder beinahe so. Sie taten sich drei, vier Löffel Zucker in den Kaffee und schlürften ihn dann geräuschvoll, ohne sich zu blamieren. Vic setzte sich in eine Ecke, wo er sich ungesehen glaubte, obgleich seine teuren Kleider ihn in Wirklichkeit sehr verdächtig erscheinen ließen. Das Nichtgesehenwerden war in seinem Kopf, doch es übertrug sich auf die Leute, und so kam ihm selten jemand nahe.

Eines Tages kam der alte Bursche hinter der Theke, der von Zeit zu Zeit auftauchte, um die Tische mit einem feuchten Lappen abzuwischen, hemdsärmelig und mit seiner Schürze herüber und sprach ihn an. Er war Mitte Sechzig, ein rauh aussehender Bursche mit schneeweißem Haar.

»Sie erkennen mich nicht, stimmt's?« fragte er, dabei hatte er ein Grinsen im Gesicht, das sehr jugendlich war. Da spürte Vic, daß er ihn kannte, wußte aber nicht, woher und wer er war.

»Felix«, sagte der alte Mann. »Ich habe mal bei Needham's gearbeitet. Früher. Auf den Lkws. Zusammen mit Alf Lees. Sie erinnern sich.«

Er tat es, und die Erinnerung war angenehm. Seit sie nach Turramurra gezogen waren, erschien ihm alles, was ihn an das alte Haus in Strathfield und die Fabrik erinnerte, entzückend. Ohne darauf zu warten, daß er dazu eingeladen wurde, setzte sich der Mann ihm gegenüber hin – es war ohnehin sein Platz – und sagte: »Ich habe Sie gleich erkannt, als Sie hereinkamen.«

Er rückte die zwei Soßenflaschen sowie den Pfeffer- und den Salzstreuer zurecht in eine Reihe.

»Ich möchte Sie um einen Gefallen bitten«, sagte er. »Ich habe einen Jungen, einen guten Kerl, wirklich – ich meine, er ist ehrlich –, doch ihn hat es aus der rechten Bahn geworfen. Seine Mutter macht sich große Sorgen um ihn. Ich habe mich gefragt, ob – wissen Sie, mit Ihren Verbindungen – ob Sie vielleicht etwas für ihn tun könnten. Ich weiß, es ist viel, worum ich bitte.« Das waren mehr Wörter, wie man sehen konnte, als er auf einmal zu finden gewohnt war.

Vic war von seiner Direktheit beeindruckt. Er war ganz und gar nicht unterwürfig. Er sprach wie von Mann zu Mann, sah eine Gleichheit zwischen ihnen als selbstverständlich an, abgesehen von ein paar Millionen Dollar, die Vic gern akzeptierte. Er sprach auch als Vater, und auch das rührte ihn. So hatte er den Jungen als Fahrer eingestellt.

Er mochte ihn nicht besonders. Er war ein junger Mann, der

sehr viel von sich hielt. Immerzu warf er Blicke in den Rückspiegel, um sich selbst zu betrachten, und was er sah, war ihm ein Vergnügen. Er war auch nicht gerade eine Leuchte, doch das wußte er nicht. Er redete zu viel, und das meiste davon war Blödsinn. Doch Vic mochte den Vater, Felix, sehr, und wenn er nun seinen Kaffee trinken ging, verließ der Mann die Theke, brachte sich auch eine Tasse mit, und dann saßen sie eine Weile zusammen und plauderten.

Er war ein bedauernswerter Bursche. Bei einem großen Fuhrunternehmen war er gefahren, nachdem er die Fabrik verlassen hatte, hatte sich jedoch den Rücken kaputtgemacht – darum hatte er auch nicht am Krieg teilgenommen. Danach hatte er einen Zeitungsstand nach Lidcombe zu; dann, als er in den Ruhestand getreten war, hatte er sein Geld in dieses Café gesteckt. Geheiratet hatte er erst spät. Und sie hatten nur diesen einen Jungen.

»Ich habe es eigentlich ganz schön geschafft«, sagte er, und wie man sehen konnte, kam es ihm gar nicht in den Sinn, daß der Mann, mit dem er sprach, es noch soviel besser geschafft hatte. Sie gingen recht ungezwungen miteinander um. Vic spürte, daß er sich, indem er sich mit Felix unterhielt, und obwohl der Gegenstand nicht erwähnt wurde, ein wenig von dem erleichterte, was er über Greg nicht sagen konnte. Das Band zwischen ihnen war dieses stets schwierige Thema von Vätern und Söhnen, obgleich es eigentlich nie richtig herauskam, daß er einen hatte.

Was Vic gegen Brad hatte, war, daß er nichts von der Reinheit und Empfindsamkeit seines Vaters besaß. In seiner hohlköpfigen, von sich eingenommenen Art bildete er sich auf Vics Bekanntschaft mit seinem Vater etwas ein und berief sich mitunter in einer Art darauf, die ganz und gar fehl am Platze war und die Vic für aufdringlich hielt, wenn er auch aus Zuneigung zum Vater nichts erwähnte.

Für einen Chauffeur hatte er nur wenig Verwendung, da er es vorzog, außer zu besonderen Gelegenheiten, ein kleineres Auto zu nehmen. Meistens war es Alex, für den Brad fuhr. Alex fand es schön, im Auto zu arbeiten, und Brad, der gern in Erscheinung trat, hatte das Gefühl, daß das auch ihm eine gewisse Wichtigkeit verlieh – es war, wie im Film zu sein –, jemanden hinter sich zu haben, der von einem Diktiergerät Gebrauch machte und telefonierte; obgleich natürlich Vic der Boß war.

Vic bediente sich Brads und des großen Autos, als er sich eines Nachmittags am »Kreuz« befand. Er hatte sich um Besucher zu kümmern, zwei Japaner, mit denen er gerade einen beachtlichen Vertrag unterschrieben hatte, und einen Schweden. In einem guten italienischen Lokal in Darlinghurst hatten sie gegessen und einen ordentlichen Tropfen getrunken, und diese Besucher, besonders einer der beiden Japaner, hatten von dem »Kreuz« gehört und wollten es besichtigen – obwohl, wie Vic sie warnte, nachmittags um drei nicht viel zu sehen sein würde. Zu Brad sagte er, er könne einen Spaziergang machen – sagen wir, von einer halben Stunde –, sie ließen das Auto in der Kellett Street und schlenderten im Sonnenschein zu einem Straßencafé.

Er mochte das »Kreuz« nicht und kam, außer bei solchen Gelegenheiten wie dieser, nie dahin. Seine jüngste Funktion, als Spielplatz für amerikanische Militärangehörige auf Erholungsurlaub aus Vietnam, hatte sich mit dem Ende des Krieges erübrigt, doch die Schäbigkeit und der freudlose Opportunismus jener Zeit hatten einen Maßstab gesetzt, und das »Kreuz« wurde ihm immer noch gerecht. Die Jungen, die in ihren frisch gewaschenen und gebügelten Hawaiihemden hereinkamen, hatten immer noch den Geruch von Frontangst an sich.

Die Kerle waren jetzt Einheimische, Burschen, die aus den Vororten hereingekommen waren, Fußballmannschaften aus anderen Bundesstaaten; oder sie waren Touristen, wie die Japaner, die sehen wollten, was das Land außer Weizen, Wolle, Bodenschätzen und ein paar Naturphänomenen, die für einen Teil der Bevölkerung heilige Stätten und für den Rest, wenn sie überhaupt an sie dachten, eine Art geologisches Disneyland waren, noch zu bieten hatte.

Der Krieg war vorüber, aber der »Silver Dollar« und die »Texas Tavern« existierten noch. So auch die Striplokale, die Pornokinos, die Flipperpassagen, die Schnellimbißlokale, die Wahrsagerinnen mit ihren kleinen samtbezogenen Tischen und Tarotkarten; und an jeder Ecke die Bummler, die Gaffer, die Dealer mit dieser oder jener Droge – und nur ein kleines Stück weiter, in einer Gasse voller Abfall, bloß einige davon in Plastiktüten gesteckt: die verdammten Injektionsspritzen sowie anderes Beweismaterial und gelegentlich auch Leichen. Und auf den Straßen hier am hellichten Tag die Leichtverwundeten, Mädchen in Stiefeln und Strumpfhosen, manche von ihnen waren schon lange keine Mädchen mehr und einige andere nicht *ganz* Mädchen, und in dem Park um den Springbrunnen oder in der Bar im »Rex« die jungen Kerle in T-Shirts und Fallschirmspringerhosen.

Es war alles viel verwahrloster als einst. Die großen Bosse, die davon lebten, sah man nicht. Sie waren, wenn die Zeitungen recht hatten, einige von Vics Geschäftsfreunden – sie ließen sich hier nicht blicken. Aber ihre Agenten waren allgegenwärtig, lungerten herum, und der ganze Ort hatte eine bombastische, teils unschuldige, teils verdorbene Atmosphäre, als ob selbst die Verderbnis ein Betrug wäre, nur dazu da, zu täuschen und zu erregen, obgleich auch das ein Betrug war.

Es gab Verderbnis, nun gut. Etwas von dem, was jene Jungen in den Köpfen hatten, die hier abgesetzt worden waren, um für ein paar Tage das Gemetzel und ihre panische Angst zu vergessen, war durchgesickert und hatte alles infiziert, so daß man hier die Nähe des Todes, wenn man eine Nase dafür hatte, viel stärker spüren konnte als in jedem anderen Teil der Stadt. Hier war es billig, gewöhnlich: Und auch das, ob es ihnen bewußt war oder nicht, zog die Leute an.

Die Menschenmassen kamen, um für ein Weilchen eine Monstrositätenschau zu erleben, um, wenn auch nur für wenige Augenblicke und zum entsprechenden Preis, bei etwas Verbotenem und Gefährlichem dabeizusein; zu sehen, wie Deals getätigt wurden, während die Kugeln in den Flipperautomaten umhersprangen und kleine Lichter aufleuchten ließen und Zahlen herausbrachten; den Erweckungspredigern zuzuhören, die Bestrafung oder sofortige Reinigung und Heilung versprachen, und zuzusehen, wie sich Lammkebab im eigenen Fett auf einem Spieß drehte und Jungen mit mehligen Unterarmen und schmutzigen weißen Mützen auf dem Kopf hinter beschlagenen Fenstern Pizzateig kneteten.

Sie setzten sich an einen Tisch draußen und bestellten Kaffee. Die Augen der Besucher waren überall.

Die Straße ein Stück weiter gab es einigen Aufruhr. Ein recht abgerissen aussehender junger Mann mit um die Ohren geschorenem Kopf und nach oben stehendem Haar wie ein Irokese, in schweren Stiefeln und einem T-Shirt sowie Hosenträgern und mit einem schwarzweißen Terrier bei sich, trampelte auf dem Gehsteig herum und spielte Mundharmonika. Der kleine Hund tanzte ihm um die Beine und jaulte. Das Mädchen von dem Kerl saß, mit ausgestreckten Beinen und den Kopf an die Wand gelehnt, auf dem schmutzigen Bürgersteig.

Drei junge Männer in Lederjacken pöbelten die beiden an. Der kleine Hund schnappte nach ihren Füßen, und sie traten nach ihm. Der Bursche mit der Mundharmonika, der fingerlose Handschuhe trug, wandte wie ein Kind den Kopf zur Seite, nach dem Prinzip, daß die Quälgeister nicht da waren, wenn er sie nicht ansah.

Auf dem Boden lag eine Mütze mit ein paar Geldstücken drin, und einer von den Flegeln beugte sich hinunter, nahm eine Handvoll Münzen aus der Mütze, wendete sie in den Händen hin und her und verteilte sie lachend an seine Kumpel.

Das Mädchen beschimpfte sie, und da der junge Mann mit der Mundharmonika nichts unternahm, sondern einfach weiterspielte, fing sie an, mit den Fäusten auf seine Beine einzutrommeln. Da blieben die Jugendlichen, die inzwischen weitergegangen waren, stehen und drehten sich um, um sich an dem Schauspiel zu weiden, der Mundharmonikaspieler spielte, das Mädchen hämmerte auf ihn ein. Sie lachten. Der kleine Hund rannte ihnen nach, blieb jedoch stehen, als sie ihm drohten, und bellte. Der junge Mann und das Mädchen stritten sich eine Weile, dann zog sie sich wieder an die Wand zurück, und er begann in seinen schweren Stiefeln zu tanzen, wobei er jetzt eine Gigue spielte, sehr wild und schrill, und den Passanten zunickte und mit Zeichen bedeutete mitzumachen. Sie wichen jedoch zurück. Schließlich hörte er auf zu spielen, bückte sich, hob die Mütze auf, leerte sie in die Hand, setzte sie auf und rief den Hund, der angerannt kam. Das Mädchen, das mit den Hosenbeinen auf dem schmutzigen Bürgersteig herumgewischt hatte, stand auf, und sie gingen weiter, direkt in die Richtung, wo Vic mit seinen Gästen saß.

Da erkannte Vic, wer das war.

Seit mehr als sieben Jahren hatte er ihn nicht mehr gesehen.

Ziemlich ramponiert sah er aus. Das Haar hatte er gebleicht, und er trug einen Ohrring. Die Hosenträger und die Stiefel, aber auch etwas in seiner nervösen Schulterhaltung ließen ihn wie einen Sechsjährigen aussehen, der unter den Händen eines verrückt gewordenen und brutalen Erwachsenen zu leiden gehabt hatte. Als er bis an ihren Tisch herangekommen war, blieb er plötzlich stehen und grinste nach einem Augenblick ziemlich albern und boshaft, und Vic sah, daß ihm die vorderen Zähne ausgeschlagen waren. Er kam direkt auf sie zu und hielt ihnen die Mütze hin.

Die Hand in dem fingerlosen Handschuh war dreckig. Sein Unterarm, der nackt war, sah aus wie der Bauch eines Fischs, bläulichweiß. Das Mädchen hinter ihm kam einhergetorkelt, mit wackelndem Kopf und die Augen geschlossen. Der kleine, schwarzweiße Terrier sprang herum.

Die Besucher kramten etwas Kleingeld aus den Taschen. Der Schwede, der sehr aristokratisch und heikel war, versuchte, diese Manifestation lokaler Verwahrlosung zu ignorieren. Er war, wie man deutlich sehen konnte, empört und hatte gleichzeitig auch ein bißchen Angst. Er konnte sich nicht erklären, was hier vor sich ging, an einem Ort, wo betteln, wie er geglaubt hatte, unbekannt war.

Die Japaner grinsten. Sie amüsierten sich. Einer von ihnen tat cinc Fünf-Dollar-Note in die Mütze, und Greg tippte in verächtlichem Salut mit dem Finger an die Schläfe.

Vic hatte sich nicht gerührt. Vor diesen Männern fühlte er sich nicht gedemütigt oder beschämt. Sie bedeuteten ihm nichts. Was er fühlte, war brennende Wut, vor allem gegenüber dem Schweden. Gegenüber dem echten Widerwillen, mit dem er eine Münze in die Mütze fallen ließ, als ob diese mitsamt dem Arm, der sie hielt, aus dem Nichts aufgetaucht wäre, und was sich dahinter befinden mochte, unterhalb dessen lag, dem er Beachtung schenkte.

Der Junge war unverfroren. Angesichts seines zerstreuten Grinsens und der kindischen, kurzen, ruckartigen Bewegungen, die er mit dem Kopf vollführte, schien er keinerlei Verantwortung dafür zu übernehmen, was da vor sich ging, sich aber auch nicht dagegen zu wehren. Die Bewegung steckte so leicht in ihm, daß er gewichtslos zu sein schien, und Vic sah ihn wieder tanzen, auf dem Bürgersteig herumtrampeln wie eine Marionette, aber eine, die an keinen Fäden hing, mit nichts verbunden war.

»Aber er ist ja mit *mir* verbunden«, dachte er und verspürte plötzlich den Drang aufzustehen und es laut zu sagen, geradeheraus zu verkünden, einfach so, in aller Würde, deren er fähig war, wenn jedoch gar keine zu erzielen sein sollte, dann machte es auch nichts. Ganz offen zu sagen, mit einem Herzen, das zu verwirrt war, um sich noch länger in Stolz zu flüchten, was er sich selbst bereits sagte: »Das ist es, wovor ich mich so sehr gefürchtet hatte, von dem ich wußte, daß es kommen würde, und keine Macht besaß, es abzuwenden. Nun ist es da.«

Strahlender Sonnenschein spielte auf der Tischplatte und um die Ränder der Gläser, berührte die Häuserecken, schwamm in Fenstern, erhellte die höchsten Blätter der umstehenden Bäume. Es war fünfzehn Uhr, und es war kein Traum.

Er sagte nichts. Ohne aufzuschauen, zog er seine Brieftasche und öffnete sie, wobei die anderen ebenso verständnislos zusahen wie vorher; der Bettler oder Straßenmusikant, oder was er sonst sein mochte, griff zu und nahm sie ihm aus der Hand: schlug sie auf, nahm ein paar Scheine heraus – Zwanziger mochten es sein, nein, Fünfziger! – und warf sie dann, wieder mit einem Lachen, zurück.

Keine fünfzig Meter war das Polizeirevier entfernt. Es war erstaunlich.

Vic blickte nicht ein einziges Mal hoch. Was er nicht hätte ertragen können, aber recht deutlich vor sich sah, war der Ausdruck im Gesicht des Jungen. Des *Jungen* – aber er war ja schon über dreißig. Herausfordernd würde er sein, aber auf unbestimmte, ängstliche Weise, als ob er selbst herausgefordert würde von einem Burschen da drinnen, auf den er achtgeben müßte – demjenigen, der hoch auf dem saß, was seine Augen so eisigblau, aber in sich gekehrt machten und ein Lächeln um die Mundwinkel spielen ließ.

Einen Augenblick stand er so da, sah zufrieden mit sich aus und fingerte an den Geldscheinen herum. Seine Selbstsicherheit verlierend, drehte er sich dann um, ergriff das Mädchen, das auf dem Bürgersteig herumschwankte, und zerrte sie fort.

Die anderen starrten ihnen nach. Sie konnten nicht erkennen, was das alles zu bedeuten hatte, welch peinliche Intimität oder seltsames einheimisches Verhalten sich vor ihnen abgespielt hatte, und Vic scherte sich nicht darum, ihnen eine Erklärung zu geben. Überhaupt scherte er sich nicht um sie. Er erhob sich, nahm die Rechnung und zahlte drinnen an der Theke, und sie mußten hinter ihm hertrotten.

Sie fanden das Auto. Der Chauffeur ging mit einer Eistüte in der Hand auf dem Bürgersteig auf und ab und hatte ein wachsames Auge darauf. Hier oben wartete er gern – da konnte er richtig Eindruck machen.

Er erfaßte sofort, daß etwas schiefgelaufen war. Nachdem er den Schweden abgesetzt hatte und dann die beiden Japaner, warf er forschende Blicke in den Rückspiegel, diesmal an seinem eigenen Spiegelbild vorbei. Vic, der alte Geschäftsmann (wie er ihn nannte, wenn er vor seinen Kumpeln angab), war in eine Ecke gerutscht und lehnte am Fenster. Er sah aus, als ob ihn jemand k.o. geschlagen hätte. Brad drehte den Kopf, so daß der alte Knabe etwas mehr sehen konnte als nur sein Genick. Das war eine Art Frage.

Dann kehrte er in die Wirklichkeit zurück und wollte an einen Ort gefahren werden, zu dem Brad ihn noch nie gebracht hatte, über Ku-ring-gai Chase hinaus nach Hawkesbury und noch ein Stück, zu einer Art Laden am Fluß, wo er eine Ewigkeit rumsitzen und ungeduldig warten mußte und eine verrückte Alte, die so gut wie keine Haare mehr hatte, ihn zu einer Tasse Tee einlud und dann mitten aus heiterem Himmel sich aufzuspielen begann und grob zu ihm wurde.

16

Jetzt befanden sie sich in den Jahren des *echten* Booms. Damit verglichen, war alles Vorherige nichts gewesen. Was erst in Millionen bemessen wurde, mußte jetzt in Hunderten von Millionen bemessen werden. So etwas hatte noch niemand erlebt.

Wenn Jenny Vic jetzt im Fernsehen sah, saß sie mürrisch und schweigend da.

Was sie beunruhigte, war nicht er – ihn *kannte* sie. Sie wußte nicht, was er *tat,* oder überhaupt mehr, als sie schon immer gewußt hatte, aber sie war mit ihm in demselben Raum gewesen, ihrer Küche, und hatte gesehen, wie er seinen Tee trank und ein Plätzchen aß und wie die Haut auf seinen Handrücken faltig wurde. Sie wußte auch, wie er roch. Das war es nicht, was sie beunruhigte. Was sie nicht begriff, war, was er in der Welt des Fernsehens zu schaffen hatte, den Nachrichten und so. Wie war er da hineingekommen? Sie wußte, wie er zur Fährstelle gelangt war. Durch Digger. Aber das Fernsehen war etwas anderes.

In dem Augenblick, in dem sein Name genannt wurde und sein Gesicht in dem erleuchteten Fenster da erschien, lächelnd, sicher, mit seinen gestreiften Hemden und geschniegeltem Haar und das Gesicht dermaßen gebräunt und lebensecht, verlor die ganze Sache für sie ihre Glaubwürdigkeit. Sie konnte dem einfach nicht zuhören, was da gesagt wurde, oder etwas davon glauben. Die Nachrichten! Sie wurde mürrisch und begann in Gedanken zu zählen – eins, zwei, drei, vier –, bis er wieder verschwand.

Vic hatte stets alles in eigener Regie entschieden. Seinen ganzen Erfolg hatte er durch seine Bereitschaft erzielt, die Verantwortung für das zu übernehmen, was er tat, verschwiegen zu sein, die Risiken zu tragen und die Nerven zu bewahren. Ma war seine einzige Vertraute gewesen. Sie war es immer noch. Er erzählte ihr alles, was sie wissen wollte, sie brauchte nur zu fragen. Alex teilte er so wenig wie möglich mit.

Für Alex hatte er sich entschieden, weil der zur Familie gehörte und weil er verbissen festgestellt hatte, daß die Eigenschaften, die Alex besaß, genau die waren, die ihm fehlten. Das waren Eigenschaften, für die er keine Zeit hatte – sie hatten alle zu tun mit Vorsicht, Beratung, Buchhaltung, Rechenschaftspflicht –, die aber das waren, was die Zeit, wie es schien, erforderte. Er hatte Alex außerdem genommen, weil er dachte, er würde, da er zur Familie gehörte, eine Art Vormachtstellung über ihn haben.

Darin hatte er sich geirrt. Alex war stur. Er hielt an dem Kodex, nach dem er lebte, mit einem Fanatismus fest, den Vic weder ignorieren noch billigen konnte.

Alex war der geborene Unternehmer. Gewissenhaftigkeit war

sein Evangelium. Wenn er sprach, dann mit sämtlichen Fakten bei der Hand und stets mit der Billigung einer Kommission, mit der er jedes einzelne Detail durchgegangen war. Vic konnte er nicht verstehen. Oder vielmehr, er konnte ihn verstehen, aber nicht mit ihm arbeiten.

»Er ist ein Dinosaurier«, beklagte er sich gegenüber den paar Leuten, bei denen er sicher war, daß sie es nicht weitertrugen. »In den alten Zeiten war das in Ordnung. Damals war es ein offenes Gerangel. So war Hicksville. Er konnte eine Einmannshow sein und damit zu Rande kommen. Er war brillant, das gebe ich zu. Aber wir befinden uns jetzt in einer neuen Phase. Es ist alles viel komplizierter. Das würde er nie anerkennen. Wie ein Habicht muß ich auf ihn aufpassen. Ihr könnt euch nicht vorstellen, auf was für Tricks er kommt.«

»Worüber regt ihr euch denn auf?« argumentierte Vic, wenn ein Programm, mit dem er sich beschäftigt hatte, schließlich zur Sprache kam und seine Handschrift erkennen ließ. »Wir haben doch Geld damit verdient, nicht wahr? Habe ich jemals etwas unternommen, das ein Verlust gewesen wäre? Wie war es mit dem Riverdale-Geschäft? Wer hatte uns denn da hineingestürzt?«

Er wußte, daß Alex auf ihn aufpaßte, daß man ihm seinen Willen ließ – eigentlich von oben herab behandelte – und daß Alex einen harten Kern von Anhängern hatte, Burschen, die, von *seinen* Gedanken erfüllt, entschlossen waren, ihm Einhalt zu gebieten und einen Strich durch die Rechnung zu machen und ihn eines Tages aus dem Geschäft zu drängen. Er gab auf sie acht und begann nach einiger Zeit, auch außerhalb aufzupassen. Er hatte eine Nase dafür, für etwas, das nicht in Ordnung war; einen sechsten Sinn, der ihn warnte, wenn ihm jemand im Nakken saß. Er hatte das Spiel selbst gespielt und kannte dessen Merkmale. Wenn er sich sicher war, was geschah, dann unternahm er etwas, sprach aber mit niemandem darüber, handelte, wie er es immer getan hatte, allein. Wenn Alex drin war, dann wurde er hereingelegt und bloßgestellt. Wenn nicht, dann war er erfreut, nicht wahr? – auch erstaunt –, daß die Sache erkannt und vorweggenommen worden war.

Das war sein großes Spiel. Das brauchte er. Er brauchte die Erregung und die Gelegenheit, die es bot, ein für allemal zu zeigen, was er wert war. Wenn alles soweit war, fest arrangiert und im Begriff anzulaufen, ließ er seine Hände ruhen und beobachtete ihre Gesichter.

Natürlich hatte er auch seine Berater; die brauchte man in diesen Tagen. Aber auch die ließ er im dunkeln. Es wäre gut gewesen, dachte er, es mit Ma durchzugehen. Er hatte nicht die Absicht, ihr etwas vorzumachen. Aber Ma war fast neunzig; immer noch klar im Kopf, aber wieder von Ängsten geplagt, von denen er fürchtete, daß sie sich auf ihn übertrugen.

Der einzige Mensch, zu dem er offen sein konnte, war Digger, das mußte er ihm lassen; und der Vorteil von Digger lag darin, daß er keine Einwände hatte. Er mochte schon welche gehabt haben. Gewiß gab es Zeiten, da er recht zweifelnd dreinschaute. Aber Digger war hierbei außerhalb seines Elements. Er verstand nicht die Gefahr, die Schönheit der Sache.

So fuhr er, obgleich er sich bemühte wegzubleiben, wenn die Sache ihren Höhepunkt erreichte, immer wieder zur Fährstelle hinaus, begierig darauf, jemanden zu haben, der zuhörte, während er noch einmal alle Details durchging. Die Sache war hieb- und stichfest. Darüber bestand kein Zweifel. Jede Eventualität hatte er in Betracht gezogen. Aber er mußte sie in Aktion reden, sie am Laufen halten, wo er jede einzelne Bewegung davon am besten kontrollieren konnte: in seinem Kopf.

Digger hatte ein paar Dinge, über die er nachdachte, begriffen. Sie waren nur so flüchtig aufgekommen, aber auf eine Weise, die sein Ohr aufhorchen ließ. Eins davon hatte damit zu tun, daß der Markt »nervös« war. Das Wort beeindruckte ihn, weil es ihm schon in Verbindung mit Vic in den Sinn gekommen war.

Er redete viel davon, wie gelassen er wäre. Er rühmte sich dessen. Digger sah jedoch, daß er erhitzt war, und er konnte nicht beurteilen, denn er hatte ihn bis jetzt noch nie unter Umständen wie diesen gesehen, ob das normal war oder nicht, ob das als Nebenprodukt dessen anzusehen war, was ihn gelassen hielt. Gern hätte er mit jemandem darüber gesprochen, mit Ellie zum Beispiel; sie würde es wissen. Doch die Verschwiegenheit, die Vic forderte, hielt ihn davon ab.

Das Geheime an einer Sache war ihm eine Qual. Er fragte sich, wie notwendig es war, außerhalb Vics Bedürfnis, es herauszustellen. Es hatte den Effekt, sie noch enger miteinander zu verbinden, wie Verschworene, aber auf einem Gebiet, auf dem nur Vic die Regeln kannte. Er schluckte seine Zweifel hinunter, aus Furcht, wenn so vieles von festem Vertrauen abhing, daß er, wenn er sie laut aussprach, genau die Sache herausbringen könnte, die er verhüten wollte – das Durcheinanderbringen einer Balance in Vic, die ihn aus dem Konzept bringen würde.

»Was geht hier vor?« lamentierte Jenny. »Wieso kommt der dauernd hierher? Was *will* der überhaupt? Und erzähl mir ja nichts wieder, ich glaub's sowieso nich!«

17

Vic rührte sich und wurde wach. Der Ruck, den er gespürt hatte, hatte in seinem Schlaf stattgefunden. Vor gerade mal einem Atemzug muß er schwerelos gewesen sein. Jetzt kam er zur Erde, aber das Gefühl der Fremdheit, das er spürte, der Entfremdung gar, war das, in einem Körper zu sein, der nicht sein eigener war. Als er seine Hand hob, schien sie weiter weg zu sein und hatte ein neues Gewicht am Ende seines Arms, oder vielleicht war sie noch, wie man sagt, eingeschlafen. Er bewegte sie, um die Taubheit loszuwerden.

Er wußte ziemlich klar, wo er sich befand. Es war das Schlafzimmer in Turramurra. Doch wessen er sich hauptsächlich bewußt war, war nicht der Raum, in dem er sich befand, sondern der Raum, der innerhalb seiner selbst war. Echos kamen aus ihm herauf, und sie waren es, die ihm ein Gefühl dafür vermittelten, wie riesig er sein mochte. Etwas wie ein Stein war darin eine gewaltige Entfernung gefallen. Von da, wo er auf dem Boden aufschlug, war der Schall immer noch nach oben unterwegs, und er besaß die Kraft, die ungewöhnliche, zu einem Traum zu gehören, aber die Barriere, wie immer geartet sie auch sein mochte, zwischen Schlaf und Wachsein zu überwinden, so daß er ihn immer noch hören konnte.

Was *war* das alles? Auf der einen Seite das Gefühl, schwerelos aufzusteigen wie ein Vogel, und auf der anderen Seite das eines noch schnelleren Absinkens in die Gegenrichtung, ein langes Stürzen und der Luftzug um einen Stein.

Und wenn es kein Traum war, sondern eine rein physikalische Erscheinung, warum dann die ganze Angelegenheit von Schwerkraft und Steinen?

Er veränderte die Lage seines Körpers auf dem Bett und lag eine Weile mit offenen Augen und sehr reglos im Kopf da und schaute an die Decke. Einen Augenblick später war er eingeschlafen.

Doch während verschiedener Augenblicke im Laufe des Tages, der sonst ganz normal verlief, kam sein Traum, beziehungsweise die Empfindungen, die das umgaben, was immer darin geschehen war, immer wieder zu ihm zurück. Er konnte sie nicht abschütteln. Einmal war ganze Minuten lang ein Leuchten an den Rändern von allem, was er ansah oder berührte, selbst bei den alltäglichsten Dingen wie einer Kaffeemaschine oder einer Plastiktasse.

Es war das Licht aus seinem Traum, in das alles, wie er jetzt sah, einschließlich seines Körpers, getaucht worden war, in ein Phosphoreszieren, dessen Klebrigkeit die Schwere erklärte, die er in seinen Gliedern gespürt hatte und immer noch spürte, und auch all dieses Leuchten erklärte. Unangenehm war es ganz und gar nicht, aber es war fremd, und es hatte ihn verändert. Er spürte eine Empfindlichkeit in sich, die kindisch war, denn sie heftete sich an Dinge, für die so viel zu empfinden, für einen erwachsenen Mann albern war. Der Drehbleistift zum Beispiel, nach dem er griff und die Art, wie er in seine Hand paßte, die Sonnenringe, die von einem Wasserglas auf seinen Schreibtisch geworfen wurden. »Was geht hier vor?« fragte er sich.

Diese Augenblicke, die in Wellen kamen, waren Zustände höchster Glückseligkeit, aber von einer Art, die er bis dahin kaum gekannt hatte, und es gab auch, soweit er sehen konnte, keinen Grund dafür. Sie brachten eine Leichtigkeit des Herzens mit sich, die er mit Jugendlichkeit in Verbindung brachte, mit einer Vorstellung, die er einmal davon gehabt hatte, was es hieß, jung und verliebt zu sein.

Woher kam *das?* Es schien keine eigene Erinnerung zu sein. Es war ihm neu. Und doch steckte auch etwas von Nostalgie darin, als ob er in die Erinnerungen des Lebens eines anderen

Menschen eingedrungen und von diesen genauso bewegt wäre wie von den eigenen. Die Ausbrüche von Glückseligkeit kamen immer wieder und waren so unverbunden mit einem Grund, den er gekannt hätte, daß sie die Nachwirkungen einer Droge hätten sein können.

All das überraschte ihn, doch ihm gefiel diese Stimmung, und er gab sich ihr hin.

Er tat all die Dinge, die er sonst auch tat: ging die Börsenberichte durch, die über Nacht aus New York gekommen waren, dann die Preise in Hongkong und Tokio, dann die hiesigen. Alles war prima, hätte nicht besser sein können: Cavendish war gestiegen um zwei Cents, Cathedral fest, Randell's gestiegen um drei Cents. Es lief gut, besser als vorausgesagt.

Einige Zeit hatte er sich Sorgen gemacht, der Markt könnte verrückt spielen. Aber seine Berater, die alle sehr intelligente, mißtrauische Burschen waren, Statistikfreaks, alles andere als Träumer oder Woodoo-Händler, hatten ihm versichert, daß der Aufwärtstrend beständig war und anhalten würde. Sie waren Experten. Er bezahlte sie in Hunderttausendern für ihre Meinungen. Es war verrückt, das zu tun und nicht auf sie zu hören.

Es gab eine Zeit, eine Weile zurück, da folgte er seinen eigenen Ahnungen, die sich in seinen kleinen Nackenhärchen äußerten. Aber heutzutage waren die Marktkräfte zu komplex, als daß sie einer allein vollständig erfassen konnte. Selbst er mußte das zugeben. Was hier geschah, hing davon ab, was man in Tokio und New York machte. In jeder Hinsicht benötigte man Rat. Wenn es ihm auch gegen den Strich ging.

Die gute Sache war, daß es in drei, vier Tagen vorüber sein würde. Dann wären sie draußen.

Genau um elf, wie immer, rief er Alex an. Diese Konsultationen waren ein Ritual. Sie führten sie per Telefon, da sie auf diese Weise die kleinen Ausflüchte, die sie praktizierten, besser taxieren konnten.

Heute scherzte Vic, er war heiter gelaunt, und das ließ Alex auf der Hut sein. Mit ihm, Alex, war schwierig zu reden, es sei denn, man hielt sich an Zahlen, doch er hegte keinen Verdacht bezüglich dessen, was vor sich ging, dessen war er sich sicher. »Gib auf dich acht, Alex!« sagte er. Das war sein routinemäßiger Abschiedsgruß.

Um zwei verließ er das Büro, um etwas frische Luft zu schnappen, und fand zu seiner Überraschung, als er auf die Straße trat, daß sich seine Stimmung auf die ganze Stadt übertragen hatte, und er fragte sich, ob es nicht das gewesen sei, von dem sein Körper Wind bekommen hatte, eine meteorologische Erscheinung hoch oben in der Atmosphäre, der erste Hauch einer Luftströmung, die sich da zusammenzog und gerade erst begonnen hatte, über den Rand des Kontinents hereinzukommen.

Es war Mitte Oktober und mild. Die Mädchen gingen draußen in kurzärmeligen Kleidern, die jungen Burschen trugen die Jacken über die Schultern, Jogger waren unterwegs. Zitronengelber Sonnenschein ließ die Ränder von Gebäuden und niedrigen Mauern leuchten. Er hatte das Gefühl, sich nicht nur in tiefer Harmonie mit all dem zu befinden, sondern vielleicht sogar dafür verantwortlich zu sein. Er fühlte sich herrlich.

Er schaute bei Felix herein. Das hatte er jetzt schon eine ganze Weile nicht mehr getan. Sie tranken zusammen Kaffee und plauderten miteinander. Brad stand jetzt auf eigenen Füßen, und so war es leicht für den alten Mann, mit ihm zu prahlen. Und das tat er schüchtern. Brad war im Leihwagengeschäft tätig, war verheiratet, und es ging ihm gut.

Als Vic wieder ins Büro zurückkam, beschloß er, einfach so, Ellie anzurufen.

»Nein, nichts ist los«, sagte er, als sie schließlich von irgendwo weit draußen im Garten ans Telefon gekommen war. Er kam sich albern vor. Er wollte ihr einfach bloß sagen, wie glücklich er war, doch das konnte sie schon dem Klang seiner Stimme entnehmen. Es war albern, soviel Aufhebens davon zu machen. »Ich habe einfach bloß so angerufen«, erklärte er ihr, »das ist alles.«

Um drei rief er im Fuhrpark an und ließ sich sein Auto bringen. Er wollte hinausfahren und ein, zwei Stunden (er befand sich immer noch auf der Bahn, hatte er das Gefühl, auf die ihn sein Traum gesetzt hatte) mit Digger zusammensein, in Keen's Crossing.

Unmöglich zu sagen, wann, doch an irgendeiner Stelle auf der fünfzig Kilometer langen Fahrt verfinsterte sich sein Geist, und wie bei anderen Gelegenheiten gab sich das Hochgefühl, in dem er schwebte, als nichts weiter als nur eine Stimmung zu erkennen, ein geistiger oder körperlicher Zustand, der jetzt so schnell wieder vorüberging, wie er gekommen war, und auch ebenso unerklärlich. Sein Herz krampfte sich zusammen, bis der Schmerz in seiner Brust so heftig wurde und sein Arm so taub, daß er sich nicht länger zutraute, das Lenkrad zu halten. Er fuhr auf den unbefestigten Randstreifen, wollte sich einen Augenblick ausruhen, und dann wurde doch eine längere Pause im Busch daraus. In beinahe völliger Dunkelheit saß er über das Lenkrad gebeugt. »Ich sollte zurückfahren«, dachte er, öffnete die Wagentür und stieg aus.

Er mußte geschlafen haben oder einen Augenblick ohnmächtig gewesen sein. In dieser Bewußtseinsstörung befand er sich wieder in seinem Traum; nur daß es, wie er jetzt sah, gar kein Traum war, sondern ein tatsächlicher Augenblick seiner Kindheit, zu dem er zurückgekehrt war. Er befand sich wieder in seinem neunjährigen Körper, barfuß stand er am Dünenrand, in alten Sergehosen und mit Hosenträgern, sein ganzes Wesen gespannt wie ein Bogen: der Tag ging zur Neige, und die Lichter gingen an und schienen herab zum Ufer. Eine dieser Gelegenheiten hatte ihn mitgehen lassen, als er, in der Gewißheit, daß er die Kraft besaß, aus sich selbst heraus und in eine erdenkbare Zukunft zu springen, still dagestanden und das Tier in sich hokken gespürt hatte, bereit zum Sprung.

Es sprang in einem hohen Bogen. Er mit ihm mit, und er hatte das Gefühl, der Schwerkraft entrückt, am Scheitelpunkt zu schweben, wo der neue Augenblick sich noch bekennen mußte. Aber er muß in dieser Zeit heruntergekommen sein, in *einer* dieser Zeiten, im falschen Leben. Das war die einzige Möglichkeit, wie er sich das Anderssein erklären konnte, das er in sich spürte. *Das falsche Leben.* So daß sich alles, was von dem Augenblick an mit ihm geschehen war, in einer anderen Existenz abgespielt hatte als der, in der er sich bis dahin bewegt hatte und für die er bestimmt war.

War das möglich? Alles?

Es war wirklich, es war alles passiert. Es war mit *ihm* passiert. Es war Fakt. Teil der wirklichen Ereignisse einer Welt, die von solchen Dingen Notiz nimmt; die Ereignisse und Unternehmungen registriert und ein Leben aus ihnen und, wenn sie groß genug sind, Geschichte daraus macht. Nur war nichts davon für ihn bestimmt gewesen, das war es, was er jetzt sah. Was für ihn gedacht gewesen war, war etwas ganz anderes, und er hatte sich dem durch schiere Willenskraft entrissen.

Ganz tief in seinem Innern hatte er das immer gewußt. In der Gegenwart jenes Jungen hatte er es gespürt, der jeden Morgen erschienen war, um mit seinen großen Füßen in die Schuhe zu fahren und Schmutzflecke auf seinem Hemdkragen zu hinterlassen. Später, als er auf der Straße herumlungerte und mit schlechtem Gewissen zuschaute, wie Menschen in Schlangen nach Unterstützung anstanden, hatte er ganz deutlich die Lücke in der Schlange gesehen, wo er hätte stehen sollen, und hatte sich gefragt, wann er wohl für sein Weglaufen würde bezahlen müssen.

Thailand war etwas anderes. Das *war* für ihn bestimmt gewesen. An diesem Punkt hatten sich die beiden Leben irgendwie gekreuzt. Ganz deutlich hatte er vor sich jenen alten, weißhaarigen Burschen (»Den, der ich jetzt bin«, dachte er) gesehen, der glatt durch ihn hindurchgegangen war. Damals war er in der richtigen Spur gewesen.

Er dachte an all jene Morgen, als er, immer noch recht schläfrig, in Meggsies Küche gesessen und nach den Konturen einer Existenz, einer anderen, getastet hatte, die besser in seinen Körper paßte, das heißt unbeholfener war als die, in der er sich befand. Kein einfacheres Leben. Einfacher wäre es nicht gewesen, dessen war er sich gewiß. Aber eines, das mit etwas in ihm zusammenhing, mit dem er fürchtete, den Kontakt zu verlieren, und das er doch nicht fassen konnte.

Jetzt spürte er wieder den neunjährigen Jungen in sich zum Sprung ansetzen. Er sprang. Einen Augenblick schwebte er schwerelos, und in dem langen Atemzug, in dem er in der Luft hing, erhielt er einen flüchtigen Eindruck davon, was es war, in das er zurückfiel; sein eigenes Leben, das darauf wartete, ihn zurückzubekommen – jenes andere, härtere Leben, das zu seinem Anfang in dem Leben seines Vaters, seiner Mutter zurückführte. Doch die Schwerkraft war zu stark. Er konnte sich nicht lange genug oben halten, um Einzelheiten davon auszumachen. Wiederum spürte er, wie ihn die Gewalt der Dinge ergriff und herunterzog. Und das Leben, in das er zurückkehrte, war das, in dem er sich befand. Er nahm dessen Gewicht wieder an, in der

Brust, dem Bauch und dem Unterleib, und fiel mit der ganzen Gewalt seines Körpers auf Steine, kleine, scharfkantige, und es blieb in ihm.

Als er später wieder zu Bewußtsein kam, war er überrascht, sich in tiefer Nacht zu befinden, ohne ein Licht irgendwo, wo sich aber die ersten Sterne zeigten. »Wo ist das hier?« fragte er sich. Er war sich nicht sicher, ob das hier ein Ort war oder nur wieder ein Zustand.

Doch als er dann seine Sinne zusammennahm, wurde er die scharfkantigen kleinen Steine unter sich gewahr, und es war auch ein großes Anschwellen von Geräuschen zu vernehmen, doch konnte er nicht ausmachen, was für Geschöpfe es waren, die es verursachten. Frösche? Grillen?

Er setzte sich aufrecht und sah sich um, aber es war nichts zu sehen.

Dann fiel ihm ein, daß er mit dem Auto hierhergekommen sein mußte, aber es war kein Auto zu sehen, und das Licht war nicht stark genug, Richtungen zu bestimmen.

Er erinnerte sich, weil sein Körper es tat, an einen heftigen Schmerz. Die Nachwirkung davon spürte er immer noch, an diesem Punkt nicht als körperliche Sache, sondern als Gefühl seiner Gliedmaßen, das noch nicht ganz wieder zurückgekehrt war, jedenfalls nicht in der richtigen Form. Er hatte Schwierigkeiten, Dinge zu beurteilen, die eigentlich ganz einfach hätten sein sollen. Zum Beispiel, wo genau seine Finger sich befanden. Und damit einher gingen Empfindungen, die, soweit er sehen konnte, mit keiner Tatsache in Verbindung standen. Ein laues Frühlingswetter, eine angenehme Brise blies gegen die bloßen Arme von Mädchen, und das alles schien nichts mit dem Wetter zu tun zu haben, sondern mit einer Regung seines Geistes. Er saß mitten im Nirgendwo und hatte keine Ahnung, wohin er sich wenden sollte.

Die Entscheidung wurde ihm aus der Hand genommen. Plötzlich erfaßte eine neue und fürchterliche Qual sein Herz, oder war es körperlicher Schmerz, er konnte es nicht sagen, und er wurde mit der Wange gegen scharfkantige Steine gequetscht, die ihm ins Fleisch schnitten. Er lag auf der Seite und krümmte sich, schob sich in die erstickende Schwärze der Nacht beziehungsweise in eine andere, noch tiefere Finsternis, die alles war, was er sich jetzt wünschte, einen Sack, in den er kriechen und den er über den Kopf ziehen konnte und wo er sich bis zum letzten Atemzug wehren konnte.

Er mußte gekrochen sein. Er war ein beträchtliches Stück gekommen, hatte sich immer tiefer ins Gras hineingeschoben. Jetzt lag er in einem Nest davon, das er sich mit Armen und Beinen gemacht haben mußte, in einer Seelenqual, die ihn außer Atem hatte geraten lassen.

Die Sonne schien. Am Himmel flatterten Vögel. Er drehte den Kopf ein wenig und sah, daß er gar nicht wach war. In dem Traum, in dem er sich befand, hatte seine Qual, die etwas von ihm ziemlich Getrenntes war, die Gestalt einer Katze angenommen, mit verfilztem Fell, die nur wenige Zentimeter von seiner ausgestreckten Hand entfernt lag. Sie hatte den brutalen Kopf und das übergroße, rauhe Fell einer verwilderten Katze, die nach einer oder mehreren Generationen in die Wildnis zurückgekehrt war und jetzt nur etwas mehr als eine Armeslänge von ihm entfernt dalag und ihn beobachtete.

Als er jedoch blinzelte und genauer hinsah, war sie kein Phantom, sie war echt. Ihr Kopf war mit dem Blatt einer Schaufel, vielleicht auch mit einer Axt, gespalten worden, und das halbe Gesicht fehlte. Sie hatte sich zum Sterben hierhergeschleppt. Jetzt knurrte sie, wobei ihn das eine, grimmige Auge anstarrte; wenn auch das Geräusch, das sie machte, keineswegs feindselig war, sondern vielmehr ein Flehen um Hilfe. Fliegen setzten sich auf das rohe Fleisch der offenen Wunde, und das Tier benutzte seine Pfote mit den gefährlichen Krallen, um sie wegzujagen.

Vic lag mit dem Kopf auf dem ausgestreckten Arm und beobachtete die Katze, und die Katze befand sich kaum zwei Meter entfernt in Todesqual.

»Das alles habe ich schon einmal gesehen«, dachte er, »viele Male. Ich bin da wieder herausgekommen. Ich bin am Leben geblieben. Ich bin immer am Leben geblieben. Ich kenne mich aus mit dem Überleben.«

Aber die Katze, er sah, daß sie starb. Er schaute sie an. »Armes Ding«, dachte er, »ich würde dir ja helfen, wenn ich könnte. Ich würde dich von deinen Qualen befreien.«

Lange Zeit betrachteten er und die Katze einander, und die Katze machte ihre Todesqualen durch, starb aber nicht. Sie litt sehr, aber in was für einer Weise, fragte er sich. Was für eine Art Bewußtsein hat eine Katze? Hat eine Katze überhaupt ein Bewußtsein?

»Du tust mir leid, Kumpel«, sagte er laut und war überrascht, seine eigene Stimme zu hören.

Die Katze hörte es nicht beziehungsweise verstand es nicht. Das machte keinen Unterschied, so oder so. Sie beobachtete ihn mit ihrem einen Auge, und er hatte keine Ahnung, was sie dachte.

18

Es war zehn Uhr vormittags. Der Küchenherd zog einwandfrei, gab eine gute Hitze, und Jenny fühlte sich ungemein mit sich zufrieden, in ihrem Fall hieß das mit der Welt, die Art, wie sie sie an diesem Vormittag umgab, als ob sie nun einmal genau die richtige wäre. Sie wartete, bis sie einen Schub Plätzchen aus dem Ofen nehmen konnte.

Es war warm, aber nicht zu heiß. Oktober. Auf dem Hof flimmerte die Luft ein bißchen, wo die Hitze in Wellen von einem Stück Wellblech aufstieg, das Digger da draußen liegengelassen hatte. Auch die Blätter des Pfefferbaums flimmerten. Ein halbes Dutzend Elstern war auf der Lauer. Sie waren aufgeregt. Etwas, einem Wurm oder so oder einem kleineren Vogel *galt das. Elstern, Elstern! Seht euch vor denen vor!* Sie stürzten sich einem auf den Kopf, wenn man zu dicht unter ihren Nestern vorbeiging. *Seht euch vor ihnen vor!*

Traumverloren stand sie am Fensterbrett, war mit den Gedanken auf dem Hof, aber auch beim Herd: die großen Vögel, die ihrem Geschäft nachgingen, flink, flink jetzt herrjc! Hitze, die von dem Stück Blech aufstieg, und weiter hinten in ihrem Kopf, aber nicht zu weit, die Plätzchen auf dem Backblech, die für Diggers Morgentee waren, kamen jetzt schön hoch, wurden knusprig und allmählich braun. In etwa fünf Minuten müßten sie fertig sein. Sie ließ sich mit ihrer gewaltigen Masse auf einen Stuhl nieder.

Als Jenny sie aus dem Ofen nahm, konnte sie es kaum glauben. Und noch eine Minute zuvor hatte sie sich so gut gefühlt! Sie hielt das heiße Blech und besah sich, was sie gemacht hatte. Was *jemand* gemacht hatte. Das ist es, was passiert, was immer passiert, wenn man anfängt, sich seiner zu sicher zu sein. Sie starrte so lange auf das Blech, bis es durch das abgenutzte Leinen des Wischtuchs brannte. Sie fluchte und ließ es auf das Spülbecken fallen, dann kniff sie den Mund zusammen, verschränkte die Arme und zählte, diesmal mit den Fingern. Es waren dreizehn. Wie? Wie war das geschehen? Sie war doch stets so bedacht! Jemand – aber wer? – mußte noch eins draufgetan haben, während sie den Rücken gekehrt hatte.

Für wen war das also? Das war die Frage. Wessen Unglück war das? Und welches war es? Sie sahen alle so gleich aus, alle schön hoch und braun. Sie war gut im Plätzchenbacken. Das war ihre starke Seite. Aber es gab keine Möglichkeit, das dreizehnte herauszufinden.

Aber das mußte sie. Entweder sie fand es, oder sie mußte sie alle den verdammten Elstern hinwerfen, doch all ihre Philosophie und Praxis von neunundsechzig Jahren sträubten sich dagegen. *Spare in der Zeit, dann hast du in der Not* – so lautete ihre Devise. Wenn sie jetzt diese Plätzchen vergeudete, dann würde sie sich sicher eines Tags an sie erinnern und nach ihnen lechzen, und dann geschah es ihr recht!

Ziemlich ängstlich, einen zweiten Fehler zu begehen (wenn es tatsächlich sie gewesen sein sollte, die den ersten Fehler gemacht hatte), aber auch vertrauend auf eine wirkende Kraft in ihr, die funktionierte, wenn sie sie brauchte, schloß sie fest die Augen, streckte die Finger aus, die voller Sommersprossen und um die Nägel dick gepolstert waren, und fuhr mit der Hand über den Plätzchen hin und her. Dann, als sie an nichts mehr dachte, nahm sie einfach eins.

Also, das mußte es sein! Sie hatte gute Gründe, das zu glauben. Sie konnte mit diesen Tricks umgehen, wenn es nötig war. Nur, wo zum Teufel, fragte sie sich, war sie denn mit ihren Gedanken gewesen – was hatte ihr Verstand da nur getan, *geschlafen?* –, als sie den Teig gemacht hatte und eins mehr hatte daraus werden lassen? *Falls* sie es gewesen war.

So, was nun? Was sollte sie mit ihm machen? In den Ofen schmeißen?

Sie betrachtete das Plätzchen da auf dem Spültisch. Unschuldig sah es aus.

Etwas den Mund verziehend, nahm sie es ziemlich behutsam auf, drückte mit der Schulter gegen die Tür und trat hinaus. Da waren die Elstern, fette schwarzweiße Viecher, so groß wie Katzen. Sie hatten sie schon sich an der Tür abzeichnen sehen, ließen sich jedoch nicht anmerken, daß sie sie beobachteten. »Nun«, dachte sie, »das wird eure Aufmerksamkeit fesseln!«

»Ich komme«, sang sie vor sich hin, als sie über den Hof ging, »hier kommt eure alte Freundin Jenny. Ihr wißt nich, was *ich* in der Hand hab, stimmt's? Seht her! Für wen von euch is es wohl? Wer von euch gefräßigen Viechern wird das *Unglück* runterschluck'n?« Sie warf das schön braune, knusprige Plätzchen in ihre Mitte, und die großen schwarzweißen Kreaturen stürzten sich darauf, schlugen mit den Flügeln und scharrten, hackten einander mit den Schnäbeln und krächzten.

Eine von ihnen erwischte es, und Jenny sah zu, wie sie es hinunterwürgte und wie die anderen unter ihr nach ein paar Krumen haschten.

»So«, sagte sie mit einer Art Befriedigung darüber, mit solchen Mächten zu spielen, wie Unglück und der Möglichkeit, sich zu verschlucken oder noch Schlimmerem, und auch darüber, Dinge zu berichtigen, wieder in Ordnung zu bringen, denn dieses zusätzliche Plätzchen war doch ganz bestimmt ein Fehler gewesen.

Es lag nicht an *ihr,* welche es bekam. Jemand anders trug die Entscheidung dafür. Sie hatte ihnen das Unglück bloß *hingeworfen,* eine Auswahl hatte sie nicht getroffen. Gier hatte ausgewählt. Die gefräßigste und stärkste von ihnen hatte es bekommen.

Sie betrachtete den großen Vogel, der sich aufplusterte, und gluckste. Sie wußte etwas, das der Vogel nicht wußte. »Jetzt wird dich eine Katze erwischen«, dachte sie, während er herumstolzierte. »Eine wilde. Oder ein Kind mit 'nem Katapult. Welch ein Glück!« Sie kümmerte sich nicht weiter darum. Die Hauptsache war, sie hatte das Unglück von Digger und sich abgewendet.

Gern hätte sie den Vogel noch eine Weile beobachtet, um sicherzugehen, aber sie hatte keine Zeit. Sie begab sich wieder in die Küche und bekam, als sie das Backblech auf dem Rand des Spültisches sah, ein ungutes Gefühl. Vielleicht hätte sie sie alle wegwerfen sollen. Aber wenn man einmal mit solchen Kapriolen anfing und gute Sachen wegwarf, nur weil man Angst hatte und Gutes nicht von Schlechtem unterscheiden konnte, dann war man verloren. Dann würde man schließlich alles wegwerfen.

Sie hatte eine Wahl getroffen. Das wurde von einem erwartet, eine Wahl zu treffen und richtig zu wählen, aus Instinkt. Wenn man anfing, sich über Fehler Gedanken zu machen, dann beging man welche, und wenn man einen *kleinen* Fehler beging, nun, dann machte man bald einen größeren.

Das war es, was sie so beunruhigt hatte, als sie das zusätzliche Plätzchen sah. Daß das der Anfang von irgend etwas hätte sein können.

Eine Stunde oder so später hängte sie draußen Wäsche auf und sah die Vögel im Gebüsch ein Spektakel vollführen. »Aha!« sagte sie sich. Sie klammerte das Ende des Lakens an, das sie gerade aufhängte, es blähte sich auf und füllte sich mit Licht, und den Rest im Korb lassend, lief sie ein Stück übers Gras, um zu sehen, was da vor sich ging. Das würde jetzt der Beweis sein. Die großen Vögel waren sehr aufgeregt.

Doch was sich ihr darbot, als sie das Gras auf dem überwachsenen Pfad teilte, war ganz und gar kein Vogel, sondern eine Katze, eine große wilde, schwarz mit rötlichem Schimmer im Fell, und als sie sich ihr zuwandte, fauchend, stockte Jenny der Atem. Das halbe Gesicht fehlte. Jemand hatte es mit einer Schaufelkante weggehackt. Zweifellos jemand, der wütend war, daß sie ihm Hühner gestohlen hatte. Mit einem dermaßen gequälten Blick sah sie zu ihr hoch, daß Jenny trotz des Fauchens ergriffen war. Das arme Geschöpf stand Todesqualen aus.

Sie sah sich nach einem großen Stein oder etwas Ähnlichem um, mit dem sie der Katze den Gnadenstoß geben konnte, und erblickte etwas anderes. Eine Hand tauchte auf im Gras.

»Jesus!« schrie sie vor sich hin. »Was für 'n Tag!«

Mit pochendem Herzen schob sie das Gras auseinander, und zum Vorschein kam ein Mann und sah sie an.

Es war Vic.

Jetzt geriet sie vollends in Panik. War er vergiftet worden? Hatte *sie* das getan? Aber sie hatte das Plätzchen doch den Elstern gegeben. Und sie hatte gesehen, wie es eine von ihnen gefressen hatte.

Sie beugte sich über ihn, sehr ängstlich und leise seufzend, und seine Augen rollten, folgten jeder ihrer Bewegungen, sein Mund war feucht, und seine Zunge bewegte sich, aber es kam kein Laut von ihm.

Sie kniete sich hin, um ihm den Kragen aufzumachen, der ihn zu würgen schien, und seine Hand ergriff ihre und hielt sie fest umklammert. Ihm zuredend, entwand sie sie ihm wieder, und als sie sie wieder los hatte, hielt sie einen glatten kleinen Stein von der Größe etwa einer Niere, auch derselben Farbe, in der Hand, und sie glaubte einen Augenblick, er hätte ihn herausgebrochen. Sie starrte ihn an.

Er hatte auch etwa die Größe von einem ihrer Plätzchen. Er war warm.

Jetzt rollte Vic auf die Seite, zog die Beine an wie ein Baby und blieb so zusammengerollt in seinem Grasnest liegen, das er sich durch sein Hin- und Herdrehen geschaffen hatte.

»Was is das?« fragte sie.

Der Gedanke an ein Kind, ein Baby, hatte sie weich werden lassen.

Sie nahm seine Hand. Mit ihrer anderen Hand streichelte sie ihm das Gesicht. Nach einer Weile hockte sie sich hin, hob ihn etwas hoch und nahm seinen Kopf in die Arme. Sie begann ihn zu wiegen, und die Katze gegenüber sah mit ihrem einen Auge zu. Er überließ sich ihren Armen, und sie vergaß alles, was sie gegen ihn hatte. Sie vergab ihm, was immer es sein mochte, und sie *wußte* nicht einmal, was es war. Es war egal.

Das Gesicht hatte er zwischen ihren Brüsten. Sie spürte etwas Feuchtes. Sie begann zu weinen. Sie konnte seinen Mund spüren und wünschte sich, daß sie ihn, wenn er das wollte, stillen könnte, aber sie hatte keine Milch. Seit über vierzig Jahren hatte sie nun schon keine Milch mehr. Mit einer Maschine hatten sie sie aus ihr herausgepumpt. Inständig hatte sie diese Nonnen gebeten, das nicht zu tun, und die ganze Nacht hatte sie von Mündern und Mäulern geträumt, die an ihr saugten, und am Ende war es ihr egal, *was* sie waren, Babys oder junge Kälber oder kleine Lämmer oder was sonst, die sich von dem reichen Saft, den ihr Körper angestaut hatte, ernährten, was auf jeden Fall bedeutet hätte, ein Geschöpf zu ernähren und nicht mit einer Maschine ausgepumpt zu werden. Und die ganze Zeit war irgendwo da draußen ihr eigenes kleines Baby hungrig gewesen; und wenn nicht, dann war es mit irgendwelcher anderer Milch ernährt worden und nicht mit der, die in der ganzen Welt speziell für es produziert worden war; und sein ganzes Leben lang würde das arme Ding das wissen und den Verlust spüren – daß die Welt ihm etwas gestohlen hatte, das es nie wiederbekommen würde. Wo immer sie danach hinkam, überall hatte sie sich in dem Glauben umgeschaut, sie würde das Gesicht dieses kleinen Kindes erkennen, für das sie die Milch gehabt hatte und das immer noch danach suchen könnte.

Vierunddreißig Jahre alt wäre es jetzt, wo immer es sein mochte. Und jetzt, vierunddreißig Jahre später, *das*.

Sie drückte seinen Kopf an ihre Brust, doch nach einer Weile, als ihre Tränen nachließen, ließ sie ihn los und sagte sanft: »Hören Sie zu, Mister, hören Sie zu. Ich lasse Sie nicht im Stich. Geh bloß Digger hol'n, einverstand'n? Einverstand'n? Zwei Minuten. Einverstand'n?«

Sie stand auf, und da war immer noch die Katze, immer noch den Kopf ihr zugewandt. Sie mußte um sie herumsteigen. »Keine Angst«, sagte sie zu ihr, »ich hab dich nich vergess'n. Um dich kümmere ich mich auch.«

Schon auf dem Weg zum Hof und ganz außer Atem fing sie an, Digger zu rufen, und als sie in Hörweite kam, rief sie ihn ganz laut, und sogleich tauchte er um die Ecke des Ladens auf.

19

Digger ging mit Ellie auf einer Terrasse von weichem Rasen spazieren, die am Rand in eine wilde, kleine Schlucht abfiel, wo es jede Menge rötliches Geröll gab und riesige Eisenrindenbäume und Angophoras direkt aus dem Gestein emporwuchsen. Hinter ihnen befand sich ein flacher Bungalow, den Vic gebaut hatte. Mit Teeschalen in der Hand waren sie herausgetreten, um die Vögel zu sehen, die den Garten bevölkerten wie auch die Schlucht unterhalb davon, und bemerkten die Stelle nicht, was auch kaum möglich war, wo die wilde Natur überging in Natur, die angelegt worden war und gepflegt wurde, abgesehen davon, daß der Garten eine größere Vielfalt an grünen Dingen bot, die Samen und Sporen trugen oder in dunklen oder blendenden Schauern zerplatzten, und viel belebter war. Innerhalb weniger Sekunden erkannte Digger Staffelschwänze, Indische Hirtenstare, drei Rosellas, zwei Arten von Honigessern, genau wie es Ellie in ihren vielen Schilderungen des Ortes angekündigt hatte. Er hatte diesen Garten noch nie gesehen, kannte aber jeden Winkel davon, als wäre er sein eigener.

Ellie hinkte. Sie hatte ihm nie etwas von einer Krankheit oder Verletzung mitgeteilt; er war überrascht. Diese kleine Veränderung an ihr, und sie war, wie er bald feststellte, nicht die einzige, ließ in ihm die Frage aufkommen, wie viele Dinge ihres Lebens in ihrer Korrespondenz wohl keine Erwähnung gefunden haben mochten. Und das bedeutete, wie vieles sich da wohl noch herausstellen würde.

Ihr Lächeln war noch dasselbe und, beinahe vom ersten Augenblick an, auch die Ungezwungenheit zwischen ihnen.

Sie war sehr gelassen. Ihre Mutter war, wie sie ihm erzählte, so bekümmert, und es gab solchen Lärm und so ein Durcheinander, daß sie ganz einfach die Ruhe bewahren mußte.

Am Abend waren sie von Reportern belagert worden. In der Einfahrt hatten sie herumgelungert, vorn wie hinten an die Türen gedonnert, waren an Fenstern erschienen und hatten mit ihren Kameras auf dem Rasen gelagert. Nicht einer von ihnen hatte so etwas wie Rücksichtnahme erkennen lassen oder den mindesten Respekt vor ihrer Privatsphäre oder Trauer gezeigt, sondern sie hatten in dem Ereignis, soweit sie erkennen konnte, nichts weiter als eine Nachricht gesehen. Ellie, die stets diesen öffentlichen Aspekt ihres Lebens gehaßt und auch gefürchtet hatte, war empört. Sie hatten die Vorhänge vorziehen und wie Gefangene in ihrem eigenen Haus sitzen müssen, und dennoch war das Hämmern an die Türen weitergegangen, das Klopfen an die Fenster, die lauten Rufe. Dann waren sie mit einem Mal alle wieder weg, hatten hektisch alles zusammengepackt und waren davongestürmt. Ein Ereignis von Weltgeltung war dazwischengekommen, und Vic Currans Tod, der an jedem anderen Tag Schlagzeilen gemacht hätte, wurde auf eine Spalte von zehn Zentimetern Länge auf der ersten Seite reduziert, mit einem Verweis auf Seite drei.

Was Albert Keen betraf, den angeblichen Millionendealer, dessen Aufstieg und Fall aus dem Nichts ins Nichts sich innerhalb von einunddreißig Tagen abgespielt hatte, so mußte man den Wirtschaftsteil aufschlagen und zwischen den Zeilen lesen, um überhaupt etwas darüber zu erfahren. Das war eine Geschichte, die in den Staubwolken unterging, in denen ein ganzes geisterhaftes Gebäude geschwankt hatte und in sich zusammengekracht war.

Die Needham's-Gruppe war erschüttert worden, und zwar schwer. Das zumindest stand fest, und es gab Verlautbarungen, vorsichtige, von Alex sowie den Direktoren von zwei Großbanken.

»Hast du gesehen, was in den Zeitungen steht?« fragte Ellie ihn.

»Ja«, gestand er. »Aber du kennst ja die Zeitungen!«

»Nein«, sagte sie, »es stimmt.« Digger sah sie an, um herauszufinden, wieviel sie wußte. Stellte sie ihn auf die Probe? »Er hat irgend etwas *unternommen,* ich weiß nur nicht, was. Alex weiß es. Etwas Verrücktes. Es war nicht ungesetzlich – nicht ganz, so etwas hätte er nie getan! Du weißt ja, wie er war. Aber es hat den Anschein…« Ihre Augen wanderten über das lagenweise angeordnete Laub des Gartens, die vielen verschiedenen Arten von Blättern, herzförmigen und länglichen und schwertförmigen, sowie die herbstlichen Farben und feuerroten Räder. »Alex sagt, wir stecken in Schwierigkeiten. Er ist ganz außer sich, der arme Kerl.«

»Das war ich«, sagte er abrupt. »Ich war daran beteiligt. Hast du denn nichts davon gehört?« Das war ein Geständnis. Er hatte keinen Grund, darauf stolz zu sein.

»Ja, Alex hat es mir gesagt. Aber Digger – du verstehst doch gar nichts von diesen Dingen!«

»Es war nur mein Name, den er benutzt hat«, erklärte er, aber es klang komisch, ohne daß Vic die Sache erläuterte und damit wahr werden ließ. »Wie es aussieht«, sagte er, »bin ich ein ruinierter Mann.«

Dann sah sie ihn an. Sie bemerkten beide das Komische daran, und ihm war, als hätte er Vic lachen gehört. Das war etwas, das ihm ähnlich sah.

Sie gingen noch ein paar Schritte.

»Kann ich dich besuchen kommen?« fragte Digger. »Oder möchtest du, daß wir weiterhin in brieflicher Verbindung bleiben?«

Sie überlegte einen Augenblick. »Ich weiß nicht«, sagte sie ruhig. »Warum *schreibst* du mir nicht einfach und fragst mich?«

Es war zu früh, etwas von den Dingen auszusprechen, zu denen sie schließlich doch kommen mußten. Vielleicht wäre es einfacher, das schriftlich zu tun.

Einige Zeit saßen sie auf einer Bank unter den Bäumen und hielten sich die Hände, dann sagte sie schließlich: »Digger, ich muß jetzt gehen, ich muß nach meiner Mutter sehen. Soll ich dir ein Auto besorgen, das dich zum Bahnhof bringt?«

»Nein«, erwiderte er. »Jetzt, wo ich wieder arm bin, muß ich mich daran gewöhnen, zu Fuß zu gehen, findest du nicht?«

Auf dem Weg zum Bahnhof geriet er ins Schwitzen. Es war sehr warm für Oktober. Er mußte stehenbleiben und den Hut lüpfen, damit Luft an den Kopf kam. Von schmalen Flecken Unkrauts zu beiden Seiten des Asphalts stieg der Geruch nach Staub und Grassamen auf, vermischt mit einem beißenden, aber durchaus nicht unangenehmen Duft, der erkennen ließ, daß Hunde in der Nähe waren. Ein paar von ihnen kamen dahergetrottet, unterwegs in ihren eigenen Angelegenheiten, und hinterließen entlang ihrer Route stellenweise diese streng riechenden Spuren ihrer Anwesenheit, nur wenige Tropfen jedesmal, als ob es ihnen eine Pflicht war, ihren Weg auf diese elementare und ganz und gar persönliche Art und Weise zu markieren.

Digger mochte die Art, in der sie herumliefen, so leicht auf ihren Pfoten, mit wackelnden Ohren und die Nasen am Boden. Die Hunde wußten, was sie wollten. Von ihnen konnte man etwas lernen. Er ging weiter.

Eine Reihe von Namen ging ihm durch den Kopf. Er ließ es geschehen. *Burton, Cable, Carwardine, Cooley, Cooper, Crane…* Der nächste war seiner.

Die beiden Silben ließ er heraus und spürte einen Augenblick ein Würgen im Hals. Er konnte kaum weitergehen: *Curran.*

Curran, Victor Charles, einer aus einer ganzen Reihe. Aber sie hatten sich schließlich und trotz allem nahegestanden, wie es zwei Männer nur konnten. Wie war *das* nur geschehen?

Er sah ihn wieder vor sich, wie er, ständig um Doug herumschwänzelnd, aufgetaucht war, damals, kurz vor der Kapitulation, und erlebte wieder die spontane Abneigung, die er empfunden hatte, und das mit einer Macht, die er nicht für möglich gehalten hätte, wie wenn Zeit überhaupt keine Rolle spielte. Nein, es steckte etwas mehr dahinter. Ein Gefühl, daß sie in ihrem tiefsten Innern einander feindselig gesinnt waren; in einem Teil ihrer selbst, der keinem Blick zugänglich war und auch keinem Argument, obgleich sie sich beide dessen bewußt waren und auch darauf vertrauten. Außer daß sie es nicht getan hatten, nicht auf die Dauer. Was sie statt dessen getan hatten, weil sie kaum anders konnten, war, sich vom Zufall leiten zu lassen. Der erste abscheuliche Zufall war Macs Tod gewesen, dann der noch seltsamere ihrer gegenseitigen Abhängigkeit beim abwechselnden Kommen und Gehen ihres Fiebers, bis etwas zum Vorschein kam, das noch stärker war als ihre erste instinktive Feindseligkeit; wenn das nicht gar nur das negative Anzeichen einer von Anfang an tieferen Verbundenheit gewesen war. Was sie wohl vermißt hätten, wenn, und zwar auf lange Sicht, vierzig Jahre, der Zufall sich nicht als wahrer Gestalter ihres Lebens aufgedrängt hätte.

Zufall? Für was für eine noch geheimnisvollere Macht mochte das in ihrer unzulänglichen Sprache wohl die Bezeichnung sein? *…Daley, Dannagher, Deeks, Dewhurst, Dixon.*

Er ging weiter. Jetzt kamen Geschäfte, Supermärkte, die Schaufenster beklebt mit Billigangeboten für Waschpulver oder gemischtes Obst, ein Café mit Videospielen, wo Kinder hockten, völlig vertieft, und die Schultern von links nach rechts schwenkten, wenn sie den Asteroiden auswichen, ein Zeitungskiosk mit den Schlagzeilen draußen an Anschlagtafeln: der Krach an der Wallstreet, aber auch Vics Name, in riesigen Lettern, allerdings nur der Familienname, Curran. In seinem Fall reichte das.

Digger blieb stehen und betrachtete ihn, wie er da so geschrieben stand, die sechs Buchstaben. Er hatte eine bestimmte Bedeutung da an der Anschlagtafel und eine vollkommen andere, wo seine beiden Silben unter so viel anderen in seinem Kopf versteckt waren. Wieder etwas anderes, da er den Mann wirklich gekannt hatte.

Das Verzeichnis in seinem Kopf nahm er wieder auf, wo er es verlassen hatte. *Doig, Dooley, Doone, Durani, Dwyer*... Bis zum Ende war es noch weit.

20

Das Kind, die breiten Füße fest auf dem Boden, sitzt auf der untersten von drei Stufen, die von der Veranda auf den Hof führen.

Es ist Nachmittag und heiß. Auf der anderen Straßenseite stehen genau solche Häuser wie ihres, mit roten Wellblechdächern und Palisadenzäunen mit Nummern am Tor. Ihre Nummer ist die Sechs, und er ist vier. Marlin Street 6, und er ist Victor Charles Curran, Vic.

Wie er sich erinnern kann, wohnen sie schon lange in der Nummer sechs. Abends kommen die Leute zum Pokern. Das Haus ist erfüllt von Lärm, Qualm, Gelächter, und er darf die Bierflaschen in ihren Strohumhüllungen hereinbringen, und wenn sie leer sind, trägt er sie wieder hinaus und stellt sie zu den anderen auf der hinteren Veranda. Tote Matrosen werden sie genannt.

Seine Mutter arbeitet für die Leute. Sie sitzt jetzt genau links von ihm, auf einem Rohrstuhl, den sie aus der Küche geholt hat. Ihre Arbeit hat sie auf dem Schoß liegen, und sie ist ganz darin vertieft, dabei hat sie ihre Brille auf. Vor ihren Füßen hat sie einen kleinen Pappkoffer aufgeklappt, in dem sie Stoffreste jeglicher Form und Farbe aufbewahrt.

Damit er still ist, läßt sie ihn manchmal, wenn er nichts anderes zum Spielen hat, die Schnipsel herausnehmen und nach den verschiedenen Farben sortieren; doch heute hat sie ihm etwas Schwierigeres zu tun gegeben. Sie hat ihm eine Nadel gegeben, das Ende eines Fadens angefeuchtet, und seit einer Stunde schon versucht er immer aufs neue, diese Sache zu machen, von der er weiß, daß sie einfach ist, die er jedoch so schwierig findet.

Ab und zu hält er, um sich zu vergewissern, daß es geht, die Nadel hoch, um das Öhr deutlicher zu sehen.

Wenn man es dicht ans Auge hält, kann man den Himmel dadurch sehen. Es ist ein großes Loch und umfaßt sehr viel Blau. Hält man es etwas tiefer, sieht man ein ganzes Haus darin. Das von Jensens, gegenüber, wo Trudy und Jack wohnen.

Das ist verrückt. Ein ganzes Haus kann man darin sehen, das Dach und alles, aber ein bißchen Baumwolle da durchzukriegen, ist so schwierig. Er versucht es schon so lange, kneift die Augen zusammen, verzieht entschlossen den Mund, und das Stück Faden, das weiß war, als er anfing, ist jetzt schmuddelig und wird immer schmuddeliger. Wegen seiner Hände ist das so. Vorsichtig legt er die Nadel hin, dann den Faden und wischt die Hände an den Hosen ab. Dann versucht er es noch einmal. Dann schaut er wieder durch das Öhr.

Er sieht einen LKW vor Jock Hales Haus parken. Er sieht zwei Mädchen, Milly und Jane Benson, an ihrem Tor schaukeln. Sie singen etwas, das er nicht genau hören kann, und schaukeln. Er sieht einen Jungen in grauen Shorts, der radfahren lernt. Das Fahrrad wackelt hin und her, und er tappt mit dem bloßen Fuß auf den Asphalt, um es wieder ins Gleichgewicht zu bringen, dann versucht er es erneut. Der Junge ist etwa ein Jahr älter als er, vielleicht sogar sechs. Es ist er selbst!

Das verblüfft ihn, und er schaut zu seiner Mutter hinüber, aber sie lächelt nur und kann nichts Seltsames erkennen.

Aus dem Bergwerk kommen die ersten Leute nach Hause. Nun wird es bald finster. Als er jetzt die Nadel emporhält, ist das Öhr trüb. Fast finster ist es darin.

Der Junge, der radfahren gelernt hat, fährt jetzt ganz gut, hat jetzt den Dreh raus. Er wackelt so gut wie nicht mehr. Beginnt sogar schon anzugeben, indem er Achten fährt. Er ist sehr mit sich zufrieden und lacht. Das Licht wird bald ganz weg sein, und der Faden ist immer noch nicht durch.

Er konzentriert sich und hält die Hände so, wie er muß und strengt den ganzen Körper an.

Bald wird es klappen.

Verschiedene Darstellungen der Erlebnisse australischer Kriegsgefangener in Malaya und Thailand lieferten die allgemeinen Informationen, Hinweise sowie Einzelheiten für die Ereignisse und moralische Inspiration für diesen Roman. Hauptsächlich Stan Arneils ›One Man's War‹, Sun Books, 1982, Hank Nelsons ›P. O. W Prisoner of War‹, ABC Enterprices, 1985 (von Tim Bowdens Rundfunkserie ›Australians Under Nippon‹), und ›The War Diaries of Weary Dunlop‹, E. E. Dunlop, Nelson, 1986. Mein Dank gilt auch der Yaddo Foundation, Saratoga Springs, NY, und dem Literature Board of the Australia Council für ihre großzügige Unterstützung sowie Susan Chace, Joy Lewis und Brett Johnson für ihren Rat und Beistand.